教育部人文社会科学研究一般项目资助
"法老不让他们走：美国黑奴叙事研究"（13YJA770009）

MEIGUO NULI XUSHI YANJIU

美国奴隶叙事研究

高春常　著

人民出版社

目　录
CONTENTS

导　言

　　1518 年 8 月，西班牙国王查尔斯一世签发了一个特许状，允许他的
国务委员洛伦佐·德·格勒沃（Lorenzo de Gorrevod）直接从非洲贩运黑
奴到美洲。1526 年，以艾伦（Ayllon）为首的 500 名西班牙殖民者带着
100 名非洲奴隶从圣多明各出发，在今天的南卡罗来纳东部的皮迪河河口
建立了圣米格尔·德·瓜达卢佩殖民地（San Miguel de Guadalupe）。数月
后艾伦死亡，奴隶趁乱发动了起义，随后逃亡到印第安人领地，而剩下
的 150 名西班牙人不久也撤退到海地。[1] 在西班牙直接介入美洲奴隶贸易
一个世纪之后的 1619 年，一艘荷兰籍战船在英属弗吉尼亚殖民地的詹姆
斯顿卸下了大约 20 个黑人仆役。如果从这时算起，到 1865 年内战结束为
止，奴隶制在英属北美大陆肆虐了近 250 年之久；如果从奴隶制得到英属
殖民地当局合法化的 1661 年为开端，以内战开始、奴隶制开始发生动摇
的 1861 年为止，奴隶制在北美大陆正好经历了 200 年。在这 200 年期间，
从遥远的非洲大陆运来或从加勒比群岛转运而来的黑人们，在陌生的新大
陆上胼手胝足、忍辱负重，为美洲的经济开发做出了难以估量的贡献。这
些经历了各种磨难的黑人奴隶，携带着传统文化的碎片，逐渐吸收主流文
化，与其互相作用，并有所扬弃，从而在一种陌生的、高压的环境下形成

---

[1]　Walda Kaze & Jerome Scott, "Black Radical Tradition in the South", in Rodney D. Coates,
　　ed., *Race and Ethnicity: Across Time, Space and Discipline*, Boston: Brill, 2004, p.193.

了一种具有某种特色的文化以及生活方式。

黑人的世界

关于奴隶制下黑人是否保留了非洲文化因素问题，20世纪60年代以前，以梅尔维尔·赫斯科维茨为代表的人类学学者强调非洲传统的牢固性，认为宗教传统最为坚韧，而以富兰克林·弗雷泽为代表的社会学学者则断言非洲文化在北美大陆上已经失传。随后学者展开了激烈的争论，总趋势是从强调文化失根到重视文化的融合性，而现代学者对奴隶制的研究，一般强调即使在奴隶制下，黑人仍保留了一定的非洲文化遗产以及保持了某种文化的自治。

对这种发展趋势的研究表明，这种争论实际上建立在对黑人的历史角色的不同认知之上。1919年，权威历史学家乌尔里克·邦内尔·菲利普斯出版了《美国黑人奴隶制：对黑人劳工的供应、就业和控制的调查》。出于其种族主义立场，菲利普斯极力淡化奴隶在历史中的主体性作用，强调黑人的非成人性质，"从种族特性上来说，大多是顺从的而不是反抗的、轻松的而不是郁闷的、亲切的和爱奉承的而不是抑郁寡欢的"，[①] 并阐明美国奴隶制绝非一种非人道的制度，事实上它不仅仅是一种能够为奴隶提供基本生活保障的经济体制，比北方的工资制更为优越，而且更是一个对在心智层面上处于孩童水平的奴隶进行文明教化的学校。

菲利普斯的流毒是深远的。二战以后，尽管种族主义在学术界已经消退，但对黑人独立性精神的抹煞仍有迹可循。1956年，肯尼斯·斯坦普的《特殊制度》利用了更广泛的大型奴隶种植园的材料，反转了菲利普斯在奴隶制问题上的种族主义道德观，他强调："毕竟黑人只是拥有黑皮肤的白

---

① Ulrich B. Phillips, *American Negro Slavery, A Survey of the Supply, Employment, and Control of Negro Labor as Determined by the Plantation Regime*, Baton Rouge: Louisiana State University Press, 1918, pp.341–342.

人，一点不多，一点不少。"① 然而在论述黑人奴隶自我的精神世界时，斯坦普认为，由于"奴隶丧失了其非洲遗产的主体，同时不许分享南方白人文化的最好部分"，所以"在奴隶制下，黑人生存于一种文化空白之中"。②

迟至1959年，埃尔金斯在其具有影响性的著作《奴隶制：美国制度和理智生活中的问题》中，仍以奴隶制给奴隶心理所造成的影响层面即性格光谱来衡量奴隶制，并以纳粹集中营作为类比，强调奴隶制这个压迫性的制度对奴隶造成的心理阉割。他认为，北美奴隶制所构成的一种类似于纳粹集中营的"封闭"体系，使得白人能够随意"幼儿化"那些远离祖先的文化、心灵处于"白板"状态的黑人奴隶，结果是黑人不仅在性格方面出现了"桑博"（或译"傻宝"）那样的典型，③ 而且"很少族裔集团像这些从非洲转移到北美的黑人那样，彻底地、有效地脱钩于其先前的文化联系"。④ 这样，在埃尔金斯那里，菲利普斯的种族低劣论成功地转换成了奴役所造成的心理性残缺论。

埃斯科特的双重世界

1965年和1972年，尤金·吉诺维斯相继出版了《奴隶南部经济和社会的奴隶制经济学研究》和《奔腾吧，约旦河，奔腾吧：奴隶创造的世界》。⑤ 作者认为主人在运用强制权力的同时，也善于运用某种家长主义

① Kenneth M. Stampp, *The Peculiar Institution: Slavery in the Ante-Bellum South*, New York: Vintage Books, 1956, p.vii.

② Kenneth M. Stampp, *The Peculiar Institution: Slavery in the Ante-Bellum South*, pp.363, 364.

③ Stanley M. Elkins, *Slavery: A Problem in American Institutional and Intellectual Life*, Chicago: The University of Chicago Press, 1959, p.81.

④ Stanley Elkins, *Slavery: A Problem in American Institutional and Intellectual Life*, p.94 & note.

⑤ Eugene D.Genovese, *The Political Economy of Slavery Studies in the Economy and Society of the Slave South*, Middletown, CT: Wesleyan University Press, 1961; Eugene D. Genovese, *Roll, Jordan, Roll*，*The World The Slaves Made*, New York: Vintage Books, 1976.

温情和威望来控制奴隶，强调主仆之间的责任和义务，从而调和了种族和阶级冲突的激烈性；在近距离互动的情况下，"主人的世界"从身心两方面压倒性限定了"奴隶的世界"的范围。尽管如此，在主人权力的强势影响下，奴隶仍展现出一定的自主性以及某种文化统一性，而奴隶的宗教构成了"奴隶的世界"的核心。

同年，布拉欣格姆出版的《奴隶社区》强调，仅仅从种植园主的角度进行研究，只能得出一种全能的、单一性的机制已经剥夺了任何有意义的奴隶文化存在可能性的结论；相反，多方材料表明了两种文化相互施加影响，"南方种植园并非一个合理组织起来的、对每种个人意志的表现进行压制或进行系统灭绝的机制"，[1] 他进而强调了黑人对奴隶制的"创造性反应"以及黑人性格、黑人社区的机制和黑人文化的重要性，包括对白人言行方面的"非洲化"，并指出桑博只是白人构建的三种黑奴类型之一，另外还有"纳特"和"杰克"两种性格类型，其中前者是好斗的、反叛的奴隶，而后者是时而抑郁寡欢和不愿合作、时而恭顺的机会主义者。[2]

在《记忆中的奴隶制：20世纪奴隶制叙事记录》中，历史学家保罗·埃斯科特明确提出了黑白两个不同的世界概念，他认为，"奴役的罪恶和文化差异的力量使得这两个群体与彼此分离，并给予奴隶一种基本的、将自身作为被压迫集团的自我意识"。[3] 在这个平行的世界构造里，主人并不真正关心黑人的命运，家长主义意识形态更多的是一种抵消外部批评声音的堡垒，而黑人虽不能与白人的世界相分割，但两者的接近并不能形成真正的友谊，黑人感情的主体部分实际上存在于白人眼光之外的范围里，只能在表层之下掩盖着他们真实的、自我的世界："许多主人希望年轻的奴隶只是吃和玩以便长成强壮的劳动者，而奴隶的家长也不想孩子知道太

---

① John W. Blassingame, *The Slave Community: Plantation Life in the Antebellum South*, Oxford: Oxford University Press, 1979, p.47.

② John W. Blassingame, *The Slave Community: Plantation Life in the Antebellum South*, p.224.

③ Paul D. Escott, *Slavery Remembered: A Record of Twentieth-Century Slavery Narratives*, Chapel Hill: The University of North Carolina Press, 1979, p.20.

多，明显的是一些人到少年之时也不知道奴隶制的确切内涵是什么。"①

　　在埃斯科特之前，黑人思想家杜波伊斯事实上也表达了类似的观点："谁要是仔细观察，他就会看出这两个世界之间虽然天天都有生活上的接触，彼此经常混合在一起，但在精神生活中却几乎毫无相通之处，也可以说是没有一个转移点，可以使一个种族的思想感情与另一个种族的思想感情直接接触，引起共鸣。"② 从这个意义上来说，埃斯科特关于双重世界的观点其实是对杜波伊斯观点的一种后续性发展。

黑白共同创造的世界

　　然而也有学者认为，黑白之间的世界并非是决然隔离的。米切尔·索贝尔在《他们共同创造的世界：18 世纪弗吉尼亚的白人和黑人的价值观念》中发现，在 18 世纪中下层福音宗教中，黑人在时间、审美、狂喜经历以及对圣灵和死后世界的理解等方面影响了白人的观念，或者说黑白宗教观念共融于其中，而白人对这个交往过程的后果往往并没有足够的认识："南部觉醒是长期种族密集互动的高潮，而作为结果，包括黑人和白人在内的美国文化深刻地受到非洲价值观和观念的影响。"③ 通过对比黑人和下层白人的共性和特性，索贝尔经过研究后发现，在黑人和白人对"他者"的传统互相吸收以后，结果就是形成了一种新型的文化："尽管两种世界观存在，但有一种深刻的象征性关联，而对此要加以探讨，如果我们要理解二者或其一的话。"④

---

① Paul D. Escott, *Slavery Remembered: A Record of Twentieth-Century Slavery Narratives*, p.30.

② 威·艾·伯·杜波伊斯：《黑人的灵魂》，维群译，人民文学出版社 1959 年版，第 156 页。

③ Mechal Sobel, *The World They Made Together: Black and White Values in Eighteenth-Century Virginia*，Princeton: Princeton University Press, 1987, p.3.

④ Mechal Sobel, *The World They Made Together: Black and White Values in Eighteenth-Century Virginia*，p.11.

索贝尔的观点是有道理的，除了白人和黑人各自的世界以外，还存在着一个他们所共享的世界。因此我们认为存在三个世界，即压迫者的世界，以刚性的、零和法则为主导的世界，实施鞭子统治和威权压制，种族主义充当其背后的意识形态逻辑；被压迫者的世界，以或明或暗的反抗为基调，以逃跑、偷窃、懒散等各式非暴力形式抵制奴隶制的影响，奉行的主要是柔性的、蚕食性的零和法则；不过索贝尔的观点也有局限性，在日常生活中的其他领域也存在程度各有不同的、共享的世界，主仆之间在某种程度上是存在共同利益的，而妥协性的、交换性或互惠性的法则不仅仅限于宗教或价值观领域，工作和生活当中黑奴和白人主人也存在某种程度的相互依赖、妥协乃至某种相互尊重。许多叙事证明了他们与主人进行讨价还价的能力。在奴隶制晦暗的历史中，黑人也是积极参与其内容塑造的、不容忽视的主角。

在《历史研究》2008年第4期上发表的《大西洋视野中的北美黑奴新教》一文中，笔者着眼于"赫斯科维茨——弗雷泽争议"所提出的有关黑人文化存续性如何的命题，从黑人的宗教当中寻找奴隶制时期的黑人文化的特性。在大西洋视野的范围内，笔者对黑白文化接触过程中的社会经济压力、宗教共同基础以及宗教团体的作用分别进行梳理后，得出了奴隶宗教属于一种文化混合体的结论。在2016年出版的《在荒野里看见耶稣：美国黑奴宗教叙事》一书中，笔者进一步分析了黑人宗教的混合性特征，在注意到黑人在吸收主流白人文化的主体部分即基督教的同时，也看到黑人更加重视《旧约》的话语以及其中摆脱压迫的意涵，并初步探索了"被压迫者的上帝"概念，注意到黑人在宗教观念上呈现出一种认同的"双重意识"，尤其指出了黑人在宗教皈依方面对"知觉转变状态"的寻求，以及在社会行为上所呈现的"归隐—复出"模式。与此同时，该专著对具有保守倾向的权威历史学家乌尔里克·邦内尔·菲利普斯在《美国黑人奴隶制》中所提出的关于黑人在心智层面处于孩童水平、从种族特性上大多是顺从的观点提出了质疑，强调黑人奴隶存在自主的意志，而对灵性自由的追求即是这种倾向的典型反映，黑人奴隶作为一个种族群体以自己的实际行动提升了笔者在序言中所说的"人类精神"。①

本书则打算从奴隶叙事的视角观察奴隶日常生活的世界，包括他们的衣食住行及其与白人妥协的"共享的世界"，并描述他们对"白人的世界"的反应及其追求世俗性自由的历程。事实上，对"白人的世界"的不满性表达具有普遍性，奴隶对自由的追求重塑了他们与外界的关系，也扯掉了黑白之间脆弱性共享世界的面纱，并构成了"黑人的世界"的一个重要侧面。为了对黑人所追求的自由有着更好的理解，下面对"自由"一词在西方文化中所具有的含义进行一定的分析。

对自由的追求

在西方文化源头那里，自由一开始具有垄断性、排他性和稀缺性的特征。在古典时期雅典人的论述当中，自由与拥有理性、生而统治的希腊人密不可分。在《尼各马可伦理学》中，古希腊哲学家亚里士多德将具有"逻各斯的实践的生命"与以生长和营养为特征的植物生命以及在此基础上增加了感官职能的动物生命相区分，与此同时他还将具有逻各斯的灵魂分成两种情况："如果欲望的部分更适合于说是有逻各斯的，那么灵魂的逻各斯的部分就是分为两个部分的：一个部分是在严格意义上具有逻各斯，另一个部分则是在像听从父亲那样听从逻各斯的意义上分有逻各斯。"② 在《政治学》中，亚里士多德进一步断言，统治和被统治不仅是必要的，也是互惠的，"一些事情生来就很分明，一些人适合统治，其他人适合被统治"；③ 一些人虽拥有灵魂的部分，但以不同的方式呈现，因逻各斯的欠

① 参见高春常：《在荒野里看见耶稣：美国黑奴宗教叙事》，科学出版社 2016 年版，第 vi 页。

② ［古希腊］亚里士多德：《尼各马可伦理学》，廖申白译注，商务印书馆 2003 年版，第 19、34 页。

③ Aristotle, *Politics, Translated, with Introduction and Notes by C.D.C. Reeve,* Indianapolis: Hackett Publishing Company, 1998, p.7.

缺，在奴隶制之外按其本性他们注定只能像野兽一样生活，"这就是我们的诗为何说'希腊人统治非希腊人是适当的'。"① 所谓的"自然的奴隶"，亚里士多德指的是那些"能够属于他人、自身并不拥有理性但在理解的层面上分有理性的人"。② 就像肉体需要灵魂引领一样，奴隶需要主人的理性引领，这种引领——服从的关系使奴隶分有了逻各斯，从而对整体和部分都有利，"奴隶成为了主人的一部分，也就是某种他的身体的活着的、但独立的部分。"③ 亚里士多德的论证为奴隶制存在的合理性提供了最初的理论基础。

不过古希腊人的自由是一种共同体的自由，与现代人所说的自由并不是一回事，正如贡斯当所指出的那样，"古代人的自由在于以集体的方式直接行使完整主权的若干部分：诸如在广场协商战争与和平问题，与外国缔结联盟，投票表决法律并作出判决，审查执政官的财务、法案及管理，宣召执政官出席人民的集会，对他们进行批评、谴责或黜免。然而，如果这就是古代人所谓的自由的话，他们亦承认个人对社群权威的完全服从是和这种集体性自由相容的。"④ 然而在近两千年后，亚里士多德的论调在北美殖民地得到了完美的回响。1645 年，在有人对他发出了滥用职权的控告之时，马萨诸塞殖民地的代理总督约翰·温思洛普发表了一次具有深远意义的演讲，在此之中他提出了权威治理下的"自由"概念：

> 存在一种双重的自由——自然的（我认为出于我们的本性现在是腐败的）以及公民的或联合的。对于与野兽或其他动物为伍的人来说，第一种是常见的。当与别人打交道时，人藉此拥有他想要的自由；这是一种既做好事、也做坏事的自由。这种自由与权威不相容或一致。行使和保持这种自由使得人变得邪恶，最后变得比粗暴的野兽

① Aristotle, *Politics, Translated, with Introduction and Notes by C.D.C. Reeve*, pp.2, 23.

② Aristotle, *Politics, Translated, with Introduction and Notes by C.D.C. Reeve*, p.9.

③ Aristotle, *Politics, Translated, with Introduction and Notes by C.D.C. Reeve*, p.11.

④ ［法］邦雅曼·贡斯当：《古代人的自由与现代人的自由》，阎克文、刘满贵译，冯克利校，上海人民出版社 2005 年版，第 34 页。

还坏：人人都有作恶的许可。这是真理与和平的大敌、上帝的所有律法处心积虑所要限制和压制的那只野兽。另一种自由我称之为公民的或联合的；它也可以被称作道德的，与上帝和人之间的契约有关，存在于道德法、自身的精明契约和政体之中。这种自由是正当的目的和权威的目标，没有它难以存活；这是一种唯一的可列为好的、公正的和诚实的自由。①

在演讲中，温斯洛普强调人们受自然法和恩典法的双重统治，在自然法统治下邻人之间的兄弟之爱不言自明，但在堕落以后人需要神的拯救，基督徒之间相爱白不待言，但对陌生人也要待之以爱，恩典法要求"还是当作基督的兄弟对待，共享着同一个圣灵，并教导在基督徒和他人之间做出区分"。② 尽管温斯洛普的自由定义中宗教因素十分突出，但共同体至高无上的意涵是不言自明的；换言之，自由与殖民地这个白人共同体不可分割，而享有这种特权也与基督徒身份密不可分。在独立战争以后、内战之前的美国，享受自由与美国人的身份捆绑在一起，而在南方这主要意味着白人男性。自由与奴役这一组对偶词汇是在白人对自身以及对包括黑人和印第安人的"他者"的不断定义过程中确立各自的内涵的。

由于奴隶制的存在，战前南方文化中对黑人的负面表述层出不穷。南方辩护士抽出《圣经》中的片言只语，将奴隶制视为上帝对含之子迦南的诅咒，而黑人则被认为是迦南的后代，如长老宗信徒乔治·阿姆斯特朗在 1852 年的《基督徒关于奴隶制的信仰》一书中说："它部分源于已被实施了的罪，更多源于挪亚给予迦南及其子孙第一次奴隶判决时所预知的未来的罪。"③ 与此同时，亚里士多德的有关自然法则的论述也在南部复活，

① George E. Wells, *I. The Aims and Purposes of the Founders of Massachusetts. II Their Treatment of Intruders and Dissentients,* Boston: Press of J. Wilson and Son, 1869, p.12.

② Scott J.Hammond, Kevin R.Hardwick, Howard Leslie Lubert, eds., *Classics of American Political and Constitutional Thought: Origins through the Civil War,* Indianapolis: Hackett Publishing, 2007, pp.13–14.

③ Stephen R. Haynes, *Noah's Curse: The Biblical Justification of American Slavery,* Oxford: Oxford University Press, 2002, p.71.

有人甚至提出了关于人种有不同的起源、黑人身体内外都与白人有别的论述。① 还有人强调黑人的天性不适应自由生活，实际上这是对黑人缺乏逻各斯的另类表述。即使是赞成渐进废奴的、伟大的政治家、《独立宣言》的起草者托马斯·杰斐逊也认为黑人生性懒惰，而自由劳工体制也不过是另一种权力的捆绑，雇主在合同中获得了足够的权威，得以使其将工场中的劳工置于"日常的纪律"当中；② 而此后的自由土壤运动亦认为，只有免于资本的强制以及奴隶制压迫的自由土地和独立性的劳动方能使之获得真正的自由。③ 不过，在自由土壤党的社会规划当中，也是没有黑人的适当位置的。1848 年黑人领袖弗里德里克·道格拉斯与亨利·比布等人一起在《北极星》报上的一篇《对有色人的演讲》上署名，呼吁黑人投票者不要支持自由土壤党，因其并非反对奴隶制，它只是反对它扩张而已。④

在压抑性的奴隶制下，尽管"法老不让他们走"，黑人并没有完全丧失对独立和自由的寻求。主仆之间虽然存在某种的利益一致性，但奴隶作为历史性行动的主体有其自身的自我意志，并呈现出各种行动的光谱。很多人不得不安于现状，有些人则阳奉阴违，还有些人试图改变自己的悲惨命运，寻机与主人讨价还价，甚至尝试逃跑以获得自己的人身自由。在倾斜性的权力天平上，奴隶试图将砝码拨至不太偏向主人的一端。对独立和自由的追求贯穿于黑人生活的方方面面，尽管大部分情况下是隐蔽性的。即使在外力帮助或自助情况下获得人身自由之后，黑人仍要解决实质性的个人自由即生存独立问题。这也就出现了布克·华盛顿所注意到的一个心理依赖现象，即"在整个重建时期，我们所有南部的人民都指望联邦政府

---

① Samuel Cartwright, "The Prognathous Species of Mankind", in Eric L. Mckitrick, ed., *Slavery Defended: The Views of the Old South*, Englewood Cliffs: New Jersey: Prentice-Hall, 1963, p.143.

② Claudio J.Katz, "Thomas Jefferson's Liberal Anticapitalism", *American Journal of Political Science*, Vol.47, No.1(Jan., 2003), pp.1–17.

③ Lacy K.Ford, *Origins of Southern Radicalism: The South Carolina Upcountry, 1800–1860*, 1991, Oxford: Oxford University Press, p.351.

④ Omar H.Ali, *In the Balance of Power: Independent Black Politics and Third-Party Movements in the United States,* Athens, Ohio: Ohio University Press, 2008, p.45.

提供所有东西，就像孩子指望母亲一样。"① 因此对自由的追求是美国黑人史的一个不变的主题，无论在解放前还是在其后；本书的一个任务即是聚焦于黑人对自由的理解及其追求历程，并发现这个被贬抑的种族及其个体是如何以实际行动丰富自由的真实含义的。

叙事的价值

　　本书的一个写作特点是从叙事的角度阐释上述问题，在此需要予以说明。至于奴隶叙事，它是 18 世纪至 20 世纪中叶之间由已经获得自由的前奴隶所书写或口述的自传性记录，具有鲜明的美国特色。它起源于奴隶制下非裔美国人的生活经历，受益于 18 世纪人道主义以及 19 世纪废奴主义思潮的激励，并一度在内战前的废奴运动中发挥了不可替代的推动作用。超验主义者西奥多·帕克牧师认为，奴隶叙事是美国仅有的本土性文学形式，并称赞"所有美国人原初性的浪漫都充实在它当中、而不是在白人的小说中。"② 美国学者弗朗西斯·福斯特认为："奴隶叙事者作为信息员是有价值的，由于他们能提供新的、令人兴奋的信息或能够证实其他叙事者的叙述，他们的贡献得到珍惜，不过相对于背景和他们工作的效果，特定作者的身份并不太重要。"③ 鉴于奴隶叙事或多或少的史料性质，尤其是在呈现主观真实方面所具有的无可替代性，我们可以说，奴隶叙事是具有历史价值的、美国本土色彩的传记，也是在历史上发挥了积极推动作用的文本。例如，斯托夫人在逃奴约西亚·亨森的原型基础上所发表的畅销小说《汤姆叔叔的小屋》，引发了一场亲奴隶制或反奴隶制小说的创作比

① 　Booker T.Washington, *Up from Slavery: An Autobiography,* Garden City, New York: Double-day & Company, Inc, p.77.

② 　William Andrews, *To Tell a Free Story: The First Century of Afro-American Autobiography*, University of Illinois Press, 1986, p.98.

③ 　Frances Foster, *Witnessing Slavery: The Development of Ante-bellum Slave Narratives*, Madison: The University of Wisconsin Press, 1994, p.145.

赛，并影响了内战前的社会气氛。[①] 斯塔林这样说："从整体上而言，奴隶叙事的艺术价值公认不高。它们的主要地位在于以奴隶自身的角度呈现的奴隶制画面攸关社会历史学家……叙事的重要性在很大程度上在于它们对 19 世纪 50 和 60 年代美国书信的初始性影响以及对美国黑人作者心态的揭示方面。"[②]

从叙事形式上来看，奴隶叙事资料大体分为以下两类：

一类是 18 世纪初以来由前奴隶所撰写的数百种自传，最早的是波士顿 1703 年出版的一位叫亚当的叙事《亚当的审判》，最晚的是 1944 年出版的乔治·华盛顿·卡弗的自传。[③] 其他著名的如奥拉达·艾奎亚诺、弗雷德里克·道格拉斯、威廉·布朗、亨利·比布、哈里特·雅各布斯等人的个人叙事。不过，鉴于奴隶叙事与英帝国范围内的废奴主义兴起有密切的关系，我们一般将主要关注的范围限定在 18 世纪下半期与新政阶段之间，后者的叙事调查成果结集时间即为本书的时间截至点。根据美国历史学家马里恩·斯塔林在《奴隶叙事在美国史中的地位》（1981）中的研究，从 18 世纪末到 20 世纪中叶有 6000 多部奴隶叙事得以出版。[④] 威廉·安德鲁斯则缩小了范围，"从 19 世纪开始到内战结束，有 87 部以书或小册子形式的奴隶叙事在美国得到出版，平均每年出版 1.3 部。从 1866 到《超越奴隶制》出版的 1901 年，又有 54 部成书的前奴隶叙事出现，每年平均 1.5 部"。[⑤] 查尔斯·J.海格勒将战前自我撰写的长篇叙事称为"经典叙事"，认为它与早期叙事以及内战后的叙事不同，带有明确的自由与奴役并置主

---

① Marion Wilson Starling, *The Save Narrative: Its Place in American History,* Washington, D.C.: Howard University Press, 1981, pp.307–308.

② Marion Wilson Starling, *The Save Narrative: Its Place in American History,* p.294.

③ 斯塔林认为包括法庭记录、报纸、私人印刷物、教会记录、学术期刊等载体在内的奴隶叙事记录从 1703 年延续到 1944 年，而最重要的阶段是 1936 年到 1960 年。See Marion Wilson Starling, *The Save Narrative: Its Place in American History,* "Foreword" & p.1.

④ Henry Bibb, *The Life and Adventures of Henry Bibb, An American Slave*，*with a New Introduction by Charles J. Heglar*, Madison: The University of Wisconsin Press, 2001, p.v.

⑤ William L. Andrews, *Slave Narratives after Slavery*, Oxford: Oxford University Press, 2011, p.viii.

题，叙事者认识到身体和精神上在奴隶制下受到的双重奴役，并决意获得自由，认为"在这几千种叙事中，1830 至 1861 年间那些自我撰写的、有书那么长篇幅的叙事具有中心的位置。"①

　　另一类是由学者所编纂的口述或访谈资料，如 1856 年本杰明·德鲁编纂的黑人口述资料《难民：加拿大逃奴的自我叙事》、1859 年詹姆斯·雷德帕斯编纂的黑人访谈资料《不固定的编者，或与南部州奴隶的谈话》，但最重要的是 19 世纪 30 年代，在官方主导下相继出现的一系列记录前奴隶生活和民俗的采访实录；在新政期间"联邦作者项目"（FWP）民俗分部指导下，由民俗学家约翰·洛马克斯等人所主持的采访前奴隶的叙事工程，采访范围涵盖 17 个州的 2300 名前奴隶，其成果收录于国会图书馆整理的 17 卷打印稿《奴隶叙事：采访自前奴隶的美国奴隶制民俗史》（1941）中，其后又被乔治·拉维克编入大型经典图书系列《美国奴隶传记大全》（1972—1979）当中；此外还有弗吉尼亚、南卡罗来纳、佐治亚、路易斯安那等州从事了有关黑奴叙事的一些子项目，分别汇编成《麦田里的象虫：弗吉尼亚前奴隶采访》《弗吉尼亚黑人》《经历：南卡罗来纳嘎拉社区的心声》《鼓与影子：佐治亚沿海黑人的残留研究》和《秋葵丫丫：路易斯安那民间传说》以及 B.A.博特金主编的《放下我的重担：奴隶制的民间史》等作品。这两类卷帙浩繁的叙事资料对于研究美国奴隶制诸问题具有不可替代性的价值。

　　20 世纪 70 年代以前，美国史学界较少留意利用这些丰富的第一手史料，尤其是在种族主义气氛影响下的 20 世纪之初，其叙事可靠性一度受到质疑。例如，初版于 1918 年的《美国奴隶制》一书的作者、被誉为"历史学家的历史学家"的美国史研究专家乌尔里克·菲利普斯高度怀疑奴隶叙事的可信性。在《旧南部的生活和劳动》一书中，他断言："一般而言，前奴隶的叙事都是由那么多的废奴主义者编辑而成的，作为一个类别其可

---

① Charles J. Heglar, *Rethinking the Slave Narrative: Slave Marriage and the Narrative of Henry Bibb and William and Ellen Craft*, Greenwood Publishing Group, 2001, p8.

靠性令人怀疑。"① 不过，有一半之多的奴隶叙事并非出自废奴主义者的编辑之手，更不用说 30 年代的联邦作者项目主持的口述记录。就前奴隶长篇叙事而言，斯塔林将其分为别人捉刀的、口述誊写的以及由前奴隶亲自撰写的三类，这是有一定道理的，因此需要个别性地予以鉴别。尽管保留性的态度一直挥之不去，仍有一些学者使用了奴隶叙事材料，如弗雷德里克·班克罗夫特 1934 年出版的《老南部的奴隶贸易》、约翰·凯德 1935年 7 月在《黑人史杂志》上发表的《出自前奴隶之口》一文、奥兰德·凯·阿姆斯特朗 1931 年出版的《老主人的人：老奴隶讲述他们的故事》、爱德华德·富兰克林·弗雷泽 1939 年的《美国黑人家庭》、赫伯特·阿普特克1943 年出版的《美国黑人奴隶的反抗》等等。但由于大范围的奴隶口述资料直到 1944 年才得以向社会开放，在二战之前这些第一手资料的可利用范围也存在局限性。

二战之后这种忽略黑人叙事的情况开始改观。1945 年，著名黑人学者杜波依斯指出了 17 种黑人叙事材料。肯尼斯·斯坦普在《特殊制度：战前奴隶制》（1956）中将奴隶叙事材料纳入视野，但没有将其置于一种权威地位。不过查尔斯·尼古拉斯的《往事如烟：前奴隶对其奴役和自由的叙事》（1963）运用了不少奴隶传记材料。即使到 20 世纪 70 年代，修正派史学家约翰·布拉欣格姆的先驱性著作《奴隶社区》（1972）尽管使用了内战前奴隶的传记材料，并强调材料之间的交叉印证，但他并没广泛运用前奴隶的访谈资料，同时强调奴隶传记也存在局限性："编辑的教育背景、宗教信仰、文字技巧、对奴隶制度的态度以及职业都影响了他如何记录奴隶的生活。"② 不过当年乔治·拉维克开始编辑出版《美国奴隶传记大全》（1972—1979），而尤金·吉诺维斯也出版了精装版本的《奔腾吧，约旦河，奔腾吧：奴隶创造的世界》，后者广泛地使用了联邦作者项目所提供的前奴隶访谈资料。此后肯定奴隶叙事价值的趋向成为主流，基于相

① Ulrich B. Phillips, *Life and Labor in the Old South*, Boston: Little, Brown, 1929, p.219.

② John W. Blassingame, *The Slave Community: Plantation Life in the Antebellum South*, Oxford: Oxford University Press, 1979, p.170.

关奴隶叙事的专著后续有加，如保罗·D.埃斯科特的《记忆中的奴隶制：20世纪奴隶制叙事记录》（1979）、利昂·里特崴克的《久处风暴之中：奴隶制余波》（1980）、德怀特·霍普金斯和乔治·卡明斯主编的《奴隶叙事中的黑人神学》（1996）、菲利普·摩根的《奴隶对位曲：18世纪切萨匹克和低地地区的黑人文化》（1998）、约翰·霍普·富兰克林的《逃奴：种植园上的叛乱》（2000）、伊冯娜·彻里奥的《黑人巫术》（2003）、赫伯特·科维和德怀特·艾斯奈赤的《奴隶吃什么》（2009）等，但这些著作并不专门研究黑奴叙事的结构本身。

与此同时，美国学界对奴隶叙事结构的研究也在发展之中。重要的著作有阿纳·邦当（Arna W. Bontemps）主编的《伟大的奴隶叙事》（1969）、约翰·F.贝里斯主编的《黑奴叙事》（1970）、吉尔伯特·奥索弗斯凯的《亨利·比布、威廉·韦尔斯·布朗和所罗门·诺瑟普的奴隶叙事》（1969）、斯蒂芬·巴特菲尔德的《美国黑人自传》（1974）、约翰·布拉欣格姆主编的《奴隶的证词：两个世纪的书信、演说、访谈和自传》（1977）、弗朗西斯·福斯特的《目击奴隶制：战前奴隶叙事的发展》（1979）、《自我撰写：非裔美国妇女的文学作品》（1993）、罗伯特·B.斯特普托的《来自面纱背后：非裔美国人叙事研究》（1979）、查尔斯·T.戴维斯和小亨利·路易斯·盖茨主编的《奴隶叙事》（1985）、威廉·安德鲁的《告诉一个自由的故事：第一个世纪的非裔美国人自传》（1986）、马里恩·斯塔林的《奴隶叙事在美国史中的地位》（1988）、乔安娜·M.布拉克斯顿的《写自传的黑人妇女：传统中的传统》（1989）、德怀特·霍普金斯和乔治·卡明斯主编的《让你结巴的舌头放松下来：奴隶叙事中的黑人神学》（1996）、奥德利·A.菲什主编的《非裔美国人叙事剑桥指南》（2007），等等。这些研究侧重于从叙事构思、技巧和主题等角度分析奴隶叙事的发展，但并不侧重于从史实的角度分析奴隶的命运及其对自由的追求；而且这些叙事研究大多是关于战前奴隶自传的研究，对于联邦作者项目所提供的奴隶叙事则不是特别关注。

国内学者对美国黑奴叙事研究不多，仅有的也大多是从文学角度对战前奴隶叙事的研究，如金莉的《〈女奴叙事〉的发现与出版》（《美国研究》2004 年第 4 期）。相比之下，对美国奴隶制问题的研究则丰富得多，专著如杨生茂先生主编的《美国黑人斗争简史》（1977）、唐陶华的《美国历史上的黑人奴隶制》（1980）、王金虎的《南部奴隶主与美国内战》（2006）以及陈志杰的《顺应与抗争》（2010），等等；另外还有一些重要的论文，如张友伦先生的《美国史研究百年回顾》（《历史研究》1997 年第 3 期）、刘祚昌先生的《美国奴隶制度的起源》（《史学月刊》1981 年第 4 期）、李剑鸣教授的《奴隶制、南北妥协与美国社会发展》（《世界历史》1989 年第 6 期）、张红菊的《试探美国南部奴隶制种植园的形成》（《世界历史》2005 年第 6 期）、丁见民教授的《美国印第安人五大文明部落黑人奴隶制的产生》（《史学月刊》2011 年第 8 期）、周泓的《美国奴隶制与资本体制并立的历史及其成因》（《世界民族》2012 年第 1 期），等等。不过，除了吴金平的《自由之路：道格拉斯与美国黑人解放运动》（2000）等个别著作利用了道格拉斯的叙事材料外，大多数著作还没有有意识地利用叙事材料。

如何解读奴隶叙事文本也是个重要的问题。当代法国学术大师保罗·利科（Paul Ricoeur）的观点具有指导性意义。在他看来，"一个文本就是由书写所固定的任何话语"，[①] 而"话语是语言事件或语言的使用"。[②] 话语本身就不一定能确保对听者传达自己所要言说的内容，而它一旦转换成文本，由于"所有的写作都在言说之前增加了某些东西"，文本并不能总是与言说者所要说的内容完全一致。[③] 由于受书写文字的结构以及读者的身份所限制，读者与言说者的言说背景以及意图即话语世界相分离，出现了"距离化"现象（distanciation）；这里所说的距离并非一般意义上的

[①] Paul Ricoeur, *Hermeneutics and the Human Sciences: Essays on Language, Action and Interpretation*, New York: Cambridge University Press, 1981, p.145.

[②] Paul Ricoeur, "Model of the Text: Meaningful Action Considered as a Text", *Social Research*, 38(1971), p.317.

[③] Paul Ricoeur, *Hermeneutics and the Human Sciences: Essays on Language, Action and Interpretation*, p.146.

空间距离，利科说："在将所有空间的和现世的距离转化成文化疏离的它性与所有理解藉其得以向自我理解方向扩展的自性之间，它［距离］是一种辩证的特征、一种斗争的原则。"① 距离化使得文本的意义不再仅仅根据作者的世界观，而是在读者的世界中显示其意义。

读者则有两种文本阅读方式，"通过阅读，我们可以延长和加强文本中涉及环境以及言说主体所针对听众的悬疑：这是一种说明的态度。但我们还可以解除这种悬疑和在当下的言说中完善文本。第二种态度是阅读的真正目标。"② 在从对文本内在性质进行的"说明"发展到加入了包含外在环境因素的"理解"方面，因主体性的途径依赖于解释者的预先性的理解而难以克服主观性，利科将结构性途径作为捕捉文本背后世界的参照点。作为读者，"理解"在于寻求与作者的内在生活相一致，使其自身更像他，并复制出那些产生作品的创造性过程。③

在克服文化或环境疏离、将文本转化成生动的交流方面，更有效的概念是"化为己有"（appropriation）这个概念，"距离化首先意味着疏远，化为己有则旨在作为'补救'而从距离的异化中'解救出'过去的文化遗产"。④ 利科指出了解释与化为己有之间的联系，"我们说，解释就是当场现时地对文本的意图进行化为己有"，⑤ 并概括出了基于化为己有的解释所具有的当下的特征："'现实化了的'文本发现了一种环境和一个听众；对于一个世界和主体们，它取得了指示性的运动——被拦截和被暂时搁置。这个世界是读者的世界，这个主体就是读者自己。在解

---

① Paul Ricoeur, *Interpretation Theory: Discourse and the Surplus of Meaning*, Fort Worth Texas: The Texas Christian University Press, 1976, p.43.
② Paul Ricoeur, *Hermeneutics and the Human Sciences: Essays on Language, Action and Interpretation*, p.158.
③ Paul Ricoeur, *Hermeneutics and the Human Sciences: Essays on Language, Action and Interpretation*, p.151.
④ Paul Ricoeur, *Interpretation Theory: Discourse and the Surplus of Meaning*, p.89.
⑤ Paul Ricoeur, *Hermeneutics and the Human Sciences: Essays on Language, Action and Interpretation*, p.162.

释中，我们可以说阅读变得像言说。"① 在其他部分，利科进一步解释了"化为己有"的定义："关于化为己有，我意指语意自治的对应物，它将文本从其作者那里脱离"；②"关于化为己有，我这样理解：在一个主体的自我解释中，文本的解释达到顶点，该主体其后更好地理解自己，对自己有了不同的理解，或只是开始理解自己。"③

除了对一般性的叙述有宏大性的立论外，利科对历史叙事也有独到的研究。他认为，"与实证主义的历史构想相比，历史中存在着更多的虚构"，"与这种实证主义的历史事实构想相反，更新的认识论强调'想象性的重构'"。④ 由于历史书写的想象性因素，利科特别提到了海登·怀特所发现的历史书写的"诗歌"范例。事实上，怀特的观点与利科异曲同工。在《元史学：19 世纪欧洲的历史想象》文本前言中，怀特强调历史的想象成分，"历史知识永远是次级知识，也就是说，它以对可能的研究对象进行假想性建构为基础，这就需要由想象过程来处理"；⑤ 在正文的导论中，怀特将与事件对应的"概念化诸种层面"即利科所说的"想象性重构"分成了编年史、故事、情节化模式、论证模式、意识形态蕴含模式五种。⑥

利科的理论相当复杂，笔者读起来总有一种盲人摸象之感，一时难以将其完全消化，但经典叙事学托多罗夫所提出的"故事"与"话语"之分仍是一个便捷的路线，⑦ 而后经典叙事学对语境的重视也有启发性。在此情况下，笔者在以梳理基本事实即叙事性"故事"为主的情况下，尝试分析叙事的时代性语境，评估叙事的真实性和价值，并在一定程度上注意鉴

---

① Paul Ricoeur, *Hermeneutics and the Human Sciences: Essays on Language, Action and Interpretation*, p.159.

② Paul Ricoeur, *Interpretation Theory: Discourse and the Surplus of Meaning*, p.43.

③ Paul Ricoeur, *Hermeneutics and the Human Sciences: Essays on Language, Action and Interpretation*, p.158.

④ ［法］保罗·利科：《诠释学与人文科学：语言、行为、解释文集》，中国人民大学出版社 2012 年版，第 252—253 页。

⑤ ［美］海登·怀特：《元史学：19 世纪欧洲的历史想象》，译林出版社 2013 年版，第 6 页。

⑥ ［美］海登·怀特：《元史学：19 世纪欧洲的历史想象》，第 11 页。

⑦ 申丹、王丽亚：《西方叙事学：经典与后经典》，北京大学出版社 2010 年版，第 14 页。

别角色与叙事者的区别，"第一是谁讲述什么，第二是谁行动、思考、感觉和言说"，[①] 并给出某种利科所说的"指出结构即构成文本静止状态的内在依赖关系"的"说明"，力求"随着文本所打开的思路、置身于文本所指的方向"，进行某种程度上的"解释"。[②]

需要说明的是，在 19 世纪的黑人叙事文本的题目中往往冠以"前奴隶"一词，而在 20 世纪作为一种历史研究对象时，学术界一般称呼为"奴隶叙事"。在本书中，在指称与奴隶有关的叙事一般统称为"奴隶叙事"，但在指称某类限定的对象时也称"前奴隶叙事"，如"高龄前奴隶叙事"。

[①] Paul Ricoeur, *Time and Narrative,* Vol.2, Translated by McLaughlin and David Pellauer, Chicago: The University of Chicago Press, 1984, p.185.

[②] Paul Ricoeur, *Hermeneutics and the Human Sciences: Essays on Language, Action and Interpretation*, pp.161–162.

第一编　美国奴隶叙事发展阶段

第一章

美国奴隶的早期叙事（1760—1830）

北美殖民地时代，奴隶贸易和奴隶制是在劳动力紧缺与白人独享殖民地政治利益的需求下引进的，存在着内部的矛盾性张力。[1] 18世纪下半期，启蒙运动的兴起，以孟德斯鸠、约翰·洛克为代表的思想家提出了人道主义、自然权利和契约论，这些声音逐渐压制了那种基于西方文化传统中对人性恶的强调而对奴隶制采取的合理性辩护；与此同时，与福音主义相关联的超验主义强调同情和慈爱的美德，这就为大西洋两岸的反奴隶贸易思潮及其联合提供了理论依据。[2] 在福音主义组织的赞助下，大西洋两岸分别在1787年成立了"废除奴隶贸易英国促进会"，1775年成立了"宾夕法尼亚废奴协会"。在这种背景下，无论福音主义组织还是这些政治性协会都对奴隶叙事的出版提供了某种助力。

1760—1830年间的奴隶叙事可以说是其早期阶段，也就是奴隶叙事的兴起阶段。叙事迎合了白人读者对异域的猎奇心理，同时要宣示白人文化的自信，即要凸现基督教对异教徒的拯救，所以这个时期的奴隶叙事涉及相当比例的冒险叙事和被掳叙事，也包含奴隶吸收新教伦理后勤俭努

---

[1]　参见牟英华等：《北美殖民地对海外奴隶贸易的抵制及其原因》，《鲁东大学学报》2014年第6期。

[2]　Philip Gould, "The Rise, Development, and Circulation of the Slave Narrative", in Audrey A. Fisch, ed., *The Cambridge Companion to the African American Slave Narrative*, Cambridge: Cambridge University Press, 2007, p.11.

力、给主人完成服务后最终赎买自身自由、获得恩赐自由的成功叙事。叙事一般具有世俗拯救和灵魂拯救双重主题，主人公往往置身于基督教文明的高度，严格审视自己的身心历程；最终通过宣扬自我价值和个人的救赎，达到宗教教诲的社会效果。不过这一时期的叙事题材十分广泛，既有灵性叙事，也有成功叙事；既有地方故事，也有大西洋叙事；既有非洲被掳叙事，也有印第安冒险叙事；既有自撰叙事，也有别人代为记录的；在作者方面，既有第一代黑人，也有本地出生的克里奥人。从总体上而言，这个时期的奴隶叙事最初对奴隶制本身并不直接触及；但到该时期末，叙事对世俗自由和自然权利、人道主义的关注提到了日程之中。

奴隶叙事的开端

1701 年，马萨诸塞殖民地法官塞姆尔·休厄尔的《约瑟夫的出卖》标志着废奴主义文献的发轫，为奴隶叙事的开始提供了一种不可缺少的社会气氛。接着，1701—1703 年间马萨诸塞萨福克县农场主约翰·萨芬与其奴隶亚当围绕服役期限发生了一场官司，当事法官是有废奴倾向的塞姆尔·休厄尔，最终判亚当获得自由。1703 年 11 月载于马萨诸塞殖民协会记事录的《黑人亚当的审判》（*Adam Negro's Tryall*），被斯塔林当作"第一篇奴隶叙事"。[1] 由于亚当本人并没有参与讲述自己的故事，这种立论有些言过其实，正如弗朗西斯·福斯特所言，尽管《黑人亚当的审判》第一个描述了早期北美奴隶的行为及其生存状况，它只能当作"奴隶叙事的一个先驱"。[2]

生卒不详的波士顿奴隶布里顿·哈蒙口述被记录下来后，于 1760 年

---

[1] Marion Wilson Starling, *The Save Narrative: Its Place in American History,* Washington, D.C.: Howard University Press, 1981, p.50.

[2] Frances Foster, *Witnessing Slavery: The Development of Ante-bellum Slave Narratives*, Madison: The University of Wisconsin Press, 1994, p.33.

出版了《黑人布里顿·哈蒙的非凡受难和出人意料的解救叙事》。内容讲述了哈蒙在一次主人允许的远行中如何被"魔鬼"式的印第安人俘获、在土牢里待了四年半、与"好主人"温斯洛将军最终在失散 13 年后破镜重圆、重回"效劳"的故事，并宣扬了主仆之间的温情。① 虽然正文篇幅不长，仅有薄薄的 14 页，但由于以第一人称讲述，可以说是真正意义上的北美黑人奴隶叙事。哈蒙的叙事明显受到了当时流行的印第安人掳掠叙事中关于"野蛮"与"文明"对偶性叙事风格的影响，但并无对黑人身份的特别强调，而是突出失去主人荫蔽后上帝指引的重要性，从而以领先性的姿态呈现了融入主流价值观的主题，显示了北美奴隶在面临异质环境时采取浸入式同化取向的一面。综合全篇内容来看，哈蒙叙事可以进入冒险叙事、被掳叙事和忏悔叙事之列。

被处死刑的奴隶（出处：《黑人庞珀的临死忏悔》，1795）

接下来就应该是 1768 年在波士顿出版的、康涅狄格奴隶阿瑟以第一人称陈述的短篇《1768 年 10 月 20 日在伍斯特被处决的黑人男子阿瑟的生平及其临终演说》了。这是一篇自我忏悔叙事，也是一篇向世人展示不

---

① Briton Hammon, *A Narrative of the Uncommon Sufferings, and Surprizing Deliverance of Briton Hammon, a Negro Man, Servant to General Winslow, of Marshfield, in New-England; Who Returned to Boston, After Having Been Absent Almost Thirteen Years. Containing an Account of the Many Hardships He Underwent from the Time He Left His Master's House, in the Year 1747, to the Time of His Return to Boston. How He Was Cast Away in the Capes of Florida;... The Horrid Cruelty and Inhuman Barbarity of the Indians in Murdering the Whole Ship's Crew;... The Manner of His Being Carry'd by Them Into Captivity. Also, an Account of His Being Confined Four Years and Seven Months in a Close Dungeon, ... and the Remarkable Manner in Which He Met with His Good Old Master in London; Who Returned to New-England, a Passenger in the Same Ship.* Boston: Printed and Sold by Green & Russell, in Queen-Street, 1760.

听善良的主人调教、听任自己的欲望捆绑而导致悲惨下场的道德训诫叙事。就宣示主仆之间联结的主旨和宗教融入立场而言，它与布里顿·哈蒙的叙事之间可谓异曲同工；读者也可在某种程度上从中品味出，新英格兰早期著名清教领导人约翰·温斯罗普关于"自然的自由"与"公民的自由"的论述主旨与此遥相呼应。阿瑟（1747—1768）所叙内容含有在印第安人手下生活以及随后伙同他人犯罪的经历，包括偷窃、醉酒和逃跑，因而也是一种奴隶犯罪叙事。阿瑟后来因强奸一个寡妇，最终被判绞刑。在宣判后他声称，"我必须忏悔，这对我臭名昭著的罪行来说适得其所。"① 从内容来看，该篇无疑属于冒险叙事和忏悔叙事范畴。

跨大西洋奴隶叙事

18 世纪 70、80 年代出版的反映大西洋范围内跨区域、跨文化生活经历的叙事就有两种，即格劳尼扫的《非洲王子格劳尼扫自我撰写的关于最非凡细节的生活叙事》、艾奎艾诺的《非洲人奥拉达·艾奎亚诺或古斯塔夫斯·瓦萨自我撰写的有趣的生活叙事》。与此同时它们也是涉及非洲被掳叙事当中的四个叙事的一部分。根据斯塔林的研究，涉及大西洋流散过程中非洲亲身经历的早期奴隶叙事只有四种，即格劳尼扫的《非洲王子格劳尼扫自我撰写的关于最非凡细节的生活叙事》、艾奎艾诺的《非洲人奥拉达·艾奎亚诺或古斯塔夫斯·瓦萨自我撰写的有趣的生活叙事》、文彻·史密斯的《居住在美国六十余年的非洲土著文彻自我撰写的生活和冒险叙事》以及赞巴（Zamba）的《非洲黑人国王赞巴自我撰写的生活和冒险叙事》；② 由于最后一种的事实真伪性不完全明了，比较完整的非洲被

---

① Arthur(1747–1768), *The Life, and Dying Speech of Arthur, a Negro Man; Who Was Executed at Worcester, October 10, 1768. For a Rape Committed on the Body of One Deborah Metcalfe.* Boston［s. n.］, 1768.

② Marion Wilson Starling, *The Save Narrative: Its Place in American History,* pp.59, 319.

虏叙事实际上只有三种可靠的文本。它们都属于作为自由人被掳之后历尽艰辛、通过合法手段重获自由的叙事。

1770 年在英国首版的格劳尼扫（1710—1775）的自传《非洲王子詹姆斯·阿尔伯特·尤卡扫·格劳尼扫自我撰写的关于最非凡细节的生活叙事》是四部述及非洲生活的早期叙事之一，叙事对奴隶制的经济合理性提出了不同的观点，因而在 18 世纪的废奴主义者心目中声誉很高，发行也极为成功，当时就出现了两种北美版本。① 作为一部脍炙人口的

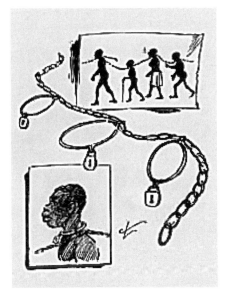

押送途中的非洲奴隶（出处：《为了基督的非洲：28 年的奴隶生涯》，1892）

被掳叙事、灵魂拯救和成功叙事，本书后面将专辟一章进行解读。

更为成功的是 1789 年初版于伦敦、1791 年再版于纽约的《非洲人奥拉达·艾奎亚诺或古斯塔夫斯·瓦萨自我撰写的有趣的生活叙事》。除了对非洲生活状况的描述外，艾奎亚诺《生活叙事》对大西洋奴隶贸易中的悲惨"中程"予以详细的记载。在叙述风格上，其《生活叙事》的一大成就是将奴隶的自由叙事与灵性叙事相并列，并将二者结合得天衣无缝。如果说此前被掳为奴的非洲王子格劳尼扫的个人叙事同样具有这种并置叙事结构的话，格劳尼扫所描述的日渐恶化的世俗生活与灵性提升生活的二元对立与艾奎亚诺的双重拯救内容大异其趣。② 同样作为一部畅销的被掳

---

① Ukawsaw Gronniosaw, *A Narrative of the Most Remarkable Particulars in the Life of James Albert Ukawsaw Gronniosaw, an African Prince, As Related by himself*, Bath: Printed by W. GYE in Westgate-Street: and Sold by T. Mills, Bookseller, in King's-Mead Square. Price Six-Pence, 1770.

② Angelo Costanzo, *Surprizing Narrative: Olaudah Equiano and the Beginnings of Black Auto-biography*, Westport, Conn.: Greenwood Press, 1987, p.92.

惠特莉的画像（出处：《非洲土著和奴隶菲利斯·惠特莉的传记和诗篇》，1834）

叙事、灵魂拯救和成功叙事，其地位甚至比格劳尼扫的叙事还要重要；但鉴于此前《在荒野里看见耶稣：美国黑奴宗教叙事》一书中已有阐述，本书在此略而不赘。①

学界大多认为北美第一位女奴诗人是菲利斯·惠特莉（1753—1784）。她也是一个从非洲被贩卖的女奴，与个人自传有关的是《关于从非洲被带到美洲》的诗篇，还有几篇相关的通信。因谈及非洲的事情很少，亦无关于大西洋航程的任何描述，这很难算作真正意义上的个人叙事。② 其身世实际上更多地记载于乔治·W.莱特1834年所出版的《非洲土著和奴隶菲利斯·惠特莉的传记和诗篇》，其编者是玛格蕾塔·玛蒂尔达·奥德尔。③ 尽管惠特莉以灵魂拯救作为其诗歌的主要旨趣，值得注意的是她仍以妥协的态度介入了种族的话题；与此相关的是对女主人苏珊娜所提供庇护的感激与期望更大自由之间所产生的内心波澜，可再次引起我们对主仆世界交汇之间复杂性的注意。④ 与同样皈依于基督教的艾奎亚诺相比，惠特莉对非洲家乡的情感归属大异其

---

① 参见高春常：《在荒野里看见耶稣：美国黑奴宗教叙事》，科学出版社2016年版，第50—76页。

② See Phillis Wheatley, *The Poems of Phillis Wheatley: With Letters and a Memoir*, New York: Dover Publications, Inc., 2012.

③ Margaretta Matida Odell, ed., *Memoir and Poems of Phillis Wheatley, a Native Africa and a Slave*, Lyceum Depository, 3 Cornhill : Geo. W. Light, 1834.

④ 宋佳佳的硕士论文对苏珊娜和惠特利的主仆关系进行了自己的分析。参见宋佳佳：《与奴隶制抗争不止的北美非裔女性菲利斯·惠特莉》，鲁东大学2015年硕士学位论文。

趣；惠特莉虽然也对黑人种族抱有同情之心，但在文化上却将自己的西非家乡看作蒙昧之地，表明她在价值取向层面受白人影响之深，在感情表达上几乎完全倒向了"白人的世界"。从一种比较宽泛的意义上而言，惠特莉的诗篇可算作一部淡化殖民野蛮性质的被掳叙事和充满感恩色彩的灵性叙事。

灵性拯救与世俗成功

其实康涅狄格长岛的奴隶朱庇特·哈蒙（1716—?）的诗作《一次晚间的思索》比惠特莉发表第一首诗的 1770 年还要早 1 年。从事实上来说，尽管比不上惠特莉的知名度，朱庇特·哈蒙才应是北美第一位非裔诗人。哈蒙在 1787 年出版的《对纽约州黑人的演说》呼应了白人世界的意志，宣扬甘于奴役而不反抗将获得天堂的拯救；其演说包含了个人得到善待的生活传记，关注的是黑人奴隶的灵性拯救，呼吁他们要为此改变愚蠢、堕落的现世行为方式，属于色彩明显的拥抱主流文化价值的灵性叙事。演说充满了道德训诫的意味：除非是犯罪的事情，奴隶都要听命于主人；拒绝咒骂，以免亵渎上帝；不要偷窃主人的财产，"尽管你可能试图为自己开脱，说主人对你不公，你可能以此安慰你的良心，但如你诚实的话你必须认识到这是邪恶的。"① 然而哈蒙并不反对奴隶对于自由的追求，只要途径正当："我承认自由是一件值得追求的伟大事物，如果我们能诚实地获得、通过我们良好的行为说服我们的主人释放我们的话。"② 这显示哈蒙试图在白人主导的世界里寻求某种黑白双方都能接受的模糊地带，并预示着一种类似于布克·华盛顿的种族妥协立场。

文彻·史密斯（1729—1805）在 1798 年出版了《居住在美国 60 多年

---

① Jupiter Hammon, *An Address to the Negroes in the State of New York*, New York: Published by Samuel Wood, No.362 Pearl-street, 1806, p.9.

② Jupiter Hammon, *An Address to the Negroes in the State of New York*, p.12.

的非洲土著文彻的生活和冒险叙事》。① 与艾奎亚诺对可怕中程的详述不
同，文彻对此着墨相当简略，但对奴隶贸易带来的非洲战乱叙述相当生动
和客观。叙事虽然涉及两个异质文化世界的碰撞，但内容倾向于将其置于
对等地位，并无通常的印第安掳掠叙事之中文明世界的分子进入野蛮领域
的意涵，这种着墨方式隐含着作者关于北美生存环境中的黑白世界处于对
等地位的出发点，尽管融入白人社会仍是叙事的明线。

　　叙事的起点是，在大约 6 岁多之时，作为酋长之子的布罗提尔（Bro-
teer）因敌对部落的侵入而从几内亚被掳，此后被卖到来自罗德岛的罗伯
逊·芒福德，被迫改名文彻。文彻在主人手下服役 13 年，娶妻生女，工
作之余靠刷鞋子、捉麝鼠、貂和鱼以及种土豆、胡萝卜而偷偷攒了 21 镑。
此后一家人先后被转卖给康涅狄格斯托宁顿的罗伯特·斯坦顿，因主仆发
生冲突，文彻被转售给斯托宁顿的亨普斯特德·迈纳。在主人将他抵押给
哈特福德的丹尼尔·爱德华兹一段时间后，在文彻 31 岁时又将其卖给了
宽容的主人奥利弗·史密斯上校，后者答应文彻可以购买自由。于是他将
埋在路边的钱财挖出来交给新主人，外出长岛等地伐木与主人分成，先后
赚了 270 镑 10 先令，并将 71 镑 2 先令支付给主人，到 36 岁时终于离开
了史密斯；此后从事伐木、做买卖、生产、捕鱼等活动，先后购买了自己
的两个儿子、妻子、女儿、三个黑奴，并最终购置了 100 多英亩的农场及
三处屋舍，拥有捕鲸船和其他船只，也就是说他自己成了一个奴隶主。

　　文彻的自由获得以及事业的非凡成功来源于自身养成的良好习惯，即
吸收了富兰克林式的清教价值观。例如，他平时极为勤俭，"我从不购买
我没有绝对需要的东西。所有精细的衣服我都嗤之以鼻，只是保留日常舒
适的衣服，大概我有一两套平时不穿的服装，但不是为了花哨。"② 白人

---

① 吕文娟的硕士论文对该叙事文本的真实性进行了讨论。参见吕文娟：《奥拉达·艾奎亚
诺与文彻·史密斯自传对比研究》，鲁东大学 2016 年硕士论文。

② Venture Smith, *A Narrative of the Life and Adventures of Venture, a Native of Africa, but
Resident Above Sixty Years in the United States of America*.New London: Printed in 1798; Re-
vised and Republished with Traditions by H. M. Selden, Haddam, Conn., 1896;Middletown,
CONN.:J.S. Stewart, Printer and Bookbinder, 1897，p.23.

编辑伊莱莎·尼勒斯注意到这个现象，并在前言中强调了这种销售卖点："读者可在这里看到一个在自然状态而不是在奴隶制状态下的富兰克林或华盛顿。尽管缺乏任何教育，受到因年龄所造成困境和疾病的打击，他仍展现了内在创造性和良好意识的显著迹象。"① 除此之外，叙事还突出家庭价值在其中的位置，可与此后比布的叙事相映成辉。69 岁时的文彻念念不忘提及他的妻子："在我的所有的忧伤和痛苦中，我有着很多安慰；梅格，我年轻时的妻子，是我因爱而结婚且用我的钱买下的，现在仍然活着。"② 历史学家查尔斯·海格勒因此认为，"对后来作者来说，文彻对奴隶婚姻和家庭的强调是这个主题的　个早期指钎"。③

　　尽管包含灵性拯救的内容，但文彻的叙事基本上属于世俗性的、富兰克林式的成功叙事，文彻的叙事因而偏离了早期叙事对宗教皈依的强调，将重点转向了世俗性的生活和自由，这是一个新的叙事方向；因此这是一部兼有被掳叙事、成功叙事和家庭叙事的奴隶叙事。从叙事的具体内容中，我们可从他的身上得出，关于奴隶是普遍懒惰的假定完全是片面的；在叙事的天然情感倾向方面，文彻对在新世界和奴隶制下的道德堕落持有一种委婉的批评态度，如嘲讽性地将"白人绅士"与"黑狗"的措辞并置，实际上暗含着一种反向的"野蛮—文明"对偶景观，④ 从而与白人序言中所热衷宣扬的主流价值观有所区别。值得重视的是，尽管面临着压倒性的白人价值观，这种叙事话语仍意味着对一种"黑人的世界"独特性的体认。尤兰达·皮尔斯认为，"正是文彻·史密斯完善地利用、而后改造了被掳叙事的类型，并在将这种类型作为一种工具形塑一种非裔美国人的认同方

①　Venture Smith, *A Narrative of the Life and Adventures of Venture, a Native of Africa, but Resident above Sixty Years in the United States of America*, p.iv.

②　Venture Smith, *A Narrative of the Life and Adventures of Venture, a Native of Africa, but Resident above Sixty Years in the United States of America*, p.31.

③　Charles J. Heglar, *Rethinking the Slave Narrative: Slave Marriage and the Narratives of Henry Bibb and William and Ellen Craft,* Westport, Connecticut: Greenwood Press, 2001, p.11.

④　Venture Smith, *A Narrative of the Life and Adventures of Venture, a Native of Africa, but Resident above Sixty Years in the United States of America*, p.30.

面奠定了基础。"①

痛苦与喜悦

利·里士满牧师（1772—1827）所编的《穷人的编年史·黑人仆役》
（1815）记述了白人直接参与掳掠非洲黑人的被掳叙事。在描述了奴隶制
肆虐、"被诅咒含的子孙"所居住的"黑暗"非洲之后，作者接着记述了
自己与一个通过 W 船长所认识的奴隶威廉之间的对话。威廉说他来自非
洲，被白人捉住并卖为奴隶："一天我离开家里的父母到海边捡贝壳，当
我弯腰收集它们的时候，一些白人水手从一艘船上下来，把我带走了。从
此之后再也没有见到父母……我被带到船上，被运到牙买加，卖给了一个
主人。我在他房子里服了几年，大约三年前，我被与你说话的这位船长
带到他的船上当仆役。他是个好主人；给了我自由，从此之后我就跟着他
生活。"② 虽然其他内容都是关于宗教皈依过程方面的，因而再次回到了
这个时期灵性叙事的主旋律，但《黑人仆役》仍然可以算作一篇涉及白人
直接参与非洲掳掠过程的、有特色的、短小的被掳叙事。对我们来说，叙
事再次触及黑白温情的一面，并以恩赐自由的皆大欢喜结局而收尾，显示
出奴隶制下黑白"共享的世界"的某种迷离色彩。

乔治·怀特（1764—?）出生于弗吉尼亚的阿卡麦克镇（Accomack），
生而为奴，1 岁半时与母亲分离，被卖到以斯帖县，6 岁时被再次转卖到
马里兰的萨默西特县，15 岁时第三次被卖到萨福克，"在奴隶制下遭受了
最卑贱的奴役状态"。然而 26 岁时，主人克服家庭阻力，临终前允其自

---

① Yolanda Pierce, "Redeeming Bondage: The Captivity Narrative and the Spiritual Autobiogra-
phy in the African American Slave Narrative Tradition", in Audrey A. Fisch, ed., *The Cam-
bridge Companion to the African American Slave Narrative*, p.86.

② Legh Richmond, *Annals of the Poor. Containing The Dairyman's Daughter, The Negro Ser-
vant, and The young Cottager*, New-Haven, Published by Whiting and Tiffany, 1815, p.144.

由，这显示出在奴隶制下黑暗的白人世界中，仍有人性的灵光忽明忽暗地闪耀。怀特亲身体验到身陷奴役时奴隶的自暴自弃，耽于"损害社会福祉、抵触上帝的意志，无论给予怎样的机会"，从而以一种隐晦的方式暗示着奴隶制带来的身心毒害；自由后他反而认真悔罪，追求在精神上从"奴隶制的罪当中解脱"。① 鉴于认识到心灵之罪的奴役比身体的奴役更可怕，他本人立下宣讲福音的宏愿，历经五次挫败后，他最终得到了一张布道的许可证，期望藉此能够帮助他的黑人种族。1810 年他出版了《非洲人乔治·怀特自我撰写、经朋友修改的关于生活、经历、旅行和福音事工的叙事》，力求证明信仰的得救有助于摆脱身体的奴役，并能够在世俗生活和精神生活中获得不断的进步，并暗示奴役地位与种族的归属没有任何内在的关联。总体上怀特的叙事呈现出一种在奴隶制下与惠特莉所不同的精神追求倾向，后者将奴隶制看作是解救黑人出于愚昧之外的一种工具，而怀特将失去永恒的拯救看成比暂时的身体奴役更加可怕的东西，因而极力追求一种更有价值的自由。叙事因而重弹这个时期灵性叙事的老调，但因将世俗价值当作一种附属性的外壳，而把灵性叙事推至一个新高度。

　　1797 年出版的《上年 7 月 8 日周六被吊死在新泽西州格洛斯特县伍德伯里的黑人亚伯拉罕·约翰斯通的演说》，记载了特拉华奴隶亚伯拉罕·约翰斯通（？—1797）的自我辩护词。② 约翰斯通声称自己没犯被起诉的谋杀罪，并控诉司法机器的不公害了他；在一个当地正尝试废除奴隶制的时刻，他相信自己本该有一个更好的命运。③ 他说："当我是个奴隶

---

① George White, *A Brief Account of the Life, Experience, Travels, and Gospel Labours of George White, an African; Written by himself, and Revised by a Friend*, New York.Printed by John C. Totten, 1810, pp.6–7.

② Abraham Johnstone, *The Address of Abraham Johnstone, a Black Man, Who Was Hanged at Woodbury, in the County of Glocester, and State of New Jersey, on Saturday the sic 8th Day of July Last; To the People of Colour. To Which Is Added His Dying Confession or Declaration. Also, a Copy of a Letter to His Wife, Written the Day Previous to His Execution*, Philadelphia:Printed for the Purchasers, 1797.

③ Abraham Johnstone, *The Address of Abraham Johnstone, a Black Man, Who Was Hanged at Woodbury*, p.6.

的时候，我没有像其他成千上万的奴隶遭受那么严厉或残酷的经历，但上帝知道我经受了难以置信的、无数的艰难"，① 这些话语委婉地表露了他自己对白人社会的不满，从而拉开了与"白人的世界"的心理距离。与此前哈蒙叙事侧重道德训诫的主旨有所不同，约翰斯通强调的是这个世界应有的公正性，从而将道德问题引向了现实层面，而灵性拯救的调门则大大降低；不过他仍受时代倾向的影响，坚持宗教是美德的基础："我极为认真地建议，至少每个安息日你们要严肃、定期地参加神圣敬拜，而其他时间方便时也尽可能参加。"②

叙事的初步转向

弗吉尼亚乔治王县的混血儿逃奴威廉·格兰姆斯（1784—1865）所写的《逃奴威廉·格兰姆斯的生活自传》向人们展示了一个完全不同的"黑人的世界"。该叙事被认为是第一部揭示种植园可怕境况的奴隶叙事，因其谈及奴隶饥饿和偷窃时夸张地表示："我对肉食是如此的饥饿，以至于恨不得吃了我的母亲"。③ 格兰姆斯出生于"一个夸耀其自由的土地上"，母亲是斯图尔德医生的奴隶，而父亲是附近一个极为富裕但个性粗野、暴躁的种植园主，据合理推测应是小本杰明·格里姆斯。10 岁时库尔佩珀县的威廉·桑顿上校从斯图尔德医生那里以 65 英镑买下了他，格兰姆斯被迫与母亲分离。在新主人手下最初一切还好，不久一个叫作帕蒂的仆役在咖啡中偷偷加了药片，但没曾想主人怪罪于格兰姆斯，怒冲冲地惩罚了他五六十下鞭子。此后格兰姆斯在残忍的田间监工手下做工，并与其斗智

---

① Abraham Johnstone, *The Address of Abraham Johnstone, a Black Man, Who Was Hanged at Woodbury*, p.13.

② Abraham Johnstone, *The Address of Abraham Johnstone, a Black Man, Who Was Hanged at Woodbury*, p.15.

③ William Grimes, *Life of William Grimes, the Runaway Slave. Written by himself*. New York, 1825, p.14.

斗勇。因探访已卖给一个白人当老婆的幼时伙伴贝蒂、干活不合乎要求、言语不周等原因，格兰姆斯多次遭到非人的折磨。大约 20 岁时，桑顿的儿子乔治接管了格兰姆斯，挨打情况依旧，但一段时间后，桑顿的另一个儿子买下了格兰姆斯，情况有所好转。然后是一个来自佐治亚州萨凡纳的犹太人买下了他，但这次格兰姆斯很不情愿到这个地方，并试图以一把斧头进行自残。① 此后，主仆之间缺乏信任，冲突不断，格兰姆斯甚至以绝食进行抗议，最后如愿换了第六个主人，即来自康涅狄格费尔菲尔德的奥利弗·斯特奇斯。当主人打算迁移到纽约的时候，格兰姆斯被租给了萨凡纳的一个印刷商伍尔侯珀特（Wolhopter），并为他赶车；随后又跟随克洛克医生，据他自己说，"他是我生活或工作中遇到的最好、最有人性的人"。② 但有次仍因自己喝酒被关进监狱八周之久。经自己的穿针引线，格兰姆斯以 500 美元转卖给来自纽约的海军代理 A·斯蒂芬·布洛克，主要任务是赶车，还先后被租给别人在船上、种植园干活。因看管的葡萄酒丢失而失信于主人，格兰姆斯故伎重施，试图换个主人。但在询问有关意向时，布洛克勃然大怒，在对他一顿暴揍后将其投进监狱。出狱后，性格暴躁的怀特买下他，两三个月后又转卖给了韦尔曼，也是第八次以 500 美元的价格被出售，但韦尔曼本人将其租给前主人奥利弗·斯特奇斯。在此期间斯特奇斯比较大度，让格兰姆斯自找工作。这时候来自波士顿的一艘"盒子"号双桅横帆运棉船到港萨凡纳，与格兰姆斯混熟的水手建议他借此机会逃走。离港之前格兰姆斯冒充水手的仆人上了船，藏在棉花包所留出的空隙里，在水手的帮助下顺利到了没有奴隶制的纽约市，时年 30 岁。没料到的是，一段时间后在百老汇的大街上，他恰好碰到了奥利弗·斯特奇斯。格兰姆斯赶紧收拾东西逃往康涅狄格的纽黑文，一段时间后又到了普罗维登斯，接着又到了新贝德福德等地谋生，从事赶车和理发等行当，

---

① William Grimes, *Life of William Grimes, the Runaway Slave. Written by himself*, p.22. 斯塔林在描述这段情节时误将其当作 10 岁时发生的事件。See Marion Wilson Starling, *The Save Narrative: Its Place in American History*, p.91.

② William Grimes, *Life of William Grimes, the Runaway Slave. Written by himself*, p.39.

然后安了家。但前主人仍不依不饶，格兰姆斯只好倾其所有——"房子和地"，用 1000 美元购买了自己的自由；为了弥补损失，于是在 1825 年出版《逃奴威廉·格兰姆斯的生活自传》。

在自我叙事中，格兰姆斯强调自己的诚实和辛苦，特别是自己遭受的非人待遇，种植园被他描述成"专制暴君"的乐园，而对奴隶制所导致的主仆的道德堕落，他也发出了愤怒的谴责，因而这是一部强有力的奴隶制声讨叙事，也是一部披荆斩棘的自由叙事。叙事摧毁了哈蒙和怀特等人所塑造的黑白可以在某种程度上和谐存在的美好意象，而渲染了一种黑白二元对立的、不同的叙事图景，这或多或少地体现出一个暴风雨时代即将到来的迹象。安德鲁斯认为："他是美国第一个将南部以一种要成为废奴主义者宣传的标准形象予以描述的黑人传记作者。"① 不像此前对人身自由发出雀跃欢呼的奴隶叙事，格兰姆斯的叙事并没夸大这种自由的好处，而是谆谆告诫读者，在一个市场社会中，黑人依靠自我而取得富兰克林式的成功是十分困难的："这段时间我发现做一个自由人比做一个奴隶还难；但最终能每天挣上 50 美分"；②"不要想象，穷人和无助者能够在奴隶制不存在的地方完全免于压迫。"③ 格兰姆斯因而超越了他的时代，比文彻·史密斯有点沾沾自喜的成功叙事更能向人们提供关于当时这个世界生存法则的思考。格兰姆斯最后以入木三分的语言挖苦了美国的"自由"："要不是我的背上有我作为奴隶时形成的鞭痕，我会留下遗嘱，将我的皮留给美国政府，希望它能够被取走并制成羊皮纸，然后蒙到那部荣耀幸福和自由的美国宪法上。让一个美国奴隶的皮蒙到这部美国自由的宪章上。"④ 这是多么撕心揪肺的泣血告白，这是多么震撼人心的自由呐喊，我们甚至在今天都能感受到其余音仍在震荡不止。

---

① William Andrews, *To Tell a Free Story: The First Century of Afro-American Autobiography*, University of Illinois Press, 1986, p.78.

② William Grimes, *Life of William Grimes, the Runaway Slave. Written by himself*, p.55.

③ William Grimes, *Life of William Grimes, the Runaway Slave. Written by himself*, p.58.

④ William Grimes, *Life of William Grimes, the Runaway Slave. Written by himself*, p.68.

经过与作者本人的接触，伦敦牧师罗伯特·赫拿德（Robert Hurnard）回国后的 1825 年被授权出版了《北美特拉华前奴隶所罗门·贝利自我撰写的生活中的异常事变》。① 该叙事明显地分成三个部分，即逃跑尝试和信仰动摇部分，购买自身、妻子和儿子的自由和完全的信仰皈依的部分，以及包括书信和女儿之死的附录，以一种上帝测试罪人的角度来解读他在自由之旅过程中的种种磨难，以自己所吸收的主流文化视角来审视现实世界，因而具有灵性叙事的特点。作者所罗门·贝利（1771—1839）是生于特拉华的奴隶，母亲是来自几内亚的奴隶。贝利成年后娶妻生子，但被卖给了弗吉尼亚州里士满的一个种植园主。按照当时特拉华的法律，奴隶被带离本州即获得自由。贝利找人帮助提出诉讼，但六周后被投进里士满监狱。出狱后在西向前进的路途上，贝利寻机从货车上跳下来，钻到灌木丛中。等夜晚降临，贝利开始出发，趁电闪雷鸣之际躲过了猎狗的追踪，到达里士满。此后相继经历了有惊无险的朋友背叛，以此展示了"黑人的世界"的内部不稳定性。贝利摆脱了以法术为指引的白人追踪队伍，费尽周折到达多佛。1799 年 7 月 24 日，贝利来到特拉华州的卡姆登。不久主人闻讯而来，提出了 80 美元的要价。贝利考虑后答应了对方的要求，并撤了诉。在付完欠账以后，28 岁的贝利最终获得自由。随后贝利从梅尔森那里租来了妻子，然后以 103 美元的价格与其签订了书面的购买协议。经过艰苦的努力，最终也满足了愿望。1813 年，仍在奴役之中的儿子因主人去世而被拍卖，在各方的帮助下他以 360 美元外加一先令买下了自己的儿子。承接了文彻叙事中对家庭的关注，贝利的传记可以说是一部曲折的、奇异的自由叙事。

新泽西奴隶罗伯特·沃里斯（1769 或 1770—?）可以说是美国逃奴中

---

① Solomon Bayley, *A Narrative of Some Remarkable Incidents in the Life of Solomon Bayley, Formerly a Slave in the State of Delaware, North America; Written by himself, and Published for His Benefit; to Which Are Prefixed, a Few Remarks by Robert Hurnard*. Second Edition. London:Harvey and Darton, Gracechurch Street;W. Baynes & Son, Paternoster Row;And P. Youngman, Witham And Maldon, 1825.

ROBERT THE HERMIT.

沃利斯的隐居（出处：《隐士罗伯特的生活和冒险》，1829）

的鲁滨逊，曾在远离尘嚣的地方独居 14 年。1829 年，一位具有版权的亨利·特朗布尔先生据当事人的口述记录出版了《与世隔绝穴居 14 年的马萨诸塞隐士罗伯特的生活和冒险》。[①] 沃里斯生于普林斯顿，母亲为奴隶，父亲是个白人。4 岁的时候与母亲分离，被主人转移到哥伦比亚特区的乔治敦。14 岁或 15 岁的时候，主人安排他在一个鞋匠那里当门徒，但没有学会就回到种植园，19 岁时与一位马里兰女奴阿利·彭宁顿相爱。为了兼得自由

与爱情，沃利斯设法让一位"朋友"詹姆斯·贝文斯从主人那里以 50 英镑购买了自己，后者则假意允诺沃里斯自行挣钱来还账。没想到的是，在一个三更半夜里，沃利斯被强行从家里带走、戴上脚镣手铐运往南卡罗来纳。在查尔斯顿被拍卖后，由于新主人警惕性不高，沃利斯趁机溜进一艘要开往费城的单桅帆船，藏在两只木桶中间。在离家后的第四日，沃利斯在无人发现的情况下成功登陆费城。在一位贵格派教徒那里躲藏了几日后，一个邻居告发了沃利斯。他再次被带到查尔斯顿，被转卖给彼得·费修（Peter Fersue）。尽管待遇不是太差，已品尝自由禁果的沃利斯在 18 个月后还是如法炮制，潜进一艘驶往北方的双桅帆船中藏了五天五夜。在饥渴的驱使下，沃利斯最后被迫现身，身为贵格派教徒的船长给予了精心的

---

① Robert Voorhis, *Life and Adventures of Robert, the Hermit of Massachusetts, Who has Lived 14 Years in a Cave, Secluded from Human Society:Comprising, an Account of his Birth, Parentage, Sufferings, and Providential Escape from Unjust and Cruel Bondage in Early Life, and His Reasons for Becoming a Recluse*, Providence:Printed for H. Trumbull, 1829.

照顾。在波士顿登陆后不久，沃里斯作为水手航行到印度，14个月后回到塞勒姆。在完成第二次印度航行后，耐不住寂寞的沃利斯与塞勒姆的一个女性结了婚。第三次的印度航行后得了一个儿子。但在第四次前往广东的航行后，塞勒姆的女人离开了他。离开成长地乔治敦20年后，沃利斯坐船到了巴尔的摩，然后到了思念之乡，方知最初的妻子在家庭事变之后，因陷于绝望很快就死掉了，而孩子不久也离开了人世。沃利斯闻讯后万念俱灰，回到罗德艾兰之后建造了一座石砌的小屋进行自我隔离，并长期地隐居起来，以此无声地抗议奴隶制给他带来的心灵创伤。沃里斯的叙事因而带有对奴隶制声讨性的含义，同时围绕的也是经典叙事中自由的主题。在个人感情生活方面，沃里斯也向世人演绎了一个在扭曲的"黑人的世界"里"不忘初心、方得始终"的反面例子，因而在某种程度上也是一种世俗版的忏悔叙事。

小 结

与美国的主流传记相比，早期奴隶叙事在文学形式方面并无多少新奇之处，在内容上则是压倒性的白人价值观渗透其中，尤其是对灵性拯救主题的叙事而言，后者往往以个人的经历印证《圣经》某些段落的训诫，进而强调个人的无价值和神的奇妙伟大，从而以一种"变形的、赋权的自我看待过去，并从过去中挪用出一种潜伏于种族、性别和等级制度事件之下的关于真正自我的迷思。"[1] 虽然早期叙事中清教神学的色彩比较浓厚，在皈依和精神净化方面与同时期白人的叙事相比，二者有着类似的关注，世俗性的问题处于比较外围的位置，但在后期则逐渐向一种独特的叙事形式方向演变，种族、奴隶制的主题开始或明或暗地浮现其中，不过一般是

---

[1] William Andrews, *To Tell a Free Story: The First Century of Afro-American Autobiography*, University of Illinois Press, 1986, p.65.

以某种保守的方式反映自己的诉求，并试图寻求黑白之间共融的中间地带。叙事者在其中尽量以客观的方式展示自我的人性经历，也对个体、家庭乃至整个黑人种族的命运予以关注，并开始反思自我在这个种族不公社会中的认同困惑，如文彻·史密斯所尝试的那样。由于形势的需要，这种以人性为中心的叙事特点对此后的奴隶叙事的后续发展产生了相当大的影响。不过整体而言，早期叙事中叙事者的自我中心倾向并不突出，而他们对奴隶制的谴责仍然比较温和，对政治保持一种较远的距离，正如安德鲁斯所说："19世纪的逃奴叙事往往为奴隶对社会道德信条的拒绝及其被迫逃离其身体和伦理上的羁绊而辩护，但是在18世纪的逃奴叙事中并无这种勇士。"①

---

① William Andrews, *To Tell a Free Story: The First Century of Afro-American Autobiography*, p.41.

第二章

美国奴隶叙事的繁盛（1831—1861）

1800 年左右，在美国这个新兴的共和国内出现了地区分化的迹象。北部的奴隶制得到逐步的废除，但南部的奴隶制不仅没有消亡，反而因轧棉机的发明而越来越兴旺。随着奴隶制经济的发展，南方的黑人人口也出现了增长；19 世纪 20 年代时，南方的黑人人口达到 200 万，占南方人口总数的 40%，几乎与白人人口平分秋色。①

时 代 变 迁

出于棉花种植扩张所带来的巨大政治、经济和社会利益，南方白人从革命时期的废奴倾向转向沉默，进而转向道德辩护，如南方立场的代言人之一乔治·菲茨休强调，美国奴隶制是一个温和的制度："奴隶得到很好的饮食和衣物，拥有充足的燃料，并且快活。"② 对种植园主阶级来说，解放奴隶不仅意味着政治和经济权力的晦暗前景，还意味着巨大的人身财产损失以及社会结构的解体，而这都是他们绝对不愿看到的后果。仅以经

---

① Kenneth Greenberg, ed., *Nat Turner: A Slave Rebellion in History and Memory,* New York: Oxford University Press, 2004, p.124.

② George Fitzhugh, *Sociology for the South, or the Failure of Free Society*, Richmond, Va. : A. Morris, Publisher, 1854, p.246.

济损失为例，根据德鲁的预计，仅仅弗吉尼亚一州就要失去近 50 万奴隶，大约 1 亿美元的州财富将化为乌有，而所有的土地将沦为荒场。①

　　然而对南方的奴隶来说，奴隶制经济的兴旺意味着自身的枷锁越来越牢固，自由的前景更加遥遥无期。尽管种植园主阶级及其代言人以"家长主义"意识形态调和奴隶制，②但奴隶制本身的残酷性一面毕竟难以根除，其中包括社会化的半军事机制如巡逻队、惩戒性监狱的存在以及一种被社会所鼓励的尚武精神。③ 在这种情况下，奴隶的不满也在悄悄地积累。1800 年加布里埃尔·普罗瑟在里士满、1822 年登马克·维西（Denmark Vesey）在查尔斯顿的叛乱预谋就是典型的例子，并与当时整个西半球的革命气氛遥相呼应。④ 以 1831 年南安普顿的纳特·特纳叛乱为引子，弗吉尼亚出现了关于如何终结奴隶制的对立性辩论，但托马斯·杰斐逊的孙子托马斯·杰斐逊·伦道夫在议会提出的渐进废奴倡议无疾而终，尽管这个倡议得到了州长约翰·弗洛伊德支持。⑤ 尽管争议性观点仍在，对奴隶制的潜在后果感到担心的南方白人精英阶层大多满足于对黑人的殖民方案的推动，而不是着眼于问题解决的终极方案。⑥ 形势发生变化的另一个因素是，在 1834 年西印度群岛废奴后，那里的许多监工转战大陆，南方种植园的紧张气氛因此加剧。在地下铁路组织的帮助下，逃奴的人数也增加

① Marion Wilson Starling, *The Save Narrative: Its Place in American History,* Washington, D.C.: Howard University Press, 1981, p.27.

② See Eugene D. Genovese, *The Political Economy of Slavery Studies in the Economy and Society of the Slave South*, Middletown, CT: Wesleyan University Press, 1961.

③ See Kenneth S. Greenberg, *Honor & Slavery*, Princeton: Princeton University Press, 1996.

④ Stephen B. Oates, *The Fires of Jubilee: Nat Turner's Fierce Rebellion,* Harper Collins e-books, 2007, p.48.

⑤ Joshua Damu Smith, *Mythology of Nat Turner: Black Theology and Black Revolt in the Shaping of American Myth and Symbol,* A Dissertation for University of Southern California, 2010, pp.155–156, 160.

⑥ Dickson D. Bruce, Jr., "Politics and Political Philosophy in the Slave Narrative", in Audrey A. Fisch ed., *The Cambridge Companion to the African American Slave Narrative,* Cambridge: Cambridge University Press, 2007, p.28.

了，仅三四十年代就达两三万人之多。[1]

作为这个国家撕裂的标志之一是 20 年代废奴主义的发轫。当时巴尔的摩贵格派教徒本杰明·伦迪发行了废奴主义报纸——《普遍解放的天才》；在纽约，自由黑人出版了《自由杂志》，戴维·沃克则在 1929 年于波士顿出版了《对世界有色公民的呼吁》小册子。进入 30 年代，一批废奴主义期刊和报纸更是雨后春笋般成长起来。著名的废奴主义领导人威廉·劳埃德·加里森在 1831 年 1 月的《解放者》创刊号上预告了即将到来的种族战争："在午夜黑暗覆盖大地和天空之时……双手鲜血淋漓的刽子手将饲食其报复心"；[2] 当年的 8 月 21 日发生的特纳叛乱似乎验证了这个预言，并给北方的废奴主义者提供了攻击的弹药。加里森本人先后参与创建了"马萨诸塞反奴隶制协会"（1831）和"新英格兰反奴隶制协会"（1832），一度引领了废奴主义运动的风潮。在政治领域，自由土壤党、自由党等政党组织也对种族议题十分关注，奴隶制问题因而成为北方家家户户炉边谈论的热门话题。在各种反奴隶制力量的庇护之下，南方逃奴在北方得到了极大的关注，并获得了强有力的发声机会。借助印刷行业成熟的市场化运作，奴隶叙事因而进入高潮阶段。[3] 在这个阶段，奴隶叙事数量远远超过了自由黑人的自传以及少量的黑人小说，因而在塑造北方社会舆论方面获得了一种优势地位。

在更大的社会思想领域内，第二次大觉醒改变了早期清教徒关于自己是特选子民的概念。强调通过圣灵的感召而净化自己、最后的审判即将到来、罪人将罪有应得的末世论教条大行其道，尤其是在美国南方。在北方，加里森本人"要求立即停止奴隶制的罪恶，每个主人立即忏悔，任何

---

[1] 关于这个问题，可参考［美］埃里克·方纳：《自由之路："地下铁路"秘史》，焦姣译，中国政法大学出版社 2017 年版。

[2] William Lloyd Garrison, *Selections from the Writings and Speeches of William Lloyd Garrison*, Vol.3, Boston, R.F. Wallcut, 21 Cornhill, 1852, pp.64—65.

[3] Philip Gould, "The Rise, Development, and Circulation of the Slave Narrative", in Audrey A. Fisch ed., *The Cambridge Companion to the African American Slave Narrative*, p.23.

人都不能死于其中"；① 美国反奴隶制协会也强调立即的忏悔，并发出了
这样的呼吁："在上帝眼中蓄奴是一种十恶不赦的罪过，而当事人的责任、
安全和最大利益要求其立即地放弃"。② 特纳叛乱所赖以发动的宗教信念
以及 50 年代著名的逃奴弗雷德里克·道格拉斯对奴隶制的谴责，无一例
外都发生在这个宗教背景之下。③ 在世俗领域内，40 年代强调个人能超
越感觉和理性、能够从自然事物中直觉到真理的超验主义也悄然兴起，自
由本身的价值得到空前的重视，这种抒发个性、突出自我选择的倾向对新
式叙事风格的出现也产生了一定的影响。

　　与缺乏政治色彩的早期阶段不同，第二阶段的奴隶叙事发生在奴隶
制问题成为时代争议的时期，并不同程度地打上了废奴主义的烙印。鉴
于这种考虑，对奴隶制发出公开挑战的弗吉尼亚奴隶纳特·特纳的叛乱
叙事——《南安普敦最近叛乱的领导人纳特·特纳的自白》——可作为这
个阶段的开端。尽管从叙事风格上来说也可以说是早期犯罪叙事的延续，
但《自白》中存在对奴隶制发起挑战的声音，这个倾向是不容置疑的。查
尔斯·J.海格勒将作者自撰的、足够一部书篇幅的战前叙事称为"经典
叙事"；④ 笔者在使用这个术语时，在其内容中加入了反奴隶制这个前提。
鉴于特纳在实质上与托马斯·格雷构成了《自白》共同作者的事实，笔者
亦将其纳入"经典叙事"的范畴。

　　第二阶段（1831—1861）的奴隶"经典叙事"发生于群情激愤、激情
四射的年代，因而不得不迎合这种时代气氛，而叙述奴隶制下主仆温情的

---

① Walter M. Merrill, ed., *The Letters of William Lloyd Garrison*, pp.453–454.

② Owen W. Muelder, *Theodore D. Weld and the American Anti-Slavery Society,* Jefferson, North Carolina: McFarland & Company, 2011, p.9.

③ Joshua Damu Smith, *Mythology of Nat Turner: Black Theology and Black Revolt in the Shaping of American Myth and Symbol,* A Dissertation for University of Southern California, 2010, p.209.

④ 查尔斯·海格勒将奴隶叙事划分为殖民地和建国阶段、战前阶段（1830—1865）以及 1865 年后三个阶段。See Charles J. Heglar, *Rethinking the Slave Narrative: Slave Marriage and the Narratives of Henry Bibb and William and Ellen Craft,* Westport, Connecticut: Greenwood Press, 2001, pp.6–8.

成分大为减少，整体而言可谓是对奴隶制度的反抗叙事和声讨叙事。大多数叙事除了书写自身的自由冒险以外，还揭露奴隶制度的罪恶，关注自身种族的命运和社会不公；揭示奴隶制下"白人的世界"的黑暗一面逐渐成为压倒性的叙事主题。经典叙事大多展现的是冲破阶级压迫的藩篱、奔向自由的个人英雄，突出了福斯特所称的"从奴隶向自由人的蜕变"，[①] 而叙事过程往往以自由的获得戛然而止。即使有所涉及自由后的生活情景，一般也是主角的公共生活，或展示自由环境下黑白之间不同于南方人身依附模式的新型关系，其典型例子是道格拉斯的个人叙事。我们可以看到，即使是在克拉夫特夫妇二人完美合作、奔向自由的故事中，叙事也是强调对自由的冒险过程而不是奴隶制下家庭生活本身；后者在叙事中实际上处于一种边缘的、背景性的位置。需要注意的另一个特色是世俗色彩的增加；与早期的道德训诫倾向不同，经典叙事重点关注的是在这个世俗世界的解放和自由。经典叙事的第三个叙事特点是，由于注意到人们对故事的信任问题，战前的经典叙事一般总加进去一些对叙事者信誉度的证明文件，一般是由废奴主义者或牧师书写前言，也有可能在正文中由叙事者自行加入证明文件；与此同时叙事大多强调自我撰写的性质，以进一步增强故事来源的直接性和可信性，如弗里德里克·道格拉斯、威廉·韦尔斯·布朗、亨利·比布、詹姆斯·彭宁顿、所罗门·诺瑟普、威廉·克拉夫特、奥斯汀·斯图尔特、哈丽雅特·雅各布斯，等等。

经典叙事的开始

《南安普敦最近叛乱的领导人纳特·特纳的自白》是由法庭指定的独立采访者托马斯·格雷于 1831 年 11 月 1 日向狱中的纳特·特纳（1800—

---

① Frances Foster, *Witnessing Slavery: The Development of Ante-bellum Slave Narratives*, Madison: The University of Wisconsin Press, 1994, p.140.

1831）采访后进行记录、整理后在几天内出版的一篇罕见的叛乱叙事。不同于这一时期多数黑人叙事的一个特点是，该叙事是由一个亲奴隶制的白人所编辑出版的，因而使得叙事本身展示了两种互相矛盾的声调，即特纳本人力图将事件解释为一种灵性之战，而格雷则将之归结为一种丧心病狂的残暴之举。尽管如此，格雷的整理在奴隶叙事史上仍是一个重要的界标，正如托马斯·C. 帕拉莫尔所说的那样："许多人相信，格雷对纳特演说的总结和注解构成了奴隶制的两个半世纪中所能提炼出来的最强有力的文件。"① 从内容上来看，该叙事分为格雷对读者的介绍、连贯性的对话、名单以及证明确实性的法庭文件等部分组成。在对话也是《自白》的核心部分，特纳从回答关于自己的叛乱动机开始，述及幼时匪夷所思的记忆和识字能力、宗教体验及其与黑人社区的关系，特别是讲述了他几次关于末世景象的经历，以说明他起事的目的在于替天行道，拯救黑人于这个水深火热的罪恶世界；然后特纳讲述了叛乱的谋划以及实施进程，对叛乱的所有杀戮不加遮掩，语言直白，画面令人触目惊心；最后特纳概括了白人的反扑以及自己的东躲西藏和被捕经历。在叙事模式上，特纳叙事也采纳了一种隐喻性的方式解读历史事件，将自身的生活投射进《圣经》的神话叙事中，从而与格劳尼扫为代表的演绎式的早期灵性叙事有所不同，并代表了战前南方黑人叙事发展的一种新趋势；威廉·安德鲁斯认为，"在《纳特·特纳的自白》中，我们发现了 19 世纪黑人自传中最大胆的、比喻性的经文解读"。② 鉴于《自白》在经典奴隶叙事中地位的重要性，本书将专辟一章进行解读。

1832 年由出版人艾萨克·T. 霍珀在纽约出版了小册子《托马斯·库珀的生平叙事》，以出版人的语气记录了马里兰奴隶托马斯·库珀（1775—

---

① Thomas C. Parramore, "Convenant in Jerusalem", in Kenneth Greenberg, ed., *Nat Turner: A Slave Rebellion in History and Memory*, p.73.

② William Andrews, *To Tell a Free Story: The First Century of Afro-American Autobiography*, p.72.

1822）为躲避奴隶追捕者被迫进行颠沛流离的生活。① 托马斯·库珀大约出生在 1775 年，最初的名字叫诺特利（Notly），在大约 25 岁以前一直居住于马里兰。在为主人服役期间，诺特利遭受了许许多多的痛苦，包括食物匮乏、衣不蔽体，被迫进行无休止的劳作。他居住的是一间狭小的棚屋，在冬季的时候特别难熬。然而在奴役的重压下，诺特利保持着心灵的自由，经常在秘密之处向高高在上的"万能者"进行祈祷，这显示了许多奴隶在信仰领域接受了白人文化影响、但在心理层面又存在彼此隔膜的双重性。在 1800 年左右，诺特利偷偷离开了主人，化名为约翰·史密斯，在费城一处木材场工作，并获得了雇主的信任。约翰不久就娶妻生子，安居乐业。但出于熟人告密，约翰的主人闻风而至，地方当局不得不同意将其遣返。约翰的雇主十分同情他的境遇，并为约翰的自由提出了很高的补偿金，但铁石心肠的主人无动于衷，并在家人面前将约翰的"双手铐起来，五花大绑"。② 他本人骑上马，一手牵着绳子，一手举着鞭子，一路驱赶着约翰前往华盛顿拍卖场。不过约翰寻机用绳子勾住了主人的脚后跟，将其拖至马下；他一下子溜进了林子里，在主人和随从发现后又逃进沼泽地。天黑后他来到一个朋友那里，卸下了身上的桎梏。此后他冒着危险，昼伏夜出，在饥肠辘辘和疲惫不堪的情况下步行回到了费城。在与家人短暂会面后，约翰躲藏在本城的一个朋友菲洛的家里。主人寻迹而来，派出一个搜寻者；后者乔装成贵格派教徒，试图诱使约翰的妻子透露出他的藏身之处。但约翰的妻子识破了对方的伎俩，而约翰的庇护者也顶着市长的压力，拒绝警察对其私宅的搜查。一周后的一个夜晚，约翰的庇护者让一个人从自己的住处跑出，周围的潜伏者迅即展开追逐，抓到对方后才发现弄错了人。如此这番戏弄了两次之后，约翰本人得以顺利地离开了费城的藏身处，逃往新泽西，在一处农场打工。然而几个月后，他的主人再次得知了他的藏身处，约翰于是来到费城，并准备前往新泽西。朋友菲洛这时向他发出了

---

① Thomas Cooper, *Narrative of the Life of Thomas Cooper*, New York: Published by Isaac T. Hopper, No.386, Pearl-street, 1832.

② Thomas Cooper, *Narrative of the Life of Thomas Cooper*, pp.7–9.

警告，约翰因此感到"被逼到几近绝望，决意进行暴力抵制"。① 当主人和两个帮手出现在他的房子附近时，他端起枪喝退了入侵者。随后在菲洛建议下，他只身逃往波士顿，在那里再次改名为托马斯·库珀，在一处伐木场打工。库珀的妻子在处置了费城的财产以后，也带着孩子到波士顿与其团聚。为了改善周围人的道德状况，库珀加入了一家循道宗教会，并在短期内以其本人的现身说法，成为一个受人欢迎的讲道者。作为一个专职的牧师，库珀造访了西印度群岛，然后是新斯科舍。不久他与家人乘船东渡，来到大不列颠，在那里待了一年半的时间。他举办布道活动，创作了一部赞美诗集，并在此后的 1820 年出版。1818 年 11 月，在前往塞拉利昂进行传教之前，库珀对多达几千人的听众发表了告别演讲。冒着热带风暴的危险，他们一家最终安全到达了目的地。在自己的祖国，库珀同样大受欢迎。令人无奈的是，在两三年之后，热带气候使其得了重病，随后就安息在非洲的土地上。他的妻子和孩子在其去世后经伦敦返回了费城。库珀的叙事主要是一部在黑暗中摸索个人解放之路的自由叙事，但也是一部通过个人的布道活动力图重塑黑白之间精神联结的灵性叙事。

承上启下的艾伦叙事

叙事第一阶段的某些特点仍在延续，诸如成功叙事。费城奴隶理查德·艾伦（1760—1831）的自我叙事就是一部典型的奴隶灵性叙事，但同时也是一部 19 世纪黑人版的、富兰克林式的成功叙事。理查德·艾伦生前撰写的《正直的理查德·艾伦牧师的生平、经历和福音事工》，在去世后的 1833 年才得以在费城出版。这位享有盛誉的黑人领导人在前言中申明，这部记述其个人事迹的叙事存在某种瑕疵："大部分工作都是写在事情发生多年以后；我的记忆不能精确指出事件的确切时间，但……没有实

---

① Thomas Cooper, *Narrative of the Life of Thomas Cooper*, p.24.

质性影响。"①

　　1760年2月14日艾伦生于费城，主人是本杰明·丘。很小的时候，父母及其四个孩子被卖给了特拉华的一个种植园主斯托克利先生。按照艾伦的说法，"我的主人和家人都没归信，但他是一位人们所说的好人。他像个父亲一样对待他的奴隶，是一个十分敏感、仁慈的人。"② 主人在对待奴隶方面的怀柔性一面，或许是艾伦能够知道自己确切生日的原因之一。但在利益的考验面前，这种家长主义还是暴露出自身的局限性。当财务陷于困境的时候，主人还是卖掉了母亲以及三个年幼的孩子；艾伦则与一个哥哥、一个妹妹留在当地。在家庭离散之后，艾伦和兄妹都在循道宗聚会和信仰中找到了慰藉，并卖力地干活，而主人也"迁就我们，给予两周参加一次聚会的优待。"③ 在艾伦兄妹的感染下，主人邀请牧师定期讲道。在听道一段时间后，主人认识到蓄奴是一种耻辱，于是建议艾伦和哥哥自赎其身，价码是"60磅金银，或2000大陆币"。④ 于是哥俩很高兴地离开主人的居所，"像离开我们父亲的家一样"，外出寻找工作，而主人在他们行前叮嘱，在流离失所或病了的时候随时可以回来。由于没干过重活，艾伦在劈木头时双手起了水泡，几天后才恢复正常并长出了茧子，这样每天能劈上一两捆。然后就是在砖厂劳动，每月的薪水是50美元。他还在大陆战争时赶马车，从特拉华州苏塞克斯县拉盐。在工作之余，艾伦经常虔诚地祈祷，"当我的双手挣面包时，我把心奉献给了亲爱的救赎者。有时我会在梦中的传道和祈祷中醒来。"⑤ 1783年，23岁的艾伦终于获得

① Richard Allen, *The Life, Experience, and Gospel Labours of the Rt. Rev. Richard Allen. To Which is Annexed the Rise and Progress of the African Methodist Episcopal Church in the United States of America. Containing a Narrative of the Yellow Fever in the Year of Our Lord 1793: With an Address to the People of Colour in the United States*. Philadelphia: Martin & Boden, Printers, 1833, p.3.
② Richard Allen, *The Life, Experience, and Gospel Labours of the Rt. Rev. Richard Allen*, pp.5–6.
③ Richard Allen, *The Life, Experience, and Gospel Labours of the Rt. Rev. Richard Allen*, p.6.
④ Richard Allen, *The Life, Experience, and Gospel Labours of the Rt. Rev. Richard Allen*, p.7.
⑤ Richard Allen, *The Life, Experience, and Gospel Labours of the Rt. Rev. Richard Allen*, p.8.

自由之身。此后他广泛地巡回传道，有时干些活计。布道行程开始于特拉华的威尔明顿，一路前进到新泽西，然后是宾夕法尼亚，接着是马里兰，并收割了许多黑白皈依者，影响越来越大："很多灵魂产生了觉醒，向上帝大声寻求宽恕。"[1] 事实上，艾伦的叙事并没有将重点放在自身从奴隶制当中解脱出来的过程，而是强调他是如何引导其追随者战胜白人循道宗教会"灵性专制"的。[2] 经过长期的耕耘和募捐，艾伦在费城筹办建立了美国史上第一个独立的、面向黑人循道宗信众的"伯特利教会"，并在1794年邀请著名的弗朗西斯·阿斯伯瑞主教举行了正式的开业仪式。正如文彻·史密斯的探索一样，对于思考美国黑人独立性认同的发展，也就是如何从一个主仆结构下的"黑人的世界"向一个相对独立背景下所出现的"黑人的世界"的顺利转型，艾伦的叙事是极有参考价值的。

废奴主义者的介入

1837年在纽约出版的《美国奴隶制：黑人查尔斯·鲍尔的生活和冒险叙事》是由废奴主义者直接赞助的第一部奴隶叙事。[3] 正是出于这个原因，学者威廉·安德鲁斯将该叙事看作是"经典叙事"模式的开创者。[4] 在废

---

①   Richard Allen, *The Life, Experience, and Gospel Labours of the Rt. Rev. Richard Allen*, p.9.

②   Richard Allen, *The Life, Experience, and Gospel Labours of the Rt. Rev. Richard Allen*, p.21.

③   Charles Ball, *Slavery in the United States: A Narrative of the Life and Adventures of Charles Ball, a Black Man, Who Lived Forty Years in Maryland, South Carolina Andgeorgia, as a Slave, under Various Masters, and was One Year In the Navy with Commodore Barney, during the Late War. Containing an Account of the Manners and Usages of the Planters and Slaveholders of the South--A Description of The Condition and Treatment of the Slaves, with Observations upon the State of Morals amongst the Cotton Planters, and the Perils and Sufferings of a Fugitive Slave, who Twice Escaped from the Cotton Country*. New York: Published by John S. Taylor, Brick Church Chapel, 1837.

④   在范围上，安德鲁斯的这个定义比查尔斯·海格勒的要窄一些；笔者在使用这个术语时将30年代以后反奴隶制倾向的叙事也予以纳入，因此立场介于二者之间。See William Andrews, *To Tell a Free Story: The First Century of Afro-American Autobiography*, p.62.

奴主义情绪的影响之下，这类叙事的宗旨是"给事实一个声音"，以披露奴隶制下的真相为己任，从中我们可以更多地看出奴隶制残酷的一面。本叙事由介绍、前言和长达 26 章的正文组成，其中介绍部分由宾夕法尼亚《自由》杂志的董事会、与鲍尔相识的刘易斯顿的律师戴维·W.霍林斯以及治安法官、《刘易斯顿公报》的编辑 W.P.埃利奥特的说明所组成，强调"叙事的主人翁并非虚构的角色"，但材料源于"他自己的嘴里所讲出的"，尽管故事可能有夸大、健忘或无知所造成的扭曲；① 另外还附有《纳什维尔旗帜报》对奴隶制的评论。前言部分也重申了故事的真实性，避免了夸张或想象成分，并强调叙事者的传达者角色，"他的许多观点都省略了"，"他对奴隶制问题的情绪在作品中没有体现"；② 然而对文本真实性以及因害怕暴露而产生的身份核实问题，在当时就存在一定的疑问，所以该叙事的销售一度受到了某种影响。③ 1850 年，查尔斯·鲍尔以匿名身份在纽约出版了他的另一本自传《50 年的枷锁，或一个美国奴隶的生活》，内容大同小异，篇幅有所减少。④

　　根据他的第一部叙事，查尔斯·鲍尔（1780—?）是马里兰奴隶。他的外号叫"老本"的祖父掳自非洲，在 1730 年左右被卖到马里兰卡尔弗特县，但仍虔诚地信奉非洲土著宗教；父亲在一个叫作汉茨的家族当牛做马，母亲则在一处烟草种植园为奴。在鲍尔四岁左右的时候，大约是 1785 年，因主人去世而导致家庭四分五裂，母亲和几个子女被卖到外地，只有鲍尔与父亲留在原地。由于怀疑鲍尔的父亲心怀不满，主人打算将其卖给一个佐治亚奴隶贩子，但后者听到风声而逃到宾夕法尼亚。鲍尔的新

---

① Charles Ball, *Slavery in the United States: A Narrative of the Life and Adventures of Charles Ball, a Black Man*, pp.i–ii.

② Charles Ball, *Slavery in the United States: A Narrative of the Life and Adventures of Charles Ball, a Black Man*, p.xi.

③ Marion Wilson Starling, *The Save Narrative: Its Place in American History*, Washington, D.C.: Howard University Press, 1981, p.107.

④ Charles Ball, *FiftyYears in Chains;or the Life of an American Slave*, Indianapolis, Indiana:H. Dayton, Publisher, 1859.

主人约翰·考克斯相当仁慈，允许鲍尔与他的祖父相见。12 岁那年，约翰·考克斯去世，他的父亲老考克斯接手了家产的管理工作，鲍尔随后在他的手下辛勤工作了七年。但在被租给国会号护卫舰上当厨师的两年期间，鲍尔衣食无忧，甚是快乐。在这期间，没想到自己又被两个老、小主人分头卖掉了。经法庭判决后，鲍尔跟卡尔弗特县的新主人吉布森一起生活了三年，期间与附近一个叫朱达的女奴结了婚并生育了孩子。随后主人又换了，鲍尔不得不跟随了当地的农场主、脾气暴躁的莱文·巴拉德。当鲍尔表露出些许不满时，一帮奴隶贩子就在主人的授意下袭击了正在赶车的鲍尔，在瞒着他家人的情况下将鲍尔戴上锁链和铁项圈，与一群奴隶连在一起被驱往佐治亚。在经过了一路的艰辛之后，鲍尔来到南卡罗来纳哥伦比亚市附近后才被解除镣铐。在一个镇里的关押处，鲍尔被一个老绅士模样的、拥有 263 个奴隶的大种植园主买走，住在一个丈夫叫尼罗、妻子叫黛娜的奴隶家庭里；鲍尔每日除了在种植园中辛勤出工以外，还要收拾自留地、磨玉米粉。在此期间，鲍尔还卷入了一场被本地棉花种植园奴隶无端诬陷的妇女绑架案，差点因此被意欲报复的白人剥夺性命；但在他的协助下，两个真正的主谋被抓获，受到了被鸟兽活活啄食而死的严厉惩罚。1806 年 9 月，主人的一个漂亮女儿结婚不久，鲍尔与其他十几个奴隶被当作嫁妆赠送给了新娘，他赶着骡车迁往佐治亚的摩根县。年轻的夫妇对待鲍尔十分仁慈，但第二年初新婚丈夫就在一场与前情敌的决斗中被杀死。这块棉花种植园连同上面的奴隶，包括鲍尔在内，被出租给一位来自萨凡纳的租地农场主；鲍尔与其关系还好，他甚至从这个租地农场主那里得到了一杆破旧的滑膛枪用来狩猎，但女租主脾气很坏，鲍尔总是受欺负。在租主病重期间，女租主无缘无故地对鲍尔施加了一顿鞭打，鲍尔因此产生了逃跑的想法。

8 月初玉米成熟之际，他趁在林中工作的机会，向北方的奥古斯塔方向一路跋涉，游过了鳄鱼出没的阿巴拉契亚河，昼伏夜出，在越过奥科尼河时险些被发现，此后还冒险进入了一个心地善良的种植园主家里，获得了一些食物的资助。不久在进入一个果园摘桃子时，两只看园的狗发现了他，情急之下的鲍尔拔剑斩杀了一只，才得以逃脱白人的追捕。接着鲍尔躲过了大队人马的搜寻，一度迷失了方向。停顿几天后鲍尔继续前进，趁黑在奥古斯塔附近偷了一只小船，渡过了萨凡纳河，再度进入南卡罗来纳地界。绕行很长一段路后，穿过危险的原野和城镇近处，在逃亡两个月后碰巧来到了哥伦比亚市不远的原关押处附近。10 月 24 日，鲍尔再次涉过一条大河，向弗吉尼亚州里士满的方向进发。期间猎食负鼠和兔子等野物，在沼泽边躲过了一次鳄鱼的攻击，并偶遇一个欲逃亡特拉华的奴隶。出于谨慎考虑，他仍单独行动，11 月游过了汹涌的卡托巴河，进入北卡罗来纳境内。12 月初天气渐冷，鲍尔用偷来的兽皮给自己制作了鞋了，并杀死了一头野猪。圣诞节那晚下了大雪，鲍尔不得不在岩石下躲了几天。再次上路后，在晨间咬紧牙关游过了漂浮着冰块的亚德金河，身体几乎被冻僵。烤干衣服后，鲍尔在一个谷仓里获得了立足地，晚上则到林子里，就这样混过了一个多月。3 月下旬鲍尔继续北上，两次涉过冰冷的河流，到达弗吉尼亚边界。鲍尔在饥一顿、饱一顿的情况下小心前行，在彼得斯堡不远的地方，划船渡过了阿波马托克斯河，并冒险通过了里士满，落脚在该城北部的一片树林里。离开里士满后，鲍尔击倒了一个跟踪他的混血黑人，先后涉过了帕蒙克河（Pammunky）和马塔彭尼河（Matapony）。由于警惕性有所放松，鲍尔在进入一个林子前被一个白人发现，腿部中弹后被捕，并挨了一顿乱揍。治安官审讯无果后鲍尔被关押在一个叫作鲍岭·格林（Bowling Green）的村子里，医生从他的身上取出了 34 颗弹粒。在监狱里待了 39 天后，鲍尔恢复了健康。

因偶然发现狱门的木板中间被蚀空，深夜之际鲍尔弄开了脚上的铁镣，并用它将门破开。鲍尔连续地奔波了几天几夜，先后两次乘舟越过波托马克河、帕图艾克斯特河（Patuxent），并最终在凌晨 1 点的时候抵达了卡尔弗特县妻子所在的小屋。妻子惊喜万分，而三个孩子都不认识他了。第二天鲍尔面见了妻子的主人西姆斯先生，并遵照其提议在临近地方打工。第二次美英战争爆发后的 1813 年 12 月，鲍尔在一支由巴尼准将指挥的小舰队里服役，直到 1814 年秋。此后一直过着自由的生活，最终购买了 12 英亩的地，并在上面建了小屋。前妻在 1816 年去世后，鲍尔娶了第二任妻子露西，并生下另外四个孩子。但在 1830 年 4 月，原女租主的兄弟突然绑架了鲍尔，将其投进了巴尔的摩的监狱，接着押解到佐治亚的米利奇维尔，在那里的棉花种植园上为他劳动。因试图通过法律渠道获得自由，鲍尔受到频繁的鞭打，晚上则在屋里被锁起来。但在 9 月的一个黑夜里，因监工的无心之举导致屋门出现了问题，鲍尔踹开门后逃之夭夭。然而第二晚，当鲍尔在路上潜行的时候，突然被埋伏在路边的五六个人捉拿住。第二天当米利奇维尔的主人现身后，一个叫琼斯的种植园主从他那里以 480 美元的价格买下了鲍尔。鲍尔跟着琼斯先生到达离萨凡纳 80 英里远的种植园，在那里拾棉花。在目睹一个女奴被施加水刑之后，鲍尔在一个周日的晚间以磨面的名义偷偷离开了种植园。这次的逃离方向是东部的萨凡纳，几天后他冒险上了一辆拉棉花的牛车，大摇大摆地进入萨凡纳。有一艘货船将驶往费城，鲍尔在上面得到了一个打零工的机会，在棉花堆之间制造了一个洞穴，并寻机躲藏在里面。行程结束后他从货船上跳到旁边的一条小船上，没想到被一个人当作小偷捉拿住。好不容易摆脱纠缠后，鲍尔终于进入了自由的费城。在这里待了几周以后，鲍尔冒着被通缉的危险返回马里兰的居处，惊讶地发现自己的不动产已被一个白人所占据，而生而自由的妻子和孩子被人绑架到巴尔的摩并卖掉。形单影只的鲍尔匆忙返回费城，只能孤单、悲伤而无望地活着。

鲍尔的叙事承接了文彻和贝利的叙事对家庭团聚和个人自由的双重关注，并表现出了强烈的个人意志，它还与其后的亨利·比布的叙事遥相呼应，从而凸显了经典叙事中占据根本性的自由与家庭关系的主题；鲍尔的叙事还生动地描绘出咄咄逼人的"白人的世界"，但它在撕扯着"黑人的世界"的同时，其内部本身也并非完全是铁板一块，而是具备斑驳混杂的一面。

罗珀的奇遇

佛蒙特州混血奴隶摩西·罗珀（1814 或 1815—1891）是首位因从美国南部逃亡到英国并出版自我叙事而名声大噪的逃奴。1840 年出版的他所写的《摩西·罗珀在美国奴隶制下的奇遇和逃离叙事》讲述了自己作为一个混血奴隶的悲惨处境，"我从没有听说过或读到过任何像我自己所目睹到那样残酷的、与奴隶制有关的事情"①，他所描述的种植园主古奇随后在方兴未艾的废奴运动中成为残酷无道的南方奴隶主的生动象征。该叙事1837 年在伦敦首次出版，其中普莱斯博士所写的前言中提到了该书的编辑莫里森博士对作者"非凡智力和真诚虔信"的称赞；② 添加附录后的版本先后于 1838 年、1839 年和 1840 年在英国再版，其中 1840 年版本的出版地还有美国的费城，而 20 年间的十版叙事共卖出了 2 万册。③ 在 1840 年的英国版本序言中，作者明言叙事的出版来自许多热心于"被压迫者事业"朋友的敦促以及"废奴会议的推荐"。④

罗珀出生于北卡罗来纳的卡斯韦尔县，但如同很多奴隶一样，其本人对自己的出生年月并不清楚。他的真正父亲其实是母亲南希的主人亨利·罗珀。新婚不久的女主人派人查看南希的新生儿情况，发现长得像主人后勃然大怒，意欲一刀捅死新生儿，但被偶遇的罗珀祖母及时阻止住了。罗珀六七岁的时候，母亲的老主人去世，母子被迫分离，罗珀跟随女主人的表兄达勒姆先生生活。由于长得太像白人，罗珀很快被卖给一个叫

---

① Moses Roper, *Narrative of the Adventures and Escape of Moses Roper, from American Slavery. With an Appendix, Containing a List of Places Visited by the Author in Great Britain and Ireland and the British Isles, and Other Matter*, Berwick-upon-Tweed, England: Published for the Author, and Printed at the Warder Office, 1840, p.15.

② Marion Wilson Starling, *The Save Narrative: Its Place in American History*, p.108.

③ Philip Gould, "The Rise, Development, and Circulation of the Slave Narrative", in Audrey A. Fisch, ed., *The Cambridge Companion to the African American Slave Narrative*, p.24.

④ Moses Roper, *Narrative of the Adventures and Escape of Moses Roper, from American Slavery*, p.iii.

米切尔的人贩子，后者将其带到离母亲几百英里的南方。因不容易脱手，
暂留在斯尼德先生那里当仆人一年。此后米切尔将其带到兰开斯特，在那
里琼斯医生买下了他，先后为他配药，并让他学裁缝手艺。因裁缝不愿教
他，琼斯医生将他卖给了卡姆登的艾伦先生，后者很快用他从人贩子库珀
和林赛那里交换了一个女奴。库珀和林赛遭遇了同样的销售困境，但还是
在 1828 年转让给了北卡罗来纳费耶特维尔的史密斯先生，罗珀当时 12 岁
或 13 岁。一年后，史密斯又把罗珀卖给了奴隶贩子霍奇，后者又倒手给
了南卡罗来纳科肖县（Cashaw）的一个棉花种植园主、当地的浸礼会成
员古奇。因不习惯于田间工作，罗珀几乎天天挨鞭子；然后罗珀被安排到
古奇的女婿哈曼斯那里干活，情形没有得到任何改善。他趁拉饲料的机会
逃到树林里，但被一个奴隶主发现了，结果是被哈曼斯严厉地惩罚了 100
下鞭子。因发现罗珀还是试图逃跑，哈曼斯就将罗珀送到岳父那里，换回
了一块地。古奇这次将 16 岁的罗珀带到切斯特县，在沼泽地里与成年人
一起伐木。偷偷卸下锁链后，罗珀再次越河逃跑，但因耐不住饥饿而暴
露了行踪。主人用牛皮鞭抽了他 50 下，并用 25 磅重的木制枷锁套在脖子
上，令其下地干活。趁主人疏忽，罗珀这次又溜掉了，在四周找到铁条和
石块，砸开了枷锁，并再次渡过卡塔巴河，但不期落入了哈曼斯的姐夫、
奴隶主巴拉德（Ballad）之手。罗珀下跪哀求巴拉德买下自己，仍无济于
事。气急败坏的古奇将罗珀用木桩固定在地上，在背上狠狠地抽打了 500
下，罗珀的背上因此伤痕累累。在用 40 磅重的锁链监禁了一夜后，第二
天古奇又命其将一个重重的大耙拉到棉田里，并再次施加鞭打。劳累一整
天后，罗珀又被关进了潮湿的小屋。第三天被命令到棉田锄地，先是挨上
主人的一顿鞭打以激发精神，此后因罗珀赶不上工作节奏，不时得到工头
的鞭打。接下来罗珀脖子被套上了一个重 40 磅的木枷，与另一个试图逃
跑的女奴锁在一起，在鞭子的威胁下干了一周的农活。主人这时才在罗珀
的哀求下解除了枷锁，鞭打的力度也减轻了。不久因害怕主人对奴隶的惩
罚，罗珀又逃跑了。他声称自己是契约佣工以躲避盘查，时而进入林地，
先后经过梅克伦堡县、夏洛特附近以及索尔兹伯里，最后来到出生地卡斯

韦尔。当罗珀费尽波折找到自己的母亲时，家人已经认不出他了，短暂的茫然之后便是相认的狂喜。罗珀打算继续北上，逃亡到自由州；但在家人的请求下，罗珀白天藏身在附近的林子里。一周后的夜晚，当罗珀偷偷在家中睡觉时，12个带枪的人突然闯入，将罗珀关进地牢里一个月。

古奇派他的女婿安德森前来，给罗珀戴上铁项圈，骑马押回。罗珀在中途试图逃跑无果，挨了一顿狂揍。回到庄园后，罗珀被吊在一根横梁上，主人他的两个儿子和安德森各打了50鞭子，然后在脚上拴上了两个各重20磅的铁块，还是与原先的那个女奴锁在一

MR. GOOCH STRIPPING THE AUTHER TO FLOG HIM, HIS TWO SONS AND SON-IN-LAW PRESENT. THEY AT THIS TIME GIVE HIM FIFTY LASHES EACH.

古奇下令轮番鞭打罗珀（出处：《罗珀在美国奴隶制下的奇遇和逃离叙事》，1840）

起，即使是在劳动的情况下也没有卸下。罗珀仍心有不甘，与那个女奴一块躲藏在隐蔽处，并砸开了二人脖子上的枷锁。在一个风雨交加的夜晚，他们划着一艘小船冒险渡过了卡塔巴河。脚上戴着铁块的罗珀向兰开斯特方向移动，在途经克罗基特的庄园时被这里的主人发现。关押几天后安德森和古奇先后将其提走，并命其戴着枷锁涉过了汹涌的卡塔巴河。押到庄园后，他们利用各种方法折磨罗珀，其中一个发明是在一个箱子里对他进行挤压。1832年，罗珀的再次逃跑失败，这次的惩罚是将柏油涂到脑袋上，然后用火烤，罗珀的头发几乎全部脱落，而脚上套上了重达50磅的铁块。罗珀又一次逃跑，并用楔子卸掉了铁块；然而又被古奇抓回到切斯特，后者残忍地用老虎钳拔掉了罗珀所有的手指，并砸掉了一些脚趾。在夜里罗珀弄开锁链，从监禁的小屋地板下爬出，但没跑多远就被抓获；吊在一棵树上后，古奇进行了最残酷的一次鞭打。在古奇手下经历了一年半

的折磨后，罗珀被带到佐治亚，在那里被出售给霍奇的儿子布里顿，后转让给威尔逊，威尔逊又将他卖给了来自弗吉尼亚的马库斯·罗兰。跟着罗兰周游一年后，罗珀先后被戴维·古德利（David Goodly）和马弗尔·路易斯买走。路易斯也是带着罗珀到处游荡，直到前者去世后肯普（Kemp）律师趁机占有了罗珀，并卖给了来自西佛罗里达的阿帕拉契科拉的承包商贝弗里奇。罗珀作为跟班进行了几个月的旅行，但到了 1834 年 7 月，逍遥日子因贝弗里奇的破产而结束，罗珀落到了该州残酷的种植园主雷吉斯特之手。趁雷吉斯特瞌睡之际，罗珀逃之夭夭。他设法渡过了查普利河、查塔胡契河，进入佐治亚，到达班布里奇。在进入萨凡纳之前，罗珀施计让赶牛人伪造了自由证词，然后以打工身份顺利上了一艘"福克斯号"纵帆船，因频繁靠岸罗珀换了一艘双桅横帆船，但这艘船的疑心船长将其送回萨凡纳；在码头偶遇"福克斯号"船长后，罗珀得以回到那艘纵帆船，然后顺利地逃到北方。

罗珀的叙事具备自由叙事的一些关键环节如奴役、觉醒和逃跑，其百折不挠的逃跑意志和惊心动魄的历险紧扣读者的心弦。然而就其特色而言，罗珀的叙事其实是一部在奴隶制重压之下遭受摧残极限的身体叙事，而主人公的男性混血身份所凸显的"白人的世界"的边界混乱及其所造成的内部认同困窘，尤其值得观察。

威廉斯的工头叙事

1838 年在纽约面世的《曾在阿拉巴马棉花种植园作为工头度过几年的美国奴隶詹姆斯·威廉斯的叙事》是首部由美国反奴隶制协会出版的奴隶叙事，为废奴主义者约翰·格林利夫·惠特尔所誊写和编辑。① 尽

---

① James Williams, *Narrative of James Williams, an American Slave, Who was for Several Years a Driver on a Cotton Plantation in Alabama*, New York: Published by the American Anti-Slavery Society, 1838.

管该叙事附录了大量的支撑性证言，并且"全都对他的故事的真实和准确性提供了坚实的确认"，而《解放者》报纸也在当年的 9 月 28 日载文为其背书，但仍有《自由使者》《灯塔》等报刊强烈怀疑其真实性，指出叙事中所提到的奴隶主和监工名实不符。在争议之下，由于威廉斯本人赴英，美国反奴隶制协会在保留立场的情况下，于第二年将该文本收回。对于该叙事内容的真伪，一些当代历史学家也加入了质疑之列，如约翰·布拉欣格姆说："阿拉巴马白人证明它完全是个伪造品。"① 詹姆斯·威廉斯的叙事因而成为因废奴主义背景而引起人们的真实性怀疑的典型奴隶叙事，但其叙事内容远没有罗珀的叙事所揭露的奴隶制更为残酷。尽管出于保护自我的需要，该叙事的细节确实可能有所编造，但个人的经历本身在许多情况下难以查证，也在情理之中，正如汉克·特伦特所说："对于想对过去有所洞察的人来说，更大的问题不在于名字或日期是否准确，而在于威廉斯是否诚实地描写了关于其被奴役生活的独特观点。"② 鉴于该叙事涉及南方棉花王国的一个重要成员州以及叙事者的工头身份，在这里仍有必要介绍一下它的内容。

根据该叙事，1805 年 5 月 16 日詹姆斯·威廉斯（1805—？）出生在弗吉尼亚波瓦坦县乔治·拉里莫尔的种植园中。父亲是一个孤儿，5 岁时被人从非洲带来；母亲据称是拉里莫尔本人的女儿，也是他的奴隶，而其肤色看起来几乎就是个白人。她生下来八个子女，但仅有五个成活；在威廉斯 5 岁的时候，母亲去世。主人有三个孩子，其中一个叫乔治的仅比威廉斯大 10 天，也是他的玩伴，后者曾教威廉斯单词，但被自己的母亲所禁止。14 岁时乔治到外地上学，威廉斯则给老主人当差，出游各地，包括新奥尔良和里士满。17 岁的时候，威廉斯与约翰·盖特伍德种植园上的一个女奴哈里雅特结婚，白人琼斯牧师为其主持了婚礼。婚后二人先后生育了三个孩子，但头两个不幸夭折。这时候乔治从欧洲游学回来，威

① Hank Trent, *Narrative of James Williams, an American Slave: Annotated Edition*, Baton Rouge: Louisiana State University Press, 2013, p. x.

② Hank Trent, *Narrative of James Williams, an American Slave: Annotated Edition* , p. xii.

廉斯三次跟随他去了新奥尔良。此后，老主人夫妇二人先后离世，威廉斯的命运开始发生转折。威廉斯先是面临着乔治冷艳的法裔妻子，期间当仆役的日子并不好过。接下来想不到的是，1833年9月，老种植园上的214个奴隶要集体迁往阿拉巴马的格林县，乔治在那里有一处新开垦的棉花种植园。威廉斯也离开家人跟随前往，本以为安置完毕后很快可以回家团圆，没想到主人设置了圈套，让他留下来做工头。威廉斯在冷酷无情的监工和酒鬼赫克斯特普（Huckstep）手下工作，被迫用鞭子驱赶黑人奴隶干活，或带领猎狗捕捉逃奴。在这种尴尬的处境当中，威廉斯既要充当监工的打手，又要私下里给那些被列为惩罚目标的奴隶提供预警。但有一次在赫克斯特普命令鞭打女奴时，威廉斯以抽打树干作为掩饰，结果被人告发，他本人被施以鞭刑。1835年秋乔治来此巡视，威廉斯仍未能如愿返回弗吉尼亚。1836年赫克斯特普从马上掉下来，摔成重伤，不能再亲自挥舞鞭子，但他仍劣性不改。有次他对一个逃奴施以鞭刑，然后喷洒盐和胡椒水折磨受害者。在其他监工的撺掇下，赫克斯特普企图让威廉斯在接受250下鞭打后，也尝尝这种刑罚的滋味。傍晚时分在他们烧水准备这种混合物的时候，威廉斯突然冒出了逃跑的念头，并立即付诸实施，从后门逃亡到树林里。第二天猎狗追踪而来，但因平时的喂养而没有撕咬威廉斯。第二天威廉斯引诱它们猎鹿而去，他自己进入了克里克县的印第安人小屋里寻求帮助。休息一晚后他继续上路，通过了野兽出没的野狼谷。几日后到了佐治亚，期间差点被一个打猎的白人捉拿住，也一度迷失了方向。主要以吃食水果为生，靠北极星指引方向，威廉斯先后经过哥伦布、华盛顿、奥古斯塔一线，接着进入北卡罗来纳，到了第15日接近了弗吉尼亚的里士满，在一个朋友那里安歇了一个月。此后他继续北上，11月游过了寒冷的谢南多厄河，进入马里兰境内，5天后终于跨越了自由州与蓄奴州的边界。接下来他来到费城，受到了废奴主义者的接待。第二年元旦他被转移到纽约，在那里他接受了同情者的建议，搭船前往英国利物浦。

威廉斯的叙事展示了作为游离于"白人的世界"和"黑人的世界"之

间的黑人工头在惩罚自己的同胞时内心和行为的微妙之处，我们也可从中看出有点特权的黑人奴隶心态更加保守的一面，威廉斯就是临时起意才决定逃跑的，但无疑仍属于自由叙事的范畴。

尴尬的男性混血儿

　　1845 年 5 月，波士顿出版了美国当时最畅销的两部叙事，即由加入了以威廉·劳埃德·加里森为首的废奴主义阵营的著名逃奴弗雷德里克·道格拉斯所撰写的《美国奴隶弗雷德里克·道格拉斯自我撰写的生活叙事》以及由废奴主义者约瑟夫·C.洛夫乔伊作为书记员和作序而成书的《刘易斯·克拉克关于自己 20 多年被掳期间磨难的口授叙事》。①

　　刘易斯·克拉克（1815—1897）的《刘易斯·克拉克关于自己 20 多年被掳期间磨难的口授叙事》揭示了奴隶主家庭中人性扭曲的画面一角，并再次验证了罗珀关于混血男性尴尬处境的说辞，克拉克所塑造的自我形象后来很可能成为斯托夫人笔下乔治·哈里斯这个角色的原型。克拉克的叙事还列举了几个被主人无情地命令鞭打自己的妻子甚至致死的案例，披露了奴隶制灭绝人伦、强力渗透于"黑人的世界"的残忍一面。迪克森·布鲁斯认为："刘易斯·克拉克是那些被迫鞭打自己妻子的许多丈夫之一，因为主人试图在增加二者痛苦的同时，还对二者展示权力。"②

　　刘易斯·克拉克自述他在 1815 年 3 月的一个漆黑夜晚，生于肯塔

---

①　除序言以及自述主体部分外，该叙事列有一个由问答、家庭成员、逃奴和奴隶制介绍等部分组成的附录。See Lewis Clarke, *Narrative of the Sufferings of Lewis Clarke, during a Captivity of more than Twenty-Five Years, among the Algerians of Kentucky, one of the so called Christian States of North America, Dictated by himself*, Boston: David H. Ela, printer, 1845.

②　Dickson D. Bruce, Jr., "Politics and Political Philosophy in the Slave Narrative", in Audrey A. Fisch, ed., *The Cambridge Companion to the African American Slave Narrative*, p.32.

基州的麦迪逊县塞缪尔·坎贝尔的种植园上，而后者是他的祖父。塞缪尔将他的混血女奴玛丽带到了床上，结果给他生下了一个女儿、同时作为奴隶的利蒂希娅·坎贝尔，也就是克拉克的母亲。克拉克的父亲丹尼尔·克拉克是一个来自苏格兰的织工，因前妻出走而来到北美参加独立战争。在塞缪尔保证利蒂希娅将在他死后获得自由的前提下，丹尼尔于 1800 年左右与利蒂希娅结婚。刘易斯出生后一直被塞缪尔的儿子威廉·坎贝尔据为己有，而在六七岁的时候，出于女主人的嫉妒心理，被迫与家庭分离，从而沦落在威廉的妹妹贝齐·班顿夫人的严厉掌控之下，开始了他在这个争吵家庭的所谓"十年炼狱生涯"。他所受到的斥责、虐待和鞭棍惩罚简直是家常便饭，刘易斯与她之间的血缘关系不仅没有缓解，反而加剧了二者之间的冲突。① 有次仅因刘易斯品尝了一下她的孩子的饮料，就引来女主人勃然大怒，将他的脑袋摁入水中，然后是一顿脚踢、掌掴以及一堆尖酸刻薄的话语。由于刘易斯叙事中的血泪控诉，班顿夫人在国际性的废奴主义话语中成为飞扬跋扈的南方女主人的典型样本，并得以与罗珀所描述的冷酷无情的男性南方种植园代表古奇相并置。

在刘易斯 10 岁或 12 岁的时候，父亲丹尼尔因在战场上受伤而成为残废，而塞缪尔的后代们仍没有遵守释奴的约定。16 岁或 17 岁的时候，刘易斯被转让给一位 K 先生，原来的悲惨处境得到了缓解，但室内服务变成了现在烟草地里的艰苦劳动，并时刻处于监工的鞭子威胁之下。四五年后，K 先生将刘易斯交给自己的酒鬼儿子接管，而后者将其出租，刘易斯可以自己干些杂活，每月上交 12 美元，因而获得了很大程度上的行动自由。但当他听说要被卖到路易斯安那时，刘易斯决定逃离南方。起初他与一个叫艾萨克的奴隶商量，分别扮演成主仆骑马逃离，但因没有把握而放弃。1841 年 8 月的一个周六，刘易斯单独骑上一匹小马上了

---

① Lewis Clarke, *Narrative of the Sufferings of Lewis Clarke, during a Captivity of more than Twenty-Five Years*, pp.15, 20.

路，途中经历了一个白人牧师的盘查，并大胆地歇脚于一个小客栈，最终越过了俄亥俄河，到达了自由之乡。然而这里也不是绝对安全，到达辛辛那提后刘易斯听从熟人的建议，卖掉了那匹小马，坐船到了克里夫兰。在那里刘易斯躲过了一次有惊无险的骚扰，停顿几日后坐船到了奴隶主所鞭长莫及的加拿大。1842 年 7 月，刘易斯冒险返回美国的莱克星敦，营救他的弟弟赛勒斯·克拉克和米尔顿·克拉克。1845 年，刘易斯在波士顿出版了有关其生平的自我叙事，第二年将弟弟米尔顿·克拉克的故事加入其中后再版，书名改成了《刘易斯·克拉克和米尔顿·克拉克关于 20 多年被掳期间磨难的口授叙事》。[1]

道格拉斯的首部叙事

弗雷德里克·道格拉斯（1818—1895）毫无疑问是 19 世纪最重要的美国黑人。在经历了 20 年的奴隶生活以后道格拉斯投奔自由，并凭借其如椽之笔和非凡的个人影响为美国黑人的自由和解放事业作出了巨大的贡献。道格拉斯前后出版了《美国奴隶弗雷德里克·道格拉斯自我撰写的生活叙事》《我的奴役和自由》以及《弗雷德里克·道格拉斯的生平和时代》等三部畅销的个人自传，[2] 也发行过《北极星》杂志和《道格拉斯报》，但在影响北方大众对奴隶制认知和舆论塑造的过程中，道格拉斯于 1845 年在波士顿出版的《美国奴隶弗雷德里克·道格拉斯自

[1] Lewis Clarke and Milton Clarke, *Narrative of the Sufferings of Lewis Clarke and Milton Clarke, Sons of a Soldier of the Revolution, during a Captivity of more than Twenty-Five Years, Among the Slaveholders of Kentucky, one of the so called Christian States of North America, Dictated by Themselves*, Boston:Published by Bela Marsh, 1846.

[2] See Frederick Douglass, *Narrative of the Life of Frederick Douglass: An American Slave, Written by himself*, Boston: Published at the Anti-Slavery Office, 1845; Frederick Douglass, *My Bondage and My Freedom*, New York, 1855;& Frederick Douglass, *Life and Times of Frederick Douglass, Written by himself*, Hartford, Conn:Park Publishing Co., 1881.

我撰写的生活叙事》仍占据着最突出的、无可替代的地位。在其出版后的 4 个月内，该叙事就发行 5000 册；到 1847 年共出版九个版次，发行量逾 1.1 万册；而到 1860 年，发行近 3 万册。① 通过对比奴役与自由、愚昧与知性、懦弱与勇敢等两极性精神或生活状态，通过抒发自己在奴隶制下所经历的身心痛苦以及陈述在自由意志支配下的挣扎和奋斗历程，《美国奴隶弗雷德里克·道格拉斯自我撰写的生活叙事》的出版不仅直击南方奴隶制的软肋和时代的难题，也揭示了卷入其中的个人角色的人性悲怆和壮美，深刻地触动了美国大众的良心。鉴于道格拉斯的叙事所展现出的个人英雄主义，学者伊弗雷姆·皮博迪毫不犹豫地将其置于那个时代最醒目的可信作品之列，"醒目在于这个奴隶提供的奴隶制画面，在于以新的视野揭露了美国文明的复杂因素，更加醒目的是鲜明地展现了个人心灵中对自由的天然之爱的力量和运作"；② 威廉·安德鲁斯则认为："为了修辞学的目的，不仅仅是'让愤愤不平的精神得到自由表达'，道格拉斯是第一个甘冒负面表达风险的非裔美国人传记作者，"并且因其对自我表达的强调而"将奴隶叙事转化为一种自我的隐喻。"③ 我们可从他对自己在黑暗岁月中认识转变的一次沉重宣告中，领略到该叙事的感召力："你已经看到一个人如何变成了奴隶，你还将看到一个奴隶如何变成一个人。"④

叙事首先从废奴主义领袖威廉·劳德·加里森所写的序言以及另一位废奴主义者温德尔·菲利普斯表明确实性的一封信开始，然后转向了童年往事。道格拉斯原名为弗雷德里克·奥古斯塔斯·华盛顿·贝利，1818

---

① Frederick Douglass, *Narrative of the Life of Frederick Douglass: An American Slave, Written by himself*, Edited with an Introduction by David W. Blight, Boston: Bedford Books, 1993, p.16.

② Ephraim Peabody, "Narrative of Fugitive Slaves", in Charles T. Davis and Henry Louis Gates, eds., *The Slave's Narrative*, Oxford: Oxford University Press, 1985, p.19.

③ William Andrews, *To Tell a Free Story: The First Century of Afro-American Autobiography*, pp.103, 110.

④ Frederick Douglass, *Narrative of the Life of Frederick Douglass: An American Slave, Written by himself*, Boston: Published at the Anti-Slavery Office, 1845, pp.65—66.

年2月出生于马里兰州的塔波特县奴隶主阿伦·安东尼所属的种植园上的一个小木屋里，自由后才改以"弗雷德里克·道格拉斯"。他的母亲哈里特·贝利具有典型的黑人肤色，也是当地为数不多的、能够识字的奴隶之一，但在道格拉斯很小的时候，母亲就被主人外租给一个叫斯图尔特的人，而其田间劳动的地点离家有12英里远，她不得不在夜间从大老远的地方跑来照顾自己的孩子。根据道格拉斯本人的断言，他的父亲是一个名不见经传的白人，因为他听到有人在私下嘀咕，老主人有很大可能性，但自己一直不知事情的真假；[1] 在描述这件事时，我们可以看到道格拉斯明显带有一丝怨气，指责这种事情纯粹出于"其取乐和获利的邪恶欲望"。[2]

事实上，道格拉斯在童年时期相当孤独，大部分时间都是跟自己的外婆贝齐·贝利度过的，二人情感甚笃。然而与外婆在一起的日子，道格拉斯遭遇的并不总是温情对待，因为那时的他已经通过自己所观察到的姨母赫斯特的受罚场面，进入了奴隶制的黑暗之门。

由于奴隶儿童长得稍大一些就要被送到老主人阿伦·安东尼那里进行管教，在道格拉斯大约6岁的时候，外婆不得不放弃监护的责任，哄骗道格拉斯来到爱德华·劳埃德所经营的大型烟草种植园，因为主人在那里担任监督的差事。亲人分离的结果

THE LAST TIME HE SAW HIS MOTHER.

道格拉斯与母亲的最后一次相见（出处：《道格拉斯的生平和时代》1881）

---

[1]　威廉·安德鲁斯认为道格拉斯的父亲就是他的主人。See William Andrews, *To Tell a Free Story: The First Century of Afro-American Autobiography*, p.131.

[2]　Frederick Douglass, *Narrative of the Life of Frederick Douglass: An American Slave, Written by himself*, p.5.

是给这个少年心灵上留下了一道难以弥补的伤痕；① 在那里，道格拉斯放牛、看管家禽、打扫卫生，为主人的女儿柳克丽霞·奥尔德夫人跑差，日子过得还相对悠闲；然而正是在这里的两年期间，道格拉斯越来越多地目睹了奴隶制血腥、恐怖和暴力的阴暗面，开始体会到它"杀死灵魂的效果"。② 7岁的时候，母亲死在了主人所拥有的、一个靠近李氏磨坊的农场上，而那时的道格拉斯听到这个消息时还懵懵懂懂，不太理解这件事情的真正含义。大约8岁的时候，道格拉斯被主人送到女婿托马斯·奥尔德的兄弟休·奥尔德及其妻子索菲娅·奥尔德夫人那里，前往巴尔的摩；大城市对年幼的道格拉斯有很大的吸引力，而在种植园上亲情淡薄，因此听到消息的道格拉斯大喜过望，"我欢欢喜喜地离开了这里"。③

在巴尔的摩，他与新主人的小儿子汤米做玩伴，并向善良的索菲娅·奥尔德夫人请教如何读书识字，但休·奥尔德发觉后及时制止了这种为法律所禁止的行为，并严厉警告妻子警惕识字问题对奴隶造成的道德后果。这件事情对主仆双方都产生了严重的冲击，原本看起来温情脉脉的主仆关系产生了破裂，黑白之间那层薄薄的共享世界的面纱也被扯下来了。道格拉斯注意到："在奴隶制下，她的欢快眼神很快充满了狂暴"，④ 而他本人也因此深化了对奴隶制的认识："当我9岁的时候，我幸好意识到了奴隶制的这个非正义的、不自然的、害人的性质。"⑤ 不过，道格拉斯这时候并没有受到责打，而其求知欲也没有得到完全的压制。除了偷偷学习

---

① 根据《弗雷德里克·道格拉斯自我撰写的生平和时代》一书所写，道格拉斯在这里由姨母凯蒂所监护，并受到了后者不近人情的虐待，但在《美国奴隶弗雷德里克·道格拉斯自我撰写的生活叙事》中则根本没提这件事。See Frederick Douglass, *Life and Times of Frederick Douglass, Written by himself*, pp.21–23.

② Frederick Douglass, *Narrative of the Life of Frederick Douglass: An American Slave, Written by himself*, p.14.

③ Frederick Douglass, *Narrative of the Life of Frederick Douglass: An American Slave, Written by himself*, p.27.

④ Frederick Douglass, *Narrative of the Life of Frederick Douglass: An American Slave, Written by himself*, p.32.

⑤ Frederick Douglass, *My Bondage and My Freedom*, pp.133–134.

书写外，12岁左右道格拉斯如饥似渴地阅读了一本偶然得到的《哥伦比亚演说家》，并认真思考其中主人与奴隶的对话，"我读得越多，越是厌恶和憎恨奴役者"。[1] 按照海格勒的说法，"对道格拉斯来说，获得识字能力在他的转变过程中是一个重要的阶段"；[2] 他情绪极度抑郁，甚至一度考虑自杀，但有次他从码头的爱尔兰海员那里得到鼓励，产生了有朝一日一定要逃跑的念头。也是在这个时候，由于感到世俗知识难以解渴，道格拉斯开始向基督教靠拢；他的宗教情感由一个叫汉森的白人循道宗牧师以及黑人劳森大叔所唤醒，于是决定将上帝作为一个父亲和保护者而置于他的保护之下，并试图从奴隶制苦难当中寻求解脱的答案。

在休·奥尔德那里生活的七年间，老主人阿伦·安东尼的家里出现了变故。由于老主人安东尼突然离世，包括奴隶在内的家产要在儿子安德鲁和女儿柳克丽霞之间平均分配；道格拉斯因而短暂回去了一趟，并且十分害怕落入对他不善的安德鲁的手里。当得知自己被分配给柳克丽霞时，道格拉斯终于松了一口气，并很快返回了巴尔的摩。不久，柳克丽霞和安德鲁也先后去世，老主人的家产再次重组。柳克丽霞死后大约两年，丈夫托马斯·奥尔德又娶了一位妻子；接着他与兄弟休发生了摩擦，于是决定

MRS. AULD TEACHING HIM TO READ.

奥尔德夫人教导道格拉斯识字（出处：《道格拉斯的生平和时代》，1881）

---

[1]　Frederick Douglass, *Narrative of the Life of Frederick Douglass: An American Slave, Written by himself*, p.40.

[2]　Charles J. Heglar, *Rethinking the Slave Narrative: Slave Marriage and the Narratives of Henry Bibb and William and Ellen Craft,* Westport, Connecticut: Greenwood Press, 2001, p.19.

召回道格拉斯。1832 年 3 月，道格拉斯被送往本州东南方向的圣迈克尔斯，与托马斯·奥尔德生活在一起。① 在航行途中，他注意到费城汽船是往东北方向开拔的，逃离奴隶制之心被这个与自由相关的场景再次激活了。

在圣迈克尔斯，托马斯·奥尔德对待奴隶相当残酷；道格拉斯也并不例外，他曾经挨过几次严重的鞭打。他还在这里第一次品尝到了饥饿的滋味；为了填饱肚子，道格拉斯有时借机到托马斯的岳父威廉·汉密尔顿那里去一趟，蹭点饭吃。对托马斯来说，道格拉斯显得有些桀骜不驯，并觉得大城市的生活惯坏了道格拉斯。在 1833 年 1 月，托马斯将道格拉斯出租给了七英里外有着"黑人克星"绰号的租地农场主爱德华·科维，希望借助他的手段制服道格拉斯。在那里，道格拉斯平生第一次当了田间劳工，在半年之内被这个暴力惯犯折磨得筋疲力尽，身心遭受到严重的摧残，"科维先生成功地制服了我。我的身、灵、心都破碎不堪。"② 但后来道格拉斯在情急之下进行了一次果敢的反抗，在人生谷底之际恢复了他的人性尊严，使得他感受到了"一次从奴隶制的坟墓到自由天国的荣耀复活"，③ 并使得科维在剩余的半年里老实下来，没再鞭打道格拉斯；可以说，这是一种在实力制衡下得以实现的黑白"共享的世界"。

---

① 历史学家斯科特·威廉森以及戴维·布莱特均将这个迁居时间定为 1833 年，与道格拉斯本人陈述的 1832 年有别，二者的误差可能出于对道格拉斯离开劳埃德种植园那年是否包含居留在巴尔的摩的七年期间认定不同。本书依据的是道格拉斯的陈述，以下时间类推。See Scott Williamson, *The Narrative Life: The Moral and Religious Thought of Frederick Douglass*, Macon, GA: Mercer University Press, 2002, p.49; Frederick Douglass, *Narrative of the Life of Frederick Douglass: An American Slave, Written by himself*, Edited with an Introduction by David W. Blight, Boston: Bedford Books, 1993, p.148; Frederick Douglass, *Narrative of the Life of Frederick Douglass: An American Slave, Written by himself*, Boston: Published at the Anti-Slavery Office, 1845, p.67.

② Frederick Douglass, *Narrative of the Life of Frederick Douglass: An American Slave, Written by himself*, Boston: Published at the Anti-Slavery Office, 1845, p.63.

③ Frederick Douglass, *Narrative of the Life of Frederick Douglass: An American Slave, Written by himself*, p.73.

与科维的租期期满以后，1834 年 1 月道格拉斯被托马斯租给一个有教养的南方绅士威廉·弗里兰，那里的农场离圣迈克尔斯大约有三英里远。尽管在那里也要干很多农活，但道格拉斯感到所享有的待遇与科维农场已有天壤之别，并认为弗里兰是他见过的"最好的主人"。在那里的头一年租约期间，道格拉斯利用业余时间主持了主日学校，帮助那里的奴隶学习识字。1835 年弗里兰续约，但这时的道格拉斯已经很不安分了，与舅父亨利·贝利、姨夫查尔斯·罗伯特以及弗里兰的两个奴隶一起进行密谋，准备从水路逃亡北方自由州，但因走漏了风声而被抓进圣迈克尔斯的监狱。

因没有留下证据，五个人先后得到释放，其中道格拉斯是最后一个出来的。因担心惹出乱了，托马斯随后命令道格拉斯回到巴尔的摩，跟他的兄弟休学习一门手艺。几周后休将道格拉斯租给造船商威廉·加德纳，打算让他学习船只堵漏的技术，但实际工作是忙于给木匠们打下手，道格拉斯在这里待了八个月。不料白人学徒不屑与黑人为伍，四个人群殴了道格拉斯，后者的左眼几乎被拳头打出眼眶。索菲娅极为同情，心情难受地为受伤的道格拉斯做了包扎，而休欲讨个说法，终无结果。尽管存在维护尊严的成分，但这种努力还是显示出在他们的身上人性固有的东西还没有被奴隶制所彻底摧毁。健康恢复后，道格拉斯被休带到他所在的造船厂，开始跟着沃尔特·普赖斯真正学习堵漏技术。一年后，道格拉斯的技艺已经十分精湛，一般而言每周能给主人带来六七美元的收入，后来每天竟能赚 1.5 美元。休也相当满意，同意道格拉斯自主选择用工合同，而道格拉斯因此也有了一定的闲暇和行动自由。不过，对于每周收入全部上缴给主人，道格拉斯逐渐心生不满。1838 年春，在道格拉斯的请求下，休与道格拉斯达成协议，同意后者出租自己，食宿自理，但每周要交给他 3 美元，否则协议终止。这个协议实行了四个月，结果因道格拉斯出城参加野营会而废除。道格拉斯于是消极怠工一周，但随后下定了出逃的决心。为掩人耳目，在接下来的两周内他给休带来了额外的收入；9 月 3 日他乔装成水手后，先坐火车、后乘船，最后顺利到达纽约，逃离了他所说的"饿狮的巢穴"。①

　　经历了短暂的兴奋之后，道格拉斯在这块陌生的自由土地上陷入了内心的孤独，同时还担心逃奴捕快上门。在收到道格拉斯的信后，他的未婚妻安娜·默里赶来纽约，随后举行了简单的婚礼。在戴维·拉格尔斯先生的帮助下，二人前往马萨诸塞州的新贝德福德，道格拉斯在那里做各种日工。在废奴主义者内森·约翰逊先生的建议下，他正式采纳了"弗雷德里克·道格拉斯"的名字。四个月后，他订阅了威廉·劳埃德·加里森创办的废奴主义报纸《解放者》。1841年8月，道格拉斯参加了由马萨诸塞反奴隶制协会在楠塔基特岛组织的废奴大会，他感到有话要说，其即兴发言引发了废奴阵营的关注，从此开始走上巡回演讲的道路，并深入地融进了北方的自由网络。

赞巴的奇异世界

　　在来自英国柯金蒂洛赫的一位编辑彼得·尼尔森的指导和润色之下，被拐卖到美国南卡罗来纳为奴的刚果土著赞巴·赞博拉（Zamba Zembola）（1780—?）1847年在伦敦出版了他的自传，即《非洲黑人国王赞巴自我撰写的生活和冒险叙事》，生动地叙述了自己在非洲的惊险经历以及本身作为一个贩奴者如何被蒙骗到美国为奴的，并塑造了一个栩栩如生的、但同时是贪得无厌的新英格兰贩奴船约翰·温顿船长的形象，从而展示了一个在黑白共犯、南北共犯的因果结构下的美国奴隶制，颇有些"善恶终有报、天道有轮回"的意味，并以此穿越了奴隶制下"白人的世界"与"黑人的世界"之间的隔离地带；文末还敦促英国在其殖民地立即废奴，并向

① 道格拉斯在这部叙事中因顾虑到牵连他人而没有提及逃离细节，详情可参见布莱特的注释。Frederick Douglass, *Narrative of the Life of Frederick Douglass: An American Slave, Written by himself*, Edited with an Introduction by David W. Blight, Boston: Bedford Books, 1993, p.114.

美国国会提出了渐进废奴的建议。叙事在出版之后立即受到了读者的欢迎，从而享誉整个大西洋两岸；叙事也达到了作者的预期目标，即"在生而自由的英国儿女心中，在他们对待被压迫奴隶方面本来既有的同情心和基督徒情感当中，添加了圣火的燃料"。[1] 尽管编辑彼得·尼尔森本人"毫不怀疑本叙事中描述的真实性"，仍有现代学者怀疑该叙事只是彼得·尼尔森本人的手笔，[2] 而斯塔林认为该文本受到了多个编辑的影响；[3] 甚至有人怀疑是"完全的伪造"。[4] 尽管其真实性成分不能得到完全的确证，该叙事在当时对废奴主义运动的开展发挥了积极作用，应是毫无疑问的。

1780 年赞巴出生在一个建于高地、由大约 90 个小屋和一座王宫所组成的村庄里；这个村庄位于刚果河南岸，离海岸有大约 200 英里远的距离。他的父亲名叫赞博拉（Zembola），是一位统治周边相当大一片领地的、具有绝对权力的国王或酋长，拥有着由 40 人组成的常备军；除了掌控这个小王国的农牧业活动外，赞博拉还间歇性地从事奴隶贸易，以交换欧美白人运来的烈酒、烟草、布匹、工艺品和枪支等各种商品。父王有五个妻子，而赞巴的母亲是其中唯一生育了男性后代的嫔妃，因而享有最高的地位。11 岁后赞巴开始参加军事训练和打猎活动，14 岁时经历了从狮子爪下和蟒蛇缠裹下侥幸逃生的可怕事件。那时有一个贩奴船船长温顿时而造访王宫，赞巴因而跟他学会了一些基础性的英语。16 岁的时候，在求知欲的驱使之下，赞巴央求父王一起去刚果河口，给停在附近的"海神号"贩奴船供货。此后，赞巴又追随父王，与 200 英里外位于达罗拉

① Zamba, *The Life and Adventures of Zamba, an African Negro King; and His Experience of Slavery in South Carolina. Written by himself. Corrected and Arranged by Peter Neilson*. London: Smith, Elder and Co., 1847, p.xi.

② Zamba, *The Life and Adventures of Zamba, an African Negro King; and His Experience of Slavery in South Carolina. Written by himself. Corrected and Arranged by Peter Neilson*, p.vi.

③ Marion Wilson Starling, *The Save Narrative: Its Place in American History*, p.296.

④ 菲利普·柯廷即持这种观点。See Paul Finkelman, *The Culture and Community of Slavery*, New York : Garland Publishing, In., 1989, p.315.

（Darroola）村的克尔曼图（Kormantu）部落酋长达罗拉国王进行了风险极大的奴隶交易活动，而在交易完成后险些成为后者伏兵的猎物。赞博拉随后动员了140名军人进行报复，用烈焰摧毁了这个村庄，但父王在挑杀达罗拉国王之际不幸中弹而亡，赞巴随即继承了王位，并将敌方的女公主齐拉（Zillah）收归己有。二人大婚后生育二子，但都不幸夭折。在外来思想的影响下，新王重视农业和掘金生意，对外专守防卫，并击退了来犯部落。

部分出于丧子之痛，赞巴决定听从多次来访的约翰·温顿船长的建议，到英美巡游一趟，顺便赚上一笔。在1800年10月1日，他将32个成年奴隶、大约30磅重的砂金和200多块西班牙多布隆金币带上"海神号"贩奴船，告别了他的小王国和非洲大陆，哪里想到自己已进入了一场大骗局之中。在经历了15天的航行之后，"海神号"到达南卡罗来纳的查尔斯顿。这时的温顿船长露出了他的真实面目，公然将赞巴的藏宝箱以及出售所带来奴隶的款项据为己有，而此前在路途当中，他就假称海盗来袭，将赞巴的藏宝箱置于自己的保管之下。更加令人沮丧的是，在温顿船长的淫威下，赞巴本人也被以600美元的价格卖给了该市的拍卖商内勒先生，而后者安排他在货店里工作。赞巴在这里得到善待，能够去教堂旁听，衣食无忧，而内勒先生的助手、同情赞巴命运的汤姆森先生偷偷地教他书写和计算，并让他正面看待被骗一事："你有理由赞美你来到这个国家的日子，你甚至要将温顿船长看作一个朋友，并为他祈祷，因为上苍通过这个途径将你作为一个烙铁从火中取出。"[1]

通过汤姆森的牵线，赞巴将自己私藏的砂金和多布隆换成1700美元，安置在内勒先生那里，而后者允诺每年支付119美元利息，并在自己死后交出所有款项，并释放赞巴本人。这样待了两年后，赞巴通过汤姆森向主人询问，自己是否可以返回非洲，并带回自己的妻子。内勒爽快地答应，

---

[1]　Zamba, *The Life and Adventures of Zamba, an African Negro King; and His Experience of Slavery in South Carolina. Written by himself. Corrected and Arranged by Peter Neilson*, p.119.

并为此做出了安排。在等待期间的一次港口之行中，赞巴救出了因失足而被浪涛淹没的汤姆森，此后赞巴与白人之间的关系得到极大的改善，并因此而体会到："现在既然在光和荣耀的地上有了近 40 年，任何骄傲的暴君在对待他战栗的奴隶时也不能僭越上主的权力。"① 1803 年 4 月，一艘从刚果驶来的"猎人号"贩奴船到岸；赞巴听从内勒的指令到港口"接货"，没曾想妻子齐拉从置留棚那里扑上来，夫妻二人激动相见；这时的齐拉下身只穿着一件粗布短裙，上身只有一块破烂的披肩，头戴一块马德拉斯头巾，但比同侪要体面得多。内勒先生以 350 美元从船长那里买下齐拉后，安排她服侍内勒大人，并允许她与赞巴同住。从齐拉口中得知，自从赞巴离开后，她经常在河畔西望，盼大君来归。一日一伙白人划船过来，将她捉走，几被转移到驶往查尔斯顿的"猎人号"上，这样就发生了二人的巧遇。

八个月后，"猎人号"再次从非洲返回，赞巴的妹夫帕尔塔马（Pouldamah）与船长图默达成交易后，以自由人身份前来看望赞巴，偷偷交给他 100 个多布隆和 10 磅金砂，在这里待了五个月后，帕尔塔马安全返回了刚果。1807 年，幸运再次降临，内勒先生给赞巴和齐拉提供了自由证书，但他们仍在一起共事。不幸的是，因染上黄热病，这一年作为良师益友的汤姆森先生去世。1808 年，因投资和赌博失败而混得狼狈不堪的温顿船长前来乞讨，赞巴不计前嫌，慷慨地赞助了他 2 个多布隆，但几周后温顿船长即在与别人的决斗中死去。1819 年内勒先生移居他州，开始为二人支付年金和利息；赞巴则开了个小商店，夫妻二人加入了当地的一个循道宗教堂，此后安静地生活了 20 年。赞巴的被掳叙事中并没有艾奎亚诺叙事中那种对田园牧歌式非洲往事的大肆嘉许，而对灵魂拯救的关注隐含于其自由叙事的框架之中，可谓是对灵性叙事的一种巧妙的复活。

---

① Zamba, *The Life and Adventures of Zamba, an African Negro King; and His Experience of Slavery in South Carolina. Written by himself. Corrected and Arranged by Peter Neilson*, p.170.

"归正的流氓"

　　威廉·韦尔斯·布朗（1814—1884）在 1847 年出版的《逃奴威廉·W.
布朗自我撰写的叙事》因直率地揭露奴隶制下"它的民主鞭子、它的共和
主义锁链、它的福音主义逐血猎犬"，获得了极大的成功；[①] 1850 年前布
朗的个人叙事在美国出版了四个版本，在英国则有五个版本，其发行量仅
次于道格拉斯的《美国奴隶弗雷德里克·道格拉斯自我撰写的生活叙事》。
布朗的叙事带有经典叙事的完整结构，如关于叙事确凿性的证词和作者的
序言，在内容上则将滥用暴力资源的"白人的世界"与深受其害、心灵扭
曲的"黑人的世界"作为反衬。与道格拉斯的叙事所刻画的"一个超人的
生活"的孤胆英雄不同，布朗以简单、直率的笔法呈现了一个他那个时代
具有代表性的奴隶形象，即为了维护自己的尊严，不惜以欺骗和糊弄的手
段对付白人乃至自己的同辈，如威廉·安德鲁斯所说，"尽管他们总是失
败，但那些成功地抵挡压倒性命运的奴隶，是那些能够使用狡猾和欺骗伎
俩保护和推进自身利益的人。"[②] 如果说约西亚·亨森的叙事呈现的是一
个自我克制和信仰虔诚的美国奴隶形象的话，那么布朗的叙事则以制度的
罪恶或道德无知为自身的道德缺失提供说词。布朗描绘的自身形象，很
容易使我们联想到约翰·布拉欣格姆所指出"傻宝""特纳"以及"杰克"
这三个奴隶类型中具有机会主义特色的"杰克"类型。[③] 不过，在为奴期
间布朗并没有滥用他与女奴伊莱扎之间的好感，他并没有因自己晦暗不明
的自由前景而耽搁对方的青春，显示了布朗在其玩世不恭的叙事言词与实

---

①　William Wells Brown, *Narrative of William W. Brown, A Fugitive Slave. Written by himself.*
　　Boston: Published at the Anti-Slavery Office, No.25 Cornhill, 1847, p.70.

②　William Wells Brown, *From Fugitive Slave to Free Man: The Autobiographies of William
　　Wells Brown, Edited and with an Introduction by William L. Andrews,* New York: the Penguin
　　Group, 1993, p.6.

③　John W. Blassingame, *The Slave Community: Plantation Life in the Antebellum South*, Ox-
　　ford: Oxford University Press, 1979, p.224.

际行为之间，还是存在某种分明的道德底线的，同时也展现了布朗在某种程度上具有"爱情诚可贵、自由价更高"的认识境界，由此避免了亨利·比布在追求自由时所遇到的家庭羁绊；而安德鲁斯也将作为叙事者的布朗与叙事主人公角色桑德福的"变形的自我"之间做出了区分，从而使这位叙事者摇身一变为一个"归正的流氓"。①

布朗于 1815 年 3 月 15 日生于肯塔基的列克星敦，原名威廉，后因与主人的侄子重名而被迫改名桑福德。母亲名叫伊丽莎白，生有七个子女，其主人约翰·扬是拥有 40 个奴隶的种植园主；父亲则是一个叫乔治·希金斯的白人，跟约翰·扬有亲戚关系，也隶属于本州有强

被押注的奴隶（出处：《我的南方家乡》，1880）

大势力的家族之列。在布朗很小的时候，母子二人被主人带到离密苏里的圣查尔斯大约 40 英里远的一个种植烟草和大麻的农场，在一个叫格罗夫·库克的监工手下干活。布朗从事室内服侍活计，但能时而听到不远处的农田里传来母亲或其他姐妹挨打的哀号声，痛苦如乱箭穿心。不久，主人迁居圣路易斯，并在附近购买了一个农场。母亲被外租到市里，而布朗也被租给商人梅杰·弗里兰。弗里兰喜怒无常，布朗在跟他干了约半年后，偷跑到林子里。猎狗发现后布朗被抓回，弗里兰对他施加了鞭打，并给他玩了一次"弗吉尼亚游戏"——用烟草秸秆熏呛受害者。后来布朗被租给一个旅店主约翰·科尔伯恩，在那里发现北方主人对待自己的仆役十

---

① William Andrews, *To Tell a Free Story: The First Century of Afro-American Autobiography*, pp.206–207.

分残忍；期间他还得知，母亲和她的其他子女被卖给了圣路易斯的罐头商艾萨克·曼斯菲尔德。不久布朗被改租给为人和蔼的出版商伊莱贾·洛夫乔伊，为他做帮手。由于本城一个纨绔子弟无端挑衅及其奴隶主父亲麦金尼的恶意报复，被打伤后的布朗丢失了这个岗位。

恢复健康后，布朗被租给奥蒂斯·雷诺兹，在一艘"企业号"汽船上做侍者，在此期间产生了逃亡加拿大的想法。夏天过后，布朗回到城郊农场的玉米地里干活。接下来布朗被出租给圣路易斯的奴隶交易商沃克一年，并跟随他三次押运奴隶到新奥尔良贩卖场。跟班期间，布朗目睹了许多悲惨的生离死别场景，自己也因倒酒过满而招致沃克的不满，只是通过略施骗人的小计谋，才得以让另外一个对此一无所知的黑人在监狱代替自己挨了鞭子。期满结束后布朗得知，姐姐已被卖给一个人，后者将把她带到密西西比的纳奇兹，而主人约翰·扬也要求布朗在一周之内将自己卖掉。布朗决定逃离奴隶制。通过说服工作，在第三天9点的时候携母亲一起离开圣路易斯，利用一条小船渡过了密西西比河，昼伏夜出，准备北上奥尔顿。然而10天后，三个骑马的奴隶捕快将其截回。在关押了一周以及挨了监工一顿鞭子后，布朗被约翰·扬以500美元卖给了本城的一个裁缝商塞缪尔·威利，而母亲在关押一段时间后要被带往路易斯安那州的新奥尔良。布朗被允在"奥托号"上打工，得以有了与母亲伤心欲绝的最后一次相见。

在准备再次逃跑期间，1834年10月布朗以700美元被转售给一个船主伊诺克·普赖斯当车夫。为了让布朗安下心来，女主人热心为他张罗婚事，并购入了布朗所中意的女奴伊莱扎。布朗表面上应承下来，虚与委蛇，但实际上去意已定。12月在一次跟随他的主人搞运输生意期间，随"切斯特号"进入了自由州俄亥俄，布朗趁乘客在港口上下船之际溜之大吉。在东躲西藏五六天后，布朗在饥饿和寒冷的驱使下冒险向一个遛马的老人求助，而这个人恰巧是一个住在代顿附近的贵格派教徒韦尔斯·布朗。夫妻二人热情接待了他，而布朗出于感激，沿用了户主的姓氏，并将自己正名为威廉。在这里休整了近半个月后，布朗启程前往加拿

大，并在七八天后到达克里夫兰。布朗在这里找了份差事，订阅了一份
由本杰明·伦迪发行的废奴主义报纸《普遍解放的天才》，并从事转运逃
奴的义务工作。① 在 1842 年的八个月内，他通过伊利湖向加拿大输送了
69 名逃奴。1843 年布朗造访加拿大的莫尔登，订阅了威廉·劳埃德·加
里森的废奴主义报纸《解放者》；当年秋返美，开始全力投入废奴主义运
动，并巡回演讲，其声誉在 50 年代急起直追当时已经锋芒毕露的弗雷德
里克·道格拉斯。

真实的汤姆叔叔

　　1849 年波士顿一家出版社出版了题名为《从前为奴隶、现为加拿大居
民的约西亚·亨森的自我叙事》，并在三年内卖出了 6000 本。② 与道格拉
斯的反抗型奴隶形象不同的是，该叙事生动呈现了一个忠诚、自我克制和
信仰虔诚的美国奴隶形象。由于在面对人生考验方面所采取的个人态度符
合传统的新教伦理，作者约西亚·亨森（1789—1883）的故事后来成为哈
里雅特·比彻·斯托夫人的畅销小说《汤姆叔叔的小屋》中汤姆叔叔的原
型，并使其在 50 年代成为一个国际性知名人物。在叙事内容上，关于忠
诚与背叛、奴役与自由的故事阐述可使我们得以了解奴隶制下黑白"共享
的世界"建立的难度；此外同样作为黑人监工，约西亚·亨森和所罗门·诺
瑟普的人生态度有很大的不同，后者对于以自己的愚忠勾兑自由缺乏兴
趣，然而前者最后还是在冷酷的现实面前甩掉了追求个人自由的道德包
袱。1858 年，亨森借助小说所打造出来的名气，推出了《比小说更奇特：

---

① 布朗在其叙事中并没有提及当年与伊丽莎白·斯库讷（Elizabeth Schooner）的婚事以
　及 1847 年婚姻的破裂。See Charles J. Heglar, *Rethinking the Slave Narrative: Slave Mar-*
　riage and the Narratives of Henry Bibb and William and Ellen Craft, Westport, Connecticut:
　Greenwood Press, 2001, p.124.

② Josiah Henson, *The life of Josiah Henson, Formerly a Slave, Now an Inhabitant of Canada, as*
　Narrated by Himself, Boston: Arthur D. Phelps, 1849.

亨森神父的个人生活故事》，1876 年的伦敦版本则更新为《汤姆叔叔的生活故事：约西亚·亨森牧师的自传》，最后一种则是由斯托夫人作序的伦敦和安大略版本，名称改成了《约西亚·亨森牧师（"汤姆叔叔"）的自传》。①

叙事从故事的真实性声明开始，接着以第一人称的形式述及亨森的早年生活。1789 年 6 月 15 日，约西亚·亨森出生于马里兰州的查尔斯县一个靠近烟草港口的农场，父亲是属于种植园主弗朗西斯·纽曼先生的财产；母亲的主人则是约西亚·麦克（Josiah McP.）医生，但她被出租给了纽曼。在亨森三四岁的时候，因不堪自己的妻子受辱，亨森的父亲攻击了监工，结果遭受了被割下右耳和鞭打 100 下的酷刑，不久又被卖到阿拉巴马。为人温和的麦克医生随后召回了亨森的母亲，亨森因而在这里与他的三个姐姐和两个哥哥一起居住了两三年，度过了一段美好的时光。

然而麦克医生从马上摔下致死后改变了一切。一家人被逐个强行拆散，包括五六岁的亨森。母亲苦苦哀求她的新主人、蒙哥马利县的艾萨克·赖利一块买下幼子亨森，但被他无情地拒绝，只是在亨森的新主人发现这个孩

"O, Master, just buy my baby; all the rest are gone, and I will go anywhere, and do anything for you."

被拆散的奴隶家庭（出处：《约西亚·亨森牧师的自传》，1881）

---

① Josiah Henson, *Truth Stranger than Fiction: Father Henson's Story of His Own Life,* Boston: John P. Jewett and Company, 1858; Josiah Henson, *Uncle Tom's Story of His Life. An Autobiography of the Rev. Josiah Henson (Mrs. Harriet Beecher Stowe's "Uncle Tom"). From 1789 to 1876. With a Preface by Mrs. Harriet Beecher Stowe, and an Introductory Note by George Sturge, and S. Morley, Esq., M. P.,* London: Christian Age Office, 1876;Josiah Henson, *An Autobiography of the Rev. Josiah Henson ("Uncle Tom"). From 1789 to 1881. With a Preface by Mrs. Harriet Beecher Stowe, and Introductory Notes by George Sturge, S. Morley, Esq., M. P., Wendell Phillips, and John G. Whittier. Edited by John Lobb, F.R.G.S. Revised and Enlarged,* London, Ontario: Schuyler, Smith, & Co., 1881.

子总是抑郁生病之后才廉价出售给艾萨克，亨森这才得以与母亲团聚。亨森最初在艾萨克那里挑水、喂马，稍长是看管马房，接着是锄地。到了15岁时，亨森已经成长为一个身材强壮、十分能干的少年，并对同伴有着极大的影响力。主人因而辞掉了监工，而将亨森提拔为农活的监督人。18岁的时候，在母亲的敦促下，亨森参加了乔治敦的一次布道会，从此开始了自己的宗教觉醒，并转而鼓动别人加入宗教活动，几年后他在他们中间成长为一个令人尊敬的布道者。作为一个忠心耿耿的黑人工头，亨森卖力地为主人经营农场。在一次混乱的斗殴中，他勇猛地冲进现场并救出了主人，但因胳膊肘拐倒了一个白人，遭到了对方的恶毒报复，尤其是肩部和石臂被打骨折，半年后才能下地劳动。22岁左右时，亨森与邻近种植园上的一个明白事理的女奴结了婚，从此之后为亨森断断续续地生了12个孩子，其中八个长大成人。

在为主人服务了20个年头的那一年，艾萨克·赖利因与表兄弟的官司而陷入了债务麻烦。1825年2月，亨森不得不带着一家老小还有18个奴隶，要迁居到肯塔基艾萨克的兄弟那里去。当他们来到俄亥俄这个自由州的时候，那里的黑人极力劝说他们留下来。但作为忠仆的亨森从没动过逃跑的念头，他只是想过以攒钱的方式购买自己的自由。由于"在这个问题上我有一种荣誉感"，亨森婉拒了他们的好意。① 虽然作为故事主人公的亨森对放弃了唾手可得的自由没有后悔，但叙事在这里穿插着作为叙事者的声明，提及他后来总是针对自己的行为进行反思，对于自己带着那么多的人重新进入奴隶制的牢笼心有不安。4月中旬，队伍到达肯塔基州戴维斯县阿莫斯·赖利的种植园，亨森在这里待了三年，承担种植园上的管理责任，同时还充当循道宗主教派公会的牧师。1828年夏天，在一个白人牧师的私下建议下，亨森决定以布道筹资的方式购买自由。他从阿莫斯那里获得了一个往返马里兰的路条，从9月中旬往东行进，所经之处进行

---

① Josiah Henson, *The life of Josiah Henson, Formerly a Slave, Now an Inhabitant of Canada, as Narrated by Himself*, p.24.

筹款、收获颇丰；除获得了一匹马和 275 美元的现金之外，亨森还换了一身新衣服。在艾萨克的妻弟弗兰克先生的调解下，艾萨克同意以 450 美元的价格给予亨森解放证书，约定其中的 350 美元必须是现款。在以马匹作为现款顶账以后，亨森于 1829 年 3 月拿到了解放证书。然而艾萨克施用诡计，以安全为由让亨森将证书交给阿莫斯，但写明的剩余款项变成了650 美元。听到风声的亨森推说信件找不到了，这样在阿莫斯的庄园就拖延了一年。艾萨克又传令亨森，跟着阿莫斯的儿子到新奥尔良，其实是要借机卖掉亨森。没想到那里的气候令阿莫斯的儿子高烧不起，只是在亨森的精心照料下，阿莫斯的儿子才渐渐恢复，7 月上旬被亨森安置在担架上抬回种植园。

由于救了阿莫斯的儿子对自身的境况没有任何改观，同时亨森觉得被绑架到南方一事使得支付余款已失去道义基础，他于是开始策划逃跑事宜。9 月中旬的一个周六晚上，亨森一家开始了渡河出逃。亨森用大背包背着两个幼子，妻子领着次子，长子后面跟随，一家人进入了印第安纳州。经过两周的昼伏夜出和忍饥挨饿，他们到达了辛辛那提。休息几日后一家人乘马车北上，到了一处军事路段后接着步行，并偶遇印第安人，在得到补给后进入俄亥俄境内。妻子一度昏倒，并受到多次的惊吓。最终在一个名叫伯纳姆的船长帮助下，他们渡过了湖水，1830 年 10 月 28 日到达加拿大。此后亨森在希巴德的农场上务工三年，也进行学习和布道活动。1838 年亨森在上加拿大参与创建了一所手工学校。1842 年亨森迁居道恩镇（Dawn），并游历美国纽约、康涅狄格和缅因等城市。叙事最后在表达对上帝的感激言词后结束。

快递出逃者

1849 年在波士顿出版的、由废奴主义者查尔斯·斯特恩斯所编辑、誉写的亨利·博克斯·布朗的叙事也十分畅销，书名是《在一个三英尺长、两英尺宽的箱子里逃离奴隶制的亨利·博克斯·布朗的叙事》。叙事的主人公亨利·博克斯·布朗（1816—?）尽管在奴隶制下度过了 33 年，但一直衣食无忧，没干过重活，仅有一次挨过鞭子，最后还是因家庭被拆散而以一种异想天开的"快递"方式逃亡了。该叙事由马萨诸塞的一位富商、废奴主义者查尔斯·斯特恩斯听写下来并做了一些评论，并以其所记录的奇特逃跑方式而闻名于英美的大众读者之中。尽管作品承认奴隶制存在"说不尽的恐怖"，并说即使是"温柔的恩惠也是残酷的"，但该叙事并不是以揭露奴隶制赤裸裸的暴力性一面为主要目的，而是试图呈现其柔性的、内在的杀伤力和它所制造的"内在的痛苦"，其反讽式的说法即所谓的"奴隶制美丽的一面"。①

1816 年博克斯出生于弗吉尼亚州路易萨县的一个种植园上。第一位主人是曾担任过里士满市长的约翰·巴雷特。巴雷特对待他最初相当仁慈，表现出了作者所说的"部分的善良"。② 博克斯记得，母亲小时候曾教导给他一些基督教价值观，而他一度误认为老主人和小主人分别是上帝和救世主。年纪稍长，博克斯的主要任务是服侍老主人夫妇俩，间或到地里干些活，并受到鞭子的威胁。一年当中，他和哥哥总有几次机会到 20 英里外的磨坊去；途中曾经因穿着鞋子和马甲、戴着帽子而引起其他奴隶的惊叹。即使如此，良好的待遇也没有消弭奴隶制在哥俩心灵上的阴影，并总是担心命运有变。在奴隶主同侪的不良影响下，老主人的态度也出现了微妙的改变，并雇用了监工，而此前他是拒绝这样做的。在他临死前，老主人将哥俩叫到床前，博克斯本以为会释放他们，结果证明是空欢喜一场。

老主人死后，他的四个儿子瓜分了财产，其中威廉接管了当时 13 岁

---

① Henry Box Brown, *Narrative of Henry Box Brown, Who Escaped from Slavery Enclosed in a Box 3 Feet Long and 2 Wide. Written from a Statement of Facts Made by himself. With Remarks upon the Remedy for Slavery. By Charles Stearns*.Boston:Published by Brown & Stearns, 1849, pp.11, 12, 13.

② Henry Box Brown, *Narrative of Henry Box Brown, Who Escaped from Slavery Enclosed in a Box 3 Feet Long and 2 Wide*, p.12.

的博克斯。博克斯不得不离开父母，跟着威廉来到里士满，在一个制烟厂工作。新主人给他一些零钱，买了新衣服，并要求监工不要虐待他。但监工约翰·艾伦对待工人很冷酷，经常毫不吝啬地使用鞭子，在他手下工作并不愉快。1831年的特纳叛乱发生以后，博克斯目睹了当地白人是如何陷入惊慌的，当时许多奴隶被投入监狱，或被半吊在树上受到非人的折磨。由于担心世界末日的到来，在经主人允许后，博克斯加入了一个浸礼派教会。此后他曾前往家乡，请求一个李先生准许自己与他的女奴南希结婚。李先生与威廉商量后，二人批准了这个婚姻。一年后南希被卖给里士满的一个为人虚伪的马具商，而他的妻子对待新来的南希十分严厉。南希随后被这个马具商卖了两次，结果是到了塞缪尔·卡特里尔手里，后者以南希为诱饵，从博克斯那里骗到钱。1848年8月，博克斯离开妻子和三个孩子去上工，但回来后得知，卡特里尔已把南希关在一个监狱里，准备卖到北卡罗来纳的沼泽地带。博克斯试图探访南希，但有人告诉他到了那里就会被关起来。于是他委托一个人替他捎信，但后者被狱卒拳打脚踢赶跑了。博克斯随后三次央求主人买下他的妻子，但主人威廉对此无动于衷。博克斯第二天站在路边，终于见了远行的妻子和长子一面，痛苦使得夫妻二人无言以对。从那时起，博克斯下定了要"从奴隶制的铁轭中解放自己"的决心。①

1849年，为了获得监工艾伦的假条，博克斯用硫酸弄残了自己的手指，艾伦无奈之下批准了休假。博克斯随后找到一个朋友，并以86美元的代价让他为自己实施逃跑计划。在一番祷告之后，博克斯本人想出了一个藏身在箱子里的方案，并照着车站仓库里箱子的标准尺寸，让木匠制造了一只三英尺长、两英尺宽的木箱，上面钻了三个小孔。随后博克斯携带那只箱子找到了朋友，要求他将自己封闭在里面。那位朋友对这种大胆的想法表示震惊，但最后同意配合，并与费城的朋友进行了联系。随后博克

① Henry Box Brown, *Narrative of Henry Box Brown, Who Escaped from Slavery Enclosed in a Box 3 Feet Long and 2 Wide*, p.56.

斯钻进了狭窄的、几
乎难以动弹的箱子内，
并放进一个水囊以备
酷热时所需。封闭后
的箱子首先被运到邮
局里，博克斯在里面
最初是头朝下。接着
箱子被带到车站，从
那里被野蛮装卸进货
车厢，但碰巧的是"正
面朝上"。

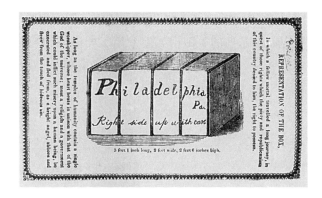

博克斯所藏身的箱子（出处：《亨利·博克斯·布朗的
叙事》，1849）

小久车厢停下，箱子被搬到一艘汽船上，博克斯又开始脑袋朝
下。在这种难受的姿势下坚持了一个半钟头之后，博克斯感到太阳穴突突
直跳，眼球肿胀得几乎要从眼袋里凸出来了，但他一直强忍着不出任何声
音。再经过半个钟头后，他的手已经不能活动了，博克斯感到了死亡的逼
近。就在这个关键时刻，两个搬运者将箱子翻了个身，无意之中将博克斯
从濒死状态下解放出来。不久，箱子用马车送达华盛顿，头又开始向下。
箱子在滑下一个斜坡后，被转移到站台；在这个短暂的转移过程中，博克
斯的脖子几乎要脱臼了。这时搬运工说车厢没空了，箱子得留下来；但随
后一位先生指示，必须搬到车厢里，这个指令应该说生死攸关。箱子随后
被搬进去，博克斯仍然头朝下硬撑。不过到了下一个站点，箱子再次被换
成了正确的方向，这个姿势一直保持到费城。在费城车站停留三个钟头
后，一辆马车取走了箱子，并直接载到了朋友的住处；这时候博克斯已在
箱子里待了27个钟头，而在那里已有儿个人等着接待博克斯。最初他们
感到有些害怕打开箱子，但犹豫之后终于一个人启开了钉子，并用颤抖的
声音发问："里面还好吗？"当得到了肯定的答复后，这帮人欢呼雀跃起来。

　　在费城短暂休整后，博克斯先后造访波士顿、新贝德福德等新英格兰
城市，举行废奴主义演讲。因担心《逃奴法》的实施，1850年博克斯远
赴英格兰，在利物浦、曼彻斯特等地展示他所称的"亨利·博克斯·布朗

的奴隶制镜像"。其实这也是一个逼仄的"黑人的世界"的投影。1875年，博克斯带着他的英国白人妻子简·弗洛伊德和女儿安妮返回美国，以魔术演出为生。1889年博克斯曾在加拿大现身，但此后消失踪影。其卒年待考；一说为1897年。①

绑架噩梦

1852年出版的《为奴十二年》记述了原为纽约州密涅瓦（Minerva）居民的非裔自由人所罗门·诺瑟普（1808—?）被绑架到南方为奴并最终获得解救的故事。② 1841年，奴隶贩子以提供工作为由诱捕了所罗门，并辗转卖到路易斯安那。在一位加拿大劳工的帮助下，所罗门历尽千辛万苦，终于能够将其被掳为奴的信息传送到纽约。1852年受纽约州州长华盛顿·亨特的委托，亨利·诺瑟普作为代理人前往路易斯安那解救所罗门·诺瑟普。同年7月，在纽约律师和议员戴维·威尔逊的帮助下，所罗门出版了他的自传《为奴十二年》，获得了良好的反响，两年内卖出了2.7万册。③ 此后他投身废奴主义运动，在新英格兰地区进行关于自身经历的演讲。叙事附有前言和包括多人证词的附录，其文本内容的真实性得到了现代学者休·埃金和戴维·菲斯克等人的证实，一向对诸如查尔斯·鲍尔、亨利·博克斯·布朗、亨森神父的奴隶叙事价值持否定态度的南方史学家乌尔里克·B. 菲利普斯也予以肯定："所罗门·诺瑟普作为一个黑人

① Martha J. Cutter, *The Illustrated Slave: Empathy, Graphic Narrative, and the Visual Culture of the Transatlantic Abolition Movement, 1800–1852*, Athens: University of Georgia University, 2017, p.257.

② Solomon Northup, *Twelve Years a Slave:Narrative of Solomon Northup, A Citizen of New-York, Kidnapped in Washington City in 1841, and Rescued in 1853, from A Cotton Plantation Near the Red River in Louisiana*, Auburn: Derby and Miller, 1853.

③ Philip Gould, "The Rise, Development, and Circulation of the Slave Narrative", in Audrey A. Fisch, ed., *The Cambridge Companion to the African American Slave Narrative*, p.24.

被绑架进入奴隶制，写下了一部生动的关于南方种植园生活的叙事"。①
其精彩的故事在 1984 年和 2013 年先后被改编成电视剧和电影。所罗门的
《为奴十二年》已有中译本问世，本书也将专辟一章进行解读。

1856 年基于彼得·斯蒂尔（1799—?）的口述，经事迹知情者、阿拉
巴马州图斯坎比亚的女子神学院的教师凯特·E. R. 皮卡德夫人润笔后而
出版的《被绑架者的赎回》呼应了所罗门·诺瑟普引出的绑架主题，深刻
揭示了南方奴隶制权力和极力扩张自身势力范围的"白人的世界"对北方
自由世界所造成的无处不在的威胁；叙事所触及的儿童拐卖和虐待童工问
题，无疑考验着人性的底线，也很容易激发今天中国读者的同情；《被绑
架者的赎回》还是一部悲欢离合的家庭和亲情叙事，彼得一家历尽奴隶制
的劫波，终于回归故里、实现了家庭团聚；《被绑架者的赎回》还述及地
下铁路成员塞思·康克林先生，他以自己的个人牺牲诠释了人性的光辉，
跨越了奴隶制下"白人的世界"的幽暗之门。除了这些因素以外，叙事的
畅销来自"无可挑剔和怀疑的故事真实性"，② 而塞缪尔·J. 梅牧师则在序
言中申明："所有的人都相信彼得叔叔所说的都是真实的，而所有加诸于
他的［赎买］职责将得到诚实地解除。"③

该叙事的主角彼得和莱文是家在费城附近特拉华河畔的一对兄弟，他
们本来过的是与家人在一起的自由生活。然而在彼得 6 岁的 1805 年，有
一天当父母到"林中教会"的时候，一个被别人称呼为金凯德的男人欺骗
他们兄弟俩上了一辆轻便马车，然后带到肯塔基，将他们以 400 美元的价
格卖给了莱克星顿的约翰·费舍。兄弟俩住在主人从拉塞尔夫人那里租来
的种植园上，那里离城镇只有一英里远。两个孩子哭闹着要回家，但被主

---

① Ulrich B. Phillips, *Life and Labor in the Old South,* Columbia: The University of South Caro-lina Press, 2007, p.219.

② *New Englander*, Nov.1856, in Charles T. Davis and Henry Louis Gates, eds., *The Slave's Nar-rative,* p.31.

③ Mrs. Kate E. R. Pickard, *The Kidnapped and the Ransomed. Being the Personal Recollections of Peter Still and His Wife "Vina, " after Forty Years of Slavery.*Syracuse, New York:William T. Hamilton, 1856, p. xx.

人狠狠教训了一顿。只要不提身世的禁忌话题，二人就得到良好的对待，能够吃饱喝足，衣着得体。这种记忆的剥夺是如此严重，以至于他们逐渐忘记了自己的本来名字。第二年，9 岁的哥哥莱文被安排到砖厂，年幼的彼得则放牛、摘菜，余时与主人的孩子或邻近种植园上的孩子们一起玩耍。彼得的玩伴中有个是著名的参议员亨利·克莱的儿子西奥多·克莱，彼得一度希望西奥多向他的父亲求情，前来解救自己的玩伴，但一直没有结果。彼得 9 岁的时候也被送到砖厂打下手，兄弟俩的每日定额是为模具工提供 3000 块砖坯，否则就要受到同伴的殴打，或者接受一种两脚分别站在手推车两轮上挨鞭子抽、但不允许掉下来的刑罚。由于没能完成任务，彼得领教过这种惩罚的滋味。在这种环境下做了几年苦工以后，彼得 13 岁时主人欲迁往辛辛那提，兄弟俩以 900 美元的价格被卖给了莱克星顿的纳迪·吉斯特。

吉斯特是个弗吉尼亚来的独身老兵，每日酗酒，并经营着一个大约 5 英亩、有 20 个奴隶的砖厂。吉斯特相信鞭子的威力，虽然时时将彼得带在身边，但待他十分严厉。有次因处理饲料不符合要求，吉斯特给彼得施加了一种"弓背式"惩罚，即双手绑紧后绕过膝盖，再在两个膝盖下插上一根棍子，然后用牛皮鞭左右抽打，惩罚完毕再经过几个钟头后才松绑。为了能够学会写信以告知亲人信息，彼得瞒着吉斯特，设法到主日学校混了三次，学了点字母知识。兄弟俩在砖厂艰苦劳动了四个夏天后，吉斯特将他们出租给烟草商人乔治·诺顿。冬天，彼得跟着诺顿的表弟桑福德·基恩当仆役，在那里可以得到良好的对待，但其余时间则不得不听命于凶狠程度一点不亚于吉斯特的诺顿。由于反应灵敏、听话，在开始的几个月里彼得躲过了鞭子的威胁。但在目睹了他对一个奴隶的血腥惩罚后，彼得因说了一句诺顿不爱听的话，因而成了后者惩罚的目标。诺顿以彼得周末离开店铺为由，意欲鞭打彼得，但彼得不服，于是诺顿叫来三个打手上阵，这样就发生了一阵激烈的缠斗。最后在寡不敌众的情况下，彼得被按在桶上，挨了一阵痛打。在这段时间里，彼得与莱文商量了各种逃跑或自赎其身的可能性方案。

　　1817 年，年迈的吉斯特将六个奴隶委托给他的侄子莱文·吉斯特，后者在阿拉巴马有处棉花种植园。彼得的哥哥莱文是其中之一，因而不得不与自己的弟弟彼得分离。彼得接替了哥哥的位置，给一位家境并不宽裕的绅士约翰·扬提供服务，直到次年春为止。彼得接着来到吉斯特的弟弟威廉的种植园。9 月，吉斯特病死，其侄子莱文·吉斯特继承了对奴隶的所有权。12 月，莱文的弟弟约翰带着彼得到了阿拉巴马的班布里奇，接着来到莱文在附近草创不久的种植园，彼得兄弟俩喜悦相见。彼得被安排在棉田里工作，刚开始摘棉花时他笨手笨脚，但很快练就了一双巧手。入冬后，棉花变湿，这给奴隶提供了打工的机会。周日兄弟俩给人晒棉花，有时一天能赚 1 美元。1821 年，莱文·吉斯特在南边 17 英里远的地方购买了一块 480 英亩的种植园，除彼得以外的奴隶都被迁往这个新种植园。彼得留在原地，为莱文·吉斯特及其新婚的妻子瑟尔姆西丝·沃特斯服务，这期间过得相当从容。当彼得 21 岁的时候，他产生了严肃的道德思考，开始戒烟、限酒。1822 年，莱文·吉斯特也迁往新种植园。这年彼得的哥哥莱文 25 岁，向主人请求与吉米·霍根种植园上的范妮结婚，遭到拒绝，他只好自行其是。因未能阻止他们交往，一气之下莱文·吉斯特狠狠教训了彼得的哥哥莱文一次，但之后默认了事实。

　　两年后，由于莱文·吉斯特与南弗洛伦斯的种植园主伯纳德·麦基尔南是连襟，两家走动频繁，结果是 25 岁的彼得与麦基尔南买来的 15 岁女奴维纳开始热乎起来，但彼得不敢向自己的主人求情。趁莱文·吉斯特夫妇返回莱克星顿期间，彼得经常抽时间到露西大婶的小屋，到那里会见维纳。在麦基尔南夫人的安排下，二人在 6 月 25 日成婚，卡托·霍奇斯牧师主持了婚礼。莱文·吉斯特夫妇回来后欲购买维纳，而麦吉尔南夫妇则想购买彼得。僵持不下，彼得只得工作之余两头跑，而这时的麦吉尔南一家迁到了 7 英里外的班布里奇。除此之外，彼得还为自己的妻子建造了一个小屋，购买了一个橱柜和一只箱子。因拒绝监工无端征用自己的一个面桶，彼得受到了主人的象征性鞭打。1826 年 9 月，维纳生下一个男孩。这样忙碌到 1830 年 10 月，莱文·吉斯特去世，约翰·吉斯特主持庄园事务，但莱文·吉斯特的遗孀瑟尔姆西丝仍留在本地。第二年彼得的哥哥莱文身体也每况愈下，年底在范妮的陪伴下去世。

1833 年 11 月，瑟尔姆西丝与年长 20 多岁的种植园主约翰·霍根再婚，34 个仆役分成五组，在她及其四个子女间进行抓阄分配。不过瑟尔姆西丝所抓的第一阄并不如意，她拥有了对 6 个奴隶的所有权，而彼得等其他仆役的命运则留待子女长大后再决。一个月后，瑟尔姆西丝带领仆役迁居到 4 英里外霍根的棉花种植园，后者因而落入监护人霍根严厉的代管之下。在这段时间里，彼得被任命为这帮奴隶的工头，负责执行监工的命令，确保他们准时到棉田上工。1839 年监护人将奴隶出租，彼得和其他 13 个奴隶被派往离班布里奇四英里远的思里特先生的小型种植园，彼得还是做工头。在这里，思里特夫人掌握实权，经常骑着马、提着鞭子到田间巡视，彼得和其他奴隶的日子过得并不轻松。从 1841 年元旦开始，彼得被租给麦吉尔南。由于瑟尔姆西丝的影响力，麦吉尔南对彼得相当友善，但在这里充斥的种族暴虐仍深深刺伤了彼得的神经，有件事涉及自己的儿子——因牙疼不接受监工伯顿的所谓的"治疗"，大儿子彼得被绑在树上挨了一顿鞭子。这年间，维纳已有了四个男孩和一个女孩，而此前还有三个幼儿夭折。维纳忙里忙外，彼得只能在周日才能给家里帮点忙。第二年，彼得被租给了一位来自新英格兰、居住在 12 英里外图斯坎比亚的詹姆斯·斯托达德。在这里彼得获得了良好的对待，有时还能骑马到种植园探亲。

由于吉斯特的 16 岁次女萨拉嫁给霍根的儿子约翰·H.霍根，这年间剩余的 33 名奴隶在活着的三个继承人之间进行分配，彼得这一组跟着萨拉。比较幸运的是，彼得没有返回种植园，1843 年被租给一位来自新英格兰的斯特德曼牧师在教堂做事，后者对他甚是满意。由于彼得在圣诞节期间没按惯例回种植园，作为惩罚，霍根在第二年将其租给了图斯坎比亚的商人约翰·波洛克，不过仍然受到优待。这年 8 月，在彼得请求下，波洛克将他转租给纳什维尔辉格党群众大会的一众人马当厨师，期间彼得动了逃跑的念头，但发现没有机会。1845 年，彼得被租给图斯坎比亚的另一位富裕商人米切尔·布雷迪，为后者提供独享的服务。下一年，萨拉的丈夫约翰接管了管辖权，将彼得租给图斯坎比亚的一个书商艾伦·波洛克，后者允许他自行挣钱，但要完成一年上交 85 美元的定额。接下来约翰将彼得租给一个德裔犹太小店主约瑟夫·弗里德曼。在发现租主内心实际上不满奴隶制的态度后，彼得请求弗里德曼接下来仍然租赁自己。经两人协商，彼得可以挣够定额后留为私用。此后彼得出来在旅馆打工，还将别人赠送的旧衣服送到种植园换来禽、蛋，然后到旅馆里再换成现金。接下来是到图斯坎比亚女子神学院打工，并与弗里德曼延续了一年的约定。为了获得自由的机会，1848 年彼得与弗里德曼秘商后，二人多次分头请求约翰以 500 美元将彼得卖给弗里德曼，最终在 1849 年 1 月 15 日，彼得如愿以偿。按照约定，彼得从他的秘密小金库里拿出来 300 美元交给弗里德曼。这本是满怀希望的一年，但彼得的第三个儿子钓鱼时溺死，给整个家庭笼罩了一层阴影。彼得继续打工以支付剩余的 200 美元，终于在 1850 年 4 月 16 日完成了与弗里德曼的约定，获得了事实上的自由，但他们对外都秘而不宣。

这年夏天，弗里德曼清理了在图斯坎比亚的财产，彼得随他来到俄亥俄州的辛辛那提。进入自由之乡，彼得情不自禁地欢呼起来，并向弗里德曼和盘托出了自己的早期经历。不久彼得经过匹兹堡来到费城，以搜寻父母的下落。在当地的废奴办公室里查找家庭材料时，在喜忧交加的情绪下偶遇到从未谋面的弟弟威廉·斯蒂尔，而与年事已高的母亲、两位姐

彼得与维纳难舍难分（出处：《被绑架者的赎回》，1856）

妹、长兄以及另一位弟弟也先后团聚。① 因思念仍在奴役之下的妻子和三个孩子，彼得在从弗里德曼那里获得自由证书后，以伪装的奴隶身份重返阿拉巴马图斯坎比亚，待了两个半月后返回费城。在征得彼得的同意后，1851 年 1 月 28 日，地下铁路运动的"售票员"塞思·康克林先生前往小镇南弗洛伦斯，然后设法与彼得的妻子和儿子会了面，并制定了以一艘驳船进行救赎的方案。经过七个昼夜的奋力划行，他们终于到了俄亥俄。但此后在一处住家栖身时，七个武装的歹徒抓捕了他们一家。康克林随后被捕，据传在试图逃脱时溺水而亡，但彼得在辛辛那提的朋友利瓦伊·科芬则相信是被谋杀而死。1851 年 8 月，彼得随后试图以购买的方式解救他的家人，但维纳的主人麦基尔南无耻地索价 5000 美元。1852 年年底，彼得在城市之间开始了巡回募捐之旅，并在 23 个月后的 1854 年 10 月达到目标。在一个南弗洛伦斯商人约翰·辛普森的协调下，彼得在 12 月终于与他的妻子维纳、两个儿子和一个女儿在辛辛那提实现了团聚。

同胞的重担

由奥斯汀·斯图尔德（1793—1869）所撰的《22 年的奴隶、40 年的自由人岁月》于 1857 年在纽约州的罗切斯特出版，叙述了他的奴隶生涯、逃亡以及在北方社会中如何发财致富并转变为一个废奴主义者的故事，文本内容因而带有此前自由叙事、成功叙事的特点；由于斯图尔德在自身发达之后还试图帮助他的同胞，叙事呈现出了一个布克·华盛顿式黑人领袖的早期版本。尽管建立一个独立的黑人社区的乌托邦最终归于失败，但斯图尔德的许多建言对自由后黑人的扎根社会仍然是有益的，如他强调"知识就是权力"，"但不同于一个暴君权力的摧毁性诅咒；不

---

① 母亲悉尼共生育了 18 个子女，除被拐走的两个外，八个子女存活下来。See Mrs. Kate E. R. Pickard, *The Kidnapped and the Ransomed. Being the Personal Recollections of Peter Still and His Wife "Vina," after Forty Years of Slavery*, p.259.

同于奴隶监工鞭子、锁链和拇指扣的虐待性权力；不同于朗姆酒恶劣的、魔性权力，也不同于肉欲的厚颜无耻的权力；而是升华和纯净才智、引导情感、控制邪恶冲动的权力"。① 从叙事的形式上来说，书中前后都附有关于本书确凿性的证言，但与其他叙事风格有所不同的是，本叙事附带有一个由其他人署名的推荐性前言。②

斯图尔德于 1793 年出生于弗吉尼亚的威廉王子县。他的父母分别是罗伯特和苏珊·斯图尔德，二人育有一子一女；主人则是威廉·赫尔姆上尉，他拥有大约一百个奴隶。当斯图尔德 8 岁的时候，他被带到"大房子"里服侍主人。这家的男女主人都相当冷酷，斯图尔德曾亲眼目睹作为厨师的母亲受到了女主人的鞭打，而自己也没有逃脱主人的鞭打。由于经营赛马生意失利，赫尔姆上尉决定拍卖掉种植园和一批奴隶，带领监工巴斯利·泰勒以及剩余的奴隶，包括斯图尔德在内，迁移到纽约州索多斯湾的一片荒地进行艰苦的垦荒，不久又将奴隶安置在斯托本县巴斯村所购置的土地上。赫尔姆将斯图尔德租给了 3 英里外的一个叫约瑟夫·鲁滨逊的人，给他运输木料。鲁滨逊是个卑鄙野蛮的小农场主，经常无缘无故地惩罚斯图尔德，往往是上来就暴打他的脑袋，其低劣行径可与道格拉斯叙事中的租地农场主爱德华·科维相提并论。几个月后斯图尔德返回巴斯，结束了这种非人的折磨。但他在这里目睹了自己的妹妹被一个租主——据称的绅士——打得死去活来。在这个村子里，很可能出于被屡次暴打的原因，有一天下午斯图尔德突然头疼发作，他一度奄奄一息，但最后还是恢复了正常。

目睹了第二次美英战争之后，斯图尔德决定以加入军队或逃跑的方式获得自由，尽管这时他的待遇有了一定的改善。他咨询了一个叫 D. 克鲁杰的律师，后者私下告诉他赫尔姆无权在本州拥有奴隶，如果斯图尔

---

① Austin Steward, *Twenty-Two Years A Slave, and Forty Years a Freeman; Embracing a Correspondence of Several Years, while President of Wilberforce Colony, London, Canada West*, Rochester, N. Y.: Published by William Alling, Exchange Street, 1857, p.130.

② Austin Steward, *Twenty-Two Years A Slave, and Forty Years a Freeman*, 1857.

德决定离开他的话。1814年冬，斯图尔德获得了一个路条，趁此机会拜访了释奴协会的詹姆斯·摩尔，得知自己享有主张自由的权利。由于摩尔有急事需要出差办理，因而要求斯图尔德下年3月份再来见他。但没到预定的时间，斯图尔德就与一个叫作米利的女孩一起趁夜逃跑到曼彻斯特，在那里惊险地躲过了多人的追捕。随后他找到了释奴协会的主席丹尼斯·科姆斯托克，后者将其交给了他的弟弟奥迪斯·科姆斯托克，那时斯图尔德正好22岁。从此斯图尔德给奥迪斯工作了近四年的时间。劳动之余，斯图尔德努力读书，并在法铭敦的一所学校学习了三个冬天。

在巴斯，赫尔姆的农场开始走下坡路，而与妻子的离婚加剧了他的财政恶化状况。为了摆脱困境，这时候他开始打上了逃奴的主意。赫尔姆雇用了一个叫作西蒙·沃特金的坏蛋，让他在巴尔米拉召集一次前奴隶团聚的活动，希望届时将他们一网打尽。接到邀请后，斯图尔德本来要去，但预感到不妙而临时折返。结果参会的奴隶陷入了一场混战，而斯图尔德的父亲也被打成重伤，半年后去世。在跟着奥迪斯·科姆斯托克工作了一段时间后，1817年9月斯图尔德开始在罗切斯特独自做肉铺生意，并在第二年买下了一块900平方英尺的土地，在上面建筑了一座两层楼。这时落魄不堪的赫尔姆向衡平法庭提告，声称斯图尔德名下的财产都应属于他。正当斯图尔德为此忧虑时，突然得到了赫尔姆死亡的消息。斯图尔德的生意越做越大，不久又买下临近的一块土地，在上面盖了一座花费不小的砖房。1825年5月，斯图尔德与一位B姓女士结了婚。在1827年独立日那天的本地社区聚会上，艾伦牧师宣读了纽约州终止本州奴隶占有的法令，随后斯图尔德宣读了《独立宣言》并致辞，并以自己致富的现身说法，对台下的黑人听众给出了"勤勉、审慎和节俭"忠告。①

因白人歧视的缘故，一些北方自由黑人和逃奴出走加拿大。在以色列·刘易斯的游说下，1831年5月斯图尔德也带着家小移民到加拿大，

---

① Austin Steward, *Twenty-Two Years A Slave, and Forty Years a Freeman*, p.159.

来到那块他本人命名为威尔伯福斯的小型黑人殖民地，并当选为董事会的主席，而以色列·刘易斯和纳撒尼尔·保罗牧师则被任命为筹资代理。但不久斯图尔德与他的代理刘易斯之间陷入了财务纷争之中，他本人也因后者的偷窃指控而差点锒铛入狱，并惊险地躲过了一次暗杀；另一位代理保罗牧师在英国筹资无果，1835 年病死。殖民地开拓失败后，斯图尔德的家人只好先行返回罗切斯特，他本人也在 1837 年 1 月步其后尘，继续经营他的生意，并充任《反奴隶制旗帜报》的代理。在叙事中，斯图尔德还陈述了自己的丧女之痛，并在文末痛斥了奴隶制和残存的奴隶贸易。

弗吉尼亚奴隶诺厄·戴维斯的《有色人诺厄·戴维斯 54 岁时自我撰写的生活叙事》出版于奴隶制问题火爆争论的年代，即 1859 年。[1] 这是一部描述从慈善的主人手中购买自身自由、再回购家人的叙事，即另一个《被绑架者的赎回》的现实版本；事实上，这部书的出版目的就是筹措"赎回"剩余的两个孩子的资金。作为黑白"共享的世界"的受益者，戴维斯及其父母得到了主人的良好对待；但"共享的世界"也可能成为奴隶通往自由之路的捆绑，这就是戴维斯付出高额赎价才得到目前并不理想的家庭团圆的结果，说明奴隶制下基于人性所达成妥协的局限性，而北方大众的同情心对此也有所保留。

戴维斯开篇谈及他的童年。1804 年 3 月，戴维斯生于弗吉尼亚州麦迪逊县的一块农场上，父亲是居住于弗雷德里克斯堡的富裕商人罗伯特·帕滕的碾磨工工头约翰·戴维斯，与母亲简·戴维斯一样都是当地浸礼会的成员。帕滕先生被公认为是"最好的主人之一"，他一直优待戴维斯的家人，并使他们在一起生活，直到孩子到了长大学艺的年龄。戴维斯本人过了一个无忧无虑的童年。年龄稍长，全家迁移到主人在库尔佩珀的另一块农场，在这里戴维斯有两年时间跟着一位木匠当学徒，并帮着父亲

---

[1]　Noah Davis, *A Narrative of the Life of Rev. Noah Davis, A Colored Man. Written By Himself, at the Age of Fifty-Four.* Baltimore: Published by John F. Weishampel, Jr., No.484 West Baltimore St., 1859.

干点农活。当主人卖掉磨坊后，戴维斯的父母获得了人身自由，但还可以自由使用主人的土地。

1818 年 12 月，戴维斯离开父母，来到弗雷德里克斯堡，与兄长一道跟着托马斯·赖特学习制鞋手艺。除学艺外，戴维斯还要充任侍者的角色，但赖特夫人为人仁慈，赖特本人也十分信任戴维斯。戴维斯这一年的学徒生涯因而颇有收获，尽管也学会了喝酒等一些坏习惯。随后戴维斯开始对女孩子产生兴趣，为交游之故他访问教堂的次数也增加了。但在一个循道宗教堂，身临其境的戴维斯感觉到了皈依宗教的必要，并在此后的不断祈祷中经历了认识的改变。1831 年 9 月，戴维斯在弗雷德里克斯堡的一家浸礼宗教堂里接受了洗礼。此前在这里他认识了一位年轻的姑娘，也就是卡特·L. 斯蒂芬森先生的侍女。经双方主人同意后二人最终结婚，并生育了九个子女，"七个生于奴隶制，两个生于妻子自由之后"。①

戴维斯在这家教堂中被任命为执事，但他的志向却是传播福音。为此他找到自己的主人 F. 帕滕医生，希望能购买自身的自由，而主人毫不犹豫地答应了，条件是支付 500 美元。戴维斯又提出请求，希望主人准许他外出募捐资金，主人也爽快地签署了路条。1845 年 6 月，戴维斯离开弗雷德里克斯堡，前往费城、纽约和波士顿等地，但四个月下来只募捐到 150 美元，戴维斯将此归因于自己怯阵以及听众不愿意与奴隶制妥协的态度。回来后开设店铺也不尽人意，1847 年他又在巴尔的摩的浸礼宗联合协会谋得一个传教士职位，后者答应支付购买自由的余款。在这里服务和学习了一年多后，女主人又同意在一年内以 800 美元的价格交手戴维斯的妻子和两个最小的孩子。在工作之余，戴维斯到处筹资，只在期限内拿到一半的资金；但在延期后最终以部分朋友贷款的方式满足了 900 美元的最新条件，并在 1851 年 11 月以自由人的身份与妻子和两个孩子团聚于巴尔的摩。

---

① Noah Davis, *A Narrative of the Life of Rev. Noah Davis, A Colored Man*, p.27.

1855 年 2 月，在萨拉托加街新开了一个非裔浸礼宗小教堂，戴维斯开始在那里担任牧师和代理。在处理教堂财务的同时，戴维斯还不得不筹资 850 美元，赎回了被带到南方奴隶市场的长女，接着又借贷加募捐了 700 美元，买下了被带到里士满市场的 20 岁长子。1856 年，剩余三个子女的女主人去世，预订于次年的拍卖因故推迟到 1858 年初，戴维斯借此机会让一位值得信任的绅士以 1000 美元买下了自己的次女，但两个儿子被他们的年轻主人以 1130 美元所购买。接下来戴维斯印制传单，并申请了巡回传教使命，在费城、波士顿、新贝德福德、罗德岛和纽约等地为孩子募捐，并最终于当年 12 月 1 日以 1100 美元确保了次女的回归。由于人脉资源几乎耗尽，对于两个仍在奴隶制中的孩子，看来只能凄凉地指望本叙事的出版了。谁也没料到两年后"白人的世界"的撕裂将带来攸关黑人命运的内战。叙事最后以戴维斯的一篇布道而终结。

化妆出逃者

在内战爆发前夕的 1860 年出版的《越过千山万水只为自由——威廉和埃伦·克拉夫特逃离奴隶制》，描述了奴隶制下混血儿男性奴隶的尴尬境遇、奴隶主的施虐情结以及克拉夫特夫妇的化装逃亡过程。[1] 在奴隶制下，在奴隶占有方面种族线实际上有模糊之处，正如布朗曾目睹的一个有着"完全白肤色、笔直的浅色头发和蓝色眼睛"女奴所揭示的那样，[2] 尽管当事的白人会竭力掩盖这一点；《越过千山万水只为自由》则以逆袭的、戏剧化的"女主人—男奴"方式颠倒了这种惯常的"男主人—女奴"以及

[1]　William Craft, *Running a Thousand Miles for Freedom; or, the Escape of William and Ellen Craft from Slavery,* London:William Tweedie, 337, Strand.1860.

[2]　William Wells Brown, *Narrative of William W. Brown, A Fugitive Slave. Written by himself.* Boston: Published at the Anti-Slavery Office, No.25 Cornhill, 1847, pp.33–35.

黑白种族角色，因而吸引了读者的目光。在叙事过程和故事角色中，女主人公埃伦处于实际上的中心地位，因为威廉在几个隔离性的场合中失去了文本中全程观察者的地位，而埃伦由于不想在奴隶制下生育孩子而在决定逃跑方面也发挥了关键性的作用。尽管如此，叙事文本的冠名作者却给了威廉·克拉夫特，以取悦于当时主流社会对女性附属性身份的认知，争取扩大版本的销售量，查尔斯·J.海格勒因而将埃伦作为"低调的作者"，并将在行文中所称呼的"我的主人"分解成两种含义：一是她扮演的南方奴隶主角色，一是埃伦的实际的叙事者角色。[1]

　　叙事从威廉·克拉夫特（1824—1900）和埃伦·克拉夫特（1826—1891）的出生开始，谈及奴隶制对人性腐蚀的阴暗面。叙事开篇不久就强调奴隶主具有虐待狂倾向，但不一定是基于种族歧视，因而其基调控诉的是一种专制性权力体系："有权者毫无人道地践踏弱者的权利，根本不考虑种族或肤色。"[2] 叙事的作者威廉·克拉夫特认为，奴隶制并不真正建立在肤色的基础之上，但因被掳至奴隶主掌控之中的白人孩子不能呈堂作证，这个事实显得有些模糊不清。

　　作为这个制度的受害者，威廉和埃伦均生于佐治亚，但不在同一个镇子。埃伦的父亲是奴隶主，母亲则是他的奴隶，而她自己继承了父亲的外貌，跟白人没什么差别。因此，女主人甚为不满，经常对埃伦吹毛求疵，并在她 11 岁时作为嫁妆赠送给了自己的女儿，即埃伦同父异母的姐姐。威廉的主人是个平时为人谦和的基督徒，但在分别出售威廉的父母和兄妹给不同的买主时，并没有任何犹豫。威廉幼时被带到梅肯镇，先是被安排到一个橱柜制造商那里当学徒，16 岁时又被典当给一个银行职员。由于主人无法清算借来的棉花投机资金，威廉和他的另一个 14 岁的妹妹被这个银行职员所分别出售，而拍卖商竟然连他们兄妹道别的

---

①　Charles J. Heglar, *Rethinking the Slave Narrative: Slave Marriage and the Narratives of Henry Bibb and William and Ellen Craft*, pp.3, 95.

②　William Craft, *Running a Thousand Miles for Freedom; or, the Escape of William and Ellen Craft from Slavery*, p.3.

一点机会都不给。威廉和埃伦二人是在梅肯镇熟识的，叙事对恋爱过程略而不详，但指出因奴隶的孩子要随母亲的法律规定，他们屡次推迟了结婚。

叙事接下来摘引了一些严苛的奴隶制法律条文，并描述一个收纳了一个女奴作为妻子的奴隶主斯莱特（Slator）在自己突然死后其家小和财产被人夺占的故事。[1] 领略到那种生离死别的悲惨经历，克拉夫特夫妇打定了逃出奴隶制罗网的决心。几年内他们绞尽脑汁，设想了一个又一个方案，但都因为难以实施而被迫放弃。于是威廉和埃伦向主人申请结婚，不得不暂且安顿下来，但他们仍盘算着逃跑之事。1848年12月，一个念头在威廉的脑袋中灵光闪现，事后证明非常成功，那就是让埃伦女扮男装，以主人的身份携带威廉合法出境。埃伦最初听到这个大胆的计划后，十分担心行动暴露的可怕后果，但很快对自由的渴望还是占了上风。随后威廉私下分批购买了化装材料，包括一副绿色眼镜，埃伦则给自己制作了一条裤子。然后以过节为由，埃伦向主人申请了路条，而威廉也从那个橱柜制造商那里得到了允许。由于旅行者必须签字登记，这个规定几乎难住了这对夫妇，但不会写字的埃伦想出了一个以右手打绷带进行规避的主意，同时下巴也用敷剂贴上一块白手绢，以掩盖自己的女性特征，并避免因过多的谈话而泄漏天机。

到了21日出发的那一晚，在巨大的精神压力之下埃伦一度因难以自已而失声哭泣，稍事调整后他们还是趁着月光悄悄上路了。威廉抄近路到了车站，然后登上了黑人车厢，但埃伦要绕个圈子，随乘客一起到达车站，然后以主人的身份为自己和自己"仆人"各购买了一张前往萨凡纳的

---

① 　在主人允许的情况下，奴隶可持有一些财产，如阿肯色的一个前奴隶劳拉·索顿（Laura Thornton）所说："奴隶在奴隶制时代有钱。我爸爸买了一匹马。他每年收获庄稼。他获得自己的棉花包。他种玉米喂他的马。他属于白人老乡，但有他自己的房子和紧靠着他们的地块。他们会给他属于自己的时间，你知道。" See Federal Writers' Project, *Born in Slavery: Slave Narratives from the Federal Writers' Project, 1936–1938, Arkansas Narratives,* Volume II, Part 6, Washington, 1941, p.328.

车票，并登上了头等车厢。从这里开始，威廉的叙事也以"我的主人"称呼他的妻子。正当火车要开动的时候，威廉突然发现那个橱柜制造商正在与售票员交谈，并扫视车厢内的乘客；威廉赶紧躲在了一个角落，惊险地躲过了对方的搜寻。火车离站后，埃伦发现她主人的一个朋友克雷先生也在临近座位上，不禁大惊失色。当克雷先生与"我的主人"搭话时，埃伦假装耳聋，好在没让对方察觉出玄机。傍晚到站后，他们上了一辆公共汽车到达渡口，及时地登上了一艘前往查尔斯顿的汽船。"我的主人"早早歇息在自己的铺位上，威廉则躺在甲板上的棉包之间。从第二天早餐开始，"我的主人"神态变得越来越从容，并就是否出售自己的仆人等问题与旁边的船长和乘客进行了交谈。到了查尔斯顿，他们住进了当地最好的旅馆。在海关办理到费城的票务时，他们差点因为签名的问题出了差错，但在船上偶遇的一个军官出面解决了问题。不过克拉夫特夫妇并没有直接前往费城，而是坐船到了北卡罗来纳的维明顿，再转火车到弗吉尼亚的里士满。途中每当被问到出行原因时，他们一律以治疗风湿性关节炎进行搪塞。他们从弗雷德里克斯堡乘坐汽船，到达华盛顿，再乘车到了巴尔的摩，那时正值圣诞节前夕。在巴尔的摩车站转车时，他们受到了严格的盘查，"我的主人"以在查尔斯顿购的票为由试图摆脱险境，但审查者的立场仍迟迟没有松动。在火车即将开动时，犹豫不决的盘查者才勉强放行。二人在途中因隔离乘坐，车厢调度时一度失联，但终于在离家后的第五日逃脱虎口，抵达了费城。

在费城休整期间，克拉夫特夫妇结识了贵格会的巴克利·艾文斯（Barkley Ivens）先生以及其他废奴主义者，接下来他们在波士顿生活了两年。1850年国会通过了《逃奴法》，形势骤变；克拉夫特夫妇的前主人也派代理前来波士顿，向执法官递交了追讨逃奴的委托书。在这种情况下，废奴主义者帮助他们坐船前往英国。叙事最后对朋友致以了热情洋溢的感谢，并对黑人种族的压迫者发出了愤怒的警告。本叙事因而自始至终都带有废奴主义时代的影子，以声讨奴隶制的罪恶和暴露权力肆虐的"白人的世界"为圭臬。

混血女奴的血泪

为了给前南卡罗来纳奴隶路易莎·皮凯特（Louisa Picquet）（1828—1896）筹措购买母亲的赎金，纽约牧师和废奴主义者海勒姆·马蒂森（1811—1868）在 1861 年出版了《具有八分之一黑人血统的混血儿路易莎·皮凯特：南部家庭生活的内景》。与一般的奴隶叙事不同，该叙事其实是由马蒂森主导下的一系列对话所组成，并穿插着一些他的个人评论，旨在揭露"奴隶制所导致的这些有关家庭的深度道德堕落"，[1] 同时强调它"绝非小说"，而是"从一个经历过南部生活的人口中说出的一个平实的、未加修饰的故事"。[2] 鉴于路易莎的叙事构成了该书的主体内容以及路易莎的共同叙事者身份，我们有理由将其作为一部不可多得的有关南方黑白混血家庭的奴隶叙事。

叙事从描述路易莎·皮凯特的出众外貌开始，发问者也就是海勒姆·马蒂森陈述了他的第一印象，说她中等身材、白皙的皮肤、面色姣好、发如瀑布，各方面看起来都像一个有教养的白人妇女，但随后的谈话即彰显了她的被剥夺了自由的种植园生活背景。

路易莎陈述自己出生于南卡罗来纳的哥伦比亚，母亲名叫伊丽莎白·拉姆齐，15 岁时生下了她；主人是约翰·伦道夫，也是路易莎的父亲。由于路易莎长得太像伦道夫夫人的女儿，她在不懂事的时候和母亲一起被卖给佐治亚的种植园主戴维·R.库克。最初拉姆齐当奶妈，给库克夫人的孩子以及自己的女儿哺乳。后来母亲当厨师，路易莎做看护。库克时而鞭打路易莎，但他酒醉时不会，而且还很滑稽。为了躲债，库克带着拉姆齐母女俩和其他五个奴隶迁往亚拉巴马的莫比尔。路易莎提到，母亲

---

[1]　Hiram Mattison, *Louisa Picquet, the Octoroon: or Inside Views of Southern Domestic Life*, New York: The Author, 1861, p.50.

[2]　Hiram Mattison, *Louisa Picquet, the Octoroon: or Inside Views of Southern Domestic Life*, p.49.

近乎白人，显然这是混血的结果；她有着波浪形的头发，与库克生下三个孩子，其中两个女孩死掉了，但一个小男孩活了下来。

在莫比尔，路易莎被库克租给了英格利希先生，并受到后者的善待。有个绅士经常前来拜访，路易莎因而与他的车夫——一个近乎 20 岁的、比路易莎还显白的混血儿 T 热络起来。混血儿 T 因为受一个黑人陷害而挨了主人鞭子，希望路易莎跟他一块逃之夭夭，但后者由于害怕而没有追随，个人的美好愿景因而随风凋零了。

经济上并不宽裕的库克将自己平日的食宿安排在店主巴彻勒先生那里，而不到 14 岁的路易莎又被租给巴彻勒夫妇。看着路易莎渐渐长大，库克因而起了歪念，以得病为由让路易莎在夜里照顾他。路易莎告知了巴彻勒夫人，后者亲自来查看库克的病情，并让另一个男孩伺候库克。第二天送早餐的时候，库克又命令路易莎插好门以便他行事方便，但被一个找错地方的食客撞见，因而无意之中解救了路易莎。库克再次命令路易莎晚上见他，但路易莎不听这一套，接着路易莎就不断地挨打。有次酒醉之际，库克塞了把钱给路易莎，但路易莎事后假装不知，而是买了些衣服。库克屡次召见路易莎，巴彻勒夫人则虚与委蛇，尽力保护路易莎，但库克还是钻了空子，路易莎赤身受到了一次严重的鞭打，"我想我将终身带着伤疤直到坟墓"。①

因库克的欠债问题，佐治亚的治安法官来到莫比尔。库克被迫拍卖拉姆齐和路易莎，用以抵债。得克萨斯的霍顿先生买下了拉姆齐和她的幼子，并出价 1400 美元欲购买路易莎，但一个接近 50 岁、名叫威廉斯的新奥尔良人加上了 50 美元买下了不满 14 岁的路易莎。目前离异的威廉斯一开始就毫不保留地告诉她，购买她的目的是为了陪伴他的下半生，如不答应的话将鞭子伺候。身不由己的路易莎坐船来到新奥尔良，住在一座租来的房子里，从此没了半点自由，几年之间给威廉斯生下了四个完全为白皮

① Hiram Mattison, *Louisa Picquet, the Octoroon: or Inside Views of Southern Domestic Life*, p.15.

肤的孩子，其中两个夭折。叙事至此，马蒂森问她有何感受，路易莎表示内心充满了羞愧，"我应犯了通奸罪，对我来说不再有什么机会，我将不得不在迷失中死去。"①

由于不甘于生活于罪感中，路易莎祈祷自己能够摆脱威廉斯，从而在心灵上脱胎换骨。但当威廉斯生了大病以后，行为有了好转，路易莎又开始祈祷威廉斯能够归信。然而治疗无力回天，威廉斯不久病死。路易莎终于感到了身心的解脱，并在六年内第一次去了教堂。威廉斯的兄弟约翰前来收房，但他放弃了对路易莎的所有权，并帮助她卖掉了自己的家当。这样路易莎有了路费，她就去了辛辛那提。

到了辛辛那提不久，路易莎的另一个孩子也死了，只剩下一个女孩。二年后，路易莎跟混血儿亨利·皮凯特先生结了婚，12年间又生下三个孩子。自由后的路易莎越来越想念母亲，心里总是好像压着一块石头。在婚后第二年之后的11年间她不断打听，终于找到了一个欲前往得克萨斯并认识霍顿的熟人给她捎信。三周后，路易莎得到了从马塔戈达发来的母亲来信，此后书信来往不断。拉姆齐来信说，她目前与在莫比尔被一同拍卖的阿瑟生活在一起。对于拉姆齐的赎金问题，主人开出了1000美元的价码，并拒绝任何砍价。这个时间应为1860年。为了赎出母亲，路易莎省吃俭用，并在报纸上刊登广告向社会募捐。她还展开游说之旅，从俄亥俄一路前行到纽约，走走停停，以提前订书的方式进行筹款。一路走来，路易莎不断有小额金钱入账，但也遇到了对她混血儿身份的质疑。等到她的叙事开始撰写时，筹款还不够，因此马蒂森呼请读者的同情。然而叙事的末尾提到，10月15日路易莎以感激的心情在《辛辛那提每日公报》上宣布，她已以筹措到的900美元现金赎买了拉姆齐的自由。但在路易莎费劲九牛二虎之力完成赎买心愿之后仅仅半年，粉碎奴隶制的美国内战就开始了。

---

① Hiram Mattison, *Louisa Picquet, the Octoroon: or Inside Views of Southern Domestic Life*, p.22.

与哈丽雅特·雅各布斯的叙事相比，在奴隶制淫威之下的路易莎从根本上来说无正当的家庭而言，与她姘居的新奥尔良白人威廉斯在节操上甚至还赶不上雅各布斯的情人、始乱终弃的桑德斯，后者毕竟给雅各布斯的儿女提供了某种法律上的自由身份，而路易莎并没表明她对威廉斯存在任何好感，只是屈从于作为人身财产的法律现实，这也是自由后的她总是摆脱不了悔罪感的原因。幸运的是，路易莎没有经历雅各布斯的自我囚禁厄运，而是被威廉斯的继承人所释放。这是威廉斯的继承人完全出于善心的行为吗？是否有其近乎白人的身份认同因素掺杂其中？路易莎近乎于白人的混血身份似乎使得她既没有进入"白人的世界"，也不能完全进入"黑人的世界"，她之所以自由后选择一个混血儿作为自己的丈夫，或许显示出仍有她的难言之隐。

小　结

尽管在相当程度上为废奴主义运动所推动，感情的色彩大大增加，第二阶段的叙事仍以客观事实的呈现、而非主观描述的方式强调奴隶制的残酷，叙事往往以自身的经历向读者揭示出一个暴力为至高法则的"白人的世界"及匍匐其下的"黑人的世界"，尽管其间或许也有某种"共享的世界"的夹缝。叙事的模式一般是奴隶制下的非人生活、自我觉醒和逃跑的冒险、自由生活和加入废奴主义的结局等三段故事，并有意在叙事者与事件之间拉开距离，即利科所说的"距离化"；与早期叙事和后奴隶制叙事相比，这种模式和特色还是十分明显的。18世纪叙事中出现的一些主题在这个阶段也发展成熟，并达到极致，如南方种植园主的堕落、种族混血的乱象、奴隶主教徒的两面性、保持奴隶愚昧无知的系统性设计、对奴隶进行鞭打和各种折磨的制度性暴力、对反叛和逃亡奴隶的虐杀，等等。另外，这些书面性的叙事往往提炼自叙事者原先的口头演讲，像道格拉斯、威尔斯·布朗、克拉夫特、博克斯等逃奴的即兴演讲甚至在大西洋两岸都引起轰动。与 18 世纪一样，在叙事文本中，仍可见基督教所发挥的滤镜作用，但与早期福音主义者强调信仰的挑战有所不同，40、50 年代的黑人叙事更多地从直觉的人性原则出发，以摆脱奴隶制下的社会罪恶和达到世俗性的完善和自由作为天命所归，正如弗里德里克·道格拉斯解读自己从劳埃德庄园离开这件事上所清晰表明的那样："在把这事当作神圣天命对我做出有利的特别干预方面，我可能被认为迷信和自以为是。但如果我压制这种观点，对我灵魂中的最早情感而言是不实的。我宁愿对自己真实，即使冒着招致别人嘲讽的风险，而不愿不实以造成对自身的憎恶。"①

---

① Frederick Douglass, *Narrative of the Life of Frederick Douglass: An American Slave, Written by Himself*, Boston, 1845, p.31.

第三章

后奴隶制叙事（1862—1900）

在内战爆发不久、林肯总统发布《解放宣言》之后，前奴隶继续书写他们的个人叙事，展示其曲折的奴隶经历，抒发他们对自由和平等权利的追求，其数量呈增长趋势，但不再像经典叙事那样不断地刷新畅销纪录。从叙事的时代背景来看，与第二阶段的奴隶叙事不同，由于奴隶制已经终结，南北地区人们厌倦了战争，随后重建措施的出台给黑人提供了一个种族问题即将消除的希望，而前奴隶本身也急于告别奴隶制的阴影，将目光投向一个更加美好的未来；后奴隶制叙事不再像以前那样与政治密不可分，尽管布克·华盛顿等人仍以此设计黑人路线图；同时由于奴隶制对自身不再构成生存的挑战，叙事的作者们从总体上放缓了对奴隶制批评的调门，能够平心静气地回顾历史，从而展示了一种宽容的、更加贴近现实的气度。罗恩·艾尔曼（Ron Eyerman）认为，奴隶制"不再像废奴主义文学一样被当作一个终极的罪恶，而是作为一个给黑人带来艰难困苦、但也能奠定种族提升基础的悲剧性情景"。①

从作者的身份来看，这个阶段的黑人叙事一部分由战前具有不同知名度的奴隶叙事作者完成，如威廉·韦尔斯·布朗、弗雷德里克·道格拉斯、约西亚·亨森等人，但更多的是不知名的新角色，值得注意的是女性的身

---

① Deborah McDowell, "Telling Slavery in 'Freedom's' Time: Post-Reconstruction and the Harlem Renaissance", in Audrey A. Fisch ed., *The Cambridge Companion to the African American Slave Narrative*, Cambridge: Cambridge University Press, 2007, p.151.

影也有增加；正是由于这个原因，威廉·安德鲁斯认为，"奴隶制之后的奴隶叙事是非裔美国人在 19 世纪晚期和 20 世纪早期采纳的最民主的文学类型"。① 从叙事内容来看，因应奴隶制解体的新现实和战后读者兴趣的变化，后奴隶制叙事从结构上来说不再仅仅关注从奴役到自由的转变，而是更多地聚焦自由后的独特表现，并抒写他们在各自领域的进取心以及在教会、学校等机构中所取得的业绩，而经典叙事中的反叛性英雄角色现在大多让位于形形色色的相对平凡、但仍具有尊严的个性人物。威廉·安德鲁斯认为，"因应战后的环境，大多数前奴隶的自传表达了对经历奴隶制而没有丧失价值感或目标的自豪，没有屈从于战前叙事所描绘的绝望感"。②

性情百变的格林

历史学家斯坦利·埃尔金斯认为，南方民俗中所勾画的"傻宝"形象——驯服但不负责任、忠诚但懒散、谦恭但惯于欺骗——乃典型的种植园奴隶，③ 而约翰·布拉欣格姆则认为除此之外还有"纳特"和"杰克"两种性格类型，其中前者是好斗的、反叛的奴隶，而后者是时而抑郁寡欢和不愿合作、时而恭顺的机会主义者。④ 1864 年在英格兰出版的雅各布·D.格林（1813—?）的《述及 1839、1846 和 1848 年三次逃跑的肯塔基逃奴 J.D.格林的生活叙事》⑤ 则提供了一种将"纳特"和"傻宝"的破

---

① William L. Andrews, *Slave Narratives after Slavery*, Oxford: Oxford University Press, 2011, p.ix.

② William L. Andrews, *Slave Narratives after Slavery*, p.xi.

③ Stanley M. Elkins, *Slavery: A Problem in American Institutional and Intellectual Life*, Chicago : The University of Chicago Press, 1959, p.82.

④ John W. Blassingame, *The Slave Community: Plantation Life in the Antebellum South*, Oxford: Oxford University Press, 1979, p.224.

⑤ J. D. Green (Jacob D.), *Narrative of the Life of J. D. Green, a Runaway Slave, from Kentucky, Containing an Account of His Three Escapes, in 1839, 1846, and 1848*. Huddersfield,［Eng.］: Printed by Henry Fielding, Pack Horse Yard, 1864.

罐破摔、反叛和欺骗特点相结合的案例，呼应了 1845 年出版的《逃奴威廉·W.布朗自我撰写的叙事》中所揭示的南方奴隶日常行为的样本。①不过，与布朗不同的是，作为叙事主角的格林在叙事中对欺骗同族的奴隶并无任何悔意，而是将其与欺骗主人一样当作自我防御的手段，从而偏离了黑人民间传说中"骗子英雄约翰"的典型形象。②不过，作为叙事者的格林能够以书面的形式直面这些负面故事本身，就显示了他在某种程度上进行忏悔的性质。也许是出于销售方面的考虑，格林叙事突出描写了主角的恶作剧、接连的厄运和险象环生的逃跑过程，但我们还是可以从字里行间看到叙事者从一个愤世嫉俗的少年到一个信仰和自由之路追寻者的转变过程；格林叙事凸显了在奴隶制权力的腐蚀下"黑人的世界"内部发生的心理变异，同时也表明了它的力量限度，毕竟主角内在拯救的希望火焰——无论是宗教性的还是世俗性的——没有被完全扑灭。该叙事出版后比较成功，仅在英格兰就售出了 8000 册。③

与其他不清楚确切生日的奴隶叙事不同，雅各布·D.格林的叙事开篇即表明，他于 1813 年 8 月 24 日出生于马里兰安妮女王县的一个种植园上，母子二人的主人是法官查尔斯·厄尔先生。8—11 岁期间，格林作为跑差的男孩，为 113 个奴隶以及主人家挑水。稍长，除跑差以外，格林还为主人厄尔放牛。12 岁那年，格林看到厄尔与朋友享受饮酒的乐趣，于是从壁橱里拿出一瓶看起来类似的液体猛喝一通，结果差点要了他的性命。原来那是一瓶草酸，多亏他事后喝了一瓶牛奶导致呕吐才渡过险关。不久母亲被卖给一个叫作伍德福柯（Woodfork）的贩子，从此杳无音信。

---

① 两种作品中都有对受蒙骗的奴隶代叙事的主角受鞭刑的描述。See William Wells Brown, *Narrative of William W. Brown, A Fugitive Slave. Written by himself.* Boston:Published at the Anti-Slavery Office, No.25 Cornhill, 1847, pp.53–56; J. D. Green (Jacob D.), *Narrative of the Life of J. D. Green, a Runaway Slave, from Kentucky,* pp.8–9.

② William Andrews, *To Tell a Free Story: The First Century of Afro-American Autobiography*, University of Illinois Press, 1986, p.207.

③ William Andrews, *To Tell a Free Story: The First Century of Afro-American Autobiography*, p.205.

这时格林开始反思自己作为一个奴隶的命运，并与周围似乎是阳光灿烂的白人孩子做比对，对黑白儿童在惩罚方面的区别待遇感到愤愤不平。格林想起了黑白种族被上帝分别从泥土中塑造的说法，怀疑上帝并不关心黑人。但主人厄尔满口许诺，如果做一个好男孩，将来一定能上天堂；牧师科布先生则表示，通过奴隶主之手，上帝将黑人从非洲异教徒的"永恒煎熬"中拯救出来是何等的幸运。

那时由于一个白人小孩总是偷格林的弹珠之类的小东西，格林发现后跟他打了一架。这时伯梅（Burmey）出现了，他不分青红皂白狠狠地踢了格林一脚，并扬言如果格林属于他的奴隶，敢打一个白人小孩的话就砍断他的双手。因那一脚十分严重，格林怀恨在心，"决意在我成年以后，我会以牙还牙"。① 格林偶然发现伯梅是女主人的一个情夫，有一天扫地时他在女主人送给伯梅的一支精美的大烟斗中，放进了从小主人威廉那里偷来的火药。当伯梅抽烟时烟斗突然爆炸，伯梅被当场炸昏和毁容，嘴角流血。由于一个叫作罗杰斯的人晚于格林进入现场，结果大家都怀疑是他干的坏事，于是他被法庭判罚支付 800 美元，而因女主人奸情败露，伯梅花费了 600 元，主人厄尔则赔偿了 1400 美元，格林本人则全身而退。

格林不仅精于算计白人，当麻烦找上门时他也不惜找黑人顶杠。由于从主人的儿子那里偷了甜烟草，主人厄尔写下了一个纸条，让他送给监工科布。格林怀疑上面可能写了要惩罚送交者的内容，于是他替一个叫作迪克的奴隶到巴尔的摩跑差，并说服迪克替他向科布送交纸条。迪克不明就里，当他送交纸条时挨了 39 下鞭子，并在事后一直找格林算账。主人厄尔因而痛斥格林的狡猾："你这个黑流浪汉，在这个种植园上待上三个月，你就会成主人，我就成奴隶了。"②

---

① J. D. Green (Jacob D.), *Narrative of the Life of J. D. Green, a Runaway Slave, from Kentucky, Containing an Account of His Three Escapes, in 1839, 1846, and 1848*. Huddersfield,［Eng.］: Printed by Henry Fielding, Pack Horse Yard, 1864, p.7.

② J. D. Green (Jacob D.), *Narrative of the Life of J. D. Green, a Runaway Slave, from Kentucky*, p.9.

格林接着叙述，由于主人厄尔的儿子污蔑自己玩过主人的手枪，格林在 14 岁时挨了 60 下鞭子；四周之内衬衫仍难以从身上脱下，而造成的伤疤一直留在身上。16 岁时格林玩性不改，偷了黛娜大婶的围裙，把它改制成领带和手绢以风光地参加舞会，为显得有钱跳舞时将铜纽扣和硬币放进口袋里叮当作响。没想到扭动身子时用别针扎好的裤子开线了，众人因而哄堂大笑。为发泄不满，格林将外面栅栏上拴着的马匹放开，但没想到自己骑来的那匹马也跟着跑了。因害怕受到来自主人的惩罚，这件事触发了包括 16 个舞会参加者在内的奴隶大逃亡。格林自己也害怕主人问责，当晚回来后打开了马厩的大门，然后装睡。为了问出个究竟，主人厄尔将每个奴隶鞭打了 39 下，并向格林询问哪个是可能的嫌犯。格林这时感受到了良心的不安："我的良心现在像个武装的男人一样谴责我；但我碰巧是我母亲最爱的男孩，这样就不想以极疼的背部来满足我的良心，于是我很快就想出了迪克。"① 迪克挨了鞭子，被迫违心承认自己放了马匹。

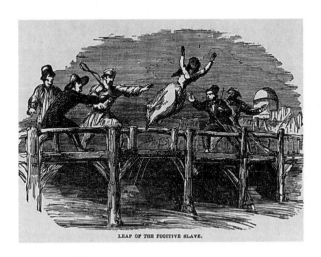

走投无路的女奴（出处：《我的南方家乡》，1880）

17 岁的时候格林爱上了一个属于蒂洛森的漂亮女奴玛丽。玛丽有着一身浅黄色皮肤，因与莫比尔的主人生下了一个孩子而被卖到这里。在追求玛丽的过程中，格林发现自己遇上了强劲的情敌丹，于是试图以自杀挽回感情，

---

① J. D. Green (Jacob D.), *Narrative of the Life of J. D. Green, a Runaway Slave, from Kentucky*, p.14.

但差点弄假成真。主人厄尔得知情况后又给了他一顿教训，抽了格林 78
下鞭子。不久，玛丽的主人蒂洛森的儿子威廉试图在谷仓强暴她，丹闻声
赶到，用干草叉将威廉刺死。逃跑两月后，丹终被抓获，并在众人面前被
活活地烤死，而玛丽则因被怀疑有谋杀嫌疑被迫投水自尽，但给丹施加火
刑的伯梅的两个儿子——彼得和约翰——下场也很糟糕，因后来他们醉卧
在谷仓里，被一次无缘无故的大火所吞没，从而丢了性命。

　　20 岁的时候，格林遵主人厄尔的命令与他的一个女奴简结婚，五个
月后生下一个近乎白肤色的孩子。在格林追问之下，简告诉孩子的父亲就
是主人厄尔。尽管如此，格林还是不得不接受了现实；此后他们在六年内
生下了两个孩子，并生活得很愉快。格林说，从 18 岁到 27 岁，在黑人社
区里他已经被看作一个最虔诚的基督徒，并没有想到逃跑一事："我坚定
地认为，从我的主人那里逃跑是对圣灵的犯罪。"① 然而 "黑人的世界" 时
阴时晴。当主人准备与蒂洛森的女儿再婚时，作为对方的条件，与他亲近
的女奴必须全部被卖掉，而简就是其中之一。格林跑差回来，才发现简和
孩子已经无影无踪，这时他才下定决心逃跑。

　　在准备了 90 个月后，格林靠偷卖家禽或小猪积攒了 124 美元。在从
厄尔的岳父蒂洛森那里诓骗来一匹马后，他就带上钱财奔向 37 英里外的
巴尔的摩。到达后格林先是藏身于树林，第二晚入城打探消息，随后向特
拉华州的米尔福德方向进发，在途中遇到了四个男人的追捕。好不容易躲
过之后，在米尔福德格林发现无法过桥，只好泅渡过去，不久在威尔明顿
附近又陷身于泥沼。好不容易脱身后，格林在饥饿驱使下进入一个房子；
在获得补给后格林将一个声称同情其遭遇的白人妇女绑在床头，因为他怀
疑这家的另一个妇女外出告发去了。一天后他遇到另一个逃奴乔迪（Geor-
die），正商量事情时猎狗前来围捕，乔迪被咬死，格林在砍杀它们后逃离，
但在谷仓睡觉时被众人发现。庆幸的是，格林靠装聋作哑在治安官那里蒙

① J. D. Green (Jacob D.), *Narrative of the Life of J. D. Green, a Runaway Slave, from Kentucky*,
　 p.22.

混过关，随后骑上了一匹马前往宾夕法尼亚的切斯特。在那里，格林从一个贵格派教徒夏普勒斯那里获得了帮助，并被送到费城，在那里和附近的德比为罗伯特先生工作了三年。

罗伯特先生的生意失败后，格林失业，接着被捕并被带到马里兰。在狱中格林戴着项枷，被关了 11 天，裸身体检后主人厄尔以 1025 美元的价格将其拍卖给一位田纳西州孟菲斯的新主人。在为他工作了三年另加七个月后，格林被租给一位要到新奥尔良去的斯蒂尔先生。格林作为仆人前行，在码头工作了四天。然后他在一个自由黑人吉布森的帮助下藏身于一艘前往纽约的船只。到达后格林泅水上岸，然后得到了地下铁路工作者的帮助。格林并不打算听从建议去加拿大，而是到了附近的尤蒂卡。几个月后格林在街上偶遇前主人，随后被拘，地方法官判决将其交还给前主人。在押送到南方的途中他们须渡过伊利湖，按照俄亥俄法律镣铐必须除下。随后格林在一个船长的示意下跳出舷窗，他寻机跳船后泅水到达岸边。

在曾斯维尔，格林被怀疑打破了一家商店的玻璃，被关进狱中时一个叫作多纳尔森的人声称格林是他的奴隶。随后格林以 1050 美元的价格被拍卖给一个肯塔基人赛拉斯·威尔班克斯（Silas Wheelbanks）先生，并跟着他工作了一年。在赶车送威尔班克斯的小女儿玛丽到祖母家的路上，格林将玛丽绑在路边的一棵树上，然后逃往路易斯维尔。格林在那里混进一艘运棉船，第二天到达辛辛那提。上岸后格林不巧遇到了主人的侄子，二人立即扭作一团。打倒对方后，格林夺路而逃，并藏身于一个地窖里。在偶然前来的一个黑人女孩的帮助下，格林再次与地下铁路的代理尼肯斯（Nickins）等人取得了联系。这次格林接受了前往加拿大的建议，辗转来到布法罗，在琼斯先生的帮助下，乘坐汽船到达了多伦多，"在那里我生活了三年，唱起了解脱的歌"。①

---

① J. D. Green (Jacob D.), *Narrative of the Life of J. D. Green, a Runaway Slave, from Kentucky*, p.35.

被强暴的伊丽莎白

1868 年伊丽莎白·凯克利（1818—1907）出版的《幕后：三十年的奴隶和四年的白宫生活》是内战后首部具有重要性的前奴隶叙事，它提供了一个从奴隶到美国第一夫人玛丽·托德·林肯的闺蜜、进入华盛顿精英圈的非凡的成功叙事，同时也是以"奴隶制的黑暗一面"来驳斥有关南方奴隶快乐无忧神话的前奴隶叙事，尽管作者说她也不回避奴隶制的"光鲜的一面"，而是将其说成是一个"艰辛的学校"。① 如同雅各布斯的叙事一样，伊丽莎白的叙事触及奴隶制下涉及"黑人的世界"的性暴力，并以一个羞于启口的受害者的身份将其勇敢地揭露出来；但"白人的世界"并非黑暗一团，身为奴隶主的加兰也有他本人的荣誉感，因此主奴能够相安于一种主仆互相妥协的"共享的世界"，而这也是自由后的伊丽莎白能够与他的女儿亲切相见的重要原因。与雅各布斯一样，伊丽莎白作为混血儿奴隶，② 也在与自由白人建立一个安稳的家庭方面遇到了挫折，显示出仍有隐约性的阻力横亘在两个世界之间。因涉及白宫内幕，该叙事后来成为林肯传记作者所广泛摘引的一个重要来源，但也引起了某种非议。

1818 年伊丽莎白·霍布斯出生于弗吉尼亚州丁威迪县的一个奴隶家庭，父母分别是乔治·普莱曾特和阿格尼斯·霍布斯，人们都称呼她为利齐。作为独女，利齐得到了母亲的宠爱，但因父亲是另一个家族的奴隶，一年只能见上他一两次，利齐幼年的家庭生活并不完整。母女二人的主人是 A. 伯韦尔上校，曾几度搬迁。利齐从 4 岁起就开始照顾主人出世不久的女儿。有次因摇晃过猛，利齐把幼儿从摇篮里甩了出来，因此挨了一顿

---

① Elizabeth Keckley, *Behind the Scenes, or, Thirty Years a Slave and Four Years in the White House,* New York: G. W. Carleton & Co., Publishers, 1868, pp.xi, 19.

② 1855 年加兰夫人署名的售奴广告写着利齐"浅肤色、大约 37 岁"。See Elizabeth Keckley, *Behind the Scenes, or, Thirty Years a Slave and Four Years in the White House,* p.60.

让她刻骨铭心的鞭打。此后这个小女儿成了利齐的一个麻烦来源，而后者逐渐承担了更多的杂务，8岁时还要帮着母亲织布。叙事接着谈及主人买回乔治·普莱曾特、父母得以短暂团聚的幸福日子，但在1833年前的某个年月里，主人又把他卖到一个叫作谢尔比维尔的田纳西小镇，从此便与家人远隔天涯。

14岁的时候，逐渐出落成人的利齐作为一项援助，被送给主人的长子、长老派牧师罗伯特·伯韦尔。牧师的妻子安娜出身贫寒，带有女人惯有的敏感，对利齐的到来持有特别的敌意。利齐虽然一个人干着三个人的活，仍不时受到她的挖苦，而丈夫也受到这种气氛的感染。18岁的时候，利齐跟随他们来到牧师所承担差事的北卡罗来纳州希尔斯伯勒，但仍然过着艰苦的生活。在对外来往中，牧师一家结识了该教会所下属村庄学校的一个男教员宾厄姆。该教师为人冷酷，因而成了牧师夫妇对利齐施加报复的工具。为了压制所谓的"倔强自傲"，他们指令宾厄姆将利齐带到他个人的住所，但后者不从，在经过一番搏斗之后宾厄姆扯下利齐的衣服，举起牛皮鞭对她进行了一番猛烈的鞭打。利齐咬紧牙关一言不发，受刑完毕后冲进主人那里，质问主人夫妇原因，但引来了罗伯特的怒气，举起一把椅子将利齐砸倒在地。在一周后的星期五，宾厄姆再次将利齐带到他个人的住所，并拿着棍棒，"以一种可耻的方式"教训了利齐。下一个星期四，宾厄姆仍然贼心不改，但在试图征服利齐的第三次搏斗过程中，宾厄姆突然哭了起来，并请求利齐的原谅。在宾厄姆放弃对利齐的折磨之后，女主人安娜转而敦促丈夫亲自调教利齐。在一天早上，罗伯特用一根橡木棍不断地击打利齐，直到安娜跪倒在地请求丈夫住手为止。伤痛使得利齐五日之内卧床不起。

在希尔斯伯勒的四年期间，身体的折磨并不是唯一的痛苦。如果说教会学校的宾厄姆还有点底线的话，那么下一个白人就没有多少顾忌了。由于长相出众，利齐受到一个白人长期的追逐，最终遭到了后者的强暴："我不敢详述这个问题，因为这是充满痛苦的事情。只要提一下就够了，他烦扰我四年，而我——我——成了一个母亲。"① 大约在 1839 年，利齐生下了一个皮肤白皙的男孩，取名乔治。

数年过去后，利齐带着孩子回到弗吉尼亚，跟着加兰先生过活，后者娶了老主人一个名叫安·伯韦尔的女儿。加兰的营生不大顺利，几年后搬迁到密西西比河畔的圣路易，在这里利齐学会了裁缝衣服，并且声名鹊起，在两年半的时间内养活着 17 个人。由于劳累过度，利齐的身体健康出了问题。这时候在弗吉尼亚认识的詹姆斯·凯克利先生出现了，他来到圣路易并向利齐提出了婚姻请求。刚开始利齐没有答应，因为她不想在奴隶制下再生育一个孩子。然而利齐仍憧憬着一个美好的未来，希望购买自己及其儿子乔治："非洲和盎格鲁——萨克逊的血液流淌在他的脉络里；两种血流混合着， 种歌唱着自由，另一种世世代代抑郁寡欢。为什么盎格鲁—萨克逊的一面不能胜出、为什么它遭受热带特有的丰富血液的重压呢？难道一个种族在锁链中束缚着另一个种族的生命之流如此强大，以至于盎格鲁—萨克逊的痕迹好像一点都没有呢？"② 当她向主人提出这种想法时，加兰相当不悦，并拿出一美元说，你想走就走吧，这是你的船费，但利齐没有接受这种在经济上不利于对方的方式。不久主人回归理性，同意以 1200 美元的价格出让母子二人。

有了自由的一线之光后，利齐同意了这门婚事。1852 年前后在霍金斯牧师的主持下举行了体面的婚礼，主人公的正式名字也因此变为伊丽莎白·凯克利。然而快乐时光总是短暂的，利齐很快发现凯克利沉迷于酒色，并不能给家庭带来更多的助力。在忙完加兰一家交代的任务之后，利齐并不能给自己积攒多少钱。这时加兰先生去世，一个密西西比种植园主伯韦尔先生前来处理遗产事务，鼓励利齐筹措资金自赎。在朋友的建议下，利齐按照加兰夫人的要求，在征集到六个担保签名之后，欲前往北方

---

① Elizabeth Keckley, *Behind the Scenes, or, Thirty Years a Slave and Four Years in the White House*, p.39.

② Elizabeth Keckley, *Behind the Scenes, or, Thirty Years a Slave and Four Years in the White House*, p.47.

募集赎金。这时利齐的一个心地善良的主顾勒布尔古瓦夫人出现了，建议在本地筹措，并且自己和母亲拿出来 400 美元，其中 200 美元是赠送。很快剩余款项也凑够了，1855 年 11 月 13 日，利齐获得了法律上的自由。但利齐当时只接受贷款，并在此后的较短的时间内以一己之力将其全部还清。

由于健康状况不佳，利齐决定做出改变。在与凯克利先生协商后，他们同意分离，除非利齐认为凯克利已经改过自新，但事实否认了这一点。1860 年春，利齐北上巴尔的摩，但在那里的培训工作收效不佳，于是在六周后前往华盛顿特区。在一个主顾的帮助下，利齐在那里站稳了脚跟。11 月，她成为南方政治领袖杰斐逊·戴维斯参议员的家庭裁缝，但在内战前夕利齐并没有追随他们回到南方。此后她寻机进入白宫，最后在麦克林夫人的引荐下得以如愿以偿，在就职仪式那天见到了林肯总统夫妇，并在第二天被挑选为第一夫人的专用裁缝。

在白宫工作期间，利齐获得了林肯夫人的信任，而叙事在这里也开始交替使用昵称利齐以及伊丽莎白这个更正式的称呼。在总统夫妇的儿子威尔病重期间，伊丽莎白被召唤到床榻跟前，并在他死后参与了善后事宜。叙事到此，伊丽莎白同病相怜地提到，自己的儿子乔治也在此前的密苏里战场上战死了。1862 年 9 月，伊丽莎白应林肯夫人之召前往纽约和波士顿，为慈善事宜募集资金，并见到了当时的黑人领袖弗里德里克·道格拉斯。随着战争的进行，伊丽莎白与总统家庭、尤其是第一夫人的关系变得更加密切，并听闻了他们许多有关家事和国务的谈话。战争接近尾声时，伊丽莎白被邀登上"女王河号"轮船，参加了巡游里士满的总统队伍。

1865 年 4 月 14 日林肯总统被刺，但她并没在场。当晚 11 点伊丽莎白听到消息，第二天 11 点听召赶赴白宫，贴身安慰第一夫人。在林肯夫人的坚持下，伊丽莎白随她迁居到芝加哥。因林肯夫人的经济陷于困境，伊丽莎白又回到华盛顿特区开业。此后叙事还附录了该时期大量的书信记录，对了解林肯总统的家庭和政治生活极有助益。另外，叙事还述及伊丽莎白与前主人加兰的女儿重逢的故事，奴役时期形成的黑白联结此时演绎出非凡的人性。

不满足的受宠奴隶

约翰·昆西·亚当斯（1845—?）1872 年在宾夕法尼亚州的哈里斯堡出版《曾在奴隶制、现在是自由人的约翰·昆西·亚当斯的叙事》。在前言中作者申明："本书的出版不是为了耸人听闻或错误地指控任何人，而是出于我尽我的知识和能力所记住的真正的事实。"① 在形式上跟一般的奴隶叙事不同的是，亚当斯采取了很多对比的说法，并以宗教原则比对现实。这部叙事虽然篇幅不长，但以兄弟的团聚为主要脉络，并述及自己在战争期间的逃跑，揭示了一个仁慈的种植园家庭中的奴隶心态，再次痛击了有关南方奴隶快乐无忧的种植园神话。

亚当斯 1845 年出生于弗吉尼亚州弗雷德里克县一个拥有多达 450 英亩土地、离温切斯特有六英里远的种植园上，父母均为奴隶。母亲 17 岁、父亲 18 岁时二人结婚。他们身体强健，生育了多达 25 个孩子，其中 15 个男孩、10 个女孩。当中还有四对双胞胎，其中包括亚当斯在内。从幼时起，亚当斯就听父母说，他们不一定总是当奴隶，因而对自由的前景相当期待。亚当斯渴望学习，总是偷偷地听人阅读，而他父亲以前也是通过这种方式学会了阅读。亚当斯经常与孪生兄弟阿伦在一起，二人的命运似乎是捆绑在一起；往往是一个人有病了，另一个接着也得病；一个人好了，另一个接着也康复。12 岁时亚当斯作为家仆，从那时起二人才有相当长时间的分离。

拥有亚当斯一家的男主人是乔治·F.科洛梅斯（George F.Calomese），

---

① John Quincy Adams, *Narrative of the Life of John Quincy Adams, When in Slavery, and Now as a Freeman,* Harrisburg, PA: Sieg, Printer and Stationer, 1872, p.4.

女主人的名字叫露西·A.科洛梅斯，二人育有三儿三女，属于具有200年历史的弗吉尼亚上流家庭，祖先甚至与跟华盛顿总统有一定的关联。主人一家都善待亚当斯一家，而父亲是本县声誉最好的农人。然而亚当斯仍然有所不满，他抱怨的是缺乏正式的教育，而奴隶孩童也不能得到主人家的优待；奴隶也不能掌控他们的劳动果实；亚当斯也对主人的宗教训诫不太信服："他们不相信上帝是个无限的、永恒的和不变的灵……他们不提天堂的主人，而是说主人乔治、主人威廉和主人约翰；但不说主人约翰·昆西·亚当斯。"① 当有人对他说，既然奴隶的待遇还不错，"换作我，我会待在那儿"。亚当斯的回答总让对方哑口无言："位置空在那儿，如果想来的话，你可以去填补。"②

奴隶的家居生活（出处:《詹姆斯·史密斯的自传》，1881）

亚当斯最痛心的一件事发生在1857年。那年12或13岁的孪生兄弟阿伦和姐姐萨莉被卖掉，其中最贴心的阿伦被卖到南部，亚当斯因此数月没有走出悲伤的心境。好在是两三年后有了阿伦的消息，听到来信后亚当斯一路狂奔，从六或八英里的地方赶回，方知阿伦作为仆役被卖了七次，最后一次被卖到田纳西的孟菲斯，然后找到机会给家里写了封信。此后又是八年的无音信时间，直到内战结束后的1867年，一个认识亚当斯的查尔

---

① John Quincy Adams, *Narrative of the Life of John Quincy Adams, When in Slavery, and Now as a Freeman*, p.20.

② John Quincy Adams, *Narrative of the Life of John Quincy Adams, When in Slavery, and Now as a Freeman*, p.23.

斯·曼先生在孟菲斯偶然看到阿伦，误以为是亚当斯，询问情况后告知了亚当斯。第二年 7 月，两位都是自由之身的兄弟终于在宾夕法尼亚的哈里斯堡见了面，但他的姐姐萨莉仍杳无音信。

叙事又回头提及内战。当时作为室内仆役的亚当斯被带到军队，但因病返回。刚开始，亚当斯一家仍照顾主人一家，但在 1862 年 7 月趁混乱之际他们离开了主人，按照亚当斯的话就是"我从弗吉尼亚州温切斯特的乔治·F.科洛梅斯先生那里偷走了约翰·昆西·亚当斯"，通过吉尔里将军发给的路条，到了哈里斯堡，并定居在那里。亚当斯在一家酒店找了份工，并开始读书。此后亚当斯还到了俄亥俄的辛辛那提、纽约的埃尔迈拉工作了一段时间，然后又回到哈里斯堡。文末亚当斯再次强调这是一篇前奴隶挑灯夜战所写的小书，目的是对穷人和受压迫者有所鼓励，并提供了一些强调自由的宪法条文以及相关证言附录。

地下铁路的参与者

1873 年在旧金山出版的《逃奴詹姆斯·威廉斯的生活和冒险以及对地下铁路的完整描述》，是一部为数不多的、在书名当中谈及地下铁路的奴隶叙事。[1] 威廉斯的叙事并不以时间的先后来展开，而是具有跳跃性。该叙事只是简略地叙述其获得自由的过程，更多地着墨于自己所从事的高风险废奴主义活动以及艰辛的自由生活。在叙事中，作为叙事者的威廉斯（1825—?）一方面强调自尊的重要性，"读者，尊重你自己，然后你就会得到尊重"；在另一方面，作为叙事角色的他又抱怨这个世界的丛林法则："我意识到我们生活在丛林中，我意识到我们生活在荒野！"[2] 在这个弱肉

---

[1] James Williams, *Life and Adventures of James Williams, a Fugitive Slave, with a Full Description of the Underground Railroad,* San Francisco: Women's Union Print, 424 Montgomery Street, 1873.

[2] James Williams, *Life and Adventures of James Williams, a Fugitive Slave,* p.43.

强食的世界中，威廉斯认为黑人遇到了极大的社会不公："有色人是被他们白人带到这个国家的，用一贯的方式使用他们，然后白人还敢厚颜无耻地说，我们没亏待你们这个种族。显然这两个种族不能生活在一块。这是一个白人的国家。"[①] 然而威廉斯并没有对白人世界一概而论，而是将最大的信赖寄托于自己的白人朋友身上。此外威廉斯还讲述了中国人的故事，指出当时大约有 8000 名中国人在旧金山、萨克拉门托等地过着富足的生活，但也像黑人、爱尔兰人一样遇到了同样的种族排斥问题。

詹姆斯·威廉斯原名约翰·托马斯，1825 年 4 月 1 日出生于马里兰州塞西尔县埃尔克顿，主人是威廉·霍林斯沃斯。母亲阿比本来属于埃尔克顿的托马斯·摩尔，但可能是在 1825 年初，被摩尔以 100 美元的价格租给霍林斯沃斯两年。本来两年后要返回到摩尔那里，但刚去三个月后，租主霍林斯沃斯即给了阿比 25 美元，暗示她远走高飞，并且让威廉斯的舅舅弗里斯比载着她和威廉斯的一个兄弟，越过了通向宾夕法尼亚的道格伍德溪。威廉斯还有一个妹妹，留在主人托马斯·摩尔那里，也曾试图逃跑，但被一个为了 100 美元便宜的黑人出卖了。

威廉斯出生后即留在霍林斯沃斯身边。10 岁时，他作为室内仆人为主人霍林斯沃斯在桌边服务，有客人在的时候要赶苍蝇。这差事并不太累，但一件事情促成了他 13 岁时的逃跑。1838 年，一个叫雷切尔的年老黑妇因感到受辱而谎称威廉斯有错，因此他挨了主人一顿牛皮鞭，并受到要卖到佐治亚的威胁。在下一个星期天，威廉斯骑着一匹母马，机智地躲过一个又一个盘查，一路大摇大摆地来到萨米格拉斯哥，即她母亲和他的继父所在的地方。但母亲已经认不出自己的儿子了，而继父以为是个探子也提着棍子进来了。经一个叫作汉纳的老妇提醒后，父母才惊喜相认。住了一晚后，威廉斯被领到地下铁路的代理那里，后者将其交给宾夕法尼亚州彭宁顿维尔的阿萨·沃尔顿，后者用一匹快马将其带给住在兰开斯特附近的废奴主义者丹尼尔·吉文斯。此后继续前行，直到抵达安全的目

---

① James Williams, *Life and Adventures of James Williams, a Fugitive Slave*, p.44.

的地。

当年威廉斯为一个叫作阿西·沃尔顿（Acie Walton）的废奴主义者工作，第二年为迪肯森工作。1840 年开始为另一个废奴主义者克拉克森·克罗泽工作。16 岁的时候，在工作的同时威廉斯作为一个"售票员"加入了地下铁路运动。接着他描述了具体的过程：①

> 一个白人男子会为了一定数目的资金带走一定数目的奴隶，如果他们根本没有钱，那么必须筹措那么多的钱。我们经常这样互相交流：我们有人将到奴隶中去了解有多少想出走，然后我们将告知要带走他们的团队，而在某个有利的晚上他们会与我们在树林里碰头；然后我们吹一下口哨，而那个等待的人将回应 下"好"；然后他将带着他的行李夜行，直到到达自由州。然后我赶着一个可装载多达 14 人的大篷车，如有人问我要到哪里去，我告诉他们去市场。对于进入离埃尔克顿 20 英里的地方，我很害怕。有一次绑架者离我一英里远；我转进一个房角，钻进灌木丛中，他们就看不见我了。我们废奴主义者做这种事的方式被称作地下铁路；所到之处我总是发现盎格鲁—萨克逊人是我最好的朋友。

1844 年威廉斯在给赫德森工作时遇到了一帮人的绑架，威廉斯躲进了灌木丛中没被发现。1845 年威廉斯参加德拉华州威尔明顿举行的一次会议，又发现了几个来自出生地的白人向他走来，因反应机灵躲进灌木丛而再次躲过一劫。此后威廉斯继续进行地下铁路活动，驱赶一辆四轮马车，并采用了詹姆斯·威廉斯的化名。1848 年在兰开斯特付费公路上再度遭到绑架者的袭击，威廉斯还击后逃进一家农户中，给了对方 3 美元后成功出逃到费城。1849 年 9 月费城发生种族骚乱，威廉斯对袭击者打出第一枪，但自己的左眼受袭，右侧大腿也中了大号铅弹。逃亡纽约一段时间后威廉斯返回，1850 年在费城大街上又躲过了一次白人和警察的搜寻。当年威廉斯又到了纽约，在一处抽彩店因对方不兑奖而发生纠纷，威廉斯

---

① James Williams, *Life and Adventures of James Williams, a Fugitive Slave*, p.12.

的眼部挨了打，而一周后又遭到一个黑人妇女和一个小混混的围攻，因而感叹若有失足的话，在美国不会找到安全之处。

1851 年，在一个陌生白人赠给了他价值 10 美元的金块后，威廉斯决定前往加利福尼亚。他边乘船边打工，5 月到达萨克拉门托，先是进入"黑人山"矿场，接着进入凯尔西坑道，在这个无法无天的地方进行淘金活动，收获甚微。威廉斯发现有奴隶被主人带到这里，其中有个白人妇女，威廉斯就趁机带回到自己住处。一周后这个妇女返回主人那里，威廉斯随后遭到攻击，被迫迁往墨西哥。颠沛流离一段时间后，1853 年回到旧金山。1855 年，威廉斯又到了萨克拉门托，先是挖矿，第二年开了个小商店，然后赶马车，直到 1859 年。此后他在萨克拉门托、华生（Washoe）、卡森等地经营面粉、土地等生意，1867 年被任命为萨克拉门托的一家循道宗主教派教会的代理，1869 年转任旧金山的一家循道宗主教派教会的代理，接着返回华盛顿。1870 年威廉斯来到费城、纽约谋生。1871 年应一位熟人汤普森女士的请求来到加利福尼亚，结果因一场火灾而被牵涉进官司之中，但后来被证明无罪。

女版诺瑟普

1891 年露西·安·贝里·德莱尼（1828—?）出版的《从黑暗到光明：为自由而斗争》可以说是所罗门·诺瑟普从自由到奴隶、再从奴役到自由的故事的一个翻版，只不过故事的主角是女性身份。在前言中，作者申明出版此叙事的主要目的是力图证明她和母亲在为奴之前的自由人身份，以此来提升自我的尊严，"使我们的事情对我们自身具有重要性，并尽力给其他人以印象。"[1] 露西母女的自由叙事表明，一旦品尝过自由的果实，

---

[1] Lucy Ann Berry Delaney, *From the Darkness Cometh the Light; or, Struggle for Freedom*, St. Louis: Mo. Publishing House of J. T. Smith, 1891, p.viii.

人们不会轻言放弃自由的希望，而会竭尽全力重温它的甜蜜。露西母女的获释也表明，即使是在奴隶制肆虐的南方，法律在对黑人被绑架者的自由保护方面仍有一隅清净之地，而在"白人的世界"中也不乏明白是非曲直的公正人士。

叙事从露西的母亲波利·克罗克特讲起。黑人波利本来在伊利诺伊州与安德鲁·波西夫妇和平地生活了五年，但在一个可怕的9月里，她和另外四个黑人被绑架，嘴被堵住，接着被赶进一只小船里渡过了密西西比河，到达圣路易斯，不久又被带到密苏里河沿岸。波利被一个农夫托马斯·博茨所购买，并与他生活了一年。

生意失败后，博茨被迫出售他的奴隶。一个富裕的男士梅杰·泰勒·贝里少校从大老远的地方赶来，想为他的妻子范妮购买一个侍女。贝里一眼就看中了波利，买下后带着她返回。范妮见到波利后十分满意，打算将她培养成一个裁缝。贝里还有一个很帅的混血儿仆役给他当差，有很多机会与波利进行接触。二人日久生情，经主人同意后结了婚。接着波利相继生下两个女孩，分别是南希和露西。

在富兰克林县生活期间，贝里少校与人发生了严重的纠纷。在决斗之前，贝里少校立下了遗嘱，如遇不测要将他的奴隶交给自己的妻子，而后者死后要予以释放。结果在新马德里的决斗中贝里少校死亡，几年后范妮改嫁给了律师、后来成为法官的罗伯特·沃什，并生下一个女儿。在这里，露西一家过了一阵子幸福的生活。

然而范妮身体不好，在佛罗里达治病期间病死，尸体运回后被安葬在圣路易斯。这是一个转折点，露西一家的厄运从此开始了。贝里少校的遗嘱被弃若敝屣。露西的父亲被沃什卖到南方；姐姐南希作为贝里的女儿玛丽及其丈夫考克斯的侍女，不久跟着他们前往费城。遵行母亲私下的嘱托，在玛丽夫妇巡游尼亚加拉瀑布期间，南希趁机乘船逃往加拿大，不久在那里与一个农场主结了婚。此后露西母女为玛丽夫妇服务；露西则负责照顾玛丽的女儿。当时露西12岁，也产生了出逃的想法。

由于不听管教，露西的母亲以550美元的价格被拍卖，但三周后她成功出逃。然而在芝加哥，波利不幸被抓捕者截获，不得不返回圣路易斯。波利决意获得自由，于是雇用了律师，搜集材料证明自己的自由身份。这时的露西跟贝里的另一个女儿玛莎·贝里及其新婚丈夫米切尔一起生活。由于露西表现出独立意志，恼怒的玛莎打算卖掉露西。偷听到谈话的露西被母亲藏了起来。1842 年 9 月 8 日，波利开始起诉米切尔对露西的拥有权；露西则被移往监狱，在那里待了 17 个月以等待判决结果。1844 年 2 月，审判开始，爱德华兹·贝茨法官为此做了强有力的辩护，声言波利本来是一个自由人，而一个自由人所生育的孩子不是奴隶。第二天，陪审团宣布露西和母亲波利获得了自由。

此后波利决定到加拿大寻找南希。攒够路费后，波利从圣路易斯启程，两周后到达多伦多，很快母女激动地重逢。住了一段时间后，波利返回到露西这里。1845 年，露西与弗雷德里克·特纳相遇，数月后结婚，他们迁移到伊利诺伊州的昆西。没想到幸福的时光十分短暂。在乘坐一艘与贝茨法官同名的"爱德华兹·贝茨号"汽船时，船只发生了突然的爆炸，特纳因此不幸死亡。母女返回圣路易斯，四年后露西成为来自辛辛那提的扎克赖亚·德莱尼的妻子。二人一起生活了 42 年，生下了四个孩子，但两个女儿夭折，剩下的一男一女在 20 多岁后也随风而去。1855 年，露西本人加入了循道宗主教派教会，并先后当选为黑人妇女社团"女子联合会"的第一任主席、"锡安女儿会"的第一任主席、"西罗亚法庭"的总主管、只接受共济会成员的"密苏里大法庭"的总主管。露西的母亲活到了奴隶制被废除之后，而父亲生活在维克斯堡附近。在得知信息后父女终于见了一面，接着是南希从加拿大赶回，一家三口团聚后又各奔东西。

布鲁斯的多重世界

得益于其弟弟、1881 年当选为堪萨斯州国会参议员的布兰奇·布鲁斯所提供的看门人岗位，亨利·克莱·布鲁斯（1836—1902）有机会于

1895 年出版了《新人：29 年的奴隶、29 年的自由人》。该叙事力图以亲身经历证明，奴隶制下"白人的世界"并非万马齐喑，奴隶主的个人表现并不是千篇一律的，而是优劣俱有；奴隶制固然存在着黑暗的一面，同时也不能否认具有其他层面的可能性，而"黑人的世界"也是形形色色、斑驳芜杂；人的高下因而不在于种族，而在于个人的能力和操守："正像白人分成两大类一样，奴隶也是分裂的。确实存在着良好血统的特征，表现于所持有的信誉、能力和其他美德，而这些美德正像超出白皮肤一样，也常常超出黑皮肤之上。"①

　　1836 年 3 月 3 日亨利·克莱·布鲁斯出生于弗吉尼亚的一个奴隶家庭，父母的主人是莱缪尔·布鲁斯。当年莱缪尔死后奴隶在他的两个孩子威廉·布鲁斯和丽贝卡·布鲁斯之间进行分配，布鲁斯一家人为丽贝卡所有。然后父母被分别出租。亨利从 1841 年起开始记事，当时正值母亲被租给一个叫作勒迪·沃德尔的人，而丽贝卡小姐与佩蒂斯·珀金森结婚后搬到新居"罗丽特府"，在这里亨利受到了良好的对待。与其他小孩一起，亨利被一个老妇人照顾，奴隶儿童只管吃喝玩乐，而主人提供了丰富的食物，并经常让他们到大院子里来玩耍，希望他们看起来"胖胖的和充满活力"。②

　　由于佩蒂斯·珀金森在爱德华王子县新建了一座"大房子"，1842 年春天的时候亨利和母亲住进了附近的小木屋。但天有不测风云，1842 年丽贝卡不幸去世，撇下一个儿子威廉·珀金森。在内兄威廉·布鲁斯的劝说下，佩蒂斯准备和他一起迁移到密苏里的查里顿。1844 年 4 月他们装满了三辆大马车东西，主奴一起出发；因亨利的父亲已经去世，没有发生家庭分离的情况。6 月或 7 月到达了珀蒂斯·珀金森的兄弟杰克·珀金森位于基茨维尔附近的农场。奴隶很快被分配到基茨维尔做工，亨利和母亲

---

① Henry Clay Bruce, *The New Man: Twenty-Nine Years a Slave, Twenty-Nine Years a Free Man*. York, Pa.: P. Anstadt & Sons, 1895, p.iii.

② Henry Clay Bruce, *The New Man: Twenty-Nine Years a Slave, Twenty-Nine Years a Free Man*. York, p.14.

以及她的幼子（应是布兰奇）待在这个动植物资源十分丰富的地方，可以四处捉鱼、捕猎。

1845年1月亨利母子被租给伦道夫县亨茨维尔附近的詹姆斯·米恩斯。亨利开始喂牲口、劈柴和制砖，因完不成任务而屡屡挨打，但后来米恩斯给亨利减轻了工作强度。佩蒂斯·珀金森很快对密苏里产生了厌倦，他本人回到了弗吉尼亚，其奴隶由他的内兄威廉·布鲁斯对外出租。第二年米恩斯夫妇先后去世，他的长子接管了农场，对待亨利很友好。这一年的1月，不到10岁的亨利与他的两个哥哥詹姆斯和加尔文被租给阿普尔盖特法官，在他的一个基茨维尔制烟厂工作。如犯人一样，亨利一年到头坐在桌前捆绑烟草，睡眠不足，并因打瞌睡而遭到监工的处罚。

1847年3月，佩蒂斯·珀金森要求其内兄将奴隶送回弗吉尼亚。奴隶们不情愿地上了船，从密苏里的不伦瑞克到达圣路易斯，接着到了俄亥俄的辛辛那提。在辛辛那提换乘时这帮奴隶完全可因涉足自由领域而脱离奴役，但因一无所知以及对废奴主义者负面讹传的盲信而错失良机。亨利一家回到了阔别三年的老农场，哥哥詹姆斯和加尔文被租给爱德华王子县一处制砖厂的厂主霍金斯，亨利因不到13岁而恢复了吃喝玩乐，与珀金森的儿子威利结伴玩耍，享受着快乐的童年。威利上学后亨利则放牛陪读，威利也乐于将学来的知识传授给亨利，而珀金森对此视而不见。

不过好日子在1848年春到头了，亨利开始学习犁地，因扶不住犁把而被主人几次掌嘴。秋后换了轻犁，亨利开始驾轻就熟。母亲负责给白人和黑人做饭，亨利吃得很足，而威利对她也像看见自己的母亲一样。接着亨利的弟弟布兰奇成为威利的玩伴和保镖，也对学习产生了兴趣。尽管主人珀金森对待亨利尚可，有一次还是因一个"垃圾白人"的告状，他试图向主人申辩而挨了鞭子。在这里亨利大发感慨，说南方典型的贫穷白人事实上处于奴隶制之中，其恶劣表现与白人血统崇高的说法背道而驰；相反，"有成千上万优良作风、高昂志气的奴隶跟他们的主人一样有自尊，并且勤奋、可信赖和诚实""在卑躬屈膝中，他们并没有放弃，而是抬起头颅，在这种环境中开始做次好的事情。"①

1849 年 10 月佩蒂斯·珀金森决定卖掉弗吉尼亚的家产，迁移到她的妹妹苏珊·格林夫人所在的密西西比。亨利的姐姐伊莱扎被迫与她的丈夫汤姆相分离，并在六七年后改嫁他人。1849 年 12 月，亨利一家随主人到达了一个距离密西西比州霍利斯普林斯不远处的、拥有 300 个奴隶的格林种植园。像其他奴隶一样，亨利在被称为"黑蛇"的皮鞭威胁下从早到晚地拾棉花，饭量足够，但午饭的时间很短，而晚上还要整理棉包。次年 1 月，亨利被租给格林先生的一个儿子托马斯。但珀金森对这里也不满意，3 月的时候准备回到密苏里。在放弃了当年的租借合同后，珀金森带着亨利一家坐马车前往孟菲斯，转乘轮船到圣路易斯，接着到了布伦瑞克。在布鲁斯的种植园，亨利很高兴见到了在这里工作的兄姐，然后被租给烟草商 J. B. 巴雷特。直到 1854 年 1 月，亨利只有一次由于为弟弟布兰奇报仇而挨了鞭子。1855 年亨利与三个弟弟一起被租给比斯利，在监工布莱克的管理下从事烟草加工工作。亨利与布莱克处得很好，太阳落山后可以自由活动，往往穿着得体的衣服参加教会活动。

1856 年春，主人佩蒂斯购买了不伦瑞克东七英里远的曼种植园，包括亨利母亲和她的四个孩子在内的所有奴隶都迁居到那里。虽不情愿从城市到农村，亨利还是跟主人一起干起了农活。奴隶们虽挨了不少训斥，尤其是在邻居在场的时候，但甚少鞭打，跟主人吃得几乎一样。奴隶还可使用主人的马和农具，耕种自己的自留地；收获后主人一起卖掉，再分给各人。1857 年初主人卖掉这里的农场，在其内兄布鲁斯的农场附近买了一块未垦地，亨利为此从灌木丛中开出一块建造木屋的地方，并领着四个弟弟进行围栏、建房等工作。

1860 年到 1861 年期间，形势逐渐紧张，奴隶不允许离开主人的领地，而贫穷白人组成的巡逻队四处活动。战争开始后的 1862 年春，南北军队

---

① Henry Clay Bruce, *The New Man: Twenty-Nine Years a Slave, Twenty-Nine Years a Free Man*, pp.38–39.

在密苏里穿插而过，南北正规军分别南下，当地只剩下一些林中游击分子。由于联邦军队的封锁以及奴隶的反感情绪，进行奴隶贩卖一事已很困难。威廉·布鲁斯当年还牛马成群，但到 1864 年 3 月除土地外几乎一无所有。亨利的主人佩蒂斯·珀金森 1862 年也站错了队，跟随叛乱分子南下，回来后身无分文，而他的奴隶则在城乡各处占据了重要的地位。

为了躲避黑人军团的征兵，亨利东躲西藏，并听从主人安排留了下来，每月领取 15 美元的补贴。但 1864 年 3 月亨利发现承诺已难以兑现，就去了堪萨斯。亨利曾与一个女孩订婚，但她的主人阻止见面，于是她的一个叔叔安排亨利带着一对左轮手枪，与他的侄女在 3 月 30 日秘密见了面。两人骑在一匹马上向不伦瑞克北方的拉克利德进发。到达后转乘火车到韦斯顿，再换乘小船到达堪萨斯的莱文沃思堡，躲过了后面的追捕。第二天二人在牧师主持下举行了婚礼，亨利接着谋了一份制砖差事，并不得不经历自由劳工环境的各种苦恼。两年后他们买下了一处房子和一块地皮，但后来发现地皮是别人的。在那里黑人的就业处境并不太好，与大多是劳工身份的爱尔兰人发生了严重的竞争；此后南方黑人也面临着白人的高压统治。即使如此，亨利仍强调黑人种族在不断地取得进步，言辞之间表达出了对祖国的毫不动摇的忠诚。亨利还建议黑人学习一技之长，与此后布克·华盛顿的主张如出一辙。

1867 年，亨利在莱文沃思堡买了一个小门店。1870 年他前往艾奇逊，一直待到生意被火灾摧毁的 1875 年。此后他的债务累积到大约 1000 美元，而有妻子和四个孩子需要抚养。1880 年亨利得到了共和党议员的提名，但最终归于失败。1881 年 1 月在参议员 L. M. 布里格斯等人的帮助下，亨利被挑选为美国参议院的看门人。

"就地汲水"的华盛顿

与亨利·克莱·布鲁斯一样，布克·T. 华盛顿（1856—1915）在 1900

年出版的个人叙事《超越奴隶制》谈及奴隶时代的笔墨并不太多，因为童年之后他就因内战的爆发而获得了自由，所以大部分篇幅都是叙述他在自由劳工环境里的成长以及为了改善黑人生存状况而付出的坚忍不拔的努力，并强调黑人道德境界的提高、职业训练和经济进步的重要性，只不过后者的黑人领袖地位使其观点更为人所熟知。布克·华盛顿有句名言："成功不是以他在生活中所取得的地位，而应是以他为了成功所不得不克服的障碍来衡量。"① 在后奴隶制叙事中，布克·华盛顿的叙事正当其名，而且相当畅销，在 1903 年 7 月道布尔迪公司宣布该叙事卖出了三万册，进入了它的畅销书排行榜，并且对它的需求"每月都在持续增长"。② 在相当程度上，作品的畅销归因于布克的知名度。德博拉·麦克道尔则将布克·华盛顿的叙事列为最流行的后奴隶制叙事，并代表了内战以后黑人文学的修正主义潮流。③ 布克·华盛顿强调黑人本身的自我努力，认为黑人种族的自我依赖是其社会、经济和政治地位提高的关键；除此之外，布克·华盛顿的个人叙事还以务实的态度对待奴隶制，并将奴隶制比喻成一所"学校"，因而对白人社会采取了一种妥协性的、合作性的态度。从某种意义上来说，这是对奴隶制时期黑白之间"共享的世界"所包含生存策略的一种延续。在当时不利的种族气氛下，布克·华盛顿试图给黑人提供一种行之有效的、内外兼修的路径，并以此确立了弗雷德里克·道格拉斯之后的叙事地位，正如罗伯特·J.诺雷尔所指出的那样："在华盛顿看来，他的生活不仅仅是超越奴隶制的斗争，也是从历史中跃升的巨大努力。"④

---

① Booker T. Washington, *Up from Slavery: An Autobiography,* Garden City, New York: Double day & Company, Inc, 1900, p.39.

② "Introduction", in Booker T. Washington, *Up from Slavery: An Autobiography,* London, England: Penguin, 1986, p.xxxiv.

③ Deborah McDowell, "Telling Slavery in 'Freedom's' Time: Post-Reconstruction and the Harlem Renaissance", in Audrey A. Fisch, ed., *The Cambridge Companion to the African American Slave Narrative,* p.155.

④ Robert J. Norrell, *Up from History: The Life of Booker T. Washington,* Cambridge, Massachusetts: The Belknap of Harvard University Press, 2009, p.16.

　　与战前"经典叙事"不同，布克的叙事一开始是给妻子和兄弟的献词以及自己所写的短序，然后很快转向童年叙事。布克·T.华盛顿出生于弗吉尼亚富兰克林县的詹姆斯·伯勒斯种植园上的一个简陋的小木屋里，确切生日不明。布克自述出生在 1858 年到 1859 年之间，但历史学界一般认为是 1856 年。① 母亲的名字叫简，在伯勒斯种植园当厨师，生下了约翰和布克两个男孩和一个女儿阿曼达。对于父亲，布克所知不多，"我听说他是个白人，住在附近的种植园里。不管他到底是谁，我从没有听说过他对我有任何兴趣，或提供过任何方式的养育。但我不对他有特别的指责。他只是这个制度的另一个牺牲品"。② 布克的家境相当贫困，家人平时穿的是亚麻废料做成的衣服，吃的饭跟动物的差不多；他曾记得母亲有一次半夜里叫醒孩子们享用一只鸡，但布克却不知母亲从哪里搞来的。布克每天都忙于工作，清理院子、运水、到远处的磨坊去磨面，并担心回来晚了挨训斥或挨鞭子。他也没接受过任何教育，有几次看到学生在教室读书羡慕不止。

　　奴隶中间有一种传播"小道消息"渠道；对外界的消息，由于奴隶可能担任送信人角色，他们甚至比一般的白人知道得更早。当威廉·劳德·加里森等人掀起废奴运动的浪潮时，奴隶社区都在悄悄地关注。内战爆发后，布克的母亲会一大早起身祷告，热切地盼望林肯和他的军队获胜。不过布克也指出，一般来说黑人种族对白人并无仇恨，对于主人家庭在战时的痛苦表现出难得的同情和关怀。

　　自由来临之际，奴隶们摘掉了面具，更自由地表达他们对自由的热爱；他们往往欢唱到深夜，而不再像以前那样以天国的自由做掩饰。布克的母亲亲吻着孩子，喜悦的眼泪洒满双颊。不过奴隶们很快不得不适应新的形势，为自己和家人做出打算。布克的继父在战争时期追随了联邦军队，现在传信让布克母子坐车到他所在的西弗吉尼亚州的卡诺瓦谷，于是

① Robert J. Norrell, *Up from History: The Life of Booker T. Washington*, p.17.

② Booker T. Washington, *Up from Slavery: An Autobiography*, Garden City, New York: Double-day & Company, Inc, 1900, p.2.

他们在一路颠簸之后到了一个叫作莫尔登的小镇。在那里，一家老小住在一个比原先更差的小木屋里，布克兄弟两个与继父一起在一家盐场工作。

工作之余布克阅读识字书，自行掌握了一些字母。后来前奴隶家庭联合起来聘请教师，布克得以在指定的日子里在小木屋里得到指点。一段时间后，因工作不允许，母亲又找来一个老师在夜间给布克进行指导，最终又上了一阵子白天的学校。为了不耽误上学，布克偷偷调慢了盐场的时钟，但后来被纠正了。当老师问他的姓氏为何时，布克一下子冒出来"华盛顿"这个词，从此这个名号伴随终身。接着布克又上了几英里外的夜校，而白天的活计也被安排到了脏乱危险的煤矿。布克以叙事中角色的身份表达了这个阶段的不安、沮丧和恐惧心情，但他同时以叙事者的角度强调，黑人与白人相比所面临的困境并不是不利条件，反而是走向成功的奠基石。

布克一次偶然听到弗吉尼亚有一个汉普顿师范和农业学院，立即产生了极大的兴趣。这时布克还听到盐场和煤矿业主刘易斯·拉夫纳将军有一个家务职位空缺，但拉夫纳夫人的要求十分严格，忐忑不安之下父亲还是替他申请到了这个每月 5 美元的岗位。布克在这里得到了良好的事务性训练，并在一个箱子里积攒了自己的书籍，而拉夫纳夫人还给他提供了一个冬日学校的机会。1872 年秋，布克在兄弟约翰等人的资助下坐公共马车到 500 英里外的汉普敦，路途中因旅馆不提供黑人住宿而不得不整宿走动着以保持身体暖和。为了果腹，布克为一个白人船主卸货，并积攒了到汉普顿剩余路段的费用。到了心仪的汉普敦学院以后，布克用仅有的 50 美分开始了自己的学业。在面临主管教师玛丽·F. 麦凯小姐的怀疑之际，布克以自己擅长的卫生打扫赢得了进入学院的准许，并得到了一个门卫的岗位，以支付每月 10 美元的食宿费需求。不过，每年 70 美元的学费完全超出了布克的能力。在这种情况下，汉普敦学院的创办者塞缪尔·C. 阿姆斯特朗将军争取到了新贝德福德·S. 格里菲斯·摩根先生的资助，由后者给布克支付相关费用。除此之外，布克还不得不应付服装和课本开支、假期何处安身等问题。在汉普敦学院，布克珍惜来之不易的教育机会，积极参与辩论社团的活动，学会了自我依赖，并充分感受到了北方教师对教育的热情。

在第二学年末，布克靠兄弟约翰和母亲寄来的路费回到了莫尔登，一家人立即处于欢乐之中。不过在一个月结束的时候，母亲因病去世了，而布克正在打工回来快到家门口的路上。在度过这段艰难的日子后，布克又设法回到了汉普顿。经过艰苦的半工半读生活，1875年6月布克完成了在那里的学业。

毕业后布克在康涅狄格的一家饭店找到了一个服务性工作。刚开始让他当服务员，但因没有经验很快变成洗碗工。经过学习，几周后恢复了服务员岗位。不久他回到莫尔登，在一处黑人学校教育小学生。1876年他发现有很多人没时间上学，于是开办了一家夜校，并开办了一间阅览室，组织了一个辩论社团，还提供个人指导课。有了一些资金来源以后，布克反过来资助兄弟约翰以及收养的弟弟詹姆斯先后进入了汉普顿学院。

1878年秋，布克前往华盛顿特区，在韦兰神学院待了八个月。随后布克应一个白人委员会的邀请前往查尔斯顿，对该市的发展提供建议。不久，布克欣然接受阿姆斯特朗将军的邀请，返回莫尔顿举行"毕业后演讲"。返家后的1879年夏天，阿姆斯特朗将军又让他回校担任教师，从事印第安人教育实验。在陪同一个得病的印第安人学生前往华盛顿期间，布克体会到了因肤色而被隔离对待的痛苦。接着按照阿姆斯特朗将军的指示，布克接管了汉普顿学院的一个夜校。1881年6月，阿姆斯特朗将军又成功地推荐了布克前往亚拉巴马的塔斯克基小镇，负责那里的一所黑人师范学院。

布克来到后坐着一辆骡车在乡下考察和宣传，体悟民情。1881年7月4日塔斯克基学院开业，布克得到了银行家乔治·坎贝尔和奴隶出身的技工刘易斯·亚当斯的支持。布克最初兼任学院唯一的教师，从教授加减乘除开始。六周后加入了从俄亥俄前来的、近乎白人的奥利弗·A.戴维森小姐，后来成为布克的第二任妻子，也给学院注入了道德和无私的新理念。不久，汉普顿学院的J.F.B.马歇尔将军以个人名义借给布克250美元，使学院得以支付一处废弃种植园的首付款。学院随后迁入，在厨房、马厩和鸡舍的基础上重新开始。在随后的圣诞节活动中，布克为此注入新的生活意义，同时尽力得到周围社区的支持。戴维森小姐日夜操劳，以确保每个孩子都有小礼物。学院有了一点起色后，布克又筹划建造一座新的建筑物，并让学生投入建设工作。在艰苦创业的同时，1882年夏布克与同样是汉普敦学院毕业、来自家乡莫尔登的范妮·N.史密斯小姐喜结良缘。但由于为学院投入的辛勤工作和家务操劳，史密斯小姐于1884年5月不幸去世，留下了一个孩子波西亚·M.华盛顿。

在塔斯克基学院开业后的15年内，布克带领学生建造了40座建筑物，包括食堂和宿舍的建造。为了配合校舍的建造，还经历了三次建立砖窑的失败，但第四次尝试成功了，并对外销售；此外他们还制造马车、手推车、婴儿车、枕头、床垫，也面向市场需求。布克发现，这些努力还有助于种族关系的改善，而他本人在各处都受到欢迎。在阿姆斯特朗将军的引荐下，布克得到了北部金主的支持，包括铁路大亨安德

塔斯克基学院草创时期（出处:《超越奴隶制》，1900）

鲁·卡内基和科里斯·亨廷顿，前者帮他建造了塔斯克基学院的图书馆；但布克强调自己不是"乞求"，而是给富人提供参与一种富有价值的教育事业的机会。亚拉巴马州议会、约翰·F.斯莱特基金会以及毕业生也相继提供了资金支持。在事业顺风顺水之时，1885年布克与奥利弗·A.戴维森小姐结婚，夫妇二人在照顾家庭的同时协力办学。但在四年幸福的婚姻生活、生下两个可爱的男孩之后，戴维森小姐去世。

随着塔斯克基学院的兴旺，布克收到的演讲邀请也与日俱增，但他最

轰动的演讲发生在 1895 年 9 月 18 日佐治亚州亚特兰大市召开的"棉花州和国际博览会"开幕式上。面对来自南北方的黑白听众以及各国代表，布克呼吁黑白种族和解，奉劝黑人积极进取，展现自己的勤勉和节俭等美德，先从在农业、技术或商业领域中基本的进步开始，也就是"降下你的吊桶，就地汲水"。① 随后布克应邀成为位于亚特兰大的教育部奖金评审委员会成员，同时继续进行频繁的演讲和社交活动，包括他的欧洲之行。布克接着取得了石油大亨约翰·D.洛克菲勒的支持，获得了哈佛大学颁布的荣誉博士学位，并受到了麦金利总统的接见，后者甚至在 1898 年 12 月 16 日亲自访问了塔斯克基学院。在布克写这篇个人叙事之际，塔斯克基学院已从一无所有发展到拥有 70 万美元资产的知名院校，学生人数从最初的 30 人增加到 1400 人，每年的开支 15 万美元，而对它的捐赠达到了 100 万美元。② 从某种意义上来说，《超越奴隶制》所叙述的主要是塔斯克基学院这个机构的兴起，而不是布克本人的个人传记；而所谓的超越奴隶制的奥秘，实际上就是塔斯克基学院如何在对接黑白世界的基础上白手起家的故事。

---

① Robert J. Norrell, *Up from History: The Life of Booker T. Washington*, p.219.
② Robert J. Norrell, *Up from History: The Life of Booker T. Washington*, p.313.

第四章

高龄前奴隶叙事（1901—1941）

20 世纪头一二十年，是种族主义合法化的时代。在美国思想界，植根于盎格鲁—萨克逊种族优越性之上的保守主义思潮泛滥一时，尽管原来认为没有主人的严格控制黑人就无法生存的观点已没有了市场。在历史学界，作为对乔治·菲茨休的回响，权威历史学家乌尔里克·邦内尔·菲利普斯在 1919 年出版了《美国黑人奴隶制：对黑人劳工的供应、就业和控制的调查》，以种族主义立场阐明了美国奴隶制不仅仅是一种能够为奴隶提供基本生活保障的经济体制，比北方的工资制更为优越，而且是一个对奴隶进行文明教化的学校，每个种植园主都是他们的教师和监护人："南方每个典型的种植园事实上是一个学校，不断地训练和控制处于落后文明状态的小学生"；另一方面，奴隶"从种族特性上来说，大多是顺从的而不是反抗的、轻松的而不是郁闷的、亲切和爱奉承的而不是抑郁寡欢的"。① 菲利普斯穷经皓首的总体结果是确认了南方盛传已久的、关于黑白关系和谐美好的"种植园传奇"。

与此同时，一些对重建后进行反攻倒算的白人政权感到不满的黑人，在一战即将结束之时开始加速流向北部和中西部城镇地区，史称"第一次

---

① Ulrich B. Phillips, *American Negro Slavery, A Survey of the Supply, Employment, and Control of Negro Labor as Determined by the Plantation Regime*, Baton Rouge: Louisiana State University Press, 1918, pp.341–342.

大移民"（1916—1936）。① 作为城市集聚的结果，黑人发起了"新黑人运动"
（1918—1935），以抗议种族主义和资本主义造成的社会不平等，并涌现了
黑人思想家 W. E. B. 杜波伊斯、《黑人史杂志》的创办者卡特·G. 伍德森
这样的知识界领袖；因发起者多集中在曼哈顿的哈莱姆黑人聚居区，又称
"哈莱姆文艺复兴"。在 1925 年阿兰·洛克出版《新黑人文选》以后，这
场文化运动的关注点发生了从社会政治领域向黑人民间文化的转移，并对
黑人和白人学界和艺术界都产生了深远的影响。②

传记和访谈的交叉进行

在一定程度上出于方便的缘故，我们把 20 世纪的奴隶叙事看作是奴
隶叙事的第四阶段（1901—1941）。在这个阶段，后奴隶制叙事仍在书写，
仅在"记录美国南部"网站上所列举的 1901—1929 年间的单行本黑人自
传就有 35 种，更遑论以书信以及其他形式出现的黑人叙事。1901—1929
年间值得一提的单行本叙事有：艾萨克·约翰逊 1844—1905 年的《老肯
塔基的奴隶制时光：一个卖掉妻子和四个孩子的父亲的真实故事》（1901）、
法老·杰克逊·切斯尼（1781—?）的《最后的先驱或东田纳西的老日子：
120 岁的法老·杰克逊·切斯尼的生活和回忆》（1902）、查尔斯·加利
克（1827—?）的《生于老弗吉尼亚的查尔斯·A. 加利克的生活，包括他
的逃跑及其对自由的斗争》（1902）、纳特·洛夫（1854—1921）的《在卡
托县以"烂木头迪克"为人所知的纳特·洛夫的生活和冒险》（1907）、塞
缪尔·斯波特福特·克莱门特（1861—?）的《塞缪尔·斯波特福特·克
莱门特的回忆：述及奴隶制和自由日子里的有趣经历》（1908）、安妮·伯

---

① Joe William Trotter, *The Great Migration in Historical Perspective: New Dimension of Race, Class, and Gender*, Bloomington: Indiana University Press, 1991, p.68.

② Henry Louis Gates, Gene Andrew Jarrett, *The New Negro: Readings on Race, Representation, and African American Culture, 1892–1938*, Princeton: Princeton University Press, 2007, p.9.

顿（1858—?）的《奴隶制日子里的孩童记忆》（1909）、约翰逊·托马斯·刘易斯（1836—?）的《20年的奴隶岁月：我在三个大陆的生活故事》（1909）、约瑟夫·万斯·刘易斯（1853？—1925）的《从沟里爬出来：一个前奴隶的真实故事》（1910）、欧文·洛厄里（1850—?）的《战前时光中老种植园的生活；或一个基于事实的故事》（1911）、塞缪尔·霍尔（1818—?）的《当了47年奴隶的塞缪尔·霍尔》（1912）、威廉·鲁滨逊（1848—?）的《从小木屋到布道坛：15年的奴隶制岁月》（1913）、彼得·布伦纳（1845—1938）的《一个奴隶的自由历险》（1918）、威廉·亨利·辛格尔顿（1835？—1838）的《奴隶制岁月回忆》（1922）、威廉·亨利·赫德（1850— 1937）的《从奴隶制到美以美会主教职位》（1924）、詹姆斯·霍利（1848—?）的《忠诚的老奴隶 J.W.霍利的生活史》（1924）、雷·埃玛·史密斯（1859—?）夫妇的《两次被卖、两次被赎：L.P.雷夫妇的自传》（1926）、萨姆·亚力克森（1852—1914）的《战前及统一之后：一部自传》（1929），等等。与内战后奴隶叙事相比，这个时期的单行本奴隶叙事无疑是后奴隶制叙事的延续，但因叙事者年龄的增长可纳入"高龄前奴隶叙事"；由于与内战后奴隶叙事的延续性关系，本书暂且对此略而不论。

不过作为一个前所未有的大手笔，这个阶段最引人注目的是体现于大萧条期间由联邦政府推进的大规模奴隶叙事调查、1941年国会图书馆所结集的以打印稿形式出现的联邦作者项目叙事（1936—1938）。这次叙事浪潮发生在人们意识到旧时代的亲身见证者行将就木、所剩无几的文化遗产载体即将从历史中消失的时候。随着城市化的推进和传统文化记忆承载者的年龄增长，转型期的美国出现了从国家层面整理文化资源的必要。在一定程度上受哈莱姆文艺复兴的影响，大萧条时期的新政推行者产生了一种保存和抢救地方文化资源的内在冲动，特别关注那些以往受忽略的乡村、文盲、底层人群，因而在创造就业的考虑之下，顺势将其纳入了国家战略。与这个阶段的单行本个人叙事相比，联邦作者项目中受访的前奴隶叙事涉及人员众多、范围更大，更能展示奴隶制下奴隶生活的方方面面。但与单行本个人叙事一样，由于种族主义的压抑气氛以及 30 年代的经济萧条，受采访的前奴隶叙事也反映了对现实存在的种族主义权力秩序的依赖，其中怀旧心理、自我安慰的成分加大，关注老日子里的鸡零狗碎以及地方特色，在一定程度上夸大了奴隶制下黑白"共享的世界"的存在，从而在某种程度上响应了南方白人一直努力塑造的所谓"种植园传奇"。

民间方面最早展开奴隶叙事的调查的是菲斯克大学、南方大学和大草原视野州立学院（Prairie View State College）的查尔斯·S.约翰逊教授和约翰·B.凯德教授。在富兰克林·D.罗斯福总统的新政开始前的 1827—1829 年间，菲斯克大学的人类学研究生安德鲁·P.沃森在保罗·雷丁教授的指导下，采访了大约 100 名高龄的前奴隶，所采访资料记录在 1945 年出版的《上帝把我击昏了：前黑人奴隶的宗教皈依经历和自传》当中，后来被乔治·拉维克收录于《美国奴隶传记大全》的第 19 卷。① 1928 年，查尔斯·S.约翰逊教授在菲斯克大学设立社会科学院，该院的研究员奥菲莉娅·塞特尔·埃及（Ophelia Settle Egypt）对纳什维尔附近的前奴隶进行了大量的调查，并在 1945 年出版了《未书写的奴隶制史：前黑人奴隶的口述自传》，② 而约翰逊教授随后将这个调查扩大到田纳西和肯塔基的农村地区。位于路易斯安那州苏格兰维尔的南方大学拓展部主任约翰·B.凯德教授在 1929—1930 年间组建了他的调查团队，并将 82 个前奴隶的部分口述材料以"出自前奴隶之口"的题目发表在 1935 年 7 月的《黑人史杂志》上；1935—1938 年他在大草原视野州立学院组织的类似调查采访了 400 多个前奴隶，但这部分材料存档于南方大学，并没有出版。③

---

① George Rawick, *The American Slave, A Composite Autobiography,* Volume 19, Westport, 1972–1979.

② Ophelia Settle, *Unwritten History of Slavery: Autobiographical Account of Negro Ex-Slaves*, Social Science Institute, Nashville, Tennessee: Fisk University, 1945.

③ Charles L. Perdue, Jr., Thomas E. Barden & Robert K. Phillips, eds., *Weevils in the Wheat: Interviews with Virginia Ex-Slaves*, Charlottesville: University Press of Virginia, 1976, pp.vi–vii.

联邦作者项目开展之前，由联邦政府首次开展的大规模访谈前奴隶的工作是由曾在查尔斯·S.约翰逊教授指导下进行调查、位于法兰克福的肯塔基州立工业学院的劳伦斯·D.雷迪克所开展的。1934年4月，雷迪克向于1933年成立、哈里·L.霍普金斯为负责人的联邦紧急救济署（Federal Emergency Relief Administration）发出了一项访谈前奴隶的倡议。联邦紧急救济署随后作出回应，同年9月向俄亥俄河谷派出了一个由15个黑人毕业生组成的试点工作队。到次年7月为止，工作队采访了印第安纳和肯塔基的大约250个前奴隶。[1] 但由于人员和管理等多种因素，更大的采访计划被搁置。

声名卓著的联邦作者项目

应富兰克林·D.罗斯福总统的提议，1935年4月8日美国国会通过了"紧急救济拨款法案"，并为此拨款4.88亿美元。[2] 依据这个法案，5月，富兰克林·D.罗斯福总统建立了"工作进步署"（Works Progress Administration），指定哈里·L.霍普金斯为负责人，并设置了"联邦艺术项目"（Federal Art Project）、"联邦作者项目"（Federal Writers' Project）、"联邦音乐项目"（Federal Music Project）和"联邦戏剧项目"（Federal Theatre Project），这些项目统称为"联邦项目一号"。7月初，联邦紧急救济署的3亿美元资金也被划拨到联邦作者项目之中。[3] 通过工作进步署的设立，联邦政府第一次大规模地以雇佣者、而非单纯地以救济发放者的身份出现

---

[1]　Mont Noam Penkower, *The Federal Writers' Project: A Study in Government Patronage of the Arts,* Urbana: University of Illinois Press, 1977, p.17.

[2]　Franklin D. Roosevelt, "Letter on Allocation of Work Relief Funds", August 26, 1935, *The American Presidency Project*, Online by Gerhard Peters and John T. Woolley, http://www.presidency.ucsb.edu/ws/?pid=14926.

[3]　Mont Noam Penkower, *The Federal Writers' Project: A Study in Government Patronage of the Arts,* p.27.

在社会大众面前。在人文艺术领域，最初"联邦一号项目"拨款 270 万美元，到项目结集的 1943 年，联邦政府共拨款 2.5 亿美元。[1] 曾任马萨诸塞州主管的雷·艾伦·比林顿指出，在"联邦一号项目"启动后的六个月内雇佣了大约四万人，其中联邦音乐项目 16000 人，联邦戏剧项目 12500 人，联邦作者项目 6500 人，联邦艺术项目 5000 人。[2]

　　尽管投入资金所占分量不大，但联邦作者项目被认为是"联邦一号项目"中最成功的部分。这在某种程度上归功于联邦作者项目的负责人——具有开创精神的前纽约戏剧制作者和新闻记者亨利·G.阿尔斯伯格。在他的策划下，联邦紧急救济署所部署的专业性较强的民俗调查与以失业者为优先的肖像研究，均被转化为一个在联邦作者项目中占据主导地位的、能够"吸引关注于美国文明及其发展"的、被称为《美国向导》的大型丛书的编纂工作之中。[3] 在 1935 年 6 月 25 日联邦作者项目启动后的六个月内，阿尔斯伯格分配了 628.8 万美元的预算，雇佣了大约 6500 名失业的白领工人。[4] 以《美国向导》系列为核心，阿尔斯伯格又向外扩展到民俗搜集、个人生活史以及前奴隶的采访当中，如族裔研究主编莫顿·罗伊斯（Morton Royse）所指导的以纽约市为基地的"纽约意大利人"研究、北卡罗来纳威廉·T.库奇所主持的"这是我们的生活"项目、德克萨斯和堪萨斯的牧区先驱者研究、芝加哥民俗调查项目"老芝加哥的棒球"以及其他对东欧移民、西部铜矿工人、犹他摩门教徒、扬基民俗、旧金山民俗的记录，等等。阿尔斯伯格最初的设想是在五卷本的《美国向导》中加入一个名为"美国黑人文化"的独立版块，但很快就变成了在每个州指南中加

---

[1]　Michael Hiltzik, *New Deal : A Modern History*, New York: Simon and Schuster, 2011, p.287.

[2]　Wendy Griswold, *American Guides: The Federal Writers' Project and the Casting of American Culture*, Chicago : University of Chicago Press, 2016, p.122.

[3]　Mont Noam Penkower, *The Federal Writers' Project: A Study in Government Patronage of the Arts,* p.21.

[4]　Mont Noam Penkower, *The Federal Writers' Project: A Study in Government Patronage of the Arts,* p.29.

入一篇有关黑人史和民俗的文章；[1] 随后阿尔斯伯格任命了霍华德大学英语系擅长黑人文学研究的斯特林·A.布朗作为联邦作者项目位于华盛顿黑人事务部的全国性编辑。[2] 于是前奴隶的社会性调查和叙事编纂相继开展于 1936—1938 年之间，联邦雇佣的黑、白社会工作者横跨 17 个州，采访了大约 2200 名前奴隶。到 1936 年为止，阿尔斯伯格共雇佣了 6600 名作家，其中大约 40% 为妇女。[3]

在联邦作者项目中，奴隶叙事调查被誉为"最具有持久性、从未预见到的成就"。[4] 最初的联邦作者计划并没有相关安排，但亚拉巴马、阿肯色、佛罗里达、佐治业、南卡罗来纳、弗吉尼亚和德克萨斯都出现了孤立的、自发性的前奴隶调查行为；大约一年后华盛顿总部才对各州零星的前奴隶调查予以全国性的协调。尽管此前已有雷迪克进行相关联邦项目的先例，但直接推动联邦作者计划中大规模奴隶叙事调查工作的是国会图书馆的美国民间歌曲档案馆馆长约翰·A.洛马克斯，而他本人对黑人民间资料的发现确立了他的"美国民间歌曲最伟大的普及者和最伟大的田野收集者之一"的地位。[5] 1936 年 7 月，佐治亚联邦作者项目主管卡罗琳·迪拉德在经过华盛顿总部允许后，率先招募黑白工作者获取了 100 多个前奴隶采访样本，并得到了黑人事务部的全国性编辑斯特林·A.布朗的嘉许。不过直接激励联邦作者项目提供地区资助的是卡丽塔·D.科斯所指导的佛罗里达联邦作者项目，1936 年她组织了一个包括著名作家佐拉·尼尔·赫斯顿在内的黑人团队，以编纂《佛罗里达向导》的名义采访了大量前奴隶；1937 年 3 月约翰·A.洛马克斯与他的助理乔治·克罗宁以及斯特林·A.布朗审阅材料后，

---

[1]　Mont Noam Penkower, *The Federal Writers' Project: A Study in Government Patronage of the Arts*, p.140.

[2]　Charles L. Perdue, Jr., Thomas E. Barden & Robert K. Phillips, eds., *Weevils in the Wheat: Interviews with Virginia Ex-Slaves*, p.xiv.

[3]　F. Kevin Simon, *The WPA Guide to Kentucky*, Lexington: University Press of Kentucky, 1996, p. xxii.

[4]　Norman R. Yetman, ed., *Voice from Slavery,* New York: Holt, Rinehart and Winston, 1970, p.1.

[5]　Norman R. Yetman, "The Background of the Slave Narrative Collection", *American Quarterly* 19, No.3 (Fall 1967), p.545.

洛马克斯大为赞赏，在没有意识到其他已经开展类似工作的情况下，称赞科斯"开创了第一个田野调查"工作。① 在洛马克斯的影响下，他所负责的联邦作者项目民俗部获得了对奴隶叙事调查的编辑权力，随后将其纳入进了联邦作者项目当中，4月1日相关指令发送给各州。②

奴隶采访工作不久扩展到了所有南方州以及大多数边界州，北部一些州如罗德岛和纽约也有加入。在伯尼斯·巴布科克主管的指导下，阿肯色的成绩尤其斐然，所采访的700多名前奴隶几乎占了2300名被采访总数的1/3，其中一个叫艾琳·罗伯逊的作家一个人就采访了286名前奴隶。③德克萨斯、南卡罗来纳、佐治亚、北卡罗来纳和亚拉巴马所采访的数量相继其后。④ 多数资料在1937年和1938年初得到编纂，但到1939年春搜集工作停止后，来自俄克拉荷马大学的著名民俗学家本杰明·A.博特金所负责的国会图书馆作者部接管了奴隶叙事的最终处理工作，并将其安置到了珍稀书籍室。⑤ 经过评估、压缩和编制索引，除了个别没呈报到华盛顿的例子以及在尤多拉·拉姆齐·理查森管理下的弗吉尼亚团队1939年出版的《弗吉尼亚黑人》、玛丽·格兰杰管理下的萨凡纳团队在1940年出版的《鼓与影子：佐治亚沿海黑人的残留研究》以外，所有材料都被列入1941年的、由33个部分构成的17卷打印稿之中。⑥ 此后，打印稿被微

---

① Charles L. Perdue, Jr., Thomas E. Barden & Robert K. Phillips, eds., *Weevils in the Wheat: Interviews with Virginia Ex-Slaves*, p.xvi.

② Norman R. Yetman, "The Background of the Slave Narrative Collection", pp.549–550.

③ Norman R. Yetman, "The Background of the Slave Narrative Collection", p.551.

④ "Narratives in the Slave Narrative Collection by State", *Born in Slavery: Slave Narratives from the Federal Writers' Project, 1936 to 1938,* online collection, https://www.loc.gov/collections/slave-narratives-from-the-federal-writers-project-1936-to-1938/articles-and-essays/introduction-to-the-wpa-slave-narratives/appendix-narratives-by-state/.

⑤ 彭科沃认为1937年7月后博特金即接管了黑人叙事的编辑工作。See Mont Noam Penkower, *The Federal Writers' Project: A Study in Government Patronage of the Arts*, p.144.

⑥ State of Virginia Conservation Commission, *The Negro in Virginia: Compiled by Workers of the Writers Program of the Work Projects Administration in the State of Virginia,* New York: Hastings House, 1940; Federal Writers' Project, *Born in Slavery: Slave Narratives from the Federal Writers' Project, 1936–1938,* Washington, 1941.

缩胶卷化，其中费斯克大学所负责的两卷从 1945 年以后即可以微缩胶卷的形式得到利用。[1] 1972 年，乔治·拉维克又将其编入大型经典图书《美国奴隶传记大全》（1972—1979）当中，同时合并其中的还有费斯克大学的 A. P. 沃森的宗教皈依经历调查与奥菲莉娅·塞特尔·埃及女士的名为《未书写的奴隶制史》的前奴隶调查，由格林伍德出版社予以相继出版。

访谈叙事的独特性

在进行联邦作者项目的奴隶采访调查时，采访员对这些前奴隶进行了详细的询问，谈及他们在奴隶制下的生活和感受。[2] 作为高龄的被采访对象，超过 2/3 的受访者都在 80 岁以上。他们在 1865 年被解放时的年龄在 1 岁到 50 岁之间，但大多数年纪尚幼；15 岁之下的占比 67%，其中 1—5 岁的占比 16%，6—10 岁的占比 27%，11—15 岁的占比 24%，16—20 岁的占比 16%，21—30 的占比 13%，30 岁之上的占比 3%。[3] 他们来自不同的蓄奴州种植园，比战前的逃奴叙事更具代表性；与战前的奴隶经典叙事相比，奴隶叙事调查所采集的样本十分丰富，大约占当时奴隶总数的 2%。但不像战前各自成书出版的、孤立性的前奴隶叙事，30 年代的奴隶

---

[1] C. Vann Woodward, "History from Slave Source", in Charles T. Davis, eds., *The Slave Narrative*, Oxford: Oxford University Press, 2007, p.48.

[2] 保罗·D. 埃斯科特认为，亨利·G. 阿尔斯伯格在 1937 年 7 月 30 日提供了包含一些建议以及 20 个采访问题门类的备忘录，可参见 Paul D. Escott, *Slavery Remembered: A Record of Twentieth-Century Slavery Narratives*, Chapel Hill: The University of North Carolina Press, 1979, p.5. 这个观点可在联邦作者项目的 1941 年打印稿中得到验证，可参见 Federal Writers' Project, *Born in Slavery: Slave Narratives from the Federal Writers' Project, 1936–1938, Maryland Narratives, Introduction,* Washington, 1941, p.27。不过，本杰明·A. 博特金将此归功到约翰·A. 洛马克斯，认为他提供了最初的指导性采访提纲，而本杰明·A. 博特金本人和斯特林·A. 布朗后来做了修改。一般性的采访提纲可详见 B. A. Botkin, ed., *Lay MY Burden Down: A Folk History of Slavery*, Chicago: The University of Chicago Press, 1945, p.xi。

[3] Norman R. Yetman, "The Background of the Slave Narrative Collection", pp.534–535.

采访对象中逃跑的例子甚少。

联邦作者项目的奴隶叙事调查以前所未有的规模汇聚了有关奴隶制的事无巨细的资料，尤其是奴隶本身的经历，这对于理解奴隶制以及书写自下而上的美国史，是有相当正面的助益的，尤其是在从奴隶的角度理解奴隶制、描述奴隶的感受以及奴隶的社区生活等方面，颠覆了学术界关于奴隶制温和性的正统叙事，而是呈现出一种更加复杂的、关于黑白世界的斑驳画面。正如被解放的前奴隶里德所说："如果你想了解黑人史，你必须从穿这些鞋的人那里获得，一个一个地去了解，这样你就有了一本书。"[①]奴隶叙事调查汇集了信息量庞大的社会学资料，各州侧重不同，可以说共同构成了一部关于奴隶制时代的美国版的百科全书。对我们来说，奴隶叙事调查给我们提供了极为丰富的关于"白人的世界""黑人的世界"以及黑白"共享的世界"如何运作的材料和证据。本杰明·A.博特金评论说："对于它们不得不说的奴隶制，还有种族、等级、阶级以及文化冲突和变化，叙事对社会学家和社会人类学家来说具有首要的重要性。作为人们已成为自身历史学家的民间历史——自下而上的历史——来说，它们直接关系到文化历史学家；后者完全意识到，历史在研究发声的少数之时必须研究没有发声的多数。"[②]

奴隶叙事材料无疑也有自身明显的局限性。关于过去的回忆属于一种相当主观的性质。撇去个人感情不论，时间可能对记忆内容造成扭曲，而当下的情景也可能对陈述内容进行某种修饰，如有的前奴隶对自己的年龄大事夸张，其中一个将 89 岁说成 99 岁；[③] 一个叫作苏珊·汉密尔顿的前奴隶声称奴隶妇女"上午 8 点钟生下孩子，12 点就不得不去干活了"，恐

---

① Dwight N. Hopkins and George C. l. Cummings eds., *Cut Loose Your Stammering Tongue: Black Theology in the Slave Narrative*, New York: Orbis Books, 1991, p.46.

② B. A. Botkin, ed., *Lay My Burden Down: A Folk History of Slavery*, Chicago: The University of Chicago Press, 1945, p.xiii.

③ Charles L. Perdue, Jr., Thomas E. Barden & Robert K. Phillips, eds., *Weevils in the Wheat: Interviews with Virginia Ex-Slaves*, p.xxii.

怕与事实难以相符。① 鉴于大部分受访的前奴隶已届高龄，而年龄稍小的前奴隶经历奴隶制时尚且年幼，因此无论何种时段的前奴隶都有自身的局限性问题，毕竟在他们接受采访的 20 世纪 30 年代中期，奴隶制结束的时间已逾 70 余年之久。与此同时，由于南方广袤的地理环境和交通受限，受访的前奴隶多集中在城镇地区，其中当过家仆的或干闲差的前奴隶数量较多。另外，各州之间采访样本十分不平衡，奴隶人口不多的阿肯色受访人占据数量优势，而一些重要蓄奴州如南卡罗来纳和佐治亚受访人数与其奴隶总数就不对称，这就使得在采访样本的广泛性方面存在相当的局限性。尽管采访队伍中加入了一定比例的黑人成员，如佛罗里达 11 个人组成的团队中有 8 个黑人，弗古尼亚 20 人的团队中黑人采访员甚至多达 13 个人，② 而前奴隶也希望给后代人留下自己有关奴隶制的生活记忆，但面对白人采访员时黑人是否坦诚就是个疑问，毕竟 30 年代的种族气氛相当压抑。如有个叫以色列·马西（Ishrael Massie）的前奴隶就公开声明："我不会告诉白人任何事情，因为我不想制造敌人"，而另一个叫作马丁·杰克逊的前奴隶则描述了黑人受访时的消极反应："在告诉奴隶制时代他们如何生活的真话以前，很多老奴隶都关上门。当门打开后，他们就说他们的主人是如何善良，日子多么美好。"③ 种种原因造成了采访叙事的表面化或泡沫化。另外，如何记录也是个问题，因无统一性要求而导致采访内容参差不齐；例如，个别采访员对自身职责重视过头，在编辑采访内容过程中予以润色，加入了一些无关紧要的、对周边环境进行描述的内容。④ 事实上，在联邦作者项目执行过程中，采访者的选择标准到底应以失业者、还是以有能力者为优先考虑，这个问题一度困扰着项目负责人；此后采取的折中性做法导致采访人员良莠不齐，这都对采访质量造成了某种

---

① Ethan J. Kytle, and Blain Roberts, *Denmark Vesey's Garden: Slavery and Memory in the Cradle of the Confederacy,* New York: The New Press, 2018, p.239.

② 白人采访员占比 52.5%，黑人采访员占比 17.2%，族裔不明采访员占 30.1%。See Paul D. Escott, *Slavery Remembered: A Record of Twentieth-Century Slavery Narratives*, pp.9–10.

③ Paul D. Escott, *Slavery Remembered: A Record of Twentieth-Century Slavery Narratives*, p.8.

④ Paul D. Escott, *Slavery Remembered: A Record of Twentieth-Century Slavery Narratives*, p.5.

影响。

　　尽管存在这样那样的缺陷，30 年代的奴隶采访史料所具有的重要性是不言而喻的。它是一座非物质文化遗产的丰碑，相当醒目地屹立在壮观的美国历史圣殿之中；它既是一个前所未有的国家工程，以对高龄叙事者的有效记录演示了国家机器适当介入社会记忆的必要性；由于在程序上对学术工程标准的严格执行，其宏伟的成果也为后世树立了一个难以超越的学术范例。作为历史学者或爱好者，善加利用这些材料，并与其他来源的材料互相印证，将使我们更加深刻地认识美国历史的复杂性，体会到客观性历史的层次丰富性、主体的多样性及其与个体记忆、集体记忆之间的交叉性。

第二编　美国奴隶个体叙事

第五章

尤卡扫·格劳尼扫的被掳叙事

在北美叙事史上，被掳叙事一般指的是受到那些被认为不文明的敌人掳掠后所发生故事的记述，其中最著名的被掳叙事涉及北美大陆上"无辜的"白人被"野蛮的"印第安人所掳掠或诱拐的叙事，如玛丽·罗兰森的《玛丽·罗兰森夫人的被掳和回归》（1682）就是这方面的一部经典之作。其他畅销性的被掳叙事还有科顿·马瑟的《汉娜·达斯廷的被掳》（1696—1697）、乔纳森·迪金森的《神佑的天意》（1699），等等。① 在内容方面，这些被掳叙事一般都是描述突发奇想的印第安人对白人的掳掠过程以及身陷困境的男女主人公试图开化这些"野蛮人"的努力。其中一些叙事将主角锁定到充当"野蛮"与"文明"之间桥梁的"高贵的野蛮人"，一般都涉及从清教徒的角度描述印第安人这种"他者"的生活习俗，特别是有关同类相食、剥头皮、强奸、非人折磨的奇闻异事，以烘托关于"白人的世界"文明高贵性的主旨。

---

① Mary Rowlandson, *A Narrative of the Captivity and Restoration of Mrs. Mary Rowlandson*, Cambridge, Mass: Printed by Samuel Green, 1682; Hannah Dustin, *The Captivity of Hannah Dustin*, in Cotton Mather, *Humiliation Follow'd with Deliverance : A brief discourse on the matter and method of that humiliation which would be an hopeful symptom of our deliverance from calamity*, Boston: B. Green and J. Allen for S. Phillips in Boston, 1697; Jonathan Dickinson, *God's Protecting Providence, Man's Surest Help and Defense, In Times of the greatest Difficulty, and most Eminent Danger*. Philadelphia: Printed and Sold by William Bradford, 1699.

美国学者在北美被掳叙事方面已有相当丰富的研究，而近年来我国学者也开始关注这个问题。北京外国语大学的金莉教授在《外语与外语教学》2016 年第 1 期上发表了"从玛丽·罗兰森的印第安囚房叙事看北美殖民地白人女性文化越界"一文，北京大学历史系的博士生张慕智曾在《史学集刊》2017 年第 6 期上发表"印第安人的'他者'形象与北美殖民地人认同意识的演变：以印第安人囚房叙事为中心的考察"一文，都涉及殖民地时期这个独特的历史叙事形式。然而本书所关注的是黑人从自由堕入奴隶制深渊的悲情叙事，由获释的前奴隶所讲述或亲自撰写，因而研究对象和视角与殖民地时期的被掳叙事都有所不同。虽然黑人被掳为奴的实例多发生殖民地时期西非的贩奴活动中，但不限于此；还有一些事例发生在美国本土，尤其是在 1808 年禁止国际奴隶贸易之后，仍屡屡发生导致受害人落入奴隶制虎口的绑架案，在这方面最为著名的就是 1853 年出版的所罗门·诺瑟普的自我叙事《为奴十二年》；此外还有近乎白人的自由人被拐骗为奴的案例，这方面著名的案例是路易莎·皮凯特在 1861 年出版了《具有八分之一黑人血统的混血儿路易莎·皮凯特：南部家庭生活的内景》。本章将以尤卡扫·格劳尼扫的《生活叙事》为例说明黑人的被掳叙事。

尤卡扫·格劳尼扫（Ukawsaw Gronniosaw）是殖民地时代经历了非洲被掳、大西洋航程、北美奴隶生涯以及自由后相继在当地和英格兰生活的前非洲王子。得益于英国莱明斯特镇一位匿名妇女的大力帮助，格劳尼扫（1710—1775）的自传《非洲王子詹姆斯·阿尔伯特·尤卡扫·格劳尼扫自我撰写的关于最非凡细节的生活叙事》得以将口述内容转换为文字，从而成为英语世界第一个把非洲被掳记忆写进自传的奴隶叙事。1770 年在英格兰的巴斯首次出版，不久的 1774 年又在当地再版，同年在北美罗德艾兰的纽波特出版；在 1814 年之前，该书共出现了 12 种版本。①

---

① Marion Wilson Starling, *The Save Narrative: Its Place in American History,* Washington, D.C.: Howard University Press, 1981, p.59.

格劳尼扫以显赫王子的身份生活在西非的一个王国，而后被拐卖为奴，经历了大西洋奴隶贸易的"中程"之旅和加勒比海岛的转手，辛勤劳动于新英格兰的种植园，而后又以自由之身在海上漂流，最终栖身于英格兰，可以说是生活在大西洋世界的一个"世界人"，因而极力在动荡不安的环境中寻求精神上的安身立命之地。在这本自传中，格劳尼扫首创了一种将非洲生活予以浪漫化的叙事风格，并聚焦于自己在灵性领域的跌宕起伏，结果是作品获得了相当的成功。弗兰克·兰伯特认为，由于发生于大西洋两岸的大觉醒运动时期，对于"通过自身的眼睛理解美国非洲人的基督教化"来说，格劳尼扫的叙事极有参考价值。①

误入歧途

在格劳尼扫的《生活叙事》中，作者凸显的是灵性的拯救而非肉体的自由，而奴隶制是以一种无害的社会习俗以及上帝对世人进行磨砺的场景而呈现的，甚至对当事人的灵性拯救有益。叙事的编辑沃尔特·雪莉在前言中即开宗明义，指出了出版"詹姆斯·阿尔伯特的这部生活和灵性叙事"的最重要目的，是为了解决困扰如此之多生活严肃的人们一直困惑不解的问题，即"上帝以什么方式对待那些耶稣基督的福音从未到达的愚昧地区？"② 基于这种出发点，我们自然很难在格劳尼扫的叙事中看到那种在后期奴隶叙事中所常见的谴责奴隶制的心理倾向。正如在前言所暗示的那样，全书向读者呈现的是，一个懵懵懂懂的非洲少年是如何在冥冥之中受内在的召唤所驱使、跌跌撞撞陷于奴隶制的，又是如何在此遭遇之中蒙

---

① Emmanuel Sampath Nelson, *African American Autobiographers: A Sourcebook*, Westport, Connecticut: Greenwood Publishing Group, 2002, p.173.

② Ukawsaw Gronniosaw, *A Narrative of the Most Remarkable Particulars in the Life of James Albert Ukawsaw Gronniosaw, an African Prince, As Related by himself*, Bath: Printed by W. GYE in Westgate-Street: and Sold by T. Mills, Bookseller, in King's-Mead Square. Price Six-Pence, 1770, p.iii.

受灵光、最终皈依基督教的，并且如何以个人的经历来展示"在这些趋势中一个全知者和万能者所给予的指定和方向。"①

格劳尼扫大约 1710 年出生于非洲国家赞拉（Zaara）的首府博尔诺（Bournou），其位置在今尼日利亚东北部乍得湖附近。18 世纪初，博尔诺是个传统的穆斯林飞地，与埃及和土耳其有着紧密的贸易联系。这里的国王称为"迈"（Mai），而格劳尼扫声称与其有着血缘关系，并属于当地的显贵家族，家里有众多奴仆伺候。他说："我出生在博尔诺；我的母亲是这里当权国王的长女，我是六个孩子当中的老幺，尤为母亲所喜爱，而我的姥爷也几乎是溺爱着我。"②

为突出灵性拯救的主题，在开篇叙事中格劳尼扫是以一个无知的非洲少年形象出现的："从幼年时起，我就怀有一种好奇的心态，在性情方面比我的兄弟姐妹都老成持重。我经常以一些不能回答的问题戏弄他们，所以他们不太喜欢我，认为我傻乎乎的，或是疯疯癫癫。"③ 他小时候尤其喜欢对一些有关世界的起源方面的问题打破沙锅问到底，比如第一个人是从哪里来的，牛、狮子和苍蝇是谁造的，等等。有一次在参加聚会后返家的路上，心思上开着小差的他慢慢地从家人那里掉了队，一个人孤零零地站在电闪雷鸣和瓢泼大雨中，呆呆地发愣、若有所思。父母觉得这个孩子实在是难缠，并试图以骑山羊、射箭等游戏转移他的注意力，但都无济于事。也许读者认为格劳尼扫的这种描述平淡无奇，但实际上作者的安排却是匠心独运的，其出发点是后来所皈依的清教主义"前定论"，即一个人是否得救，都是上帝在洪荒之前预先定下的。格劳尼扫的这种刨根问底、不同于一般非洲人的意识状态，可能暗示着自己的命运一开始就不同凡响。

---

① Ukawsaw Gronniosaw, *A Narrative of the Most Remarkable Particulars in the Life of James Albert Ukawsaw Gronniosaw, an African Prince, As Related by himself*, p.iii.

② Ukawsaw Gronniosaw, *A Narrative of the Most Remarkable Particulars in the Life of James Albert Ukawsaw Gronniosaw, an African Prince, As Related by himself*, p.1.

③ Ukawsaw Gronniosaw, *A Narrative of the Most Remarkable Particulars in the Life of James Albert Ukawsaw Gronniosaw, an African Prince, As Related by himself*, p.1.

在开篇叙事中，同样值得注意的是他对本地宗教的隐晦性描述。尽管博尔诺是个伊斯兰教占主导地位的社会，但格劳尼扫却有意向读者隐藏这一信息，而是在书中将其混淆为一个与土著宗教没有什么不同的地方。他只是说："我们将某个统治日月星辰、拥有力量的伟人作为崇拜对象"，①而没有指出伊斯兰教的名称。但作为博尔诺的地方精英，格劳尼扫一家很可能实践着当地的穆斯林习俗。例如，格劳尼扫提及的一种祭拜习俗，与穆斯林的晨礼十分类似："作为我们的习惯，我大约三点起床，在我们的礼拜中不发一言，双膝一直跪着，双手举起，保持着严格的沉默，直到太阳升到一定的高度"。② 历史学家珍妮弗·哈里斯认为，格劳尼扫掩饰自己穆斯林背景的目的是出于销售自传的经济考虑，即不想以自己伊斯兰教一神论的背景冲淡白人读者所持有的白人文明将其从非洲"野蛮中被拯救出来"的幻觉，"格劳尼扫藉此运用了种族经济学，以乐善好施的读者在意识形态上所需要的基督化的非洲人来向他们换取一种市场劳动力所不能确保的经济支持。"③

格劳尼扫就在这种抑郁寡欢状态中度过了自己的大部分少年时代。15岁那年，一个来自黄金海岸贩卖象牙的商人到访，没曾想这件事彻底改变了他的命运。这个目光敏锐的商人注意到这个少年忧郁的精神状态并询问原因，声称如果跟着他的话，所得到的快乐将比待在父母身边不知要好上多少倍："他告诉我，如果跟着他，我就能看到长着翅膀在水上飞的房子，还能看到白人；他有很多像我这样的儿子，可以作为我的伙伴；他还补充说，不久就会让我安全返回。"④ 少不更事的格劳尼扫闻之大喜，并以一

---

① Ukawsaw Gronniosaw, *A Narrative of the Most Remarkable Particulars in the Life of James Albert Ukawsaw Gronniosaw, an African Prince, As Related by himself*, p.1.

② Ukawsaw Gronniosaw, *A Narrative of the Most Remarkable Particulars in the Life of James Albert Ukawsaw Gronniosaw, an African Prince, As Related by himself*, p.2.

③ Jennifer Harris, "Seeing the Light: Re-Reading James Albert Ukawsaw Gronniosaw", *English Language Notes* 42, No.4(June 2005), p.47.

④ Ukawsaw Gronniosaw, *A Narrative of the Most Remarkable Particulars in the Life of James Albert Ukawsaw Gronniosaw, an African Prince, As Related by himself*, p.5.

种加尔文主义宿命论的格调描述了当时自己的心情,"我听了对这个陌生地方的描述十分高兴,心急火燎地准备出发。"① 历史学家瑞安·汉利对此评论说:"这里的涵义是,格劳尼扫以天命所归的方式被刻画出来——你可以说,他被预定地走向了最终导致其奴役的经历路线,更重要的是为了这个加尔文教徒的出版、叙事的阅读及其灵性的拯救。"②

尽管不忍心格劳尼扫离开,但大概是觉得这样可以减少麻烦,家人最后都同意了他的要求。只有一个喜爱他的姐姐为此痛哭不止,紧握着格劳尼扫的手不让他走。疼爱他的母亲也送了一程又一程,坐在骆驼上与这个小儿子伴行了三百多英里,最后才依依不舍地打道回府。随后格劳尼扫跟着商人一行人穿越森林和峡谷,昼行夜宿,前往目的地黄金海岸。在黑夜,营火的四周不时发来狮子的嚎叫声;在白天,有个同行者与那个从博尔诺来的商人发生了争执,认为带着格劳尼扫会给他们带来很多可能的麻烦,坚持要把他丢进一个深沟里,或是扔进波涛汹涌的大河里面。那个商人则铁下心来要带着格劳尼扫,谋杀的计划总算没有得逞。

经过上千英里的跋山涉水,他们一行人终于到了黄金海岸,格劳尼扫也为此欢呼雀跃起来。那一天,格劳尼扫听到了一阵震耳欲聋的鼓声和喇叭声,而这些声音对他来说都很新鲜。格劳尼扫于是询问这么热闹的原因,听到的答案是,因为你是博尔诺国王的外孙,这是用来欢迎你的。格劳尼扫心里暗暗高兴,但没想到这只是真正苦难的开始。当天晚上事情即急转而下,那个商人的两个儿子急匆匆地跑来,告诉他一个坏消息;对此格劳尼扫以叙事者的角度进行了解释:"明天我就要死了,因为这里的国王要砍了我的头。"③

这里的国王怀疑格劳尼扫是赞拉为两国交战派来的刺探情报的奸细,

---

① Ukawsaw Gronniosaw, *A Narrative of the Most Remarkable Particulars in the Life of James Albert Ukawsaw Gronniosaw, an African Prince, As Related by himself*, p.5.

② Ryan Hanley, "Calvinism, Proslavery and James Albert Ukawsaw Gronniosaw", *Slave and Abolition: A Journal of Slavery and Post-Slavery Studies*, 2 January 2014, p.5.

③ Ukawsaw Gronniosaw, *A Narrative of the Most Remarkable Particulars in the Life of James Albert Ukawsaw Gronniosaw, an African Prince, As Related by himself*, p.7.

断定万万不能将这个年轻人交还回去，最简单的方法就是处死。然而在这里作者又布下一个显示奇迹、符合加尔文主义世界观的红线，即"上帝"是如何"融化国王的心"的。[1]那天早晨，格劳尼扫净了身，被带到视野极为宽敞的王宫，国王将在那里亲手砍下他的头。格劳尼扫穿越由卫队排列而成的长长的通道，表现出了一种面不改色的、惊人的勇气。准备行刑的国王十分惊奇，丢下了手中的弯刀，并将格劳尼扫抱在自己的膝盖上，情不自禁地掉下泪来。作为一种替代方式，国王决定将格劳尼扫卖身为奴。

格劳尼扫又被带回商人的住处，而第二天商人就把他领到一艘法国双桅横帆船上。不过，即使卖身为奴也不那么容易；法国船长横竖看不上眼，认为他年龄太小。于是商人不得不又带他回家。看到这个结果，原先那个一直想在路上处理掉格劳尼扫的商人搭档生气了，再次怂恿商人快刀斩乱麻、解决了事。商人心里犹豫，但还是决定再等一等机会。

几天后，一艘荷兰船靠岸，格劳尼扫跟着他们前往那里，并听到他们达成协议，如果这次买卖不成，就要把他推下船去。格劳尼扫因此极为焦虑，当他看到荷兰船长，就一个箭步跑过去，紧紧抱住对方并这样央求他："父啊，救救我。"[2]尽管荷兰船长听不懂土语，但格劳尼扫认为通过这个举动打动了上帝，于是船长以两码格子布买下了格劳尼扫，并在格劳尼扫的同意下将其脖子、胳膊、脚上以及耳朵上的金饰悉数收归己有。

在卖身为奴的过程中，我们可以多次看到加尔文主义世界观和白人的文明价值观如何影响文本的蛛丝马迹。叙事的自我所持有的当下的价值观在相当程度上形塑了故事行动者的自我呈现。与非洲动辄杀人的"野蛮"习俗比较起来，欧洲人引入的奴隶贸易显然被描述得"温和"多了；格劳尼扫心甘情愿地拥入奴隶贩子的怀抱，并称呼其为父，这样的描述也显然

[1] Ukawsaw Gronniosaw, *A Narrative of the Most Remarkable Particulars in the Life of James Albert Ukawsaw Gronniosaw, an African Prince, As Related by himself*, p.8.

[2] Ukawsaw Gronniosaw, *A Narrative of the Most Remarkable Particulars in the Life of James Albert Ukawsaw Gronniosaw, an African Prince, As Related by himself*, p.9.

是为了减缓白人读者良心上的歉疚，并应对神学上自由意志论给加尔文主义带来的潜在挑战，宣示奴隶制很可能没有损害非洲人的福祉。

蜕变于新世界

现在我们的主人公已经换上了欧式服装，悉心服侍他的新主人。接下来文本在某种意义上呈现的是文化上的冲击。格劳尼扫相信，主人是一个被自己的文明所深刻雕琢、行事相当严肃的人：①

> 他习惯于在每个礼拜日对船员公开念诵祷告书；当我第一次看他读书，我平生以来从没如此惊奇，我看到的是书本与我的主人交谈；因为我观察到，他一旦看到它，就活动他的嘴唇。我希望它也能对我做同样的事。当主人念诵完毕后，我尾随着来到他放书的地方，十分惊喜地拿到它。观察到四周无人，我打开它，并将耳朵靠近它，满怀希望它能对我说些什么；但发现无济于事，于是十分遗憾和沮丧，随即这个想法接踵而来，即每个人、每个东西都瞧不起我，因为自己是个黑人。

查尔斯·戴维斯和亨利·路易斯·盖茨认为，格劳尼扫关于"会说话的书"的神奇叙事确立了奴隶接触白人文化时关键的"教育场景"；此后1785年英语世界里的约翰·马兰特（John Marrant）的叙事、1787年奥托巴·库格艾诺（Ottobah Cugoano）的叙事、1789年艾奎亚诺的叙事以及1815年约翰·珍（John Jea）的叙事都借用了这个直观、生动的形象。②笔者认为，作为象征物"会说话的书"呈现出的不仅仅是黑白种族的心理界线，还表现出文明与野蛮的身体性界限，这是"白人的世界"与"黑人

---

① Ukawsaw Gronniosaw, *A Narrative of the Most Remarkable Particulars in the Life of James Albert Ukawsaw Gronniosaw, an African Prince, As Related by himself*, p.10.

② Charles T. Davis and Henry Louis Gates, eds., *The Slave's Narrative,* Oxford: Oxford University Press, 1985, p. xxviii.

的世界"分界的一个象征。作者以此表明，与蒙昧世界相联系的黑人身体与文明世界具有绝缘性，而且也被上帝的神圣话语所抛弃，这种延伸性的含义想必白人读者十分受用。

格劳尼扫随船前往巴巴多斯，展开了他的大西洋之旅。典型的"中程"叙事描述的是地狱般的悲惨经历，正如此后艾奎亚诺的个人叙事所展示的那样。但格劳尼扫的个人叙事的不同寻常之处在于，他的"中程"不适仅仅在于"晕船"，而且字数十分节省，没有对大西洋奴隶贸易中悲惨"中程"予以详尽的描述，从而避免了给予废奴主义者任何可用的弹药："最初我是特别地晕船；但当我更加适应大海后，就逐渐消失了。"①

格劳尼扫的《生活叙事》随即转向了巴巴多斯，在那里格劳尼扫以50美元的价格被转手给一位叫作范霍恩（Vanhorn）的绅士。根据瑞安·汉利的辨别，范霍恩可以被确认为是科尼利厄斯·范霍恩（Cornelius Van Horne），而此人属于美国独立之前纽约富裕的荷兰裔家族，在宗教上与荷兰归正会有着密切的联系。② 范霍恩在新泽西的萨默斯县（Somerse）有一处种植园，正是在那里格劳尼扫作为一个厨房杂役为他工作。与第一个主人一样，格劳尼扫认为他的第二个主人也待他很好；他能够身穿制服，并有"一处十分舒适的住处"，③ 字里行间完全透漏不出奴隶劳动的任何辛苦。

其间发生的一件不经意的小事改变了主人的行为。在厨房里干活时一个被称为"老内德"的奴隶妨碍了他，格劳尼扫随即以刚刚学到的坏习惯，要求上帝诅咒他。老内德告诫他，万万不可这样做："他回答说，有一个住在地狱、叫作魔鬼的邪恶家伙，会揪住那些说出这些词语的人，

---

① Ukawsaw Gronniosaw, *A Narrative of the Most Remarkable Particulars in the Life of James Albert Ukawsaw Gronniosaw, an African Prince, As Related by himself*, Chapel Hill: University of North Carolina, 2001, p.10.

② Ryan Hanley, "Calvinism, Proslavery and James Albert Ukawsaw Gronniosaw", p.8.

③ Ukawsaw Gronniosaw, *A Narrative of the Most Remarkable Particulars in the Life of James Albert Ukawsaw Gronniosaw, an African Prince, As Related by himself*, p.10.

将他们丢进火里予以焚毁。"① 不久，女主人对一个干活的女奴发了脾气，并发出诅咒。格劳尼扫心想，不能让女主人陷于地狱之火的危险，于是葫芦画瓢式地将老内德的原话大体上复述了一遍。女主人并没有怪罪格劳尼扫，反而将这事告知每一个来访的熟人，但她的丈夫听说后，却将老内德教训了一顿鞭子。

在女主人的听众当中有一个叫作西奥多勒斯·雅各布斯·弗里兰豪斯（Theodorus Jacobs Freelandhouse）的人，他是对范霍恩一家讲道的归正会牧师，相当欣赏格劳尼扫的率真表现。在他的央求下，范霍恩以50英镑的价格转卖给弗里兰豪斯。正是在第三位主人弗里兰豪斯的影响下，格劳尼扫完成了自己的基督教皈依历程。那一天，弗里兰豪斯带着格劳尼扫回到他的家，接着就"让我跪下来，两手合在一起，并为我祈祷，每天晚上和早晨，他都这样做。"② 此后弗里兰豪斯还安排他的教会助理彼得·范·阿斯道尔（Peter Van Arsdore）专门给他上课，让他读书识字。

就这样，格劳尼扫逐渐嵌入了加尔文主义的社会网络，可以说以一种浸入的方式切入了一种黑白"共享的世界"，至此我们没有发现叙事中存在任何伊斯兰信仰的痕迹。由于加尔文主义者崇拜的是一个严厉的上帝，格劳尼扫常常感到自己毫无价值，甚至认为主人痛恨自己："他鼓吹的律法是如此之严，以至于让我感到颤抖。"③ 罪人的感觉使得格劳尼扫一度想到自杀，在情绪不能排解的情况下，三天三夜病快快一般，并拒绝在床上睡觉，而是横卧在干草堆上："我感到，除了来到基督面前，没有任何办法得到拯救，而我却不能面圣。我认为让他接受像我这样的罪人根本不

---

① Ukawsaw Gronniosaw, *A Narrative of the Most Remarkable Particulars in the Life of James Albert Ukawsaw Gronniosaw, an African Prince, As Related by himself*, p.11.

② Ukawsaw Gronniosaw, *A Narrative of the Most Remarkable Particulars in the Life of James Albert Ukawsaw Gronniosaw, an African Prince, As Related by himself*, p.12.

③ Ukawsaw Gronniosaw, *A Narrative of the Most Remarkable Particulars in the Life of James Albert Ukawsaw Gronniosaw, an African Prince, As Related by himself*, p.14.

可能。"①

　　叙事就这样逐渐触及它的根本性主题。随后就是记载格劳尼扫在身心煎熬当中是如何"看到上帝的羔羊",即灵性如何日渐增长的。20余年的北美为奴期间只是作为心路历程的背景,奴隶制的苦难根本不是注意的焦点,作者反而"因为我的贫穷而赞美上帝,这样我就没有任何世俗的财富或成就从他那里来吸引我的心。"② 珍妮弗·哈里斯特别注意到格老尼扫灵性重生过程的漫长性,并将其归于其早年伊斯兰信仰的顽固性:"在荷兰福音主义的温床中18年后仍没有皈依,符合被俘的穆斯林在面临敌对时坚持其信仰的模式。"③ 不过,笔者认为,尽管在传统价值熏陶中长大的格劳尼扫持有的怀疑心态仍不乏存在的痕迹,格老尼扫漫长的"脱胎换骨"信仰之旅仍没有脱离黑奴经历知觉转变状态时的艰苦路径。④

　　就在格劳尼扫品尝到灵性生命的喜悦时,他的主人弗里兰豪斯突然因急病而死。在病榻上,主人留给格劳尼扫10英镑,并赐他自由;主奴二人双手相握,依依不舍。此后格劳尼扫没有选择离去,而是留下来与心地善良的女主人在一起,因而仍然与奴役时代建立的社会网络相连接。两年后,女主人也撒手人寰,格劳尼扫仍没有离开。此后又过了四年,主人的五个儿子也相继离世。感觉到无依无靠的格劳尼扫这时才决定前往英格兰——他心目中的一个理想之地:"因为所有从那里来访问我主人的客人都很好。"⑤

　　英法七年战争期间,格劳尼扫登上了一艘私掠船,在上面当了几年厨师,以此清理了自己的债务。然后他决心到英格兰,以找到当时名闻大西

---

① Ukawsaw Gronniosaw, *A Narrative of the Most Remarkable Particulars in the Life of James Albert Ukawsaw Gronniosaw, an African Prince, As Related by himself*, p.16.

② Ukawsaw Gronniosaw, *A Narrative of the Most Remarkable Particulars in the Life of James Albert Ukawsaw Gronniosaw, an African Prince, As Related by himself*, p.18.

③ Jennifer Harris, "Seeing the Light: Re-Reading James Albert Ukawsaw Gronniosaw", p.52.

④ 参见高春常:《在荒野里看见耶稣:美国黑奴宗教叙事》,科学出版社2016年版,第37—40页。

⑤ Ukawsaw Gronniosaw, *A Narrative of the Most Remarkable Particulars in the Life of James Albert Ukawsaw Gronniosaw, an African Prince, As Related by himself*, p.20.

洋两岸、也访问过弗里兰豪斯的加尔文宗牧师乔治·怀特菲尔德，而此人同样将灵性的拯救视为黑人生活中的最重要事项，但奴隶劳动本身对黑人也有物质上的好处，因其可使他们"生活更舒适"。① 在一艘英国战船上服役一段时间后，1763 年至 1764 年间格劳尼扫如愿来到英格兰。怀特菲尔德曾为他安排住处，而格劳尼扫也在那里遇到了一位白人寡妇、他的未婚妻贝蒂。不久，格老尼扫被一个当地的浸礼派牧师吉福德博士所施洗。这时的格劳尼扫在身心上几乎完全地融入了白人的世界，尽管他后来发现"开明的"英国社会对这对跨种族夫妇仍持某种保留态度。

大约在 1771 年，面临生活困窘的格劳尼扫收到了来自加尔文宗领导人的塞丽娜·黑斯廷斯女士的一封信，后者答应给他一笔捐助。1772 年格劳尼扫《生活叙事》的出版与此有着莫大的干系。《生活叙事》的编辑沃尔特·雪莉本人是塞丽娜·黑斯廷斯的表兄和事务代理人，而为《生活叙事》誊写的"年轻女士"——被历史学家瑞安·汉利确定为玛丽·马洛——也是黑斯廷斯女士的联系人。因此不难理解叙事对灵性事务的关注远远重于奴隶制的问题，叙事者也不能随心所欲地抒发自己的感受，"在这种名义上的作者（格劳尼扫）、抄写员（马洛）、编辑（雪莉）以及赞助人（黑斯廷斯）构成的关系网络中，我们可看出《叙事》不情愿谴责其主人公被奴役一事的根源。"② 尽管如此，由于出版于国际性废奴主义发端之际，该书的出版引起了人们对奴隶制和奴隶贸易的关注，因而在早期大西洋黑人作品中仍获得了一个特殊的位置。

小 结

由于当时社会以及宗教背景的限制，最初的黑人叙事对堕入奴隶制的

---

① Larry E. Tise, *Proslavery: A History of the Defense of Slavery in America, 1701–1840*, Athens: University of Georgia Press, 2004, p.21.

② Ryan Hanley, "Calvinism, Proslavery and James Albert Ukawsaw Gronniosaw", p.14.

看法却相当含蓄，这在格劳尼扫的个人叙事当中体现尤为明显。在格劳尼扫的《生活叙事》文本内容中，黑白文化冲突问题是以低调的模式得到处理的，并且附属于灵性拯救的主题，这在他处理自己的伊斯兰教背景方面可见端倪，而在艾奎亚诺的《生活叙事》中则凸显了黑白文化冲突的内在张力，但二者都以一个基督徒的诞生和白人文化的压制性胜利而告终结。威廉·安德鲁斯指出，18 世纪的黑人灵性叙事以演绎的方式看待过去，"其目的是创造一种叙事修辞，它导致读者能够从对挑选出的《圣经》段落和主题的策略性应用中推断出他们个人经历的重要性。"① 从形式上看，格劳尼扫的《生活叙事》明显具有三个结构坏节，即"失去自由""重获自由"以及"灵性之旅"等二个叙事阶段，从而奠定了美国奴隶叙事的基本模式，并为 18 世纪美国最具影响力的奴隶叙事作品——1789 年初版于伦敦、1791 年再版于纽约的《非洲人奥拉达·艾奎亚诺或古斯塔夫斯·瓦萨自我撰写的有趣的生活叙事》所遵循；② 其中的"失去自由"和"重获自由"环节，继承了北美传记史学中关于北美大陆上"无辜的"白人被"野蛮的"印第安人所掳掠或诱拐的叙事传统，并投射出一个高贵的前非洲王子在奴隶制劫波和动荡的世界中仍竭力探索自我存在价值的边缘者形象，从而丰富了北美"被掳叙事"的内涵。

---

① William Andrews, *To Tell a Free Story: The First Century of Afro-American Autobiography*, University of Illinois Press, 1986, p.61.

② See Olaudah Equino, *The Interesting Narrative of the Life of Olaudah Equiano, or Gustavus Vassa, the African, Written by himself*, Vol.I, London: Printed for and sold by the Author, No.10, Union-Street, Middlesex Hospital, 1789.

第六章

所罗门·诺瑟普的被掳叙事

　　《为奴十二年》是一部脍炙人口的、反映内战前美国国内的不法分子对自由人进行绑架、然后卖到南方种植园为奴的悲情叙事。事件的一位受害者、也就是本叙事的作者所罗门·诺瑟普（1808—?）是一位出生于纽约州密涅瓦（Minerva）的非裔自由人，同时也是一位木匠、车夫和小提琴手。他的父亲是一位被释放的奴隶，母亲则是黑白混血儿，也是一位自由人。1841 年奴隶贩子以提供工作为由诱捕了所罗门，并辗转卖到路易斯安那。在一位加拿大劳工的帮助下，所罗门历尽千辛万苦，终于能将其被掳为奴的信息传送到纽约。1852 年受纽约州州长华盛顿·亨特的委托，亨利·诺瑟普作为代理人前往路易斯安那解救所罗门·诺瑟普。在经历了 12 年的奴隶生活以后，所罗门·诺瑟普于次年 1 月重获自由。同年 7 月，在纽约律师和议员戴维·威尔逊的帮助下，所罗门出版了他的自传《为奴十二年》。此时正值斯托夫人的小说《汤姆叔叔的小屋》畅销之际，奴隶制问题成为时代的关注焦点，《为奴十二年》因而也取得了销售佳绩，首月即卖出了 11000 册。

　　关于文本真实性，该书的记录者和编辑戴维·威尔逊说："作者在本书中叙述的许多事情都是有据可查的，其他部分则都是所罗门本人的亲身经历。作者严格据实陈述，矛盾之处经过编者指正后亦得到了修改。作者有时会重复叙述同一件事，连最轻微的细节都严丝合缝，但他也同样仔细校对过手稿，对任何错误和不准确的地方都进行了订正。"① 当时的《辛辛那提杂志》评论说："这是一部极为激动人心的叙事，充满着令人兴奋的事件，率真地讲述，到处都是真实的印记。"② 同时代的美国黑人领袖弗雷德里克·道格拉斯也认为："这是一个奇特的故事，其真实性与小说相比有着天差地别。想想看，一个 30 来岁的男人，满怀着一个男人的希望、担心和雄心……此后的 12 年间成了一件东西或财产，与骡子、马匹为伍，比它们得到的体恤还不如……噢，真是可怕。"③

最早发现《为奴十二年》珍稀版本并进行终生研究的休·埃金博士认为，"12 年间所罗门作为奴隶对于路易斯安那的旅行以及在贝夫湾种植园乡村活动的基本事实是确证的，并为故事提供了基础性的框架。人名和地名尤可置疑。"④ 与此同时她将戴维·威尔逊称为"幽灵作者"，认为他很可能采访了所罗门，并在故事的某些情节中镶嵌了他个人的观点。现代的传记作家戴维·菲斯克等人也认为，《为奴十二年》是一部可信度很高的个人叙事："诺瑟普在《为奴十二年》中讲述了他自己的故事，这是一部细节丰富、悬疑性的叙事，似乎是一个不可能的传奇，然而贯穿着不可动摇的真实"。⑤ 戴维·菲斯克等人认为，所罗门的描述细节在很多方面都可得到验证，比如他对路易斯安那与纽约两地所使用的斧柄差别的描述；他本人接受过高于当时一般自由黑人的学校教育，有能力讲述个人的故事，因而这个经历在写作本书时起到了不可替代的作用，而戴维·威尔逊作为编辑，只是对措辞做了修改，但事实则是所罗门提供的："尽管不可能精确解开该书贡献者的谜题，但很清楚这只是

---

① ［美］所罗门·诺瑟普:《为奴十二年》序言，吴超译，文心出版社 2013 年版。本节故事陈述部分对本书有所参考。

② Frederick Douglass, *My Bondage and My Freedom*, New York: Miller, Orton & Mulligan, 1855, p.467.

③ Frederick Douglass, *My Bondage and My Freedom*, p.467.

④ Sue Eakin ed., *The Autobiography of Solmon Northup: Twelve Years a Slave*, Eakin Films & Publishing; ebook, 2013, note 3, chapter one.

⑤ David Fiske, Clifford Brown Jr., & Rachel Seligman, *Solomon Northup: The Complete Story of the Author of Twelve Years a Slave*, Santa Barbara: Praeger, 2013, p.xiv.

诺瑟普个人的故事、而不是编辑的。"①

落 入 陷 阱

自 1619 年黑奴在北美大陆登陆以来，英属 13 个殖民地都允许奴隶制的存在。直到独立后不久的 1780 年，宾夕法尼亚才率先禁止奴隶制。所罗门·诺瑟普所在的纽约州禁奴更晚，要等到 1827 年。② 但所罗门却是生而自由的，原因是在蓄奴州，黑人的地位取决于母亲是否自由，而所罗门的母亲是个自由人。所罗门的父亲敏图斯曾在罗德岛为奴，主人属于一个姓氏为诺瑟普的家族，后来随主人迁移到纽约州的伦塞勒县。主人去世前留下遗嘱，宣布解除了敏图斯的奴隶身份，而所罗门的父亲也心存感激地选择了主人的姓氏，当然所罗门也沿用下来。

根据《为奴十二年》的描述，获得自由后不久，敏图斯就去了埃塞克斯县。正是在那里，所罗门于 1807 年 7 月呱呱坠地。小时候所罗门帮父亲在农场干活，闲暇时读书，或者拉小提琴，那是他少年时期最大的乐趣所在，也为他以后在不幸的奴隶岁月当中提供了心灵的慰藉。长大成人后，在 1829 年的圣诞节，所罗门与一个居住在仙蒂山的黑人女孩安妮·汉普顿喜结良缘，然后这对恩爱的小夫妻满怀期待地过起了小日子。为了补贴家用，安妮四处打工，所罗门先是到尚普兰运河挖河，接着在尚普兰湖与特洛伊市之间雇人运木材，然后又做伐木工，不久又在老奥尔登农场包了一块地，闲暇时间出去演奏小提琴。一家人就这样过起了快乐而富足的生活。

1834 年 3 月，所罗门一家搬到了萨拉托加斯普林斯，买下了华盛顿街

---

① David Fiske, Clifford Brown Jr., & Rachel Seligman, *Solomon Northup: The Complete Story of the Author of Twelve Years a Slave*, p.4.

② Graham Russell Hodges, *Root & Branch: African Americans in New York & East Jersey, 1613–1863*, Chapel Hill: The University of North Carolina Press, 1999, p.223.

北面的一套房子。所罗门仍像以前那样为别人做事，如赶马车、干木工活或拉小提琴，在这里一直生活到1841年。这段时间，他和安妮已经有了两个女儿和一个儿子。一家人和和美美，经济上倒也能应付过去，除了在1834年2月和5月、1839年5月三次被指控犯了攻击和斗殴罪之外。① 然而平静的水面下暗流涌动，在两个奴隶贩子的欺骗和诱惑下，所罗门原本自由自在的人生来了个180度的大转弯，突然卷入了奴隶制黑暗的漩涡之中。

1841年3月，所罗门一时之间无活可干，就在街上到处溜达，看看是否能够找到一份差事。在国会街和百老汇街的拐角处，所罗门遇到了两位衣冠楚楚的陌生白人，一个叫梅里尔·布朗，一个叫亚伯拉罕·汉密尔顿。他们声称来自华盛顿特区的一个剧团，目前正要赶到那里去。他们还说没有合适的音乐伴奏，如果所罗门能给他们此行赶车的话，每天愿意付给他一块钱，而晚上表演每场给他三块钱，另外还支付他返程的路费。一听待遇这么优厚，所罗门没怎么考虑就答应了。他急急忙忙回到家，换好衣服，带上小提琴，欢欢喜喜地上路了，甚至忘了给在外面打工的妻子留下一张便条。

一路颠簸之后，傍晚时分他们来到了纽约州府奥尔巴尼。在这里所罗门目睹了他们唯一的一次演出。汉密尔顿售票，所罗门拉提琴，布朗则是玩杂耍、走钢丝或吹口技。由于观众寥寥，汉密尔顿几乎颗粒无收。

第二天一早，他们就匆匆赶路，中途也没再举行任何表演，最后赶到了纽约市。所罗门认为旅程已经结束了，一两天后就要回到萨拉托加见到家人了。然而布朗和汉密尔顿极力劝说所罗门继续行程，并说马戏团很快就要北上，如果愿意的话，报酬相当优厚。第二天早上，他们还假装很关心地提议，鉴于要进入允许蓄奴的美国首都，最好给自己开一个自由证明。于是二人与所罗门去了一个可能是海关的地方，并宣誓证明所罗门是自由人。经过一番手续后，所罗门拿到了一纸文书。

当天他们渡河前往泽西城，然后在费城停留一夜，接着马不停蹄地奔

---

① Sue Eakin ed., *The Autobiography of Solmon Northup:Twelve Years a Slave*, p.605.

向巴尔的摩。在这里他们放弃了马车，改乘火车去华盛顿。4月6日，他们在黄昏时分到达目的地，入住宾夕法尼亚大道的加斯比饭店。当晚，两个骗子还仍然戴着伪善的面具，亲切地支付了所罗门43块钱，大大超出了原先约定的工资，而所罗门高兴地接受了他们的钱。行文至此，作为叙事者的所罗门忍不住大发感慨，对他们的欺骗行为极为愤慨："他们一直很好地隐藏了真实面目，使我完全被蒙在鼓里。这两条披着羊皮的狼，狡猾残忍的怪物，他们以金钱为饵，蓄意引诱我远离家乡和亲人，远离自由。"①

此后所罗门被一个黑人仆役领到他的卧室，他开始思念他的妻子和孩子们，但并没有任何逃走的想法，直到昏昏地睡去。第二天，他们三个还一块站在窗口前观看威廉·哈里森总统的葬礼，然后参观了国会大厦和总统府。在整个过程中，他们要求所罗门时刻待在他们的身边，并不时指给他看一些名胜古迹，哄他高兴。一天下来，所罗门虽然没有见到任何马戏团的影子，但他显然已经被冲昏了头脑，完全无心去想马戏团的事了。晚上他们又一块去喝酒，两个骗子也没忘记给所罗门倒上一杯。当时所罗门喝得并不多，但到了傍晚，最后一杯酒下肚之后，不知什么原因所罗门的肚子里开始翻江倒海起来，难受得要命。②所罗门只简单地脱掉了大衣和靴子，就一头栽倒在床上。

所罗门的脑袋越来越疼，又感到口干舌燥，半夜里还摸到地下室喝了杯水，然而口渴的感觉更厉害了，加上挥之不去的头疼，所罗门被折腾得简直生不如死。大约一点多钟的时候，昏昏沉沉中所罗门感觉到有几个人进了他的房间。对于布朗和汉密尔顿是否在场，他也搞不清楚。朦胧之中记得有人说要给他看医生，所罗门于是跌跌撞撞地穿过街道，来到了一座建筑物前，但在这个时候所罗门完全失去了自我意识。

---

① ［美］所罗门·诺瑟普：《为奴十二年》，第13页。
② 一个多世纪以后，位于新奥尔良的图兰大学医学院的医生们断定，诺瑟普的酒水里被加上了颠茄制剂或鸦片酊，也可能是二者的混合物。See Judith Fradin & Dennis Fradin, *Stolen into Slavery: The True Story of Solomon Northup, Free Black Man*, National Geographic Society, 2012, p.16.

新奥尔良噩梦

所罗门不知道自己在昏迷状态停留了有多久，但是当他最终清醒之后，所罗门惊恐地发现，自己已被孤身一人关在地牢里，周围一片漆黑，手脚也被戴上了镣铐，镣铐则连接在地板上一个很大的铁环上，身上的钱财和自由证明也不见了踪影。所罗门开始意识到，自己被绑架了，想到这里他不由地浑身一颤，泪水也哗哗地流了下来。

一个多钟头后，铁皮门被打开，两个男人进来了。其中一个贼眉鼠眼，眼神里透出一股阴险狡诈；这个人的名字叫詹姆斯·伯奇，从30年代起就从事肮脏的奴隶贩卖生意。另一个人高马大，像凶神恶煞一般，他是埃比尼泽·拉德本，充当伯奇的男仆。所罗门看到他们就大声争辩说，自己是所罗门·诺瑟普，并指责对方无端地绑架他，同时声明自己是自由人，受到法律的保护。但伯奇却一口咬定，所罗门是来自佐治亚的奴隶。所罗门于是大骂那些绑架他的人，而伯奇也开始大发雷霆，因为他也很清楚，绑架自由人是非法的，于是命拉德本拿来一种带柄的厚木板和"九尾猫"——这是一种有许多小绳头的粗鞭子，每个绳头末端都系成一个结。二人粗暴地将所罗门按倒在地，拉德本一脚踩在所罗门的手铐上，伯奇则操起厚木板一顿狂抽，木柄折断后又捡起威力更大的"九尾猫"，直到所罗门被打得皮开肉绽、不再吭声了为止。

所罗门又在地牢里被关押了几天，伤口逐渐恢复。他已经学会了闭嘴，这样他可以自由地在院子里活动。在那里看到了其他几个奴隶，也知道了那个地方叫作威廉奴隶场。所罗门不由地感慨万千，堂堂的一国首都竟然还有这种藏污纳垢的场所。一周后，伯奇和拉德本在深夜里提着灯笼走了进来，命令所罗门立即起床，准备出发。所罗门与另一个奴隶克莱门斯·雷的手腕绑在一起，后面跟着一个叫伊莱扎的妇女和她的女儿埃米莉、儿子兰德尔，而拉德本在队尾拿着一根木棍压阵。当时昏暗的街道上空无一人，所罗门四下打量，没有发现任何逃跑的机会。伯奇领着他们来

SCENE IN THE SLAVE PEN AT WASHINGTON.

被人贩子百般折磨的诺瑟普（出处：《为奴十二年》，1853）

到波托马克河，登上了一艘汽船，然后众人顺流而下。第二天上午，他们在阿维亚溪转乘一辆马车，到达弗雷德里克斯堡后又改乘火车，黄昏之前到达了弗吉尼亚的首府里士满。在那里，伯奇把五个奴隶带到了古丁开办的奴隶场。

在古丁奴隶场待了一夜，第二天包括所罗门在内的40多个奴隶就被驱赶着上了一艘名为"新奥尔良"号的双桅横帆船，因为古丁要把他们转卖到远南部获利。他们驶出了切萨皮克湾，进入了波涛汹涌的大西洋，然后到了巴哈马群岛附近避风。就是在那里，所罗门与另外两个同样是被绑架的自由黑人罗伯特和亚瑟密谋，并制定了大胆的计划，决定以劫持船只的方式获取自由。没曾想秘密活动的骨干之一罗伯特突然染上了天花，四天以后病死，随后被抛尸大海。

所罗门于是变得极为沮丧。一个名叫约翰·曼宁的英国水手真诚地询问情况，决定提供帮助。第二天深夜正当曼宁值守的时候，所罗门从一艘事先摸清的、倒扣在甲板上的小船下钻出来，潜入水手舱，利用曼宁提供的一支钢笔和一张纸，给仙蒂山的亨利·B.诺瑟普律师写了一封信；由于所罗门·诺瑟普的几个长辈曾在此人的家族中为奴，所罗门得以与他相识。船只西行多日后，到了路易斯安那的首府新奥尔良。曼宁确实遵守了诺言，并通过邮局寄出了那封求救信，后来经亨利之手递交给了纽约州州长威廉·苏厄德。然而由于提供的确切目的地不明，官方的营救计划不得不暂时搁置。

在新奥尔良码头，所罗门的同行伙伴亚瑟被营救的人接走了，因而欣喜若狂，而他本人没有看到任何熟悉的面孔，心中不免极为失望。很快，伯奇的同伙西奥菲勒斯·弗里曼上船了，将来自里士满的奴隶赶到了他的奴隶场，所罗门的名字也随后变成了"普莱特"。

在到拍卖场展示之前，弗里曼需要"备好货"，将他的奴隶训练得看起来"很精神"，并给他们穿好干净的衣服，以卖个好价钱。开卖后，最初一位本城的老先生相中了所罗门，说是要买个马车夫，但他被1500美元的报价吓到了，而所罗门希望在城中寻机逃跑的想法随之也破灭了。当夜所罗门染上了天花，脑袋和背部剧痛无比。他连续三天眼前一片乌黑，经过了两个多星期的治疗其视力才得以康复，但脸上留下了永久性的麻点。

善恶二重奏

终于有一天，所罗门等到了他的第一个主人。这个人叫威廉·福特，言行举止非常和善。他住在路易斯安那州红河右岸阿沃耶尔县一个叫大松树林的地方，本人是当地浸礼会的牧师，除了在大松树林拥有产业，还在四英里外的印第安溪上有一个伐木场。经过一番讨价还价，可能是因为得过病的缘故，福特最终以1000元的折价买下了所罗门，官方记录的交易时间是6月23日。所罗门现在成了"普莱特·福特"。

主仆二人在蒸汽船上航行了两天三夜，接着搭乘火车，最后步行。所罗门跟随福特到达了主人的府邸，不久被派往印第安溪的伐木场。这位新主人并不怀疑奴隶制的合法性，但他能够善待奴隶，并相信善待能带来效益："要想控制他们，让他们乖乖听话，其实也很简单，只需一点点仁慈就够了，绝对比使用致命的武器有效得多"。① 福特还定期组织《圣经》

---

① ［美］所罗门·诺瑟普：《为奴十二年》，第99页。

学习班，也允许奴隶自行阅读，而这是当时的法律所不允许的。福特与他的奴隶之间比较轻松融洽的主仆关系说明，即使是在奴隶制下也是存在一定共同的利益以及可以相互妥协的"共享的世界"的。所罗门本人实际上发现了这个奥秘：①

> 我发现那些以仁爱之心对待奴隶的主人们，往往能获得更丰厚的回报，因为感恩的奴隶们会加倍勤快地为他们干活儿。这是我的切身经历和真实感受：每天超额完成任务给福特老爷一个惊喜，几乎是我们快乐的源泉。在以后遇到的主人中，如果没有工头皮鞭的督促，我们是绝对不肯付出额外的努力的。

基于这种取悦主人的心理，所罗门提议用木筏水运木材代替陆地运输，并成功完成了试运。所罗门因此成了"松树林地区最聪明的奴隶"，但他了解"白人的世界"的运转法则，所以仍小心地维持与监工亚当·泰德的关系，二人并没有产生任何严重的摩擦。秋天的时候，所罗门回到福特的棉花种植园，自己动手制作织布机，还卖给附近的其他种植园。

相对舒适的日子不是太多。几个月后，福特因为作为担保人而被牵连进一场财政危机当中，不得不将所罗门抵押给了与他有业务关系的约翰·M. 提比茨，而"这个人既愚昧无知，又小肚鸡肠，睚眦必报"。②所罗门于是来到贝夫河下游的一个种植园，要在这里协助提比茨完成他在福特种植园上余下的工作；所罗门的身份则变成了"普莱特·提比茨"。

然而在第二天就出了事，由于所罗门向监工安德森·查宾索取的钉子不符合提比茨的要求，后者不由分说就气势汹汹地要抽打所罗门。所罗门一时激愤之下抓住提比茨的衣领，另一只手提起他的一只脚踝，将其摔倒在地，然后夺过鞭子，一顿猛抽后方才罢休。查宾飞奔而至，责备提比茨无权过问钉子尺寸的事。提比茨恼怒地骑马离去，一个小时后带着两个帮

---

① ［美］所罗门·诺瑟普：《为奴十二年》，第59页。
② ［美］所罗门·诺瑟普：《为奴十二年》，第63页。

手返回。三人合伙将所罗门吊到一棵树上，准备对他实施绞刑。关键时刻又是查宾手持两把手枪挺身而出，宣示所罗门身上还储存着福特主人的 400 美元的财产价值，而他本人有职责保卫主人的财产。

提比茨三人悻悻地离去，然而在福特到达之前，查宾并没有擅自解下所罗门身上的绳索。直到日落时分，福特的到来才解救了所罗门。所罗门对此感激涕零，对奴隶制的认识发

CHAPIN RESCUES SOLOMON FROM HANGING.

关键时刻监工查宾解救了所罗门（出处：《为奴十二年》，1853）

生了深刻的转变，似乎在奴隶制强权体系的重压下患上了斯德哥尔摩综合征：①

> 在这漫长的一天中，我得出了一个结论，也是我此刻最深的感受，即南方的奴隶，吃主人的，穿主人的，挨主人的鞭子，凡此种种，但只要能受到主人的庇护，就比北方自由的黑人更幸福些。这是我以前从来不敢想的。虽然我相信，在北方各州一定会有许多仁慈善良的先生，认为我这种想法实在荒谬，而且他们肯定会举出各种例子证明我的错误。唉，他们哪里喝过奴隶制的苦水！

在经历了提心吊胆的一周后，所罗门被提比茨租给了大种植园主彼得·坦纳，也就是福特太太的哥哥。在那里所罗门跟着木匠迈尔斯干活，二人倒也相安无事。但租借到期后，所罗门又不得不回到提比茨那里，在

---

① ［美］所罗门·诺瑟普：《为奴十二年》，第 77—78 页。

他手下战战兢兢地建造轧棉机。回来后的第三天，趁监工查宾不在种植园的机会，提比茨又开始找茬，骂骂咧咧地抄起一把短柄斧，说是要砍掉所罗门的脑袋。在斧头落下之际，所罗门冲上去一手抓住了他的胳膊，另一手扼住了他的喉咙。在僵持不下的时候，所罗门突然朝提比茨的膝盖上猛踢了一脚，趁机夺过来斧头，并扔到他够不着的地方。提比茨勃然大怒，顺手捡起一根木棍，所罗门则再次抓住他的手腕，一下子把他摔倒在地上，并把棍子扔得远远的。提比茨还不甘罢休，冲到工作台拿起一把大斧头，但具有体力优势的所罗门紧紧按住他的手，僵持之下只能再次掐他的脖子。提比茨的脸色很快变得又青又紫，接着翻起了白眼。

在骑虎难下之际，所罗门决定逃之夭夭，松手后立即飞奔到一片树林边。他站在一排栅栏上的高处，发现提比茨带着两个人飞马而来，后面还跟着一群吠叫的猎狗。所罗门从栅栏上跳下来，一路向沼泽地狂奔而去。沼泽地出现后，猎狗追踪速度慢了下来，但吠叫声还在。他终于来到了一条大河边，所罗门于是一头扎进河里，穿过缓慢的河流向对岸游去。猎狗没辙了，但这边沼泽地是一片渺无人烟之处，毒蛇、鳄鱼和猛兽遍布其中。

午夜过后，所罗门停了下来。充满危险的沼泽地显然不是久留之地，所罗门决定转向西北方向，借助月光逃到老主人福特的家里。所罗门一路艰辛地往前摸索，终于来到一大片平原上，但身上已经伤痕累累，衣服破烂不堪。天刚亮的时候，所罗门碰到两个正在捉野猪的黑奴和白人。由于害怕白人向他索取路条，他故意装出一脸凶相，询问威廉·福特的居处。那个白人巴不得所罗门赶快离开，赶紧告诉了他具体方位。大约8点钟的时候，所罗门终于到了福特主人温馨的家，一个受伤的灵魂得到了暂时的安慰。

地位尴尬的黑人工头

三天以后，福特外出与提比茨交谈，坚持要把所罗门卖掉，或者至少也要把他租出去。随后所罗门被短暂出租给了埃尔德雷特，在他的甘蔗种植园上干活。1843 年 4 月 9 日，所罗门得知，他被卖给了赫夫鲍尔的埃德温·埃普斯。所罗门再次摇身一变，成为"普莱特·埃普斯"。

埃普斯是一个监工出身的租借种植园主，他行为粗俗，为人冷酷无情，酒醉的时候往往以鞭打奴隶找乐子。所罗门一开始给主人做了个弯曲的斧柄，接着被派到玉米地里锄草，然后又给棉苗堆垄沟。后来所罗门染上了似乎是疟疾的疾病，走路都不稳当了，但仍被鞭子驱赶着干活。奄奄一息的时候主人才发了一点慈悲，请医生给他看病。几个星期过后，所罗门的身体居然好了一些，埃普斯又命令他到地里摘棉花，或是伐木、运木材。只要兴致一来，他还用鞭子驱赶着疲惫的奴隶在院子里跳舞，"跳吧，你们这些该死的黑鬼，跳吧！"即使会拉小提琴，所罗门也可能偶尔挨一下鞭子。

1845 年圣诞节之后，埃普斯利用租借种植园赚来的钱买下了贝夫河东岸的一个棉花种植园，并将他的九个奴隶迁移至此。由于奴隶的数量不多，监工一职通常都由埃普斯自己兼任。头一年闹虫灾，那里的种植园主们将奴隶们集合，押着他们寻找有雇人需求的甘蔗种植园。经过一路颠簸，所罗门被圣玛丽教区的大种植园主贾基·特纳雇了下来。所罗门先是在他的制糖厂里修补房子，后来和三四十个奴隶一起到甘蔗园里砍甘蔗。甘蔗快要砍完的时候，特纳又把所罗门安排到制糖厂做把头，负责监督其他奴隶，业余时间则赚点外快。通过周日的劳动和拉琴，所罗门的积蓄竟然达到了 17 美元，"我得意扬扬，觉得自己已经是贝夫河两岸最富有的奴隶了"。①

在被特纳雇佣期间，所罗门曾接近一个北方船长，恳求他将其藏在货舱里逃亡北方。船长虽然很同情他，但因海关检查十分严格而不敢收留。不久，种植园主们前来收取租金，所罗门便被带回到了贝夫河。此后所罗门几乎从未离开过埃普斯的种植园，除了在砍甘蔗或制糖的季节，到圣玛

---

① ［美］所罗门·诺瑟普:《为奴十二年》，第 131 页。

丽教区短期做工以外。

在这里，所罗门被任命为把头，除了完成自己的任务外，还要用鞭子管理他负责的奴隶，但他学会了甩鞭子的技巧，以使奴隶免于真正的伤害。有次由于教导女奴帕茜如何免于主人的纠缠，所罗门差点被埃普斯割断自己的喉咙。所罗门的经历说明，混迹于"白人的世界"与"黑人的世界"之间，黑人把头具有一种特殊的地位，拿捏好分寸并不容易。

在严苛限制人身自由的条件下，所罗门仍然没有放弃得到解救的希望。在被掳第九年的时候，他终于搞到了一张纸，并费尽周折地用白枫树皮熬制出了墨水，还从鸭子翅膀上拔下一根羽毛当水笔，然后在夜深人静的时候写成了一封信。后来，附近种植园上来了一个名叫阿姆斯比的白人劳工，所罗门竭力与他套近乎。在午夜时分，所罗门偷偷地从小屋里溜出来，跑到那个近邻的种植园，找到了习惯于露天睡觉的阿姆斯比，请求他下次到镇上时替他寄出一封信。出于种种的顾虑，所罗门并没有当即拿出已经写好的信，而是说信还没有写好，约定几天后带着信和钱再来。事实证明所罗门的担心并非多余，隔天他发现阿姆斯比与埃普斯在界篱边坐在一起有两三个钟头。晚上，埃普斯提着皮鞭来到所罗门的小屋，质问他是不是有托人寄信的事儿。所罗门本能地否认，并提示阿姆斯比很可能是希望以撒谎的方式得到监工的位置。埃普斯沉思之后似乎恍然大悟，心满意足地离开了小屋。

所罗门的计划化为泡影，承载自由希望的书信也被他焚毁，以免引祸上身。但他仍无时无刻不想逃离奴隶制的枷锁。很显然，成功逃脱是不太现实的，因为路易斯安那位于远南部，离家乡隔着千山万水，而巡逻队无所不在：[①]

> 在贝夫河，有一个名为巡逻队的组织，他们的职责就是逮捕和鞭打私自跑出来的奴隶。他们可以任意惩罚一个没有路条就离开主人种植园的黑奴，如果黑奴试图逃跑，他们甚至可以打死他。我也不知

---

① ［美］所罗门·诺瑟普：《为奴十二年》，第162—163页。

道，这是法律还是公众赋予了他们这样的权利。总之，每一支巡逻队负责一定的地段和距离，种植园主们根据各自奴隶的数量，按比例出资，给他们提供费用。他们一般骑着马，由队长率领，腰里挎着枪，后面跟着狗。白天，我们经常能看见他们急促地奔跑在附近的路上。有时也会看见他们赶着一个奴隶，或用绳子套住奴隶的脖子，牵在马后，向奴隶主的种植园走去。

所罗门本人就亲眼目睹或听说了几个逃跑奴隶的下场：威利被白人发现，关进监狱后送回原种植园；奥古斯都被猎狗撕咬得鲜血淋漓，第二天死掉了；西莱斯特逃到丛林，因饥饿和猛兽出没而不得不自动返回；卢·切尼聚众逃亡墨西哥的计划露馅，于是反咬一口，向种植园主们告密，谎称奴隶起义，结果引起了一场大屠杀。

黑夜里的一缕光明

所罗门只好一直隐忍行事。1852 年 6 月的时候，命运的黑暗帷幕中终于投射进来一束希望的光芒。那时埃普斯要盖一所房子，住在马克斯维尔的一个名叫塞缪尔·贝斯的木匠前来干活，所罗门也从田间抽调回来帮忙。贝斯本是加拿大人，一路游荡到贝夫河暂居下来。贝斯喜欢辩论，有次与埃普斯争辩奴隶制问题，所罗门因而了解了他的反奴隶制立场。所罗门有了阿姆斯比的前车之鉴，因而不敢轻举妄动，但他觉得贝斯可以信任。8 月上旬的一天，当他们二人单独在未完工的房子里的时候，所罗门主动与贝斯进行了交谈。贝斯甚是吃惊，站在他面前的竟是一个有广泛阅历的非凡人士。半夜时分，二人按照约定再次在这里见面。所罗门吐露了心声，将自己的被掳经历和盘托出，并请求贝斯给他写一封求救信。

贝斯一口答应了所罗门的请求，并保证绝不会泄密，同时与所罗门商定了实施方案。所罗门在厨房里偷拿了几根火柴和一支蜡烛，贝斯则负责提供纸张和铅笔。第二天晚上，二人如约来到河边的草丛里，贝斯记下来所罗门所提供的三个熟人，即威廉·佩里、瑟法斯·帕克和贾基·马文，他们都住在纽约州萨拉托加县的萨拉托加斯普林斯。为了保险起见，贝斯还提议给纽约海关写一封信，让他们查一查。贝斯表示，他非常珍视二人之间的友谊，而他是一个孤独的人，生命对他而言已经没有多少价值，现在他要用它去为所罗门争取自由、与罪恶的奴隶制度进行不懈的斗争。所罗门甚是感动，发誓自己会用整个后半生向上天祈祷，求神保佑他一生平安幸福：①

　　啊，保佑他仁慈的声音和他的银发吧

　　保佑他长命百岁，直到我们在那里相见

河边会面后，贝斯就回了马克斯维尔，然后写了三封信，一封写给纽约的海关官员，一封写给贾基·马文，还有一封同时写给帕克和佩里两位先生，向他们索取自由证明。信尾署上了所罗门的真名，但又附言说写信者并非所罗门本人。从马克斯维尔返回后，贝斯又是在夜里告知了所罗门，白天则与所罗门互不理睬。然而十周过去了，贝斯当中有两次前往马克斯维尔的邮局，仍没有收到任何回信。所罗门极为沮丧，连与他一块干活的奴隶都察觉出来有什么不对劲，打探他是不是病了。在完工离开之前，贝斯安慰所罗门，并承诺在圣诞节前再来一趟。

在圣诞节前夕，贝斯果然来到了埃普斯的院子里，表示顺便看望一下老雇主。当夜贝斯并没有离开大宅，只是第二天早晨早起了一会，而所罗门也提前将同宿的两个奴隶支开了。贝斯趁机溜进小屋，表示目前仍无回信，而邮局也起了疑心。他说三、四月份差事做完后，他本人将亲自前往萨拉托加，并嘱咐所罗门多想想那里有没有更多的熟人。

当贝斯和所罗门仍在为回信一事纠结之时，其实他们所写的第三封信已经在当年的 8 月 15 日盖好邮戳，并在 9 月初的时候到达萨拉托加。帕克和佩里先生收到信后，立刻找到了在沃伦县格伦斯福尔斯做工的安妮。

---

① Solomon Northup, *Twelve Years a Slave: Narrative of Solomon Northup, A Citizen of New-York, Kidnapped in Washington City in 1841, and Rescued in 1853, from A Cotton Plantation Near the Red River in Louisiana*, Auburn: Derby and Miller, 1853, p.273.

安妮则与他们一起立即赶往仙蒂山附近的亨利·B.诺瑟普律师，亨利找到了一个保障本州自由公民免于绑架、沦为奴隶的法令，并让安妮签署了一份请愿书，同时本地一些有名望的人物对安妮陈述的事实予以了书面的确认。请愿书等文件被呈给华盛顿·亨特州长，而后者则在 11 月 23 日任命亨利为政府代理人，全权负责解救事宜，即刻启程前往路易斯安那。

　　因事耽搁亨利直到 12 月 14 日才出发，他前往华盛顿，分别获取了来自路易斯安那州的国会参议员皮埃尔·苏尔、陆军部长康拉德，还有最高法院纳尔逊法官的公开信。亨利接着折回巴尔的摩，从那儿去了匹兹堡。

　　路顺流而下，但到了红河口的时候，亨利临时决定在那里下船，转乘红河的汽船逆流西上，于 1853 年元旦到达马克斯维尔。他拜访了当地知名的法律界人士约翰·P.瓦迪尔，但由于求救信没有署上普莱特这个奴隶名字，他们查不到所罗门的任何线索。然而一次在他们闲聊政治话题的时候，瓦迪尔偶然提到了本地的废奴狂热分子贝斯，灵光闪现之下，认定此人是关键的线索。

　　亨利与瓦迪尔的弟弟立即赶马车前往贝斯当时所在之处，在经过最初的狐疑之后，贝斯告诉了所罗门在这里的别名和现况。随后亨利二人返回马克斯维尔，在深夜十二点时草拟好了法律诉讼。为防止风声走漏，他们连夜得到了法官的签名，然后亨利与治安官乘坐客栈的马车，向贝夫河一路狂奔而去。

　　当马车找到奴隶正在劳动的棉花地的时候，那是

SCENE IN THE COTTON FIELD, SOLOMON DELIVERED UP.

所罗门终被解救（出处：《为奴十二年》，1853）

1853 年的 1 月 3 日一个阴冷的上午，埃普斯刚刚骂骂咧咧地离开这里。治安官叫出所罗门，提出了几个关键的私人问题，以验明所罗门的正身。没等问完问题，所罗门按捺不住激动，扑向了不远处的亨利，但哽咽得一句话也说不出来。随后他们一起前往埃普斯的院子：①

> 虽然我已经恢复了理智，但突如其来的巨大兴奋让我有些不知所措，我还是觉得晕眩和虚弱，连路都走不稳了。幸亏治安官架着我的胳膊，扶着我走，不然我想我会晕倒的。

经过一番交涉，埃普斯在事实面前不得不同意放行。次日在马克斯维尔法官进行了审议，双方的律师和当事人也都在场，确认了各种证据，最后所罗门与埃普斯联署了自由协议。随即所罗门和亨利一起坐汽船顺流而下，在新奥尔良下船后办理了路条，8 日坐火车来到庞恰特雷恩湖，然后仍然通过汽船先后抵达查尔斯顿和里士满，最终于 17 日到达华盛顿，并在那里对伯奇发起了一次不成功的诉讼。21 日，二人离开华盛顿，经费城、纽约和奥尔巴尼到达仙蒂山，次日在格伦斯福尔斯与家人团聚，这场奴役的噩梦终于彻底结束了。

小　结

所罗门之所以能够成功逃脱奴隶制的魔掌，跟他一直小心谨慎、隐藏自己的真实身份有关。正如他本人所说："回想这十二年间，我从来不曾放弃过逃跑的念头，所以也就不必惊讶，我每天都小心翼翼，保持着高度的警惕了。随意告诉别人我的自由身份，是非常愚蠢的行为，那只会招来更严密的监视，甚至会把我卖到比贝夫河更加偏远难寻的地方。"② 戴维·费斯克等人认为："诺瑟普的记述不仅仅是一部关于奴隶制和战前南

---

① ［美］所罗门·诺瑟普：《为奴十二年》，第 211 页。
② ［美］所罗门·诺瑟普：《为奴十二年》，第 189 页。

方农村文化的叙事，也是一个关于生存和人性精神对于逆境的胜利的故事：尽管经受如此之多，他从未丧失对于自我、自己到底是谁、所处环境的不公以及逃跑的决心的认识。"① 然而，关于为什么所罗门不能更快地达到脱身的目的，一些谜团仍然有待解开。例如，所罗门为什么没有要求给他的妻子安娜写信？信上为什么没有注明他的本地名字或主人的名字？难道贝斯仅仅指望通过获取自由证的方式带着所罗门离开南方、而没有考虑到纽约州政府的营救？也许他们担心安妮会鲁莽南下，或者一旦被截获，贝斯会立即处于危险之中。无论如何，所罗门从远南部奴隶制魔掌中逃离的艰辛历程，远比《汤姆叔叔的小屋》中所描述得更加现实和残酷。②对追求自由的奴隶来说，来自"白人的世界"的幽暗杀机造成"黑人的世界"危机四伏，这很可能让人们联想起历史学家斯坦利·埃尔金斯在《奴隶制：美国体制和理智生活中的难题》中所提出的、关于奴隶制与"纳粹集中营"的著名类比，③ 但这个制度仍存在某种裂缝，外界的新鲜空气也可能侵蚀进去，并非如铁桶一般无懈可击。

① David Fiske, Clifford Brown Jr., & Rachel Seligman, *Solomon Northup: The Complete Story of the Author of Twelve Years a Slave,* p.4.

② 斯托夫人承认在小说《汤姆叔叔小屋》中对奴隶制可怕的一面"披上了一层面纱"。See William Andrews, *To Tell a Free Story: The First Century of Afro-American Autobiography*, University of Illinois Press, 1986, p.182.

③ See Stanley Elkins, *Slavery: A Problem in American Institutional and Intellectual Life*, Chicago: University of Chicago Press, 3 edition, 1976.

第七章

亨利·比布的家庭叙事

亨利·比布（1815—1853）生为美国肯塔基州的奴隶，成年后逃亡到北方，成为一个废奴主义者，并进行巡回演讲。1850 年《逃奴法》通过后，他移民加拿大，并创办了《逃奴之声》双周刊，写出了自己的畅销性传记《美国奴隶亨利·比布的生活和冒险叙事》。

以弗雷德里克·道格拉斯、威廉·布朗等人为代表的逃奴叙事，都是年轻的未婚男性与压迫性势力单打独斗、对未知领域探险的孤胆英雄故事，对婚姻和家庭的描写都是淡而化之；如道格拉斯在其第一部叙事《美国奴隶弗里德里克·道格拉斯的生活叙事》当中，仅仅将未婚妻作为"我在巴尔的摩的几乎像爱自己一样所爱护的几个热心的朋友"之一，而笼统提及一下而已；[①] 在 1856 年出版的彼得·斯蒂尔口述的《被绑架者的赎回》中则描述了主人公自赎自由之后又设法购买家庭成员、最终回归故里实现团聚的故事，从而与前者的主题有相当的不同；但 1849 年出版的《美国奴隶亨利·比布的生活和冒险叙事》则将英雄的自由冒险与家庭情结这两种主题糅合到一起，从而将奴隶叙事升华到一种难度更高的、在价值上更值得追求的自由境界。《解放者》为此评论说："在所有的已经出版的叙事中，其趣味性再也没有比它更刺激的了；在它们的主人翁当中，没有人像

---

① Frederick Douglass, *Narrative of the Life of Frederick Douglass: An American Slave, Written by Himself*, Boston, 1845, p.106.

比布先生那样遭受如此之深重。这是一本特别为兴起的一代所写作的书，而我们希望今年它能卖出尽可能多的数字。"① 正如《解放者》所预期的那样，该叙事发表之际即赢得关注，很快就成为畅销书，而当代学者休斯顿·A.贝克甚至将其重要性与道格拉斯和诺瑟普的叙事相提并论。② 在该叙事正式出版170周年之际，对于在变化的世界中寻求安身立命的我们每个人，重温亨利·比布的故事仍有相当重要的启示。

对于文本的真实性如何，作者强调此书不是本小说，而是基于逃跑后仅仅三周的教育、在"天意"的引导下所写成。③ 叙事的编辑卢修斯·C.马特拉克（Lucius C. Matlack）对比布的书写能力予以证实，并在前言中说："这部叙事的真实性有着极为令人信服和丰富的证据所支撑。时间已经证实了它对事实的宣称。全面的调查已经对所声称的每个基本事实进行了过滤和分析，而且清楚地表明，尽管比小说还要奇异，这部惊悚的、流畅的叙事毫无疑义是真实的。"④ 在马特拉克所汇集的详细事实证明材料中，列有底特律自由协会所组织的一个调查委员会对有关叙事经历真实性的声明，另外还有从调查材料中挑选出来的六封来自知晓比布个人生活熟人的私人书信，其中四封来自奴隶主；最后马特拉克还提及一位底特律法官威尔金斯对作者本人"过去性格"的背书。⑤ 鉴于马特拉克在序言中的繁复性罗列，远远超出了道格拉斯、韦尔斯·布朗等人的简要性证明方式，历史学家罗伯特·B.斯特普托因而认为，"《美国奴隶亨利·比布的生活和冒险叙事》开始于几个引介性文

---

① Henry Bibb, *Narrative of the Life and Adventures of Henry Bibb, An American Slave*，*Written by himself*, Published by the Author;5 Spruce Street, New York, 1849, pp.205–206.

② John David Cox, *Traveling South: Travel Narratives and the Construction of American Identity*, Athens: University of Georgia Press, 2010, p.83.

③ Henry Bibb, *The Life and Adventures of Henry Bibb, An American Slave*，*with a New Introduction by Charles J. Heglar*, Madison: The University of Wisconsin Press, 2001, p.xi.

④ Henry Bibb, *The Life and Adventures of Henry Bibb, An American Slave*，*with a New Introduction by Charles J. Heglar*, p.ii.

⑤ Henry Bibb, *Narrative of the Life and Adventures of Henry Bibb, An American Slave*，*Written by himself*, pp.ii–x.

件的展示，大概可作为奴隶叙事标准中最详尽的保证书。"①

生活的苦难

1815 年 5 月比布出生于肯塔基州的谢尔比县，母亲名叫米尔德里德·杰克逊（Milldred Jackson），属于戴维·怀特的个人财产，先后生下七个儿子，其中比布为老大。母亲说比布的父亲是个白人，名叫詹姆斯·比布，但比布本人言称对此一无所知。

很小的时候比布即被迫与母亲分开，与已经鳏居的怀特先生及其小女儿哈丽雅特一块过活。在接下来的十来年中，比布先后被出租给不同的主人，并在这个时候开始意识到自己作为奴隶的命运："我从母亲身边被带走，并被出租给各式的人做工，相继为八年或十年；我所有的工作都花在哈丽雅特·怀特，也就是我的玩伴的身上。正是在那时，我的悲哀和痛苦开始了；正是在那时，我第一次看到和感到我是个可怜的奴隶，被迫在鞭子下工作，没有工资，没有足够的衣服蔽体。"②

比布的生活和工作条件十分恶劣，他回忆说："我常常半饥半饱地干活，从早到晚，没日没夜。夜晚来临时，我常常四肢疲惫，躺在肮脏的地面或长凳上，没有任何东西遮盖，因为在干完一天活后，我没别的地方让我疲惫的身体得到休息。在幼年我也被一个暴君所驱使，不管热天或冷天，常常在没有鞋子的情况下走动，直到 12 月还光着脚，踩着霜冻的地面，上面裂开了口子，淌着血。"③

不仅与家庭团聚的那点天伦之乐无法享有，比布小小年纪就遭受主人

---

① Robert B. Stepto, *From Behind the Veil: A Study of Afro-American Narrative*, Champaign, Illinois: University of Illinois Press, 1991, p.6.

② Henry Bibb, *Narrative of the Life and Adventures of Henry Bibb, An American Slave*, Written by himself, p.14.

③ Henry Bibb, *Narrative of the Life and Adventures of Henry Bibb, An American Slave*, Written by himself, p.15.

的虐待，被迫从事艰辛的劳动，而且经常挨鞭子，他想在精神层面上所竭力保持的一点人性尊严也荡然无存。比布对此进行了血泪的控诉："我可以稳妥地说，我是在鞭打中长大的；因为每当我要得到道德的、心智的或宗教的教导时，我就被无数次地被抽打，目的是贬低我，并使我保持在屈从状态。我可以实实在在地说，我深深啜饮的是痛苦和悲哀的苦杯。我被奴隶主拖至人类最为低贱和悲惨的境地当中。"①

自由的直觉

在这种严酷的生存状态卜，在与其他奴隶的交流过程中，比布自然而然地产生了对自由生活的渴望，这就是他所说的"自由的天性"："我那时所处的环境，使我渴望获得自由。它在我胸膛里点燃了从没有熄灭的自由之火。这似乎是我天性的一部分；它是由上帝的不可抗拒的自然律令首先揭示给我的。我能够理解，全知的造物主使我成为一个自由、有道德、有思想和有责任的人；能够知道善恶。"②

一旦产生自由的觉醒，作为叙事者的比布就将经典叙事的基本要素镶嵌在自己的叙事背景当中。对于自由与奴役之间的冲突，比布如其他逃奴一样，都是以逃跑这种方式来解决的，但其最初的逃跑其实是潜藏在附近，而不是路途凶险的北方。他的第一次潜藏发生于十岁左右。比布说："我平生中第一次逃跑，是在 1825 年，原因是虐待。我当时与瓦瑞斯先生住在纽卡斯尔村。他的妻子脾气很坏。她每天都要抽打我，用拳头砸，揪我的耳朵，训斥我，我很害怕到她所在的屋子里。这导致我第一次逃离他们。我常常躲上几天，直到被逮住。他们责骂我逃跑，但

---

①　Henry Bibb, *Narrative of the Life and Adventures of Henry Bibb, An American Slave, Written by himself*, pp.13–14.

②　Henry Bibb, *Narrative of the Life and Adventures of Henry Bibb, An American Slave, Written by himself*, p.17.

不管用。"①

也正是从这个时候，比布开始练习他所称呼的"逃跑的艺术"："除了其他技艺，我还学会了逃跑的艺术，并达到完美。我定期地使用它，从没有放弃，直到我挣破奴隶制的捆绑，在加拿大安全地着陆。"② 他列举了一些简单、但是行之有效的技巧，以躲避白人的盘查或追捕："如果有人在林子里看到我（这事发生过），并问我，'你在这里干啥，先生？你是个逃奴吧？'我回答：'不，先生，我正在找我们的老母驴'；在下次，则是'找我们的奶牛'。由于这些理由我被放行。事实上，我能够成功使用的唯一自卫武器是欺骗。在蓄奴州，一个可怜无助的奴隶抵制一个白人是无用的。"③

比布听说加拿大是一块自由的土地，但逃跑到遥远而陌生的北方并非易事。比布在这个问题上面临着巨大的困难和孤独处境：④

> 特别是在我受到鞭打后，我曾逃到林中最高的山丘上，以开出一条在北方避难的路；但俄亥俄河是我的限制。对我来说它是不可逾越的天堑。我没有劈开水流的神杖。我没有摩西在前面，引导我从奴役走向应许之地。然而我比埃及奴役的状态更糟；因为他们还有房子和土地，我什么都没有；他们有牛和羊，我什么都没有；他们有聪明的智囊，告诉他们怎么做、去哪里，甚至跟着他们，我什么都没有。我被敌意所包围。我的朋友很少，还远在天边。我常常感到，当我逃跑的时候，地球上几乎没有朋友。

① Henry Bibb, *Narrative of the Life and Adventures of Henry Bibb, An American Slave*，*Written by himself*, p.16.

② Henry Bibb, *Narrative of the Life and Adventures of Henry Bibb, An American Slave*，*Written by himself*, pp.15–16.

③ Henry Bibb, *Narrative of the Life and Adventures of Henry Bibb, An American Slave*，*Written by himself*, p.17.

④ Henry Bibb, *Narrative of the Life and Adventures of Henry Bibb, An American Slave*，*Written by himself*, p.29.

"女性的魔力"

　　比布的权宜之计是在忍无可忍时就躲藏到附近的树林等隐蔽地带，以暂时的自由消解以鞭子为象征的体制性压力，从而规避压迫性的"白人的世界"。在这种间歇式的张力循环期间，一个黑人女性的出现导致叙事产生了对经典主题的偏离，从而出现了另一个聚焦点，这就是对"黑人的世界"的眷恋。对女性同侪的仰慕使比布不得不暂时向奴隶制做出了妥协，并推迟了自己逃亡北方的计划："由于被年轻妇女所组成的社会所吸引，我逐渐地从这个主题转向。这使我暂时从逃跑问题上转移了注意力，因为等候姑娘完全符合我的秉性。"① 在奴役与自由的冲突性力量之间，不期然之间出现了第三种阻遏性因素，引起了主人公行为取向的改变，那就是社区的关联和家庭归属感。

　　为了构建这种与异性之间的纽带，并在充满敌意的世界中建立一个属于自己的小小庇护所，比布宁愿将自己的远景目标搁置一边；他所说的"女性的魔力"暂时胜过了自由对他的诱惑。② 然而这个没有恋爱经验的小伙子企图走捷径，企图以巫术的法力博取梦中情人的欢心。他付钱给一个术士，后者则指导他抓个牛蛙，从中取出一根特定的骨头，并说晒干后以这根骨头抓挠一下她裸露皮肤的某处，这位仰慕的对象就会爱上自己。比布对此言听计从，他如法炮制，但结果却大出意料之外："我获得了一块骨头，要找一个据我所知已经处于另一个年轻人影响下的姑娘。在一个星期天的傍晚，我碰到她正与爱侣结伴外出；当我得到了机会，我就用这根骨头对着她的脖子使劲刮擦了一下，这使得她跳了起来。这不但没有使她爱上我，反而使她对我很生气。她看来是要追赶上我以报复我对她的虐

---

①　Henry Bibb, *Narrative of the Life and Adventures of Henry Bibb, An American Slave, Written by himself*, p.30.

②　Henry Bibb, *Narrative of the Life and Adventures of Henry Bibb, An American Slave, Written by himself*, p.33.

待，而不是什么爱上了我。"①

在这次失败的求爱以后，比布又找到一个"老迷信"，后者建议他从任何一个姑娘头上得到一撮毛发，垫到自己的鞋子里，这将使得对方爱上自己，从而在竞争对手中脱颖而出。比布这时将目标锁定到另外一个姑娘，而迟迟赢不得她的芳心，于是想试试头发的功效："一天夜里我溜出来看她，请求她给我一撮头发，但她拒绝给我。想到我的成功在很大程度上取决于这撮头发，我决心在那晚离开之前看守着，不管付出什么代价。那晚当我必须回家睡觉的时候，我抓住了她的一撮头发，致使她尖叫起来，我仍抓住不放，直到我把它拔出来。这当然使得她对我发了疯，我除了得到不愉快外一无所获。"②

屡经挫折后的 1833 年，也就是比布 18 岁的时候，他终于遇到了一位对自己中意的姑娘。这是一位魅力十足的肯塔基奥尔德姆县的年轻女奴，住在离他的主人有四英里远的地方。比布对她也十分满意，所以在叙事中对她的描述极尽赞美之词："马琳达是位中等身材的姑娘，行动优雅，仪态出众，办事积极。她的胫骨圆滑，面颊红润，长着一双有着穿透力的黑眼睛。她在奴隶当中炙手可热，在自由黑人当中亦然。她还是我听过的最好的歌手，因为善良、有才、勤劳，所以人见人爱。"③

关于这次热恋，比布是在自然而然情况下陷进去的。比布解释说："一个男人的思想突然被一个女性的美丽和影响所改变，这真是一件不可思议的事情。头两三次访问这个可爱女孩的时候，我并没有追求或产生与她结婚的打算，因为我意识到这个步骤将极大地妨碍我走上自由之路。我访问她只是因为喜欢与她结伴，她很有趣。但尽管如此，在我意识到之前，我已经坠入爱河了；这个感情是如此有力，几乎不可抑制，因其具有

① Henry Bibb, *Narrative of the Life and Adventures of Henry Bibb, An American Slave, Written by himself*, pp.30–31.

② Henry Bibb, *Narrative of the Life and Adventures of Henry Bibb, An American Slave, Written by himself*, p.31.

③ Henry Bibb, *Narrative of the Life and Adventures of Henry Bibb, An American Slave, Written by himself*, pp.33–34.

互惠性，我感到满意。这是感情的联合，每次访问都加强了这点印象。"①

　　即使在陷于热恋的情况下，比布仍没有忘记他的自由梦想，希望能处理好婚姻与自由之间的平衡问题。这种想法在他前往马琳达家里商议婚姻的时候透露出来："那晚月光明亮；可人儿站在门口，焦急地等待我的到来。当我到了门口，她抓住了我的胳膊，带着亲切的笑容，领着我到了她母亲的火炉前。在讨论婚姻大事时，我向其告知了我所认为的我们之间婚姻的困难；我永远不会在某些条件下与任何一个女孩订婚；根据我回忆到的关于这个问题的内容，那就是我具有宗教倾向；我想尽力与福音的要求一致，无论是在神学上还是实际生活当中。还有，我打算在余生成为一个自由人，我预期通过逃跑到加拿大、置身于英国政府之下的方式获得自由。"②

　　对于比布不愿在作为奴隶的情况下结婚的想法，马琳达显得很高兴，并表示她本人予以理解；至于信仰问题，马琳达也觉得是一件好事。看到马琳达抱有类似的观点，比布于是向她求婚。经过慎重的考虑，"在苍天作证之下"，两人达成如下约定：如果两人在一年内没有改变想法，二人将进入婚姻殿堂，此后要改变以往的做派，过一种虔诚的生活，并尽早寻机逃跑到加拿大。

　　但订婚后的二人还是遇到来自各方的阻力，包括自己的母亲、准岳母乃至双方的主人。比布说："我母亲反对我，因为她认为我还年轻，结婚会使我陷入麻烦和困难。岳母反对我，因为她想让她女儿嫁给一个隶属于附近富人的奴隶，谁都知道那人是主人的儿子。她认为主人或父亲在其余生内会寻机释放他，这将使其比我更有资格与她女儿做伴！而我那时没有获得自由的迹象。不过他的主人既没有死，也没有释放他的孩子，后者现在大约 40 岁了，还在辛苦地工作在鞭子之下，等待着主人死掉、留下

---

① Henry Bibb, *Narrative of the Life and Adventures of Henry Bibb, An American Slave, Written by himself*, p.34.

② Henry Bibb, *Narrative of the Life and Adventures of Henry Bibb, An American Slave, Written by himself*, p.36.

遗嘱让他自由。"① 因担心财产受损，比布的主人也反对，理由是比布会把食物偷走，然后送给马琳达吃；马琳达的主人盖特伍德倒是爽快地同意了，但是提出了一个令人意外的条件，这个条件是如此的粗俗，以至于比布羞于在书中解释它到底是什么。②

二人最后还是克服各种阻力，在没有法律正式认可的情况下，高高兴兴地结婚了："马琳达对我来说是一个体贴的妻子。她陪我度过逆境中最黑暗的时刻。她陪我一起悲伤和欢乐，一起禁食和宴请，一起受苦和遭难，共有疾病和健康，分享阳光和乌云。"③

取 舍 之 间

几个月后，比布的主人出售了他的农场，并将奴隶转移到密苏里。比布在这里没明确提及主人的名字，但对照别处的文字，可以推测出这里所说的主人是阿尔伯特·G.西布利（Albert G. Sibley），时间应该是 1836 年。因顾忌有逃跑的前科，阿尔伯特将比布以 850 美元的价格卖给他的弟弟约翰·西布利，后者住在离马琳达所处的地方仅有七英里。随后，在比布的"暗示"下，他又被约翰·西布利以 850 美元的价格转卖给马琳达的主人威廉·盖特伍德。但夫妻的团聚并不全是个好事；在新的居住地点，比布每日目睹残暴的主人侮辱、虐待马琳达，心情的沮丧可想而知。又过了几个月，马琳达给比布生下一个可爱的女儿，取名玛丽·弗朗西斯。这原本是一件令人喜悦的事，但幼女还在地上爬行的时候，父母就不得不下地干活。在此期间女主人还狠心地掌掴了这个懵懂无知的小家伙，以致八天之

① Henry Bibb, *Narrative of the Life and Adventures of Henry Bibb, An American Slave, Written by himself*, pp.39–40.

② Henry Bibb, *Narrative of the Life and Adventures of Henry Bibb, An American Slave, Written by himself*, p.40.

③ Henry Bibb, *Narrative of the Life and Adventures of Henry Bibb, An American Slave, Written by himself*, p.41.

后在她的小脸上伤痕仍清晰可见；作为爱的结晶，玛丽现在成为父母的忧心所在。比布痛苦地意识到自己必须面对自我选择的后果，因为他感觉参与铸造了奴役的因果锁链："她是我骨中的骨，肉中的肉；可怜的、悲惨的孩子。对于锁链和奴隶制来说，她是我的第一个、也将是我愿生的最后一个奴隶。"①

比布本想在奴隶制下苟且过活以换得一时家庭快乐的幻想，在现实面前被碾得粉碎。1837年冬季，比布决定逃亡加拿大。比布这样描述他的自由渴望：②

> 有时我站在俄亥俄河旁的悬崖上，极目远舒，瞭望某个自由州，饥渴地盯着自由北方的蓝色天空，心情起伏不定，有时几乎要从灵魂的深处喊叫出来。噢，加拿大，供人安歇的甜蜜的土地！噢，何时我才能到达那里？噢，愿我有双鸽子的翅膀，一冲飞天，到达没有奴隶制的地方；没有镣铐的哗啦声，没有囚徒，没有受伤的背部，没有夫妻的分离；那里的人不再是他同侪的财产。这些想法在我脑海里翻滚了一千次。

在家庭生活、社区纽带与个人自由方面，几经内心的挣扎之后，比布的心理平衡终于倒向了后者："兑现我的誓言的时间到了。我必须放弃朋友和邻居、妻子和孩子，否则将苟活于世、以一个奴隶的身份死掉。"③比布承认，这个决定考验了他的道德抉择："离开我的小家，这要求我具备抑制自我感情的所有道德勇气。"④

1837年圣诞节期间，比布以打工的名义得到主人的外出允许；他也没

---

① 女主人对比布幼女的敌意令人怀疑盖特伍德的真正生父角色，这是否也是比布逃离南方的真正原因不得而知，尽管比布十分热爱他的女儿。Henry Bibb, *Narrative of the Life and Adventures of Henry Bibb, An American Slave, Written by himself*, p.44.

② Henry Bibb, *Narrative of the Life and Adventures of Henry Bibb, An American Slave, Written by himself*, p.29.

③ Henry Bibb, *Narrative of the Life and Adventures of Henry Bibb, An American Slave, Written by himself*, p.47.

④ Henry Bibb, *Narrative of the Life and Adventures of Henry Bibb, An American Slave, Written by himself*, p.46.

有告知马琳达自己的真实意图，以免出现感情的折磨。他先是来到了俄亥俄河畔，坐小船到达了印第安纳州的一个叫作麦迪逊的小村庄。傍晚的时候，他换上了提前备好的新衣服，怀着恐惧和激动交织的心情登上了一艘开往辛辛那提的汽船。由于比布的肤色较浅，并一直躲在暗处，同行的乘客并没有发现他是个黑人。第二天 9 点汽船到达辛辛那提，比布大摇大摆地下了船，然后走到了大街上。

在俄亥俄州的辛辛那提，比布拜访了一个叫作乔布·邓迪（Job Dundy）的黑人，后者告诉了他一些关于废奴主义者的事情。因担心追捕，比布吃了一些东西后，就继续星夜兼程，两天两夜没有合眼，身体又冷又饿。第三天比布好歹吃了点东西，并在客栈里过了一夜。零钱用光后，他就帮人干活，就这样经过了伍德县的黑沼泽，然后在佩里斯堡村暂时安顿下来，并帮人砍木头。在攒下 15 美元之后，已有逃跑经验的比布打算深入虎穴，回头救出妻女。对于初尝自由果实的比布来说，其理想仍是在个人自由与家庭团聚之间能够兼顾。

初次营救

1838 年 6 月，比布坐汽船来到密歇根州的底特律，在那里将美元换成了干货以及一套假胡须，然后又把干货卖出。比布再次登上一艘汽船，经过一段时间的航行后，夜晚在贝德福德下船，母亲和妻女都住在附近。借助月光，比布很快找到了在厨房睡觉的母亲，接着又与妻女见了面。他们的反应是又惊又怕、悲喜交加。鉴于不确定当晚能否找到船只，他们商定比布先回，等到周六晚上马琳达再想办法出逃，然后二人在辛辛那提回合。

比布再次来到俄亥俄河畔，解下一艘绑在树上的小船划到对岸，随后又成功地坐上汽船到达辛辛那提。但他的朋友在当地为他的行程募款的时候，不知什么原因走漏了风声。两个宣称是废奴分子、实际上是悬赏追逐者的白人登门造访，每人给他捐了50美分，以此骗取了比布的信任。二人返回后立即乘船到了盖特伍德的种植园，从那里领取了300元的奖赏。盖特伍德随即纠集人马前往辛辛那提。当比布正在替人挖地窖的时候，有人进来拿枪对准了他。经过一番折腾后，比布被迫就范。众人押解着比布来到治安所，在那里法官严肃地宣布要"物归原主"。

比布被带到辛辛那提河对岸的科温顿监狱，短暂扣押后被带往路易斯维尔。在船上，一个看守试图说服比布加入追捕逃奴者俱乐部，那样的话他们会付钱为比布购买自由，而他自己也会很快得到足够的报酬，从而买下自己的妻女。对此提议，比布予以严词拒绝，从而保持了做人的基本底线："尽管我是如此热爱我的妻子和小孩，尽管我同样喜欢自由以及与他们待在一起的欢乐，我不能通过背叛和摧毁从未冒犯过我的他人的自由和幸福的方式达到这个目的。"① 不过通过这次谈话，他得知出卖他的人中有两个自称为废奴分子的黑人。

船只一直南下，在贝德福德没有停留。到达路易斯维尔后，一行人先是在旅馆里歇息了一晚。此时的比布再次产生了逃跑的念头："处于特别情景下的那晚，对我来说，要睡着觉几乎是不可能的。我在对我们天父的祈祷中度过那晚，请求他为我打开逃跑的机会之门，即使它很小。"② 第二天一早，有四个人上街寻求买主，只留下一个叫丹尼尔·莱恩的同伙看管比布。正巧丹尼尔吃了什么东西不舒服，不得不带着比布一起到马棚解手。趁其一不留神的当儿，比布如惊鹿一般窜出去，在大街小巷当中窜来窜去。"似乎是在上天的指引下"，比布最终摆脱了追踪，在一堆木板当中藏了起来。③

入夜之后比布离开藏身之处，并找到了街道出口。他壮着胆子询问一

---

① Henry Bibb, *Narrative of the Life and Adventures of Henry Bibb, An American Slave, Written by himself*, p.68.

② Henry Bibb, *Narrative of the Life and Adventures of Henry Bibb, An American Slave, Written by himself*, p.72.

③ Henry Bibb, *Narrative of the Life and Adventures of Henry Bibb, An American Slave, Written by himself*, p.75.

个黑人老头，随后即趁着依稀星光，翻山越岭前往贝德福德。天亮后他在临近一处种植园的地方再次隐藏了一天，日落之后重新上路，夜晚到达贝德福德附近，托付一个朋友给马琳达传信。

而丹尼尔·莱恩一伙如同热锅上的蚂蚁，在路易斯维尔翻了个底朝天也一无所获。消息传到贝德福德，奴隶主们情绪激动，誓言要把比布捉拿归案，马琳达也被严格监视起来，全家出逃的希望微乎其微。在午夜两点左右，二人好不容易见了次面，并约定两个月内在俄亥俄州的某个地方见面。当夜比布再次乘船到达辛辛那提附近。但他没有在此久留，在让人从出卖他的黑人那里索取到一美元后，比布即启程前往加拿大。

再 入 虎 口

比布穿过伊利湖，停留在佩里斯堡，在那里等待了马琳达八九个月。之后比布决定再次返回，因为"我感到，出于爱、责任、人性和正义，我必须回去，把自己的成功置于自由上帝的信托之下。"[1] 他悄悄出发，到达辛辛那提后就像第一次那样乘船返回。在一个夏夜里母亲被突然来访的儿子惊得目瞪口呆，呼喊声把同屋居住的一个小女奴弄醒了，但她假装一无所知，躺在床上一动不动。

第二天晚上，比布按照约定来到一座房子周围，欲与马琳达在这里见面，但发现事情有点不对劲儿，有众多警戒人员在场。比布退回，再次找母亲商量，才知被那个小女奴出卖了。母亲随后让一个熟人把比布藏在一个谷仓里，不曾想这次又被出卖。次日上午9点，一群暴徒包围了谷仓，比布不得不束手就擒。在身上的财物被洗劫一空后，比布戴着铁制的脚镣手铐，被关进贝德福德的监狱。当天下午，马琳达被允前来探望。看到比

---

① Henry Bibb, *Narrative of the Life and Adventures of Henry Bibb, An American Slave, Written by himself*, p.83.

布的惨状，马琳达的眼泪
夺眶而出。

几天后，比布被两个
持枪的男人带出监狱，双
手戴着手铐上了一匹马。
主人威廉·盖特伍德亲手
将他的双脚从腹部下面用
带子绑好；马琳达和孩子
则上了另一匹马。在接近
路易斯维尔的时候，马匹
受惊，狂乱中将比布摔下

蓄奴州与自由州（出处：《美国奴隶亨利·比布的
生活和冒险叙事》，1849）

马背。因他的双腿还缠在马的身上，比布被一阵乱蹄踢得昏过去。一阵忙
乱之后，缰绳最后总算被抓住了。苏醒后的比布和家人步行来到一处跳蚤
和蚊虫肆虐的监狱。几天后路易斯维尔的奴隶贩子麦迪逊·加里森（Madi-
son Garrison）从威廉·盖特伍德手里以折扣的价格买下了他们全家，将
其关在一处戒备森严、如同地狱般的工场里。①

比布在这里被锁上了一副与铁砧相连的脚镣，在三个月里这对东西与
比布形影不离，他还要承担艰苦的劳动。他每日的工作是切割石头，吃的
是粗玉米和苍蝇叮过的牛骨汤。比布曾与白人罪犯密谋了一次不成功的越
狱行动，侥幸躲过了惩罚。马琳达则屡次受到加里森的威胁和骚扰，后者
扬言要卖掉孩子以逼她乖乖就范。

在1839年秋的一个星期天早上，比布和其他囚徒被卸掉脚镣，换上
了手铐，然后串成一串登上了"水妖"号蒸汽船。在俄亥俄河口换船的时
候，手铐一度打开，但比布并没有趁此逃跑，因为马琳达和孩子也在同行
之列。到了维克斯堡，官员要检查奴隶的健康状况，并评估是否有逃跑的

---

① Henry Bibb, *Narrative of the Life and Adventures of Henry Bibb, An American Slave, Written
by himself*, pp.92–93.

倾向。加里森也要在这里卖掉一些奴隶。马琳达母女可以 1000 美元卖掉，但比布即使以 250 美元标价也没人问津。加里森试图以比布虔诚的基督徒品格为卖点，但比布认为他算错了账，"因为我一生中从来没有拥有一个使我免于从奴隶制逃跑的宗教"，而事实上加里森的努力也无济于事。①

停留一段时间后，比布一家被押运到新奥尔良，关在圣约瑟夫街角的一处奴隶场当中。但关在这里几个月，仍然没有人愿意购买比布。无奈之下，加里森允许比布换上一身衣服，在该市自行寻找买主。这样又过了几周，比布终于找到了一个叫作弗朗西斯·惠特菲尔德的棉花种植园主。在听到比布不会读写和仅仅逃跑过一次的说辞之后，惠特菲尔德以 1200 美元的价格买下比布，并为马琳达和她的女儿另外支付了 1000 美元。

结伴逃跑

比布一家被带到红河口的克莱伯恩教区一带。惠特菲尔德虽然是一个当地的教会执事，但对待他的奴隶非常残酷。他本人以及监工的鞭打是家常便饭，而奴隶吃得半饥半饱，每日早出晚归，除周日外不得安歇。比布一家比一般奴隶还好过一些，多在室内工作，但在这里仍因马琳达生病而失去了他们的第二个孩子。

在给惠特菲尔德当奴隶时，比布曾有两次逃跑的惨痛经历。第一次逃跑的由头是主人得知比布有逃跑加拿大的前科，比布的境遇因而出现恶化。比布与一个叫作杰克的奴隶密谋，二人结伴逃跑，约定比布充当向导，杰克负责杂务。二人星夜出发，目的地是阿肯色的小石城。第二天早晨到了一个种植园附近，发现有一个女奴从住处到厨房去。等到夜幕降临，杰克独自敲开厨房的门索取食物，而这个女奴立即大声发出警告，主

---

① Henry Bibb, *Narrative of the Life and Adventures of Henry Bibb, An American Slave, Written by himself*, p.102.

人和猎狗接着赶来，杰克撒腿就跑，一头扎进灌木丛中狂奔不止。

杰克好不容易摆脱追踪，二人也在树林里接上了头。他们继续北上，走过几英里后又到了另一个种植园。这次杰克没有空手回来，而是将掐死的六只小猪崽装进袋子里。半路上杰克发现了一顶帽子，不远处有个醉汉躺在地上。杰克不听比布的阻拦，高兴地捡起来以旧换新。又走了大约五英里后，杰克又将栅栏上的一只火鸡收入囊中。随后他们在树林里烤熟了两只乳猪，吃饱后轮流休息。

白天过后，二人接着出行。晚上大约10点钟时，他们正穿越树林的边缘，突然跳出来五个人用火枪对准了他们。原来是杰克丢弃的帽子暴露了行踪，逃奴广告上对此有了描述，这几个人是来追逐赏金的。当夜二人被捆绑着押到附近的一个住处，他们先后吃掉了一只乳猪和一只火鸡。第二天二人被带到惠特菲尔德的种植园，都挨了鞭子，但老杰克受到的处罚更重，因为他们相信是他唆使比布犯了老毛病。

夫妻失去第二个孩子的几个月后，比布被允许到一个临近的种植园参加一次周日祈祷会。但第二次的申请没有通过，比布因而决定瞒着主人再次与会。主人发觉后勃然大怒，声称要在第二天上午惩罚他500下鞭子。比布回来后闻讯，决定当夜就溜之大吉，他骑上一头驴子就上了路。但那头驴子不太听话，比布于是第二晚趁主人外出搜寻之时又返回家中。

夫妻商量之后，比布决定携带妻女一块出逃。当夜他们沿着红河一带蛇、鳄鱼出没的沼泽而下，以摆脱嗅觉灵敏的猎犬追踪。[①] 在沼泽里徘徊八九天之后，他们终于从一棵倒伏的大树上面渡过了波涛汹涌的红河。然而上岸之后，他们才发现这里不过是一个林荫茂密的江心岛而已。是夜一家人在树叶堆上沉沉睡去，哪知半夜里传来了令人惊恐的狼群嚎叫。比布挥舞起一把从主人那里偷来的猎刀，对着幽光闪烁的群狼发出猛攻，而妻子也拿起一根木棒用于自卫。也许是上天眷顾，群狼终于悻悻而去。

---

① 比布事后惊叹："我说，除非攸关我自己和家人的对自由、人道和正义的最强烈的爱，没有任何事情能诱使我再冒如此大的风险。" See Henry Bibb, *Narrative of the Life and Adventures of Henry Bibb, An American Slave*，*Written by himself*, pp.123–124.

荒岛惊魂（出处:《美国奴隶亨利·比布的生活和冒险叙事》,1849）

第二天，他们沿河边行走，终于发现有浮木堆积一处，于是从上面小心翼翼地走到对岸。然而更大的危险很快到来。正当他们穿行于荆棘之时，猎狗的吠叫声隐约传来。声音越来越近，不久他们看见持枪的追击者骑着马结队而来，他们一家人也已经跑不动了。结果比布被五花大绑起来，妻女跟在后面。

在种植园上，所有的奴隶都被叫来，以目睹逃跑的可怕后果。比布面部朝下，四肢被绑在四个地桩上，监工上来就是 50 鞭子；然后主人赤膊上阵，亲手将比布一顿狂抽；几近昏迷之际，比布又挨了近十下木桨的抽打；此后浇上盐水后才算了事。几天后比布能够活动了，主人给他装上了一副顶端挂着小铃铛的沉重铁项圈，白天辛苦工作，晚上被关在牲口棚或拴在一块大木头上。比布就这样连续六周昼夜戴着这种折磨人的刑具。

家 庭 分 离

有一天当比布戴着刑具在路边的轧棉厂工作的时候，被一队骑马路过的运动员看到了。他们认为比布看起来很聪明，于是以压低的价格将他买下来。按照比布在文中其他地方的描述，这帮运动员的领头人应是托马斯·威尔逊，时间是 1841 年。比布请求与妻女告别，但狠心的主人惠特菲尔德没有允许。

比布上了马跟随这帮人前行，半途的时候刑具被卸下来，还换了身衣服，因为他们想以高价转卖掉比布。他们一行人进入得克萨斯，边玩边走，接着要进入密西西比西部的印第安区域，参加那里的赛马大会。由于没有任何人打算购买比布，这帮人听从比布的建议，掉头转向惠特菲尔德的种植园，希望买下马琳达母女以便脱手。

到达那里之后，可怜的马琳达终于见到了日夜挂念的丈夫，悲喜交加。但惠特菲尔德一口拒绝了那帮运动员提出的高价，

家庭分离（出处：《美国奴隶亨利·比布的生活和冒险叙事》，1849）

并以鞭子不断抽打正在大声祈祷的马琳达母女，场景之悲惨，连那帮运动员都看不下去了，指斥惠特菲尔德的无耻。

比布不得不跟着这帮人继续路程，经过阿肯色，在那里他们仍然进行赛马和赌博活动，比布则负责赶车。他们接着进入了切罗基印第安人区域，在一次赛马会上一个富有的印第安人看中了比布，并以 900 美元的价格将其买下。根据此前与运动员达成的秘密协议，比布从他们手中得到了一些金钱以及逃往加拿大的路线。

此后比布被带到几十英里外的印第安居住区。在这里比布体会到印第安奴隶制的温和性，他甚至看到在争执中奴隶鞭打主人的奇景，比布对此发出了感叹："如果必须是个奴隶的话，我宁愿给一个印第安人、而不是给一个白人当奴隶。"[1] 印第安主人十分信任比布，以至于钱袋都让他保管。但由于酗酒等不良生活方式，主人的身体很快衰败下来，比布则日夜

---

① Henry Bibb, *Narrative of the Life and Adventures of Henry Bibb, An American Slave*，*Written by himself*, p.153.

在病榻前予以精心的照料。

主人死后的第二天，比布趁这个印第安人部落举行葬礼之际偷偷溜走。他穿过了几个危机四伏的印第安部落，日夜兼程前往加拿大。比布先后在两处印第安人居处混了点吃喝以后，进入另一个奴隶州密苏里。在大草原上度过心惊肉跳的一天后，夜里他在一处种植园上牵出了一匹马，跨上后一路北上，涉过一条几乎要淹过马背的河流，来到另一片大草原。天亮时将马匹放生以后，比布步行进入了俄亥俄境内，出行环境开始好转。在一家旅馆，比布向一个白人租用了一匹马，并一起到达了杰斐逊城。此后比布买了一辆小推车，冒充白人的差役上了那里的一艘汽船，并与甲板上一伙爱尔兰人混在一起，从而避免了亲自买票的风险。到了圣路易，比布随即换乘一艘开往匹兹堡的船只。当它到达俄亥俄河口的时候，比布的心情开始放松下来。到了临近奴隶州的朴茨茅斯，比布下船，在那里的一个旅馆里为人刷鞋赚点小费。期间比布遇到过的一位认识的运动员前来投宿，比布又开始紧张起来，他赶紧离开了这个是非之地，并辗转来到佩里斯堡，在那里为史密斯先生工作了几个月。

悲 情 告 别

1842 年 1 月，比布决定去底特律，并在那里接受了三周的学校教育。1844 年 5 月，比布在密歇根州的底特律开始从事废奴运动，并积累钱财准备购买妻女。1845 年冬天，比布决定回到肯塔基打探妻子的消息。他返回辛辛那提，在那里乘船到达印第安纳州的麦迪逊，此处离盖特伍德种植园不远。经过打听消息，比布痛心地获知，妻子已被卖给一个男人，并已与主人姘居三年，女儿仍与她在一起。这对比布无疑是沉重一击，只得宣布中止婚姻关系："从那时起我就将她置于全知的上帝之手。鉴于她那时与另一个人生活，我不能再将她看作自己的妻子。为营救她逃脱奴隶制的掌控，我经历了那么多的牺牲、痛苦和风险，但所有的前景和希望都泡汤了。从理论和实际上来说，作为妻子的她从此对我如同死了一般，因其根据上帝与人之间的律法生活在通奸状态。"① 鉴于与南部社区的主要身体联结已经中断，比布得以从情感上斩断了过去，而收获了一种带着伤痛的自由。

在设法与母亲见了一面后，比布快快而回。因为"发现自己孤立于这种特别的、非自然的状态下"②，1846 年他决定进行巡回废奴演讲，区域包括密歇根和新英格兰。1747 年 5 月，比布在纽约结识了志同道合的玛丽·E.迈尔斯女士，并在 1848 年 7 月正式结婚，从而在自由的世界中找到了自己的新定位。叙事也在这里到了尾声。1849 年，比布出版其个人叙事。1850 年《逃奴法》通过之后，夫妇二人移民加拿大。1851 年比布成为《逃奴之声》双周刊的编辑，鼓吹建立独立的黑人社区。然而1853 年 10 月的一场无端的火灾摧毁了周刊的办公室和印刷设备，次年 8 月比布英年早逝，享年仅 39 岁。

小　结

在其自我叙事中，肯塔基逃奴亨利·比布强调了一种约束个体自由的社区关联性，突出在家庭情结与人身自由之间如何权衡的生活波折，呈现了一种由父亲打前站、继而冒险返回南方并带领全家逃跑的叙事模式，即奴隶制与婚姻和自由相冲突的循环性主题，与强调逃跑并转变成自由人的上升性"经典叙事"主题有所不同。海格勒认为，自由和家庭的双重主题对自由的单一性主题的取代决定了比布叙事模式的开创性："通过展示对自由和家庭的双重渴求，比布赋予他的《生活和冒险叙事》以一种正式

---

① Henry Bibb, *Narrative of the Life and Adventures of Henry Bibb, An American Slave*，*Written by himself*, p.189.

② Henry Bibb, *Narrative of the Life and Adventures of Henry Bibb, An American Slave*，*Written by himself*, p.190.

的、主题性的关注。这种渴求使他的故事呈现出一种逃跑和返回的循环模式，大大不同于关于逃跑和转化为自由人的传统的、线性的模式。"① 在叙述与逃跑相关的故事中，海格勒认为，因拯救家人是否成功存在不确定性，这种双重性的主题打破了经典叙事中主人公必然得到自由的读者心理预期，所以说"比布给'经典的'次类型增添了一种悬疑的因素"。② 在结构安排上，比布的叙事也打乱时间顺序，而以对"逃跑的艺术"的展示切入奴隶制下的社区生活，又以巫术的噱头融进恋爱和家庭的主题，从而增加叙事的某种悬疑和吸引力；由于作为叙事者的比布对离婚的结局有事先的预知，这也对从角色本身的维度写就的叙事产生了影响，使之自始至终都带有一种抑郁的笔调。

历史学家乔治·P.拉维克认为奴隶有强烈的家庭情结，但其结构并非是核心家庭，而是年长家庭成员承担缺席父母角色的家庭模式；③ 道格拉斯的叙事和雅各布斯的叙事似乎验证了这一点。不过，比布本人的经历却提供了另一种视角，在其叙事中被置于核心的是以父母为中心的核心家庭模式，"我认为我的求爱和婚姻构成了我的奴隶生活的最突出事件。"④ 无论核心家庭的影响是否处于大多数奴隶生活的中心，比布的叙事仍然揭示了奴隶制下的以家庭为中心的"大写的自我"在"黑人的世界"所占据的重要位置，这从叙事的结构安排当中即可端倪：在松散的早年生活叙事中，前三章述及比布如何求爱、确立了婚姻和家庭；从第四章到第七章则描述北上逃跑与南下拯救妻女；第八章到第十二章则是聚焦团聚的代价——被卖到路易斯安那；从第十三章到第十六章描写比布被单独卖给印

① Henry Bibb, *The Life and Adventures of Henry Bibb, An American Slave*, *with a New Introduction by Charles J. Heglar*, p.viii.
② Charles J. Heglar, *Rethinking the Slave Narrative: Slave Marriage and the Narratives of Henry Bibb and William and Ellen Craft*, Westport, Connecticut: Greenwood Press, 2001, p.35.
③ Frances Foster, *Witnessing Slavery: The development of Ante-bellum Slave Narratives*, Madison: The University of Wisconsin Press, 1994, p.140.
④ Henry Bibb, *Narrative of the Life and Adventures of Henry Bibb, An American Slave*, *Written by himself*, p.33.

第安人以及主人死后的逃亡；第十七到第十八章则讲述比布的废奴活动以及宣告与马琳达婚姻的终结；第十九和第二十章述及与玛丽·E.迈尔斯女士的联姻以及自己的感言。总而言之，该叙事的主要特点就是揭示个体小我的自由与家庭这种大写的自由如何两全的问题；作为混血儿，比布本人就是"白人的世界"入侵"黑人的世界"的结果，但他本人难以在身体上进入"白人的世界"，而情感所系的"黑人的世界"也是支离破碎，更看不出叙事中有多少关于黑白之间"共享的世界"的描述。从比布对奴隶制生活的描述中，我们看到的是一个几乎压倒性的"白人的世界"。

第八章

哈丽雅特·雅各布斯的女奴叙事

　　1861年，由莉迪亚·马里安·蔡尔德所编辑、作者署名为琳达·布伦特——其实是哈丽雅特·雅各布斯——的《一个奴隶女孩的生活波折》在波士顿出版。莉迪亚·马里安·蔡尔德熟知作者本人，并相信这本传记所述是真实的："我相信那些了解她的人不会怀疑她的诚实，尽管在她的故事中有些波折比小说还要浪漫。"① 但由于没有手稿方面的存在证据，即使是相当重视奴隶叙事资料的约翰·布拉欣格姆这样的历史学家对此也有所怀疑。在初版于1972年的《奴隶社区》一书中，布拉欣格姆这样说："尽管莉迪亚·马里安·蔡尔德强调，出于压缩和条理之故，她只是修改了哈丽雅特·雅各布斯的手稿，但作品不是可信的。首先是因为太有条理了，那么多的主要角色在数年分离之后有如神助般地相遇。然后是因为故事太具有戏剧性了。"② 雅各布斯则本人强调叙事的真实性，在前言中她声称："我没有夸大奴隶制所施加的错误；相反我的描述完全与事实没有冲突"；③ 此外她还在文末附上了两个熟人——埃米·波斯特和乔治·劳瑟对其真实性进行担保的证词。而在1946年写成的博士论文、此后的1981

① Harriet Jacobs, *Incidents in the Life of a Slave Girl. Witten by Herself.* New York: New American Library, 2000, p.xix.

② John W. Blassingame, *The Slave Community: Plantation Life in the Antebellum South*, Oxford: Oxford University Press, 1979, p.373.

③ Harriet Jacobs, *Incidents in the Life of a Slave Girl*, p.xvii.

年出版的《奴隶叙事在美国史中的地位》一书中，马里恩·斯塔林相信该叙事的确凿性："经过仔细检视的雅各布斯夫人的文本表明，整本书的风格以及在风格与内容之间存在明显的一致性。叙事的细节可与在19世纪30年代所获得的有关奴隶叙事的大众记录相平行，但有些在此前的出版物中并没有得到保存。"[1] 在初版于1987年、由琼·费根·耶林所主编的《一个奴隶女孩的生活波折》前言中，耶林从信件、报纸和官方文件证实了笔名为琳达·布伦特与逃奴哈丽雅特·雅各布斯之间的关联性以及所述事件的确实性，并将这个文本列入了"可靠的"或"真实的"奴隶叙事之列。[2] 尽管叙事的主体内容是可信的，但屈居于一个狭窄的空间内长达七年之久，像这样的细节描述多少有点令人匪夷所思，而由善于写作跨种族恋情的小说家蔡尔德所编辑，雅各布斯所述事实中是否掺杂了水分，仍难以确切测定。[3]

早 年 身 世

根据雅各布斯的陈述，她在北卡罗来纳的一个种植园上本来有着快乐的童年。她生来就是个奴隶，但在六岁之前对此一无所知。她的父亲是一个混血儿木匠，因技艺精湛而经常被租到外地，每年给他的女主人带来200美元的收入；他最大的愿望是用自己赚来的钱赎买孩子的自由，但最

---

[1] Marion Wilson Starling, *The Save Narrative: Its Place in American History,* Washington, D.C.: Howard University Press, 1981, pp.212–213.

[2] Stephanie A. Smith, "Harriet Jacbos: A Case History of Authentication", in Audrey Fish, ed., *The Cambridge Company to the African American Slave Narrative,* Cambridge: Cambridge University Press, 2007, pp.189, 193.

[3] 雅各布斯的叙事当中存在个别矛盾或令人费解之处，例如：叙事中有一处说女主角的第一个爱慕对象是她的小叔本·杰明（Harriet Jacobs, *Incidents in the Life of a Slave Girl. Witten by Herself.*, Boston: Published for the Author, 1861, p.31），但另一处则说是一个年轻的黑人木匠（p.58）；关于女主角与白人男子桑德斯相遇时间，一处说是15岁那年（p.84），但在叙述自己恋爱开始之前一处则说自己已经16岁（p.51）。

终没有如愿。雅各布斯的母亲与自己的女主人其实是同父异母的亲姊妹，而且她们都吸吮雅各布斯的外祖母萨莉的乳汁长大成人。由于这种血缘上的关联，母亲只是名义上的奴隶，但成年后一直忠于她的异母姊妹。然而六岁的时候母亲早早去世，雅各布斯不得不跟着外祖母生活——此前当外祖母的女主人去世时，后者的一个 70 岁的单身姊妹范妮买下了她，并赐予 50 岁的萨莉以自由身份——从此之后同样是混血儿身份的外祖母成为雅各布斯的生活屏障所在。鉴于对雅各布斯临终前的母亲所给予的允诺，女主人一直善待雅各布斯，并教她如何识字，而雅各布斯也很乐于随时为女主人提供服务。然而在 12 岁的时候，看起来如母亲一般亲切友好的女主人也去世了；按照遗嘱，雅各布斯被赠送给女主人妹妹的女儿——一个年仅五岁的女孩埃米莉，但并没有发生自己和朋友所期望的释奴行为。苦日子就这样开始了。

成为在血缘上可算作表姊妹的财产之后，哈丽雅特事实上被置于姨夫弗林特医生的魔掌之下。弗林特医生拥有大约 50 个奴隶、几块农场和一处城镇住宅，但具有"永不间歇的、欲壑难填的堕落特性"，他曾拒绝支付对外祖母的三百美元欠账，饭菜一旦不对自己的胃口就对厨子大发淫威，而弗林特的妻子可以端坐在座位上看着女奴在淋漓的鲜血下颤抖。由于弗林特医生的私生活混乱，夫妻二人总是处于一种紧张的状态，而这种紧张状态又被传导到自己的奴隶身上。哈丽雅特曾目睹弗林特医生残酷鞭打一个奴隶，据说是由于抱怨自己的妻子生下了主人的孩子，而弗林特的妻子曾冷酷讥笑一个濒死的奴隶女孩，因为她生下了一个很快死去的白皮肤婴儿。雪上加霜的是，哈丽雅特的哥哥威廉也被卖到这个家庭；此外哈丽雅特的一个姨母、母亲的孪生姊妹南希也在这里作为女仆在这里当差。哈丽雅特在这里被冷待了近一年之后，外祖母告知了父亲去世的噩耗。然而当她请求第二天到一英里之外的地方最后看一眼父亲时，却被要求在女主人的房子里装点鲜花，直到第三天她才得以参加了父亲的葬礼。

在这个家庭过了两年，也就是哈丽雅特 14 岁的时候，她和哥哥威廉已经领教了许多的作为奴隶的苦处。如果说生活还有点阳光的话，那就是年龄相当的小叔本杰明已经长成了一个又高又帅的小伙，哈丽雅特因此对他产生了"一个初恋女孩的激情"。① 弗林特医生对此了如指掌，并想尽一切肉体惩罚之外的办法折磨哈丽雅特。但当有人出高价购买哈丽雅特时，他总是以自己不是法律上的主人而推脱掉。小主人埃米莉也不是善茬，她会无端地挑剔哈丽雅特。有次在寒冷的 2 月，祖母送给哈丽雅特一双新鞋子，由于女主人听不惯鞋子发出的声音，竟然命令哈丽雅特脱掉鞋袜，让她赤脚行走在雪地上外出办事。不久本杰明那边也出事了；由于与主人产生了肢体冲突，本杰明决定逃亡北方的纽约，但在船上因暴露身份而被抓回。关进监狱三个月后，因本杰明仍不屈服，主人以 300 美元的价格将他交给了一个奴隶贩子。在押往新奥尔良的过程中，本杰明设法逃脱，途经巴尔的摩到达纽约，在那里与他的哥哥菲利普惊奇相遇。菲利普返回后将好消息告诉了外祖母，而后者不久也出价 800 美元赎买了菲利普的自由。

主人的逼迫

进入 15 岁的时候，哈丽雅特的个人生活发生了一个更坏的转折，环境迫使她认识到自己不再是一个单纯的少女。弗林特医生开始在哈丽雅特的耳边不断说脏话，"极力污染我的外祖母所灌输的纯洁信条"；② 为了达到他不可告人的目的，弗林特医生交替使用狂暴或温柔的方式，在每个角落寻找自己的机会，并反复告诫哈丽雅特是他的财产，必须在所有事情上听他使唤。哈丽雅特本想告诉具有相当威望的外祖母，但弗林特医生对此发出了死亡威胁，而哈丽雅特本人也羞于启口，并害怕事情将发展到不可

---

① Harriet Jacobs, *Incidents in the Life of a Slave Girl. Witten by Herself*, p.17.

② Harriet Jacobs, *Incidents in the Life of a Slave Girl. Witten by Herself*, p.27.

收拾的地步。在这个事情上，年轻的女主人或可施加援手，但她不是出于同情，而是为嫉妒和愤怒情绪所驱使。弗林特夫人对丈夫的行为保持高度的警惕，但狡猾的弗林特医生总能找到逃脱之道。在家里，除了肢体语言的骚扰之外，弗林特医生还不断地往哈丽雅特手里偷偷地塞纸条；在他的办公室，弗林特医生则没有更多的顾忌。

在哈丽雅特16岁的时候，弗林特夫妇的争吵加剧了。弗林特夫人对哈丽雅特恶语相加，但弗林特医生不允许她动手惩罚后者。作为一个计谋，弗林特医生宣布四岁的女儿跟着他睡，而哈丽雅特也不得不一起住在这个公寓。好在晚上有姨母南希做伴，在白天哈丽雅特则竭力躲避自己的主人，这导致弗林特医生以剃刀压喉、逼迫哈丽雅特改弦更张。当弗林特医生打发走南希，并命令哈丽雅特到自己的卧室陪伴孩子时，弗林特夫人闻声大怒，为此大闹一场，在这种情况下弗林特医生才被迫做出让步。此后哈丽雅特被安排到弗林特夫人的临近房间，但这并不意味着大事告吉，因为她经常在夜里突然睁眼发现，这个神经质的女人正弯腰盯着自己。叙事的女主角在这里强调，弗林特医生有11个私生子，难怪比他年幼很多的妻子心怀不满。

社区里有个自由人出身的年轻黑人木匠，哈丽雅特与他童年时期相熟，此后与他来往密切。二人相互倾慕，哈丽雅特开始了自己真正的初恋。这个未具名的木匠想购买哈丽雅特，但后者知道对弗林特医生而言，这无异于缘木求鱼；弗林特夫人倒是希望摆脱哈丽雅特，但她想得到的结果是将其卖到丈夫力所不及的远处。情急之下，哈丽雅特求助于一个好心肠的白人妇女，让她为自己的赎买一事说情。尽管这位白人妇女与弗林特医生相熟，但后者还是断然拒绝了她的游说。弗林特医生为此召见了哈丽雅特，声称后者若要结婚的话，那也必须从自己的奴隶中选一个。当听到哈丽雅特说自己仍爱着那个木匠时，气急败坏的弗林特医生猛然给予哈丽雅特一击，并警告她如果胆敢再与那个木匠交谈，他就要对他们一起实行鞭刑。在经过了半个月的冷战以后，弗林特医生向哈丽雅特提议，在秋天到来的时候跟着他到路易斯安那。多亏路易斯安那那边事务不利，弗林特医生在夏天过后没再提移居一事。有一天哈丽雅特与情人在街角短暂碰面，弗林特医生凑巧从窗口发现了这个场景，这引发了他的另一次殴打。哈丽雅特注意到，为了避免主人找自己的麻烦，一些奴隶丈夫甚至被迫让开地方，默许主人性侵自己的妻子或女儿；考虑到即使结婚也不能免于弗林特医生滥施淫威，因此哈丽雅特建议自己的情人远走他乡，在北方自由州谋划自己的生计。

逃避之道

在哈丽雅特的情人出走后，弗林特医生想出了一个新点子。她直白地告诉哈丽雅特，将在镇子附近一个隐蔽的地方为她建造一座小房子。社区当中流言蜚语不久也蔓延开来。哈丽雅特决定誓死不从，但对如何避开这个陷阱感到无计可施。这时候，一个未婚白人男子桑德斯先生进入了哈丽雅特的世界。他与哈丽雅特的外祖母认识，经常在街上和哈丽雅特打招呼，对她的处境表示关切，并给她时而写信。在他的温情攻势之下，哈丽雅特的心肠逐渐融化。对她而言，不在强迫之下应允对方大大淡化了屈辱的色彩："我知道我们之间存在不可逾越的鸿沟；但成为一个未婚男人的兴趣对象，这个人还不是她的主人，对一个奴隶的自尊和情感来说是愉快的，如果说悲惨的处境还给她留下任何自尊或情感的话。"[1] 哈丽雅特承认，在这里或许存在某种诡辩，但又指责奴隶制所造成的道德信条混乱。当哈丽雅特发现小屋已经盖好后，原来的虚荣心之外又加上了自己的报复心和对得失的盘算；弗林特医生在盛怒之下可能卖掉哈丽雅特和自己的孩子，而这正是哈丽雅特所期望的，那时桑德斯就可出手了。当弗林特医生告知哈丽雅特安乐窝已准备就绪，并命令她入住时，哈丽雅特宣布了自己已经身怀六甲的事实。弗林特医生大为震惊，随即拂袖而去；而同样震惊

---

① Harriet Jacobs, *Incidents in the Life of a Slave Girl. Witten by Herself*, p.59.

的还有疼爱她的外祖母，后者发现真相后将戴在哈丽雅特手上的、母亲遗留下来的戒指以及自己的银顶针摘了下来。被外祖母逐出家门的哈丽雅特急于寻求一个母亲生前的闺蜜的帮助，在那里外祖母终于向跪在地上的哈丽雅特展示了自己的怜悯心。

几日后仍不甘心的弗林特医生又现身了。他向哈丽雅特暗示，作为医生他可以让她免于暴露自己的隐私。他还诋毁哈丽雅特的情人，并要求与他断绝联系。言辞交锋之际，弗林特医生发誓绝不会卖掉哈丽雅特，而只会让她在自己手中受罪。在身心重压之下，数周之内哈丽雅特卧病在床，一个未足月的男婴就在这时诞生了。哈丽雅特身体十分虚弱，身体感到忽冷忽热，这种状况持续了近一年时间，而孩子的健康状况也不太好；前来查看情况的弗林特医生则冷嘲热讽，并提醒哈丽雅特，自己因此又增加了一份财产。哈丽雅特仍然躲避弗林特医生，后者就拿哈丽雅特的哥哥威廉出气，一度将其投进监狱。好在儿子渐渐好起来了，一岁的时候成为招人喜爱的儿童，但生下来抹不掉的奴隶身份又使得哈丽雅特十分伤感。

自从孩子出生以后，哈丽雅特就没有到过弗林特医生的住所，因为弗林特夫人对此发出了致命的威胁。但弗林特医生还是前来纠缠，有次盛怒之下将哈丽雅特推下了楼梯，导致后者在床上休养了好几天；他还威胁哈丽雅特，如仍然不从的话，他将卖掉她的孩子，这使得哈丽雅特十分担心。当听说此时 19 岁的哈丽雅特又怀上了第二个孩子时，弗林特医生发出了雷霆之怒；他冲出房子后，带回一把大剪刀，然后在咒骂之中剪掉了哈丽雅特的一头秀发。哈丽雅特反唇相讥，弗林特医生又开始施暴。从此之后弗林特医生几乎天天前来骚扰，直到哈丽雅特产下一个女婴。四天之后弗林特医生又来了，命令哈丽雅特交出女婴。在劈头盖脸的辱骂之下，虚弱的哈丽雅特晕倒在地，意识到问题严重的弗林特医生赶忙用凉水激醒了哈丽雅特。恰在这时外祖母前来探视，弗林特医生匆忙离开。

趁弗林特医生出诊之时，哈丽雅特设法为孩子取得了教名。之后哈丽雅特又尝试赎买一事。一个打算到德克萨斯的奴隶主受桑德斯之托，向弗林特医生提出了 1200 美元的赎买高价，但后者对此无动于衷。第二天弗林特医生前来，讥讽哈丽雅特又卷入了另一场感情纠葛当中，但哈丽雅特表示，自己并没有见过这位奴隶主。弗林特医生闻声火气上冲，拉开环抱在母亲身上的男孩本杰明，将他掷倒在地。正当弗林特医生扭住哈丽雅特时，有人进来了，弗林特医生无奈离去。然而不分白天黑夜，妒火攻心的弗林特医生前来住处的次数更多了，扬言要找到所谓的私通者。有一次哈丽雅特看望外祖母时，不请自来的弗林特医生指责一个碰巧来串门的女奴，这件小事终于引发了外祖母和弗林特医生之间的一场冲突。在那年的冬天，弗林特医生安静了不少。

午夜潜逃

　　然而第二年春天到来之际，弗林特医生故态复萌，再次提议以顺从他为代价来换取自己和孩子的自由，否则将把哈丽雅特遣送到他儿子的种植园受罪，一双儿女也要被卖掉。在弗林特医生的儿子大婚之际，哈丽雅特应召坐车到了弗林特儿子的种植园，在那里装饰房间，而女儿埃伦不得不被弃之一旁，只是在害病之后才被送到外祖母那里。为了看望自己的孩子，哈丽雅特只能在夜里步行12英里，偷偷地赶到镇子然后连夜返回。几个来回之后，哈丽雅特厌倦了这种生活，开始考虑逃跑事宜。她可以找到单独逃跑的机会，但如何带上孩子就是一个令人头疼的问题。

　　第六周快要结束的时候，种植园的门面装点一事已经完成，下周三就要迎接新娘子的到来。哈丽雅特第一次请了个假，希望周日回家看看。在与外祖母相处的那天，察觉出某种端倪的老人家极力打消哈丽雅特的逃跑念头，但哈丽雅特内心不为所动。新娘子到来之后，哈丽雅特被安排在大房子安歇，而为了更好地控制她，新婚夫妇听从了弗林特医生老两口的建议，准备将哈丽雅特的孩子接过来。然而这种安排促使哈丽雅特拿定了主意。

　　半夜时分，哈丽雅特悄悄下楼，从二楼跳窗而出，在漆黑的雨夜里摸索前行。在镇子里与外祖母见了一面之后，哈丽雅特外出藏身于一个朋友那里。第二天弗林特医生父子一家陷入了混乱，他们到处搜寻哈丽雅特的行踪，外祖母的房子也在搜查之后受到了严密的监视；以弗林特医生署名的逃奴广告上这样写着："300 美元的奖励！从签署者这里逃走，一个聪明、机灵的混血女孩，21 岁。5.4 英尺高。黑眼睛和黑卷发。"① 在那里待了一周之后，因担心牵连朋友，哈丽雅特溜出来，藏身于灌木丛中，结果受到一只爬虫的袭击，不得不回到原处，并用了土法进行敷疗。在困顿时刻，外祖母的一个身份为种植园女主人的密友冒着声誉受损的危险伸出了援手，无奈之下哈丽雅特跟着女仆贝蒂悄悄转移到那里，藏身于卧室上面的一个小储物间里，紧急时则被贝蒂安排在厨房地板下面的地窖里。

为了施加报复，弗林特医生并没有出售哈丽雅特的孩子，而是将其与哈丽雅特的哥哥威廉、姨母南希一块关进了监狱，桑德斯因而没有任何购买的机会。因缺少厨师，月底姨母被放了出来，不久埃伦也因麻疹被带到弗林特医生那里，但因哭闹又回到监狱。因怀疑哈丽雅特已经到了纽约，弗林特医生借了 500 美元前往那里，当然一无所获。为购买威廉和两个孩子，桑德斯委托一个奴隶交易商分别提出了 900 美元和 800 美元的高价，最初遭到了断然的拒绝；但由于弗林特医生急缺现金，讨价还价之后最终以 1900 美元的总价成交。仓促交易以后，弗林特医生又想加进去不能在本州转售的附加条款，但中间人宣布交易已经结束，实际上桑德斯已经接手。威廉和孩子被押解到郊外的一处农场，解除手铐后乘车回到外祖母居所，于是一家人欢聚在一起。

听说这个好消息后，哈丽雅特第一次感到了真正的快乐。但弗林特医生气急败坏，他以协助哈丽雅特逃跑为由指控她的舅父菲利普，但最终因查无证据，菲利普从监狱里释放出来。哈丽雅特所藏身的房子也受到了搜查，一度有人试图进入哈丽雅特藏身的储物间。哈丽雅特决定再次紧急转移，在贝蒂的协助之下，她化装为海员，与父亲原来的一个徒弟彼得接

---

① Harriet Jacobs, *Incidents in the Life of a Slave Girl. Witten by Herself*, p.149.

头，姨母南希的丈夫随后用船将二人接走。在蛇虫出没的沼泽地停留了一天后，哈丽雅特趁黑来到了外祖母的居所，在那里舅父菲利普制造了一个藏身的地方。

逼仄空间

数年之前外祖母的房屋上增加了一个小棚；房屋的托梁上面放置了一些木板，在这些木板和木瓦房顶之间就构成了一个狭窄的空间，只有九英尺长、七英尺宽，最高处不过二英尺，既不通风也不透光，平时只有老鼠出没其间。为了隐藏哈丽雅特，菲利普在与储物间相连的地方临时开凿了一个隐蔽的小门。哈丽雅特来到后，立即钻进了这个局促的洞穴，躺在整理好的床铺上，立即昏昏睡去。天亮后孩子喧闹起来，但哈丽雅特的世界仍是一片黑暗，空气令人压抑。食物从那个小门传递过来，外祖母、菲利普和南希也会寻机与哈丽雅特交谈。有一天哈丽雅特碰到了一件东西，发现是一把螺丝刀后大喜过望，于是在对着街道的方向悄悄地凿孔，最后将三个孔连接起来。微风从孔中吹进来了，而哈丽雅特也从缝隙中先后看到了弗林特医生、其他熟人以及孩子。然而木瓦挡不住夏日的酷热，而虫子叮咬使得皮肤瘙痒，经外祖母药水治疗多日之后才得以摆脱。

姨母南希从弗林特医生那里得到消息，哈丽雅特得知他又到纽约寻找她的踪影去了，因而增加了一些安全感。无果后，弗林特医生又试图从孩子嘴中发现哈丽雅特的蛛丝马迹。夏去秋来，天气凉爽下来，哈丽雅特可以借助微光看书和缝补衣服。但冬天一来，哈丽雅特不得不整日在被窝里躺着以保持体温，一不留意肩膀和脚还是被冻伤了，但她还是为孩子准备了圣诞礼物。圣诞节那天哈丽雅特不得不担惊受怕，因为外祖母为了安全起见，邀请了一个白人警察和一个试图转化为白人身份的自由黑人前来做客。

冬去春来，哈丽雅特舒服了很多，但仍然找不到逃跑的机会。夏天来了，被烤化的松节油从木瓦上流了下来，滴到了哈丽雅特的脸上。风暴来临时缝隙被填塞，更加恶劣时衣服则被打湿。秋季的凉爽之后，哈丽雅特又感受到了冬天的威力。因缺乏活动哈丽雅特腿脚抽筋，并出现了麻木感，而头部的寒冷造成面部僵硬，一度陷于昏迷达 16 个小时之久。在哥哥威廉、舅父菲利普和外祖母的照顾下，哈丽雅特终于苏醒过来，但出现了神经错乱，导致家人不得不施加药物。药物是威廉冒称自己有病而从医生那里买来的，其中药膏要用火烤后擦身。木炭的尝试差点窒息了哈丽雅特，随后用铁盘盛着煤块解决了问题。日夜操劳的外祖母身体也出现了问题，弗林特医生前来查看病情。有一天哈丽雅特还目睹了儿子在街上被一条恶狗咬伤；然而这些危机不久都过去了。

夏天过后，弗林特医生第三次前往纽约。但在国会竞选季节，他又返回进行投票造势，力图击败哈丽雅特的情人、辉格党候选人桑德斯，但没能得逞。因担心孩子的自由身份问题，哈丽雅特决定冒险在桑德斯到华盛顿特区履职之前谈论一下这个问题。她瞒着家人偷偷从藏身处爬出，跌倒在储物间地上，四肢几乎不听使唤。费尽力气坐好之后，等着桑德斯从窗旁经过。听到哈丽雅特的招呼声，桑德斯大吃一惊，犹豫之后还是往前走去，但最终又折了回来。哈丽雅特没有告知自己目前的藏身之所，只是表示关切孩子的自由身份保证问题。桑德斯答应办理，并表示还要安排哈丽雅特本人的赎买问题。桑德斯匆匆而去，发现了情况的外祖母和菲利普立即把哈丽雅特送进了那个自制的监牢中。

弗林特医生仍不时与外祖母谈话，声言哈丽雅特会自动回来，而他本人愿意将其卖给哈丽雅特的亲属。为了与弗林特医生周旋，哈丽雅特决定写一封从纽约发出的信。与彼得交谈以后，哈丽雅特从半张《纽约先驱报》上找到一处地址，就分别给外祖母和弗林特医生写了一封信，表明自己目前住在波士顿。彼得拿到信后，秘密交送给一个自己信任的海员，而后投放在纽约市的一个邮箱里。不久南希回来告知，弗林特医生夫妇在低声谈论那封信。第二天弗林特医生前来外祖母家里，并宣读了一封自己伪造的信，声称哈丽雅特希望舅父菲利普把孩子送到北方与自己见面。第二天弗林特医生叫来菲利普，要求他到波士顿寻找哈丽雅特，并声称波士顿市长正协助调查。哈丽雅特决定继续时而写信，以维持弗林特医生对藏身地点的错误认知。由于波士顿那边并无任何消息，哈丽雅特被允许清早下来到储物间透透气，以活动一下有些僵硬的身体。

始 乱 终 弃

　　哥哥威廉跟随主人桑德斯前往华盛顿，并发来几封信件。桑德斯也给外祖母写了一封信，称赞威廉的忠实，并说要他跟着自己到北方游历。然而后来据报道说，桑德斯将在秋天携新娘返回南方。哈丽雅特听到该消息后思绪万千，暗暗垂泪。外祖母在苦等中没见威廉回来，桑德斯则让人捎话过来，说是废奴主义者将他引诱走了；外祖母认为有生之年再也见不到孙子了，因而悲伤不已。后来威廉来信了，陈述自己并非被人游说，而是认为将自由寄托于桑德斯个人的善意具有不确定性。考虑到新婚的桑德斯刚刚在财产上受损，而自己儿女的身价在逐渐升高，哈丽雅特急于让桑德斯对他们的未来自由下个结论。

　　有一天桑德斯夫人在街上看到了哈丽雅特的儿子，惊叹于他的帅气。追问之下桑德斯告诉了实情，并从外祖母那里领走了两个孩子。桑德斯的一个来自伊利诺伊州的无嗣妹妹喜欢哈丽雅特的女儿埃伦，而桑德斯夫人喜欢哈丽雅特的儿子本杰明。听到这个消息的哈丽雅特心里五味杂陈，委托外祖母前去说情，恳求桑德斯遵守以前的诺言。桑德斯回复说孩子们是自由的，并说弗林特医生声称他们被出售时自己的女儿还小，原来的合同不具备法律约束力，因而桑德斯建议将孩子送往北方，而现在就要将埃伦送往长岛的布鲁克林；桑德斯夫人则建议先到华盛顿待一段时间，再择机将埃伦送到布鲁克林。哈丽雅特无奈答应，但在临行之前，她决意冒险见一下自己的幼女，相信她会严守口风。虽近在咫尺，但这是五年以来哈丽雅特第一次被家人允许与自己的女儿埃伦相见；母女一起度过了一个终生难忘的夜晚。

埃伦走后，弗林特医生一家得知后甚感不快。弗林特夫人前往桑德斯夫人那里兴师问罪，并再次申明当年的交易无效，强调带走埃伦是一种偷窃行为。这时埃米莉已经 16 岁，但对这事的认识还很模糊。哈丽雅特担心埃伦的安全，以外祖母的名义分别向布鲁克林和华盛顿两地发出了信件，但最初杳无音信。直到半年之后，布鲁克林的一位女士才发来回信，告知埃伦刚刚到达的信息，并表明自己是桑德斯的亲属，已从他手中接收了埃伦。哈丽雅特对此甚感疑惑，不知这是否意味着一次财产的转移。

进入第六个年头，哈丽雅特的姨母南希因一生多次流产和操劳过度，最后中风而死。听到姨母的噩耗，哈丽雅特不胜悲痛。弗林特医生则再次向外祖母表示，希望哈丽雅特能够赶快回来，以取代姨母南希在他家中的位置。

虎 口 脱 险

哈丽雅特的心情时而忧郁，时而愣愣地发呆，就这样蜗居进入了第七个年头，顶棚的木瓦也已经破损了，衣物时而被风雨打湿。此时哈丽雅特的一个朋友范妮也因在元旦那一天被拍卖而偷偷逃跑了，附近的搜寻行动加剧了紧张气氛。哈丽雅特还时而害怕，哪一天孩子可能被人夺走，这种担心促使她决定不惜代价逃亡北方。在危急时刻，朋友彼得发现了一个绝佳的逃跑机会。在与舅父菲利普商议和说服外祖母之后，哈丽雅特做好了逃跑准备。由于社区内一个名叫詹姆斯的逃奴被残忍杀死，计划一度搁置，但在好友彼得的坚持下再度复苏，并在哈丽雅特的要求下，名单上加上了范妮。在支付不菲的费用后，范妮首先被送上了一艘行往新英格兰的船，藏在一个小间里。既定的航程因海况有所耽搁，而在外祖母犹豫不决期间，一个多疑的女奴珍妮的突然来访使得她不再加以阻拦。彼得随后紧急出海，费尽口舌与船长协调好掩护事宜。临行之前，哈丽雅特从穴中钻出来，与儿子在储物间泣泪相见。听说本杰明早就知道哈丽雅特藏在家里，哈丽雅特大吃一惊；原来他听见上面传来过咳嗽声，而从埃伦临行前的话语中他也发现了一些玄机。

哈丽雅特趁着夜色来到街上，与彼得会合后前往港口，舅父菲利普则先行到达。哈丽雅特无语凝噎，与二人默默告别。那个南方出生的船长倒是和颜悦色，带她来到范妮所在的小间，二人惊喜相见后紧紧拥抱在一起。经过十天的航行之后，轮船到达了费城。根据船长的建议，她们在天亮时分来到甲板上。一个陌生的城市呈现在她们面前，哈丽雅特不由得发出了惊叹。通过一个小舢板，二人被送到一个木制的码头上，在那里船长将她们介绍给伯特利教堂的 位德拉姆牧师。范妮暂住在德拉姆牧师的一个朋友那里，而哈丽雅特到了德拉姆牧师的家里，夫妇二人以晚宴接待了她。

哈丽雅特在德拉姆牧师家里待了五天，并领略到了这座城市的美妙。在废奴主义朋友的陪同下，哈丽雅特和范妮乘坐混乱的二等火车车厢前往纽约，因为一等车厢预留给了白人。到达后他们乘马车赶往沙利文街道，在那里与范妮道别。哈丽雅特找到了她的一个做生意的南方朋友，后者陪她到了布鲁克林的一个黑人妇女那里。正当要进门的时候，她们碰到了两个女孩，其中一个是原来邻居的女儿萨拉，另一个正好就是她朝思暮想的女儿埃伦！当天本来可以好好一叙，但埃伦说她是来给霍布斯夫人跑差的，只能在请示后第二天再来。

第二天在与女儿埃伦交谈期间，哈丽雅特发现女儿认识不了几个字，而这本来是桑德斯答应过的；问她是否得到了善待，得到的也是没有底气的回复。哈丽雅特于是给霍布斯夫人写了一个便条，声称自己来自加拿大，来到这里是为了与自己的女儿会面。霍布斯夫人回复了一个便条，邀请哈丽雅特到她的居所。傍晚的时候哈丽雅特随女儿来到霍布斯夫人的居所，得到了礼貌的接待，但霍布斯夫人还是提到了桑德斯将埃伦送给她当侍女一事。哈丽雅特心中不快，回到朋友住处后分别给弗林特医生和他的女儿埃米莉写了一封信，询问他们赎买自身自由的最低价格。

哈丽雅特还挂记着哥哥威廉。听说他在波士顿，她就赶往那里，结果发现他已经前往新贝德福德；她接着写了一封信，得到的音信是他又到海上捕鲸去了。

哈丽雅特回到纽约。由于身体有了很大的改善，为了孩子的福祉，哈丽雅特急于找到一份工作。最初因推荐信问题她遇到了困难，但一个文雅的英裔布鲁斯夫人给她提供了一个保姆的岗位。哈丽雅特最初怀有戒心，没有告知对方自己的逃奴身份。好心的布鲁斯夫人给埃伦留了一个房间，但哈丽雅特因害怕触怒霍布斯夫人而不敢接受。霍布斯夫人限制埃伦的行动自由，还声言后者属于自己的女儿；霍布斯夫人的经济状况不好，哈丽雅特还因此担心埃伦随时会被卖掉。在品尝着生活的苦杯之时，有一天哈丽雅特偶然看到威廉正在向四周的房子东张西望。哈丽雅特立即冲下楼去，兄妹二人又惊又喜。威廉在纽约待了一周，并如愿看到了自己的外甥女埃伦。

哈丽雅特并没有得到弗林特医生的女儿埃米莉的直接回复，而是收到了一封以其兄弟的名义发出的回信。来信说，哈丽雅特在逃亡之后以自由人的身份回到南方是不可接受的，因为那样会带来很坏的后果，不过埃米莉一家会善待哈丽雅特，而年老的外祖母也等着她回家。根据文风，哈丽雅特判断这出自弗林特医生的手笔。接着哈丽雅特收到了另一封来自南方朋友的来信，告诉她弗利特医生将前往北方。哈丽雅特以哥哥那边有急事为由请假两周，立即赶往波士顿避风。安顿好了之后哈丽雅特给外祖母写了一封信，告知她若找到机会，要将本杰明送到波士顿。哈丽雅特在这里提到，当年桑德斯购买两个孩子时，交易单上用的是外祖母的名字，因而后者在法律上完全可以这样做。外祖母那边事情办得很顺利，本杰明乘船直达纽约，然后在一个朋友的指点下来到波士顿，并在一个早上见到了自己的母亲，二人的惊喜之情溢于言表。在纽约这边，弗林特医生四处打听哈丽雅特的下落，但最终落寞而归。哈丽雅特将本杰明交托给哥哥威廉后，就返回到布鲁斯夫人那里。

余悸犹在

夏天的时候，哈丽雅特陪伴着布鲁斯夫人及其小女儿玛丽出行，随后在船上和宾馆里体会到了黑人受歧视的滋味。回到纽约后哈丽雅特时而探望埃伦，发现霍布斯夫人的南方兄弟索恩现在也住在那里。霍布斯先生和他的内弟索恩往往无节制地饮酒，时而肆言无忌让埃伦十分消沉。哈丽雅特有一次周日看望女儿的时候，埃伦告知她一个坏消息，那就是索恩向弗林特医生写信告密，撕碎的信件副本被她发现后，霍布斯夫人的孩子接着拼读出来了，而索恩本人在霍布斯大人质问后不辞而别。

行踪暴露的哈丽雅特迅速回城，不得已之下向布鲁斯大人和盘托出自己的底细。布鲁斯夫人对哈丽雅特的遭遇极为同情，她咨询了范德普尔法官和胡珀律师，二人建议须立即离城。布鲁斯夫人让哈丽雅特上了一辆从朋友那里借来的马车。在等待与哥哥威廉会合的期间，挂念女儿的哈丽雅特又请求霍布斯夫人，让埃伦跟她同行。对自己兄弟的行为感到恼怒的霍布斯夫人应允了哈丽雅特，条件是十日内必须返回，但哈丽雅特对此含糊其辞。

周三威廉到达，护送哈丽雅特母女到了码头。胡珀律师建议走斯托宁顿这个路线，并与罗德岛号客轮的女乘务员交代了一下情况。然后三人上了船，哈丽雅特找到船长，设法在船上找到了铺位，到达斯托宁顿后又转到一个头等舱中，最后安全到达波士顿，并找到了一个与人合租的住处。哈丽雅特给霍布斯夫人写信，强调因教育缘故女儿须留在自己身边。两个孩子得以重聚，一家人都感到了由衷的快乐。

春天来临后，哈丽雅特得到了布鲁斯夫人去世的坏消息。布鲁斯夫人生前希望哈丽雅特陪伴女儿玛丽回英探亲，她就将本杰明和女儿分别安排停当，跟着布鲁斯先生从纽约启程，在经历 12 天的愉快之旅后到达利物浦。三人接着来到伦敦，入住于阿德莱德旅馆。因置身于一个没有肤色歧视的环境，哈丽雅特第一次感受到了完全的自由。在旅英的十个月期间，哈丽雅特还体会到了英式教育的先进性，并对欧洲贫民的境况有了直接的了解。

冬日哈丽雅特回到美国，立即从纽约赶往波士顿。埃伦在学校里有了长进，但本杰明在跟着一个师傅学艺的过程中，因被人发现是黑人而遭到其他学徒的排斥，一气之下他到海上捕鲸去了。不久，现在是道奇夫人的埃米莉发来了一封信，称欢迎哈丽雅特到他们弗吉尼亚的新居同住，并说不来的话也可以赎买自己；但哈丽雅特对此置之不理。

在波士顿舒服地过了两年之后，哥哥威廉表示，愿意出钱将埃伦送到纽约的一家寄宿学校。临行前夕，母女二人倾心长谈，哈丽雅特将不堪回首的往事告诉了埃伦。埃伦则表示多少知情，并告诉哈丽雅特，自己全部的爱都系于母亲，而在华盛顿的五个月期间，她没有感受到桑德斯的任何父爱。此后威廉想在罗切斯特开办一间反奴隶制阅览室，附带卖些书籍和文具。哈丽雅特前去协办，但因入不敷出而放弃此项活动。哈丽雅特接着在艾萨克和埃米·波斯特一家待了一年，后者在本叙事末尾附有证明信。威廉与本杰明一起去了加利福尼亚，埃伦则很喜欢她所在的学校。当被人发现母亲是个逃奴之后，埃伦得到了特别的优惠待遇。

终 获 自 由

前去纽约看望玛丽期间，已经再婚的布鲁斯先生提议哈丽雅特看护他的一个新生婴儿。由于逃奴法刚刚通过，犹豫之后哈丽雅特还是接受了这份差事。新来的布鲁斯夫人虽然出生于南方贵族家庭，但哈丽雅特没有感受到任何不自在之处。不久风声紧张，哈丽雅特出入极为谨慎。春天到来时，哈丽雅特接到警告，说是弗林特医生得知了自己现在的工作地点，已派人前来捉拿哈丽雅特。了解情况之后，心胸大度的布鲁斯夫人建议哈丽雅特带着自己的孩子躲避风头，且全然不顾自己所承担的受罚风险。在新英格兰一个参议员的保护下，哈丽雅特被送到乡下，在那里安然度过了一个月。

感到些许安全后，哈丽雅特返回纽约。每过一段时间，她就会收到别人代笔的外祖母来信，其中在返回几个月后的一封信中说，弗林特医生死了，身后撇下了一个痛苦的家庭。哈丽雅特还听说，弗林特夫人仍宣称，自己的女儿担负不起放弃哈丽雅特后的经济损失。在一个周六的早晨，哈丽雅特走进考特兰街道的一个旅馆大厅里，从那里的报纸上发现，入住客人的名单上有道奇夫妇的名字。布鲁斯夫人听说后，立即招来一辆带篷的马车，陪着哈丽雅特和孩子到了一个朋友家里。布鲁斯夫人回家之后不久，几个人就上门来进行盘问，但布鲁斯夫人表示不知哈丽雅特的去向。

布鲁斯夫人前来，请求哈丽雅特第二天离城。哈丽雅特被告知，道奇本人声称，如得不到她本人的话，就要找她的孩子作为补偿，因为他的妻子从没放弃过自己的权利。内心烦躁的哈丽雅特死活不肯离城，布鲁斯夫人就回去找来埃伦以说服自己的母亲，并准备好了一个箱子。哈丽雅特终于点头，在风雪之中带着布鲁斯夫人的婴儿再次前往新英格兰的乡下。

几日之后，哈丽雅特收到布鲁斯夫人的来信，说是道奇夫妇还在搜寻之中，而她想与对方达成交易。哈丽雅特表示感谢之后一口回绝，表示自己宁可前往加利福尼亚，而决不能被当作财产买来卖去。然而布鲁斯夫人私自行事，委托一个绅士将价格压低至300美元，打包买下了哈丽雅特及其两个孩子的所有权。当消息传到哈丽雅特耳中时，她惊讶得几乎晕了过去。

哈丽雅特带着婴儿回到纽约，布鲁斯夫人张开了欢迎的双臂。布鲁斯夫人表示，自己并非为了服务自己的目的而买下哈丽雅特，后者现在已是自由之身，但哈丽雅特还是选择留了下来，并希望有朝一日给孩子提供一个属于自己的家。外祖母活着听到了来自哈丽雅特的好消息，但不久老人就魂归安息之处。过了一段时间之后，舅父菲利普也病逝了，南方报纸上罕见地刊登了一则讣告，并蹊跷地称呼他为"有益的公民"。① 哈丽雅特在南方的主要牵挂就此在尘世间消失。

叙 事 特 色

总体而言，尽管也述及追求自由的历程，《一个奴隶女孩的生活波折》侧重于从一个奴隶母亲的角度展开事件的论述，奴隶制阴影下的家庭亲情或其纠葛在文本中占据核心的地位，这一点与道格拉斯的自由叙事或比布的将自由和家庭予以并置的双重性叙事均有不同。外祖母萨莉、舅父菲利普、姨母南希、哥哥威廉，当然还有儿子本杰明、女儿埃伦等人都是正面叙事的要角，而敢于为女主角两肋插刀的彼得也是父亲的徒弟。作为反面叙事典型的弗林特医生，从血缘上来讲也是女主角的姨夫，他的神经兮兮、总是怀疑丈夫与女主角有染的妻子则是她的姨母；而女主角与弗林特医生夫妇的女儿埃米莉，即女主角在法律上的主人之间其实是表姊妹关系。应该说，正常的亲情关系都因奴隶制和种族的区别而造成了重大的裂变。介于黑白分明之间、恩怨杂陈的则是女主角的同居者桑德斯先生，虽然他给前者提供了某种争取自由的筹码，并出钱赎买了女主角的哥哥威廉和两个孩子，但最终由于他的失信和再婚而逐渐退居叙事情节的幕后。在雅各布斯述及的奴隶制家庭关系方面，"黑人的世界"与"白人的世界"之间犬牙交错，互相影响乃至撕裂。

其次，《一个奴隶女孩的生活波折》的女性特色也是十分明显的。叙事从一个天真无邪的少女开始，到被迫"过早地知晓这个世界的邪恶之道"②，叙事直击性关系的禁忌话题，可以说在美国奴隶叙事史上是一个惊人的突破。在揭露奴隶制对黑人女性的压迫以及对白人女性造成的心理扭

---

① Harriet Jacobs, *Incidents in the Life of a Slave Girl. Witten by Herself*, p.227.

② Harriet Jacobs, *Incidents in the Life of a Slave Girl. Witten by Herself*, p.53.

曲方面，也就是"白人的世界"对女性身心的强力渗透方面，该叙事比同年出版的路易莎·皮凯特的《具有八分之一黑人血统的混血儿路易莎·皮凯特：南部家庭生活的内景》更加细致入微，历史学家耶林甚至认为，《一个奴隶女孩的生活波折》是"唯一的一部将女奴的性剥削作为主题的奴隶叙事""唯一的一部将其读者识别为女性的奴隶叙事"以及"唯一的一部以多愁善感的小说风格写成的奴隶叙事"。[①] 在叙事的前言中，作者表明本不希望对自己的经历大肆张扬，因为"对我个人的故事保持沉默更加合我的心意"，但"为了唤醒北方妇女对南部二百万妇女境况的认识"，[②] 作者几经犹豫后，最终勇敢地将一个女性的个人隐私赤裸裸地摆在台面上来，直面外部世界的评判，并以罪恶感的开始和持续的心灵挣扎作为终结，给读者留下了无限的遐想。

最后，奴隶制作为一个非人格的主角自始而终贯穿于叙事的主题。叙事专辟"对临近奴隶主的速写"一章，揭露奴隶主这个群体在监工的配合下对奴隶犯下的各种恶行，而后在"对叛乱的恐惧"一章中，叙事又描述了在特纳叛乱后本地白人社区的疯狂行为，包括贫穷白人浑水摸鱼、趁机对黑人发泄不满和实施劫掠。尽管如此，叙事还是指出了在这个邪恶的体制下善良主人的存在，虽然他们"就像天使的访问——又稀又少"；[③] 其中一个女奴隶主在女主角危难之际出手相救，甚至不顾名誉受损的风险将她藏在自己家里。即使是反面主角弗林特医生，也没有诉诸奴隶制赋予的合法性蛮力迫使女主角就范，而是采取诱惑和威胁并举的手法，这造成了一种拉锯式的胶着格局："我的主人有权力和法律在他一边；我则有既定的意志。双方都有力量"。[④] 在姨母南希临死之际，弗林特医生对这位多年的仆人甚至展示了他心肠柔软的一面，眼角一度有所湿润；他的夫人则向

---

① Jean Fagan Yellin, "Text and Contexts of Harriet Jacbos' Incidents in the Life of a Slave Girl: Written by Herself", in Charles T. Davis and Henry Louis Gates, Jr., *The Slaves Narrative*, Oxford: Oxford University Press, 1985, p.263.

② Harriet Jacobs, *Incidents in the Life of a Slave Girl. Witten by Herself*, p.6.

③ Harriet Jacobs, *Incidents in the Life of a Slave Girl. Witten by Herself*, p.227.

④ Harriet Jacobs, *Incidents in the Life of a Slave Girl. Witten by Herself*, p.95.

外祖母请求将南希葬在主人家的墓地，虽然受到了婉拒，但还是让自己的牧师主持了这个黑白一起参加的壮观葬礼。这个事实说明，奴隶制的残酷并没有完全扼杀人性；尽管虚伪或礼节的成分掺杂在内，但黑白之间脆弱的"共享的世界"存在仍是可以观察到的。

第九章

纳特·特纳的反抗叙事

"白人的世界"与"黑人的世界"之间撕裂的最佳例子之一大概就是纳特·特纳的叛乱一事了。亲奴隶制者竭力塑造的山园牧歌式画面在特纳叛乱的风暴之下顿然瓦解、变得支离破碎了。然而在该事件发生的过程中，一些奴隶的行为细节也表明，在各自的阵营内部也有分别向对方靠拢的成员，如埃塞德里德·T.布兰特利、"红色纳尔逊"以及在是否保卫主人方面进行艰苦取舍的西蒙·布伦特农场的奴隶。即使是被描述为残忍嗜血的特纳本人，在事件过程当中也曾对一个穷苦白人萌发慈悲之心。事件显示，两个世界之间的关系是相当复杂的，或者说即使在这种黑白极端对立的例子中，仍然存在二者之间"共享的世界"的某种投影。本章拟从特纳的自我叙事及其背景着手，追溯美国史上这次最严重的奴隶叛乱的一些基本细节，以从历史溃烂的伤口当中，剥离出奴隶制和种族关系的某种内在逻辑。①

叙事的缘起

历史学家赫伯特·阿普特克发掘了数量众多的奴隶叛乱实例。据他

---

① 美国奴隶制下除直接的暴力反抗外，黑人还进行各种间接的抵制。可参见刘兴军:《论美国内战前黑奴的非暴力反抗》，鲁东大学 2012 年硕士学位论文。

估计，美国历史上发生的十人以上的奴隶叛乱大约有 250 次；① 其中在 1831 年发生的纳特·特纳叛乱由于托马斯·格雷出版《南安普敦最近叛乱的领导人纳特·特纳的自白》（以下简称《自白》）而成为有着涉案奴隶首领对事件予以阐述的、为数不多的案例之一。该自白分为格雷对读者的介绍、连贯性的对话、名单以及证明确实性的法庭文件等部分。托马斯·C.帕穆尔认为："许多人相信，格雷对纳特演说的总结和注解构成了奴隶制的两个半世纪中所能提炼出来的最强有力的文件。"② 保守派史学家威廉·悉尼·德鲁里认为南方奴隶制是温和的，参与叛乱的奴隶都是一些乌合之众，而特纳是一个"野蛮的、狂热的浸礼派牧师"，③ 但赫伯特·阿普特克则强调，包括特纳在内的奴隶叛乱领导人多数都是有头脑的，带有明确的、追求自由的目的。④ 对该自白的研读将有助于我们澄清这个问题。

纳特·特纳（1800—1831）出生于弗吉尼亚奴隶加布里埃尔·普罗瑟兴乱的 1800 年，10 月 2 日生日那天恰在后者被处死的五天之前，而五个月之前激进的废奴主义者约翰·布朗也出生了。⑤ 据传说，母亲南希为了不使孩子生活在奴隶制下，在特纳一出生的时候就试图杀死他，以至于被人捆绑起来，直到她自己平静下来；⑥ 特纳的父亲则是一个逃奴，后来成功逃回到自己的出生地利比里亚；⑦ 叙事中提到其虔诚

---

① Herbert Aptheker, *American Negro Revolts,* New York: International Publishers, 1969, p.162.

② Kenneth Greenberg, ed., *Nat Turner: A Slave Rebellion in History and Memory,* New York: Oxford University Press, 2003, p.73.

③ 事实上，U.B.菲利普斯概括的"浸礼派鼓动者"这个词汇更加贴切。See William Sidney Drewry, *The Southampton Insurrection,* Washington: The Neale Company, 1900, p.26.

④ Kenneth Greenberg, ed., *Nat Turner: A Slave Rebellion in History and Memory,* p. xiii.

⑤ William Sidney Drewry, *The Southampton Insurrection,* Washington: The Neale Company, 1900, p.26.

⑥ Terry Bisson, *Nat Turner: Slave Revolt Leader*, Philadelphia: Chelsea House Publishers, 2005, p.13.

⑦ 老布里奇特的儿子之一，姓名不详。See Stephen B. Oates, *The Fires of Jubilee: Nat Turner's Fierce Rebellion,* Harper Collins e-books, 2007, p.11.

的祖母老布里奇特对特纳十分钟爱。① 特纳身为弗吉尼亚种植园主本杰明·特纳的奴隶，随后其姓氏便与其联系在一起。1809 年本杰明先是将包括特纳在内的八个奴隶租给其长子塞缪尔·特纳，第二年死后正式成为塞缪尔的财产；② 塞缪尔死后不久，因各自出售特纳被迫与母亲以及妻子彻里（Cherry）分离，③ 1822 年他本人被卖给了托马斯·摩尔；或许是出于保护的动机，叙事中并没有提及他的妻子，但在反叛行动中他并没有攻击他妻子的住处。④ 1828 年摩尔死后，特纳成了后者九岁的儿子帕特南·摩尔的奴隶；在反叛前不久的 1830 年，约瑟夫·特拉维斯与帕特南的母亲结婚，因而特纳事实上转而处于特拉维斯的掌控之下。

特纳成年后大约 5.7 英尺，150 英磅重，肤色较浅；在其脖颈后面、太阳穴一侧各有一个伤疤，右臂有一个因重击造成的突起。早期历史学家威廉·悉尼·德鲁里断定，特纳是"纯非洲种"，⑤ 但现代学者詹姆斯·麦吉从白人对其肤色事实的遮掩中大胆地推测，特纳很可能是本杰明强奸前者母亲后的私生子；⑥ 不过特纳本人在自白当中矢口否认，而亲自采访特纳的托马斯·格雷描述他"有着真正的尼格罗面孔，其中的每个特征都十分鲜明"。⑦ 因此特纳本人的真实身体特征仍存在一些晦暗之处。但足够

---

① Nat Turner, *The Confessions of Nat Turner, the Leader of the Late Insurrection in Southampton, Va.*, Baltimore: Published by Thomas R. Gray, 1831, p.18.

② Stephen B. Oates, *The Fires of Jubilee: Nat Turner's Fierce Rebellion*, p.13.

③ "彻里"是历史学家斯蒂芬·B. 奥茨所鉴定出来的名字，其他人则给出玛丽亚或范妮的名字；我们且以前者为准。彻里被卖给了贾尔斯·里斯，他是特拉维斯的邻居，却没遭到攻击，明显是出于受保护的原因。See Kenneth Greenberg, ed., *Nat Turner: A Slave Rebellion in History and Memory*, pp.173–175.

④ 特纳的妻子在叛乱被扑灭以后仍受到牵连，在鞭打以后交出了她保留的特纳信件，上面有奇怪的符号。See Kenneth Greenberg, *The Confession of Nat Turner*, New York: Bedford Publisher, 1996, pp.12–13, 100, 106.

⑤ William Sidney Drewry, *The Southampton Insurrection*, p.27.

⑥ Kenneth Greenberg, ed., *Nat Turner: A Slave Rebellion in History and Memory*, p.17.

⑦ Nat Turner, *The Confessions of Nat Turner, the Leader of the Late Insurrection in Southampton, Va.*, p.19.

明确的是，特纳生性极为聪明，小时很轻松地学会了读、写，对陶塑、造纸和火药也是无师自通，同时因受祖母宗教态度的影响，他对信仰逐渐发展出一种狂热态度，私生活极为严肃。托马斯·格雷说："他臭名远扬的一件事是生平中从没有一块美元，从没发过誓或沾过一滴烈酒"。① 因在幻想中看到白色精灵与黑色精灵交战、天象异常，1831 年 8 月 21 日晚在南安普顿的种植园社区，特纳挺身而起、带领奴隶造反，最终于 10 月 30 日在一个洞穴里被白人抓获。也许是出于宣示自己的个人信念之故，衣衫褴褛、戴着锁链的特纳在 11 月 1 日向独立采访者托马斯·格雷口述此记录。因迎合了大众了解事件真相的需求，该叙事在当月出版后的几日内，便销售了五万册之多。

《自白》一书出版后有人批评说，出于自己赚钱以及安抚南方白人不安的需要，格雷编造了一种关于特纳叛乱的谜思，即事件被一个躁狂的、食尸鬼般的信仰偏执者所操控，完全偏离了南方历史的正常轨道。不过现代史学家一般都认为，这种论断对格雷本人是不公平的，相反他们在很大程度上肯定了《自白》本身的历史学价值。例如，历史学家小戴维·阿尔门丁格相信，此叙事带有特纳和格雷的两种声音，并认为格雷本人在会见特纳六周之前就知道事件的前因后果，并已经开始勾画这篇叙事了，因而采访几天后便仓促成文；但通过对目击者证词的交叉验证，他还是承认了《自白》的主体内容是来自特纳而不是格雷本人，"事实上，在描绘纳特·特纳的文件中有相当程度的准确性证据"。② 至于特纳言辞的可信度，格雷律师本人强调，特纳本人对事件过程的陈述是完全可信的："在他的声明中，我在他没发现的情况下对一些特定情节做了笔记，由于具有书写声明的便利，第三天与他在一起的那个晚上，我进行了交叉检视，发现他的声明都能与我所知的每一种情况、与被谋害或处决的其他人的自白得到

---

① Nat Turner, *The Confessions of Nat Turner, the Leader of the Late Insurrection in Southampton, Va.*, p.18.

② Kenneth Greenberg ed., *Nat Turner: A Slave Rebellion in History and Memory*, pp.37-38.

验证"。① 托马斯·C.帕穆尔则从格雷在家中的孤立地位推测出他与特纳心气相通，因而促进了采访的顺利进行，认为"纳特和格雷都是公认的反叛者，一人反叛奴隶制和白人社会，另一人反叛他的上帝、他的父亲和他的社区。"②

起 事 动 机

关于特纳起事的动机，格雷本人也十分关切，所以《自白》开篇即谈到这个问题，特纳的反应是这个问题"必须要回到我的幼年时期"。那时特纳就在黑人社区里被当作神童，而这是他日后在黑人群体中拥有强大号召力的关键所在，因此特纳的回答并不是无关宏旨的："三四岁与其他小孩一块玩耍的时候，我告诉了他们一些事情，我母亲无意中听到了，说那事发生在我出生前。被叫来的人吓坏了，了解这些事发生过，我听到他们说我确实是一个先知，因为上帝向我展示了我出生之前发生的事情。我父母强化了我的这个第一印象，当面说我是要办大事的，并总是认为我在脸和胸脯上有某些标志。"③ 为表明自己天赋异常，他自述对文字几乎是无师自通，但其实是在父母的帮助下完成的："一天，当递来一本书哄我不哭的时候，我开始拼出不同物体的名字，邻居都很惊奇，特别是黑人。当大了能工作的时候，我一边干活，一边想着我在想象中出现的许多事情，而每当有机会看到一本书，我就会发现原来都是已经展示给我的、很多丰富想象里的事物。"④

---

① Nat Turner, *The Confessions of Nat Turner, the Leader of the Late Insurrection in Southampton, Va.*, p.7.

② Kenneth Greenberg, ed., *Nat Turner: A Slave Rebellion in History and Memory*, p.75.

③ Nat Turner, *The Confessions of Nat Turner, the Leader of the Late Insurrection in Southampton, Va.*, p.7.

④ Nat Turner, *The Confessions of Nat Turner, the Leader of the Late Insurrection in Southampton, Va.*, p.8.

随后特纳转向了信仰问题，以自己的虔诚暗示得到了上苍的垂青。他提到自己幼时受到祖母的影响，养成了禁食和祈祷的习惯，并强调年轻时不曾偷摸："即使在早年，临近的黑人都相信我的超越性判断，也就是他们做坏事的时候，常会带上我给他们做策划……发现自己如此重要，我必须显得如此，于是有意识地避免混迹于社会、将自己包裹在神秘当中，并专心于禁食和祈祷。"① 成年后的特纳总是找机会参加宗教聚会，有一次他听到了《马太福音》第 6 章 33 节中的语句，即"要先求他的国，然后所有东西都要加给你了"。特纳对这句话深感兴趣，总是细细揣摩，每日每夜都祈祷自己能够在这个问题上看到一线亮光，并终于得到了以下的回应："有一天当我在犁边祈祷的时候，灵开始对我说话，说'要先求他的国，然后所有东西都要加给你了'，这使我大为惊奇。"②

据称的犁边异象时间难以确切认定。根据格林伯格的分析，特纳从室内服务转向田间劳动必定发生在塞缪尔接手特纳的 1809 年以后，但这段时间跨度仍然很大；而帕特里克·H.布林认为，犁边异象发生在 1820 年左右。③ 在该事件发生后的两年内，特纳仍持续地进行这种祈祷，并不断地接收到同样的回应。这使得他坚信，他是被上帝赋予了某些重大使命的人。④ 几年过去了，又发生了很多稀奇的事，特纳对自己在儿时讲给别人的话恢复了记忆，与教他如何祈祷的人所说的情节一模一样。因为已经成年，特纳开始将注意力放到自己语焉不明的伟大目标上，并有意识地发挥自己在奴隶中的影响力："不是通过巫术以及此类把戏——我总是对这种东西嗤之以鼻，而是通过与经常向我展示启示的灵进行交流，他们都相信

---

① Nat Turner, *The Confessions of Nat Turner, the Leader of the Late Insurrection in Southampton, Va.*, pp.8–9.

② 格雷在这里进行注解，指"灵"就是过去对先知说话的灵。See Nat Turner, *The Confessions of Nat Turner, the Leader of the Late Insurrection in Southampton, Va.*, p.9.

③ Kenneth Greenberg, ed., *Nat Turner: A Slave Rebellion in History and Memory*, pp.39, 107.

④ Nat Turner, *The Confessions of Nat Turner, the Leader of the Late Insurrection in Southampton, Va.*, p.9.

并说我的智慧来自上帝。"①

　　无论犁边异象的具体时间如何，但发生在塞缪尔·特纳手下最后一两年的可能性比较大，因为这时的特纳发现了奴隶制的现实阻碍，而叙事的话锋也开始发生转折，宣称要为"即将到来的伟大应许"做准备。从历史情境来看，1821 年末的特纳处于一个监工的管理之下，而历史学家奥茨相信特纳明显是受到了主人的鞭打；② 因对此不满，特纳采取了温和的反抗形式，即偷偷逃跑到林子里；但在树林里藏了 30 天后，他自己又乖乖地回来了，令人摸不着头脑。种植园里的黑人都感到很稀奇，因为他们都认为特纳有远走高飞的本事，并开始吹毛求疵，声称自己如有这个本事，就不会伺候这个世界上的任何主人。奥茨揣测特纳可能是在这个时候卷入了与彻里的恋爱，因而决定返回的，因为在此后的一段时间，他们二人跨过扫帚结了婚。③ 特纳本人对此解释为遵循神圣意志的结果："我回来的原因是，灵向我呈现，并说我有针对这个世界，而不是天国的愿望，所以我必须回到我俗世的主人那里去——'知悉主人的意志但不遵行的人须被抽打多次，所以我责备你。'"④

　　黑人社区的讥讽以及随后发生的夫妻分离事件，加剧了特纳对社会的疏离感。不久因塞缪尔·特纳去世而发生了拍卖事件，特纳和妻子被分别售出；尽管距离不远，但分居的生活很可能刺激了特纳态度的转变。⑤ 因新主人托马斯·摩尔追逐农场的利润，特纳不得不终日劳作，忙于机械性的世俗事务，这进一步培育了特纳孤僻的个性。正是在托马斯·摩尔手下的几年内，特纳对白人的反感情绪加重了，悄然之间逐步走向了反抗之

①　Nat Turner, *The Confessions of Nat Turner, the Leader of the Late Insurrection in Southampton, Va.*, p.9.

②　Stephen B. Oates, *The Fires of Jubilee: Nat Turner's Fierce Rebellion*, p.28.

③　Stephen B. Oates, *The Fires of Jubilee: Nat Turner's Fierce Rebellion*, p.29.

④　Nat Turner, *The Confessions of Nat Turner, the Leader of the Late Insurrection in Southampton, Va.*, pp.9–10.

⑤　奥茨揣测特纳这时候可能是独居的。See Stephen B. Oates, *The Fires of Jubilee: Nat Turner's Fierce Rebellion*, pp.30, 32.

路；他的几次末世般的异象都发生在这个阶段内。按照特纳本人后来的供述，他在七年前即 1824 年就已经酝酿造反的主意了。①

我们可发现到了 1825 年，特纳的立场已经转向了一种激进的方向，并以对天启的解释凝聚他在社区中吸引力；正是在这个时候，特纳第一次产生了似乎是与种族之战相关联的异象："我发现白色的精灵与黑色的精灵陷入了战争，日头黑了，雷声在天空中滚滚而来，血流成河，而我听到有声音说，'能被叫来看见这些，这是你的运气，无论是通过软的还是硬的方式，你都要确定无疑地将其呈现出来。'"② 然而事到如此，"为了自命的目的，更加全面地服务于灵"，特纳并没有像其他奴隶叛乱者一样悄悄地进行招兵买马，而是反其道而行之，将自己与外界隔离起来，尽可能地减少与同伴的联系，期待在审判日来临之前达到更高的"神圣"程度。

叙事在这个时候开始使用"圣灵"这个词汇，并引出了与血腥的种族之战相关联的第二次异象："然后我得到了信仰的真实知识。从正确的第一步，到我臻于完美的最终一步，圣灵都与我同在，并说，'看啊，我就在天堂'。于是我观看，看到了怀有不同态度、各种形式的人。有光芒出现在天空，对此黑暗之子给予了不同于其真实情况的名字，因为他们是救世主双手的光芒，从东方伸展到西方，甚至延伸到髑髅地的那个为了救赎罪人的十字架上。"③ 看到这个异象，特纳大为吃惊，并祈求这种异象的含义。不久在田间干活的时候，特纳发现玉米上有血滴，好像它们是从天上滴落下来的。然后他到林子里去，发现那里的树叶上有难懂的文字和数字，原先在天空中出现的怀有不同态度的、各种形状的人也出现了，并以血滴描画出了身体。特纳暗示，这是圣灵以浅白的方式向他表明，为了罪

---

① Stephen B. Oates, *The Fires of Jubilee: Nat Turner's Fierce Rebellion*, p.118.

② Nat Turner, *The Confessions of Nat Turner, the Leader of the Late Insurrection in Southampton, Va.*, p.10.

③ Nat Turner, *The Confessions of Nat Turner, the Leader of the Late Insurrection in Southampton, Va.*, p.10.

人的拯救，基督抛洒热血到大地、而后升到天堂，现在以滴露的方式再次
回来了，最后的审判近在眼前，奴隶的苦难似乎快要结束了。

大概是在 1826 年，特纳宣称自己领悟到，此前的异象已向自己揭示
了元素组成、星球运行、潮汐涨落和季节变换的终极奥秘；一些奴隶因而
相信，特纳能够通过祈祷控制天气，带来旱涝灾害，保护他们免于主人
的责打。① 接下来可能是在 1827 年，特纳把自己所经历到的异象告诉了
"附近的白人和黑人"，包括一个叫作埃塞德里德·T.布兰特利的白人，也
很可能使布兰特利相信了自己具有超凡能力以及关于末世即将到来的信
息；② 后者停止了邪恶的事情，但很快发生了血滴从皮肤上大量渗透出来
的怪事。在特纳的帮助下，经过九天的祈祷和禁食，布兰特利终于得到疗
愈。③ 特纳认为这出自其按手的神迹，并越来越确信，上帝已经挑选他
为像摩西一样完美的领导人或先知，带领他的黑人子民——或许还有下层
白人——摆脱这个罪恶的世界，并使自己与布兰特利以及其他黑人一块施
了洗。他说："灵再次向我显露，并说救世主怎样受洗，我们也必须怎样
受洗。当时白人不让我们受教会的施洗，我们就在许多辱骂我们的人面前
一起进入水中，受了灵的洗。此后我就极大地喜悦，向上帝表示感谢。"④
这时在白人中间已有传言，特纳实际上是个离经叛道的巫师，因为给白
人施洗本身就带有一定的反叛色彩；但也许是觉得时机尚不成熟，此时的
特纳迟迟没有采取任何预谋性的行动，仍在日常俗务中扮演"好奴隶"的
角色。⑤

特纳深知祸从口出，因而压制自己的情绪，并谨慎行事。尽管如

① Stephen B. Oates, *The Fires of Jubilee: Nat Turner's Fierce Rebellion*, pp.38, 118.
② 在黑白之间创造"共享的世界"方面，共同的宗教信仰和体验是一个重要的基础。Nat Turner, *The Confessions of Nat Turner, the Leader of the Late Insurrection in Southampton, Va.*, pp.10–11.
③ Stephen B. Oates, *The Fires of Jubilee: Nat Turner's Fierce Rebellion*, p.38.
④ Nat Turner, *The Confessions of Nat Turner, the Leader of the Late Insurrection in Southampton, Va.*, p.11.
⑤ 奥茨认为特纳这时发展了 20 个左右的追随者。See Stephen B. Oates, *The Fires of Jubilee: Nat Turner's Fierce Rebellion*, p.39.

此，1828 年期间他仍一不小心说漏了嘴，有一次扬言"总有一天"黑人会得到自由，从而招致了主人托马斯·摩尔的一次痛打；[1] 但这种惩罚很可能反过来强化了特纳诉诸暴力行动的决心。在表面上的循规蹈矩以及内在的火焰灼烧下，特纳的末世论观点逐渐地再次发生了变化，而当年主人亡故之后，像他这样一个"聪明的黑佬"却置于一个年幼主人帕特南管辖之下的事实，可能加速了他的思想变动。特纳说在当年的 5 月 12 日，自己经历了第三次异象："我听到在天空中有一声巨响，灵立即出现在我面前，说大蛇已被释放，基督已经放下他为罪人负担的轭，而我应该将其扛起来，并与大蛇进行斗争；因为这是末世来临的日子，在前的要在后面，后面的要在前面。"[2] 通过解释自己将要接手基督的任务，在这里特纳似乎已经开始妄言，自己实际上就是另一个基督；不过在对这则异象的解读中，特纳已清晰展示了自己所憧憬的一个天翻地覆的世界：以大蛇为象征的撒旦势力被打败，白人将彻底匍匐在他们以前一贯施加淫威的黑人面前。然而犹犹豫豫的特纳并没有采取行动，极端地依赖天启和孤独头狼的引领是这次叛乱发端的一个鲜明特点。特纳仍在等待一个明确的征兆；对奴隶制不满的奴隶则需要一个为他们出头的领袖。

在约瑟夫·特拉维斯接管帕特南的家业以后，特纳并没有在马车作坊中干活，而是继续在地里干活，但是并没有监工看管他，而他本人也承认特拉维斯是个"善良的主人"。[3] 尽管如此，特纳仍没有放弃自己先前的计划。1831 年 2 月，弗吉尼亚发生了日蚀现象。特纳认为征兆来了，与他的四名同伙商量，准备在 7 月 4 日的独立日起事——这种特别的选择本身就是一种明确的政治宣示。但在那段时间里，也许是考虑到事情的严

---

[1] Stephen B. Oates, *The Fires of Jubilee: Nat Turner's Fierce Rebellion*, pp.41–42.

[2] Nat Turner, *The Confessions of Nat Turner, the Leader of the Late Insurrection in Southampton, Va.*, p.11.

[3] Nat Turner, *The Confessions of Nat Turner, the Leader of the Late Insurrection in Southampton, Va.*, p.11.

重后果，特纳病倒了，计划只好推迟，以等待另一个征兆。[1] 8 月 13 日，日头发出"蓝绿色"的光，似乎可以当作这样一个征兆，特纳这次终于下定了决心。[2] 8 月 21 日下午，特纳与几个伙伴聚集在一个叫作"木屋水塘"的地方，在大快朵颐的同时进行了密谋；然后在晚上大约 10 点钟的时候，从南安普顿博伊金区的白人居民点开始了呈 S 型方向、从底部旋转的攻击：先是突袭东南方向、然后折向北方、接着横扫东方，直逼县城耶路撒冷（参见下图）。

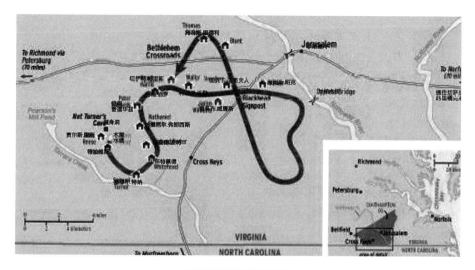

特纳叛乱路线示意图

叛乱过程

从评论日头征兆的可信性开始，《自白》接下来进入了与格雷先生的问答部分，也是《自白》的最重要部分，即叛乱过程。在此我们予以节录

---

[1]　帕特里克·H. 布林认为推迟表明，选定在 7 月 4 日的想法是特纳的同伙亨利、哈克、纳尔逊和萨姆想出来的，而不是依赖超自然征兆的特纳本人。See Kenneth Greenberg, ed., *Nat Turner: A Slave Rebellion in History and Memory*, p.117.

[2]　Kenneth Greenberg, ed., *Nat Turner: A Slave Rebellion in History and Memory*, p.51.

如下：

> 问：现在你没发现误解了吗？
>
> 答：难道基督不是上了十字架吗？当天空中的征兆向我显现，我应当办大事——当第一个征兆出现时，我应当不让人知道——征兆一出现，我就应立即行动、做好准备，用他们自己的武器杀掉我的敌人。① 天空中的征兆一出现，封印就从我的嘴里解开了，并且我就与四个我极为信任的人交流了我要从事的伟大任务［亨利、哈克、纳尔逊和萨姆］②——我们本打算在上年 7 月 4 日开始这项死亡工作的。拟定的很多计划都被我们否定了，我受影响是如此严重，以至于得了病，而在优柔寡断中时间就过去了——仍然制定新的计划并予以否定，直到征兆再次出现，让我下决心不能再等了。
>
> 从 1830 年开始，我一直与约瑟夫·特拉维斯先生生活在一起。他对我来说是个善良的主人，对我有着极大的信任；事实上，我没有理由抱怨他给我的待遇。③ 8 月 20 日星期六晚，亨利、哈克和我约好，在第二天给我们所期待的人准备一次晚宴，然后协同安排了一个计划，因为到那时还没定出一个来。哈克在第二天上午带来了一头猪，亨利带来了白兰地，还有萨姆、纳尔逊、威尔和杰克加入，在树林里准备晚餐，大约 3 点的时候我加入了他们。④
>
> 问：为什么你后来加入他们？
>
> 答：跟我几年前不与他们混在一起是同一个原因。

---

① 格雷为"征兆"注解为"上次 2 月的日蚀"。See Nat Turner, *The Confessions of Nat Turner, the Leader of the Late Insurrection in Southampton, Va.*, p.11.

② 在参与最初起事的几个奴隶中，哈克·特拉维斯大约 31 岁，约瑟夫·特拉维斯的奴隶；萨姆·弗朗西斯和威尔·弗朗西斯是纳撒尼尔·弗朗西斯的奴隶；杰克·里斯是哈克的妹夫、特拉维斯的邻居约瑟夫·里斯的奴隶。纳尔逊·威廉斯和亨利·波特也在场，前者是雅各布·威廉斯的奴隶；哈克、纳尔逊和威尔与特纳一样都是宗教"鼓动者"。

③ 在这次叛乱者，杀戮是不分人品好坏的；只要与奴隶制沾边，就一律是个"死"字。

④ Nat Turner, *The Confessions of Nat Turner, the Leader of the Late Insurrection in Southampton, Va.*, p.11.

我对他们的到来致意，并问威尔怎么来了这里，[1] 他回答说，他的妻子跟其他人的价值没有什么不同，而他的自由与自己一样重要。我问他是否想得到自由，他说他要么得到，要么失去生命。对他给予完全的信任，这就足够了。我知道杰克只是哈克的一个工具，很快我们同意那晚应在约·特拉维斯先生家里动手，而且在没有武装自己和获得足够的力量之前，任何年龄和性别的都不能得到赦免。

往东南方向的攻击：

我们在宴会上待了大约两个钟头，然后我们去了奥斯汀的房了；[2] 除我之外，他们都去了压榨苹果汁的地方喝饮料。[3] 回来时，为了破门而入哈克带着一把斧头，因为我们知道自己足够强壮到能谋杀全家，如果他们被声音惊醒的话，但考虑到可能造成邻居的警惕，我们决定悄悄地进入房子，在睡觉的时候谋杀他们。哈克弄来一把梯子架在烟囱上，我登上去提起了一扇窗户，进去后顺着台阶下来，拉开门闩，移走了枪支。那时注意到我必须泻出第一滴血。于是我以一把短柄小斧武装了自己，带着威尔，进入我主人的寝室，因为黑暗，我未能给予死亡一击，斧头从他的脑袋上划过，他跳起来并呼喊他的妻子，那就是他的最后一句话，威尔用他的一记斧头放倒了他，特拉维斯夫人躺在床上时也遭到了同样的命运。杀掉这一家五口是瞬间的事，没人是清醒的；[4] 忘掉了还有一个婴儿在摇篮里，直到离开房子走了一段路程，于是亨利和威尔返回并杀死了孩子；在那儿我们得到了四把能射击的枪、几把老式的滑膛枪，以及一、两磅火药。

---

[1]　威尔不在最初商量计划的人选范围内，表明计划已经在某种程度上泄漏，所以特纳对其动机做出询问，但此后的表现证明他确实是一个冷酷的杀手。关于泄密的其他迹象，可参见 Stephen B. Oates, *The Fires of Jubilee: Nat Turner's Fierce Rebellion*, pp.55–56.

[2]　奥斯汀亦为约瑟夫·特拉维斯的奴隶，此时与另一个不太情愿的奴隶摩西一道加入了叛乱队伍。参见 Stephen B. Oates, *The Fires of Jubilee: Nat Turner's Fierce Rebellion*, p.69.

[3]　耽于酒水之乐是这次叛乱迅速崩溃的一个重要原因。在随后被攻击的沃勒庄园那里，参与叛乱的阿尔伯特·沃勒由于醉酒而掉队，随后被白人杀死。See Stephen B. Oates, *The Fires of Jubilee: Nat Turner's Fierce Rebellion*, p.85.

[4]　遇害者包括 12 岁的帕特南·摩尔，即特纳在法律意义上的主人。

我们在谷仓里待了一个时辰，排练行进式；我命令他们像士兵一样站成一条线，在完成了所有以我为头领的机动策略后，驱动他们前往大约有 600 码远的萨拉苏尔·弗朗西斯先生（Salathul Francis）那里。① 萨姆和威尔上前敲门，弗朗西斯先生问是谁，萨姆回答，是萨姆，并说他有一封信给他。于是他起来并走到门前，他们立即抓住了他，拖出门外少许，便以反复的头部殴打解决了；家里没有其他白人。从那里我们开始到里斯夫人那里去，② 在行进中保持完美的寂静，发现门户没上锁，我们进入后，在床上谋杀了睡觉的里斯夫人；她的儿子醒了，但仍是在死亡睡眠中睡去，只有机会问一句你是谁，接着就啥也不是了。从里斯夫人那里我们去了一英里远的特纳夫人那里，到达时大约是星期一太阳升起的时间。③ 亨利、奥斯汀和萨姆去了蒸馏处，在那里发现了皮布尔斯先生，④ 奥斯汀射中了他，我们其余的进入房子；当我们接近时，那家人发现了我们，并关上了门。徒劳的希望！威尔用他的斧头一击就打开了，我们进去后发现了特纳夫人和纽瑟姆夫人在房子中间，吓得几乎要死掉了。威尔立即用他的斧头一下子杀死了特纳夫人。我用手提起纽瑟姆夫人，⑤ 用了那把我被抓时所持有的剑，对脑袋砍了几下子，但因为剑钝而没有杀死她。威尔转身发现情况后，解决了她。一场对财产的大破坏和对钱财、弹药的大搜寻，谋杀总能成功。

往北方的攻击：

这时候我的伙伴成员已达到 15 个，9 个有马骑的开始前往怀特黑德夫人那里（其余 6 个抄捷径去布莱恩特先生那里，并在怀特黑德

① 位于特拉维斯的农场东南方大约 400 米远。
② 位于大约一英里远的东南方。
③ 特纳一伙实际上在从里斯夫人那里往南三英里远的威利·弗朗西斯那里遇到阻力，因而开始折返。See Kenneth Greenberg, ed., *Nat Turner: A Slave Rebellion in History and Memory,* pp.59–60.
④ 哈特威尔·皮布尔斯是前任女主人伊丽莎白·特纳的监工。
⑤ 萨拉·纽瑟姆与伊丽莎白·特纳为姐妹。

夫人那里与我们会合），① 当我们接近房子时发现了理查德·怀特黑德先生站在棉花地里，接近小巷的栅栏；② 我们叫他到巷子里来，而威尔这个刽子手在近处拿着致命的斧头，将他送到最终的墓地里。当我们向房子挺进时，我发现有人在园地里跑动，认为是白人家庭成员，我追上了他们，才知是一个属于这个房子的女仆，我返回了从事的毁灭工作，③ 但我离开的那帮现在处于闲散状态；除怀特黑德夫人和她女儿外，这家人都被谋杀了。当我在门周围走动时，我看见威尔将怀特黑德夫人推出房子，在台阶上他用他的宽斧头几乎割断了她与身体相连的头。当我发现玛格丽特小姐的时候，她止藏在由地下室顶部突起所构成的角落里，我接近时她跑了，但很快被追上，在用一把剑连击之后，我用一根栅栏木条杀死了她。④

　　这个时候，6 个到布莱恩特那里的人重新加入了我们，并告诉我，他们已经完成了我安排给他们的毁灭工作。我们再次分开，一部分去往理查德·波特那里，⑤ 然后从那里到纳撒尼尔·弗朗西斯那里，⑥ 其余人到豪厄尔·哈里斯先生和 T. 多伊尔斯先生那里去⑦。当我到达波特先生那里时，他已经与家人逃跑了。我意识到警报已经传开，于是我立即回来带上那些被派到多伊尔斯先生和豪厄尔·哈里斯先生那里的人；跟我离开的那帮到弗朗西斯先生那里的人，我已经告诉他

---

① 卡蒂·怀特黑德的房子位于正北方向，而亨利·布莱恩特的房子在东北几百码远。

② 理查德·怀特黑德牧师是怀特黑德夫人的一个年轻的儿子。

③ 在这里，特纳显然出于女仆的黑人身份而赦免了她。

④ 这是特纳在这次事件中杀死的唯一一个人。See Nat Turner, *The Confessions of Nat Turner, the Leader of the Late Insurrection in Southampton, Va.*, pp.12–13.

⑤ 位于正北方二英里远。此时特纳绕过了儿时的密友克拉克·特纳所在的农场，显示普遍的杀戮中还是有个别例外的。See Stephen B. Oates, *The Fires of Jubilee: Nat Turner's Fierce Rebellion*, p.76.

⑥ 拉维尼娅·弗朗西斯夫人因被一个叫作"红色纳尔逊"的混血儿藏起来，躲过此祸。"红色纳尔逊"的行为表明其在关键时刻竭力加入"白人的世界"。See William Sidney Drewry, *The Southampton Insurrection*, p.46.

⑦ 分别为西北方向一英里远、再加几百码远。

们，我会在那个住区加入他们。我碰到被派往多伊尔斯先生和哈里斯先生那里返回的人，他们在路上碰到多伊尔斯先生并杀死了他；听那些加入他们的一些人说哈里斯先生已经离家，我立即搜寻这伙人此前走的路径；但知道他们会在我得手之前完成针对弗朗西斯先生的毁灭和劫掠工作，我去了彼得·爱德华兹先生那里，期望发现他们在那儿，但他们也曾在这里。① 我于是去了约翰·T.伯罗先生那里，他们在这儿，于是谋杀了他。② 我追寻他们的踪迹，到了纽伊特·哈里斯上尉那里，发现很多人都上了马准备出发；当我骑马赶上了时，男人已多达约 40 人，有的在院子里给枪上膛，其余的吃喝。他们说哈里斯上尉和他的家人逃跑了，房子里的财产被毁掉了，抢了他的钱财。

往东部方向的攻击：

我命令他们立即上马前进，这时候大约是星期一上午 9 点或 10 点。我向两三英里远的利瓦伊·沃勒先生那里开拔。我在后方就位，鉴于我的目标是在所到之处带来恐惧和摧毁，我将 15 个或 20 个装备最优、最值得信任的人置于前部，他们一般都会以马匹跑得最快的速度到达房子；这是出于防止他们逃跑和对居民施加恐怖袭击的双重目的——出于这个算计，在离开怀特黑德先生那里后我从不到房子那里，直到谋杀完成，只有一次例外。我不时查看完成的毁灭工作，在心满意足中默默地视察躺着的杂乱尸首，并立即寻找其他的牺牲品——谋杀了沃勒夫人和十个孩子后，③ 我们前往威廉·威廉斯先生那里——杀掉了他和那里的两个小男孩；在办理这事的时候，威廉斯夫

---

① 爱德华兹一家已经躲到树林里去了。See William Sidney Drewry, *The Southampton Insurrection*, p.49.

② 伯罗在进行了一番抵抗以后被叛乱者用剃刀杀死，后者因敬佩其勇武而将其尸体以棉被包裹，放置在卧室的地板上；其夫人趁乱得以逃走。See William Sidney Drewry, *The Southampton Insurrection*, p.51.

③ 沃勒先生和两个儿子因奴隶报信躲进栅栏里而躲过了此劫。See William Sidney Drewry, *The Southampton Insurrection*, p.57.

人跑了，离房子已有一些距离，但她被抓住了，被迫站起来跟在带她回来的这帮人后面，在看到她丈夫被乱剁的、没气的尸首后，她被命令躺到他一边，在那里被射杀。然后我前往雅各布·威廉斯先生那里，在那里这家被谋杀了①——在这里我们发现了一个叫作德鲁里的年轻人，他前来跟威廉斯先生做生意——他被追逐，赶上后被射死。

队伍失控，东进耶路撒冷失利：

沃恩夫人家是我们造访的下一个地方——在这里谋杀了一家后，②我决定前往耶路撒冷③——我们的成员现在多达五六十人，全部乘马，并有枪支、斧头、剑和棍棒武装自己——在前往詹姆斯·W.帕克先生门口时，④很快到了通往耶路撒冷的道路，大约有三英里远，有人建议到访那里，但我反对，因为我知道他已去耶路撒冷了，我的目标是尽快到达那里；但有人在帕克先生那里有交往，于是同意他们召集他们的人。我仍与七八个人待在路口；其余人穿过田野，前往那座大约半英里远的房子。⑤在等了一段时间后，我变得不耐烦，前往这所房子找他们，回来时我们遇到了一帮白人，他们循着我们留下的血迹而来，并且对那些在门口的人开了火，而他们都分散着，我对此一无所知，当时没人加入我们——白人有 18 个，在有大约一百码远的地方

---

① 雅各布·威廉斯以及监工卡斯韦尔·沃雷尔（Caswell Worrell）被他的奴隶、叛乱首领之一纳尔逊·威廉斯算计，但侥幸的是后者的企图没有得逞。See Stephen B. Oates, *The Fires of Jubilee: Nat Turner's Fierce Rebellion*, pp.85–86.

② 这里的受害者除了丽贝卡·沃恩夫人外，还有她 18 岁的侄女、被誉为"县花"的安·伊莱扎，以及 15 岁的阿瑟·沃恩——叛乱中被杀死的最后一名白人。

③ 耶路撒冷为弗吉尼亚南安普顿郡（包括博伊金、耶路撒冷、布兰奇桥、十字钥等组成部分）的县城所在地，即今天的考特兰（Courtland，意味着"法庭之地"），其圣地之名可能对笃信的特纳来说具有特别重要的意义。鉴于县城的重要性，若特纳拿下耶路撒冷的命令得到有效执行，骚乱就可能不只是持续一天多，取而代之的很可能是数周的小型战役。

④ 此处的交叉路口向左通往耶路撒冷，事后证明在这里发生的分歧是致命的。See William Sidney Drewry, *The Southampton Insurrection*, p.62.

⑤ 这帮人在帕克家里狂饮白兰地，在特纳找到他们时一些人已醉躺在地上，另外一些忙于杀人。See William Sidney Drewry, *The Southampton Insurrection*, p.63.

接近我们，一个人开了枪，① 我发现他们大约一半人撤退，我于是命令我的人开火追击他们；留下来的站在原地，直到我们前进到不到 50 码的地方，然后他们开火并撤退了。我们追上去，越过几个我们认为死掉的人；追了大约 200 码后，上了一座小山，我发现他们与另一帮人会合了，② 他们停下来，再次给枪上膛。考虑到 [他们] 先撤退下来，那帮在五、六十码远对我们开火的，只好依赖其他人提供弹药。当我看到他们重新给枪上膛时，比我刚开始看到的更多的人上来了，而我的几个勇敢的人受了伤，其余人陷于慌乱，四散在田野里；白人追击我们，开了几次火。③

22 日那天下午，在留下 4 具尸体、数人被俘以后，本欲驰往东北耶路撒冷县城方向的特纳队伍在会合后的白人民兵面前被迫撤退，但他希望带着他的大约 20 人的队伍，从正东方另一座无大路相通的"丝柏木桥"绕道前往耶路撒冷。但那里的白人已被动员起来，特纳一伙被迫南下，接着又飘忽不定地转到西北方向；晚上在托马斯·里德利农场的树林里进行短暂休整。在担心民兵侵袭、又有人离队的情况下，特纳率众奔袭西蒙·布伦特的农场，23 日黎明的时候在这里遇到了顽强的主仆联合抵抗。损兵折将后，特纳转向纽伊特·哈里斯那里，但遇到民兵阻击，队伍因而被冲散，特纳与 4 个随从躲进了一处树林。接着特纳先后两次派出这 4 人进行联络，但都被抓获。此时叛乱已基本得到粉碎，而 3 个连队的联邦军队也先后入驻了门罗要塞。

---

① 这是一帮从县城派出的、由亚历山大·P. 皮特上尉指挥的、骑马的白人巡逻队员，不小心走了火。格雷在这里注："这是违背负责指挥的亚历山大·P. 皮特上尉明确命令的，他指令这些人在 30 步以外不要开火。" See Nat Turner, *The Confessions of Nat Turner, the Leader of the Late Insurrection in Southampton, Va.*, p.15.
② 这一帮人由 1812 年战争的老兵威廉·C. 帕克律师带领。
③ 格雷在这里注："这一小帮人来自耶路撒冷，他们知道黑人在田野里，刚刚拴好马匹等着他们回到路口，并知道帕克和家人在耶路撒冷，但对皮特上尉这帮人一无所知；听到枪声他们立即冲到这地方，刚好及时阻止了这帮野蛮恶棍的行程"。See Nat Turner, *The Confessions of Nat Turner, the Leader of the Late Insurrection in Southampton, Va.*, pp.15–16.

得不到任何回音的特纳感到大势已去，于是潜回事件的策源地——木屋水塘附近，在栅栏下挖了个洞将自己藏了起来。叙事到此，《自白》的主角无奈地说："到目前为止我放弃了希望；星期四晚上我在特拉维斯先生那里获得给养后，我在地里的栅栏条堆下面扒挠了一个洞，在那里我藏了六周，当中只是在半夜里离开几分钟去取附近的水；想着这次能冒一下险，我开始在夜里走动，从屋檐下跳进临近的房舍里，进行这个过程大约有两周，也没理出多少头绪，害怕与任何人说话，每天上午天亮前回到我的洞里。"[1]

不过这种战战兢兢的日子也没坚持太久。10月30日，特纳终于暴露了行踪："我不知道我这样还能过活多长时间，如果不是一个意外出卖了我的话。一天晚上我出去的时候，邻里的一条狗路过我藏身的地方，被洞中的一些肉所吸引，爬进去并偷走了它，出来的时候我刚好回来。几个夜晚之后，两个黑人带着这条狗开始狩猎，路过的时候这条狗又来这个地方，刚出去走动，就发现了我并且吠叫，一想到被发现了，我就央求他们把我藏起来。他们一听说是我就拔腿跑了。知道他们将背叛我，我立即离开了藏身之处，随后几乎不间断地被人追逐，直到两周后本杰明·菲普斯先生在一个我用剑挖成的小洞里将我抓获。"[2] 在对他挖出的第二个洞穴进行伪装时，特纳突然发现当地的小农场主本杰明·菲普斯先生正提着枪对着他，然后就乖乖投降了，交出了他手中的象征着指挥权的残剑。

事件评析

1831年11月5日，特纳以叛乱、谋杀自由白人生命的罪名被起诉，

---

[1]　Nat Turner, *The Confessions of Nat Turner, the Leader of the Late Insurrection in Southampton, Va.*, p.17.

[2]　Nat Turner, *The Confessions of Nat Turner, the Leader of the Late Insurrection in Southampton, Va.*, p.17.

并被带到法庭进行审讯；特纳本人对格雷的《自白》陈述也在法庭上得到宣读。但特纳对他的官方指定律师威廉·C.帕克表示，他没有感到自己有罪。然后主审法官杰里迈亚·科布宣布特纳有罪，并下达命令："纳特·特纳！站起来。你对应不应判死刑还有话可说吗？"① 特纳表示，他无话可说，因为该说的都对格雷先生说了。受审的还有另外 45 名黑人，而赫伯特·阿普特克估计实际参与反叛的可能在 60 到 80 人之间。② 根据格雷在《自白》中的统计，在这次叛乱中，特纳及其同伙杀害了包括前主人约瑟夫·特拉维斯和妇孺在内的 55 名白人；③ 不过参加事件调查的南安普敦县治安官詹姆斯·特雷兹万特和威廉·C.帕克估计，受害者多达 64 人。④ 11 月 11 日午间，特纳在南安普顿的县城耶路撒冷被执行绞刑。据观察，行刑时特纳异常安静，"没人看到有任何肢体或一块肌肉动弹一下"；其尸体随后被解剖，"医生取得后剥了皮，从肉中提取了油脂"。⑤ 经过对特纳身价的评估，法庭还为帕特南·摩尔的庄园支付了 375 美元作为财产补偿。⑥ 在恐怖气氛下，53 名嫌疑者被传讯，其中 20 名被先后处死，包括一位女性露西·伯罗，另有 12 名被流放。⑦ 包括被执行死刑的在内，托马斯·C.帕穆尔估计被杀的黑人在 100 人以上："就叛乱和报复的十天内丧失的生命而言，至少 100 个黑人被杀，此数字有可能翻倍，尽管只是不多的人参与了起事。"⑧

---

① Nat Turner, *The Confessions of Nat Turner, the Leader of the Late Insurrection in Southampton, Va.*, p.20.

② Kenneth Greenberg, ed., *Nat Turner: A Slave Rebellion in History and Memory*, p.53.

③ 格林伯格估计在 55 人到 60 人之间。See Kenneth Greenberg, *The Confession of Nat Turner*, p.xi.

④ Kenneth Greenberg, ed., *Nat Turner: A Slave Rebellion in History and Memory*, p.31.

⑤ William Sidney Drewry, *The Southampton Insurrection*, p.102.

⑥ Stephen B. Oates, *The Fires of Jubilee: Nat Turner's Fierce Rebellion*, p.125.

⑦ 露西因在叛乱中"扣押"女主人而被判处绞刑，同时也发现她室内藏有美元。See Kenneth Greenberg, ed., *Nat Turner: A Slave Rebellion in History and Memory*, pp.116, 169; William Sidney Drewry, *The Southampton Insurrection*, p.101.

⑧ Kenneth Greenberg, ed., *Nat Turner: A Slave Rebellion in History and Memory*, p.70.

关于特纳叛乱的动机，尽管弗吉尼亚州州长约翰·弗洛伊德认为，北方废奴主义者起到了挑唆的作用，但当时的南方主流舆论则对此刻意贬低，"它被认为只是出于抢劫的目的，没有更重要的眼光。"① 毫无疑问，自由是这次叛乱的应有之义。对于特纳的追随者来说，这个问题稍嫌复杂，因为有人坦言，"不自由，毋宁死"，如威尔；有人则出于报复，如哈迪看不惯白人对黑人的欺压；烈酒和金钱显然也起到了诱惑性作用，② 但他们都不可能反对自己对自由事业的追求，无怪乎叛乱者都表现得视死如归，连白人都承认他们"死得勇敢"。③ 这对于特纳来说更是确定无疑。首先，特纳关于自己逃跑返回的 1825 年的陈述表明，他带有明确的追求世俗解放的目的，因为他在《自白》中这样说，"我回来的原因是，灵向我呈现，并说我有针对这个世界、而不是天国的愿望"。其次，1828 年特纳因为"扬言黑人应该得到自由，他们应该在这天或那天得到自由"，结果遭到主人托马斯·摩尔的鞭打；④ 这次遭遇很可能强化了他的决心。第三，关于特纳伤疤的不同解读可以作为这个问题的另一个注脚。威廉·C.帕克的书面描述是"鬓角附近的一个伤疤是骡子踢的，脖子后面的另一个是被咬的，右臂靠近手腕的地方有一个因重击而造成的大突起"，《里士满调查者》则认为是斗殴造成的；⑤ 但威廉·劳埃德·加里森的解读可能更有合理性，后者认为特纳叛乱是主人施加暴力的结果，"为什么我们还要惊奇于他决意报复其错误和获得自由的努力呢？"⑥ 不过，我们不能据此将反叛的动机局限于特纳的个人恩怨，而应该更加重视特纳解放黑人同胞的宏伟抱负，其真正的目标针对的是奴隶制本身，这从特纳对其与主人特拉维斯个人关系的表述中可以看得出来；而格雷通过自己与特纳的

① Kenneth Greenberg, ed., *Nat Turner: A Slave Rebellion in History and Memory,* pp.48–49.
② Kenneth Greenberg, ed., *Nat Turner: A Slave Rebellion in History and Memory,* pp.116, 117.
③ Stephen B. Oates, *The Fires of Jubilee: Nat Turner's Fierce Rebellion,* p.98.
④ Kenneth Greenberg, ed., *Nat Turner: A Slave Rebellion in History and Memory,* p.84.
⑤ Kenneth Greenberg, ed., *Nat Turner: A Slave Rebellion in History and Memory,* pp.46, 116, 117.
⑥ Scot French, *The Rebellious Slave: Nat Turner in American Memory,* p.44.

交谈，相信后者一直想象着"将自己和种族从奴役中解救出来"的前景。①
当然，曾经拥有奴隶的格雷先生本人不会将反叛的根本原因归于这个特
殊制度，而只是满足于自己对事件主角"郁闷的狂热者"形象的强调。②

　　激进的政治神学刺激了激进的废奴行动，甚至可以说在特纳叛乱的发
动过程中起了决定性作用。特纳无疑持有相当程度的宗教狂热，以至于听
证的法官相信特纳处于"一种悲惨的人类所曾遭受到过的、完全狂热的错
觉状态当中"；③ 不过，我们没有任何理由怀疑他丧失了理性思考，因为
即使是熟知特纳的白人都认为他是一个"精明的、聪明的家伙"。④ 其信
仰也符合南方白人宗教的千禧年主义传统，只是特纳赋予了末日之战中黑
人具有关键地位的新内容；自以为受圣灵的引导，特纳认为在将要到来的
末日之战中，自己担负着将黑人从奴隶制的枷锁下摆脱出来的义务。特纳
混合了《旧约·出埃及记》中作为解放者的上帝形象和《新约》中作为卑
微者的上帝形象这两种倾向，但更多的是以《旧约》中惩罚性的上帝作为
出发点，执意顺应上帝对罪人发泄愤怒的旨意，并在这个千古事业中推波
助澜。特纳相信，圣灵已经告诉他："要先求他的国，然后所有的东西都
要加给你了"；1825 年他看到的白色精灵与黑色精灵的交战，相信了即将
到来的黑白之战："这是末世来临的日子，在前的要在后面，后面的要在
前面。"这些言语，加上特纳交给其妻子的画有神秘字符的文件，⑤ 都表明
特纳相信混乱已经开始，天国即将干预尘世的事情，自己必须以先知的身
份与奴隶制的邪恶进行战斗，而上帝站在被压迫者一边，胜利必将属于黑
人；正如一个白人观察家所说，特纳希望"通过超自然的方式解放他自己

---

① Kenneth Greenberg, ed., *Nat Turner: A Slave Rebellion in History and Memory*, p.34.

② Nat Turner, *The Confessions of Nat Turner, the Leader of the Late Insurrection in Southampton, Va.*, p.4.

③ Stephen B. Oates, *The Fires of Jubilee: Nat Turner's Fierce Rebellion*, p.119.

④ Stephen B. Oates, *The Fires of Jubilee: Nat Turner's Fierce Rebellion*, pp.101, 118.

⑤ 事后特纳的妻子在白人的胁迫下被迫交出了这些文件，上面有奇怪的数字、十字架、太阳以及其他符号。See Stephen B. Oates, *The Fires of Jubilee: Nat Turner's Fierce Rebellion*, p.102.

以及他的种族"。① 在叛乱过程中，特纳也充分发挥了他一向精心守护的"先知"形象，并以此掌握行动的主动权。在黑人当中有个传说，可作为特纳行动的注脚，内容是特纳对其追随者所说最后的话语："记住，我们要做的不是出于嗜血和杀戮的目的，而是出于掀起这样一场革命的必要性，即遇到我们的白人都要死，直到我们拥有一支强大到能够发动一场基于基督教的战争。记住，对我们来说这不是抢劫的战争，也不是满足我们的盛怒；它是一场追求自由的战争。"② 经过审慎思考的特纳无疑将黑人的解放视作神圣的事业，这无疑是与采访者格雷本人对"史无前例的、非人道的屠杀"和"魔鬼般的行为"的性质认定截然不同的。③

特纳的反叛引出了关于奴隶制问题的道德难题，这也是《自白》的采访者格雷本人所极力回避的。对于一个以白人垄断性权力为基石的压迫性体制，一个压倒性的"白人的世界"，能否采取以暴易暴的方式进行自下而上的纠正？如果说奴隶制实际上是一种战争状态的话，主动宣战的一方是否能对敌对的一方进行不加任何区别的杀戮？奴隶对自由的追求是否可以逾越人类道德常识的界限？从叛乱的手段来看，按照特纳本人的陈述，他的主人特拉维斯是善良的，但后者仍然遭到了满门抄斩的命运，这表明特纳同伙的杀戮是出于对这个将同类当作牲口来对待的社会体制的愤慨，因而选择了毫无底线的战争策略，即制造对方的恐怖；参加事件调查的帕克承认，"他们的目标似乎是通过不加区别的屠杀，制造不同寻常的惊恐和沮丧。"④ 从叛乱的实施过程来看，特纳预计在队伍壮大后就停止滥杀，但实际情况并没有发展到这个阶段；调查书信表明，特纳"在获得立足点以后，不加区别的屠杀不是他们的意图，而是立即诉诸恐怖和警告性的打击"，"妇幼将随后获得赦免，男人放弃抵抗后也会这样。"⑤ 从叛乱的后果

---

① Kenneth Greenberg, ed., *Nat Turner: A Slave Rebellion in History and Memory*, p.62.

② Kenneth Greenberg, ed., *Nat Turner: A Slave Rebellion in History and Memory*, pp.97–98.

③ Nat Turner, *The Confessions of Nat Turner, the Leader of the Late Insurrection in Southampton, Va.*, p.19.

④ Kenneth Greenberg, ed., *Nat Turner: A Slave Rebellion in History and Memory*, p.31.

⑤ Kenneth Greenberg, ed., *Nat Turner: A Slave Rebellion in History and Memory*, p.36.

来看，特纳的反叛给奴隶社区留下了关于"纳特先知""老纳特"的传说，但也给黑人本身带来了巨大的麻烦。白人的仇恨、报复成了家常便饭，很多无辜的黑人被滥杀，"我们看到一些儿童的脑浆迸裂出来"，而一支来自默夫里斯伯勒的骑兵队则在两天之内狂杀大约 40 人；另外一支分队则砍下 15 个叛乱者的头颅，将其插在桩子上；还有一帮游兵散勇，在砍死一个黑人后将其头颅插在通往耶路撒冷路口的桩子上，成为所谓的"黑头路标"，向外界展示叛乱者的可怕下场，① 而针对黑人的严厉惩罚包括"割耳、阉割、吊死、火刑和断手断足"，② 其暴行几近种族灭绝行为，歇斯底里成为南方白人的心理常态。此后，当地的黑人日常活动受到了更加严格的限制，被禁止携带任何武器；即使没有武器，意欲杀害白人者也一律判处死刑；由于宗教狂热在特纳反叛中发挥了巨大的作用，1832 年该州通过法令禁止黑人举行宗教活动。

无论《自白》所陈述事实的真实性程度如何，名称上具有"忏悔"暗含之义，但实际并无忏悔之实的特纳叙事颠覆了美国白人关于奴隶忠诚驯服、快乐满足的想象。③ 在特纳叛乱之前，南安普顿本来是一个相当安详的跨种族社区，事件之前只有 7 个黑人被法庭定过罪，这里的白人从来没有想到在其他地区发生的叛乱同样会出现在这里；④ 但在奴隶制平静的表象之下实际上潜伏着涌动的暗流，特纳的反叛不过是从下面突然喷发出来的烈焰而已。一夜之间，特纳的反叛使得南安普顿乡间的和平景象变得血流成河、哀鸿遍野，进而使得整个南部陷入了一种恐惧气氛当中。值得注意的是，特纳的同伙也有所节制，出于种种原因而没有发生辱尸、纵

---

① Stephen B. Oates, *The Fires of Jubilee: Nat Turner's Fierce Rebellion*, pp.99–100.

② Michael Boggus, *Nat Turner's Revolt and the Demise of Slavery*, Carbondale: A Thesis for M.A. of Southern Illinois University, August 2006, p.21.

③ 特纳本人从未低头认罪，而是坚持自己做了正确的事情，并声言"我在这里戴着镣铐，准备承受我即将到来的命运"。See Nat Turner, *The Confessions of Nat Turner, the Leader of the Late Insurrection in Southampton, Va.*, p.18; Stephen B. Oates, *The Fires of Jubilee: Nat Turner's Fierce Rebellion*, p.119.

④ Stephen B. Oates, *The Fires of Jubilee: Nat Turner's Fierce Rebellion*, p.50.

火、奸淫等无政府状态下可能出现的道德性暴行，[1] 而是不分白人的老幼妇孺，仅仅给予嗜血性的死亡一击。[2] 事实表明，由于事先的密谋，叛乱具有明确的近期目标，而特纳本人表明了占领耶路撒冷的意图；[3] 在叛乱中他们以秋风扫落叶般地杀戮吸引观望者进场，而叛乱者人数的波动表明，奴隶在形势有利的情况下是会加入这场命运之战的。[4] 事实还表明，叛乱行动自始至终保持了一种较低程度的纪律性。特纳一伙先是在谷仓进行列队训练，而后分进合击，进而又将尖兵置于队伍的前列；为了进行标识，他们在帽子上以羽毛进行装饰，在腰上或脖子上缠上红色饰带。[5] 然而特纳本人的地位是无可取代的。根据罗伊·F. 约翰逊的研究，特纳本人自命为"大将军"，并任命哈克、纳尔逊、萨姆和亨利为自己的副官，其中比特纳身价还要高的哈克是"黑色阿波罗"，纳尔逊是"魔法师"，而萨姆和亨利是"宣传家"；[6] 虽然时而出现了一些部下纵情酒水之乐以及自行其是的状况，特纳仍大体上维持了自己的精神领袖兼总指挥官的地位。[7]

尽管持续时间相当短暂，但特纳的叛乱揭示了美国历史中所隐含的围绕种族线而展开的暴力脉络，并展示了自我赋予的信仰与不计后果的行动相结合后的巨大破坏性力量，如同狂风暴雨一般撕裂了南方白人一向鼓吹的田园牧歌式的奴隶制画面，事实上给美国奴隶制的内在裂痕以及存续性

[1] Kenneth Greenberg, ed., *Nat Turner: A Slave Rebellion in History and Memory*, p.65.

[2] 个别例外是，特纳曾拒绝屠杀勒希·沃勒（Lehi Waller）农场附近的一个白人家庭，理由是"他们认为自己不比黑人强多少"。See Taiyo W. Davis, *Early 19th Century Marginalization of David Walker and Nat Turner*, M.A. thesis to Clemson University, August 2010, p.107.

[3] 他们也许考虑到了县城东部20英里远的沼泽地可作为逃离之处，所以有学者认为特纳反叛只不过是奴隶制下南方"游击战"常态的一部分。See Taiyo W. Davis, *Early 19th Century Marginalization of David Walker and Nat Turner*, p.109.

[4] 西蒙·布伦特农场的奴隶被逼表态，须在保卫主人一家与加入反叛者之间选择，结果是站在主人一边。See William Sidney Drewry, *The Southampton Insurrection*, p.70.

[5] William Sidney Drewry, *The Southampton Insurrection*, p.37.

[6] Taiyo W. Davis, *Early 19th Century Marginalization of David Walker and Nat Turner*, p.113.

[7] 利瓦伊·沃勒的证词表明了这一点。See Stephen B. Oates, *The Fires of Jubilee: Nat Turner's Fierce Rebellion*, p.124.

敲响了警钟，正如《美国黑人解放斗争简史》一书所指出的那样："这次起义强烈地震撼了奴隶制度。"① 事件的发生正值威廉·劳埃德·加里森出版废奴主义周刊《解放者》不久，因此消息的传播激励了许许多多志在通过合法手段废除奴隶制的仁人志士，南北白人在奴隶制问题上的舆论分化现象更加明显，矛盾开始激化，《独立宣言》的作者托马斯·杰斐逊先生所设想的奴隶制和平转型的时机正在逐渐地丧失；对于《自白》一书的出版后果，斯蒂芬·B.奥茨相信，"《自白》不仅没有缓和白人的恐惧，而仅仅是加剧了它们"；②《自白》出版后的畅销无疑也加剧了南北矛盾激化的趋势，成为新一轮暴力即南北战争来临之前的一个值得关注的小小插曲，这也许是格雷本人没有想到或不想面对的。

---

① 中国人民解放军 52977 部队理论组、南开大学美国史教研室及 72 届部分工农兵学员：《美国黑人解放运动简史》，人民出版社 1977 年版，第 97 页。

② Stephen B. Oates, *The Fires of Jubilee: Nat Turner's Fierce Rebellion*, p.123.

第三编　美国奴隶专题叙事

第十章

美国奴隶的饮食叙事

作为自然和社会行为双重作用的结果，身体反过来调节加之于这个世界的各种行为，并构成社会价值赖以构建和展现的"原生材料"。[①] 生活于奴隶制的权力框架之中，美国奴隶的身体塑造既是生物和社会外在力量的结果，同时又适应和作用于自然以及奴隶制这种特殊的社会环境。本章主要依据一些奴隶叙事材料，并借鉴赫伯特·C.科维、艾拉·伯林、菲利普·摩根、罗伯特·福格尔等人的相关研究成果，着眼于奴隶制下主仆之间的关系，对美国奴隶身体塑造过程中的饮食环节进行一次简要的梳理，并对当时相关的社会背景做出一定的合理性解释。

西非传统饮食

在欧洲人最初进行非洲探险之际，当地土著的食物以相对贫乏的自然经济所供给的谷物和蔬菜为主，偶尔以肉食调味于蔬菜或一锅煮的谷物饭食中。谷物有大米、小米、高粱、豆类，其他本地蔬菜瓜果则有山药、西瓜、南瓜、秋葵、绿菜、坚果，等等。盐多用于保存食物，而不是用来调

---

① "原生材料"一词是借用琼·科马洛夫所提出的术语。See Jean Comaroff, *Body of Power, Spirit of Resistance: The Culture and History of a South African People*, Chicago: The University of Chicago Press, 1985, p.7.

味食品；糖和酒精十分罕见。①

多次出差西非的荷兰西印度公司商人威廉·博斯曼将 18 世纪初黄金海岸的土著描绘成一些"性急的和不会精打细算的可怜的家伙们"，②他们的日常饮食令人难以下咽："对于食物来说，这里的普通人除了鱼和干巴瘦弱的鸡以外能得到什么？确实，若非他能花钱买到更好的，这里没有多少东西可以适合一个虚弱的胃；因为所有的公牛或奶牛、绵羊和母鸡都干瘦难啃。"③而密西西比的前奴隶钱尼·麦克则回忆了西非的茹毛饮血式的日常饮食："我爸爸说，他们在非洲不住在房子里。他们只是住在树林里，吃他们在树上所发现的坚果和野蜂蜜。他们杀死野生动物，剥下它们的皮，吃掉它们的肉，将皮制成条状穿在身上。他们生吃动物，根本不知道烹煮。他们甚至吃蛇，但当他们发现了它们，他们迅速砍掉脑袋，因为它们很疯狂，会撕咬自己。"④

经历了大西洋之旅的前奴隶艾奎亚诺这样叙述家乡的日常饮食："我们的生活方式相当简单；因为土著人到目前为止还不了解能够让口感产生堕落的精美烹饪术，包括阉牛、山羊、家禽以及大部分食物在内。这些都是当地的主要财富，也是贸易的主要成分。肉一般是在平底锅里炖；为了可口，我们有时也使用胡椒以及其他调味品，我们从木灰中炼盐。我们的蔬菜多为车前草、青芋、山药、豆类和玉米。家长一般单独就餐；他的妻妾和奴隶也有分开的饭桌。"比较奢侈一点的是酒、油和香料之类："他们根本不了解烈酒；主要的饮料是棕榈酒。这是通过从那种树的顶部打孔得到的，要在上面绑个葫芦；一棵树或许能在一夜之间生产三四加仑。只是

---

① Herbert C. Covey and Dwight Eisnach, *What the Slaves Ate: Recollections of African American Foods and Foodways from the Slave Narratives*, Santa Barbara, California: Greenwood Press, 2009, p.211.

② William Bosman, *A New and Accurate Description of the Coast of Guinea, Divided into the Gold, the Slave, and the Ivory Coasts*, London: J. Kapton, 1705, p.107.

③ William Bosman, *A New and Accurate Description of the Coast of Guinea, Divided into the Gold, the Slave, and the Ivory Coasts*, p.106.

④ Herbert C. Covey and Dwight Eisnach, *What the Slaves Ate: Recollections of African American Foods and Foodways from the Slave Narratives*, p.39.

提取出来就是极为美味的甜品；但在几日之间就会得到一种稍酸的、含酒精的风味，我从未见过有人因此喝醉。这种树还能生产坚果和油。我们的主要奢侈品在香味当中；其中一类是能发出芳香气味的树木，另一类则是一种土壤，在火中投入少量就会弥漫一种极为强烈的气味。"①

食物享用过程跟西非宗教文化传统密不可分。据艾奎亚诺的介绍，"他们有很多献祭，特别是在月圆的时候；从地里收获果实之前一般有两次；而当幼小的动物被杀掉时，有时也将其部分作为祭物。当这些献祭由一个家庭的家长来实施时，也是为了整体。我记得我父亲以及我叔叔的家庭经常这样做，两家都在场。我们的一些祭品与苦药草都被一块吃掉了。我们对坏脾气的人有个谚语，'如果要被吃掉的话，就得与苦药草一块吃'"。② 艾奎亚诺指出，这些西非文化仪式与饮食有密切的关系："在品尝食物之前，我们总是先洗手：事实上在每种场合我们都是极为洁净的；但此时是不可缺少的仪式。洗完以后，奠祭开始，要往地上泼洒一些饮品，在某个确定的地方放置一些食物，以献给已逝去亲属的精灵，因为当地人认为它们监督他们的行为，保佑他们免于恶魔。"③

混搭性的中程饮食

三角贸易期间，通过大西洋中程之旅的贩奴船一般携带的是易于保存的批量性食品。为了保证奴隶的生存率和贩奴的经济效益，食品在数量上要有充足的保障。而对于陷于枷锁的奴隶来说，在大西洋旅程启动

---

① Olaudah Equiano, *The Interesting Narrative of the Life of Olaudah Equiano, or Gustavus Vassa, the African, Written by Himself,* Vol. I, London: Printed for and sold by the Author, No.10, Union-Street, Middlesex Hospital, 1789, pp.13–14.

② Olaudah Equiano, *The Interesting Narrative of the Life of Olaudah Equiano, or Gustavus Vassa, the African. Written by Himself.* Vol. I, p.30.

③ Olaudah Equiano, *The Interesting Narrative of the Life of Olaudah Equiano, or Gustavus Vassa, the African. Written by Himself.* Vol. I, p.14.

之初，其饮食环境和食物内容就开始变得与传统饮食有很大的不同，尤其是文化仪式的部分被立即地剥夺，不得不服从于野蛮资本主义的生存秩序。

中程主要以山药、玉米、燕麦等食物填饱奴隶的肚子，但有时提供掺有老牛肉或臭鱼的米饭、豆饼，或是面粉与棕榈油、胡椒的混合物，甚至偶尔提供白兰地和烟草刺激一下奴隶的精神。食物大多从出发的当地西非港口直接获得，如上几内亚的稻米、尼日尔三角洲的山药、安哥拉的玉米，而贩奴船一般也从母国带来一些补给，如英国船往往携带豆类和玉米，法国船装有燕麦，西班牙的船上习惯配备木薯等。① 1753 年，一艘从事三角贸易的丹麦籍贩奴船"弗雷登斯堡号"上的日志记载是："每个奴隶每周的食物：1/2 磅猪肉、1 奥汀格（217 升）豌豆、1 奥汀格粗面粉、1/31 奥汀格小米、1/2 帕格（1/4 品脱）白兰地、1/8 磅烟草、1 管烟草"；"每日的伙食如下：周日为猪肉、豆子、去壳燕麦以及烟草和管烟；周一为豆子、去壳燕麦以及烟草、白兰地；周二为豆子、去壳燕麦以及烟草；周三为豆子、去壳燕麦以及烟草、白兰地；周四为豆子、去壳燕麦以及烟草、白兰地；周五为豆子、去壳燕麦以及烟草；周六为两次小米、白兰地。"② 这些加工出来的或西非直接出产的食品，听起来似乎还不错，但实际上食物的品质并没有保证。

根据黑人奴隶艾奎亚诺的个人回忆，贩奴船上的生存环境极为糟糕。艾奎亚诺被带上贩奴船，看到了一群群沮丧的、戴着脚镣手铐的奴隶，长得可怕模样的白人在旁边一个个虎视眈眈，甲板上还有炉火烧着通红的铜块，那场景立即把他吓晕了。在醒来后不久，有奴隶安慰他，说白人并不会像他想象的那样将他吃掉。有个船员递过来一瓶烈酒，但艾奎亚诺不敢接，一个黑人转手交给了他。从没尝过烈酒是什么滋味的艾奎亚诺在咽了

---

① Herbert C. Covey and Dwight Eisnach, *What the Slaves Ate: Recollections of African American Foods and Foodways from the Slave Narratives*, p.47.

② Leif Svalesen, *The Slave Ship Fredensborg*, Bloomington: Indiana University Press, 2000, p.112.

几口后，"它制造的奇怪感觉把我抛进了惊慌失措的情绪当中。"① 然后，艾奎亚诺被押送到甲板下面，里面释放出他从来没有闻到过的臭味，叫喊声响成一片，以至于艾奎亚诺再次想到了自杀的念头。当惴惴不安的艾奎亚诺拒绝吃饭时，两个白人把他捆绑并吊起来，接着是一顿鞭抽。此后艾奎亚诺在人群中看到几个同族的黑人，于是询问白人贩运他们的目的。当得知要被运往白人的国家为他们服役时，艾奎亚诺变得稍微宽心，但他仍害怕被白人处死或被当作祭品，因为"白人看起来和行动起来是如此野蛮；我从来没有在我们中间看到过这样残酷的事情。这不仅仅针对我们黑人，也针对一些白人自身。当我们被允许待在甲板时，我看到一个白人男性在前桅杆附近被一根绳子打得如此凶残，以至于死掉了。"②

奴隶多在甲板上分组吃饭，这也是他们为数不多的出来透气的机会。根据一位名为约翰·牛顿的英国教士在18世纪中期的亲眼观察，奴隶大约8点被带到甲板上面，男的戴着脚镣，但妇女和儿童可以自由行走。9点左右开始吃早餐，一般是煮熟的大米、小米或玉米，有时加上一块牛肉，或是一些大蕉、山药、木薯，还有半品脱水。其他时间奴隶们大多关在船舱里面："他们被安排在下面，呼吸着热烘烘的臭气，天气差时要待一周之久。铁镣令人烦躁，绝望占据了他们的头脑。当这样关押之时，很快就变得具有致命性。每天早晨就能看到死人和活人拴在一起。"③

在短暂的放风时间之后，全部奴隶被安置甲板下，他们呼吸着混杂的空气，旁边还放着盛放排泄物的器具。艾奎亚诺这样陈述："现在全船的货物都被关在一起，气味绝对有害。地方的狭窄，气温的热度，加上船上人员的数量，我们拥挤得几乎没有地方翻身，简直要窒息了。人们汗流浃背，空气很快变得不适合喘气，气味令人作呕，奴隶变得病恹恹的，很多

① Olaudah Equiano, *The Interesting Narrative of the Life of Olaudah Equiano, or Gustavus Vassa, the African, Written by Himself*, Vol. I, p.73.

② Olaudah Equiano, *The Interesting Narrative of the Life of Olaudah Equiano, or Gustavus Vassa, the African, Written by Himself*, Vol. I, p.75.

③ John Newton, *Thoughts Upon the African Slave Trade*, London: J. Buckland, 1788, p.35.

人死了，由此成了我所说的购买者无节制贪婪的牺牲品。糟糕的情况还被锁链造成的烦躁所加剧，现在变得难以负担了；秽物要有盆子容纳，而孩子往往掉在里面，几乎被窒息。妇女的尖叫，临终者的呻吟，都使得整个场景蒙上了一层难以想象的恐怖色彩。"①

以素食为主的早期饮食

根据历史学家戴维·埃尔提斯的统计，整个大西洋奴隶贸易期间北美大陆奴隶进口总量不超过 40 万人，比例不超过三角贸易中非洲奴隶总数的 5%。② 第一批到达英属北美弗吉尼亚殖民地的时间是 1619 年，当时有两艘海盗船劫掠了一艘载有 350 名奴隶的葡萄牙贩奴船，其中一艘名叫"白狮子"的荷兰籍海盗船在詹姆斯敦卸下了首批非洲奴隶，即 20 名安哥拉人。③

在非洲人被贩卖至北美之前，包括弗吉尼亚和马里兰殖民地在内的切萨皮克地区的主要劳动力是来自英格兰等地的白人契约佣工，但在 17 世纪 60 年代之后，非洲奴隶逐渐取代了切萨皮克地区从事烟草种植的白人，黑白劳动力的结构发生了逆转。④ 与此同时，奴隶劳工也扩散到南卡罗来纳的稻米种植园以及种植杂粮的东北部殖民地等处。

在殖民地时期，由于种植园的规模不大、经营比较多元，北美大陆奴隶的饮食结构还比较健康，多以谷物和蔬菜为主，例如玉米、豆类和绿菜等等。新英格兰巡回牧师约翰·伍尔曼在 1757 年对奴隶饮食有个概括性的说法："每周一配克印第安玉米以及一些食盐，外加一些土豆，除此之

---

① Olaudah Equiano, *The Interesting Narrative of the Life of Olaudah Equiano, or Gustavus Vassa, the African, Written by Himself*, Vol. I, pp.78–79.

② 参见高春常：《北美黑人族裔来源略论》，《鲁东大学学报》2010 年第 2 期。

③ Virginia Bernhard, *A Tale of Two Colonies: What Really Happened in Virginia and Bermuda?* Columbia, Missouri: University of Missouri Press, 2011, p.176.

④ 参见高春常：《人口因素与切萨皮克地区奴隶制的演变》，《美国研究》2003 年第 2 期。

外普遍来说他们没什么东西；土豆则都是自己在周日种的。"①

在南卡罗来纳殖民地，玉米从一开始就是主食，很多黑人奴隶"除印第安玉米和食盐外不吃其他任何东西"；②18世纪初稻米从加勒比群岛引进到该殖民地，并逐渐成为该地种植的主要作物。奴隶被允许在种植园的沟沟坎坎之间经营自己的小块土地，种些稻米、玉米或土豆供自己吃或进行交易。③蔬菜的品种可能也比切萨皮克地区更丰富一些，并且随季节有较大的变化。萨凡纳的德裔移民约翰·博尔兹由斯（Johann Bolzius）注意到，"从9月到3月食物一般是土豆以及卖不出去的碎大米，有时是印第安玉米；但在夏天则是生长在种植园的玉米和豆子。"④

不过总的说来，由于切萨皮克地区的烟草种植园在食物方面基本是自给自足的，奴隶吃得较好，在节假日还可吃到额外的牛肉、猪肉和喝到朗姆酒。他们也有自己的菜园，种些土豆、豌豆、西瓜、西葫芦等，并且也有闲暇捕猎或钓鱼。⑤奴隶们身体因而较健康，同时由于劳动强度比稻米种植园要小，非裔女性一生能够生育七八个孩子。⑥18世纪中期，小麦在切萨皮克地区种植扩大，奴隶的食谱也变得更丰富，他们甚至比喜好小麦和高脂肪食品的种植园主家庭吃得更有营养。切萨皮克地区的种植园主威廉·伯德一度让奴隶吃小麦，但他们很快"发现自己变得如此虚弱，以至于发出哀求，允许他们回头吃印第安玉米"。乔治·华盛顿也进行过类似的实验，"尽管贪图新奇总是有的，黑人似乎将小麦面包看作主人的食

---

① William Goodell, *The American Slave Code: In Theory and Practice*, New York: American and Foreign Anti-Slavery Society, 1853, p.142.

② Peter H. Wood, *Black Majority: Negro in Colonial South Carolina from 1670 through the Stono Rebellion*, New York: W. W. Norton & Company, 1974, p.120.

③ Ira Berlin, *Many Thousands Gone: The First Two Centuries of Slavery in North America*, Cambridge: Harvard UP, 1998, p.164.

④ Philip D. Morgan, *Slave Counterpoint: Black Culture in the Eighteenth-Century Chesapeake and Lowcountry*, Chapel Hill: The University of North Carolina Press, 1998, p.135.

⑤ John Schlotterbeck, *Daily Life in the Colonial South*, Santa Barbara, CA: ABC-CLIO, 2013, p.198.

⑥ 参见高春常：《人口因素与切萨皮克地区奴隶制的演变》，第99页。

物，他们很快就厌倦了它。"①

在比较偏远的路易斯安那，黑人种植玉米和其他谷物，养殖家禽，在动物出没的树林或沼泽里打猎和逮鱼。18世纪一位来访的旅行者注意到，"奴隶清理土地，在上面自主地耕作，种植棉花、烟草等等，然后出售。"②

尽管谷物和蔬菜构成了殖民地时代奴隶的主食谱，这不是说他们平时根本吃不到任何动物蛋白或其他富有营养的食物。事实上，奴隶的饭碗中可能加上一些主人不太喜欢的动物的头颚骨、肋骨、下水或其他杂碎，或者自己在业余时间钓鱼、打猎以改善一下生活。

当艾奎亚诺坐船经巴巴多斯前往弗吉尼亚的时候，就明显感到伙食比以往得到改善："在航行中我们比从非洲出来时得到更好的对待，我们有大量的稻米和肥肉。"③ 而在弗吉尼亚，当地议会禁止黑人奴隶养殖牛、猪等大型牲口，但他们却热衷于养鸡、鸭或鹅，因而成为"普遍的鸡商"。④ 主人一般允许他们拥有一英亩左右的地块，并在上面种些谷物或养些家禽，还可在业余时间里捕捉松鼠、浣熊、负鼠或鲶鱼等。

不过弗吉尼亚奴隶威廉·格兰姆斯（1784—1865）的叙事表明，18世纪末一些极端饥饿状况也是存在的。"我记起有个星期六辛苦工作了一整天，傍晚我发现在后院里有几天前扔掉的猪下水。我是如此饥饿，以至于将这些内脏取回去，冲洗后放到煎锅里煮熟。然后用凉水和了些玉米放到灰烬里，上面生了火。烤熟后，混合着内脏吃下去，但天亮前我就开始浮肿，几乎要死了。当任何猪死掉，我们就吃掉它。但我们不会等着猪或

---

① Philip D. Morgan, *Slave Counterpoint: Black Culture in the Eighteenth-Century Chesapeake and Lowcountry*, p.134.

② John Schlotterbeck, *Daily Life in the Colonial South*, p.198.

③ Olaudah Equiano, *The Interesting Narrative of the Life of Olaudah Equiano, or Gustavus Vassa, the African, Written by Himself*, Vol. I , p.90.

④ Ira Berlin, *Many Thousands Gone: The First Two Centuries of Slavery in North America*, pp.119, 137.

鹅老死，我们找机会偷走它们。偷？对，偷走它们。我曾是如此饥饿，以至于我会把我妈吃掉。"①

在东北部殖民地，非洲奴隶文彻·史密斯（1729？—1805）通过钓鱼、伐木或走私积累了一些钱财，最终自我赎买了自己及其后代的自由，乃至购买了自己的农场，上面种植了大量的水果，他的儿子即"所罗门所在的地方，那时以其早熟的桃子、美味的苹果以及上好的蔬菜知名，远远领先于他的邻居。"②

在南卡罗来纳，一些比较幸运的奴隶还可从监工那里获得定量之外的粗糖、廉价朗姆酒和咸鱼，主人在他们生病时"不吝于给点红酒"。③ 在业余时间，奴隶们习惯于截断一段水流，然后放上生石灰或植物的毒汁以毒死鱼类。1726 年议会曾指责，"本殖民地的很多人往往采用给小溪下毒的有害方式捕获大量鱼类。"④ 以渔网捕鱼也是黑人的拿手好戏。一个种植园主在 1737 年发布的逃奴广告描述说，"他在查尔斯顿很有名，在那里已经当了一阵儿渔夫，经常被雇佣于编网。"⑤ 对一些精于水性的黑人来说，捉拿鲨鱼和鳄鱼等危险物种也不在话下。一个叫劳森的观察者记述说："一些黑人或其他人能赤身裸体地游潜到深处，手里拿着一把刀子与鲨鱼搏斗，并且杀死它们很正常。"⑥

---

① William Grimes, *Life of William Grimes, the Runaway Slave. Written by Himself*. New York, 1825, p.14.

② Venture, *A Narrative of the Life and Adventures of Venture, a Native of Africa, but Resident above Sixty Years in the United States of America,* Middletown, Conn.: J. S. Stewart, 1897, p.38.

③ S. Max Edelson, *Plantation Enterprise in Colonial South Carolina*, Cambridge, MA: Harvard University Press, 2006, p.230.

④ Peter H. Wood, *Black Majority: Negro in Colonial South Carolina from 1670 through the Stono Rebellion*, p.123.

⑤ Peter H. Wood, *Black Majority: Negro in Colonial South Carolina from 1670 through the Stono Rebellion*, p.202.

⑥ Peter H. Wood, *Black Majority: Negro in Colonial South Carolina from 1670 through the Stono Rebellion*, p.123.

19 世纪奴隶的玉米、熏肉或咸鱼

独立战争之后，美国奴隶制一度面临生存危机。在东北部地区出于大宗作物种植缺乏竞争力等原因而逐渐废除，但在南部地区却因轧棉机的发明变得日益兴旺，"棉花王"一时权势熏天。体系化的奴隶制使得奴隶的饮食也发生了一定的变化，以谷物定量为主、辅之以猪肉或干鱼的奴隶食谱成了主要的饮食特色。

战前曾游历南方的奥姆斯特德了解到，一般而言弗吉尼亚的奴隶能够得到充足的食物，并允许喂猪、养鸡和种菜。不过，由于路易斯安那的混血奴隶很多，白人给他们的待遇更好，而法律也对他们更友善。例如，法律要求种植园主每年提供给奴隶 200 磅猪肉。他说："一般的食物定量被认定为每周 1.5 配克粗粮、三配克咸肉。这看起来就是他们能够吃到的最多的粗粮，但他们能得到更多的咸肉就会很高兴；有时他们得到四磅，但经常拿不到三磅。周日晚上发给他们，管理好的种植园有时或者是在周三，以防他们乱吃一顿或是周日卖钱买酒。这种分配叫作'支取'，都是由监工分给各家家长或单身汉。除非是在小种植园，在那里烹饪是在业主的房子里进行，厨房里面有煮东西的大铜器，还有一个烤箱。每晚奴隶拿来他们的'份子'给厨师，以准备第二天的早餐和主餐。"①

奥姆斯特德还提到奴隶们如何准备晚餐："早上在小木屋里吃完早餐后，日出之时——冬天要早一些，夏天要晚一些——他们就到地里。中午的时候主餐被带过来，除非赶工，他们有两个钟头的休息时间。日头一落他们就停止工作，可以自由活动了……回到小木屋，木柴'应该'给他们运过来了；否则的话他们要到树林里自己'搬运'到家。然后他们生火，

---

① Frederick Law Olmsted, *A Journey in the Seaboard Slave States;With Remarks on Their Economy,* London: Sampson Low, Son & Co., 1856, pp.108–109.

火势很大，因在这个季节燃料没有限制，并且烹制他们的晚餐，在长柄平底锅里要炸一点咸肉，往往带些鸡蛋，然后在里面将玉米饼焖熟，以把猪油吸收进去，同时在灰烬里可能烤一些甘薯。晚餐之后立即睡觉，一般躺在地板或一条长凳上而不是在床上。"①

马里兰出生、1805 年被卖到南卡罗来纳的奴隶查尔斯·鲍尔对切萨皮克地区的饮食分量尚比较认可，他述及马里兰的情况如下："在我出生的卡尔弗特县，奴隶主的惯例是每周分给每个奴隶一配克玉米，这在每周一早晨称好，与此同时每人得到七条鲱鱼。这就是每周的伙食，而那些没给的都被称为狠心的主人，给多的被认为是善良和宽容的主人。在春天主人储备的咸鲱鱼往往不足，不能一年到头保持这个比例；当没有鱼的时候，只有玉米分发出去。另一方面，一些种植园主拥有大量的牲口，奶牛生产出牛奶，在奶油撇出以后，每天被分给工作的奴隶。有人拥有大片的苹果园，秋天的时候每天分给他们的奴隶一品脱苹果汁。在马里兰的低地县，有时候每周的某天分给奴隶一些猪肉，尽管在一些庄园每月不过一次。猪肉的定量是这样分的，每个奴隶都能得到一薄片，一般重约半磅。奴隶还被允许在夜间和周日为自己工作。如果钓鱼的话，他们享有出售鱼获的特权。一些捕鱼能手能捉住和出售很多鱼和牡蛎，用来为妻子购买咖啡、糖以及其他奢侈品。"②

鲍尔小时候饮食受到家庭的特别关照："她是一个慈爱和善良的母亲；在寒冷的冬夜里把我抱在怀里温暖着我，并将女主人分给她的少量食物分给我的兄弟姐妹和我，而自己不吃晚饭就上床休息了。无论她得到什么粗粮、咸鱼和玉米饼，这些在帕图森特河和托克马克河流域所拨给奴隶的，她都仔细地在孩子们中间分配，以其自己悲惨的条件所能允许的，极其亲

---

① Frederick Law Olmsted, *A Journey in the Seaboard Slave States;With Remarks on Their Economy,* p.109.

② Charles Ball, *Slavery in the United States: A Narrative of the Life and Adventures of Charles Ball, a Black Man,* New York: Published by John S. Taylor, Brick Church Chapel, 1837, pp.42–43.

切地对待我们。"① 至于长大后他的主人杰克·考克斯分配给自己的口粮，鲍尔这样说："只要我听话，随时执行他的命令，我就不会挨鞭子，但一直没有充足和合适的食物。我的主人每周拨给他的奴隶一配克玉米，一直到年底，但我们必须在手工磨坊里自己磨成面。大约在 12 月杀猪的时候，我们会在短期内得到一些猪肉。此后我们每周获得一次猪肉，除非咸肉不足，而这是经常发生的事，那时我们就根本没有猪肉。不过，由于幸运地生活在帕图森特河和切萨皮克湾附近，我们在春天有很多鱼吃，只要捕鱼季节持续的话。此后除玉米口粮外，每个奴隶每天都有一条鲱鱼。"②

马里兰前奴隶玛丽·詹姆斯也验证了马里兰奴隶较好的饮食条件。她说："我们被分给肥猪肉、玉米面、黑糖蜜和蔬菜，玉米和谷物烘焙后制作咖啡。母亲在白天农场上干完活后给我做吃的。我从不吃负鼠，我们能用树胶或陷阱逮住兔子。当我们生活在河边时，我们吃各种逮住的鱼。男人以及每个人都在工作后逮鱼。每个家庭都有菜园，我们种植想种的东西。"③ 不过根据"汤姆叔叔"的原型人物约西亚·亨森的叙述，马里兰的一些奴隶并没有足够的蔬菜可吃："在我主人的种植园上，食物主要是玉米面和咸鲱鱼；夏天加一点酪乳，而不多的蔬菜是在分给他和家人的零星小块地上自种的。饭是一天两顿，头一顿或早餐在 12 点，从天亮起干完活以后；另一顿在当天干完余活之后。"④

同样在马里兰经历奴隶生活的弗雷德里克·道格拉斯则抱怨奴隶食物的不足，尤其是对孩子们而言。他说在小时候，"我们没有得到规律性的定量。我们的食物是煮熟的粗玉米饭。这叫作'浓粥'。它被倒进一个大

① Charles Ball, *Slavery in the United States: A Narrative of the Life and Adventures of Charles Ball*, p.18.

② Charles Ball, *Slavery in the United States: A Narrative of the Life and Adventures of Charles Ball*, p.26.

③ Federal Writers' Project, *Born in Slavery: Slave Narratives from the Federal Writers' Project, 1936–1938, Maryland Narratives*, Volume VIII, Washington, 1941, p.38.

④ Josiah Henson, *The life of Josiah Henson, Formerly a Slave, Now an Inhabitant of Canada, as Narrated by Himself*, Boston: Arthur D. Phelps, 1849, p.6.

木盘或木槽里，置于地上。然后就像唤很多猪一样叫来孩子们，而他们也是像很多猪一样，一个个出来吞食浓粥；一些用的是牡蛎壳，一些用的是木片，一些用两手抓，没人用调羹。谁吃得快谁就吃得多；谁壮实谁就占据好地角；但很少有人满意而归。"① 弗吉尼亚奴隶布克·华盛顿也有类似的体会："我不记得小时候有任何一次全家一起坐在桌旁，求主赐予祝福以后，大家以文明的方式就餐。在弗吉尼亚种植园，甚至后来，孩子们得到的饭食跟不能说话的动物得到的差不多。它是一片面包、少许碎肉。有时是一杯奶，或是一些土豆。有时家人从煎锅或罐子里拿出来吃，有时其他人从一块放在膝上的锡板上吃，更常见的是不用任何东西、而是用手拿着吃。"② 然而成年奴隶的饮食还是有着一定的社区参照标准的，道格拉斯说："作为每月的食物定量，男女奴隶得到八磅猪肉或者相当的鱼肉，一蒲式耳玉米。"③ 道格拉斯还指出了食物分配方面存在的社区压力："不给奴隶充足的食物吃，即使在奴隶主当中也被看作是极为严重的吝啬行为。无论食物有多粗，规则是要留得足够多。这是在理论上如此，而在我的家乡马里兰，这是通行的惯例，尽管也有很多例外。"④

但在南卡罗来纳，奴隶就没有切萨皮克地区那么多的肉食，粮食也不足。南卡罗来纳的赞巴在描述 19 世纪早期奴隶食物时说："根据法律，种植园主每周必须供给每个成年奴隶 9 夸脱印第安玉米和 1 品脱盐；没有别的：连一条鲱鱼或用以调味的一盎司肉也没有。印第安玉米很难做成面包，黑人一般做成糊或粥。这个定量按每天大约 2.5 磅配给谷物；在一些庄园黑人被允许拥有一块菜园，可以养几只鸡或一只猪……但这些都取决

---

① Frederick Douglass, *Narrative of the Life of Frederick Douglass: An American Slave, Written by Himself*, Boston: Anti-Slavery Office, 1845, p.27.

② Booker T. Washington, *Up From Slavery: An Autobiography*, Garden City, New York: Doubleday & Company, Inc., p.9.

③ Frederick Douglass, *Narrative of the Life of Frederick Douglass: An American Slave, Written by Himself*, p.10.

④ Frederick Douglass, *Narrative of the Life of Frederick Douglass: An American Slave, Written by Himself*, p.51.

于业主或监工的脾气。"① 而查尔斯·鲍尔也做了类似的回应:"有一个看来 40 来岁的男人,是一个田工的工头,告诉我他出生于南卡罗来纳,并且总是生活在那儿,尽管他属于目前的主人仅十年而已。我问他主人是否给他肉吃,或者是否有除面包以外的任何供应,对此他回应说,他从没什么肉吃,除了在圣诞节,那时候该地每个人手得到大约三磅的猪肉;从 9 月开始,当甘薯长熟的时候,庄稼一收好就分给甘薯定量,一般到大约 3 月为止;不过在其他月份,他们除每周一配克玉米外一无所有,只有在地里采集一些野菜或其他绿菜。主人不分给他们任何食盐,而他们获得这种奢侈品的唯一途径是在周日给临近的种植园主工作,后者以每日 50 美分的价格支付,他们就以此购买食盐以及其他便利的东西。"② 为了解决肚子问题,周日奴隶不得不在菜园上额外工作,但上面的蔬菜往往被主人一家所消费:"在每个我熟悉的种植园,人们被允鼓捣小块土地——也就是他们所说的菜园,一般来说位于树林里,在那里他们为自己种植玉米、土豆、南瓜、甜瓜等等。"③

在游历南卡罗来纳和佐治亚时,奥姆斯特德提及稻米种植园的奴隶饮食与鲍尔的上述经历类似:"他们日出时开始工作,在大约 8 点时食用被带到地头的早餐,为此每人都预先给厨师留下了一个小桶。所有一起干活的都停下来,聚在一堆火周围,用餐时间约莫半个钟头。给他们供应的食物主要有粗粮、大米和蔬菜,掺些食盐和糖蜜,偶尔带些咸肉、鱼和咖啡。除了少量备用品外,给每个人手的定量是每周一配克粗粮或等量的大米,无论老幼。某先生说,看到黑人的健康不像以前那样好,而当时习惯上根本不给他们提供猪肉,所以他最近提供了较少的猪

---

① Zamba, *The Life and Adventures of Zamba, an African Negro King; and His Experience of Slavery in South Carolina. Written by Himself. Corrected and Arranged by Peter Neilson.* London: Smith, Elder and Co., 1847, p.166.

② Charles Ball, *Slavery in the United States: A Narrative of the Life and Adventures of Charles Ball*, p.107.

③ Charles Ball, *Slavery in the United States: A Narrative of the Life and Adventures of Charles Ball*, p.166.

肉。种植园主的一般印象是，在每周提供三四磅咸肉的情况下，黑人的工作状态最佳。"① 佐治亚前奴隶珍妮·肯德里克斯（Jennie Kendricks）则表明，她所在的种植园上食物很丰富："在摩尔种植园上，每个人都有充足的食物……每周饮食包括蔬菜、咸肉、玉米饼、壶装的烈酒以及牛奶。周日他们获得牛奶、饼干、蔬菜，有时还有鸡肉……奴隶都没有自己的菜园，因为食物很充足，他们日常所需都在主人的菜园里种植。"②

值得注意的是，查尔斯·鲍尔提到了南方新开垦的种植园与老种植园的饮食差别："在南方的有害文化之下，土地越来越贫瘠，获得食物的手段也越来越困难。如果土地是新开发和富饶的话，就会生产很多玉米和甘薯，黑人就很少忍饥挨饿；但当所有的土地都得到清理，种上稻米或棉花，玉米和甘薯就很少；而当一个棉花种植园不得不买玉米，人们就不得不与饥饿为伍了。"③

在新兴的棉花王国密西西比和阿拉巴马，奴隶的饮食种类比较丰富。有着 30 年奴隶经历的路易斯·休斯这样描述密西西比的作物和食谱："棉花是密西西比农场的主要作物，不种其他庄稼出售。小麦、燕麦和黑麦也少量种植，但只留给奴隶或牲口。主人家里所食用的小麦精粉购自圣路易。玉米广泛种植，这是奴隶食品的主要成分。大约 3 月 1 日播种，比棉花大约早一个月。这样棉花种植前处于半停工状态，直到棉花耕作准备好为止。豌豆在玉米之间播种，能增产几百蒲式耳。收获后的豌豆晒干后脱壳，棕红色品种，不像给主人家庭所种的那样，而是作为有益于奴隶的营养食品。卷心菜和山药，还有一种比白人常吃的粗糙一些、不是那么好吃

① Frederick Law Olmsted, *A Journey in the Seaboard Slave States;With Remarks on Their Economy,* pp.431–432.

② Federal Writers' Project, *Born in Slavery: Slave Narratives from the Federal Writers' Project, 1936–1938, Georgia Narratives*, Volume IV, Part 3, Washington, 1941, p.3.

③ Charles Ball, *Slavery in the United States: A Narrative of the Life and Adventures of Charles Ball,* p.15.

的甘薯，也给奴仆们大量种植。"① 幼时在阿拉巴马作为奴隶的卡托·卡特（Cato Carter）说："要说起食物，我们吃得很好。不能说别处都是这样。一些种植园让他们的黑人半饥半饱，不到他们干不动活儿时不提供口粮。他们不得不溜到其他地方的黑人那里将就一下。"②

19世纪40年代被绑架为奴的纽约自由黑人所罗门·诺瑟普记述了自己被从南方的切萨皮克地区运到路易斯安那的过程，并描述了奴隶所吃的食物和饮食方式。先是在切萨皮克湾："离开诺福克后……我被派去监督做饭，分配食物和水，还给我配了三个助手：吉姆、卡夫和詹妮。詹妮准备咖啡，就是用壶熬玉米粉，烧开之后加入糖浆。吉姆和卡夫负责烤玉米饼和煮咸肉。我就站在一张由几个木桶和一张厚木板拼起来的桌子前，把肉和面包切成片，然后给每个人送餐，还要从詹妮的咖啡壶里给每人舀一杯咖啡。盘子就算了，刀和叉也免了，黑奴们就用自己黑乎乎的手指抓着吃……奴隶们每天吃两顿饭，上午10点和下午5点，每天的食物都一样，分量也固定，吃饭的规矩也是死的。"③

所罗门被卖到路易斯安那州的赫夫鲍尔附近的种植园后，那里的奴隶食物定量是这样的："每到星期天早上，他们就到玉米仓库和熏肉房领取口粮。熏肉每次领一周的量，通常为三磅半，玉米则够吃许多顿。除此之外就别无他物了——没有茶，没有真正的咖啡，没有糖；即便有盐，也只能偶尔撒上一丁点儿……埃普斯老爷家的猪吃的是玉米粒，而扔给奴隶们的却是结着穗儿的玉米棒。因为他认为，对猪好一些，它们会很快长得肥壮；而如果对奴隶们太好，他们就会胖得干不了活。"④

所罗门在种植棉花的同时还要自备食物："离天亮还有一个小时，号角便响起来了。奴隶们集体起床，准备早餐，把一个葫芦里灌满水，另一

---

① Louis Hughes, *Thirty Years a Slave: From Bondage to Freedom,* Milwaukee: South Side Printing Company, 1897, pp.33–34.

② Federal Writers' Project, *Born in Slavery: Slave Narratives from the Federal Writers' Project, 1936–1938, Texas Narratives*, Volume XVI, Part 1, Washington, 1941, p.203.

③ [美] 所罗门·诺瑟普：《为奴十二年》，第 37 页。

④ [美] 所罗门·诺瑟普：《为奴十二年》，第 112 页。

个葫芦里填进冷熏肉和玉米饼，随后便急匆匆地下地去了。"① 劳作一整天后，"睡眼蒙眬地回到小屋里，生起火，把玉米磨成粉，准备第二天的午餐和晚餐。他们的食物只有玉米和熏肉。"② 这里与先前在该州贝夫河附近的林场上所吃的基本相同："吃饭的时候，我们排队到厨房领饭，吃的是番薯、玉米饼和咸肉。"③ 所罗门的晚餐是这样制作的："磨好玉米，生好火。墙上挂着熏肉，切下一片扔到炭上烤。大多数奴隶没有刀，更不用说叉子了，他们就用砍柴的斧头切熏肉。在玉米面里加一点水，和匀，放在火上烤，烤熟之后刮掉外面沾的一层灰，放在一小块板子上——那就是我们的餐桌。然后，奴隶们席地而坐，准备吃晚餐，此时往往已经将近午夜。"④

作为主食的玉米奴隶需要自己碾碎："院子里放着玉米磨，磨上面搭了个遮雨的棚子，样子有点像普通的咖啡磨，漏斗容量有六夸脱左右。在埃普斯老爷家，所有奴隶唯一可以随意做的一件事，就是磨玉米面。他们可以晚上磨，磨够第二天的口粮就行；也可以趁着星期天把一周要吃的玉米全部磨掉，由他们自己决定。"⑤ 他们的主要配餐咸肉则是奴隶们集体制作的："9 月或 10 月份，人们用狗将散养在沼泽地中的猪赶回圈里。之后在某个寒冷的早晨，通常在临近新年的时候，将这些猪统统杀掉。每头猪被剁成六大块，撒上盐，一块压着一块堆起来，在烟熏房的大桌子上放两个星期，然后挂起来，生火，熏上小半年。这种彻底的烟熏非常必要，它可以防止熏肉生蛆。但由于南方气候温暖，熏肉不易储藏，很多次我和同伴领取每周定量的三磅半熏肉时，上面都爬满了让人恶心的蛆虫。"⑥

赫夫鲍尔种植园上奴隶使用的餐具也值得一提："我把玉米放在一个小木箱子里，把准备吃的饭放在葫芦里，葫芦是种植园里最方便、最不可

---

① ［美］所罗门·诺瑟普:《为奴十二年》，第 113 页。
② ［美］所罗门·诺瑟普:《为奴十二年》，第 112 页。
③ ［美］所罗门·诺瑟普:《为奴十二年》，第 56 页。
④ ［美］所罗门·诺瑟普:《为奴十二年》，第 112 页。
⑤ ［美］所罗门·诺瑟普:《为奴十二年》，第 112 页。
⑥ ［美］所罗门·诺瑟普:《为奴十二年》，第 112 页。

或缺的餐具。它除了省地方——奴隶们的小屋本来就拥挤，还能在下地时用来装水。再者就是用来装饭，把桶、勺、盆、罐子等其他餐具全都省了。"① 在萨尔河附近的甘蔗种植园上亦是如此，"他们可以随便找一个葫芦用来装饭，当然，也可以直接拿着玉米棒子吃，没人会干涉。但如果谁敢去问主人要一把小刀或一把煎锅，得到的很可能是被踢上一脚，或者嘲笑一番。如果哪个奴隶的小屋里出现了这类用品，几乎可以肯定，那绝对是奴隶们用星期天的劳动报酬买来的。"②

在该州萨尔河附近的甘蔗种植园上，当肉食不够时，奴隶就在业余时间打猎或捕鱼以补充营养。所罗门说："通常到周六晚上前就已经吃光了，即使还有剩余，也肯定是爬满蛆虫，看到就令人作呕。于是，奴隶们便到沼泽里猎取浣熊和负鼠。但我们白天必须干活，完成工作量，只能到晚上去打猎。某些种植园里的奴隶，有时一连几个月就靠这种方式补充肉食。种植园主们并不反对奴隶打猎，那样可以为熏肉房省掉不少事，况且猎杀浣熊也可以保护玉米免遭破坏。奴隶们不准使用火器，所以他们就用狗和木棒打猎。"③ 尽管动物资源丰富，很多奴隶宁可休息一下："事实上，劳累了一天的奴隶们非常疲惫，没有几个人愿意到沼泽地里去猎取晚餐，还不如一头倒在地上呼呼大睡。反正只要不饿肚子，不吃肉也死不了人。老爷们还怕他们吃得太多会变胖呢。"④

此外，路易斯安那还有腌制的野牛肉，但并不受任何人的青睐："虽然沼泽地里野牛遍地，但似乎无人问津。种植园主们在这些野牛的耳朵上打上标记，或在它们的身体上烙上自己名字的缩写，随后把它们放回到沼泽地，让它们处于一种无拘无束的自然生长状态。这些野牛是西班牙品种，个头矮小，头上顶着尖尖的角……最好的母牛每头价值五美元。一头母牛如果可以挤出两夸脱奶，便被视为极难得的产量。但它们所含的牛脂非常

---

① ［美］所罗门·诺瑟普：《为奴十二年》，第 112 页。
② ［美］所罗门·诺瑟普：《为奴十二年》，第 130 页。
③ ［美］所罗门·诺瑟普：《为奴十二年》，第 133—134 页。
④ ［美］所罗门·诺瑟普：《为奴十二年》，第 134 页。

少，质量也偏低，所以尽管沼泽地里奶牛众多，种植园主们还是更青睐北方的奶酪和黄油，他们可以从新奥尔良的市场上买到。奇怪的是，腌牛肉在这里备受冷落，不管是大宅里的老爷太太，还是小屋里苦命的奴隶，他们都不怎么爱吃。"①

1849 年出生的北卡罗来纳前奴隶米利·埃文斯（Millie Evans）回忆了一个大约有一百个奴隶的种植园是如何做饭的："由于要为那么多的黑人做饭，烹调都是在户外进行的。蔬菜是在洗衣锅里煮熟，就像现在煮洗衣服一样。有时他们会弄碎面包放进咸肉蔬菜汤里，给我们调羹，而我们就站在锅旁边吃饭。当我们吃定期的饭时，饭桌放在一棵楝树下面，铺上油桌布，当他们叫我们到饭桌旁时会摇铃铛。但我们不用盘子吃，我们用葫芦和自制的木勺吃。"② 大约 98 岁的南卡罗来纳前奴隶威廉·邓伍迪回忆了一个大型种植园上奴隶儿童在食用午餐时的场景："每一组大孩子将有一个大碗和一把大调羹。每组将有足够的孩子舒服地围在碗的周围。一个人会拿起碗中的调羹，然后传给他的邻居。他的邻居会舀上一勺，然后接着往下传，这样传下去直到每个人得到一勺。然后他们会周而复始，直到碗里空空如也。大多数时候碗里有面包和牛奶；有时也有浓粥和牛奶。每组幼小的孩子将有一把小调羹和一只小碗，大孩子会给他们使用，并传递下去，就像他们传递大调羹一样。"③ 得克萨斯前奴隶克拉丽莎·斯凯尔斯则描述了她所在的种植园烧火用的材料："当洗刷完毕后我负责生火。他们有大量的木柴，但生火用的是玉米棒子。"④

作为身份的体现，奴隶一般是不与主人在同一个桌子上共餐的，这也是"白人的世界"与"黑人的世界"外在边界的体现。曾充当仆人的阿肯

① ［美］所罗门·诺瑟普：《为奴十二年》，第 114—115 页。
② Federal Writers' Project, *Born in Slavery: Slave Narratives from the Federal Writers' Project, 1936–1938, Arkansas Narratives,* Volume II, Part 2, Washington, 1941, p.241.
③ Federal Writers' Project, *Born in Slavery: Slave Narratives from the Federal Writers' Project, 1936–1938, Arkansas Narratives,* Volume II, Part 2, p.227.
④ Federal Writers' Project, *Born in Slavery: Slave Narratives from the Federal Writers' Project, 1936–1938, Texas Narratives,* Volume XVI, Part 4, p.3.

色前奴隶帕内拉·安德森（Pernella Anderson）说："我不被允许在饭桌上就餐。我在门廊的边角用我的手指吃饭，跟狗在一起。"[1] 佐治亚前奴隶朱莉娅·拉肯（Julia Larken）则说奴隶并不在他们自己的家里吃饭："奴隶都在大房子的那个又长又旧的厨房里吃饭。我现在还能看见那个厨房。它不是与大房子建在一起，而是在与大房子连接的门廊的末端。有一个很大的壁炉横跨在厨房的一端，那里有存放锅、罐和烤炉的支架；我告诉你，我们的主人还有一个烹调用炉。"[2]

在整个南方，奴隶也并非都是一天三顿饭。路易斯安那 1806 年出台的法律规定主人须提供两顿饭，但第三顿则需奴隶自己解决（这跟所罗门的陈述基本吻合）："应全年允许奴隶享有半个钟头的早餐时间；从 5 月 1 日开始到 11 月 1 日，主餐时间应有两个钟头；从 11 月 1 日到 5 月 1 日，一个半钟头的主餐时间。"[3] 在佛罗里达，奴隶则是在干活时带上用水泡好的早餐，到中午的时候在地上生一堆火，在灰烬里焖熟。[4] 在南卡罗来纳，波士顿作家、废奴主义者安杰利娜·韦尔德观察到，奴隶们"一天只允许两顿饭，第一次在 12 点。如他们在此之前吃东西，也是偷偷摸摸的，我确信他们必定是饥肠辘辘，特别是孩子们。"[5] 弗吉尼亚和密西西比也是两顿。一位弗吉尼亚当地人威廉·莱夫特威奇谈及奴隶饮食时这样说："一天两顿饭，早餐在上午 10 点到 11 点。晚餐在晚上 6 点到 9 点或 10 点，根据季节和庄稼情况而定。"[6]

相比奴隶的食物种类和过程，有关奴隶食谱的记录比较少，但这是奴隶塑造自身饮食文化的重要一环。联邦作者项目中受访的阿肯色前

---

[1] Federal Writers' Project, *Born in Slavery: Slave Narratives from the Federal Writers' Project, 1936–1938, Arkansas Narratives,* Volume II, Part 6, p.257.

[2] Federal Writers' Project, *Born in Slavery: Slave Narratives from the Federal Writers' Project, 1936–1938, Georgia Narratives*, Volume IV, Part 3, p.37.

[3] William Goodell, *The American Slave Code: In Theory and Practice*, p.130.

[4] William Goodell, *The American Slave Code: In Theory and Practice*, p.143.

[5] William Goodell, *The American Slave Code: In Theory and Practice*, p.144.

[6] William Goodell, *The American Slave Code: In Theory and Practice*, p.143.

奴隶帕内拉·安德森提供了一些以玉米、土豆和柿子为主要原料的地方特色食谱，如"灰烤蛋糕"、"约翰尼玉米蛋糕"、"柿馅玉米饼"、"柿子馅饼"、"柿子啤酒"、"牛肉馄饨"、"土豆饼干"和"爱尔兰土豆馅饼"等。其中比较普遍的"灰烤蛋糕"的做法如下："以两杯粗粮和一调羹食盐掺上足够的热水。揉成饼状包在玉米皮、羽衣甘蓝叶或纸当中。放在热灰里，用热灰埋上，烹制大约十分钟。"① 比较高档的"约翰尼玉米蛋糕"则要加些细粮和猪油："两杯粗粮、半杯面粉、约一调羹苏打、一杯糖浆、半调羹食盐，捣好。加几调羹猪油。倒进涂上油的平底锅里并烘焙。"② 美其名曰的"牛肉馄饨"实则是菜汤："用盐和胡椒将煮熟后的牛肉汤调和，加上馄饨，就如鸡肉炒馄饨那样。挑选和洗净甜菜缨，就如肉炒萝卜缨子一样。调味。这样就有了最好的菜汤。"③

即使面临着这样那样的饮食问题，奴隶们还是能够苦中作乐。布克·华盛顿在回忆小木屋生活时说："种植园上的日常饮食是玉米饼和猪肉，但周日上午我母亲被允许从'大房子'那里为她的三个孩子们带回一些糖蜜，得到后我是多么希望每天都是周日！我会拿着我的锡板，捧起来等着这点甜甜的小份，等糖蜜倒在锡板上时，我总是闭上眼睛，希望睁开眼睛时我会惊讶地看到得到了那么多。我睁开眼睛后，我会向一个方向接着另一个方向倾斜锡板，以至于糖蜜遍布所有地方，完全相信这样铺开它会变得更多、更持久。"④ 即使是被视为没什么用处的棉籽，也可以被奴隶改造成可以与猪肉媲美的美食。94 岁的阿肯色前奴隶多克·奎因（Doc Quinn）在接受采访员塞西尔·科普兰询问时这样说："认

---

① Federal Writers' Project, *Born in Slavery: Slave Narratives from the Federal Writers' Project, 1936–1938, Arkansas Narratives,* Volume II, Part 2, p.250.

② Federal Writers' Project, *Born in Slavery: Slave Narratives from the Federal Writers' Project, 1936–1938, Arkansas Narratives,* Volume II, Part 2, p.250.

③ Federal Writers' Project, *Born in Slavery: Slave Narratives from the Federal Writers' Project, 1936–1938, Arkansas Narratives,* Volume II, Part 2, p.251.

④ Booker T. Washington, *Up From Slavery: An Autobiography,* Garden City, New York: Double-day & Company, Inc., pp.245–246.

为黑人特别沉溺于吃猪肉是有充分根据的，正如在多数肉食市场卖给有色人的猪肉所证明的那样。但谁能想象在这里附近，棉籽一度成为有色人通行的食物？"奎因接着描述了制作过程："棉籽被倒进一口大锅里，煮上几个钟头，棉籽逐渐升至表面。然后籽用勺子沥出。接着和最后一个步骤是将玉米粥倒进稠液里，然后就可以吃了。必须记住，棉籽那时没什么用处，除了当牲口饲料以外。"最后，这个老妇人还补充了一下："我从没有吃过比这更好吃的东西，这就是你为何像吃棉籽和玉米粥那样着迷了。富人？他们吃的没什么营养。在赫维上校的地盘，你根本看不到一个比黑人更健康的或更好看的。"①

偷窃、惩罚与奴隶食物的再分配

作为对食物不足的反映或出于改善伙食的需要，偷窃食物在种植园上很常见；而主人在保证奴隶基本饮食需要的同时，对后者的越轨行为也十分防范。奴隶身体的食物供给置于自身的原始欲望与主人的权威之间的互相作用之下，并受到社会稳定考虑、奴隶财产本身的保值及其创造价值的可能性等基本因素的制约。

奴隶们觊觎的主要食物目标有咸肉、家禽、家畜、水果等。如查尔斯·鲍尔的叙事提到了奴隶对肉食的渴求。南卡罗来纳的一个工头说："我总是工作很卖力，但经常挨饿。一个人几个月里一直辛苦工作，每周只获得一配克玉米吃，要说不饿不大可能。当人饿了的时候，你知道，他必须吃任何东西。我从上年的圣诞节以后就没尝过肉味了，还有在这个夏天特别出力。主人有一群羊放养在林子里，每夜都要停留在房子旁边的小路上。两周前的星期六，我们在夜里停了工，我饥肠辘辘，前往房舍的时

---

① Federal Writers' Project, *Born in Slavery: Slave Narratives from the Federal Writers' Project, 1936–1938, Arkansas Narratives*, Volume II, Part 6, p.12.

候途经躺着羊的小径。几乎有 50 头羊，其中一些很肥。诱惑超出了我的忍耐限度。我抓住一只，用肩上的锄头砍掉了它的脑袋，将其扔到了栅栏下面。大约午夜的时候，房舍附近没有任何动静，我带着一把刀出了门，将绵羊带到林子里，在月光下处理。我将躯体带回家，切割后放在一个大罐里用猛火烤，目的是煮熟，然后烹调后分给我和我的奴隶伙伴们，而他们也都跟我一样饥饿。"①

马里兰奴隶道格拉斯的叙事提到半饥半饱的奴隶如何偷窃："主人托马斯不给我们充足的粗粮或细粮。厨房里有四个奴隶，也就是我姐姐伊莱扎、我姨母普利西拉，还有亨利和我；我们每周被分给小到半蒲式耳玉米，外加很少的猪肉或蔬菜。这不能让我们吃饱。于是我们被迫可怜巴巴地靠邻居的接济过活。我们或是乞求，或是偷窃，这在急需的日子就是家常便饭，人们也都认为是合理的。"② 肯塔基奴隶刘易斯·克拉克述及奴隶偷窃的普遍性："可怜的奴隶如被抓住从种植园带着杀死的一只鸡或一只猪，背部会留下无情的伤痕。但猪还是没病没非地死了，叫都不叫一声，母鸡、小鸡和火鸡有时凭空消失，没有露出一片告知埋在什么地方的羽毛。老母鹅的蛋巢有时全变成圆圆的鹅卵石；这东西那么有耐性，但这种品质还是耗尽了，它不得不离开巢穴，后面没有跟着任何一个后代队列。"③

马里兰劳埃德种植园的果园是一个奴隶们垂涎欲滴的引力中心："夏天的时候一天不到总有一些奴隶因偷窃水果被鞭打。上校不得不诉诸各种计策使其奴隶远离果园。最有效的一手是在周围栅栏上涂上柏油；如果有

<hr/>

① 这个行窃的工头最终被抓，因为煮肉时主人突访露了馅儿，同伴遭到轮流鞭打。Charles Ball, *Slavery in the United States: A Narrative of the Life and Adventures of Charles Ball*, pp.109–110.

② Frederick Douglass, *Narrative of the Life of Frederick Douglass: An American Slave, Written by Himself*, p.52.

③ Lewis Clarke, *Narrative of the Sufferings of Lewis Clarke, during a Captivity of more than Twenty-Five Years, among the Algerians of Kentucky, one of the so called Christian States of North America, Dictated by himself*, Boston:David H. Ela, printer, 1845, pp.25–26.

奴隶被捉住身上涂有柏油，这就被看作他曾进入果园或试图进入的证据。在二者情况下，他就要被园丁头目严厉地鞭打。这招很管用：奴隶们变得像害怕鞭子一样害怕柏油。"①但另一个种植园主托马斯则用顺势而为的制裁办法："举例来说，一个奴隶喜欢糖蜜，他偷了一些。在很多情况下，他的主人就会到镇里买上大量的［糖蜜］；他回来后，拿着鞭子，命令这个奴隶吃这些糖蜜，直到这个可怜的家伙一提到糖蜜就恶心的地步。这种模式有时用于防止奴隶要求多于定量之外的食物。一个奴隶吃完了他的定量，并且申请更多的食物。他的主人对他很生气，但不是让他空手而归，而是给他不是必需的东西，并命令他在给定的时间吃完。然后，如果他抱怨吃不动，就会说他无论吃饱还是禁食都不能使他满意，结果因难以取悦而被鞭打！"②

被掳到路易斯安那的所罗门·诺瑟普的叙事注意到黑奴民歌当中对偷窃现象的描述：③

黑鬼迪克黑鬼乔哟，

这俩混球偷了我的羊哟。

路易斯安那种植园主彼得·坦纳以《圣经》教育奴隶听话，并将在安息日偷吃的奴隶锁在鞭枷上施加惩罚，作为工头的所罗门下手时留了情面："坦纳说，华纳、威尔和梅杰三人偷吃了地里的甜瓜，破坏了安息日的戒律，他不允许出现这种堕落的行为，所以要把他们送上鞭枷，施以惩戒。坦纳把钥匙交给我，然后便和迈尔斯、坦纳太太以及他的孩子们钻进了一辆马车，出发前往切尼维尔的教堂去了。他们走后，华纳三人就开始求我把他们放出来。看到他们坐在地上，我很难过，让我想起了自己在烈日下暴晒的痛苦。我让他们保证，必须随时按我的要求回到鞭枷上，才答

① Frederick Douglass, *Narrative of the Life of Frederick Douglass: An American Slave, Written by Himself*, p.16.

② Frederick Douglass, *Narrative of the Life of Frederick Douglass: An American Slave, Written by Himself*, p.76.

③ ［美］所罗门·诺瑟普:《为奴十二年》，第149页。

应放他们出来。他们三个感激涕零，千恩万谢，而且为了报答我，带我去了甜瓜地一饱口福。在坦纳返回前不久，我又将他们锁上鞭枷。马车走到跟前，坦纳看着他们三个，轻声笑着说：'啊哈！今天你们总算老实了。现在知道错了吧？你们这几个黑鬼，竟然在主的安息日偷吃甜瓜，我就让你们好好吃点苦头。'"①

所罗门还详细描述了用于惩罚奴隶偷窃等行为的鞭枷这种发明："在红河地区的种植园里，鞭枷是一种极为常见的工具。使用时，奴隶坐在地上，将鞭枷上面那块木板抬起，奴隶把脚踝的位置放进半圆中，然后将上面的木板放下并锁上，这样奴隶的双脚就被锁在鞭枷上不能动弹了。有时候，如果不想锁脚，也可以锁脖子。锁好之后，便可以对奴隶施以鞭刑了。"②

查尔斯·鲍尔则谈道，在佐治亚，为了惩罚奴隶偷窃猪羊之类家畜的行为，主人不惜使用"猫刑"（cat-hauling）这种新花样。在施刑的过程中，它所造成的痛苦难以形容，而伤口还很容易受到感染："一个男孩被命令站起来，赶快跑到房子里去取一只猫，很快就得到了。这是一只灰色的汤姆猫，被那位衣冠楚楚的绅士拿起来，放到匍匐在地的黑人裸背上，在肩部附近，强行提着尾巴，一直下行到遭罪者赤裸的大腿。猫爪深入肌肤，以其齿一块块地撕扯掉皮肤。那个男人被这种惩罚折磨得哭叫连天，如果不是四个奴隶强按在地，每个人困住一只手或一只脚，他会不断打滚。"在酷刑之下逼其招供了其他偷猪的奴隶后，监工又取来另一只猫，让它在这个奴隶身上从屁股往上直到脑袋抓挠一遍后才放开，然后轮到了其他被供出来的奴隶："每个被他说出来参与偷猪的人被迫躺在地上，提着猫从背上划过两次，一次向下，一次向上。这个惩罚终止后，每个受罪者都被一个黑人用盐水浇了一遍，然后被打发走了。"③

---

① ［美］所罗门·诺瑟普：《为奴十二年》，第 83 页。
② ［美］所罗门·诺瑟普：《为奴十二年》，第 82 页。
③ Charles Ball, *Slavery in the United States: A Narrative of the Life and Adventures of Charles Ball*, pp.366–367.

　　但奴隶的口腹之欲不仅仅来自自身的肉体需要。奥姆斯特德就提到，贫穷白人有时"腐化"奴隶，"鼓励他们晚上或周日去偷或为他们工作，然后用烈酒支付，经常与他们沆瀣一气。"① 亨利·博克斯·布朗则谈到种植园主对偷窃其他种植园食物的纵容："这个人禁止他的奴隶不能再偷窃他的东西，但如果偷窃他的邻居，他就不会惩罚他们，如果他们给他提供一份猪肉的话……这个人告诉他的奴隶，偷他的是一种罪，但偷他邻居的则不是!"② 更多的情况是，奴隶们以偷窃食物的方式表达对奴隶制合法性的蔑视，如亚历克斯·利希滕斯坦所认为的那样，"奴隶以偷窃行为来拒绝，而不是适应他们的奴隶制状态。"③ 幼时在弗吉尼亚为奴的布克·华盛顿这样说："我的早期回忆之一是，母亲在深夜炖一只鸡，然后叫醒孩子们以喂饱他们。我不知道她是如何得到的，然而我想是从我们主人的农场获得的。一些人可能说这是偷窃。如果现在有这样的事，我会作为偷窃行为而谴责。但考虑到发生这事的时间，还有发生这事的原因，任何人都不能使我相信，我母亲怀有内疚感。她仅仅是奴隶制的一个牺牲品而已。"④ 南卡罗来纳前奴隶彼得·波因塞特（Peter Poinsette）还提到奴隶因出于恶作剧原因从熏制室偷肉而挨了鞭子。⑤ 刘易斯·克拉克指出不少奴隶对偷窃驾轻就熟，并将其发展成一种行为艺术："这个种植园的一个奴隶老妇对这种事精明透顶。她会挎着篮子到玉米槽那里，看准机会对小猪出手一击，然后顺到篮子里，盖上玉米棒，步履艰难地回到小木屋，

---

①　Frederick Law Olmsted, *A Journey in the Seaboard Slave States;With Remarks on Their Economy,* pp.84–85.

②　Henry Box Brown, *Narrative of Henry Box Brown, Who Escaped from Slavery Enclosed in a Box 3 Feet Long and 2 Wide. Written from a Statement of Facts Made by himself. With Remarks upon the Remedy for Slavery. By Charles Stearns.*Boston:Published by Brown & Stearns, 1849, pp.27–28.

③　Kenneth Morgan, *Slavery in America: A Reader and Guide*, Athens: University of Georgia Press, 2005, p.244.

④　Booker T. Washington, *Up From Slavery: An Autobiography,* pp.4–5.

⑤　Ethan J. Kytle and Blain Roberts, *Denmark Vesey's Garden: Slavery and Memory in the Cradle of the Confederacy,* New York: The New Press, 2018, p.165.

看起来就像有权利吃掉自己双手的劳动成果一样清白。在她的道德法典中，他们工作的有权吃是第一法则。"①"忠诚的奴隶"典型约西亚·亨森强调自己在偷窃猪、羊然后分配给其他奴隶当美食一事上问心无愧："这是错的吗？我只能说，回头来看，我的良心并没有谴责自己，那时我将它看作是我的最好的行为。"② 事实上，奴隶往往以"拿走"来表达偷窃这种行为，强调取得自身劳动成果的合理性；③ 按照一个前奴隶说法是："对黑人来说，偷窃是很自然的"。④ 道格拉斯以调侃式的风格评论奴隶的道德："以我的主人为例，这只是个转移的问题——从一个桶里拿走他的肉，然后放到另一个桶里；肉的所有权并没有因为转移而改变。最初是他在这个桶里拥有它，最后是他在我身上拥有它……自由社会的道德根本不适合奴隶社会。"⑤

与此对应的是，虽然法律将奴隶的行窃行为视为一种犯罪，同时赋予主人施加惩罚的特权，但主人一般不会自找麻烦提交法庭处理，而是予以私下惩治。在南卡罗来纳，"偷窃是一种犯罪，要惩以鞭打。一个妇女因偷走四个土豆而被惩罚。"⑥ 无论对奴隶本身还是主人而言，在奴隶制下的奴隶偷窃行为基本上游离于法律之外。不过，为了保证奴隶制的正常运转，各蓄奴州的奴隶法典往往规定主人提供最低标准。例如，南卡罗来纳的法律规定，如主人不提供"充足的"食物，任何人都可向管区内的法官进行控告，以免奴隶行窃，而路易斯安那1806年的法律则规定，"每个主人须给他的奴隶提供如下数量的伙食，即一桶印第安玉米，或是等量的大米、豆子或其他谷物，加上一品脱食盐，以实物方式每月供给奴隶，绝对

① Lewis Clarke, *Narrative of the Sufferings of Lewis Clarke, during a Captivity of more than Twenty-Five Years,* pp.25–26.
② Josiah Henson, *The life of Josiah Henson, Formerly a Slave, Now an Inhabitant of Canada, as Narrated by Himself*, pp.9–10.
③ See Paul D. Escott, *Slavery Remembered: A Record of Twentieth-Century Slavery Narratives,* Chapel Hill: The University of North Carolina Press, 1979, p.114.
④ Paul D. Escott, *Slavery Remembered: A Record of Twentieth-Century Slavery Narratives,* p.77.
⑤ Frederick Douglass, *My Bondage and My Freedom*, p.189.
⑥ William Goodell, *The American Slave Code: In Theory and Practice*, p.144.

不要用现金，否则每次犯规罚款十美元。"①

　　主人也不局限于运用强硬的手段对付自己的奴隶，节日的时候也允许大伙儿打打牙祭。弗吉尼亚奴隶路易斯·休斯这样描述圣诞节饮食："在弗吉尼亚我们没有这么大的农场。不像密西西比有这么广阔的棉花种植园。我不会忘了那天的晚餐，那简直是国王的盛宴，菜单是如此丰富多彩。接着吸引我的是农场人手领取他们的定量。每人被分给一品脱用来制作饼干的面粉，他们称之为'比利·少见'，因为对他们来说饼干很稀罕。他们的日常食物是玉米饼，他们称之为'约翰尼·老一套'，因为他们老是在吃。除了面粉外每人得到一块咸肉或肥肉，他们可以此给饼干起酥油。"② 南卡罗来纳 85 岁的前奴隶查理·格兰特回忆老主人时说："约翰逊博士和他的妻子对黑人很好，让他们自行其是。总有很多吃的和穿的衣服。周日他们给所有的奴隶一些东西，或者是他们所需的时间。只是说一声'老板，我的定量没了，我需要一些'，他们就给我们猪肉、面包和糖蜜吃，但没有任何小麦面包。"③

　　所罗门绘声绘色地描述了路易斯安那节日大餐的准备工作："这一带还有一个传统，即当圣诞节来临时，某个种植园主要把附近种植园中的奴隶全都邀请过来，和他自己的奴隶们一起，享用一顿丰盛的圣诞晚餐。比如说，倘若今年由埃普斯提供晚餐，那么明年圣诞之际就轮到马歇尔，后年便是霍金斯，依次循环。通常情况下，一顿圣诞晚餐能集合三到五百名奴隶，他们从四面八方赶来，徒步、坐马车、骑马或骑骡子，有时两三个人共骑一匹马或一头骡子。"④ 因为人多，场面相当壮观："聚餐的桌子摆在露天的地方，上面堆满了各式各样的肉类和蔬菜。熏肉和玉米饼是上不了这样的席面的。准备这么多人的饭食是一个大工程，做饭的地点有

---

① William Goodell, *The American Slave Code: In Theory and Practice*, pp.136–139.

② Louis Hughes, *Thirty Years a Slave: From Bondage to Freedom*, p.15.

③ Federal Writers' Project, *Born in Slavery: Slave Narratives from the Federal Writers' Project, 1936–1938, South Carolina Narratives,* Volume XIV, Part 2, Washington, 1941, p.171.

④ ［美］所罗门·诺瑟普:《为奴十二年》，第 143 页。

时候在种植园的厨房里，有时候转移到院子里某棵茂密的大树下。如果是后一种情况，就需要在地上挖一条沟，把木柴放到沟里点燃，直到烧成火红的炭，然后就着炭火烤鸡肉、鸭肉、火鸡肉和猪肉。有时，甚至会把一整头野牛放在火上烤，当然，这种情况并不多见。除了肉类，聚餐上还能吃到面粉做的饼干、桃子和其他水果做的蜜饯。还有除了肉馅之外的各式果馅饼，以及其他许多奴隶们平时见所未见、闻所未闻的点心。只有全年仅靠熏肉和玉米饼为食的奴隶，才会真心发现，这样的一顿大餐是多么丰盛。平时养尊处优的白人们自然不会对这样的饭食垂涎欲滴，他们往往聚在一旁，像观察吃草的牲口一样，津津有味地欣赏大快朵颐的奴隶们。"①

不过，圣诞节的犒赏也是有限度的。佐治亚前奴隶摩西·戴维斯（Mose Davis）说："新年元旦那天与其他日子没有什么不同，除了主人约翰给我们成年人威士忌喝以外，就像他在圣诞节晚上一样。他们不敢给奴隶太多威士忌，因为这使他们变得低劣，过后他们会跟白人老乡打架。他们不得不极为小心这类事情，以防止出现骚乱。"②

小　结

总体看来，由于地区的差异、种植园的效益和主人的标准不同，北美大陆的奴隶们对自己能否吃饱方面难免叙述不相一致。有的说，"有时候我们根本没有任何食物"，③ 有的则说，"我们有大量的食物"；④ 与此相对

---

① ［美］所罗门·诺瑟普：《为奴十二年》，第 144 页。

② Federal Writers' Project, *Born in Slavery: Slave Narratives from the Federal Writers' Project, 1936–1938, Georgia Narratives,* Volume IV, Part 1, p.260.

③ Federal Writers' Project, *Born in Slavery: Slave Narratives from the Federal Writers' Project, 1936–1938, Arkansas Narratives,* Volume II, Part 2, p.91.

④ Federal Writers' Project, *Born in Slavery: Slave Narratives from the Federal Writers' Project, 1936–1938, Florida Narratives*, Volume III, Washington, 1941, p.330.

应，历史学家保罗·芬克尔曼和兰德尔·米勒等人认为奴隶因食量不够而
营养缺乏；① 但皮特·科尔钦和菲利普·摩根等人则认为一般而言奴隶维
持生活是没有问题的，只是食品比较单一，热量高而蛋白质少。因此北
美大陆的奴隶比加勒比地区的奴隶长得高，土生奴隶比非洲奴隶长得高，
而弗吉尼亚的奴隶要比南卡罗来纳的长得高；② 福格尔和恩格尔曼更加乐
观，他们以数据来说明奴隶饮食的充足性："表格 33 显示奴隶的每日饮
食平均来说是相当可观的。1879 年他们的饮食所含能量比自由人的高出
10%。"③ 1790 年时，美国奴隶仅有 697897 人；而在 1860 年时，美国奴隶
的数量上升到 3953760 人，几乎是北美大陆奴隶进口总量的十倍，从而形
成了西半球奴隶最多的人口区域。④ 这种人口的膨胀结果不能不说在很大
程度上归功于美国奴隶食物的相对充足性，同时表明在奴隶身体的健康维
护方面，主仆之间存在一定的默契以及实质性、物质层面上的黑白"共享
的世界"，这与奴隶叙事所给人的印象是一致的；奴隶的叙事也表明，奴
隶制下主仆之间的共同利益首先体现在食物的基本供给方面。不过，奴隶
并不满足于这种温饱状态，他们总是以闲暇时间种菜、捕鱼打猎或偷窃的
方式追求更加丰富的饮食，以合法或非法的方式进行食物的再分配，而奴
隶主则极力施加相应的限制或惩罚，由此产生的紧张关系贯彻奴隶制的
始终。

---

① Randall M. Miller & John David Smith, *Dictionary of Afro-American Slavery*, Westport, CT: Greenwood Publishing Group, 1997, p.190; Herbert C. Covey and Dwight Eisnach, *What the Slaves Ate: Recollections of African American Foods and Foodways from the Slave Narratives*, p.27.

② Philip D. Morgan, *Slave Counterpoint: Black Culture in the Eighteenth-Century Chesapeake and Lowcountry*, p.93; Peter Kolchin, *American Slavery, 1619–1877*, New York: the Penguin Group, 1993, p.113.

③ Robert William Fogel & Stanley L. Engerman, *Time on the Cross: The Economics of American Negro History*, New York: Little, Brown and Company, 1974, p.113.

④ Peter Kolchin, *American Slavery, 1619–1877*, p.242.

第十一章

美国奴隶的服饰叙事

关于美国奴隶的服饰研究，国内学界的有关成果尚查询不到有关信息。国外有关奴隶制史学的一些专著如基诺维斯的《奔腾吧，约旦河，奔腾吧：奴隶创造的世界》（1974）、布拉欣格姆的《奴隶社区》（1979）、温德利主编的《逃奴广告：从 18 世纪 30 年代到 1799 年的档案史》（1983）、乔伊纳的《河畔人家：一个南卡罗来纳社区》（1984）、摩根的《奴隶制对位曲》（1998）等都提供了奴隶服饰的描述或素材，① 而赖斯和凯特—海门编著的《奴隶的世界：美国奴隶的物质生活》的有关词条部分对奴隶服装的分配、生产、布料、鞋子、头饰、打扮等作了系统的介绍。②

在专论方面，韦尔斯的博士论文《奴隶制和自由时期的非裔美国妇女服装：1500—1935》对包括仆人、田间劳工和工匠在内的美国奴隶着装以

---

① Eugene D. Genovese, *Roll, Jordan, Roll，The World The Slaves Made,* New York: Vintage Books，1976; Lathan A. Windley, *Runaway Slave Advertisements: A Documentary History from the 1730s to 1790,* Greenwood, 1983; Charles Joyner, *Down by the Riverside: A South Carolina Slave Community,* University of Illinois Press, 1984; John W. Blassingame, *The Slave Community: Plantation Life in the Antebellum South,* Oxford: Oxford University Press, 1979; Morgan, Philip D., *Slave Counterpoint: Black Culture in the Eighteenth-Century Chesapeake and Lowcountry,* Chapel Hill: The University of North Carolina Press, 1998.

② Kym S. Rice & Martha B. Katz-Hyman, eds., *World of a Slave: Encyclopedia of the Material Life of Slaves in the United States,* CA: ABC–CLIO, 2010，pp, 119–128.

及服装生产及其规范都分别进行了专门的研究；① 怀特的《18 和 19 世纪的奴隶服装和非裔美国人文化》一文认为，战前奴隶的服装多是来自市场渠道，而不是从白人那里接手的旧衣物，但衣料和花色仍比较多样化；② 莫顿的《在奴隶制中发现妇女：敞开美国历史的视野》论及女奴的服装特色，指出女奴在一个种族主义肆虐、将人非人性化的环境下力图通过头饰装点、染色等方式表达自己的个性。③ 鲍姆加藤的《百姓的穿着：弗吉尼亚早期奴隶服装》研究了 18 世纪弗吉尼亚的奴隶服装，指出田间劳工着装的统一性和可识别性；④ 沃纳和帕克研究了 18 世纪和 19 世纪初北卡罗来纳的奴隶服装和衣料；⑤ 坦伯格和杜兰德的《战前路易斯安那和密西西比田间奴隶的服饰打扮》一文指出，路易斯安那和密西西比奴隶的服装都是因应甘蔗、靛青或棉花种植需要而提供的粗糙、简单的制服，如羊毛斜纹布或粗袋布、毛麻混杂品做成的制服，但他们仍然极力表现自己的个性，而女性服装更是发展出两种款式：一种是 V 型短宽袖式，一种是圆领长袖式。⑥ 亨特和斯塔克的《圆形的自制上衣和同样的裤子》一文依据逃奴广告对佐治亚的奴隶服装特点进行了研究；⑦ 艾伦的博士论文《奴役的纱线：切萨皮克地区奴隶妇女与种植园布匹生产》对切萨皮克地区的奴隶

---

①　Lydia Jean Wares, *Dress of African American Woman in Slavery and Freedom:1500 to 1935, Dissertation of* Purdue University, 1981.

②　Shane White and Graham White, "Slave Clothing and African-American Culture in the Eighteenth and Nineteenth Centuries", *Past & Present*, No.148(Aug., 1995), pp.149–186.

③　Patricia Morton, *Discovering the Women in Slavery: Emancipating Perspective on the American Past,* Athens, GA: University of Georgia Press, 1996.

④　Linda Baumgarten, "Clothes for the People: Slave Clothing in Early Virginia", *Journal of Early Southern Decorative Arts* 14(November 1988), pp.26–70.

⑤　Patricia Campbell Warner and Debra Parker, "Slave Clothing and Textiles in North Carolina, 1775–1835", in Barbara M. Stake, etc. eds., *African American Dress and Adornment: A Cultural Perspectives*, Kendall Hunt Publishing Co., 1990.

⑥　Gerilyn G. Tandberg & Sally Graham Durand, "Dress-up Clothes for Field Slaves of Ante-Bellum Louisiana and Mississippi", *Costume*, No.15, 1981, pp.40–48.

⑦　Patricia Hunt-Hurs, "Round Homespun Coat & Pantaloons of the Same: Slave Clothing as Reflected in Fugitive Slave Advertisements in Antebellum Georgia", *The Georgia Historical Quarterly,* Vol.83, No.4(Winter 1999), pp.727–740.

布料加工进行了研究；① 等等。

　　除了斯塔克的《美国奴隶叙事中对他们穿着的叙述》一文外，② 即使是在国外学者中，基于奴隶叙事的服装研究也不多见。本章延续这种路径，主要从奴隶本身以及目击者的叙事角度梳理一下美国奴隶有关的服饰情况记载，依据材料主要是 1936—1938 年间联邦作者项目有关奴隶叙事调查的汇集成果；该成果于 1941 年由美国国会图书馆编纂完成，后来也被收录于乔治·拉维克主编的 41 卷《美国奴隶传记大全》（1972—1979）之中。

西非服饰渊源

　　奴隶贸易时期，西非很多地方的服饰风俗仍保持一种十分简单的形式。无论男女，只要羞处有所遮盖，就不能说没穿衣服；妇女的胸部也无须遮遮掩掩，而孩子们则根本没有任何衣服的累赘。由于气候炎热的缘故（西非涵盖热带雨林、热带草原和热带沙漠气候）或出于地方传统，本也无可厚非。1745 年出生在伊博（现今尼日利亚东部）的被掳奴艾奎亚诺说："我们的方式简单，我们的奢侈品很少。两性的服装几乎一模一样。它一般由一长条白棉布或平纹细布构成，宽松地缠在身上，有些像苏格兰高地的格子花呢披肩。它一般被染成绿色，那是我们喜欢的颜色。它从一种草莓中榨取，色彩比我在欧洲所见过的都要明亮和丰富。此外，我们有地位的妇女将大量金饰穿戴在胳膊和腿上。当我们的妇女不在地里与男人耕作的时候，她们一般忙于纺织棉花，然后染色，制成衣服。"③

---

①　Gloria Seaman Allen, *Threads of Bondage: Chesapeake Slave Women and Plantation Cloth Production*, Dissertation of George Washington University, 2000.

②　Barbara M. Stark, "U.S. Slave Narratives: Accounts of What They Wore", in Barbara M. Stake, etc.eds., *African American Dress and Adornment: A Cultural Perspectives*, pp.69–79.

③　Olaudah Equiano, *The Interesting Narrative of the Life of Olaudah Equiano, or Gustavus Vassa, the African, Written by Himself,* Vol. I , London: Printed for and sold by the Author, No.10, Union-Street, Middlesex Hospital, 1789, pp.11–12.

服务于荷兰西印度公司的商人威廉·博斯曼（1672—?），第一次去西非航行时仅为 14 岁，身份是学徒，后来熬成了商人代理，他对今贝宁共和国境内的怀达（Whydah）王国的情况描述，与艾奎亚诺的经验相当接近。据他观察，西非普通人的装束相当简单，基本上就是一条腰缠布："诸如酒保、渔民之类的普通人就很不讲究，一些人穿着人字状条带或类似之物，其他人用一条带子穿过大腿之间围在身上，以遮蔽羞处，而渔民要加上一顶鹿皮帽，尽管多数人努力获得一只旧的旅行帽，以对付冷天或热天。"① 不过，西非普通妇女的装束要比男性丰富一些，"她们的身体下面穿着人字状条带，比男人的长三、四倍；这些缠在腰间，用一条红布带或半个人字状条带宽、两个人字状条带长的类似东西串起来，布带的两端从她们的人字状条带中伸出来，如果是有品味的妇女的话，会装饰着金边或银边。"②

博斯曼认为，西非富人的装束更讲究一些："他们装扮头部的样式很多，有些留着长长的卷发，编起来盘到头顶；其他人将头发弄成小卷，用油和一种染料湿润，然后整成玫瑰的形式，当中戴上金饰或一种珊瑚……他们很喜欢我们的帽子，从不考虑为此多付了钱。他们的胳膊、腿上和腰上戴着金饰和前面所说的珊瑚。他们的共同习俗是扎着三、四条乃至 50 条由天鹅绒、丝绸、布或诸如此类的东西做成的人字状条带，拴在身体周围，分成小的间隔，并且从肚脐那里往下垂，半遮半掩地盖着腿。"③

在博斯曼等前来探险或进行贸易的欧洲人看来，这种习俗显得相当野蛮，认为非洲人还没有开化，生活于一个蒙昧的世界；消息流传到欧美本土，就扭曲为非洲人一丝不挂的印象，也成为他们纵容黑人奴隶贸易的一

---

① Willem Bosman, *A New and Accurate Description of the Coast of Guinea Divided into the Gold, the Slave, and the Ivory Coast*, London, Printed for J. Knapton, etc., 1705, p.120.

② Willem Bosman, *A New and Accurate Description of the Coast of Guinea Divided into the Gold, the Slave, and the Ivory Coast*, p.121.

③ Willem Bosman, *A New and Accurate Description of the Coast of Guinea Divided into the Gold, the Slave, and the Ivory Coast*, p.119.

种托词。1710 年出生的被掳奴隶格劳尼扫认为，白人关于非洲土著完全不穿衣服的观感是不公正的，因为"他们有一种看起来体面的衣服，尽管十分细小和单薄"。① 1780 年出生从刚果拐卖而来的南卡罗来纳奴隶赞巴则提到了自己作为一个王子时的服装："父亲让我穿上一种红色或黄色的衣服，系在腰部周围，垂到膝盖下，有点像苏格兰高地人所穿的衬裙；头上戴上了一块奢华的头巾，上面装饰着从祖国的鸟类身上拔下来的美丽羽毛和一、两块宝石。"②

西非人民不仅有自己的服饰特色，实际上自己也种植棉花。艾奎亚诺在被带往运奴船的路上就看到了这样的景象，即原野充斥着"大量的橡胶树，尽管没人利用；到处都是烟草，棉花甚至野生。"③ 棉花采摘后用以纺织布匹。南卡罗来纳奴隶赞巴这样回忆："我常常看到妈妈与其他四个王后一起梳理和纺棉花；其中有的还织布。布料宽度四英寸多一点，跟一般英国衬衫的精细程度差不多；他们具有染色的艺术，一般是蓝颜色。"④ 不过，至少在衣料成分方面，欧洲人的到来多多少少地丰富了当时西非人的穿着。到 18 世纪初，欧洲的棉布、粗亚麻布、法兰绒以及其他的纺织品都已成为奴隶贩子的交易物品，此外还有称作"支票"（Checks）、"蛮酷"（Mancutes）的布料。⑤

---

① Ukawsaw Gronniosaw, *A Narrative of the Most remarkable Particulars in the Life of James Albert Ukawsaw Gronniosaw, an African Prince, As Related by himself*, Westgate-Street: W. GYE, 1774, p.2.

② Zamba, *The Life and Adventures of Zamba, an African Negro King; and His Experience of Slavery In South Carolina. Written by Himself. Corrected and Arranged by Peter Neilson*. London: Smith, Elder and Co., 1847，p.10.

③ Olaudah Equiano, *The Interesting Narrative of the Life of Olaudah Equiano, or Gustavus Vassa, the African, Written by Himself*, Vol. Ⅰ，pp.69–70.

④ Zamba, *The Life and Adventures of Zamba, an African Negro King; and His Experience of Slavery in South Carolina*, pp.8–9.

⑤ Patricia Morton, *Discovering the Women in Slavery: Emancipating Perspective on the American Past*, p.108.

中程的煎熬

自沦落到欧洲贩子之手以后，奴隶即被当作牲口一样受到虐待。在进行奴隶交易的围栏里，被掳奴隶身上的简单服装也被除去，即使缠腰布也不例外。赤身裸体的黑人站成一排，被欧洲奴隶贩子肆意挑来捡去。例如，19世纪初一个叫理查德·威林的船长就雇用一个混血儿监工挑选奴隶："他能够一眼看出不健康的奴隶。他从头到脚触摸赤身的黑人，挤压他们的关节和肌肉，捏一捏他们的胳膊和大腿，检查一下牙齿、眼睛和胸部，掐一掐乳房和腹股沟，没有任何怜悯。奴隶们一对一对地站着，完全赤裸，令其蹦跳、喊叫、躺下和打滚，并长时间憋气。"[1] 选好的奴隶的长发被剪掉或削短，并被残忍地打上某个公司的烙印，女性则被打在乳房的位置上。[2]

上船之后，女奴可能会得到一些简单的衣饰，一般是一片帆布。一位叫作亚历山大·福尔肯布里奇的英国外科医生在1702年观察到："妇女被提供串珠，以使她们有所区别。但这种目的往往被随后的争端所破坏，因为她们彼此偷窃。"[3] 在很多情况下，为了清洁的缘故，无论男女奴隶都是不着一丝东西，并躺在舱内坚硬的船板上睡觉。[4] 艾奎亚诺描述了拥挤的运奴船："现在全船的货物都被关在一起，气味绝对有害。地方的狭窄，气温的热度，加上船上人员的数量，我们拥挤得几乎没有地方翻身，简直要窒息了。人们汗流浃背，空气很快变得不适合喘气，气味令人作呕，奴

---

① Hugh Thomas, *The Slave Trade: The Story of the Atlantic Slave Trade:1440–1870*, New York: Simon and Schuster, 2013, p.396.

② 纳特·特纳的母亲南希据称就是被打上烙印的非洲被掳女奴之一。See Stephen B. Oates, *The Fires of Jubilee: Nat Turner's Fierce Rebellion*, Harper Collins e-books, 2007, p.11.

③ Anna Maria Falconbridge, Christopher Fyfe, *Narrative of Two Voyages to the River Sierra Leone During the Years 1791–1792–1793*, Liverpool: Liverpool University Press, 2000, p.210.

④ Johannes Postma, *The Dutch in the Atlantic Slave Trade, 1600–1815*, Cambridge: Cambridge University Press, 1992, p.232.

隶变得病快快的，很多人死了，由此成了我所说的购买者无节制贪婪的牺牲品。糟糕的情况还被锁链造成的烦躁所加剧，现在变得难以负担了；秽物要有盆子容纳，而孩子往往掉在里面，几乎被窒息。妇女的尖叫，临终者的呻吟，都使得整个场景蒙上了一层难以想象的恐怖色彩。"①

在天气允许的时候，奴隶们要登到甲板上透透气，寒冷的话可能提供毯子，这时候舱内也会用醋或其他清洁品进行清理；甲板上的奴隶们或许要敲着鼓打起节拍，而白人监督者则拿着鞭子，逼迫奴隶跳舞锻炼，并要用海水每天冲洗身子，以保持身体健康。福尔肯布里奇说："为保持他们身体的健康，锻炼被认为是必要的，他们有时必须跳舞，如果天气允许他们到甲板上来的话。如果不愿动弹，或走动得不积极，他们就会遭到鞭笞，总有个人站在他们旁边，手里拿着一条儿尾猫鞭了。"② 女奴往往会沦为水手的猎物，被迫除去身上仅有的布片，并为他们表演。在1792 年 4 月英国众议院的一次辩论中，威廉·威尔伯福斯众议员曾陈述了一件令人震惊的施暴案例，在一艘英国运奴船上，船长命令一个 15 岁的非洲女孩为他在甲板上赤身跳舞，被拒后他就将其吊起来施以鞭打，奄奄一息的女孩三天后死去。③

关于赤身跳舞的场面，英语文学作品中对当时运奴船的描述或许并非完全出于想象。《弗雷泽杂志》有这样的描绘：一个回国后的贩奴船船长在私人舞会上放松自己，他瞧着眼前热闹场景，不仅发出这样的赞叹："太漂亮了，不过我见过我自己的三百个奴隶在我的甲板上赤身跳舞，没有任何音乐，只有镣铐和猫咪打着节拍。"④ 尽管没提供衣着细节，一位

---

① Olaudah Equiano, *The Interesting Narrative of the Life of Olaudah Equiano, or Gustavus Vassa, the African, Written by Himself*, Vol. I , pp.78–79.

② Anna Maria Falconbridge, Christopher Fyfe, *Narrative of Two Voyages to the River Sierra Leone During the Years 1791–1792–1793*, p.209.

③ House of Commons, *The Debate on a Motion by William Wilberforce for the abolition of the Slave*, London: W. Woodfall, 1792, p.31.

④ G. J. Whyte Millville, "Holmby House", *Fraser's Magazine for Town and Country*, Vol.59, London: John W. Parker and Son, 1859, p.292.

有着亲身经历的伦敦医生描述了 1816 年一艘运奴船上奴隶跳舞的场景：
"我们看见他们跳舞，听到他们唱歌。在跳舞时他们的脚几乎不动，而只
是摇摆他们的胳膊，扭曲和折腾他们的身体，形成各种奇形怪状，令人
厌恶。他们的歌曲是一种野性的吼叫，缺乏柔性与和谐，只是单调地胡
咧咧。"①

早期北美奴隶服饰

衣着简单的西非习惯对北美黑奴也有所影响。殖民地时期，刚刚到达
新大陆的奴隶很快就得到拍卖。17 世纪中期，巴巴多斯的理查德·利根
这样说："当他们带给我们时，种植园主从船上买过来，在那里要看着他
们完全赤身裸体，这样就不能被外观看起来有毛病的所欺骗。"②

被当地的种植园主购买后，奴隶服饰随即进入由白人所定义的世界，
原来的适合船舱内环境的布片子现在进化为简单的欧式服装。一般是单
色、宽松的旧衣物。不过，最初一些黑人并不习惯身上有任何东西，并出
现了文化抵触现象。弗吉尼亚的一个非裔老妇回忆说："我爸爸告诉我们
孩子们，他的妈妈住在非洲地面上的一个洞里。当一个英国人来买他时，
为了一串珠子她卖掉了他。当初次来到这里时，对他来说穿衣服很艰难。
每每他都试图将衣服拽下来，想光着身体，因为他家乡的土著人都不穿任
何衣服。"③

衣服西化也给白人带来一定的麻烦。为了避免奴隶假冒白人，1735
年南卡罗来纳殖民地议会曾发布节制令，禁止奴隶身穿主人的旧衣服。随

---

① Rodreguez King-Dorset, *Black Dance in London, 1730–1850: Innovation, Tradition and Resistance*, Jefferson, NC: McFarland, 2008, p.86.

② Stephanie E. Smallwood, *Saltwater Slavery: A Middle Passage from Africa to America Diaspora*, Cambridge, MA: Harvard University Press, 2009, p.158.

③ Letitia M. Burwell, *A Girl's Life in Virginia before the War*, New York: Frederick A. Stokes Company, 1895, pp.17–18.

后其他殖民地也跟进，但社会上并没有认真执行，因为黑人的肤色很容易得到辨识。事实上，能够身着较新款式的主要是那些与主人接近的佣人。例如，在北美第一位非裔女诗人菲利斯·惠特莉所出版的《非洲土生人和奴隶菲利斯·惠特莉的回忆录与诗集》的扉页上，我们可看到新英格兰受宠的家内女奴如何身着优雅的服装，头戴花边小帽，手执羽毛笔在案边沉思的模样。①

奴隶儿童穿的衣服要比成人的简单，并且是不分男女的，一般是件长衫或罩衫。当女孩开始着女装、男孩穿马裤和衬衫的时候，说明他们离成年不远了，这时会得到他们的第一双鞋。马里兰奴隶查尔斯·鲍尔回忆1785年幼时被出卖的场景："当我被出卖的时候，我几乎光着屁股，生平中从没有穿过任何衣服。但我的新主人带来了一件罩衫或睡衣，这本是他的一个孩子的。随后他给我购买，以现在穿的这种衣服为我做了打扮，带我坐到他的马匹的前面，并开始回家。"②

新英格兰的贵格派牧师约翰·伍尔曼在1757年旅行时观察到南方奴隶的衣着状况，记录显示黑白之间存在着巨大的阶级鸿沟："男人和女人很多时候没有足够的衣服遮盖他们的裸露之处，而10到12岁的男孩和女孩经常在其主人的孩子当中赤身裸体"；另一位威尔德先生也作证说："奴隶在白天的衣服和夜晚的被褥，既不舒服也不体面。"③迟至1791年，在属于亚热带气候的佐治亚和南卡罗来纳，贵格派人士发现奴隶的着装十分简单："我们骑马穿过很多稻米沼泽地，那里的黑人很多很多——在水中工作的男人和女人几近赤裸。"④

---

① See Phillis Wheatley, *Memoir and Poems of Phillis Wheatley, a Native African and a Slave*, Boston: GEO. W. Light, 1834.

② Charles Ball, *Slavery in the United States: A Narrative of the Life and Adventures of Charles Ball, A Black Man, Who Lived Forty Years in Maryland, South Carolina and Georgia, as a Slave Under Various Masters, and was One Year in the Navy with Commodore Barney, During the Late War*. New York: Jones S. Taylor, 1837, p.16.

③ William Goodell, *The American Slave Code: In Theory and Practice*, New York: American and Foreign Anti-Slavery Society, 1853, p.145.

④ William Goodell, *The American Slave Code: In Theory and Practice*, p.145.

　　不过，18 世纪逃奴广告中的奴隶形象表明，身穿衬衫、夹克、裤子或裙子的男女奴隶并不罕见，尤其是在属于温带气候的切萨皮克地区，尽管其中有些衣物可能是顺手偷走的。1775 年 3 月《马里兰公报》发布的关于逃奴萨姆的广告中有这样的描写："正逍遥在外，当他逃跑时，穿着一件新的浅色粗呢夹克，还有蓝布马裤、粗袋布衬衫，帽子几乎是新的。"①这里提到的"粗袋布"（osnaburg）多由主人从英格兰等地进口，与西非奴隶贸易中的粗亚麻布的西欧质料来源类似，其颜色往往具有"限定的范围"，一般是比较朴素的白色、蓝色或绿色，实际上是一种专为社会下层设计的低档耐用衣料，穿起来不那么舒服，有针扎似的感觉。迟至 18 世纪和 19 世纪之交，英式粗呢也有一定市场。赞巴观察到南卡罗来纳港口待售的奴隶"被提供了还算可以的衣服，是来自英国的蓝色或白色的粗羊毛制成品，一般称作'素布'"。②而切萨皮克地区的例子表明，除了布料质量有别外，奴隶服装的基本款式与白人家庭的没有根本性的不同。③

　　除了购置成品以外，在种植园上本地制作衣服也不罕见。在乔治·华盛顿和托马斯·杰斐逊的大种植园上，奴隶们就是自己制作衣服的。在殖民地时期，一些种植园主让奴隶种植亚麻，然后让他们纺线和织布。一般来说，纺线、染色或装饰多在业余时间进行，黑人妇女们有时围坐在一起染线。在 17 世纪的马里兰南部，即使是种植园主也很少能拥有绵羊、纺轮或织布机；直到 18 世纪 40 年代，半数家庭才拥有了绵羊或纺毛设备。④

　　被卖到新英格兰为奴的文彻·史密斯，通过在业余时间钓鱼、砍树、打谷或做小买卖攒了些钱，能够购买一两件体面的衣服，并最终购买了自

---

① Alice Davis Donahue, *Eighteenth Century Chesapeake Clothing: A Costume Plan for the National Colonial Farm*, Ann Arbor: ProQuest LLC, 2008, p.72.

② Zamba, *The Life and Adventures of Zamba, an African Negro King; and His Experience of Slavery in South Carolina. Written by Himself. Corrected and Arranged by Peter Neilson*, p.99.

③ Alice Davis Donahue, *Eighteenth Century Chesapeake Clothing: A Costume Plan for the National Colonial Farm*, p.73.

④ Allan Kulikoff, *Tobacco Slaves: The Development of Southern Cultures in the Chesapeake, 1680–1800*, Chapel Hill: University of North Carolina Press, 1986, p.101.

身的自由，成为早期奴隶奋斗成功的典型案例。他说："可能有些人对我总是能够攒钱好奇。我会告诉他们，我从不购买任何不是绝对需要的东西。我对任何精美的衣服都不感兴趣，除了日常舒服的衣服之外，从来不持有一件，也许我有一两件平时不穿的衣服，但与体面和朴素的装束有别、与良好资金供给和节俭相悖的任何不必要的花哨东西，我是从来不想的。"①

在习惯了白人所定义的阶级性服饰规范的同时，黑人也不甘寂寞，逐渐发展出一些属于自己的穿着特色，尤其是对女性而言。在周末或节日期间，女奴平时装饰用的辫子或头巾一般被除掉，长长的头发梳妆成一种顺溜的、稍微打卷的样式。不过到 18 世纪 90 年代，为了清洁（主要是防止虱子蔓延）和防晒起见，也为了工作方便，短发开始取代长发，并以大手帕裹在头上，从而开始演化出 19 世纪女奴喜爱的一种典型装束；②与此同时还出现了分绺扎紧的发式或玉米条发型。③ 在服饰方面的"黑人的世界"里，白人审美价值的绝对性主导地位有所松动。在阶级规范的硬壳之下，黑人种族文化的种子开始萌芽。

19 世纪美国奴隶的服饰

到 19 世纪初，随着南方棉花种植和西部畜牧业的扩张，美国奴隶的衣料供给来源明显增加。大种植园上的奴隶服装发放时间表也逐渐固定下来，一般都是在 12 月发放棉衣，5 月或 6 月发放单衣；但小种植园主则根据方便行事，一般先是购买布料，然后让奴隶自行缝制或安排行动不便的

---

① Venture Smith, *A Narrative of the Life and Adventures of Venture, a Native of Africa: But Resident above Sixty Years in the United States of America*, New-London: C. Holt at the Bee-Office, 1798, p.25.

② Dorothy A. Mays, *Women in Early America: Struggle, Survival, and Freedom in a New World*, CA: ABC–CLIO, 2004, p.371.

③ Paul D. Escott, *Slavery Remembered: A Record of Twentieth-Century Slavery Narratives*, Chapel Hill: The University of North Carolina Press, 1979, p.101.

女奴集体缝制，颜色和款式则由白人女眷监制。夏天的奴隶衣料多由廉价的亚麻构成，而冬衣则是一种低价的羊毛布料或粗布料。其他材料则有麻布、斜纹布或混合纤维。

在一些 19 世纪上半期南方登载的逃奴广告中，有一些对逃亡奴隶衣着的描述。例如，1816 年 1 月的一份弗吉尼亚广告描述一个 31 岁、叫作丘辟特的奴隶："他身着手织的亚麻服装，但他可能还带着其他衣服，包括一件蓝色细布夹克，已穿得很旧了，还有一套收拾过的白色的斜纹马裤"；同月的另一个弗吉尼亚广告则描述了一个现年 25 岁、叫作吉姆的混血逃亡奴隶，看起来平时比较受宠："潜逃时他的服装是一件旧的棕色熊皮大夹克、一条烛花色的裤子、一件微绿色的圆形布夹克、一件没修补过的衬衫以及一项已经破损过半的高档獭皮帽。"[1]

逃奴的装束（来源：威斯康辛历史协会）

种植园奴隶的标准配置是每年两套服装。成年男性两条衬衫、两条裤子，女性也是两套服装。弗吉尼亚前奴隶查尔斯·克劳利回忆说："至于衣服，我们每年所得到的只有两套——一套春装，一套冬装。内衣是本地做的，用麻袋和袋子改制的。你也能得到两双鞋子、自制的帽子。我们夏天的帽子是用麦秸编成的。"[2] 著

① Daniel Meaders, *Advertisements for Runaway Slaves in Virginia, 1801–1820*, Routledge, 1997, p.265.

② Federal Writers' Project, *Born in Slavery: Slave Narratives from the Federal Writers' Project, 1936–1938, Virginia Narratives*, Volume XVII, Washington, 1941, p.10.

名的南方逃奴弗雷德里克·道格拉斯叙述了马里兰种植园上奴隶可以得到的两套类似衣物细节，其中还提到了毯子："他们的年度服装包括两件粗亚麻衬衫、一条与衬衫差不多的亚麻裤子、一件夹克、一条粗糙的冬天穿的裤子、一对袜子、一双鞋；总价不会超过七美元……除了一条粗毯子之外，没有任何床提供给奴隶。"①

"粗袋布"仍有一定的市场。由于亚麻比较便宜，有相当比例的成年奴隶服装都是由这种布料制成，尤其是单衣。低档斜纹布的主要成分大概也是亚麻，因为 93 岁的佐治亚前奴隶威廉·柯蒂斯这样说："我们的服装是由斜纹布制作的。那种布料穿起来像鹿皮裤，在不得不修补之前我们得穿它们一年。"② 不过，被绑架到南方、卖身为奴的所罗门·诺瑟普观察到，奴隶也穿着"粗糙的棉布衣服"；③ 得克萨斯前奴隶卢·特纳也提到棉布衣服："我们有很多吃的，我们还有很好的、结实的衣服。不过，女主人给我单独买衣服，她给我买漂亮的、带条纹的棉衣。"④ 佐治亚前奴隶安妮·普赖斯则提到了服装的多元性："我们的种植园上奴仆有很多的衣服穿，而我们临近的种植园从来没有充足的衣服，特别是在冬天。衣服是在需要时发放的，不像这里其他的种植园是在特定的日子。所有的衣服都是在种植园上制作，材料大多是自家产的毛制品、棉制品和印花布。由于贴身奴仆数量少，他们都拥有相当多的男女主人淘汰掉的衣服。"⑤

孩子们的服装仍然沿袭过去的罩衫样式，一般是每年一件。得克萨斯的一位前奴隶说："我们所有的孩子都穿着自家制作的浅白色衣服，

---

① Frederick Douglass, *Narrative of the Life of Frederick Douglass: An American Slave, Written by Himself*, Boston, 1845, p.10.

② Federal Writers' Project, *Born in Slavery: Slave Narratives from the Federal Writers' Project, 1936–1938, Oklahoma Narratives,* Volume XIII, Washington, 1941, p.49.

③ ［美］所罗门·诺瑟普：《为奴十二年》，吴超译，文心出版社 2013 年版，第 167 页。

④ Federal Writers' Project, *Born in Slavery: Slave Narratives from the Federal Writers' Project, 1936–1938, Texas Narratives,* Volume XVI, Part 4, Washington, 1941, p.119.

⑤ Federal Writers' Project, *Born in Slavery: Slave Narratives from the Federal Writers' Project, 1936–1938, Georgia Narratives*, Volume IV, Part 3, Washington, 1941, p.179.

只有一件，它是一件长衫。在院子里你不能将女孩和男孩分辨出来。"①
道格拉斯提到的衬衫大概也是罩衫："奴隶儿童的定量分给他们的母亲
或照顾他们的老妇。不能在田间工作的孩子既没有鞋子、袜子和夹克，
也没有裤子给他们；他们每年的服装有两件粗亚麻衬衫。即使这些也未
能提供的时候，他们就赤身，直到下一次分发日。从七岁到十岁的孩
子，无论性别如何，全年都可看到几近赤身的。"② 佐治亚前奴隶威利
斯·科弗的说法可作为罩衫的佐证："在12岁和大到能够在地里干活之
前，男孩子只是穿着看起来像服装的衬衫。然后他们穿上后面开口的裤
子。现在看起来他们的腿臀毛很滑稽，但这就是我们那时所穿的，而且
当长大到穿裤子并且和成年人一起下地干活的时候，所有的男孩都十分
骄傲。当一个男孩变成一个穿裤子的男人，他就得到定量，不再用槽吃
饭了。"③

　　证据表明，战前时期大部分奴隶的衣物仍然质量低劣、数量不足。
1835年2月，弗吉尼亚奴隶主博尔丁议员（Hon. T. T. Bouldin）在国会发
言中这样说："很多奴隶因暴露在气候当中而死掉。他们穿的织物轻薄，
既不能挡风，也不能遮雨。"④ 新英格兰的埃米莉·伯克在19世纪40年
代发现萨凡纳的女奴只有"一件可怜的旧衣服勉强遮体，头、胳膊或脖
子上没有任何饰物，也没有鞋子保护她的脚免于荆棘"。⑤ 北方旅行者奥
姆斯特德则观察到南卡罗来纳和佐治亚的田间奴隶穿得很差："大多数人
的衣着粗俗和笨拙，又脏又烂；卷起到臀部，露出粗腿，并用一片旧毯布

---

① Federal Writers' Project, *Born in Slavery: Slave Narratives from the Federal Writers' Project,
1936–1938, Texas Narratives,* Volume XVI, Part 2, p.295.

② Frederick Douglass, *Narrative of the Life of Frederick Douglass: An American Slave, Written
by Himself,* p.10.

③ Federal Writers' Project, *Born in Slavery: Slave Narratives from the Federal Writers' Project,
1936–1938, Georgia Narratives,* Volume IV, Part 1, p.203.

④ William Goodell, *The American Slave Code: In Theory and Practice,* p.145.

⑤ Patricia Hunt-Hurst:"Round Homespun Coat & Pantaloons of the Same: Slave Clothing as
Reflected in Fugitive Slave Advertisements in Antebellum Georgia", p.727.

缠着，以代替长袜子。"① 韦斯特盖特（G. W. Westgate）作证说："在田纳西南部、密西西比和路易斯安那，衣服是由棉花包制成的——没有任何鞋子。"② 1839 年，一位北方访问者提到，奴隶必须自己找到解决匮乏的办法："在种植园上给每个奴隶的全年衣物定量是在圣诞节分发的，包括一双粗鞋子、足够用于制作一套夹克和裤子的粗布料……通过在周日和月明之夜的工作，这个接近威尔明顿的种植园上奴隶们获得额外的布料。"③

由于一些种植园主虐待自己的奴隶，佐治亚 1817 年出台了法律予以规范，如主人不给自己的奴隶提供"适当的衣服"以至于奴隶受苦，将由大法庭做出相应的惩罚措施。④ 南卡罗来纳的法律规定，如主人不提供"充足的衣服或覆盖物"，任何人都可向管区内的法官进行控告。⑤ 路易斯安那 1806 年的法律则规定，"未能从主人那里获得大片土地耕种的奴隶，应该有资格从该主人那里在夏天的时候得到一套亚麻衬衫和裤子，在冬天的时候得到一套亚麻衬衫、羊毛大衣和裤子。"⑥

在这种情况下，能给奴隶提供鞋子的种植园待遇应该算不错了，但一般是在冬季才有这个优惠。一个佐治亚奴隶说："我们的主人用粗牛皮给我们制作鞋子。我们每年得到两双鞋，一双日常所用，一双周日穿。我们制作我们每天所用的东西。不能在田间工作的老妇将在织布机和纺轮前织布。"⑦ 一个南卡罗来纳前奴隶说："我们穿着带有铜踢头的厚短靴。主人

---

① Frederick Law Olmsted, *A Journey in the Seaboard Slave States; With Remarks on Their Economy,* London: Sampson Low, Son & Co., 1856, p.432.

② William Goodell, *The American Slave Code: In Theory and Practice*, p.146.

③ Dorothy Denneen Volo & James M. Volo, *Daily Life in Civil War America*, CA: ABC–CLIO, 2009, p.79.

④ William Goodell, *The American Slave Code: In Theory and Practice*, p.130.

⑤ William Goodell, *The American Slave Code: In Theory and Practice*, p.137.

⑥ William Goodell, *The American Slave Code: In Theory and Practice*, p.135.

⑦ Federal Writers' Project, *Born in Slavery: Slave Narratives from the Federal Writers' Project, 1936–1938, Georgia Narratives,* Volume IV, Part 4, p.356.

有时会制造他自己的皮革，在邻处制作鞋子，安装上木制的鞋底。"① 不过这种木底的鞋子穿起来感觉很僵硬，有些奴隶甚至宁可光着脚也不愿穿。另一位 72 岁的南卡罗来纳前奴隶对这种鞋子解释说："我记得他们穿着老式的大鞋子，叫作短靴，有黄铜穿过脚趾头附近。现在没人穿这个了，它们都是粗糙的鞋子。有人说那个时候很多人不得不整天赤着脚……是啊，夫人，想象一下汤姆·博斯蒂克在很多日子里赤着脚从田野里走过去，就像他来到这个世界时一模一样，而地上可能到处覆盖着冰和雪。"② 孩子们更是得不到鞋子的，北卡罗来纳前奴隶弗兰克·帕特森说："在能到地里干活以前，任何孩子也不会得到一双鞋。这需要等到 12 岁。我就知道这些。"③ 如穿袜子的话，奴隶们也须自己动手编织。现居于阿肯色的一位前奴隶马蒂尔达·哈切特这样说："我过去有架纺车，孩子们将它弄坏了，但我仍有纺线。我们自己编织和纺线，编织短袜和长袜。"④

另一位前奴隶则描述了种植园上鞋子的制作过程："老板告诉我爸怎么制作鞋子，他是这么做的：他们杀死一头牛和一只鹿，将它们的皮革予以硝制。硝制的方法是，将红、白两种颜色的橡树皮放到大桶里。这些大桶有些像水槽，盛水后放上一层橡木灰烬，或者是在皮革上放上一层灰，直到水盖满。然后他们浸泡，直到毛从皮革上掉下来，他们将皮革拿出来，就准备好硝制了。此后皮革放进水中与红色树皮一块浸泡，直到变色。然后将其从红色的橡树染色材料中拿出来，皮革就成了纯粹的棕褐色。皮革必须浸泡很长时间，然后就能成型，鞋子就能用这种硝制的皮

① Federal Writers' Project, *Born in Slavery: Slave Narratives from the Federal Writers' Project, 1936–1938, South Carolina Narratives*, Volume XIV, Part 3, Washington, 1941, p.89.

② Federal Writers' Project, *Born in Slavery: Slave Narratives from the Federal Writers' Project, 1936–1938, South Carolina Narratives*, Volume XIV, Part 1, p.343.

③ Federal Writers' Project, *Born in Slavery: Slave Narratives from the Federal Writers' Project, 1936–1938, Arkansas Narratives*, Volume II, Part 7, Washington, 1941, p.277.

④ Federal Writers' Project, *Born in Slavery: Slave Narratives from the Federal Writers' Project, 1936–1938, Arkansas Narratives*, Volume II, Part 3, p.196.

革造出来。我们称之为短靴。由于我爸的制作，我们都穿鞋。"① 混血儿模样的佐治亚前奴隶格林·威尔班克斯则指出，鞋子主要是主人购买的："爸爸会点小营生；他制作鞋子和篮子，然后老板让他卖了。爸爸并不给我们种植园上的奴隶制作鞋子；老板给他们买现成的，从西部地区用船运过来。"②

至于每晚用于安身立命的床铺，阿肯色前奴隶帕内拉·安德森（Pernella Anderson）像道格拉斯一样强调自己没有床可睡："在壁炉旁边的一个草垫子上，我穿着宽短裤、盖着毯子睡觉。这是在冬天下厚厚的雪的时候。夏天我睡在光秃秃的地板上，或者像只狗一样随地躺下来。"③ 不过，佐治亚的一个奴隶则证实，不少奴隶还是有床的，但与主人的不可同日而语："白人老乡拥有床头装有框子、四面雕饰的精美床具，框上悬挂着漂亮的、有褶边的白色幕布，床脚也有一条类似褶边的幕布，幕布上装饰华美。奴隶们也有这种一般样式的床具，但我们的没有那么漂亮和精美。那些日子里大多数奴隶用的床被称作'佐治亚床'，木屋的墙上和地上要各钻两个孔，侧件从墙孔中伸到标杆上并固定；然后厚板被钉到边框和底部，像个盒子的样子，用稻草做垫子；在上面铺上漂亮的白色床单和很多被子。是啊，夫人，在那些日子里很暖和啊。"④

床上用的被褥缝制工作一般安排在秋收季节，这同时是难得的社区聚会机会，其形式甚至发展出一种民间文化。佐治亚的前奴隶摩西·戴维斯（Mose Davis）说："我母亲去剥玉米、拾棉花和缝被子。听她这么说，他们一定有着很棒的时间。她说剥完玉米、拾完棉花和缝完被子以后，他们

① Federal Writers' Project, *Born in Slavery: Slave Narratives from the Federal Writers' Project, 1936–1938, Arkansas Narratives*, Volume II, Part 6, p.330.

② Federal Writers' Project, *Born in Slavery: Slave Narratives from the Federal Writers' Project, 1936–1938, Georgia Narratives*, Volume IV, Part 4, p.138.

③ Federal Writers' Project, *Born in Slavery: Slave Narratives from the Federal Writers' Project, 1936–1938, Arkansas Narratives*, Volume II, Part 6, p.257.

④ Federal Writers' Project, *Born in Slavery: Slave Narratives from the Federal Writers' Project, 1936–1938, Georgia Narratives*, Volume IV, Part 4, 1941, pp.73–74.

总会给他们很多好东西吃喝，让他们自己在夜里的其他时间自娱自乐。"①
佐治亚前奴隶卡米拉·杰克逊在回忆幼时光景时说："那些日子里最令人
享受的一件事是缝被子聚会。每晚她们都在某个特定的房间集合，帮助那
个人完成被子。第二晚，又会访问另一家，以此类推，直到每个人都有充
足的冬季床上用品为止。此外这也是一起愉快见面的大好机会，谈一些最
新的家长里短。最友好的召集是在周日获得一个'路条'后。"②佐治亚前
奴隶安妮·普赖斯说："床上铺的是自家产的床单。被子和毛毯是用碎棉
花和不再能用的衣服制成的。如有必要对某件染色，就煮熟树皮染成特定
类型。"③阿肯色前奴隶哈蒂·汤普逊说："她们将被子铺开，弄成各式的
颜色和立体的白色。她们称呼那些彩色的为床罩。它们很漂亮。妈妈缝制
被子。她对此很在行。她们时而缝上很细的针脚，时而倒缝，将其连成一
体。她们将线涂蜡，以免打滑或缠在一起。线团成球状。"④

在工作之余，奴隶们还会在家洗衣服，收拾东西。得克萨斯前奴隶安
德鲁·哥伦布说："周六下午的时候人手并不工作。那是我们洗衣服和打
扫的时间。"⑤佐治亚前奴隶朱莉娅·拉肯说："我们有一间洗衣房。那里
有五个妇女洗刷和熨烫衣服。她们不得不制作肥皂。方法是将水淋在橡木
灰上。这使得橡木灰变成碱液，然后用于制作肥皂。先是将衣服浸泡在碱
液和水里面，然后把它们放在桌子上，捶打直到变成白色。"⑥佛罗里达

---

① Federal Writers' Project, *Born in Slavery: Slave Narratives from the Federal Writers' Project, 1936–1938, Georgia Narratives,* Volume IV, Part 1, p.260.

② Federal Writers' Project, *Born in Slavery: Slave Narratives from the Federal Writers' Project, 1936–1938, Georgia Narratives,* Volume IV, Part 2, p.296.

③ Federal Writers' Project, *Born in Slavery: Slave Narratives from the Federal Writers' Project, 1936–1938, Georgia Narratives,* Volume IV, Part 3, p.179.

④ Federal Writers' Project, *Born in Slavery: Slave Narratives from the Federal Writers' Project, 1936–1938, Arkansas Narratives,* Volume II, Part 6, p.315.

⑤ Federal Writers' Project, *Born in Slavery: Slave Narratives from the Federal Writers' Project, 1936–1938, Texas Narratives,* Volume XVI, Part 1, p.246.

⑥ Federal Writers' Project, *Born in Slavery: Slave Narratives from the Federal Writers' Project, 1936–1938, Virginia Narratives,* Volume XVII, p.15.

前奴隶邓肯·盖恩斯说:"碱水肥皂用于洗涤和洗澡。"①

在一些特殊情景下,种植园主会给奴隶精心打扮一番。在《为奴十二年》中,所罗门·诺瑟普描述了南方奴隶拍卖前情景。他说,新奥尔良奴隶交易场的场主西奥菲勒斯·弗里曼一大早就跳进院子里来问候他的"牲口们"了,他挥舞着鞭子,在年轻奴隶们的耳边抽得噼啪乱响,时不时地还对着那些上了年纪的奴隶踢上一脚;他要准备好所有的"货",等着买主出个高价:"首先,奴隶们需要彻底地洗个澡,刮刮胡子什么的。随后,每个奴隶领到了一套新衣服,虽然全是些劣质货,但都挺干净。男人们有了帽子、大衣、衬衣、裤了和鞋子;女人们有了印花棉布连衫裙,还有头巾。随后,我们被领到了一个大厅,就在院前那栋房子里。我们要先在这里接受一些培训,才能面见买家。"②毫无疑问,如同给奴隶事前"催肥"一样,这种拍卖前的装扮完全出于奴隶贩子的攫取利润动机,与奴隶本身的尊严毫无关系。

在一些待遇稍好的种植园,为了显示主人的慷慨,奴隶们也可能有工作之外的好衣服。得克萨斯出生、现居于俄克拉荷马的前奴隶艾达·亨利回忆了自己年轻时的光景,说母亲跟随主人从南卡罗来纳迁居到得克萨斯,她自己小时候是个侍女:"在夏天我们女孩子穿着棉衬裙,冬天则穿连衣纱裙。我结婚时穿着蓝色的哔叽衣服,并且是第三个这样穿着结婚的。在那些日子,举行婚礼后婚服是不会穿的,我们的女主人告诉黑人,结婚了还穿着婚服会带来霉运。因此它会被代代相传下去。"③

"我们都有衣服在讲道时穿,"南卡来罗纳前奴隶、现居于阿肯色的艾琳·罗伯逊提到了对奴隶有很高要求的前主人,"他要他的奴隶们在不干农活的时候像个人样。他们在鱼塘、鸭塘里清洗。那里水很清,有着沙子

---

① Federal Writers' Project, *Born in Slavery: Slave Narratives from the Federal Writers' Project, 1936–1938, Florida Narratives,* Volume III, Washington, 1941, p.134.

② [美] 所罗门·诺瑟普:《为奴十二年》,第 46 页。

③ Federal Writers' Project, *Born in Slavery: Slave Narratives from the Federal Writers' Project, 1936–1938, Oklahoma Narratives*, Volume XIII, pp.134–135.

的底。当他们洗澡的时候不会泥泞不堪。他们长得黑，但不会臭烘烘地冒汗。他们穿着浆硬的、熨过的干净衣服。他们煮面粉浆洗衣服。当衣服打褶时就熨烫清洁一下，但面浆就少了，衣服也变薄。"① 该州另一位 93 岁的前奴隶阿黛尔·弗罗斯特说："热天我常穿薄衣服，冬天穿暖和的、舒服的衣服。周日我戴着老时代的无边帽，穿着带孔的围裙、鞋子和袜子。我的主人对他的奴隶很好，监工都是黑人。"②

根据奥姆斯特德的观察，这些好衣服不少是白人用过的二手货："有色人在周日穿的衣服似乎大多是白人不用的好衣料，我猜测是作为礼物赠送或从犹太人那里购买的，后者的商店有大量的有关进项，可能来自北方，如同从英格兰输往爱尔兰一样……许多可能是来自镇子附近农场的人，身上穿着粗糙的灰色'黑人布'，似乎是按照合同制造的，没有考虑到个体的尺寸，好像监狱的制服一样。"③

在这里奥姆斯特德所提到的"黑人布"（negro cloth），实际上是在 19 世纪棉花种植和畜牧业兴起的背景下，由新英格兰纺织业所加工的一种粗棉布或者毛、棉混合布料，有多层组成，而这种混合性、多层性是 18 世纪的典型黑人衣料"粗袋布"所欠缺的。④ 一般来说，这类黑人服装具有统一性、耐用性和经济性的特点，在某种程度上反映了南方种植园主在北方废奴主义攻击下的道德自卫动机；为便于剪裁，无论袖子、躯干部分都呈桶状，一般只有大小号之分，有时腰部装有带子，以控制是否合乎个人尺寸。

在另外一些种植园上，服装则是本地制作。马里兰州玫瑰山种植园

---

① Federal Writers' Project, *Born in Slavery: Slave Narratives from the Federal Writers' Project, 1936–1938, Arkansas Narratives,* Volume II, Part 3, p.139.

② Federal Writers' Project, *Born in Slavery: Slave Narratives from the Federal Writers' Project, 1936–1938, South Carolina Narratives*, Volume XIV, Part 2, p.88.

③ Frederick Law Olmsted, *A Journey in the Seaboard Slave States; With Remarks on Their Economy,* p.27.

④ Martin H. Blatt & David R. Roediger, eds., *Meaning of Slavery in the North*, Routledge, 2000, p.35.

在 1818 年的毛织品生产记录表明，一等的美丽诺呢绒（Merino）和二等的斜纹毛呢保留给白人，只有三等的毛布料或四等的毛袜制品才用于黑人。① 佐治亚前奴隶朱莉娅·拉肯提及了奴隶服装的手工制作："奴隶所穿的衣服都在家里制造。妈妈是大房子里的一个厨师，她也制作衣服。爸爸是个鞋匠。他为这个种植园上所有的人制作鞋子。"② 出生于 1850 年的得克萨斯前奴隶威廉·布兰奇说："奴隶们怎么得到衣服？我们梳理棉花，然后妇女在纺轮上纺线。过后在一架缝纫机上缝制好衣服。是的，先生，我们有缝纫机，上面有个大轮子和一个手柄。一个妇女转动手柄，另一个妇女缝制。"③ 弗吉尼亚前奴隶乔治娜·吉布斯（Georgina Giwbs）对奴隶的服装变化印象深刻，她同时也强调了织布机的作用："奴隶制时代所有的布料都是在织布机上制成的。我的主人有二个奴隶在织房里干活。布料制成后，主人将其送到镇上一个白人妇女，后者将其制成衣服。我们不得不编织长裤和手套。我们有大量的麦秆制作无边帽。我们不得不穿木底鞋。没有任何商店，所以我们种植我们所吃的所有东西，并且制作我们所穿的任何东西。"④

奴隶们有的是穿着没有染色的原色衣服，例如佐治亚前奴隶本杰明·约翰逊说："那时我们穿的衣服只是些旧的、朴素的白色衣料。大多是从腿拼补到腰部。有些拼补得如此僵硬，看起来像一条被子。有些妇女穿着长条状的棉布衣服，当下地干活时，用西班牙别针和栗刺将其串起来。你能得到的鞋子只有红色的短靴子。"⑤ 但其他一些奴隶穿的衣服则

① Gloria Seaman Allen, *Threads of Bondage: Chesapeake Slave Women and Plantation Cloth Production*, p.251.

② Federal Writers' Project, *Born in Slavery: Slave Narratives from the Federal Writers' Project, 1936–1938, Georgia Narratives*, Volume IV, Part 3, p.36.

③ Federal Writers' Project, *Born in Slavery: Slave Narratives from the Federal Writers' Project, 1936–1938, Texas Narratives*, Volume XVI, Part 1, p.143.

④ Federal Writers' Project, *Born in Slavery: Slave Narratives from the Federal Writers' Project, 1936–1938, Virginia Narratives*, Volume XVII, p.15.

⑤ Federal Writers' Project, *Born in Slavery: Slave Narratives from the Federal Writers' Project, 1936–1938, Georgia Narratives*, Volume IV, Part 2, p.324.

是染色的，一般是以周围发现的天然树本染料，如核桃壳和叶子、橡树皮或漆树秋叶，或以靛青染色。染色材料加水煮沸后，将布或纺线放在里面，然后晾干，十分费力耗时。佐治亚威尔克斯县大约一百岁、当时最年长的前奴隶阿德琳·威利斯说："我母亲是附近最好的染工，而我也是。我将各种树皮和树叶混合起来，做出最好的颜色。我想起了用枫树皮和松树皮制成的最漂亮的淡紫色，用的不是松树皮外层，而是紧贴着树干的薄层，那颜色真是漂亮。"① 密西西比前奴隶伯尼斯·鲍登回忆说："我帮着织布。将它染色？我想你别出声了！我的女主人到林子里获得它。我所知道的是，她说的是靛青。她有一只大壶，将线放到里面。不，我的天，她从不买靛青，她种植它。"②

在阿巴拉契亚地区，除了在地里干活外，主人每天都给女奴安排纺线的定额，她们大部分时间都用在纺线上，"在睡觉之前不得不在田野工作，并且纺四轴线。"③ 在北卡罗来纳的一家种植园上，包括贝蒂·科弗在内的织女们"收拾我们的亚麻、棉花和羊毛，纺线，织布，制作所有的布。是的，我们制作男人的衬衫、裤子和外衣。"直到很晚，织布的声音还绵延不断，贝蒂说："织布机——嘭！嘭！她是能够活动的。她们安置纬管，把线绕在上面以后，放上梭子来回击打。"④ 在佐治亚，情况也差不多。前奴隶格林·威尔班克斯说："妈妈是个田间奴隶。当地里的活计不多时，还有在下雨的日子，她纺线和织布。当纺线放在纱轮上后，它就在一个线轴上转动，卷成卷儿，然后装到织布机上织成布料"；⑤ 另一位前奴隶明妮·戴维斯则说："白天在大房子里完工以后，奴隶们回到他们的棚屋织

① Federal Writers' Project, *Born in Slavery: Slave Narratives from the Federal Writers' Project, 1936–1938, Georgia Narratives*, Volume IV, Part 4, p.163.

② Federal Writers' Project, *Born in Slavery: Slave Narratives from the Federal Writers' Project, 1936–1938, Arkansas Narratives,* Volume II, Part 4, p.151.

③ Wilma A. Dunaway, *The African-American Family in Slavery and Emancipation*, Cambridge: Cambridge University Press, 2003, p.172.

④ Wilma A. Dunaway, *The African-American Family in Slavery and Emancipation*, p.173.

⑤ Federal Writers' Project, *Born in Slavery: Slave Narratives from the Federal Writers' Project, 1936–1938, Georgia Narratives,* Volume IV, Part 4, p.138.

布和纺线，但十点钟时钟声响了，所有的事情必须保持安静。"①

奴隶们甚至自己给主人制造织布机。在路易斯安那，所罗门·诺瑟普描述他制造的织布机："秋天，我离开了伐木场，回到空地上干活。有一天，太太催福特老爷去买一台织布机，好让萨利织布，给奴隶们做冬天的衣服。老爷不知道应该上哪儿去买，于是我提议说，也许最好的办法是自己做一个，并委婉地表示，自己虽然不才，却很愿意尝试一下。他很高兴地同意了，让我先到临近的种植园主那里去观察织布机的构造，回来再开始动手制造。结果，我真的把织布机做出来了，而且得到了萨利的大力赞扬。她每天除了挤牛奶，还可以轻松完成14码的织布任务，竟然还有闲暇时间。这台织布机运作良好，后来我便继续做织布机，卖给沿河的其他种植园。"②

黑人服饰的象征意义

南方种植园给奴隶提供的服装主要出于经济成本的考虑，因此奴隶制时代的黑人衣着主要是制式的、功能性的，与其卑贱的阶级、种族地位相适应；尤其是对田间劳工而言，其服装的单调性和廉价性不时地向外界提醒着这种社会分野。逃奴广告中经常出现"类似干庄稼活的奴隶一般所穿的那样"或"田间奴隶的常见装束"等字样的描写，说明当时田间劳工的服装样式大体上是一样的，很容易得到辨识。③ 不过，种植园主阶级显然并不希望在黑人服饰方面为他们制造出一种关于种族独特文化的想象；他们希望的只是一种依附于白人服饰文化的劣质变体。纠

---

① Federal Writers' Project, *Born in Slavery: Slave Narratives from the Federal Writers' Project, 1936–1938, Georgia Narratives,* Volume IV, Part 1, p.259.
② ［美］所罗门·诺瑟普:《为奴十二年》，第 62 页。
③ Linda Baumgarten, *What Clothes Reveal: The Language of Clothing in Colonial and Federal America,* Williamsburg: Colonial Williamsburg Foundation in association with Yale University Press, 2002, p.135.

正第一代奴隶的赤身偏好、防止其因袭西非传统服饰，然后强加于仅有的白人样式选择，都是出自这种文化剥夺的目的。"白人的世界"对黑人的服饰文化具有根本性的定义权。正是出于这种原因，一些历史学家将其称之为"白人优越"的支柱。①

劳动阶级的内部服饰分层也布下了一种过滤文化独特性的筛子。尽管不能喧宾夺主或过于花哨，室内仆人或具有一定技艺的工匠可能被提供超出一般规格的衣服，如女仆或可穿上用印花布或细麻布做成的衣服乃至紧身胸衣，而监督自己同胞的把头是穿得最好的奴隶，他们甚至可得到大衣、带扣的鞋子和帽子。佐治亚一位87岁的前女奴说，奴隶制时代她跟随女主人，生活在大房子里，晚上睡在女主人床边地板上的一个棉垫子上："女主人对我很好，但她对每个黑人都好，他们也都爱她。她让我们有很多暖和的衣服穿，天冷时我们穿着法兰绒衬裙。那些日子孩子们没有足够的衣服来保暖，他们的腿上什么东西都没有。"② 另一位佐治亚前奴隶亨利·布兰德说，尽管小时候与母亲睡在大房子的地板上，但与那些不在大房子里干活的人相比，他母亲的衣服质量要比他们好，得到的待遇也比田间奴隶好很多。③ 道格拉斯则提到了城乡的差别："与种植园上的奴隶相比，一个在城市生活的奴隶几乎就是个自由人。他吃得好，穿得好，享受着种植园上的奴隶所不知道的特权。"④

无可置疑的是，服装在社会控制方面也能大显身手。种植园主善于恩威并施，还会让某些奴隶产生一种受宠的感觉，使其甘心情愿地为其所用。例如，种植园主查尔斯·卡罗尔曾从英格兰进口了一批毡帽，然

---

① Patricia Morton, *Discovering the Women in Slavery: Emancipating Perspective on the American Past*, p.228.

② Federal Writers' Project, *Born in Slavery: Slave Narratives from the Federal Writers' Project, 1936–1938, Georgia Narratives,* Volume IV, Part 3, p.280.

③ Federal Writers' Project, *Born in Slavery: Slave Narratives from the Federal Writers' Project, 1936–1938, Georgia Narratives,* Volume IV, Part 1, p.15.

④ Frederick Douglass, *Narrative of the Life of Frederick Douglass: An American Slave, Written by Himself*, Boston: Anti-Slavery Office, 1845, p.34.

后"给我的一些最好的黑人，以鼓励他们好好干活"①。南卡罗来纳85岁的前奴隶查理·格兰特这样说："约翰逊博士和她的妻子对黑人很好，让他们自行其是。总有很多吃的食物和穿的衣服。周日他给所有的奴隶一些东西，或者是他们所需的时间。"② 88岁的南卡罗来纳前奴隶本杰明·拉塞尔回忆说："有时白人老乡或访问者会给我们一些铜板或三分钱，或偶尔给你一角钱。我们用它们购买额外的周日衣服，或是在圣诞节期间用的鞭炮和糖果。"③ 佐治亚前奴隶本杰明·约翰逊说："你能得到的鞋子只有红色的短靴子。如果你能得到更好的，那是主人要你在他的房子里为他刷鞋。当他们给你一双鞋子或一顶旧草帽时，那天你是如此骄傲，以至于你在房子里就发野了，并跑回去向每个人炫耀。我过去给土人赶马车，并乞求得到这些东西，往往能得到好多。"④ 在从事室内服务和混血奴隶甚多的查尔斯顿，赞巴注意到一些平日里能够经常接近白人圈子的女奴的浮夸衣饰："后者中很多人穿着十分雅致、特别俗艳，与她们的身份很不相符：火红的丝绸披肩、丝绸长筒袜和红脚跟的摩洛哥鞋子，好像是为欢宴而不是其他做准备的；有些炫耀着精美的阳伞，在人行道上小步快走，举止轻浮。"⑤ 而在一些人数较少的种植园，女主人亲自为奴隶缝制衣服，也不是特别罕见。例如，在她的奴隶莫利（Mollie）变成孤儿后，女主人玛格丽特就为其亲自缝制衣服。⑥

① Jeffrey L. Pasley, Andrew Whitmore Robertson, & David Waldstreicher, eds., *Beyond the Founders: New Approaches to the Political History of the Early American Republic,* Chapel Hill:University of North Carolina Press, 2004, p.90.

② Federal Writers' Project, *Born in Slavery: Slave Narratives from the Federal Writers' Project, 1936–1938, South Carolina Narratives,* Volume XIV, Part 2, p.171.

③ Federal Writers' Project, *Born in Slavery: Slave Narratives from the Federal Writers' Project, 1936–1938, South Carolina Narratives,* Volume XIV, Part 4, p.51.

④ Federal Writers' Project, *Born in Slavery: Slave Narratives from the Federal Writers' Project, 1936–1938, Georgia Narratives*, Volume IV, Part 2, pp.324–325.

⑤ Zamba, *The Life and Adventures of Zamba, an African Negro King; and His Experience of Slavery in South Carolina. Written by Himself. Corrected and Arranged by Peter Neilson,* p.120.

⑥ Claude H. Nolen, *African American Southerners in Slavery, Civil War, and Reconstruction,* Jefferson, NC: McFarland, 2001, p.17.

尽管奴隶在衣料和款式选择方面不能随心所欲，但在具体穿戴或做一些点缀方面还是能够施展手脚的。奴隶能够亲手制作或以其他方式获得装饰性用品，从而满足自己的爱美之心。一个叫作约翰·戴维斯的英国人在 1803 年注意到，在弗吉尼亚一个种植园上，周日串门的黑人"妇女无论肤色深浅，都高高兴兴地穿着鲜艳服装；女孩子从不会忘记打扮得漂漂亮亮的，戴着手镯、项链、戒指和耳环，大胆地装饰自己，不惧诱惑白人男性的眼睛。"[1] 其中一些无疑是白人的赠品。但有的主人情绪变化无端，有时会收回已经送出的装饰品。得克萨斯前奴隶克拉丽莎·斯凯尔斯说："我们的木屋里常常有一大堆的不公正。有一次他们给我妈妈一些耳环，但在吃饭的时候他们又将耳环要回去了。这种方式不公平。给他们做完饭后，妈妈总是说，'对每个人好点吧'。"[2] 在奴隶制的权力格局之下，奴隶个人装点的基础其实也是十分脆弱的。

尤其值得注意的是黑人在布料加工方面形成的某种种族特色。奴隶们有时会在他们得到的衣物上加些色、缝缝补补或加上头巾之类的，从而赋予自己单调的服装以某种创造性。正如阿肯色前奴隶哈蒂·汤普逊在接受采访时所说，"当我是个孩子的时候，缝缝补补是一种风格。衣服洗后必须规整一下，每个破处都要仔细缝好。老乡有好衣服，得好生照管。"[3] 佐治亚前奴隶珍妮·肯德里克斯则说："他们织布的方式是在线轴上纺上几'轴'线。当确定的几轴线纺好以后，他们就安装到织布机上。布料是用从树皮或者是种植园上所种靛青当中的颜料来染色的。妇女在工作日所穿的是有斑纹的或是格子状的，而周日穿的一般是白色的。"[4] 而妇女扎

---

① John Davis, *Travels of Four Years and a Half: In the United States of America; During 1798, 1799, 1800, 1801 and 1802,* Carlisle Massachusetts: Applewood Books, 2007, p.366.

② Federal Writers' Project, *Born in Slavery: Slave Narratives from the Federal Writers' Project, 1936–1938, Texas Narratives*, Volume XVI, Part 4, p.4.

③ Federal Writers' Project, *Born in Slavery: Slave Narratives from the Federal Writers' Project, 1936–1938, Arkansas Narratives,* Volume II, Part 6, p.316.

④ Federal Writers' Project, *Born in Slavery: Slave Narratives from the Federal Writers' Project, 1936–1938, Georgia Narratives*, Volume IV, Part 3, p.2.

头巾的习俗，体现着黑人的独特审美观，很容易令人联想到西非的遗风。在南卡罗来纳和佐治亚的一些种植园，由于奴隶的需要而将头巾定期发放给他们，而奥姆斯特德观察到田间奴隶"大多赤膊工作，但脚上穿着结实的鞋子，头上裹着手巾。"① 阿肯色前奴隶帕内拉·安德森则说："我没有外衣。我穿着两件，一件是衬裙，一件是女装，还有短靴，麻布和破布缠着腿当作长袜。这是在冬天。夏天我光着脚，只穿一件。我的太阳帽是缠在脑袋上的一块旧布。"② 有着广泛阅历的奥姆斯特德曾对奴隶独特的色彩偏好做出客观的评价，说他们对"明快和强烈对比性的色彩感受到一种真正的喜悦，而这对于一个白人来说是很少见的。"③

　　奴隶制时代黑人的服饰供给主要受种植园经营成本因素的制约。给人的总体印象是，在数量和质量方面奴隶的服饰供给不如食物那样有保证，这在儿童身上表现得尤为明显；这种差别或许说明，在主仆之间的共同利益方面，也就是在构成黑白"共享的世界"的基础方面，服饰不如后者那样具有关键性，从而在这个方面挤压了"共享的世界"的空间。在奴隶服饰的表现形式上，虽然被难以抗拒的体制性外力所压制、来自"白人的世界"的压力无所不在，但如同石缝下的野草，战前奴隶们所塑造的服饰世界仍绽放出顽强的生命花朵，并给"黑人的世界"打上某种可见的、外在的烙印；不过，要说这些特色已经形成了一种完整的种族文化还比较勉强，顶多是一种依附于白人文化框架下的亚文化雏形。

---

① Frederick Law Olmsted, *A Journey in the Seaboard Slave States;With Remarks on Their Economy*, p.432.

② Federal Writers' Project, *Born in Slavery: Slave Narratives from the Federal Writers' Project, 1936–1938, Arkansas Narratives,* Volume II, Part 6, p.257.

③ Shane White and Graham White, *Stylin: African American Expressive Culture from Its Beginnings to the Zoot Suit,* Ithaca, NY:Cornell University Press, 1998, p.23.

第十二章

美国奴隶的民居叙事

在奴隶制时代，作为安身立命的基础，美国黑人的居所是"黑人的世界"得以存在的外在条件之一。这些一般是小木屋为主的居所或远或近连成一片，构成一片奴隶居住区域，再向外延到主人所在的"大房子"，共同构成一个种植园社区。在17世纪和18世纪，北美大陆的奴隶房屋建造时要在地基上打上木桩，房顶和墙壁由木板或隔板围起来，钉在水平的房屋支架上，似乎与西非的立桩式民居有点类似，而19世纪奴隶房屋的主要形式既不需要打地桩也不需要木制的内部框架，而是建造起来更为方便的小木屋。

西非民居叙事

大西洋奴隶贸易开始之前，来自欧洲的观光者一般将西非当地的传统建筑称之为茅屋或棚屋（huts）；由于这些小屋的墙体主要由黏土或泥浆所建，看起来相当简陋，欧洲人往往蔑称为"猪栏"。方法是先在地上安上四个桩子，然后用檩条将这四个桩子分别连接起来，四个桩之间则是固定许多棍子，接着铺上厚厚的枝条，最后是抹上半英尺厚的泥浆，晾干就可以了。因为房间不大，一家人的不同成员往往根据自身的地位分别住在不同的茅屋里，外面有围墙包围，形成一个院落；为了储存东西或种菜、蓄

306

养家畜等，也可能单独建有类似的茅屋并被围起来。威廉·马勒（Wilhelm Müller）认为，一般而言，黄金海岸的非洲人一家人的院子里有六到七个这样的茅屋。①

1789 年初版于伦敦、1791 年再版于纽约的《非洲人奥拉达·艾奎亚诺或古斯塔夫斯·瓦萨自我撰写的有趣的生活叙事》是 18 世纪美国最具影响力的奴隶个人叙事作品，书中提到了大西洋奴隶贸易鼎盛时期非洲土著的居住情况。艾奎亚诺 1745 年出生于现今尼日利亚东部伊博人的一个村庄。他首先描述了家长制下的建筑布局："在我们的建筑物方面，我们看重便利性而不是装饰性。每个家长都有一大块方形的地盘，用壕沟或栅栏围起来，或者是附加一面用红土调和后的墙，后者在晾干后坚硬如砖。在中心竖起的主要建筑由两间组成，要划拨给主人专用。在其中的一间，他在白天与家庭成员一起憩息，而另一间则留出来，用于接待他的朋友。除此之外他还有一个单独的房间供他本人及其男孩子睡觉。在每一侧都是他妻妾的房间，后者同样也都有在白天和晚上分别使用的房子。奴隶及其家庭的居所则分布在院墙内的其他区域。"②

接着艾奎亚诺描述了房屋的具体构造及其内部设施："在高度上这些房子从未超出过一层，因为它们都是由打入地面的木料或木桩建成，并穿插着荆条，里里外外整齐地糊上泥。屋顶是用芦苇覆盖的。我们白天用的房子在边上开着口；但睡觉用的房子则总是掩好的，并在内侧掺着牛屎糊泥，以防各种蚊虫的叮咬，晚上它们很烦人。墙体和地板也是这样，一般覆盖着席子。我们的床铺由一个平台组成，离地三四英尺，上面铺着兽皮以及被称为大蕉的大戟树的不同部分。我们的被子是白棉布或平纹细布，如同我们穿着的一样。常见的座位是几节圆木；但我们有

---

① Klas Rönnbäck, *Labour and Living Standards in Pre-Colonial West Africa: The Case of the Gold Coast*, Routledge, 2015, p.141.

② Olaudah Equiano, *The Interesting Narrative of the Life of Olaudah Equiano, or Gustavus Vassa, the African, Written by Himself*, Vol. I , London: Printed for and sold by the Author, No.10, Union-Street, Middlesex Hospital, 1789, pp.15–17.

长凳子，那一般是香薰过的，为的是照顾陌生人。这就是我们房间里的主要家具。这样建造和装饰的房子，不需多少技巧就可立起来。每个人都是建筑师。"艾奎亚诺随后又解释了家具为何那么简单："因为我们生活在一个大自然的恩赐十分慷慨的国家，我们的需求很少且容易得到供应；自然我们拥有很少的家具。它们大多由白棉布、陶器、装饰品以及打仗和农事用的工具组成。但这些并不是我们商业的一部分，正如我所观察到的那样，后者的主要物品是粮食。在这种状态中，金钱没有多大用处。"①

然而在被敌对部落的捕手抓获并卖身为奴之后，艾奎亚诺幼时那种简单快乐的日子就一去不复返了。在被送上大西洋征途之后，艾奎亚诺随即卷入了一个令人一时难以理喻、金钱至上的资本主义世界。他本人相信，"我已经处于一个坏精灵的世界，他们要杀掉我们。他们的面色与我们如此的不同，还有长头发和所说的与我所听到过的极为悬殊的语言，都验证了我的信念。"②

北美早期民居概况

17 世纪上半期，由于输入的奴隶数量甚少，奴隶一般没有单独的住处。17 世纪下半叶，随着烟草经济的发展，奴隶数量增多，单独的奴隶居所开始在北美出现。这些地位低下的劳工所居住的房屋多由便宜和不太结实的材料做成，奴隶制结束以后大多逐渐消失，即使是19 世纪的奴隶小木屋也保留不多，其中多是内战前的二三十年间搭建的。

---

① Olaudah Equiano, *The Interesting Narrative of the Life of Olaudah Equiano, or Gustavus Vassa, the African, Written by Himself,* Vol. Ⅰ, pp.17–18.

② Olaudah Equiano, *The Interesting Narrative of the Life of Olaudah Equiano, or Gustavus Vassa, the African, Written by Himself,* Vol. Ⅰ, p.70.

17 世纪和 18 世纪的奴隶房屋建造时奴隶们要在地基上打上木桩，房顶和墙壁由木板或隔板围起来，钉在水平的房屋支架上，与白人的房屋建造方法差别不大，因为奴隶的数量一开始很少，房屋并非专门给他们建造的。一般是两到三个房间，每个房间 8 到 11 英尺不等。主人和仆役往往生活在同一个屋檐下。不过，也有一些土坯房子，但与非洲是否有渊源不得而知。房间里面放着简单的炊具、家具，但这些东西并非由主人配备，一般是奴隶夫妻用挣来的零钱换来的。

1687 年法国旅行者杜兰德·德·道芬（Durand de Dauphiné）描述了弗吉尼亚建造房屋的最新趋势："这个国家的一些人住得很舒服……无论等级如何，我不知为何如此，他们只建造在底层上有一些壁橱的两个房间，而上面的阁楼上也有两个房间；但他们是根据财产建造几座这样的。他们也建造单独的厨房，给基督徒奴隶建造一座独立的房子，给黑人奴隶另一座，为了风干烟草建造几座，这样当你来到一个有某些财产的人的家里时，你可能感觉来到了一个相当大的村子里。"①

但到了 18 世纪下半期，种植园主开始为奴隶建造小木屋。这种小木屋既不需要打地桩，也不需要木制的内部框架，建造起来更为方便，并成为 19 世纪奴隶房屋的主要形式。殖民地时期已经出现了"棚户区"的概念（quarters），但最初是与契约佣仆的居住区相联系的，后来逐渐用于黑奴；小木屋（cabin）也出现在这个时期，用于指称仆人所居住的劣等房屋，用圆木建成，一般没有地基，泥地面，有泥和草混合做成的床，但是单门独户。按照库利科夫的研究，这个时期奴隶的居住有集中趋势。② 下面就叙述从这个时期到内战爆发之前奴隶居住的情况。

---

① James Deetz, "Archaeology at Flowerdew Hundred", in Theresa A. Singleton, ed., *I, Too, Am America: Archaeological Studies of African-American Life*, Charlottesville: University of Virginia Press, 1999, p.44.

② Edwin J. Perkins, *The Economy of Colonial America*, New York: Columbia University Press, 1988, p.107.

战前时期奴隶的居室外观

战前时期奴隶居住区所具有的特别的称呼"棚户区"沿袭自殖民地时期的习惯。北卡罗来纳前奴隶玛丽·安德森说:"奴隶居住的房子叫作棚户区,而主人居住的房子叫作大房子。我们的房子各有两个房间,但主人的房子有 12 个房间。奴隶和白人老乡的建筑都位于一大片有一英里见方的树林里,到处都是橡树和山核桃树。"①

规模小的棚户区仅有几户奴隶,而大的则可能像一个小镇。典型的棚户区一般有两排,门口相对,当中形成一种类似巷子的街道。92 岁的北卡罗来纳前奴隶亨利·詹姆斯·特伦特姆(Henry James Trentham)这样描述棚户区:"奴隶的房子看起来像一个小镇,那里有谷物磨坊、轧棉机、鞋坊、制革坊以及很多织布用的织机。奴隶大多在自己的房子里做饭,他们称之为窝棚。"②

关于奴隶居所的一般性特点,幼时在阿拉巴马作为奴隶的卡托·卡特(Cato Carter)说:"妈妈住在棚户区由橡树砍倒后的圆木做成的小屋里。那里有很长一排小木屋,因家庭人口多少而大小不一。我的主人有 80 多个奴隶。他们的老木屋都很暖和,因为我们都用泥巴将缝填死,他们还有用枝条与泥巴、猪毛混合做成的烟囱。"③ 他还提道:"我在大房子的边上有个房间,那里是我待的地方。他们都对我很好,因为我来自他们的血统。他们从不打我一下或掌掴过我,并告诉我,他们不会将我卖掉。他们都是最好的白人,居住在宽敞的、两层的房子里,有一间大厅穿

---

① Federal Writers' Project, *Born in Slavery: Slave Narratives from the Federal Writers' Project, 1936–1938, North Carolina Narratives,* Volume XI, Part 1, Washington, 1941, p.20.

② Federal Writers' Project, *Born in Slavery: Slave Narratives from the Federal Writers' Project, 1936–1938, North Carolina Narratives,* Volume XI, Part 2, p.364.

③ Federal Writers' Project, *Born in Slavery: Slave Narratives from the Federal Writers' Project, 1936–1938, Texas Narratives*, Volume XVI, Part 1, Washington, 1941, pp.202–203.

过房子。"①

佐治亚前奴隶本杰明·约翰逊说："除了老主人的以外，种植园上所有的房子都是用圆木做成的。老主人住在一座好房子里。有时当一个奴隶有机会进入他的房子时，其他所有的奴隶都要在外边等着你出来。当你出来时他们会说，'你到主人的房子里面去了，里面看起来怎么样？你看到什么了？'他会告诉他们，'你应该进去，里面太漂亮了。'每当你得到机会进入里面，在门口之前你就不得不早早地拿下你的帽子。"② 得克萨斯前奴隶卢·特纳（Lou Turner）则说主人的房子也用原木做成，与奴隶所住的使用材料差别不大："白人老乡住的房子是用原木建成的，与棚户区的房子大体上一样，他们的棚户区要比新奥尔良的好。我们奴隶都有小块园地。"③

这种小木屋顶部有的附有阁楼。马里兰的前奴隶玛丽·詹姆斯（Mary James）说："我们居住的棚户区位于被称为伦道夫庄园的种植园上，建造得像你能在跑道上所见的马厩；它们有一个半楼层高，大约25英尺宽、75英尺长，底层边上有窗户。正面和尾部各有一个长长的遮蔽物。前面有长凳供人坐，后面有钉子来悬挂锅和罐子。根据人口多少每家都有房间。有八座这样的房子，六座住的是家庭，一座是女孩，一座是男孩。在棚户区我们有监工和有色人木匠制造的家具；他们会给每个人制作饭桌、凳子和床。我们的床用稻草填充，盖上我们能够得到的东西。"④

个别例子中也有两层的。马里兰的前奴隶詹姆斯·迪恩（James

---

① Federal Writers' Project, *Born in Slavery: Slave Narratives from the Federal Writers' Project, 1936–1938, Texas Narratives*, Volume XVI, Part 1, p.202.

② Federal Writers' Project, *Born in Slavery: Slave Narratives from the Federal Writers' Project, 1936–1938, Georgia Narratives*, Volume IV, Part 2, Washington, 1941, p.325.

③ Federal Writers' Project, *Born in Slavery: Slave Narratives from the Federal Writers' Project, 1936–1938, Texas Narratives,* Volume XVI, Part 4, p.119.

④ Federal Writers' Project, *Born in Slavery: Slave Narratives from the Federal Writers' Project, 1936–1938, Maryland Narratives*, Volume VIII, Washington, 1941, p.37.

奴隶的居所（出处：奥姆斯特德《沿海蓄奴州纪行》，1856）

Deane）说："我诞生在一个小木屋里，那是波托马克河的鹅湾上查尔斯县的一种典型木屋。我出生的种植园离这条河有三英里远。木屋有两层，一层在上一层在下，两扇窗户都很大，每间各有一扇。没有门廊，门前有一块宽板，以防雨雪落在门头，外面有个很大的用檩条制的烟囱，用灰泥涂在檩条之间，里面有一个壁炉，并在格栅上做饭，在火里放进木柴用以加热。"①

小木屋顶部有木瓦，一般是泥地面。出生于 1850 年的前得克萨斯奴隶威廉·布兰奇（William Branch）说："主人伍德森（Woodson）是个富人。他住在大房子里，那是一座刷成白色的木房子，附有很大的一片花园。奴隶住在一长串圆木房子里。它们带有泥地面和木瓦。主人伍德森的房子也是木瓦房顶。"② 佐治亚前奴隶安妮·普赖斯（Annie Price）说："一个木屋里面只有一家，以免过度拥挤。每座建筑除了有一个很好的木瓦顶以外，还有一个宽大的地面。"③ 不过，也有受优待的奴隶住在拥有木质地板的房间里。86 岁的南卡罗来纳前奴隶盖布尔·洛克利尔（Gable Locklier）说："我们都住在有两个房间和一个木质地板的房子里。老人睡在有些像牛轭一样、用绳子撑起来的床上，还有被子铺在白色的自制垫子上面。其他人

---

① Federal Writers' Project, *Born in Slavery: Slave Narratives from the Federal Writers' Project, 1936–1938, Maryland Narratives*, Volume VIII, p.6.

② Federal Writers' Project, *Born in Slavery: Slave Narratives from the Federal Writers' Project, 1936–1938, Texas Narratives,* Volume XVI, Part 1, p.143.

③ Federal Writers' Project, *Born in Slavery: Slave Narratives from the Federal Writers' Project, 1936–1938, Georgia Narratives*, Volume IV, Part 3, p.181.

睡在地板上。"①

烟囱是小木屋的中枢性构件，不仅仅因其对每日饮食的不可或缺作用，也由于它关系到整个木屋的安全。北方旅游者弗雷德里克·奥姆斯特德对此有细致的描述："奴隶的房子一般为舒适度和宽敞度参差不齐的木屋。在一头有一个开放性的大壁炉，设在房墙的外缘，在圆木做的附件内层糊上泥，高和宽都是大约八英尺见方。烟囱有时是砖砌的，但更常见的是用木板条或劈开的枝条做成的，就像圆木一样排起来，并涂以泥灰。他们能享受呼啸的火苗，而由于通用的燃料为含酯松木，夜里当门打开的时候，小木屋从远处看起来就像一个熊熊的火窑。烟囱很容易着火，而小木屋因此毁于一旦。"②

搭建地基、墙壁和木瓦的步骤是有秩序的。人约 98 岁的南卡岁来纳前奴隶威廉·邓伍迪（William Dunwoody）说："他们砍下一棵树。然后他们画上线——在两头固定一段合股线，涂上白色，拉起来，再放开使其落下，给圆木打上标记。然后他们用斧头刻痕。而后砍伐者会过来，削砍这个圆木，将任何不同之处找出来。就像你在锯木场将木材锯成方形一样，人们会把圆木弄直。为了搭建木屋，你会锯开木块，竖起来，然后将基石放在木块上，然后放上枕木。当你做好以后，要铺上走路用的厚板。然后他们会放上第一根圆木。你刻上痕。为了搭建房顶，你会持续将圆木砍成一半，然后是另一半，直到得到像木瓦一样小的木块。然后你会看着木瓦被搬走。他们有的是时间。"③

房屋建造过程中马虎不得，尤其是填缝的时候。在阿肯色居住的前奴隶伊莱扎·华盛顿（Eliza Washington）回忆田纳西的奴隶居所："我母亲住在由圆木垒成的屋子里……他们将圆木摞起来，用类似鞋子形状的木板

① Federal Writers' Project, *Born in Slavery: Slave Narratives from the Federal Writers' Project, 1936–1938, South Carolina Narratives*, Volume XIV, Part 3, Washington, 1941, p.113.

② Frederick Law Olmsted, *A Journey in the Seaboard Slave States; With Remarks on Their Economy,* London: Sampson Low, Son & Co., 1856, p.111.

③ Federal Writers' Project, *Born in Slavery: Slave Narratives from the Federal Writers' Project, 1936–1938, Arkansas Narratives,* Volume II, Part 2, Washington, 1941, p.226.

封好缝隙。这就是楔形木垫，大约一英尺长，好像楔子。它们用于填缝。圆木摞好以后，楔木就把圆木之间的洞堵住了。在楔木塞好后，泥巴糊到缝隙之间，使得房屋暖和。我见过好几个在建的屋子。宽木板用于铺地板。门是支在木制的枢纽上的。门从来不锁。上面没有任何锁。如果你想的话，可以在里面加个门闩。那些日子人们根本不担心小偷。那时不像现在的人们有这么多东西。他们的屋子只有一个窗户和一扇门。烟囱建得好似一个梯子，有黏土和麦秆填充在框架里面。"①

木屋流行的主要因素是木材容易获得。77 岁的佐治亚前奴隶格林·威尔班克（Green Willbanks）说："奴隶居住在圆木屋里，那是通常的做法。那个时候有很多松树林。圆木被砍成合适的尺寸，每一端都切口，使之紧密地衔接，建房堆积的时候要尽可能地没有缝隙。他们将松木锯成几段，用板斧将它们劈成厚木板，用以遮盖圆木之间的缝隙……他们用红泥将缝隙糊死。老式的烟囱是用泥和树枝制成的。"② 对圆木进一步加工，可以建成更封闭的板房。佐治亚州哥伦布县的前奴隶苏西·布朗（Susie Brown）指着眼前两旁排列着未粉刷棚屋的街道说，棚户区"看起来像这条街。其中一些是木板房，一些是圆木屋，两间之间加上一个附间"③。

奴隶居室的内部设施

房屋内部一般只有一两间。83 岁的得克萨斯前奴隶菲利斯·珀蒂（Phyllis Petite）说："我们黑人居住在棚屋里，离大房子不远，是一种带有

---

① Federal Writers' Project, *Born in Slavery: Slave Narratives from the Federal Writers' Project, 1936–1938, Arkansas Narratives,* Volume II, Part 7, p.50.

② Federal Writers' Project, *Born in Slavery: Slave Narratives from the Federal Writers' Project, 1936–1938, Georgia Narratives,* Volume IV, Part 4, p.138.

③ Federal Writers' Project, *Born in Slavery: Slave Narratives from the Federal Writers' Project, 1936–1938, Georgia Narratives,* Volume IV, Part 4, p.312.

一个脏烟囱的单间木屋。我们在壁炉里的热炭上做饭。"① 佐治亚前奴隶安妮·普赖斯说："肯农（Kennon）种植园上所有的房子都是用圆木建成的，包括肯农先生本人的。奴隶们与肯农先生之间的居住区别只有两点：一是分给奴隶的只有一个房间而不是几间，二是挡风板安装在里面，而奴隶使用泥巴达到这个目的。"② 佐治亚前奴隶理查德·奥福德（Richard Orford）则说："在主人的房子后面坐落着奴隶的棚户区。每个房子都是由圆木建成的，都属双户型，以供两家住。为保暖起见，墙上的洞和缝隙涂抹上了泥巴。建筑物的一头是一个大壁炉，约有六英尺宽。烟囱是由烂泥做的。"③

根据人口变化情况，主人也有可能为奴隶临时增加附属房间。混血出身的佐治亚前奴隶萨拉·雷说："奴隶的屋舍称为'棚户区'，主要由两排相对的房屋组成，位于'大房子'之后的一片小树林里。其中一些是用圆木建的，但多数是厚木板建的。大多数都是一大单间，没吊顶，在一头设有做饭用的壁炉。当家庭变得太大时，将从后面附加上一个小间。另一种类型的奴隶屋舍被称为'两隔断'房屋。这是一种两间的屋舍，有烟囱位于两隔断之间，给两家提供住处。在更加兴旺的种植园上，奴隶的棚户区是在隔断之间刷石灰水的。"④ 条件稍好一些的奴隶居所中，也有作为附属房间的单独厨房。幼时被卖到佐治亚的前奴隶吉姆·吉拉德（Jim Gillard）说："不，我们的房屋没什么可自夸的。它们都是用圆木建成，铺有厚木地板，有两个房间以及一个附属的厨间。"⑤

---

① Federal Writers' Project, *Born in Slavery: Slave Narratives from the Federal Writers' Project, 1936–1938, North Oklahoma Narratives,* Volume XIII, Washington, 1941, p.236.

② Federal Writers' Project, *Born in Slavery: Slave Narratives from the Federal Writers' Project, 1936–1938, Georgia Narratives*, Volume IV, Part 3, p.180.

③ Federal Writers' Project, *Born in Slavery: Slave Narratives from the Federal Writers' Project, 1936–1938, Georgia Narratives*, Volume IV, Part 3, p.151.

④ Federal Writers' Project, *Born in Slavery: Slave Narratives from the Federal Writers' Project, 1936–1938, Georgia Narratives*, Volume IV, Part 4, p.310.

⑤ Federal Writers' Project, *Born in Slavery: Slave Narratives from the Federal Writers' Project, 1936–1938, Alabama Narratives*, Volume I, Washington, 1941, p.154.

　　屋内的陈设很简单，其中床铺要占据相当一块地方。查尔斯·鲍尔这样描述了南卡罗来纳种植园一个有七人家庭成员的奴隶居室："这个小屋的唯一家具是由几块当作座位的木块组成，一个由松木板制作的短台，用作饭桌；角落里有一个小床，铺着普通水草编成的席子……烟囱旁边有一个通用的铁壶；墙上挂着一些木勺子和盘子。墙上的木钉上也挂着一些毯子。一只松板做成的箱子占据另一个角落，没有锁或合页。"① 82岁的密西西比前奴隶利思·斯平克斯（Leithe Spinks）说："汤普森老爷有一个极大的种植园以及三百多有色人，三排小木屋大约有两个街区那么长，大约是一家一个小木屋。木屋里没有地板，你站在泥地上，你所知道的家具并没有在那里。为什么？小伙子。只有板凳坐，还有自家制的饭桌和铺位。有个壁炉，但主食是在大厨房里做的，老奶奶戴斯（Dice）做饭，有四个人帮助她。"② 卡托·卡特（Cato Carter）则说："设施都是些普通的东西。床铺是拼制的，床架用绳子绑结实。我们将苔藓煮熟后埋上一阵儿，填充到……里面制成床垫。那些床铺睡起来很好，比现在的强得多。"③ 佐治亚前奴隶安妮·普赖斯说："在这种粗糙的被称为小隔间的单间房子里，有一张用崎岖不平的木头制成的床。绳子从边角上拴着，作为垫子的弹簧，垫子是一只塞满稻草和树叶的袋子。也有一两个当作椅子的盒子。烟囱是用岩石和泥制成的。所有的烹调都是在壁炉上完成的。普莱斯先生说，'即使是老主人也没有炉子做饭，所以我们也没有'。"④ 马里兰的前奴隶詹姆斯·迪恩（James Deane）说："我们睡在自家制的床架子上，上面有秸秆做的垫子，再铺上一层羽毛垫子，上面盖

---

① Charles Ball, *Slavery in the United States: A Narrative of the Life and Adventures of Charles Ball, a Black Man*, pp.142–143.

② Federal Writers' Project, *Born in Slavery: Slave Narratives from the Federal Writers' Project, 1936–1938, Texas Narratives*, Volume XVI, Part 4, p.57.

③ Federal Writers' Project, *Born in Slavery: Slave Narratives from the Federal Writers' Project, 1936–1938, Texas Narratives*, Volume XVI, Part 1, p.203.

④ Federal Writers' Project, *Born in Slavery: Slave Narratives from the Federal Writers' Project, 1936–1938, Georgia Narratives*, Volume IV, Part 3, p.181.

些我妈妈制作的被褥。"①

有时为了节约空间，主床铺上往往要附加一个活动式床架。根据当时正在行医的前奴隶乔治·巴克纳（George Buckner）的回忆，"这种家庭的设施包括一个木制的床架，上面安装一个粗糙的稻草床，这些混杂物能为虚弱的母亲提供最低的舒适度。白天稻草床能够推送到床架下面，而在夜晚则拉到小木屋的当中，疲惫的孩子们被不耐烦的继父放到床上。"②

手工制的床架一定要绑结实，78岁的佐治亚前奴隶威廉·麦克沃特（William McWhorter）说："奴隶用的床都是手工制的，用细绳编织每个地方以形成一体。如果你没有将绳子固定好，你躺在上面床就会散架了。"③床上的床垫和枕头也是手工做的。78岁的佐治亚前奴隶弗朗西斯·威林厄姆（Frances Willingham）说："床垫外套是用粗袋布做的，我们用当季的麦秸充满。当这些用完之后，我们从地里割草。装到奴隶的床垫里的大多数干草都挺管用。他们允许我们的枕头里面用干草掺杂棉花。"④82岁的南卡罗来纳前奴隶米勒·巴伯（Miller Barber）说："我们住在圆木屋里；手工制的床架，麦秸垫子，棉花枕头，被子很多。"⑤84岁的北卡罗来纳前奴隶伊莱亚斯·托马斯（Elias Thomas）说："所有人都有充足的衣服，但一年只有一双鞋。那时候人们光着脚的时间比现在多。我们有很好的地方睡觉，稻草垫子，鸡毛床，还有羽毛靠垫。靠垫完全贴着床头。"⑥

---

① Federal Writers' Project, *Born in Slavery: Slave Narratives from the Federal Writers' Project, 1936–1938, Maryland Narratives*, Volume VIII, p.6.

② Federal Writers' Project, *Born in Slavery: Slave Narratives from the Federal Writers' Project, 1936–1938, Indiana Narratives,* Volume V, Washington, 1941, p.27.

③ Federal Writers' Project, *Born in Slavery: Slave Narratives from the Federal Writers' Project, 1936–1938, Georgia Narratives*, Volume IV, Part 3, Washington, p.93.

④ Federal Writers' Project, *Born in Slavery: Slave Narratives from the Federal Writers' Project, 1936–1938, Georgia Narratives,* Volume IV, Part 4, p.153.

⑤ Federal Writers' Project, *Born in Slavery: Slave Narratives from the Federal Writers' Project, 1936–1938, South Carolina Narratives,* Volume XIV, Part 1, p.38.

⑥ Federal Writers' Project, *Born in Slavery: Slave Narratives from the Federal Writers' Project, 1936–1938, North Carolina Narratives,* Volume XI, Part 2, p.344.

一些奴隶表示，木屋中甚至连床也没有。90 岁的田纳西前奴隶哈尔·赫特森（Hal Hutson）说："我们住在一个单间的圆木茅屋里。茅屋有很长的一排。我们像猪一样睡在地面上。男孩和女孩睡在一块——就像每个人那样睡得东倒西歪。"[1]

由于一家人无论老小都住在一间房子里，不能奢望有什么隐私。19 世纪 30 年代，在阿拉巴马新开垦棉花种植园的黑人木屋"用圆木建成，12 到 15 平方英尺；它们没有玻璃，只有洞让光线和空气穿过去"[2]。19 世纪 50 年代理查德·科德利（Richard Cordley）曾在堪萨斯西部居住过小木屋，他描述了那种没处理好缝隙的小木屋有着多么糟糕的隔音效果："小木屋大约 15 英尺见方，建造非常简单。圆木之间没有任何楔木，而我几乎能从开口中爬到院子里。我往外看，能看见小马驹、猪和牛，能听到正睡觉的鸡打鸣，时而能听到大草原的狼在嚎叫，或者是树林里猫头鹰的尖叫声，或者是迟迟回家的印第安人喊叫。"[3] 但在一些种植园上，男性长大后能够住在集体宿舍性质的小木屋里面。佐治亚前奴隶谢德·理查兹（Shade Richards）说："单身男性奴隶一起住在'男孩房屋'里"。[4]

南卡罗来纳一个前奴隶所描述的居室状况，在南方应该是比较典型的："我们居住在一个单间的木屋里。人口多的家庭有两间，火生在屋子里的中间。我们的是位于一头靠窗的地方。有白色或红色的橡木瓦或松木瓦遮顶。当然木瓦是手工做的，从不知道怎么造其他的。所有的床都是绳绑的。在栏杆旁边钻洞让绳子穿过去，这是那些日子用的东西，不是用板条。绳子伸展能使床铺得舒服。我们在屋子里从没有一把椅子。我爸给我

---

① Federal Writers' Project, *Born in Slavery: Slave Narratives from the Federal Writers' Project, 1936–1938, South Oklahoma Narratives,* Volume XIII, Washington, 1941, p.145.

② James Williams, *Narrative of James Williams, an American Slave, Who was for Several Years a Driver on a Cotton Plantation in Alabama,* New York:Published by the American Anti-Slavery Society, 1838, p.45.

③ Mark Michael Smith, *Listening to Nineteenth-century America,* Chapel Hill: University of North Carolina Press, 2001, p.82.

④ Federal Writers' Project, *Born in Slavery: Slave Narratives from the Federal Writers' Project, 1936–1938, Georgia Narratives*, Volume IV, Part 3, p.203.

们做凳子，放在火旁边……我们有一个爸爸用厚板做成的大桌子。没有什么镜子，都是在周日早上到泉水里照我们自己。那些日子里哪有什么化妆台呀。我们所有的就是一台桌子、几把凳子和几张床。都是我爸造的。"①

做饭的地方也是小木屋的主要设施。北卡罗来纳前奴隶范妮·穆尔（Fannie Moore）说："棚户区只是一长排木屋子，布满了灰尘。一家人无论大小都住在一个大房间里。在房间的一头有一个大火堆。这是为了木屋保暖，也是为了做饭。我们用一个大罐子做饭，它上面有把柄悬挂在火堆上。玉米饼放进灰烬里烤熟，伙食放进煎锅里，放好盖子和木炭……当我们的妈妈在地里干活的时候，我奶奶给我们孩子做饭……她有一个大木碗，还有够多的木调羹在周围。"② 佐治亚前奴隶威利斯·科弗（Willis Cofer）则说："那时没有火炉，我们所有的烹饪都是在壁炉上完成。罐挂在铁柄上进行烹煮，而用大玉米饼做成的白面包是在地上的灶火里烤熟的。"③

居室可能被种植园征用为厨房。著名的黑人领袖、前奴隶出身的布克·华盛顿描述了他曾居住的奴隶房屋："木屋不仅是我们生活的地方，也被用作种植园的厨房。我的母亲是种植园的厨师。木屋没有玻璃窗户；为了让光照进来，它只在旁边开有口子，当然冬天的冷空气也会进来。木屋有一个门，或者称作门的东西，只是靠几个枢纽挂起来而已，上面有很大的裂缝，更不用说它太狭窄了，这使得房间令人很不舒服。除了这些开口之外，在房间的右下角有一个'猫洞'，这是战前时期几乎每个弗吉尼亚宅邸或木屋都使用的一个发明。'猫洞'呈正方形，大约是七乘八英寸，为的是让猫在夜间的时候能够自由出入房子。"④

---

① Federal Writers' Project, *Born in Slavery: Slave Narratives from the Federal Writers' Project, 1936–1938, South Carolina Narratives,* Volume XIV, Part 2, p.272.

② Federal Writers' Project, *Born in Slavery: Slave Narratives from the Federal Writers' Project, 1936–1938, North Carolina Narratives*, Volume XI, Part 2, p.129.

③ Federal Writers' Project, *Born in Slavery: Slave Narratives from the Federal Writers' Project, 1936–1938, Georgia Narratives,* Volume IV, Part 1, p.203.

④ Booker T. Washington, *Up From Slavery: An Autobiography,* New York: The Country Life Press, 1900, p.3.

奴隶居室的"奢侈配置"

由于窗户是敞开的，夏天的时候蚊子、苍蝇就自由往来，行于其间。阿肯色前奴隶 O. C. 哈迪（O. C. Hardy）说："没有纱窗和门这样的东西。就我所知这都是 1900 年左右才有的。苍蝇和蚊子很多。"[①] 82 岁的弗吉尼亚前奴隶艾达·里格利（Ida Rigley）则说："好像没有如此多的苍蝇。有时贝蒂小姐将糖蜜与面粉和毒药混合起来，杀死苍蝇。她将其洒在黄色的纸上。我们有时也采用蝇草茶。但我们用不着那么有规律。我们没有纱窗。我们只有极少的蚊子。我们有孔雀绿般的苍蝇清理者。它们漂亮极了。"[②] 他说的一定是蜻蜓，而且是我们儿童时代大家都赞不绝口的"官蜻蜓"，对吧？不过，也有个别心地善良的主人给奴隶木屋配备玻璃窗户，查尔斯·鲍尔叙述在佐治亚期间，"第二天我们完成了两个木屋，带有石板制的地板、小玻璃窗，窗框和玻璃是我用马车拉来的。"[③]

很多奴隶居所当中可能挖一个地窖，里面冬暖夏凉，是储存食物的好地方。布克·华盛顿说："我们的木屋里没有任何木质地板，赤裸的泥土就是地板。在泥地板的当中有一个很大很深的洞口，上面盖着木板。在冬天这被用于储存地瓜。我记得在将地瓜放进里面或拿出来的时候，我往往会占有一两个，然后烤熟，完完全全地享受它，这个印象一直深深地镌刻在我的脑海里。"[④]

南卡罗来纳一个前奴隶提到了室内照明问题。他说："生火有很多木

① Federal Writers' Project, *Born in Slavery: Slave Narratives from the Federal Writers' Project, 1936–1938, Arkansas Narratives,* Volume II, Part 3, p.162.

② Federal Writers' Project, *Born in Slavery: Slave Narratives from the Federal Writers' Project, 1936–1938, Arkansas Narratives,* Volume II, Part 6, p.43.

③ Charles Ball, *Slavery in the United States: A Narrative of the Life and Adventures of Charles Ball, a Black Man,* p.341.

④ Booker T. Washington, *Up From Slavery: An Autobiography,* p.4.

柴，在火势小或停止燃烧的时候，用松木疙瘩点灯。我们有油脂蜡烛。为什么那个时候人人都知道做油脂蜡烛？因为很简单。你所要做的只是杀死一头牛，从内脏和腰子当中取出油脂。注意从中熬出来的是肥油。像那个时候人们处理猪油一样，要焖一焖。蜡烛模子是用罐头盒做成的。至于灯芯，所有的包装线都储存着，那个时候这东西不多。将线放在模子的正中间，周围倒上热油脂，线就成了蜡烛芯。"①但 82 岁的密西西比前奴隶利思·斯平克斯则作证说，灶火是夜晚唯一的照明来源："唯一的光线是由火提供的。"②

　　除了小木屋外，一些奴隶也可能跟随主人住在大房子里，其中一些是用砖建造的。佐治亚 84 岁的前奴隶苏珊·马修斯（Susan Matthews）说："我的男主人和女主人属于贫穷的白人。他们住在一座白色框架的房子里；我想，那只是一座仅有大约五个单元的房间。那座房子的后院里有个厨房，而我妈妈住的房子也在后院里，不过我住在女主人的房子里。我睡在她的房间；睡在她的床脚，以给她暖脚，女主人去哪里我就去哪里。"③另一个南卡罗来纳前奴隶说："我出生在南卡罗来纳劳伦（Lauren）县的'砖房子'里，那里离纽伯里县（Newberry）边界很近，我的主人是费利克斯·卡尔梅斯（Felix Calmes）博士。老砖房仍在那儿……我们在奴隶制时代有很漂亮的房子住，有好东西吃，但从不用花钱。"④由于建造成本较高，砖房一般是主人居住的，仆人有可能跟随主人住在耳房或阁楼里。北卡罗来纳罗利市的建筑承包商达布尼·科斯比（Dabney Cosby）的前奴隶凯瑟琳·威廉斯（Catharine Williams）回忆说："我不知道他们拥有

①　Federal Writers' Project, *Born in Slavery: Slave Narratives from the Federal Writers' Project, 1936–1938, South Carolina Narratives*, Volume XIV, Part 2, p.272.

②　Federal Writers' Project, *Born in Slavery: Slave Narratives from the Federal Writers' Project, 1936–1938, Georgia Narratives*, Volume IV, Part 3, p.181.

③　Federal Writers' Project, *Born in Slavery: Slave Narratives from the Federal Writers' Project, 1936–1938, Georgia Narratives*, Volume IV, Part 3, p.116.

④　Federal Writers' Project, *Born in Slavery: Slave Narratives from the Federal Writers' Project, 1936–1938, South Carolina Narratives*, Volume XIV, Part 1, p.62.

多少奴隶，但主人没有种植园，他住在城里。他有一个砖砌的大厦，他也造砖。"①

由于离地的木质地板结构是必需之物，干栏式木屋的建设成本较高，这样的棚户区较为少见，但在 19 世纪 50 年代奴隶制高度发展的密西西比州的纳奇兹地区，这种典型的干栏式建筑却在建筑合同中成为通行模式。在纳奇兹地区，这种典型的奴隶木屋属于双间连体建筑，每间的长宽高分别是 20 英尺、19 英尺和 10 英尺，并各有至少两个窗户、一个壁炉或砖砌的烟囱，而地板为松木或柏木厚板，同时两间之间设有 12 英尺宽、19 英尺长的共用走廊；建筑物本身一般在砖砌的支柱上抬离地面大约三英尺左右。②

其他条件好的房子可能带有雨挡板或砖砌的烟囱，也可能得到粉刷，或者用尖板条围起来。1850 年出生在密西西比的利特·扬（Litt Young）说："老女主人吉布斯（Gibbs）有很多黑人，她不得不准备许多棚户。它们都是些好房子，带有丝柏木雨挡板以及砖砌的烟囱。"③ 得到粉刷的房子也在少数之列。现居于得克萨斯州休斯敦的哈丽雅特·柯林斯（Harriet Collins）从母亲那里听到了很多关于奴隶制时代的故事。她说："在远离镇子的农场上建有木屋，棚户区、烟熏室、洗衣房、大谷仓和马车库都在那里。棚户区是些不大的、粉刷过的圆木屋，一家一个，大多都用尖板条做的栅栏互相隔开。"④ 弗雷德里克·奥姆斯特德则说："在詹姆斯河流域的一些种植园上，有一些更大的房子，带有挡板和装饰。在这些房子里容纳了八个家庭，其中每家都有一个独特的卧室和带锁的壁橱，而每两家都有一个共有的厨

① Federal Writers' Project, *Born in Slavery: Slave Narratives from the Federal Writers' Project, 1936–1938, North Carolina Narratives*, Volume XI, Part 2, p.382.

② Ronald L. F. Davis, *Black Experience in Natchez:1720–1880*, Natchez, Mississippi: National Historical Park, 1993, pp.30–32.

③ Federal Writers' Project, *Born in Slavery: Slave Narratives from the Federal Writers' Project, 1936–1938, Texas Narratives*, Volume XVI, Part 4, p.227.

④ Federal Writers' Project, *Born in Slavery: Slave Narratives from the Federal Writers' Project, 1936–1938, Texas Narratives*, Volume XVI, Part 1, pp.242–243.

房或起居室。"①

厕所对棚屋区来说更是奢侈之物，但由于南方处处丛林茂密，一般来说没有必要。1854年出生于阿拉巴马的亨利·贝克（Henry Baker）在1938年接受托马斯·坎贝尔采访时说："我不知道在奴隶制时代为'黑佬'单独建造任何单独的厕所。白人老乡只是为他们自己建房子。如果一个男人要结婚，为他和妻子建造一个新的小木屋，为何他不建造一个厕所呢。他不认为有必要。他们只是在灌木里方便其事。有时找一个隐蔽的地方确实比较难。"②

奴隶居室前的活动空间

奴隶棚户区是没有任何院墙的，但是门前空地还是有的，而后面则可能有小块菜地或鸡舍。在哈丽雅特·柯林斯前述的例子中，有些地方还允许用尖板条围起来。阿拉巴马前奴隶埃玛·查普曼（Emma Chapman）说："奴隶的棚户区也是用圆木建的，并为一个附加房间、一小块菜地以及一些鸡留有空地。女奴在周日并不下地，那是她们打扫庭除的日子。"③混血出身的佐治亚前奴隶萨拉·雷（Sara Ray）说："在兴旺的种植园上每个这样的屋舍都有一块菜地（garden plot）和一块鸡场（chicken yard）。"④92岁的密西西比门罗县前奴隶佩特·弗兰克斯（Pet Franks）说："在塔特姆（Tatum）这个地方的所有奴隶都有自己的小块地，在上面他们可以种

① Frederick Law Olmsted, *A Journey in the Seaboard Slave States;With Remarks on Their Economy,* pp.111–112.

② John W. Blassingame, ed., *Slave Testimony: Two Centuries of Letters, Interviews, and Autobiographies,* Baton rouge: Louisiana State University Press, 1997, p.669.

③ Federal Writers' Project, *Born in Slavery: Slave Narratives from the Federal Writers' Project, 1936–1938, Alabama Narratives,* Volume I, p.63.

④ Federal Writers' Project, *Born in Slavery: Slave Narratives from the Federal Writers' Project, 1936–1938, Georgia Narratives,* Volume IV, Part 4, p.310.

些自己想要种的。他们可以在周末劳动。当他们从小块地卖东西的时候，女主人会付钱。"① 87 岁的南卡罗来纳前奴隶赫克托·戈德博尔德说："他们让我们拥有一个菜园，但我们在那里不得不晚上干活。"② 但密西西比

弗吉尼亚奴隶居所的周边环境（出处：奥姆斯特德《沿海蓄奴州纪行》，1856）

另一位前奴隶则说："黑人奴隶没有任何园子，只有大房子那里的大庭园，老女主人会叫田工在那里干活。所有的黑人都见过那个庭园和烟熏室里好吃的东西。"③

屋前空地是玩耍、干家务的场所。哈丽雅特·柯林斯说："白人和黑人的小孩子都在一起到处玩。他们钓鱼，骑犁地的马，追赶小牛犊和小马驹，制造其他恶作剧。"④ 黑人儿童甚至还可以到主人的院子里玩耍。得克萨斯前奴隶彼得·米切尔（Peter Mitchell）说："妈妈是个室内侍女。她说她遭遇了很多艰难的事情，但主人拉尼尔对我们很好。夏天她让我们孩子们在大房子的院子里玩耍，但我们不能进入房中。在冬天我们待在我们居住的棚屋里，而妈妈干活。"⑤

---

① Federal Writers' Project, *Born in Slavery: Slave Narratives from the Federal Writers' Project, 1936–1938, Mississippi Narratives,* Volume IX, Washington, 1941, p.58.

② Federal Writers' Project, *Born in Slavery: Slave Narratives from the Federal Writers' Project, 1936–1938, South Carolina Narratives*, Volume XIV, Part 2, p.143.

③ Federal Writers' Project, *Born in Slavery: Slave Narratives from the Federal Writers' Project, 1936–1938, Mississippi Narratives,* Volume IX, p.3.

④ Federal Writers' Project, *Born in Slavery: Slave Narratives from the Federal Writers' Project, 1936–1938, Texas Narratives,* Volume XVI, Part 1, pp.242–243.

⑤ Federal Writers' Project, *Born in Slavery: Slave Narratives from the Federal Writers' Project, 1936–1938, Texas Narratives,* Volume XVI, Part 3, p.114.

　　洗衣服也可以在空地上进行。俄克拉荷马前奴隶麦卡莱斯特（McAlester）说："我们也没有桶，所以父亲将一个中空的圆木拿来劈开，在里面隔开。在每部分钻一个孔，在那里塞上一个塞子。然后他砍两个分叉的桩子，将其打入地里，而中空的圆木两端架在分叉上。我们在圆木里灌满水，用来清洗我们的衣服。我们把塞子拔出来，放水出来就可。我们也没有扫帚，所以我们制作灌木丛扫帚来打扫地面。"① 平时供休息用的凳子这时也可派上用场。俄克拉荷马前奴隶麦卡莱斯特说："父亲拿来一根很长的松木，劈开它，刨平，在底部钻上眼，钉上钉子；这就是我们与其进行搏斗的凳子。我们将湿衣服铺到上面，擦上肥皂，拿来木桨把脏东西砸出来。我们得整干净，但须小心不能用木桨把它们弄破。"②

　　奇怪的是，饮用水问题在日常生活中那么重要，在奴隶叙事当中却提及很少，这很可能是采访人没有提出这个问题，或者棚户区没有水井，而是更多地利用水塘或蓄水池。76岁的佐治亚前奴隶朱莉娅·拉肯（Julia Larken）只提到主人的院子里有这种设施："院子里有口大深井，在那里他们为大房子打水。"③ 泉水也是常见的饮用水源之一。82岁的南卡罗来纳前奴隶弗兰克·亚当森（Frank Adamson）说："水是从一个大泉眼那里获得的。"④ 查尔斯·鲍尔曾做工的南卡罗来纳一处大种植园上则没有泉水，"种植园取水的唯一途径是水井，一般必须深入地下大约20英尺，然后才能有源源不断的水源供应。我的主人在他的种植园有两个水井；一个在他的宅邸那里，一个在棚户区。"⑤ 奴隶居所附近水井设有情况较少，

① Federal Writers' Project, *Born in Slavery: Slave Narratives from the Federal Writers' Project, 1936–1938, Oklahoma Narratives*, Volume XIII, p.103.

② Federal Writers' Project, *Born in Slavery: Slave Narratives from the Federal Writers' Project, 1936–1938, Oklahoma Narratives*, Volume XIII, pp.102–103.

③ Federal Writers' Project, *Born in Slavery: Slave Narratives from the Federal Writers' Project, 1936–1938, Georgia Narratives*, Volume IV, Part 3, p.36.

④ Federal Writers' Project, *Born in Slavery: Slave Narratives from the Federal Writers' Project, 1936–1938, South Carolina Narratives*, Volume XIV, Part 1, p.14.

⑤ Charles Ball, *Slavery in the United States: A Narrative of the Life and Adventures of Charles Ball, a Black Man*, p.137.

但一般也是主、奴共用的。82 岁的弗吉尼亚前奴隶艾达·里格利说:"我们拥有的一样东西是一个砌墙的深井、一个冰窖。他们将冰切成块,冬天的时候放进去。我们在那里只有一处泉水。"①

奴隶居室所置于的空间布局

棚户区一般离主人的大房屋不远,一般是密集居住,便于奴隶自己的生活、农场的劳动、对主人的服务以及棚户区本身的管控。棚户区的神经中心实际上不在它本身,而是在不远处主人所居住的"大房子"。北卡罗来纳前奴隶伊莱亚斯·托马斯说:"我们把奴隶的房子称为'棚户区'。它们排列得像街道,约有两百码长,位于大房子的北边。"② 佐治亚黑人阿曼达·杰克逊(Amanda Jackson)夫人说:"奴隶居住的地方是在白人老乡房子的后面。他们称之为'棚户区'。那里有很多圆木小屋,排列得有点像一个圆圈,外面都有一个大烟囱。墙壁的缝隙用干泥糊死,用来保暖。"③

由于奴隶制下的垂直管理体系,很容易想象,室内奴仆将住得离主人最近。他们一般居住在大房子的附属建筑内,比如厨房、洗衣房或储藏室,而不是"棚户区"本身。例如,大约 74 岁的阿拉巴马前奴隶艾丽斯·赖特(Alice Wright)说:"我们的人口确实住在白人人口的院子里。我不知道这种房子是什么样子。我妈妈常常给白人人口做饭。"④ 而 93 岁

---

① Federal Writers' Project, *Born in Slavery: Slave Narratives from the Federal Writers' Project, 1936–1938, Arkansas Narratives,* Volume II, Part 6, p.43.

② Federal Writers' Project, *Born in Slavery: Slave Narratives from the Federal Writers' Project, 1936–1938, North Carolina Narratives,* Volume XI, Part 2, p.344.

③ Federal Writers' Project, *Born in Slavery: Slave Narratives from the Federal Writers' Project, 1936–1938, Georgia Narratives,* Volume IV, Part 2, p.291.

④ Federal Writers' Project, *Born in Slavery: Slave Narratives from the Federal Writers' Project, 1936–1938, Arkansas Narratives,* Volume II, Part 7, p.244.

的佐治亚前奴隶威廉·柯蒂斯（William Curtis）则说："我们有阵子居住在大房子后面的棚户区，而我妈是室内女佣人。"老主人买了个酒馆后，柯蒂斯就随母亲搬了家，"老主人给我们在酒馆后面盖了座小房子，妈妈养育我们，就像老女主人养育她的孩子一样。"① 在一些情况下，主人甚至与奴仆住在一块，被卖到萨凡纳的格兰姆斯提到有段时间他与老女仆、主人共居一室："我与她住在厨房里的同一个房间。我的毯子铺在地上。她在床架上有个草垫子，离我有四步远。主人直接睡在我的对面。"②

　　监工的宿舍也不会太远，一般位于巷子的前端，并与"大房子"隔空相望。南方逃奴、著名的废奴主义者威廉·威尔斯·布朗在其《我的南方家乡》中说："我们的黑人棚户区处于监工的管理之下"。③ 在查尔斯·鲍尔所在的南卡罗来纳种植园上，"在离小屋排列大约 100 码远的地方竖立着监工的房子；一座两层的小圆木建筑，附有一个与预期大小相符的院子和花园。这里是一个暴君的居处，比我们在《圣经》上读到的严重压迫以色列孩子的更绝对、更残酷……离监工的花园很近距离矗立着一座大房子，它具备了在每个大型棉花种植园的景观中所呈现的主要特征。"④ 这种安排的目的在于给监工提供工作方便，让其既能随时听命于主人，又能立即查看棚户区动静。佐治亚前奴隶范妮·富尔彻（Fannie Fulcher）提到在监工房舍有通风廊道（breezeway）："房子是按排建的，一排在这边，一排在那边，中间是开阔地，而监工的房子在另一头，有一座很宽的墙正好穿过那里。"⑤

① Federal Writers' Project, *Born in Slavery: Slave Narratives from the Federal Writers' Project, 1936–1938, Oklahoma Narratives,* Volume XIII, pp.48–49.

② William Grimes, *Life of William Grimes, the Runaway Slave. Written by Himself.* New York, 1825, p.24.

③ William Wells Brown, *My Southern Home: The South and Its People,* Boston: A.G. Brown & Co., 1880, p.147.

④ Charles Ball, *Slavery in the United States: A Narrative of the Life and Adventures of Charles Ball, a Black Man,* pp.139–140.

⑤ Federal Writers' Project, *Born in Slavery: Slave Narratives from the Federal Writers' Project, 1936–1938, Georgia Narratives,* Volume IV, Part 4, p.311.

巷子的另一头，则是通向田野，以方便奴隶们外出干活。棚户区的主体毕竟是田间劳工。所以奥姆斯特德指出："一些小屋安排在一起，它们被称为'棚户区'。在具有现代规模的种植园上将只有一个'棚户区'。这样安排的目的是为了从水池那里取水以及从林子里取柴方便。"①

路易斯安那州奴隶棚户区（出处：奥姆斯特德《沿海蓄奴州纪行》，1856）

各蓄奴州的法律规定必须对棚户区定期巡逻。②1840年《南部种植者月刊》列举的种植园规矩中，夏天晚十点或冬天晚十一点后，奴隶不得出门；监工必须每周在夜间巡视棚户区一两次，以确保奴隶在家。③有的种植园甚至九点听号角响后就要睡觉。离开棚户区，黑人需要路条。1846年出生的佐治亚哈里斯县的前奴隶里亚斯·博迪（Rias Body）大叔在1936年受访时说，县里给种植园划分巡逻区，每区都有专门的巡逻队，夜间巡逻一般是六人组成，由种植园主及其监工轮流值守；所有的奴隶离开他们的住所都必须从主人或监工那里获得一个路条，否则将被巡逻者施以鞭刑。④曾被掳为奴的所罗门在《为奴十二年》中这样记述："我不知道，有奴隶

---

① Frederick Law Olmsted, *A Journey in the Seaboard Slave States；With Remarks on Their Economy,* p.111.

② Federal Writers' Project, *Born in Slavery: Slave Narratives from the Federal Writers' Project, 1936–1938, Georgia Narratives,* Volume IV, Part 4, p.322.

③ Federal Writers' Project, *Born in Slavery: Slave Narratives from the Federal Writers' Project, 1936–1938, Georgia Narratives,* Volume IV, Part 4, p.330.

④ Federal Writers' Project, *Born in Slavery: Slave Narratives from the Federal Writers' Project, 1936–1938, Georgia Narratives*, Volume IV, Part 1, p.86.

制存在的其他黑暗角落是什么样子，但在贝夫河，有一个名为巡逻队的组织，他们的职责就是逮捕和鞭打私自跑出来的奴隶。他们可以任意惩罚一个没有路条就离开主人种植园的黑奴，如果黑奴试图逃跑，他们甚至可以打死他。"[1] 但有白人血统的前奴隶卡托·卡特声称他有特权："我甚至不需要像其他黑人一样，在离开我的住处时拿着路条。我有顶帽子，上面有个符号：别打扰这个黑人，否则有你的苦头吃。"[2]

　　在棚户区内部，奴隶们则在局促的空间里极力保留一点自我存在感。地窖里除储存食物或工具外，还可能藏有偷来的东西，甚至在关键的时刻躲在里面。幼年在密西西比种植园生活过的浅肤色混血儿劳拉·罗兰（Laura Rowland）提到，在奴隶制结束后不久，她的父母曾利用居所下面的地洞逃避三K党的滋扰："一天晚上，他们听到或看到三K党来了。木屋深扎于地面下，但为了储存土豆和东西，挖开了一个洞，有点像地窖。木板很宽，约有一英尺，粗糙的松木，没有钉死。他们移开木板，全都躺下去，并把木板盖好。从外面来看，没有任何东西能放到房子下面，它是立于结实的地面上的。当他们到达那儿时，打开门，他们没看见任何人在家，就骑马走了。"[3] 由于在干栏式木屋下挖地窖不太容易，同时易于暴露给外界，这个躲藏案例中的木屋推测起来应该不是干栏式木屋。历史学家帕特里夏·桑福（Patricia Samford）认为，19世纪弗吉尼亚的一些种植园主之所以热衷于为奴隶建造干栏式木屋，目的就在于防止奴隶挖地窖私藏东西。[4] 不过，也有历史学家认为，这种将地板提高至离地两三英尺的木屋能提高居所的卫生标准，目的是为了改善奴隶的生活

① ［美］所罗门·诺瑟普：《为奴十二年》，吴超译，文心出版社2013年版，第162页。

② Federal Writers' Project, *Born in Slavery: Slave Narratives from the Federal Writers' Project, 1936–1938, Texas Narratives*, Volume XVI, Part 1, Washington, 1941, pp.205–206.

③ Federal Writers' Project, *Born in Slavery: Slave Narratives from the Federal Writers' Project, 1936–1938, Arkansas Narratives*, Volume II, Part 6, Washington, 1941, p.90.

④ Herbert C. Covey and Dwight Eisnach, *What the Slaves Ate: Recollections of African American Foods and Foodways from the Slave Narratives*, Santa Barbara, California: Greenwood Press, 2009, p.52.

条件。① 无论出发点如何，奴隶制下房屋的规划与这个制度当中的人事管治因素有着重要的牵涉，应该是毫无疑问的。

小　结

总体而言，战前美国奴隶所居住的棚户区主要由成排的单间小木屋所构成，在经济成本方面它们是在因陋就简的基础上形成的，而在空间布局上它们又配合种植园主在安全管控和使唤劳力等方面的需要，没有任何舒适性可言，但好在它们取自天然材料，毕竟为这个制度下辛苦工作的人们提供了一块喘息之处。在奴隶叙事中，对居住条件差的抱怨要比对食物和衣物短缺的抱怨要少得多。福格尔和恩格尔曼使用美国统计局 1860 年的数据，指出在大种植园上每家平均 5.2 人，而自由人则平均 5.3 人，以此证明奴隶的居住条件比他们一点也不差；② 尽管这种结论客观上有为奴隶制减缓罪责的效果，但无论如何，奴隶制下奴隶居住情况，仍可作为黑白"共享的世界"存在的一个佐证。

---

① Anthony Gene Carey & Historic Chattahoochee Commission, *Sold Down the River: Slavery in the Lower Chattahoochee Valley of Alabamaand Georgia*, Tuscaloosa, AL: University of Alabama Press, 2011, p.88.

② Robert William Fogel & Stanley L. Engerman, *Time on the Cross: The Economics of American Negro History*, New York: Little, Brown and Company, 1974, p.115.

第十三章
美国奴隶的劳动叙事

虽然有少量的奴隶跟随主人生活或被出租到城市,但奴隶种植园向来是黑人奴隶劳动和生活的中心。自殖民地时期以来,烟草种植园就在切萨皮克地区得到了发展,而稻米种植园在南卡罗来纳低地地带也很盛行,此外玉米、小麦等杂粮也在各地得到了不同程度的耕种。在战前的切萨皮克地区,棉花种植逐渐取代了烟草种植,并向密西西比、亚拉巴马等中西部地区大举扩张,而甘蔗种植则在路易斯安那十分盛行。1850 年,棉花种植园上的 180 万奴隶生产了 2/3 用于出口的棉花,而在 50 年代每年平均出口 400 万包棉花,创汇 1.9 亿美元;根据 1860 年的统计数字,进行烟草种植的奴隶劳工有 35 万人,甘蔗种植的有 15 万人,稻米种植的有 12.5 万人,大麻种植的有 6 万人。[1] 福格尔和恩格尔曼认为,由于规模经济的溢出效应,无论是利用自由劳动力还是奴隶劳动力,南方农场都比北方农场更有效率;其中使用自由劳动力的南方农场比北方农场效率提高 9%,而使用奴隶劳工力的南方农场比北方农场高出 40%。[2] 无论南方奴隶种植园是否具有福格尔和恩格尔曼所给出的那么高的效率,但不容否认的一个事实是,南方奴隶种植园属于以盈利为基本目标的经济单位,只不过它

---

①   Joseph R. Conlin, *The American Past: A Survey of American History,* Volume I: To 1877, Boston: Cengage Learning, 2009, p.313.

②   Robert William Fogel & Stanley L. Engerman, *Time on the Cross: The Economics of American Negro History*, New York: Little, Brown and Company, 1974, p.192.

还承担了维持种族秩序的额外使命。

南方种植园的奴隶分工

无论是种植烟草、棉花、稻米、靛青或者谷物，还是为维持种植园运转而进行的其他经济活动，都使一个种植园成为一个生产中心，这对大型种植园尤为如此。为了提高生产效率，种植园主精心设计了种植园内部的劳动分工。对于大型种植园上的奴隶来说，除了田间劳工，侍者、厨师、车夫、铁匠、铜匠、木匠、皮匠、鞋匠、女裁缝、洗衣妇、织匠等职位往往一应俱全，而白人和黑人所需要的日常必需品大多都是由本地奴隶用自己的双手自制的。马里兰州的一位前奴隶丹尼斯·西姆斯说："我们每天要从日出劳动到日落，除了星期天和新年那一天。"①

种植园上的工作很多，而女奴主要从事室内的工作。1856 年出生的北卡罗来纳前奴隶贝蒂在她的小屋里用浓重的黑人口音对采访者说，她幼时的主人是琼斯医生，而他有很多奴隶为他干活："是的，夫人，种植园上有一大群人手。我记得他们，并且能叫出大多数人的名字。麦克（Mac）、柯利、威廉、桑福德、刘易斯、亨利、埃德、西尔维斯特、汉普以及朱克（Juke）都是男爷们。女人有内利、两个露西斯（Lucys）、马莎、诺尔维（Nervie）、简、劳拉、范妮、利齐、卡西、滕西（Tensie）、林迪（Lindy）以及玛丽简（Mary Jane）。妇女大多在室内工作。总有两个洗衣妇，一个厨子，几个人手给她帮忙，两个缝衣妇，一个侍女，还有几个织布和纺线的。男人在地里和院子里干活。一个是马厩管家，照看所有的马匹和骡子。我们生产我们自己的亚麻、棉花和羊毛，纺线、织布、做所有的衣服。是的，夫人，我们给男人做衬衫、裤子和夹克。一个妇女给白人

---

① Federal Writers' Project, *Born in Slavery: Slave Narratives from the Federal Writers' Project, 1936–1938, Maryland Narratives*, Volume VIII, Washington, 1941, p.60.

和黑人编织所有的袜子。我记得她的一个手指由于拿织针，总是弯曲和僵硬的。我们织棉布和亚麻布，做成床单、枕头套和桌布。我们也织羊毛毯子。我常常伺候一个织布的女孩，当她从织布机上卸下她完成的布匹时，她给我线头，我将它们都接成小结。从缝衣房拿来碎片，我给我做一些被头。有一些太漂亮了！"①

在大型种植园上，室内仆人也有自己的头领。出生于南卡罗来纳州埃奇菲尔德（Edgefield）一个种植园上的梅林达·米切尔（Melinda Mitchell）提到了作为司库角色的父亲："俺家人不是田间人手，我们都是室内仆人。我父亲是仆役长，他为奴隶所有的定量称重。我妈妈是室内侍女，而她的母亲和姐姐是厨子。"②男人和女人一般分别在室内外工作。厨房的活看似比较轻松，其实也不足那么好干，尤其是要看主人的脸色。伊斯特尔·琼斯回忆说："有时我们不得不在周日拉饲料。但我最不愿干的是刷盘子。他们要我从滚烫的水中拿出盘子，如果掉在地上他们就鞭打我。他们把你打得如此厉害，以至于背都流血了，然后他们在上面撒盐和水。"③

车夫的地位比较高，因为他们往往跟随主人处理一些杂务，在一些情况下甚至参与种植园上的买卖事务。奥姆斯特德在北卡罗来纳州的费耶特维尔镇旅行时，有一天夜里看到了一伙扎营的黑人车夫，他们和白人一起围着火堆做饭，一些人唱着循道宗歌曲，还有一些人听一个人拉班卓琴，附近停着三四十辆牛、马或骡拉的货车。他说："这是从遥远的高地来的农民以及他们的奴隶，前来推销他们的产品。第二天早晨我在这个小镇的干道上数了60辆这种大货车。它们的身上一般负载着重达75蒲式耳的谷物，装得十分结实，由两到六匹马牵引；后马背上总有一件给车夫用的西班牙式大鞍。商人站在货店门口，或者走到街上查看货色，一般是玉米、粗

---

① Federal Writers' Project, *Born in Slavery: Slave Narratives from the Federal Writers' Project, 1936–1938, North Carolina Narratives,* Volume XI, Part 1, Washington, 1941, pp.168–169.

② Federal Writers' Project, *Born in Slavery: Slave Narratives from the Federal Writers' Project, 1936–1938, Georgia Narratives,* Volume IV, Part 4, Washington, 1941, p.314.

③ Federal Writers' Project, *Born in Slavery: Slave Narratives from the Federal Writers' Project, 1936–1938, Georgia Narratives,* Volume IV, Part 4, p.315.

奴隶的分工（出处：奥姆斯特德《沿海蓄奴州纪行》，1856）

粉、面粉或棉花，并且讨价还价。我观察到黑人常常参与这个议价过程，而一个商人告诉我，无论产品的出售还是农家所需的商品的挑选和购买，都经常是完全交给他们。"①

砖匠、木匠和铁匠等工匠的身价也不可小觑，跟其他奴隶相比行动相对自由一些。佐治亚前奴隶威尔斯·科弗（Willis Cofer）说："木匠、砖匠和铁匠有时能卖出 3000 到 5000 美元的昂贵价钱。一个不错的田间人手价值也不过 200 美元。砖匠从红泥当中造出绝大多数种植园上使用的砖，而铁匠不得不为烟囱和壁炉制造所有的铁栅。他也不得不制造犁头铁，将农场工具都收拾好。他们有时从这里在夜里溜出去挣钱，干些修理烟囱或施工方面的活计，但最好不要被人抓住。"②

奴隶的这些工作分工往往是主人根据他们的潜能，找专人进行训练而成的，就像道格拉斯被主人派去学习船只填缝技术那样。95 岁的阿拉巴马前奴隶多克·威尔伯恩（Dock Wilborn）大叔在 1855 年跟随主人迁移到阿肯色，住在比当时的南方分成农的居所还要好的房子里。他说："在奴隶时代，聪明和有头脑的年轻奴隶被挑选出来，根据他们显示的才能给予特别的训练，以便在种植园生活中得到最大的利用。女孩子在室内工作、烹调和照顾孩子方面得到培训，而男孩子则被教导如何打铁、干木匠

---

① Frederick Law Olmsted, *A Journey in the Seaboard Slave States;With Remarks on Their Economy,* London: Sampson Low, Son & Co., 1856, pp.358–359.

② Federal Writers' Project, *Born in Slavery: Slave Narratives from the Federal Writers' Project, 1936–1938, Georgia Narratives,* Volume IV, Part 1, p.205.

活，还有一些被培训为家里的个人侍者。当此后他们的地位有需要时，一些人甚至被教导读和写。"[1]

从事没有技术含量的工作或田间劳动的，被称为"人手"（hands），男女老幼都有。他们属于人数最多的一类奴隶，一般要在监工或工头的监督下长年累月地工作。在大型种植园，往往雇有一般由下层白人所充任的监工，如阿肯色的前奴隶柳克丽霞·亚历山大说："我们房子里的监工是一个叫作伊莱贾的男人。他是个穷困白人。他有一条被称为黑蛇的鞭子。"[2] 但也有种植园的儿子担任的情况。他们都要按照主人的指示监管黑人劳工，以保持种植园纪律和达到种植园最大的产出。

由黑人担任的工头也有类似的功能。[3] 他们由主人所挑选，一般是主人所信任和宠爱的奴隶，又称把头。在一些大种植园上，工头在监工的指导下工作，如在南卡罗来纳的低地地带，但在主人在场的规模较小的种植园上，工头则往往取代监工的位置。有的工头对待他的黑人同伴很不友好，如亚拉巴马前奴隶查利·埃洛斯（Charlie Aarows）回忆说："哈里斯先生是一个相当粗暴的主人，有些吝啬。所有的口粮都被称量、受到限制。他有一个白人监工和一个黑人工头，都是最刻薄的"；[4] 有的则根据主人的要求管理比较宽松，如南卡罗来纳前奴隶迪克说："我 17 岁的时候各种锄地和犁地以及其他庄稼活儿都为主人干过了。他说，那个时候他的奴隶小子们骨头足够硬朗了，能让他们干活了。我们有一个老人当'工头'，他指导我们怎么干好。主人从来不让他过度驱使我

①　Federal Writers' Project, *Born in Slavery: Slave Narratives from the Federal Writers' Project, 1936–1938, Arkansas Narratives*, Volume II, Part 7, Washington, 1941, pp.142–143.

②　Federal Writers' Project, *Born in Slavery: Slave Narratives from the Federal Writers' Project, 1936–1938, Arkansas Narratives*, Volume I, Part 1, p.34.

③　关于工头的角色可参看董振业：《美国南方种植园黑人奴隶工头研究》，鲁东大学 2017 年硕士学位论文。

④　Federal Writers' Project, *Born in Slavery: Slave Narratives from the Federal Writers' Project, 1936–1938, Alabama Narratives*, Volume I, Washington, 1941, pp.1–2.

们。"① 另外一些工头则是刚柔并济，如一位 87 岁的南卡罗来纳前奴隶萨姆·米切尔（Sam Mitchell）所说："锯木头的日子没有任何监工。我们有黑人工头。主人不大抽鞭子，但奴隶必须完成任务。如果完不成，那他就动鞭子了。如果他鞭打得厉害，主人有时叫来田间人手，让他在地里当工头。"②

在监工或黑人工头的监督之下，种植园奴隶每日早出晚归，以完成前者分配给他们的任务。居住于佐治亚亚特兰大市的、已届 99 岁高龄的亨利·赖特仍然头脑清晰，他说父母本来在弗吉尼亚为奴，但后来被卖到佐治亚菲尔·豪斯（Phil House）先生的种植园上。他回忆说，这个种植园有大量的奴隶，其中一些人在"老主人"的房子里工作，还有一些在地里干活。他本人给主人收拾院子、打水和生火，但在十岁时开始犁地。他说每天早上三点钟，奴隶就被由白人监工或黑人把头所吹响的号角声叫醒，后者被奴隶称为"黑佬驱赶者"。③ 号角一响，他们就得起来喂牲口。号声之后不久，钟声开始响了，他们就走向地头，开始一天的工作，而太阳升起之前，他们已在地里干了很长时间的活了。如果是拾棉花，每个奴隶都被分配一个袋子和一个大篮子，袋子挂在脖子上，而篮子放在地垄的一端，每天的任务是必须拾到 200 磅。一天结束的时候，监工在灯前给每人过秤，达不到规定的就要挨鞭子。为了避免惩罚，奴隶有时称病，或是将棉花弄湿，在篮子里偷放石头。地里的活干完以后，奴隶有时候还要回来加班剥玉米、轧棉花或织布。只有周日被当作休息日，但也要喂好牲口。

除了收拾棉花以外，剥玉米、犁地等工作也是种植园上常见的活计。

① Federal Writers' Project, *Born in Slavery: Slave Narratives from the Federal Writers' Project, 1936–1938, South Carolina Narratives*, Volume XIV, Part 3, Washington, D.C.: Library of Congress, 1941, p.65.

② Federal Writers' Project, *Born in Slavery: Slave Narratives from the Federal Writers' Project, 1936–1938, South Carolina Narratives*, Volume XIV, Part 3, p.201.

③ Federal Writers' Project, *Born in Slavery: Slave Narratives from the Federal Writers' Project, 1936–1938, Georgia Narratives*, Volume IV, Part 4, p.195.

佐治亚黑人阿曼达·杰克逊夫人生下来就是奴隶，也不知道自己现在有多大的年龄，但能够清楚地记得自己所在的格拉斯科克县一个拥有大约50个奴隶的种植园上的生活："这个种植园上所有的奴隶都在地里工作，即使是厨子，在没到做饭时间之前也是如此。这个种植园实际上种着各种农作物——玉米、棉花、小麦和黑麦，还有一大群牲口。它们整天要将25或30把犁拉来拉去。有一个监工。每天早上，奴隶不得不按时起床，能够看清楚就必须在地里干活了……他们从日头升起到日头落下都在地里——从日头到日头。田间人手有一个钟头的主餐时间——有家有口的自己做饭，单身的有一个特定的厨子。"当被问及到底是几点起床时，杰克逊夫人回答说："他们知道怎么叫你起床   监工有一把号，他吹号就起床，没睡醒的，棚户区其他人会唤醒他。"① 佐治亚一位前奴隶说："要开工或者停下来吃主餐以及傍晚停工的时候，他们总是吹号。号角一响，你想让骡子们再犁一尺地根本没门。他们只是不干了。"②

农忙时妇女也要干体力活，"耕地的时候妇女像男人一样犁地。一些妇女劈木头。天冷和下雨的时候她们在室内纺纱和织布。"③ 杰克逊夫人接着说："种植园上所有的累活都在夏天完成。在下雨天或其他坏天气的时候，不得不整天剥玉米或帮着织布。一般而言老主人对他的奴隶还不错，但有时也会因没干好或没干完而对一些人抽鞭子。我见他用一把长鞭子把妇女的肩膀打得皮都掉了下来。"④ 1836年或1837年出生、幼时曾在阿拉巴马作为奴隶的卡托·卡特说："剥玉米很有趣。那时候玉米没有放在卡槽里脱粒。他们在地里脱粒，甩打工具。他们从边缘上入手，都是用手弄出

① Federal Writers' Project, *Born in Slavery: Slave Narratives from the Federal Writers' Project, 1936–1938, Georgia Narratives,* Volume IV, Part 2, p.289.

② Federal Writers' Project, *Born in Slavery: Slave Narratives from the Federal Writers' Project, 1936–1938, Georgia Narratives,* Volume IV, Part 4, p.357.

③ Federal Writers' Project, *Born in Slavery: Slave Narratives from the Federal Writers' Project, 1936–1938, Arkansas Narratives,* Volume II, Part 1, p.116.

④ Federal Writers' Project, *Born in Slavery: Slave Narratives from the Federal Writers' Project, 1936–1938, Georgia Narratives,* Volume IV, Part 2, p.290.

劳动中的男女奴隶（出处：奥姆斯特德《沿海蓄奴州纪行》，1856）

来的。"[1]

并非所有的做工时间都是令人厌倦或者无聊。84岁的北卡罗来纳前奴隶伊莱亚斯·托马斯说，他幼时给主人巴克斯特·托马斯干活："我们从太阳出来工作到太阳落下，用午餐或主餐的时候有一个半钟头的时间休息。我太小了，不能干重活。我大多是砍玉米和摘棉花。老奴隶有他们要照顾的小块地，并出售他们所生产的，并由此得到钱。"[2] 伊莱亚斯似乎只记得自己所在的种植园上的积极一面："主人的男孩也与我玩，而主人给他们安排能干的活。在种植园上他雇佣贫穷白人阶级的男人和女人工作。我们都在一起工作。我们有快乐时光。我们一起工作和唱歌，似乎每人都很高兴。在丰收的时候要雇很多人帮忙，人们大笑、工作和唱歌。一般来说快乐得很。我们唱'越过约旦河'以及'开往应许之地'。"[3]

儿童也要工作，一般是给大人打下手或做一些杂活。85岁或86岁的佐治亚前奴隶查利·金（Charlie King）回忆说："老主人那里所有的黑佬

① Federal Writers' Project, *Born in Slavery: Slave Narratives from the Federal Writers' Project, 1936–1938, Texas Narratives*, Volume XVI, Part 1, p.206.

② Federal Writers' Project, *Born in Slavery: Slave Narratives from the Federal Writers' Project, 1936–1938, North Carolina Narratives*, Volume XI, Part 2, p.344.

③ Federal Writers' Project, *Born in Slavery: Slave Narratives from the Federal Writers' Project, 1936–1938, North Carolina Narratives*, Volume XI, Part 2, p.345.

都要工作，即使是七岁以上或八岁的孩子也是如此。"① 佐治亚黑人阿曼达·杰克逊夫人回忆了幼时的工作："我整天所能做的是扫院子、给奶牛饮水和喂鸡，然后到牧场牵来奶牛和牛犊——我们有两个牧场，一个是养牛犊的，一个是养奶牛的。我不得不牵来奶牛，让妇女给它们挤奶。"② 现年 69 岁、出生于路易斯安那一个种植园上的前奴隶 O.C.哈迪说："所有的儿童都像奴隶一样干活。像奴隶一样干活的意思是，我们直到夜里才能喘喘气。那时我给白人当奴隶，长大后结婚，给我的老婆孩子以及白人继续当奴隶。"③ 已经白发苍苍、85 岁的佐治亚前奴隶莫利·米切尔（Mollie Mitchell）说，她七岁之前就给女主人跑腿，包括"照看婴儿"和"打扫院子"。到了七岁以后，就开始下地干活。第一天安排给她几垄地让她锄，但她总是跟不上。主人一天两次来巡视，看到没干好就用鞭子抽："我似乎是整天挨鞭子。"④

孩童在 10—12 岁时一般都要正式工作了。"当我十岁的时候我就跟其他孩子一起被安排到农场劳动，拔草、捡石头和逮烟草虫子以及干其他工作。"⑤ 少年奥斯汀·斯图尔德讲述了自己在给弗吉尼亚的主人做仆人时的待遇："我和男女主人睡在同一个房间里。房间用锦缎做的窗帘和极为昂贵的红木床架优雅地装饰着，其他用品也极尽奢华。赫尔姆先生和女士歇息在他们的羽绒床上，有一片饰带飘在他们上面，如同某些东方的王子一样，而他们的奴隶在他们睡觉时打着扇，醒来时战战兢兢。我总是睡在地板上，没有枕头或一件毯子，而是像只狗

---

① Federal Writers' Project, *Born in Slavery: Slave Narratives from the Federal Writers' Project, 1936–1938, Georgia Narratives,* Volume IV, Part 3, p.16.

② Federal Writers' Project, *Born in Slavery: Slave Narratives from the Federal Writers' Project, 1936–1938, Georgia Narratives,* Volume IV, Part 2, p.290.

③ Federal Writers' Project, *Born in Slavery: Slave Narratives from the Federal Writers' Project, 1936–1938, Arkansas Narratives*, Volume II, Part 3, p.161.

④ Federal Writers' Project, *Born in Slavery: Slave Narratives from the Federal Writers' Project, 1936–1938, Georgia Narratives,* Volume IV, Part 3, p.133.

⑤ Federal Writers' Project, *Born in Slavery: Slave Narratives from the Federal Writers' Project, 1936–1938, Georgia Narratives,* Volume VIII, p.38.

一样躺在能找到的地方。"①

种植园上严格的纪律

监工是种植园执行纪律、确保种植园经济效率的关键一环。1840 年《南部种植者月刊》公布了种植园上的 23 条守则，作为各地种植园主管理的参照标准。与奴隶有关的监工职责主要列举如下：②

第一条守则：监工不能被指望在庄稼地里工作，但他要不断地跟着人手，除非在从事雇主生意、偶尔被要求参加任何与种植园有关的金钱交易的情况下。

第二条守则：周日以外，监工不被指望离开种植园，除非实际的必要，而他夜间被期望在任何时候都要在家里。

第三条守则：早、午、晚他都要在马棚旁边，确保骡子、马匹有序、到位和得到饲养。

第四条守则：他要确保每个黑人在早晨出工，信号是吹响号角，第一支号应在天亮之前半个钟头。他也要每周晚上到黑人木屋那里去一到两次，查看是否在里面。夏天 10 点或冬天 11 点后任何黑人不许离开他的房子。

第五条守则：没有雇主的同意，监工不能给黑人路条。黑人被允所要访问的家庭要特别列出。

第六条守则：监工不能与黑人交谈，除非是活计问题，也不能搬弄是非。

……

① Austin Steward, *Twenty-Two Years A Slave, and Forty Years a Freeman; Embracing a Correspondence of Several Years, while President of Wilberforce Colony, London, Canada West*, Rochester, N. Y.: Published by William Alling, Exchange Street, 1857，pp.26–27.

② Federal Writers' Project, *Born in Slavery: Slave Narratives from the Federal Writers' Project, 1936–1938, Georgia Narratives*, Volume IV, Part 4, pp.330–333.

第十条守则：黑人必须被调理得服从和工作，这由监工定期关照他的活计、在使用很少鞭子的情况下做到；因为太多的鞭子表明一个脾气坏或一个不专心的管理者。

第十一条守则：病人必须得到照顾。如果得病的事得以知晓，在地里的话，他就要将他们送给在家的雇主；如不在家，监工个人要照顾他们，或送给医生，若有必要的话。喂奶和怀孕的妇女必须比其他人得到更多的优待。喂奶者被允在早、午、晚照看他们的孩子，八个月以后、12个月之间每天两次，可以在孩子附近工作。

……

第十八条守则：他应当在吹号的时候用餐。晚上在人手撇下活计之前，他不应离开田间。

给人的总体印象是，监工要在鞭子和诱导之间达到一种协调，以确保最佳的劳动产出；当然在种植园上终极的权威仍是种植园主，监工只是有可能滥用职权的执行者而已。与妻子一起逃亡北方的威廉·克拉夫特曾感叹，作为奴隶，他们只能供人驱使和支配："唉！我们只是奴隶，没有任何法律权利；因此我们被迫压抑我们受伤的感情，屈膝于专制的铁脚后跟下面。"① 克拉夫特接着列举了部分严苛的南方法律条文，显示了种植园内外捆绑在奴隶身上的各种绳索：

对于主人的权力，路易斯安那《民法典》第35款这样说："一个奴隶置于他所属于的主人的权力支配之下。主人可以出售他，处置这个人、他的财产和他的劳动；他不能拥有任何东西，也不能获得除了属于主人之外的任何东西。"

关于奴隶的性质，南卡罗来纳州这样规定："按照法律奴隶应被视为、被出卖、被取走、被判断和被裁判为他们的主人和所有者手中的私人动产（chattels personal）。"

---

① William Craft, *Running a Thousand Miles for Freedom; or, the Escape of William and Ellen Craft from Slavery,* London: William Tweedie, 337, Strand.1860，p.13.

　　对于惩治奴隶的极端情况，佐治亚的法律规定如下："任何人恶意割断手足或剥夺一个奴隶的生命，都要遭受类似这种冒犯施加于一个自由白人身上的惩罚，并基于类似的证据，除非在这个奴隶造反以及因适当的调教而偶然致死的情况下。"

　　对于奴隶行为的矫治，佐治亚的法律规定如下："任何从他所居住的房屋或种植园外出的奴隶，或者将得到雇佣，或没有白人做伴，如果拒绝服从任何白人的检查，这个白人有权追逐、逮捕并适当调教这个奴隶；如果这个奴隶攻击或殴打这个白人，这个奴隶可被合法地处死。"

这些条文并非仅仅躺在法律文本上，而是得到经常性的执行。以对于奴隶行为的规训为例，奴隶叙事中有大量例子可资证明。例如一佐治亚前奴隶回忆说："是的，我看见过巡逻队，但没听到过有关他们的歌曲。他们全是白人。就像现在，你如果想从主人的地方到另一个人的地方，你不得不从你的老板那里获得一个路条。如果你没有路条，巡逻队会鞭打你。"[1] 另一位佐治亚奴隶则提到逃奴被抓回的下场："当逃奴被带回后，他们会受到惩罚。有次我在亚拉巴马看到一个妇女被剥光，躺在田间一堆残株上，头在一边，脚在另一边，与残株绑在一起。然后他们使劲鞭打她，你可以远远听到她发出尖叫，'噢，主啊，慈悲！主啊，慈悲！'"[2] 佛蒙特州混血奴隶摩西·罗珀在残酷无道的种植园主古奇手下所受的各种折磨，则是以自传体方式出现的最佳例证之一。

　　毫无疑问，置于南方奴隶制法律核心的是铁血手段的悬置，而"鞭子的统治"是常态性的现象，并与训斥、虐待、出售的威胁、识字权的剥夺、监狱等其他手段并行不悖。这是"白人的世界"得以运作的基础性砝码。尽管如此，在实际情况之中，种植园主或监工的人性一面有时也会发生作用，体现出某种"家长主义"的温情，如查尔斯·鲍尔的主人约翰·考

---

[1]　Federal Writers' Project, *Born in Slavery: Slave Narratives from the Federal Writers' Project, 1936–1938, Georgia Narratives*, Volume IV, Part 4, p.326.

[2]　Federal Writers' Project, *Born in Slavery: Slave Narratives from the Federal Writers' Project, 1936–1938, Georgia Narratives*, Volume IV, Part 4, p.328.

克斯、所罗门的主人威廉·福特、理查德·艾伦的主人本杰明·丘等人都对奴隶展示了相当程度的仁慈。尽管如此，人性的调和性发挥的大小在每个人的身上表现得并不一致，并且不会与他们的世俗利益

鞭刑（出处：《美国奴隶亨利·比布的生活和冒险叙事》，1849）

相抵触，在很多情况下则是人性弱点的充分暴露。因此奴隶制下的社会秩序呈现一种法律与实践交互作用、恩威并施或交替使用的复杂状况。历史学家菲利普·施瓦茨认为，奴隶制下的南方习惯处于内在性的演变状态，而"成文法经常遵从习惯，尽管并非总是这样"。[1]

　　在大种植园，白人监工的地位无可替代，在种植园纪律体系中处于中心地位，这在《南部种植者月刊》公布的种植园守则当中已经很明显。但在小型种植园，主人与奴隶一起劳动，往往自任工头，如与弗雷德里克·道格拉斯发生严重冲突的"黑佬克星"科维就是一个小型的租地农场主，自己买不起奴隶，租用后极力压榨奴隶的劳动，并使得道格拉斯一度处于十分悲惨的境地。历史学家福格尔和恩格尔曼强调，在超过 50 名奴隶的大农场中，白人监工的比率仅占 1/4，而在 100 名奴隶以上的大型种植园也不过 30%，而在中小种植园一般都是种植园主亲自担任监工；[2] 但斯卡伯勒认为，福格尔和恩格尔曼根据的主要是棉花种植园的数据，而忽略了稻米种植园和甘蔗种植园的实际情况，同时没有将田工与其他奴隶做出区别；斯卡伯勒认为，在田工人数超过 30 人的种植园，大多数种植园主都会

---

[1]　Philip J. Schwart, *Slave Laws in Virginia*, Athens: The University of Georgia Press, 1996, p.7.

[2]　Robert William Fogel & Stanley L. Engerman, *Time on the Cross: The Economics of American Negro History*, New York: Little, Brown and Company, 1974, p.200.

挑选监工。① 由于在蚊虫和瘴气肆虐地区主人不得不将权力下放给当地白人，整体而言由主人挑选监工的情况应该比福格尔的结论更加广泛。

所罗门所描述的路易斯安那种植园情况是，小种植园主都要亲自兼任工头，不过"在稍大的种植园里，如果拥有 50、100 甚至 200 名奴隶时，就必须配一个监工了。据我所知，监工清一色地都骑着高头大马，腰里挎着手枪、猎刀和皮鞭，身后还跟着几条狗。他们通常跟在奴隶们后面，严密监视着他们的一举一动。做监工的首要条件，就是要足够的冷酷无情。他们的职责是保证作物的收成，只要能完成这个任务，奴隶们无论受多大的苦也是在所不惜的。狗主要用来追赶那些试图逃跑的奴隶，当然，如果奴隶偶尔生病，跟不上干活的进度，或挨不了鞭子时，狗就派上了用场。手枪是为了应付随时可能出现的危急情况，已有许多先例证明带枪是完全有必要的。"②

在东南部的低地稻米种植园，奥姆斯特德听到人们议论，说是白人监工往往都是一些嗜酒之徒，家庭关系不佳。他描述说："在四到六个月的夏季，居住在种植园的稻米种植园主不到百分之一，而大多离开，将他的所有奴隶交给一个监工打理。稻米种植园上的监工必须选自一些为数不多的白人、也就是从那些在沿海瘴气地区出生和长大的白人；如果从别的地方挑选，那一定是鲁莽和唯利是图的男人，因为这个职业相当危险。"③南卡罗来纳查尔斯顿市的《南部农业家》则断言，"他们都是从社会的最底层当中选出的，很少受过宗教教育，根本不怕得罪上帝，因此对他们的自然习性没有一点约束；他们易于冲动，没有节制，无恶不作，行事野蛮。"④ 前奴隶彼得·斯蒂尔认为他们一般属于这个阶级中最差劲的代表：

---

① William Kauffman Scarborough, *The Overseer: Plantation Management in the Old South*, Athens: The University of Georgia Press, 1984, pp.x–xi, 8.

② ［美］所罗门·诺瑟普:《为奴十二年》，吴超译，文心出版社 2013 年版，第 152 页。

③ Frederick Law Olmsted, *A Journey in the Seaboard Slave States;With Remarks on Their Economy*, pp.485–486.

④ Frederick Law Olmsted, *A Journey in the Seaboard Slave States;With Remarks on Their Economy*, p.486.

"主人不能容忍其他的，那些更好的阶层不能得到他的雇佣。"① 联邦作者项目的调查者也有类似的观点："教训黑人奴隶的最重要人物就是监工。但是，他在社会上占据的是一个不幸的地位。他不被主人的家庭视为同等，也不允许在社会上与奴隶混在一块。他的命运坎坷，结果是这个地位一般由低等人填充。"②

与上述意见不同，1843 年出生的佐治亚前奴隶乔治·旺布尔谈到了监工应具备的品质，即监工必须是个相当能干和有魄力的人，能够应付复杂局面，因为主人雇佣监工目的是确保奴隶正确地干活，而有些奴隶可能反抗他的权威，主人也不会因为这个奴隶用拳头回击监工而进行惩罚。旺布尔同忆，在他所待的那个种植园，奴隶们一大早就要来到地头，拿好锄头以及其他工具，一旦光线充足就要开工，而监工在一旁拿着鞭子："如果任何奴隶不小心干活，就要在所有其他人面前在地里脱下衣服，接着是一顿响鞭伺候。田间劳工挨鞭子的另一个当口是没有摘够每天应达到的300 磅棉花。"③

在《逃奴威廉·格兰姆斯的生活自传》中，格兰姆斯陈述了监工对奴隶的直接统治地位："我在这个种植园上待了两年，跟在名字叫瓦伦丁（Voluntine）的黑人监工手下。他经常惩罚我，让我干比别的男孩更多的活。我主人后来获得另外一个白人监工，名叫科尔曼·锡德（Coleman Thead）；他对我们比老瓦伦丁要好，但非常严厉，几次无缘无故地狠狠抽打我。在种植园上监工对奴隶享有无限制的掌控力，并以极为专断的方式行使权威。"④ 如何在监工的下面工作得相对舒服一些，显然是一种生存

① Mrs. Kate E. R. Pickard, *The Kidnapped and the Ransomed. Being the Personal Recollections of Peter Still and His Wife "Vina," after Forty Years of Slavery.* Syracuse, New York: William T. Hamilton, 1856, pp.178–180.

② Federal Writers' Project, *Born in Slavery: Slave Narratives from the Federal Writers' Project, 1936–1938, Georgia Narratives*, Volume IV, Part 4, p.329.

③ Federal Writers' Project, *Born in Slavery: Slave Narratives from the Federal Writers' Project, 1936–1938, Georgia Narratives*, Volume IV, Part 4, p.182.

④ William Grimes, *Life of William Grimes, the Runaway Slave. Written by himself.* New York, 1825, p.10.

的艺术。格兰姆斯介绍了自己如何与监工打交道："一天我在种植园劳动，身上只有衬衫。当监工锡德来到跟前，威胁要抽打我，并因此抓住了我。我揪住他，并说如果他敢打我，我就会向主人揭发他没经主人允许而骑乘他所喜爱的一匹马的事，主人问过我那匹马怎么变瘦了，但我没告诉他，被揭底的恐惧让他放了我，说我是个好男孩，他不会鞭打我。"①

黑人把头一般是身体强壮、同时头脑灵活的黑人，其职责是带领大家干好分配的工作，连监工都要在重要事务上听取他的意见；此外他也可以将权威扩展到工作之外，鞭打那些给社区制造麻烦的黑人。奥姆斯特德描述了专职性的把头如下："在一组人开始任何田间工作之前，负责监督他们的把头必须测量和立桩划分任务。要在不规则的地块里精确地做好这一点，须有相当的评估能力。我被告知，在一个男孩帮着立桩的情况下，如按照半英亩为任务基准，一个把头能在一天内精确地安排40英亩。使用的唯一工具是一把五英尺长的测杆。当一组人来到地头时，他给每个人指出他或她的当天任务，然后走动在他们中间，留意每个人是否正确地进展。在一天劳累的工作之后，如果他看到因测量错误而导致这组人被安排的任务太重，他会原谅完成的情况，而他不能让他们加班。对于未完成的任务，这组人在第二天开始新的任务，只有少数人被截留下来在白天干完原先未完成的工作。把头与干活的人手之间的关系似乎与海军中水手长与水手或军队中军士与士兵之间的关系类似。"②

不过，所罗门描述的甘蔗种植园上的把头更像个领工，与奥姆斯特德看到的有所不同。他说："监工下面还有把头，把头的数量与奴隶的人数成一定的比例。把头一般由黑人担任，他们除了要完成自己的任务外，还要被迫拿鞭子管理他负责的其他奴隶。干活时，他们就把鞭子盘在脖子里。如果不好好利用鞭子管理其他奴隶，让鞭子成了摆设，那他们自己就要挨鞭子。不过把头们可以享有一小部分特权，比如，砍甘蔗期间，奴隶

---

① William Grimes, *Life of William Grimes, the Runaway Slave. Written by himself*, p.10.

② Frederick Law Olmsted, *A Journey in the Seaboard Slave States;With Remarks on Their Economy*, p.437.

们是不能长时间坐在地上吃饭的，而把头可以。厨房里做好了玉米饼，中午用马车拉到地里。把头负责分发食物，奴隶们要在最短的时间内吃完。夏天，奴隶们超负荷劳动时，经常会出现中暑或脱水的现象。往往正在干活时，就有人猝然倒地，身体僵硬。把头就会把他们拖到棉花、甘蔗或附近大树的阴凉下，泼水或用其他的方法把他们弄醒，让他们再回到自己的位置继续干活。"①

所罗门本人就曾在贝夫河的种植园上任黑人把头，并在这个过程中起到了在"白人的世界"与"黑人的世界"之间的某种调和性作用："埃普斯搬到贝夫河后，开始让我做把头。所以，我每天下地干活时，都要把鞭子盘在脖子里，直到我最终离开。埃普斯在场的时候，我不敢太过仁慈，我不像有名的汤姆叔叔那样，拥有基督徒刚毅不屈的精神，敢于面对主人的滔天大怒，拒绝履行自己的职责。事实证明，我只有屈从于主人，才能避免汤姆叔叔殉难的结局，同时也能使我的同伴少受些苦。"所罗门的经验帮助他游刃在"白人的世界"与"黑人的世界"之间："我在做把头的八年时间里，学会了如何灵巧准确地操纵鞭子，每一鞭挥出去，我都能让鞭子恰到好处地落在与同伴们的后背、耳朵或鼻子相差只有一根头发丝的地方，使他们看上去好似挨了打，却不用承受切肤之痛。当我们感觉埃普斯正在远处观望，或者相信他正藏在某个地方偷偷窥视时，我就开始起劲儿地挥舞起鞭子，而同伴们也按照事先约好的，装作痛苦与愤怒的样子，辗转扭动着身体，发出一声声尖叫。"②

烟草种植园的劳动叙事

烟草是一种殖民地时期就在切萨皮克地区大行其道的大宗经济作

---

① ［美］所罗门·诺瑟普:《为奴十二年》，第 153 页。
② ［美］所罗门·诺瑟普:《为奴十二年》，第 154 页。

物。① 尽管烟草种植不像甘蔗那样繁重，但也需在每个环节给予精心的照料。在《美国奴隶制：黑人查尔斯·鲍尔的生活和冒险叙事》中，马里兰奴隶查尔斯·鲍尔对烟草种植的情况予以了精彩的描述。

首先，查尔斯·鲍尔对烟草的种植和生长情况进行了简单的介绍：②

工作着手于2月：清理好一块新土地，把地面上砍下的树木焚烧掉，以便整个地方都铺上一层灰烬。然后用锄头挖掘，把树桩和树根小心地刨除。大约3月初的时候，在这层土床上播下烟草种子，不像芜菁种在地埂上，或成行种植。种子并不会很快发芽，但幼苗一般4月初冒出来。在烟草生长的这段时间，如果天气仍然多霜，要把松树枝条或红雪松树枝厚厚地盖在整块土地上；地块包括一到四英亩，根据种植园要种植的作物多少而定。一旦天气好转，烟草幼苗就开始生长，覆盖物被移除，土地暴露在阳光之下。从这个时候开始，地块要小心照管，各种杂草需要清除。3、4月的时候，人们忙于耕作5月要栽培烟草的土地。随即在玉米被种植之后，每个男男女女和孩子，凡是能够扛起锄头的，或者能拿动烟草苗子的，都借助犁沟，忙于把整个种植园整理成大约间隔四英尺的地埂，在地里排列有序；这个时候土地已经被耕作两次了。这些地埂被整成距离相等的方形或菱形，在这里烟草幼苗从被种植的母床上移植过来。移植的时候土壤一定让雨水浸湿了，如果可能的话，在降水之前或在下雨之时，当时甘蓝已被移植到菜园。但要把一、二百英亩的地里种上烟草不是一个钟头的事情，一旦确信将有充足的降雨，为了移出烟草，所有的人手都被召唤到烟草地，不管雨下得多大、风暴多么狂烈，从母床上移植植物，并把它们种植在将要生长的土埂上的工作都要继续，直到庄稼移完，

---

① 可参看高春常：《人口因素与切萨皮克地区奴隶制的演变》，《美国研究》2003年第2期。

② Charles Ball, *Slavery in the United States: A Narrative of the Life and Adventures of Charles Ball, A Black Man, Who Lived Forty Years in Maryland, South Carolina and Georgia, as a Slave Under Various Masters, and was One Year in the Navy with Commodore Barney, During the Late War*.New York: Jones S. Taylor, 1837, pp.61–62.

或者雨水停止、太阳放晴。烟草种植期间，饥肠辘辘的奴隶所需要的，没有能比提供喘息之机的黑夜和短暂的间歇更好的了。直到工作干完，或者雨水停止、云彩散去。一些植物在移植过程中死掉了，其位置要让给那些仍留在母床里的幼苗，但要等到下次雨水降临。

烟草长出来以后，接着就是管理过程，其中防止病虫害是重要的一环，在这方面种植园也有它们的发明。鲍尔对烟草生产过程中的病虫害防治的生动描述如下：①

有时烟草害虫在从母床移植之前就出现在植物中间。从这种令人作呕的爬虫出现开始，植物每天都要仔细地检查，以摧毁可能发现的任何害虫。然而直到作物被移植到地里、并开始旺盛生长之前，这些害虫还没有完全的大批量出现。如果不加干涉，它们将在6、7月间完全吞没大片的烟草地。每年的这个季节，每个能够捉虫的奴隶都被从早到晚拴在地里。那些能够使用锄头的，都忙于为烟草除草，与此同时要捻死所发现的任何害虫。孩子们除了搜索和杀死害虫外无所事事。但所有的工作和警惕都不足以让害虫歇工，如果不是有火鸡和鸭子帮忙的话。在某些大地块上，他们养殖一二百只火鸡和尽可能多的鸭子，那可不是为了出售，而是为了摧毁烟草害虫。除了鸭子下水的时间，它们从早到晚都生活在烟草地里；作为狼吞虎咽的家伙，这些鸭子从植物上吞吃了无数的害虫。它们很喜欢这份食谱，也不需任何看管就待在那里。但火鸡就不是那么回事了。它们需要特别的待遇。它们整夜需要待在大笼子里，笼子要宽敞得能盛下一整群。早晨天一放亮，笼子要及时打开，鸡群倾巢而出，并被赶到烟草地。

二百只火鸡后面应该跟着四五个壮小伙，以保证它们各就其位、各负其责。一只火鸡能吃掉多达五个男人同时期所干掉的数量；但烟草害虫似乎不是火鸡的天然食品，往往倾向于挣脱出田野，逃跑到树

---

① Charles Ball, *Slavery in the United States: A Narrative of the Life and Adventures of Charles Ball, A Black Man*, pp.62–64.

林或草场寻找蚂蚱，这东西比烟草害虫好吃多了。不过，如果被管制在烟草中间，它们会在害虫间发动可怕性的劫掠，直到吃得噎住喉咙。当它们停止吃虫的时候，就被赶到笼子那里，关在里面，并在那里饮用大量的水、啄食玉米。如果它们得不到玉米，只是被迫吃食烟草害虫，它们就会萎靡不振、体弱多病，并最终死亡。傍晚的时候，它们再次被赶到地里，享受早晨的同样待遇。

烟草害虫有着明亮的绿色，身体上环绕着一串串圆圈。我曾看到过跟男人的手指那么大的虫子。我从没有搞明白它们是如何长出来的。它们确实不会像其他虫子那样变成蝴蝶，而我从来不能察觉到它们究竟在哪里排卵。我的看法是，烟草植物的本性中有什么东西导致了这种可恶的爬虫，由于它们成年时太大了，以至于不能与昆虫并列。

在逐渐成熟之后，就要对烟草先后进行削顶、收割、干燥和加工。鲍尔对烟草后期工作过程总结如下：①

8月的时候，烟草被"放手"，就像被人所称呼的那样；这意味着他们不再为了根除杂草之故而在地里工作；现在植物长得如此之大，以至于不会被下面的植被所伤害。但害虫仍然持续着它们的劫掠，有必要雇用所有人手捕杀它们。同月烟草被削顶，如果在此之前没做这件事的话。当植物长到二三英尺，要根据地力与生长活力削去顶端，以防止长籽。削顶导致植物的所有力量都扩展到可利用的叶子上，否则就会因开花结果而衰竭。大概在8月初，烟草完全长成以后，要得到仔细的看管，以确定何时成熟或适合砍伐。该植物的品性可从颜色或叶面上的某些灰斑那里看出来。它并非同时到达成熟期：尽管一些植物8月初就成熟了，其他一些9月中旬前不会成熟。当植物被砍倒，它们被放置在地上一段不长的时间，然后收拾起来，烟茎被劈开，以

---

① Charles Ball, *Slavery in the United States: A Narrative of the Life and Adventures of Charles Ball, A Black Man*, pp.64–65.

利于叶子的干燥。在这种情况下被移送到干燥室，在那里的棚子下挂起来，直到完全干燥。此后被转移到烟草房，成捆捆绑，以备抽茎和加工。

抽茎和加工环节则一般要转移到烟草工场进行。博克斯提到了一个雇用了150名黑人的里士满烟草工场，其中120人是奴隶；博克斯在那里夏天的时候每天工作14个钟头，在冬天则是16个钟头。妇女和儿童的工作主要是抽茎，此后用甘草和糖制作的液剂进行湿润，以增加某种甜味；然后男人将其揉搓压制成团，并在机器房压进盒子和桶里，剩下的就是在所谓的"汗蒸房"里放上30天左右，就可上市了。①

烟草种植园的日常画面实际上并非田园牧歌式的。鲍尔说："在马里兰和弗古尼亚的烟草地里，发生着严重残酷的事情，其中由主人对奴隶所行使的不如监工那么经常；不过任务不如棉花地区的任务那么过度，一年当中也不总是没完没了。"② 巴尔的摩前奴隶费曼（Fayman）夫人则描述了一个马里兰大型烟草种植园，披露了烟草种植园的黑暗性一面："我作为奴隶所在的种植园叫作碧翠丝庄园（Beatrice Manor），是根据海恩斯的妻子命名的。它有8000英亩土地，其中6000英亩得到开垦，拥有350个有色奴隶、五六个全是白人的监工。监工事实上是这个庄园的霸王；因为海恩斯广泛经营烟草和奴隶交易，他几乎所有时间都远离种植园。在巨大的仓库房顶上安置着一座大钟，太阳升起时、中午12点和太阳落山时被敲响，一年到头如此。农场上奴隶每天都被安排一项任务，如果没有完成他们就要受到严重的鞭打。虽然我没看见他们挨打，但我确实看见被打后的状况，他们被监工鞭打得伤痕累累，一缕一

---

① 　Henry Box Brown, *Narrative of Henry Box Brown, Who Escaped from Slavery Enclosed in a Box 3 Feet Long and 2 Wide. Written from a Statement of Facts Made by himself. With Remarks upon the Remedy for Slavery. By Charles Stearns.*Boston:Published by Brown & Stearns, 1849，pp.41–42.

② 　Charles Ball, *Slavery in the United States: A Narrative of the Life and Adventures of Charles Ball, a Black Man,* p.56.

缕的。"① 另一位马里兰的前奴隶理查德·麦克斯（Richard Macks）也说："在查尔斯县，事实上在所有的马里兰南部，烟草被大规模种植。男人、女人和孩子不得不辛勤劳动，以生产出指定的作物。有时在主人、有时在主人和监工的驱使下，奴隶被迫以全速从事这项工作。"②

棉花种植园的劳动叙事

18 世纪下半期，随着英美工业革命的先后开展，对棉花的需求开始增加，特别是 1793 年伊莱·惠特尼发明轧棉机以后，棉花逐渐代替烟草成为南部的主导性经济作物，给美国南部的种植园注入了新的活力。棉花产量从 1790 年的 3000 包增至 1810 年的 178000 包，到内战前夕更是增长 20 倍，达到了年产 400 万包的规模。③ 由于东部的土地日益耗竭，棉花种植园逐渐向西部的密西西比、田纳西、亚拉巴马、阿肯色等州以及南部的佛罗里达、路易斯安那、德克萨斯等州扩展，逐渐形成了一个纵贯东西、面积广阔的棉花地带，并造成了 19 世纪上半期"棉花王"在当时国际市场经济中的超然地位。

棉花种植开始于春天，当时地面得到清理，棉籽种下。经过中间的修整、除草等过程，8 月就进入摘棉花的季节。在大种植园上，奴隶们一般每天被分配额定的任务，从路易斯安那的每天 200 磅到佐治亚的 100 磅不等；不达标者受到鞭打的惩罚。如 83 岁的南卡罗来纳前奴隶杰西·威廉斯回忆拾棉花的工作："我记得头一天我摘了一百磅。"④

---

① Federal Writers' Project, *Born in Slavery: Slave Narratives from the Federal Writers' Project, 1936–1938, Maryland Narratives*, Volume VIII, pp.11–12.

② Federal Writers' Project, *Born in Slavery: Slave Narratives from the Federal Writers' Project, 1936–1938, Maryland Narratives*, Volume VIII, p.55.

③ Peter Kolchin, *American Slavery, 1619–1877*, New York: the Penguin Group, 1993, p.95.

④ Federal Writers' Project, *Born in Slavery: Slave Narratives from the Federal Writers' Project, 1936–1938, South Carolina Narratives*, Volume XIV, Part 4, p.202.

棉花生产居于奴隶日常节奏的重心。在佛罗里达的一处棉花种植园上，J. M. 约翰逊谈到了奴隶一天的生活流程："快要破晓前，奴隶就被工头的牛角号的巨响从睡梦中惊醒，这是要他们准备下地的信号。种植园是如此之大，那些不得不走很长路程到工地的，不得不坐着马车，在附近干活的则步行。他们随身带着早餐和主餐到地头，并为此预留一个钟头。奴隶们工作时唱着灵歌，以打破工作的单调。太阳落山时，一天的工作干完了，他们回到小木屋准备晚餐。完成这些以后，他们中间虔诚的就会在其中一间木屋的门口聚会，以长长的诉求和老式的歌曲形式赞美上帝。"[1]

在所罗门·诺瑟普的《为奴十二年》中，作者详细记述了路易斯安那州棉花种植园的劳动叙事。他首先详列了犁地、棉化播种、"刮棉"、锄草等工作程序：[2]

> 两条水沟之间，有六英尺宽的田埂。骡子拉犁时，走在田埂上或地中间，后面通常跟着一个女孩子，脖子上挂着一个装种子的袋子，边走边把种子撒在犁沟里。她后面跟着另一头骡子，拉着耙，将犁沟耙平，这样种子就被埋在土里了。所以，整个棉花的播种程序需要一个犁、一个耙、两头骡子和三个奴隶。种棉花的时节通常在三四月份，玉米通常在2月。只要不下冻雨，棉花一周之内就能出苗。过八到十天，就开始第一次锄草。锄草时，犁紧贴着棉花苗犁过去，在苗的两边向外各翻开一道沟。奴隶们拿着锄头在后面跟着，把杂草锄干净。最后在棉苗两旁，留下两道相距两英尺半的垄台，这道程序叫'刮棉'。再过两周，进行第二遍锄草。这一次要把犁沟向内翻，垄上的每簇苗中，只留下最粗壮的一棵。再过两周就该锄第三遍草，同样是把犁沟向内翻，让土围住棉花苗，并把棉苗之间的杂草清除干净。大概到7月初时，棉苗已经长到一英尺左右高，此时锄第四遍草，也是最后一遍。现在，整行棉苗之间的地方全都犁过，中间留下一道很

---

[1]　Federal Writers' Project, *Born in Slavery: Slave Narratives from the Federal Writers' Project, 1936–1938, Florida Narratives*, Volume III, Washington, 1941, pp.243–244.

[2]　［美］所罗门·诺瑟普：《为奴十二年》，第109—110页。

深的水沟。

所罗门指出，在棉田里奴隶从事锄地这种劳动时十分单调乏味，背后还有鞭子的驱使："在整个锄草过程中，监工或工头会手提皮鞭骑马跟在奴隶后面。锄地速度最快的奴隶负责带队，他离身后的同伴大概有一竿子的距离。如果他被后面的同伴超过了，他要挨鞭子；如果同伴里有人掉队，或者一时偷懒，他要挨鞭子。实际上，工头手里的鞭子从早到晚就没有闲过。锄地季节从 4 月一直持续到 7 月，但地是不会闲着的，一茬过后又开始了新的一茬。"① 相比之下，采摘棉花是一个需要身心灵活协调的活计，男人与女人一块工作，往往是妇女更胜一筹。受访的佐治亚前奴隶乔治·布朗说："当摘棉花的时候到了，除了在手臂里以外的所有孩子都被召集到地里。他们对此不太在意。摘棉花一般是个嬉戏。他们一般从草上露珠很湿的时候开始，一直忙到接近 11 点。下午太阳失去一些锋芒的时候，这帮人又回到田间。晚饭在棉花被称重和在阁楼被储藏以后的黄昏进行。"② 在没有轧棉机的情况下，儿童要帮着大人从棉铃中摘出棉籽。佛罗里达的前奴隶阿尔弗雷德·法雷尔说："在不是摘棉花的季节，孩子们被允许在晚上玩耍。但当棉株长大后，他们要从棉铃中挑出种子，为的是父母可以在田间白天时不间断地工作。棉花摘下来和被分离以后，将在秤上被称重，结实地在'棉袋子'里打成包。"③

摘棉花的季节开始于 8 月下旬，这时候每个奴隶都被提供一个布袋，一头用绳子挂在脖子上，一手撑开麻袋口，大概到胸口的位置，麻袋底部差不多快挨着地面。此外，每人还被提供一个大篮子，能装下两桶的量，麻袋装满后就倒进篮子。由于区域不同，每人每日的采摘定额也有变化，

---

① Solomon Northup, *Twelve Years a Slave:Narrative of Solomon Northup, A Citizen of New-York, Kidnapped in Washington City in 1841, and Rescued in 1853, from A Cotton Plantation Near the Red River in Louisiana*, Auburn: Derby and Miller, 1853, p.165.

② "Fish, Hominy and Cotton", *Folklore Project, Life Histories*, 1936–39, South Carolina, pp.6–7. See https://www.loc.gov/resource/wpalh3.31060720/?sp=8&q=picking+cotton+is+a+lark.

③ Federal Writers' Project, *Born in Slavery: Slave Narratives from the Federal Writers' Project, 1936–1938, Florida Narratives*, Volume III, p.49.

在路易斯安那标准是 200 磅，而在南卡罗来纳州则不到一半。所罗门描述了他所观察到的路易斯安那棉田里的采摘场景如下：①

> 有时候，采棉的奴隶会先沿着一行植株的一侧开始采摘，然后从另一侧返回。但更常见的形式是，两个奴隶同时采摘一行棉株，一人负责一侧，把所有看得见的棉花采摘干净，留下尚未开裂的棉铃，等待下一次采摘。摘满一袋，就倒进篮子，踩实。第一次下地时要格外小心，谨防挂断棉株上的枝杈。枝杈一断，上面的棉铃就会死掉。对于那些不小心或不得已折断了棉枝的奴隶，埃普斯毫不留情，往往会施以最严厉的惩罚。

> 到了采摘棉花的季节，奴隶们往往是每天刚一破晓，就已经下地干活了。中午他们只有十到十五分钟的时间吃饭，吃的是凉熏肉。他们没有任何休息的时间，从早上一直干到天黑得完全看不见了为止；如果月光比较亮的话，他们还要继续忙到半夜。只要工头不下命令，他们一刻也不敢停下，即使到了晚饭时间，无论多晚，他们都不敢私自返回宿舍。

> 一天的采棉工作结束后，奴隶们把装满棉花的篮子扛到轧棉房称重。不管他们有多累，多么渴望躺下来休息，此时都顾不上了，他们都战战兢兢的，仿佛篮子里装的不是棉花，而是恐惧。因为一旦没有达到标准重量，指定的任务没有完成，他们又要遭殃了。而如果重量超出了标准十或二十磅，那么这个重量就可能成为他第二天的新标准。所以，不管是未达标还是超额完成，奴隶们前往轧棉房的路始终伴随着恐惧和战栗。大多数情况下，他们都达不了标，所以他们并不急于从地里回来。称重之后，没有达标的奴隶就挨一顿鞭子，然后把棉花扛到仓库，像堆放干草一样把棉花储存起来，这时所有奴隶都要爬到"棉花山"上，把山踩平踩实。如果棉花不够干，就先不送到轧棉房，而是放到一些平台上，摊成两英尺厚、六英尺宽的"棉花饼"，

---

① ［美］所罗门·诺瑟普：《为奴十二年》，第 110—111 页。

上面用木板遮住以防被雨淋，中间留下一条条窄窄的过道。

鲍尔指出，同一株上的棉花并不是什么时间都成熟，总要反复采摘，从六次到十次不等。棉铃熟了，棉株的底部枝杈裂开了，而顶部的仍在开花，甚至只是抽叶或发芽。棉株长得越来越高越大，直到被霜打住，那时也总有一些新的绿色棉铃挂在株顶；不过，这种事情往往因 8、9 月的削顶而得到防止。第一茬采摘要从底部的枝杈上取走棉花；第二茬从稍高的地方摘取，以此类推。他对南卡罗来纳棉田里的采摘场景描述如下：①

在大种植园，摘棉花要占一年当中的大约一半时间。在南卡罗来纳，一般开始于 9 月初；尽管在某些年份，8 月就摘了大量棉花。这种活就是这个方式。棉花按直行种在山丘上，间隔四到五英尺，摘棉者被提供一只棉布袋子，脖子上用线挂着一个能盛一蒲式耳或更多的袋子，在两行之间从地里的一头走到另一头，或左或右，摘取裂开的棉铃里面的棉花。摘棉者要做的是摘取每排上的所有的棉花，远至每行或山丘的界线。这样他就能摘下每行中的一半棉花，当转到右边和左边时，摘棉者就摘下每行中另一边的剩余物。

棉花被集中到袋子里面，够重的时候就放在方便的地方，直到夜间放进一个更大的袋子或篮子里，在监工的监督下称重，然后带回家。每天的工作不是以山丘的数目或行数来衡量，而是取决于当天采摘的带籽的棉花磅数，以摘棉者夜里带到棉仓的为准。

在一块完全成熟的好棉田里，一天的任务是 60 磅；但凡在劣质棉花或棉铃没有盛开的地方，一天的任务是 50 磅；在差劲或参差不齐的地方，30 甚至 40 磅是一个人手能达到的最大数字。棉花从 8 月一直摘到 12 月或 1 月；在一些地块，他们从老株上采摘，直到 2、3 月犁地，为另一茬庄稼的播种腾开地方。

在所有庄园上，每日的标准都由监工根据棉花质量来定；如果一

---

① Charles Ball, *Slavery in the United States: A Narrative of the Life and Adventures of Charles Ball, a Black Man*, pp.211–212.

个人手的收集超过标准，他会得到支付；① 反之，如果他或她采摘的棉花晚上在棉仓称重时数量不够，失职的摘棉者就会确定无疑地挨一顿鞭子。

在一些庄园，每晚都要处理，鞭打随即进行；在另外一些庄园上，鞭打会在第二天早上发生，而在一些种植园上，账目分每周两次或三次结算。

轧棉机的发明对棉花种植和加工来说是一次翻天覆地的革命。查尔斯·鲍尔对南卡罗来纳种植园上的轧棉机有以下的描述："以前从棉花里面分出籽来没有任何办法，只能用手指撕扯，那是一个非常乏味和艰辛的过程。但从北方来的一个叫作惠特尼的人最终发现了轧棉机，那是一种非常简单但十分强大的机器。它由一个长约六到八英尺的木制圆筒构成，周围绕以环状的、间隔极短的锯条，当一头的皮带带动圆筒快速旋转时，如同铁匠的车床一样，锯齿滚动着在圆筒前不断地向下切割，一个长长的储料槽紧贴着圆筒，覆盖整个圆筒的长度，距离是如此接近，以至于棉籽不能在二者中间通过。圆筒以几乎看不见的速度旋转，与轧棉机打交道时需要高度的谨慎，不能触摸到锯条。圆筒和储料槽的一端被稍微抬高，棉籽在被剥去棉花后逐渐地但确定地走向较低的一端，在那里掉落成一堆，所剥离的棉籽与用手指极为精心剥出来的一样完美。圆筒的快速旋转是由齿轮的帮助完成的，与小磨坊的情况类似……一个上好的轧棉机一天能从几千磅棉花中清理出棉籽。开动轧棉机需要两匹马，尽管一般是强迫一匹进行。"② 南卡罗来纳前奴隶鲁本·罗斯伯勒（Reuben Rosborough）则说自己以骡子拉动轧棉机："我经常赶着骡子到轧棉机那里。我所做的是安上套杆，时不时地甩出鞭花，然后骡子就不断地转圈。这里有376英亩土地。"③

---

① 支付标准是每磅一美分。See Charles Ball, *Slavery in the United States: A Narrative of the Life and Adventures of Charles Ball, a Black Man*, p.217.

② Charles Ball, *Slavery in the United States: A Narrative of the Life and Adventures of Charles Ball, a Black Man*, pp.140–141.

③ Federal Writers' Project, *Born in Slavery: Slave Narratives from the Federal Writers' Project, 1936–1938, South Carolina Narratives*, Volume xiv, Part 2, p.50.

轧棉机发明后可省下奴隶剥离棉籽的力气，但使用这个机器对奴隶来说却存在一定的危险。查尔斯·鲍尔说："与轧棉机一起工作必须十分小心；这在移走锯条前的籽粒时尤为如此，如果它们确实接触到手部，伤害十分严重。我知道这样一个黑人，出于无聊的目的，想要感受一下圆筒转动带来的风流，由于疏忽把手靠近了转动的锯条，右手的内部筋肌全部被卷出来了，其中有些长达一英尺。"①

棉花脱籽后在种植园本地打成包，然后择时被运输到沿海的萨凡纳等港口城市，再运往北部或欧洲港口。查尔斯·鲍尔在逃亡萨凡纳港的路上，就在路边的松林里看到了一长串的拉棉花的牛车队："天亮不久，一辆牛拉的货车经过，上面载着棉包；然后跟着一些马背上的白人，太阳出来不久，一整队的货车和大车经过，都载着棉包，追随着我最初所看到的第一辆货车。这一天，至少一百辆货车和大车经过这条路，都载着棉包，开向东南方向；至少有同等数量的车辆赶往西部，不是装着各种规格的木桶，就是空空如也。在白天有无数的骑马人和很多车辆，还有大量的步行者，也在这条路上来来往往。"②

甘蔗种植园上的劳动叙事

18世纪中期，甘蔗由于能够抵抗飓风而在法属西印度群岛得到商业化种植。1751年由耶稣会引入路易斯安那。美国购买路易斯安那前后，这里的甘蔗种植逐渐开始代替了原先的烟草生产。1802年，在路易斯安那已有75处种植园从事甘蔗加工，共生产蔗糖500万磅；20年

---

① Charles Ball, *Slavery in the United States: A Narrative of the Life and Adventures of Charles Ball, a Black Man*, p.141.

② Charles Ball, *Slavery in the United States: A Narrative of the Life and Adventures of Charles Ball, a Black Man*, pp.503–504.

代末，每年生产的数字提高到 3000 万磅；① 1849 年，路易斯安那的甘蔗种植园数目达到了 1747 个，但规模差异性很大，其中不到 200 个种植园生产的产量占到了全部产量的一半。② 不过甘蔗种植并不局限于路易斯安那，其他气候湿热的南方州如德克萨斯、佐治亚、佛罗里达等地也有种植，如在佐治亚霍伊尔医生所经营的种植园上，所有的奴隶"被要求在地里劳动和照顾庄稼，其中大多是甘蔗和棉花"，③ 而另一个佐治亚前奴隶也说："我的主人种了很多甘蔗以制作大量的上好的糖浆"，④ 而那里的奴隶也有自己的菜园里种植的例子："妈妈出去到甘蔗小块田里去查看。"⑤

所罗门·诺瑟普被掳到路易斯安那为奴的 19 世纪 40 年代，正是甘蔗生产的顶峰阶段。他详尽描述了甘蔗种植园的劳动。首先提到的是如何种甘蔗：⑥

种甘蔗的头道工序和种棉花一样，也是犁地松土，不过种甘蔗时土要犁得更深一些，但具体操作并无太大区别。1 月开始种甘蔗，通常会持续到 4 月。甘蔗为多年生植物，种一次可以连续收三茬，直到宿根彻底坏掉，挖出来再重新种植。

种甘蔗需要三组奴隶同时作业。第一组从甘蔗堆中把甘蔗抽出来，砍掉茎秆上的头和梢，只留下完好健康的蔗茎。每一节蔗茎上都有芽头，和土豆类似，埋进土壤后就会生出芽苗。第二组将蔗茎放置

---

① Donald E. Davis, *Southern United States: An Environmental History*, Santa Barbara, CA: ABC–CLIO, 2006, p.118.

② Frederick Law Olmsted, *A Journey in the Seaboard Slave States;With Remarks on Their Economy*, p.669.

③ Federal Writers' Project, *Born in Slavery: Slave Narratives from the Federal Writers' Project, 1936–1938, Georgia Narratives*, Volume IV, Part 2, p.295.

④ Federal Writers' Project, *Born in Slavery: Slave Narratives from the Federal Writers' Project, 1936–1938, Georgia Narratives*, Volume IV, Part 3, p.94.

⑤ Federal Writers' Project, *Born in Slavery: Slave Narratives from the Federal Writers' Project, 1936–1938, Georgia Narratives*, Volume IV, Part 2, p.121.

⑥ ［美］所罗门·诺瑟普：《为奴十二年》，第 140 页。

在事先犁好的土沟里，通常是两根蔗茎并排摆放，前后间隔四到五英寸。第三组手持锄头跟在后面，用土将蔗茎埋住，通常以蔗茎埋在土下三英寸为宜。

北方旅游者弗雷德里克·奥姆斯特德在谈到路易斯安那的甘蔗种植时，观察到"播种季节在甘蔗生产季节结束后立即进行，一般是在1月"[①]。这时候，不指望老甘蔗根重生的甘蔗田就要使用种蔗。堆积的甘蔗垛被打开，而甘蔗茎关节部分开始发芽。用来种植甘蔗的种蔗一般取自甘蔗茎上的较少价值的部分，富含糖分的部分被用于榨糖，只有少数最好的种植园才使用这部分。骡车将种蔗拉到地头，这时地里已被犁过、糯平。种蔗过程与所罗门的描述类似：一部分人从车上搬运种蔗到地里，一部分人负责种下，还有一部分人负责掩埋。

所罗门接下来描述的时甘蔗的生长、除草和收获过程。在甘蔗的生长期大部分时间，天气都相当炎热，其中三个月的时间是高温的夏季。等到砍甘蔗的秋季，天气也已经凉爽起来。

最多四周，甘蔗的芽苗便钻出地面，从此进入快速生长期。甘蔗田和棉田一样，要锄三次草，只不过甘蔗的根会吸附大量土壤。8月初的时候，锄草基本已经完成，大概到9月中旬时，砍掉需要留种的甘蔗，堆成垛储藏起来。进入10月，压榨机或制糖厂就要做好准备，随后马上进入甘蔗的收割阶段。

甘蔗刀的刀刃长十五英寸，中间部分宽三英寸，越靠近刀尖和手柄就越窄。刀片很薄，为了不影响速度，需要经常磨得锋利无比。砍甘蔗时，奴隶们三人一组，每人负责一行，中间的人在前，其他两人一左一右跟在后头，同步向前推进。具体操作是，先用刀削掉甘蔗茎秆上的叶子，然后砍掉末梢不熟的部分，只留下完全成熟的蔗茎。需要注意的是，不熟的部分必须全部砍掉，否则糖浆容易发酸，影响蔗

---

① Frederick Law Olmsted, *A Journey in the Seaboard Slave States;With Remarks on Their Economy*, p.665.

糖的销路。砍掉末梢之后，再从根部砍断，把根留在土壤中，即宿根。中间那个人只需把整段蔗茎放在身后即可。而跟在左右的两个人，则需要把他们砍下的蔗茎和中间那个人的放在一起。每组后面会跟着一辆马车，年幼的奴隶们负责把砍下的甘蔗搬上车，运往制糖厂加工。

如果种植园主发觉霜冻即将来临，就需要对甘蔗进行深埋处理。此时需要提前砍下甘蔗的茎秆，竖着放进水沟，甘蔗的末梢部分可以遮挡茎秆免遭霜打。按这种方式存三周到一个月，甘蔗不会变酸，又能防止霜冻。等到适当的时候再把它们取出来，切边，装车运到制糖厂。①

根据所罗门的描述，砍甘蔗并不是最累的活计："我最初的工作是在特纳的制糖厂里修补房子，后来他们给我发了一把砍甘蔗的刀，和三、四十个奴隶一起派到了甘蔗园。我发现，砍甘蔗要比摘棉花好学多了，简单而自然，我很快就掌握了其中的技巧，并能跟上速度最快的奴隶了。"②最难干的倒是在收割之后，所罗门说："不过就在甘蔗快要砍完的时候，贾基·特纳又把我安排到制糖厂做把头，负责监督其他奴隶。从开始制糖到最后结束，这里每天都在进行着碾磨和熬煮的工作，昼夜不停。他们给了我一根鞭子，指示我，只要谁敢偷懒就使劲抽他。如果我执行不力，还有一个负责监督我的人，他会对我毫不客气。除了监督，我还负责在规定的时间让奴隶们倒班。我没有固定的休息时间，想抽空睡一会儿几乎是不可能的事。"③

夜以继日的劳动，对奴隶来说无疑是种难以忍受的折磨。幼时曾在阿拉巴马作为奴隶的卡扎·卡特验证了所罗门的观点："我从没有抱怨过自己的待遇，但一些黑佬痛恨制作糖浆的时间，因为那时他们不得不工作到

---

① ［美］所罗门·诺瑟普：《为奴十二年》，第140—141页。
② ［美］所罗门·诺瑟普：《为奴十二年》，第129—130页。
③ ［美］所罗门·诺瑟普：《为奴十二年》，第130页。

午夜，四点钟要起床，都是这样。从日出到日落是对田间黑佬而言的。"[①]
一个德克萨斯前奴隶回忆说，当他们将甘蔗榨汁变成糖浆时会这样反复地
唱歌：[②]

> 在内奇斯（Neches）这里不要再有甘蔗了，
>
> 在这块土地上不要再有什么甘蔗了；
>
> 噢……噢……噢……噢！
>
> 已经全榨成甜品（lasses）了，
>
> 噢……噢……噢……噢！

奥姆斯特德访问南方的时候，路易斯安那有 43 个种植园配备了现代
化的制糖设备，每台设备价值从两万美元到 10 万美元不等，其业主可进
入最富美国人之列。[③] 为了对制糖奴隶的工作环境进行更深入的了解，下
面转述一下所罗门所描述的路易斯安那霍金斯种植园上的制糖流程：[④]

> 制糖厂矗立在河边，是一栋用砖石垒成的庞大建筑。紧挨着厂
> 房，有一道四面敞开的大棚，长约一百英尺，宽四十到五十英尺。厂
> 房外是一台巨大的锅炉，里面冒出浓浓蒸汽。在制糖厂里面，地上有
> 一个十五英尺高的砖墩，上面安放着机器和发动机。机器带动两根直
> 径两到三英尺、长六到八英尺的巨大铁滚轴，滚轴的位置要高于砖
> 墩，两根滚轴同时向中心旋转，用来压榨甘蔗。滚轴下方是一条传送
> 带，由铁链和木头做成，状如小型压榨机上的皮带，从屋里一直伸到
> 屋外，贯穿整个棚子。甘蔗被马车一车车从田里运到这里来，卸到大
> 棚的两侧。传送带的两旁各站一排黑人小孩子，他们负责把甘蔗放在
> 传送带上，输送到厂房内，填入滚轴之间。经过压榨之后，甘蔗渣会

---

① Federal Writers' Project, *Born in Slavery: Slave Narratives from the Federal Writers' Project, 1936–1938, Texas Narratives*, Volume XVI, Part 1, p.206.

② Federal Writers' Project, *Born in Slavery: Slave Narratives from the Federal Writers' Project, 1936–1938, Texas Narratives*, Volume XVI, Part 3, p.27.

③ Frederick Law Olmsted, *A Journey in the Seaboard Slave States;With Remarks on Their Economy*, p.670.

④ ［美］所罗门·诺瑟普：《为奴十二年》，第 142—143 页。

落在滚轴下面的另一条传送带上。这条传送带通往厂房外的另一个方向，将甘蔗渣输送到一个大烟囱里烧掉。这种处理方法比较彻底，可以做到一劳永逸。因为如果不马上烧掉，那些甘蔗渣很快就会堆满整个厂房，而且它们在短时间内就会发酸、腐烂、变臭，极易引起疾病。

滚轴下方是一个导引槽，榨出来的甘蔗汁落入其中，然后流进一个储存池。用管子将蔗汁引入五个过滤筛，每个过滤筛又连着数个大桶。过滤筛中充满骨炭，这是一种类似于粉状木炭的物质，通过将骨骼放入密闭容器煅烧制成，主要用途是对熬煮之前的蔗汁进行脱色处理。过滤后的蔗汁，会流进地上一个更大的池子里。通过蒸汽泵，把蔗汁从池子里抽进一个铁制的澄清池，并用蒸汽加热至沸腾。接着，通过连接管，蔗汁又经过第二个和第三个澄清池，然后进入一个封口的铁罐。铁罐内有管道通过，而管道内又充满了蒸汽。蔗汁受热沸腾后，要再度通过三个同样的铁罐，最后才用另一根管道将蔗汁输送到地面上的冷却槽里。冷却槽其实就是许多木盒子，但盒底是非常细密的网筛。熬煮后的蔗汁流入冷却槽，遇到空气后迅速结晶成粒，而糖浆则通过筛子流到了下面的收集箱中。

此时，筛子上已经析出了许多晶莹剔透、洁白如雪的白砂糖或块糖。冷却后取出来，装入大木桶，就可以拉到市场上卖了。而收集的糖浆，则通过另一个流程被制成红糖。

所罗门所描述的应属于专业化的大型制糖厂了。制糖方式根据设备的性质而有所不同，在路易斯安那就有七种；最简单的是在敞口的锅里煮沸，而精致的则要在真空锅里进行。佐治亚有一个前奴隶说："我的主人种了很多甘蔗以制作大量的上好的糖浆"；① 另一名佐治亚前奴隶这样描述了一个棉花种植园上的糖浆加工小作坊："一个老骡子也能拉动旋转糖

---

① Federal Writers' Project, *Born in Slavery: Slave Narratives from the Federal Writers' Project, 1936–1938, Georgia Narratives*, Volume IV, Part 3, p.94.

浆压榨机的杆子。小姐，在那些日子里这些老骡子跟着黑人做它们的工作，而主人也要确保他的骡子得到良好的饲养。当这些老骡子从甘蔗茎中榨出汁液后，他们将汁液过滤，然后煮稠，直到变成你所见到过的最美味的糖浆。"①

靛青种植园上的奴隶劳动叙事

作为一种用于印染用途的亚热带植物，17 世纪以种植园的形式大规模的靛青种植始于西印度群岛和中南美洲，而西印度群岛为主要供给基地。17 世纪晚期靛青被引入南卡罗来纳，但最初效益不佳。1738 年，安提瓜岛代理总督的女儿伊莱扎·卢卡斯·平克尼随父移居南卡罗来纳，在那里开始了父女俩三年的靛青种植和提炼的实验。第四年提炼成功，伊莱扎不加保留地将经验传授给临近的种植园主。以团队式奴隶劳工为基础，靛青这种作物迅速变成了该殖民地的一种与稻米几乎同样重要的经济作物。到 1747 年为止，该殖民地出口了 13.5 万磅的靛青染料。② 美国南卡罗来纳大学的历史学家丹尼尔·利特菲尔德指出："很明确的是，卡罗来纳的主要作物与它的辅助作物靛青，比切萨皮克地区的烟草生产出更高的回报。事实上，它创造了这个大陆上最富裕的种植园，尽管卡罗来纳种植园主的财富跟西印度群岛的同侪相比仍相形见绌。"③

被卖到南卡罗来纳的查尔斯·鲍尔提到，自己的主人曾种了十英亩靛

---

① Federal Writers' Project, *Born in Slavery: Slave Narratives from the Federal Writers' Project, 1936–1938, Georgia Narratives*, Volume IV, Part 1, p.293.

② Dorothy A. Mays, *Women in Early America: Struggle, Survival, and Freedom in a New World*, CA: ABC–CLIO, 2004, p.299.

③ Daniel Littlefield, "Plantation, Panternalism, and Profitability: Factors Affecting African Demography in the Old British Empire", in Judy Bieber ed., *Plantation Societies in the Era of European Expansion*, Brookfield, Vermont: Variorum, 1997, p.205.

青作为辅助性作物。对于这种植物的特性和种植，鲍尔的描述如下：①

作为庄稼的一部分，这一年我们种了十英亩靛青。这种作物的工作几近稻米的方式，除了种在高处和干地这方面有所不同，而稻米总是栽培在低处的沼泽里，那里的地面可以积水泛滥；不过尽管位于干地上，靛青的生产比稻米的令人讨厌程度一点也不低。当稻米成熟后，可以下镰刀了，它就不再那么不愉快了；但当靛青成熟、准备收割时，它身上的麻烦刚刚开始。

靛青植株很像被称作野靛青的杂草，后者在宾夕法尼亚的树林里很常见，比我所熟悉的其他任何草本植物都更像。

靛青植株的根部很长、很细，发出一种有些类似欧芹的气味。从根部发出一个单茎，直直的、坚硬、细长，覆盖着一个表面有点破裂的皮层，底部呈灰色，当中是绿色，顶端是微红色，茎内没有髓。椭圆形的叶子绕梗成对排列，滑滑的，触摸起来柔软，上面有皱纹，阴面是深绿色。植株上部配有无味的小花。每朵花会演变成荚，以种子作为终结。

这种植物在富饶、潮湿的土壤上长得最好。种子是黑色的，很小，种在直直的沟畦中。庄稼需要精心培育，必须远离各种杂草。从种下到成熟不到三个月。当它开花时，顶部被削掉，而当新花出现时，再次得到修剪，直到节期结束。

靛青的种植一般开始于4月，土地平整以后，用条播犁或锄头掘出两英寸深、相隔18英寸的坑，播下种子。十几天后苗子就会长出来，然后就是松土、除草。这种植物生长很快，四个月后就进入盛期，这时必须将其砍掉，以获取最多的产品。收获的时候，靛青的植株朝上被放进一只被称为"浸桶"的大桶里等待发酵，接着是在另一种被称为"搅拌器"的容器中搅拌，此后用石灰水加速其沉淀过程，最后获得靛青块。在这

---

① Charles Ball, *Slavery in the United States: A Narrative of the Life and Adventures of Charles Ball, a Black Man*, pp.321–322.

个制作过程中靛青液体发出奇臭，往往吸引大量的苍蝇和其他昆虫。①
鲍尔继续描述如下：②

> 靛青比其他庄稼更快地耗竭土壤，并且必须小心地收集这种植
> 物，以免抖掉叶子上宝贵的粉末。收集好后被投放到浸泡的大桶里，
> 那是一种装满水的大容器。在这里它经历发酵过程，最快 24 小时就
> 完结。有一个龙头将水导入第二个被称作白或捣钵的桶中；然后浸
> 泡桶要得到清理，新鲜的植物可能扔进去；这样工作就可以无间断
> 地持续。几天内捣钵中的水用底部有洞的木片搅拌；当沉淀物在水
> 中下沉到桶底，水就放出来，被称作商业靛青的沉淀物被装进袋子，
> 挂起来沥水。随后是压榨，以块状物放在一边干燥，然后就是装箱
> 上市。

> 由于植物腐烂产生的污秽和臭味，刷洗这些桶时特别令人厌烦。

靛青的商业用途不止于染色。《查尔斯顿信使报》曾这样说："我们乡
间的女士收集野靛青，发酵后从中得到一种跟商业靛青同等的蓝色粉剂，
能够印染出美丽的和持久性的蓝色。这种粉剂的一种水中的溶液是痉挛和
哮喘的快速和确定的舒缓品。红色的野葛鞣料印染出一种所需的丰富的
黑紫色或浅紫色。"③ 在这种商品的生产过程中，也有奴隶的智慧性创造。
弗朗西斯·佩尔·波尔谢（Francis Peyre Porcher）医生曾介绍了南卡罗来
纳圣约翰种植园上一个叫作杰弗里的黑人所发明的制作方法，可与鲍尔的
描述予以对照：④

---

① 关于靛青的详细制作过程，可参看 William Robertson, *The History of America*, London: Mayhew, Isaac, and Co., 1834, pp.981–982。

② Charles Ball, *Slavery in the United States: A Narrative of the Life and Adventures of Charles Ball, a Black Man*, p.323.

③ Francis Peyre Porcher, *Resources of the Southern Fields and Forests, Medical, Economical, and Agricultural. Being also a Medical Botany of the Confederate States; with Practical Information on the Useful Properties of the Trees, Plants, and Shrubs*, Charleston: Steam-Power Press of Evans & Cogswell, 1863, p.178.

④ Francis Peyre Porcher, *Resources of the Southern Fields and Forests, Medical, Economical, and Agricultural*, p.185.

　　砍下植株，放进桶里，覆盖上水。大约三天后开始发酵，那时就可以搅拌了；拿出叶子，从中挤出液体。然后在一个搅拌器中用一根棍子抽打。起泡的时候，涂油的羽毛施加于表面可抑制泡沫。为了验证这个过程是否足够、蓝色色剂是否萃出，可在一片白色金属板上检验；增稠的地方可以看到。一夸脱的碱液或石灰水应先放进去，在得到搅拌之前进行。用上述检验方法，如果有色物质显得足够分离出来，小心地排出上面的清水。剩余的沉淀物应置于一个袋子里沥水。里面包含的就是靛青。靛青随后用模子做成块状。

稻米种植园上的劳动叙事

赞巴谈到，在南卡罗来纳，大量的稻米得到了种植。在那里，稻子被种在低洼处，以便水能够淹没杂草。在亚热带强烈阳光的照耀下，这种做法导致了一种沼泽瘴气的产生，而它对白人具有致命的威胁，在一些情况下黑人也深受其害。他对南卡罗来纳稻米地区的恶劣环境描述如下：①

　　欧洲人对卡罗来纳的低地几乎没有什么概念。他们怎会想到通过那些无尽头的、几乎难以穿越的树林呢？里面的空气处于一种停滞的状态；在一些季节里，地面的死水在很多情况下深达 12 到 18 英寸。即使早在 4 月，我曾在查尔斯顿西南 15 英里的乡下观察到，在沿着公路驱车通过一块沼泽附近时，臭气熏天，令人难以容忍，马车里的白人旅行者都不得不用一块手绢捂住鼻子。

查尔斯·鲍尔对这个地区的环境有类似的描述。他对关于南卡罗来纳稻米种植时的土地清理、犁作和种植过程描述如下，并特别提到了疾病的

---

① Zamba, *The Life and Adventures of Zamba, an African Negro King; and His Experience of Slavery in South Carolina. Written by himself. Corrected and Arranged by Peter Neilson*. London: Smith, Elder and Co., 1847, pp.220–221.

流行：①

　　春天当我在渔场时，30 英亩的沼泽地被清理出来了，耕作后种上了稻子。现在水已从作物里排出，地已犁过、锄过。当我们被带到稻田，天气十分炎热，地里泥泞不堪。犁具从湿地里拖行过，幼苗旁的杂草被手工清理，并用锄头堆起来。

　　在这个季节的稻田里，普遍认为新手不会在不生病的情况下干上一周；除我之外的所有三个新手在下地后的头五天就病了。另外三人被转移到病房；但我没去那里，宁愿呆在棚户区，在那里我是自己的主人。例外的是，受命前来看我的医生从我的胳膊上抽取了大量的血，并迫使我吞下一剂药，这使我感到恶心，并剧烈地呕吐。这是得病第二天的事，自此我缓慢地恢复，但一周多时间再也不能下地。

稻米的收割时情况有所好转，因为这个时候稻田里已经变成干地，烦人的瘴气已经不存在了。鲍尔的描述如下：②

　　我谈论的这个时间，稻米熟了，可以收割了。节会之后的周一上午，监工带领我们的所有人手来到稻田，开始收获这种作物。地块位于靠河的低处区域，是雨季洪水能够淹到的地方。稻子是播种机成排种下的，更像北方所知的燕麦而不是其他谷物。

　　根据天气状况，水有时被引到稻田，再被抽空，这样来回几次。在南方种植园，给稻子灌溉和除草被认为是最不利于健康的活计，因为人们不得不在几周内待在泥水里，暴露在秋夜寒冷的露珠中，或是夏日强光照射下从一潭死水的池子里所升起的有害雾气。在外面收割稻子的时候，地里相当干涸；当收获并捆绑好之后，我们用四轮马车拉到一块脱粒用的硬地面上，进行脱粒。在一些地方，他们用骡或马践踏的方法，就像马里兰脱麦粒一样；但这种方法使得粮食沾满灰

---

① Charles Ball, *Slavery in the United States: A Narrative of the Life and Adventures of Charles Ball, a Black Man*, pp.319–320.

② Charles Ball, *Slavery in the United States: A Narrative of the Life and Adventures of Charles Ball, a Black Man*, p.204.

尘，不利于销售。

获得稻米后，我们有一阵要忙于给沼泽地清理和挖沟，以便给第二年稻米的精耕细作做准备；8月初，20或30人，主要是妇女和孩子，被使用两周以制作苹果汁，而近200棵苹果树是在庄园一角的一个果园里长成的。苹果汁制好后，有一桶被运到地里，分给我们；但这种犒赏并没有第二回。我们制作的苹果汁在一个位于果园一角的蒸馏房转换成白兰地。

无论是烟草、棉花、大米、蔗糖、靛青这些大宗产品，还是南部种植园的其他日常所需，都是在鞭子的驱赶下以奴隶的艰辛劳动换来的。"白人的世界"的华丽大厦无可置疑地建筑在"黑人的世界"的痛苦和呻吟之上。游历南方的奥姆斯特德观察到奴隶单调疲乏的劳动过程，他们"不断地和一味地被驱使工作，而他们工作时所带有的愚钝的、沉重的、机械的方式对于目击者来说不是个滋味。这对于锄地的团队尤其如此。我与其他骑行者多次以慢行的速度突然与他们遭遇，都没有引起这些劳动者固执性动作的任何微小变动或中断，或引起他们当中任何一个人从地面上抬一下眼神。"①

---

① Frederick Law Olmsted, *The Cotton Kingdom: A Traveller's Observations on Cotton and Slavery in the American Slave States,* Vol.ii, London: Sampson Low, Son & Co., 1861, p.202.

第十四章

美国奴隶的身体叙事

在论述世界历史上极权体制所赋予的君主生杀予夺的大权时，米歇尔·福柯指出："权力在这里本质上是一个强占的权利：对东西、时间、肉体乃至生命本身的强占。它在为压制生命而牢牢抓住生命的特权中达到了极致。"[1] 福柯认为，从 17 世纪以来，象征至高权力的旧的死亡权力逐渐衰落，它"已被肉体的控制和适当的生命管理所小心翼翼地取代"，而控制生命的权力分别以两种"伟大的双极技术"扩展自己的存在，一是在个体的身体训练方面进行的"人类肉体的解剖政治"，一是总体性人口方面进行的"人口的生物政治"，二者分别着眼于肉体的惩戒和人口的管理。[2]"白人的世界"对"黑人的世界"发挥威慑力和影响力的路径也包括这两种。

就美国奴隶制而言，黑人以整个种族的身份被置于奴役的地位，被排除于社会的正常成员之外，可以看作是从人口管理的层面发生作用。然而，就美国南方每个独立的种植园管理体系而言，它主要关心的是奴隶个体层面的肉体惩戒和规训，因为最大化地利用奴隶的人力资源是奴隶制的不二法门；蓄养奴隶就是为种植园主阶级的利益而存在的。借用福柯的论断是，"肉体基本上是作为一种生产力而受到权力和支配关系的干预"，"但是，肉体也直接卷入某种政治领域；权力直接控制它，给它打上标记，训

---

[1] ［法］米歇尔·福柯：《性史》，张廷琛等译，上海科学技术文献出版社 1989 年版，第 130—131 页。

[2] 米歇尔·福柯：《性史》，第 133—134 页。

练它，折磨它，强迫它完成某些任务、表现某些仪式和发出某些信号。"①当然，这里的权力主体主要还是种植园主及其执行者——监工，外围的环节还有巡逻队、捕快、行鞭所、法庭等。现年 95 岁的阿拉巴马前奴隶多克·威尔伯恩大叔在接受瓦特·麦金尼（Watt McKinney）采访时一针见血地说："主人的意志就是种植园上的法律，如果既定的规则受到任何的违反，就会立即得到惩罚。尽管主人可能是善良的，但他在治理和执行自己的法律方面必须坚定无比。尊敬和驯服是要毫不动摇地得到的，也是严格的要求，而懒惰和不敬既不会得到容忍，也不会允许。"②

在这种生存法则之下，奴隶的身体难免成为主人利益最大化的牺牲品，这对田间劳工而言尤其如此。正如深有体会的北卡罗来纳雅各布·曼森所说："我们得到了很坏的对待，而我想告诉你，一个黑佬在这里还不如一条狗。他们用鞭子抽我，按他们的说法只是，帮我走得快一些。"③道格拉斯的谴责则上升到了制度的层面，他说："从一方面来说，在那里矗立着奴隶制，它对我们构成了一个严峻的现实，虎视眈眈地盯住我们，它的长袍已经浸满了百万人的深红色鲜血，而且它还在贪婪地对我们的肉体大快朵颐。"④

工具化的奴隶身体叙事

由于种植园的规模和人数不同，奴隶在不同的环境下劳动。在大种植

① ［法］米歇尔·福柯：《规训与惩罚》，刘北成、杨远婴译，三联书店 2012 年版，第 27 页。
② Federal Writers' Project, *Born in Slavery: Slave Narratives from the Federal Writers' Project, 1936–1938, Arkansas Narratives,* Volume II, Part 7, Washington, 1941, p.143.
③ Federal Writers' Project, *Born in Slavery: Slave Narratives from the Federal Writers' Project, 1936–1938, North Carolina Narratives,* Volume XI, Part 2, Washington, 1941, p.96.
④ Frederick Douglass, *Narrative of the Life of Frederick Douglass: An American Slave, Written by Himself*, Boston, 1845, p.85.

园上一般是在监工或工头的监督下劳动,而在小种植园则往往和主人一起工作;一般性的工作时间至少是"从日出到日落",而可以量化的则实施定额制。在《为奴十二年》中,所罗门生动地描绘出以身体为工具的种植园奴隶劳动场景。在那里,机械性、重复性的劳动是奴隶进行棉花采摘的主要内容:①

> 正常情况下,每人每天的采摘量是两百磅。对于一个经常摘棉花的奴隶来说,如果低于这个量,就要受到惩罚。从事这项农活的奴隶,熟练程度也各不相同。有些奴隶似乎有采摘棉花的天赋,他们动作敏捷,可以同时用上两只手,速度惊人;而有些人不管怎么刻苦练习,却仍然达不到正常标准。这样的奴隶是不会长期留在棉花地里的,他们最终会被派去干其他更合适的活。说到摘棉花,我不得不提一下帕茜。她在贝夫河两岸是出了名的采棉高手。她一般是双手并用,速度更是惊人。一天下来,采五百磅棉花对她来说也是稀松平常的事。

定额制并不区分个人能力大小,完成任务与否构成了奴隶是否得到惩罚的基准。所罗门这样记录了自己一开始采摘棉花时遇到的情况:②

> 当时我没有任何摘棉花的经验,干起活来手忙脚乱,笨拙不堪。其他人往往是左右开弓,无比灵巧地摘下棉花塞进麻袋,那速度和敏捷的程度,在我看来简直不可思议;而我却只能用一只手扶住棉铃,用另一只手去拽那热情奔放的白色花朵。另外,把摘下来的棉花塞进麻袋,也需要手和眼的配合。我摘下来的棉花,几乎每一朵都逃不开掉在地上的命运。长长的、笨重的麻袋被我甩来甩去,这在棉花地里可是大忌,所以我经常弄断棉株的枝杈,而那些枝杈上往往挂满了尚未开裂的棉铃。无比劳累的一天结束后,我扛着棉花到轧棉房称重,只有九十五磅,连最低标准的一半都达不到。

---

① [美]所罗门·诺瑟普:《为奴十二年》,吴超译,文心出版社 2013 年版,第 110 页。
② [美]所罗门·诺瑟普:《为奴十二年》,第 119—120 页。

鞭打是很多战前种植园上的家常便饭，惩戒构成了种植园规训黑人日常行为的必要手段。南卡罗来纳一位前奴隶这样说："他的监工不得不鞭打奴隶，主人告诉他们这样做，而且让他们狠狠地抽。主人卡尔姆斯（Calms）总是对我们很刻薄。他一阵阵发疯，像个捣蛋鬼一样鞭打。他总是鞭打我，因为我没有像他说的那样干活。我在大房子里工作，洗刷、熨烫、打扫，当打仗的时候在大房子里充当保姆。"[1] 当然，也不是所有的主人会这样做。南卡罗来纳前奴隶埃丁顿—亨特说："我的主人从不把奴隶打得太重，但他确实这样做过。有次我看见我的老爹锁在链子里。他们把他的脚锁起来，手也锁住了，带走后把他鞭打了一顿，因为他不说是谁偷走了一根木头。"[2]

惩罚奴隶的鞭子一般都是特制而成。佐治亚奴隶约翰·布朗描述了这种可怕的牛皮鞭："首先要挑选一个合适长度的棍子，底部装上铅，以便给鞭子加力。然后在离棍子底部一英尺左右的地方被巧妙地分成 12 个叉。一块被鞣制的皮革分成八条，然后被拖进棍子里，以便木棍的分叉段与皮革分条能够编制到一起。这要严格按照章法完成，直到皮革的末梢恰到好处。鞭子总长约六英尺，就像蛇一样柔软灵巧。皮条不会挫伤，而只能剪伤；精于此道的能够达到如此娴熟的程度，以至于只会弄肿皮肤和汲出血来，或者直达骨头。我曾看见过一个 1/4 英寸厚的木板被它一下子击穿。我还看见一个人将一颗子弹绑在皮条的顶端，在他将鞭子绕着脑袋转了一圈之后，嗖的一声甩出去，将子弹嵌进一扇门里。这个可怕的工具被称为'牛鞭'，因为它是鞭子之王。它还被用于'干倒'野牛或不听话的家牛。我看见过许多马匹从侧面凹处被剪伤，这头动物颤抖着倒在地上。使用它的方法是围绕脑袋转 圈，直到皮条获得一种向前的力量，然后让皮条落在背上或其他要剪伤的地方，手臂要有一种回力。尽管它是那么可怕的一

① Federal Writers' Project, *Born in Slavery: Slave Narratives from the Federal Writers' Project, 1936–1938,* South *Carolina Narratives*, Volume XIV, Part 1, Washington, 1941, p.62.

② Federal Writers' Project, *Born in Slavery: Slave Narratives from the Federal Writers' Project, 1936–1938,* South *Carolina Narratives*, Volume XIV, Part 2, p.328.

种工具，但很少在奴隶身上用那种致残的方式，因为总是用极为准确的'舔伤'方式，只伤及皮肤和汲出血液。但这已经够坏的了。"①

即使是病中的奴隶，如没有明显的病症，也是得不到及时治疗的，而劳动也往往得不到豁免。在《述及 1839、1846 和 1848 年三次逃跑的肯塔基逃奴 J. D. 格林的生活叙事》中，格林提到一个叫作鲁本大叔的例子。鲁本大叔在收获季节得了病，而且非常严重，但主人对他和他的妻子黛娜有意见，因为后者向女主人告状，说主人糟蹋了自己最年幼的女儿。监工科布遵照主人的意图，强迫鲁本大叔下地劳动，格林则被命令拿着工具跟在他的后面进行监督。疲惫不堪的鲁本大叔累得倒在地上，"当这个老人不能站起来时，科布先生用他厚重的皮靴踢了他几脚，并告诉鲁本大叔，说尽管他病了，他可以治好他。他命令我们脱下他的衬衫，这个可怜的老人被剥下衣服，科布先生用他的胡桃手杖敲打他的背部，直到大量流血为止。"② 然后鲁本大叔被发现已经离开了这个世界，再也不会感受到痛苦了。

为了驾驭桀骜不驯的奴隶，除了经常使用的鞭子以外，主人还发明了各种器具调教他们。弗吉尼亚里士满现年 108 岁的"老爸"查尔斯·科茨幼时生活在一个主人称之为"御前天使"（L'Angel）的种植园上，不久被卖到 W. B. 霍尔的种植园。这里的奴隶干着劈木条或砍树这样的重活，但科茨被安排给主人赶车，同时负责敲钟，并敦促其他奴隶干活，这个活比别人轻省多了。他笑嘻嘻地叙述道，奴隶如何"抓着一块肉和面包跑到地里"，因为他们没有时间吃面包。如果奴隶没有在规定的时间内干完规定的活计，或私自到别的种植园串门，监工就会把他关起来饿上几天。他

---

① Louis Alexis Chamerovzow, ed., *Slave Life in Georgia: A Narrative of the Life, Sufferings, and Escape of John Brown, a Fugitive Slave, Now in England,* London: May be had on Application to the Editor, at No.27, New Broad Street, and of all booksellers, 1855, pp.130–131.

② J. D. Green (Jacob D.), *Narrative of the Life of J. D. Green, a Runaway Slave, from Kentucky, Containing an Account of His Three Escapes, in 1839, 1846, and 1848.* Huddersfield,［Eng.］: Printed by Henry Fielding, Pack Horse Yard, 1864, pp.10–11.

说，曾有一个奴隶被关进小屋里，两三天没给他任何水或食物。①

　　根据科茨的描述，种植园上还有一个类似绞架的奇妙装置，那是专门悬吊起奴隶施加鞭打的装置，也就是鞭枷。装置的顶部是孔中穿铰链的木块，当奴隶的手指在那里被绑上时，脚底几乎不着地面。被鞭打时奴隶就没有力气叫喊或挣扎。被鞭打奴隶的赤裸身上每次都是血肉淋淋，不然不会罢休。妇女受罚时也不例外，即使怀孕也不会得到任何怜悯。在一次严厉的鞭刑之后往往

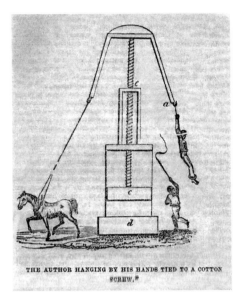

THE AUTHOR HANGING BY HIS HANDS TIED TO A COTTON SCREW.

惩罚奴隶的新花样（出处：《罗珀在美国奴隶制下的奇遇和逃离叙事》，1840）

还被淋上掺着盐和胡椒的水，目的是使疼痛的效果更加明显。施加鞭刑的工具是棍子或者是一种被称为"九尾猫"的鞭子，一根鞭杆上连着九条皮带，甩下去每个带子都会带来一片血花。

　　查尔斯·科茨的描述与所罗门在《为奴十二年》中提到的技术极为相似，可能是当时的一种流行装置。所罗门的陈述如下：②

　　　　在红河地区的种植园里，鞭枷是一种极为常见的工具。它由两块横着立起来的厚木板组成，一个在上面，一个在下面。下面木板的两端绑在两根很短的柱子上，而柱子则插在地上起固定作用。在这块木板的上沿，间隔一定的距离便挖出一个半圆。另一块木板的一端用铁链固定在其中一根柱子上，这样就可以像铡刀一样上下开合。在上面木板的下沿与下面木板对应的位置，也挖出几个半圆，这样，当两块

---

① Federal Writers' Project, *Born in Slavery: Slave Narratives from the Federal Writers' Project, 1936–1938, Florida Narratives,* Volume III, Washington, 1941, pp.66–67.

② ［美］所罗门·诺瑟普：《为奴十二年》，第82—83页。

木板拼在一起时，中间便有几个完整的圆了。这些圆的大小可以容纳一个人的脚踝，但又不至于让脚抽出。上面那块木板可以开合的一端，需要用锁固定在柱子上。使用时，奴隶坐在地上，将鞭枷上面那块木板抬起，奴隶把脚踝的位置放进半圆中，然后将上面的木板放下并锁上，这样奴隶的双脚就被锁在鞭枷上不能动弹了。有时候，如果不想锁脚，也可以锁脖子。锁好之后，便可以对奴隶施以鞭刑了。

根据所罗门的观察，施加鞭刑在他所待的路易斯安那的种植园上是相当普遍的。每当到了采棉季节，鞭子的噼啪声和受罚奴隶的惨叫声都会从黄昏棉花称重时一直响到午夜。至于具体的惩罚过程，所罗门这样说：①

受罚奴隶所挨的鞭数一般根据过失的情节而定。二十五鞭只属于毛毛雨般的轻微惩罚，其对应的过失情节较轻，比如棉花中偶尔出现一片干叶子或棉铃壳，或者摘棉花时不小心折断了枝杈等；五十鞭属于常规惩罚，专门"伺候"摘棉量不达标的奴隶；一百鞭才属于较严重的惩罚，针对那些在地里偷懒怠工的奴隶；一百五到两百鞭子，用来惩罚那些和同伴争吵的奴隶；而五百鞭子，除了被狗撕咬外，绝对是最严酷的惩罚，它是针对那些逃跑的奴隶，一般能挨得了五百鞭的人，即使侥幸没有被当场打死，也要忍受好几个星期的痛苦折磨。

这些刑具发明的目的当然不限于惩罚干活不力。殖民地时期，曾亲身体验从奴役到自由之旅的艾奎亚诺曾提到过，在弗吉尼亚他曾看到的一种"铁笼嘴"（iron muzzle）："当我在这个种植园的时候，我猜测是这块地产主人的那位绅士身体不太好，有一天我被差遣到他的居所给他打扇子；当我走进他所在的房屋的时候，我被我所看见的某种东西吓得心惊胆战，当我穿过屋子时候更是如此，我看到一个黑人妇女正在做晚饭，而这个可怜的人被残忍地装载了各种铁制的机关；她的脑袋上有一个特别的，它能够将她的嘴锁得如此之紧，以至于几乎不能说出话来；也不能吃、不能

----

① ［美］所罗门·诺瑟普：《为奴十二年》，第120页。

喝。我对他的发明极为震惊，后来才知那个东西叫作铁笼嘴。"① 罗珀则谈到战前一个南卡罗来纳种植园为防止奴隶逃跑所发明的特殊器具："这个人采用的另一种惩罚方式是使用带有铃铛的铁触角，套在奴隶脖子的后面……这东西是个十分沉重的机械，有几英尺高，十字形的部分则有 2.4 英尺高，六英尺长。"②

在这种来自"白人的世界"的窒息性压力下，奴隶过着一种暗淡的日子，虽然会有一些偶尔的生命火花出现，但很多人丧失了对未来的希望，只是百无聊赖地消磨生命的时光。在谈到繁重的日常劳动所带来的身心伤害时，所罗门这样说道："我生命的盛夏正悄然逝去，我愈发老气横秋起来。也许要不了几年，劳苦、忧伤以及沼泽中有毒的瘴气，便会要了我的命。我会躺在无名的坟墓里，腐烂，最终被遗忘。我已经求助无门了，我遭受了排斥、背叛和孤立。我唯一能做的，只有趴在地上痛苦地呻吟。获救的希望就像一束光线，照在我心灵上，给我唯一的安慰。如今这希望之光摇曳不定，暗淡下来。它终将被沮丧的气息彻底熄灭，留下我在子夜般

带有铃铛的铁触角（出处：《罗珀在美国奴隶制下的奇遇和逃离叙事》，1840）

① Olaudah Equiano, *The Interesting Narrative of the Life of Olaudah Equiano, or Gustavus Vassa, the African, Written by Himself,* Vol. I, p.91.

② Moses Roper, *Narrative of the Adventures and Escape of Moses Roper, from American Slavery. With an Appendix, Containing a List of Places Visited by the Author in Great Britain and Ireland and the British Isles, and Other Matter*, Berwick-upon-Tweed, England: Published for the Author, and Printed at the Warder Office, 1840, p.14.

的黑暗中孤独摸索，直到生命的最后一刻。"①

受到双重压榨的女奴身体

在奴隶制下，女奴往往从事室内服侍工作，比如作为侍女、奶妈或厨师等等，但并非所有的女奴都从事这些比较轻省的工作，很多人要下地干活，并要干与男性一样的体力活，此外还要忍受额外的辛苦。北卡罗来纳92岁的前奴隶亨利·詹姆斯·特伦特姆回忆说："我见过很多奴隶被监工抽鞭子。主人在那地方有四个监工，他们驱赶我们从日头升起到日头落下。一些妇女大多数时间光着脚犁地，在垄脚上不得不追赶上男人，她们在夜里还要做饭。在奴隶制下我们害怕日头升起来，因为它意味着又是艰难的一天，但我们很高兴看到它落下去。"② 詹姆斯·威廉斯提到，由于没有完成每天安排给她的锄地定额，阿拉巴马一个棉花种植园上的女奴萨拉遭到多轮鞭打，最后一次则被监工活活打死：③

> 他击打了她几下。她的手臂因而摇摇摆摆，终于将她的脚靠在了一个树干上，稍微支撑着自己，在某种程度上缓解了腕部的疼痛。他丢下了鞭子，从菜园栅栏上拔下一个木条，下令将她的双脚绑起来，并将木条插在中间。然后他命令一个人手坐在上面。这时候她的背部是赤裸的，身上仅有的衣物搭在肩上，用来稍微抵挡一下鞭打她肉体的力量。他用折叠小刀将其割破，这样她就完全赤裸了。他只击打了两下，因为第二次的可怕一击把侧部和腹部割开了口子。我再也看不下去了，请求他停下来，因为我担心他会杀死了她。监工看了一下伤

---

① ［美］所罗门·诺瑟普：《为奴十二年》，第160页。

② Federal Writers' Project, *Born in Slavery: Slave Narratives from the Federal Writers' Project, 1936–1938, North Carolina Narratives*, Volume XI, Part 2, pp.364–365.

③ James Williams, *Narrative of James Williams, an American Slave, Who was for Several Years a Driver on a Cotton Plantation in Alabama,* New York:Published by the American Anti-Slavery Society, 1838, p.64.

口，扔下了鞭子，命令给她松绑。她在昏迷之下被送进一间房子，三天后死了。

在《美国奴隶弗雷德里克·道格拉斯自我撰写的生活叙事》中，道格拉斯讲到他的第一个为人残酷的主人安东尼上尉以及一个人品极差的监工普卢默（Plummer）。他说："普卢默先生是一个可耻的醉鬼、不敬神的发誓者和野蛮的恶鬼。他总是武装着一把牛皮鞭和一根重棒。我知道他曾把妇女的脑袋砍得和鞭打得如此可怕，以至于连主人都对他的残酷震怒了，并威胁说如果不加以小心就会抽他自己。然而主人并不是一个善心的奴隶主。只有极为野蛮的事情才能触动他。他是个残酷的人，长年的蓄奴生活已经硬化了心肠。他有时似乎在鞭打奴隶时获得了极大的快乐。"①

至于主人安东尼上尉，他尤其虐待道格拉斯的一个姨母："黎明时我常常被我的一个姨母的极为扎心的尖叫声所惊醒，他常常把她绑到一个托梁上，在她赤裸的背上抽打，直到满身是血为止。血淋淋受害者的任何言语、任何眼泪或任何祈祷都不能打动他嗜血的铁心肠。她哭得越大声，他抽打得越厉害；血流得越快，他抽打得时间越长。他会抽打她发出尖叫声，也会抽打她直到一声不吭；不到疲惫不堪的时候，他不会停止挥舞那个带血的牛皮鞭。"② 在《一个在1828年被纽约州从奴役中解放出来的北方奴隶索杰娜·楚思的叙事》中，索杰娜·楚思也谈道，自己因为惹得女主人发怒，小小年纪就尝到了被鞭打的滋味，双脚也被严重冻伤："现在每当听到有人鞭打妇女裸露的肉体，我身上就会起鸡皮疙瘩、汗毛直竖！"③ 肯塔基奴隶刘易斯·克拉克谈道，可能是由于偷窃了家畜，一个被任命为工头的奴隶被迫鞭打自己的妻子；鞭打是如此严重，以致后者没

---

① Frederick Douglass, *Narrative of the Life of Frederick Douglass: An American Slave, Written by Himself*, p.5.

② Frederick Douglass, *Narrative of the Life of Frederick Douglass: An American Slave, Written by Himself*, p.6.

③ Frances W. Titus, ed., *Narrative of Sojourner Truth; A Bondswomen of Olden Time, with a History of her Labors and Correspondence Drawn from her "Book of life"*, Boston: Published for the Author, 1875, p.26.

有从这个暴行中恢复过来。①

值得注意的是，女奴得到惩罚，原因不仅仅限于工作方面的不力或失误。若因长得太美而被主人看上，那可能意味着麻烦来了，道格拉斯因而称之为"女奴的诅咒"。② 根据道格拉斯的回忆，他幼时曾藏在壁橱里，亲眼目睹了身材高挑、面容姣好的姨母海斯特受惩的经过。那次是由于被怀疑与一个男奴约会，醋意大发的主人把道格拉斯的姨母海斯特押到厨房，剥光上身，狠狠地甩起牛皮鞭，殷红的鲜血不断滴落到地面上。道格拉斯吓得大气不敢喘，这个场面极大地震撼了道格拉斯幼小的心灵，构成了他的自由觉醒过程中的一个重要事件。道格拉斯说这件事"以可怕的力量撞击了我。它是一扇血腥之门、奴隶制地狱的入口，而我就要通过这个入口。"③

女奴帕西受惩（出处：《为奴十二年》，1853）

所罗门所观察到的赫夫鲍尔种植园的一个叫作帕西的女奴，命运甚至更加悲惨。作为"棉花地里的女王"，一个在劈木头、扎篱笆、犁地、喂牲口，甚至在骑术等方面都样样出众的姑娘，但仅仅是由于长得"身材窈窕、苗条"，"举手投足间透出一股无法消除的傲气"，并且夹杂在好色的主人与嫉妒的女主人之间，"帕茜作为欲望与仇恨的牺牲品，终日过着暗无天日的悲惨生活。"④

---

① Lewis Clarke, *Narrative of the Sufferings of Lewis Clarke, during a Captivity of more than Twenty-Five Years, among the Algerians of Kentucky, one of the so called Christian States of North America, Dictated by himself*, Boston:David H. Ela, printer, 1845, p.27.

② Frederick Douglass, *Life and Times of Frederick Douglass, Written by himself*, pp.37-38.

③ Frederick Douglass, *Narrative of the Life of Frederick Douglass: An American Slave, Written by Himself*, p.6.

④ ［美］所罗门·诺瑟普：《为奴十二年》，第125—126页。

　　她受过太多的折磨，背上的伤疤不计其数。并不是因为她的活干得不好，也不是她做事不用心或有反叛之心，而是她不幸地遇到了一个好色的老爷和一个嫉妒心极强的太太。那双色眯眯的眼睛让她瑟瑟发抖，而另一个女人则把她的命玩弄于股掌之间。夹在这两人之间，她怎么可能有好日子过呢。因为她，大宅里经常爆发出一阵阵激烈的争吵。最能让太太高兴的事，就是眼睁睁看着她受折磨。不止一次，当埃普斯老爷拒绝卖掉帕茜时，太太就拿些东西做诱饵，让我偷偷把帕茜杀掉，尸体随便埋在沼泽地里某个荒凉的地方就行……帕茜的头顶永远都是乌云惨淡。只要她对老爷的意愿稍有违抗，便立刻招致一顿鞭打，打得她屈服求饶为止。她在小屋旁或在院子里走路时，只要稍不留心，一块木头或一个烂瓶子就可能从太太的手里飞过来，出其不意地砸到她的脸上。

　　在《被绑架者的赎回》中，彼得·斯蒂尔谈到麦基尔南种植园上一个漂亮的女奴，仅仅 13 岁左右的玛丽亚。当女主人有事到厨房找她时，玛丽亚没有在那里做事，于是遍寻庄园的各个房间，最后发现她与主人在客厅里待在一起。主人立即落荒而逃，女主人就把满腔的愤怒发泄到这个年龄尚幼的女奴身上，把她绑在一个木架上狠狠抽打，打累后歇息了一会，又是一阵狂风暴雨。精疲力竭后，女主人将玛丽亚关押到一个熏房里。①

　　在奴隶制下，女奴被主人当作性奴的事情并不稀奇。北卡罗来纳雅各布·曼森曾在一个人数在 50 人以上的种植园上当奴隶，他说："主人并没有任何白人监工。他有黑人把头。哈！哈！他十分喜欢一些好看的黑人妇女，不愿意有白人在她们身边转悠。"②"主人没有任何白人妇女所生的

---

①　Mrs. Kate E. R. Pickard, *The Kidnapped and the Ransomed. Being the Personal Recollections of Peter Still and His Wife "Vina," after Forty Years of Slavery*. Syracuse, New York:William T. Hamilton, 1856, pp.167, 171.

②　Federal Writers' Project, *Born in Slavery: Slave Narratives from the Federal Writers' Project, 1936–1938, North Carolina Narratives*, Volume XI, Part 2, p.96.

孩子。他在黑人妇女当中有他的甜心。我不会告诉别人瞎话。我说老实话，这就是老实话。在那个时候要找到一个在他的奴隶当中没有妇女的主人是件很难的事情。这是在奴隶主当中很普遍的事情。"① 逃亡北方的亨利·博克斯·布朗愤怒地指出，奴隶制的诱惑在于能够控制女奴："我的坦诚观点是，在奴隶主身上发挥作用、诱使他们对悲惨的奴隶采取铁腕手法的强烈动机之一，就是这给予他们对女性奴隶的这种无限制控制。"②

由于能随意榨取女奴的身体资源，一些主人甚至根本用不着结婚，女主人甚至还可能出现一些"断袖"行为。佐治亚一个前奴隶这样说："那个时候白人男人大胆地携带着有色女孩和妇女。任何时候他们看中了一个，她就得跟他走，而他的妻子对此不说什么。不仅仅是男人，连妇女都与有色妇女在一起。这就是为什么那么多的女奴所有者不结婚了，因为他们与自己的一个奴隶在一块嘛。这些事情的出现不是那么新鲜，它们一直在发生。这就是我为什么说要离他们远远的，因为他们想怎么做就怎么做。"③ 在《越过千山万水只为自由》中，克拉夫特夫妇写道："社会最高层圈子里的绅士们——如果我可以这样称呼的话——成为他们自己奴隶的父亲，并可以不受任何惩罚地卖掉他们，这是个普遍的做法；越是虔诚、漂亮和贞洁的女孩，越是可以得到更高的价格，并被用于极为龌龊的动机。"克拉夫特夫妇接着说，任何一个有钱的男人都可购买一个漂亮的处女，然后强迫她与自己生活在一起；有时他可能以结婚的方式哄骗她，"但由于女子和她的孩子在法律上都是这个人的财产，他们处于一种既是主人、也是丈夫和父亲的异常关系之中，如他牵涉进债务之中，可轻易被抓

① Federal Writers' Project, *Born in Slavery: Slave Narratives from the Federal Writers' Project, 1936–1938, North Carolina Narratives,* Volume XI, Part 2, p.97.

② Henry Box Brown, *Narrative of Henry Box Brown, Who Escaped from Slavery Enclosed in a Box 3 Feet Long and 2 Wide. Written from a Statement of Facts Made by himself. With Remarks upon the Remedy for Slavery. By Charles Stearns.*Boston:Published by Brown & Stearns, 1849, p.23.

③ Federal Writers' Project, *Born in Slavery: Slave Narratives from the Federal Writers' Project, 1936–1938, Georgia Narratives,* Volume IV, Part 4, Washington, 1941, pp.292–293.

住并被卖掉。"①

　　在主人绝对权威的威慑下，奴隶家庭也面临着尴尬乃至危险的境遇。在《非洲黑人国王赞巴自我撰写的生活和冒险叙事》中，南卡罗来纳奴隶赞巴提到了在吉兰（Gullan）上校所拥有的一个种植园上已婚女奴朱诺的悲惨遭遇。上校本人也已经结婚，看上朱诺后就施加一些小恩小惠，但朱诺不为所动。一天傍晚的时候，上校来到朱诺的小屋，当着她丈夫比利的面，要求当晚到他那里过夜。由于朱诺晚上没有过去，第二天一早快要上工的时候，上校骑马来到小屋门前，在众人在场的情况下用鞭子教训朱诺。当比利挺身而出遮挡鞭子的时候，上校拔出手枪，结果是一颗子弹穿过了比利的胸膛。两个临近的种植园主前来质疑这是怎么回事时，上校声言"我只是自我防卫而已"，而当其他的奴隶说比利只是保护自己的妻子时，上校就用鞭子驱赶众人。然后上校将几个美元扔在地上，对那个可怜的寡妇说："好了，朱诺，你可以告诉这帮人，今天不用干活了。你可以找一些兰姆酒来招待他们，把比利埋葬了。"② 上校随后扬长而去，这事就没了任何下文。

　　在主人的逼迫之下，也有一些不堪凌辱以悲剧告终的女奴事例。在《越过千山万水只为自由》中，克拉夫特夫妇描述了一个叫作安托瓦内特（Antoinette）的女奴宁为玉碎、不为瓦全的悲壮故事。当霍斯肯斯（Hoskens）试图进入关押她的一个楼上房间时，几乎要发狂的安托瓦内特与醉醺醺的霍斯肯斯发生了一场打斗，然后是安托瓦内特摆脱了他的纠缠，脑袋向前勇敢地冲破了窗户，然后跌落到下面的人行道上。严重受创的身体被抬起来，医生也叫来了，但为时已晚，一个如花的生命就这样陨落了。克拉夫特夫妇哀叹道："她的纯洁和高贵的精灵已经飞

---

① 　William Craft, *Running a Thousand Miles for Freedom; or, the Escape of William and Ellen Craft from Slavery,* London: William Tweedie, 337, Strand.1860，pp.16–17.

② 　Zamba, *The Life and Adventures of Zamba, an African Negro King; and His Experience of Slavery in South Carolina. Written by himself. Corrected and Arranged by Peter Neilson.* London: Smith, Elder and Co., 1847，pp.231–234.

走了，已安息在无尽的极乐之中，'在那里恶人止息搅扰，困乏人得享安息'。"①

在《述及 1839、1846 和 1848 年三次逃跑的肯塔基逃奴 J. D. 格林的生活叙事》中，格林讲述到因女奴玛丽被强奸而导致的可怕结局。在马里兰为奴期间，格林一度爱上了主人蒂洛森的浅肤色女奴玛丽，但遇到了强劲的情敌丹。有一天，玛丽到谷仓里捡拾鸡蛋的时候，没想到主人蒂洛森的儿子威廉在那里发现了她，并命令玛丽在草窝里躺下来以满足他的兽欲。玛丽不从，指出了她自己曾经受到过的惩罚，并提醒他注意一下自己妻子进行报复的可能性。但是威廉不听那一套，并立即诉诸蛮力。听到玛丽的尖叫后，刚好在附近的黑人丹跑了进来，看到正在地上挣扎的玛丽。热血沸腾之下，丹抓起一把草叉并扎过去，草叉从威廉的肩膀之间插过去，其中一个分叉穿透了他的左肺，导致了后者的当场死亡。丹发觉大事不妙，赶紧跑到森林和沼泽里去了。蒂洛森夫人与其儿媳闻声赶来，二人看到血淋林的场面都昏厥在地。苏醒后蒂洛森夫人审问了玛丽，但对后者的清白陈述不予采信，而是相信这是一起共谋事件。当主人蒂洛森晚上赶到、再次召见玛丽时，玛丽已经不见了踪影，四处搜寻之后仍然无果。直到半夜时分，一辆马车载着一具尸体回来，格林打着灯笼，陪着蒂洛森查看情况："可怜的玛丽，由于被发生的事情所折磨，她当晚在切萨皮克湾的深水中寻求了解脱。"② 对于丹的下落，蒂洛森悬赏 1000 美元；两个月后，丹终被抓获。第二天，丹被吊在田野里的一个架子上，周围放上松木，然后点上火；在大约 3000 人面前，丹被活活地烤死，其状况之可怕、叫声之凄惨难以描述，很多目睹者昏倒在地。

除了因色欲之故而使身体面临遭受白人的蹂躏威胁之外，男女奴隶的身体还因经济考虑而被主人肆意当作生育的机器，或因生理缺陷而被阉

---

① William Craft, *Running a Thousand Miles for Freedom; or, the Escape of William and Ellen Craft from Slavery*, p.21.

② J. D. Green (Jacob D.), *Narrative of the Life of J. D. Green, a Runaway Slave, from Kentucky*, p.20.

割。一位被采访的阿肯色前奴隶艾丽斯·赖特说："我父亲说他们在水里放上药片，让年轻的奴隶多生孩子。如果他的老主人找到一个能生的妇女，他不会卖掉她。他会给自己留着。"① 肯塔基一个前奴隶这样说："在奴隶制时代主仆的亲密混合是一件极为悲哀、黑暗和伤感的事情，事实上很多白人男人都有黑人妇女。众所周知，一个奴隶若是他的主人后代的话往往被卖掉。"② 一些主人把妇女奖赏给能干的、强壮的男奴，以便能得到"一些良好的、胖胖的孩童"，与此同时一些羸弱的则受到阉割的摧残，一个北卡罗来纳奴隶这样说："对于身材短小的黑佬……他们像对待公猪一样对其进行手术，这样他们就不会拥有任何短小的孩子。"③ 在一些女奴比例较高的种植园上，主人专门安排一些强壮的黑人做"种男"。北卡罗米纳雅各布·曼森说："很多奴隶主拥有强壮、健康的男奴伺候黑人妇女。一般来说，他们为每四个妇女配一个男的，而这个男的最好不要与跟别的妇女有关系，这些妇女也不要跟别的男人有关系。当婴儿的母亲工作的时候，孩子由不能下地的老女奴照料。妇女像男人一样犁地以及干其他的活计。"④

还有一些人专门蓄养这类"种男"以对外出租。居住于肯塔基的一位前奴隶乔治·麦克维迪（George McVodie）说："只有强壮、健康的女奴才被允许生孩子，并且经常不允许与自己的丈夫配对，而是像牲口一样与一些专门为此目的保留的强壮的男奴在一起，主人希望繁殖，为此花大价钱，就像现在为了改善牲畜，马、牛、狗或其他动物所得到的管理一样。一个漂亮黑人妇女的孩子的父亲往往是主人自己，他会无情地将自己

---

① Federal Writers' Project, *Born in Slavery: Slave Narratives from the Federal Writers' Project, 1936–1938, Arkansas Narratives*, Volume II, Part 7, Washington, 1941, p.246.

② Federal Writers' Project, *Born in Slavery: Slave Narratives from the Federal Writers' Project, 1936–1938, Arkansas Narratives*, Volume VII, p.112.

③ Paul D. Escott, *Slavery Remembered: A Record of Twentieth-Century Slavery Narratives*, Chapel Hill: The University of North Carolina Press, 1979, p.45.

④ Federal Writers' Project, *Born in Slavery: Slave Narratives from the Federal Writers' Project, 1936–1938, North Carolina Narratives*, Volume XI, Part 2, p.98.

的后代卖给其他主人，而不考虑他的福祉。"[1] 玛吉·斯腾豪斯（Maggie Stenhouse）说："奴隶制时代有种男。他们得到评估和检验。一个男人会租借种男，并把他放在一个有希望从中生育孩子的屋子里。"[2] 阿肯色前奴隶 G.W. 霍金斯说："有人蓄养着男奴，强迫女奴做他们想做的事。如果女奴不干，主人或监工就抽打她们，直到服从为止。妇女挨打，被迫跟着他们。他们都是高大、健康的男人，主人希望通过他们让妇女生孩子。也有白人男人强迫妇女做他们想做的事情。当奴隶制结束时，他们还不想停下来。"[3]

　　在奴隶叙事中，由于生育受到极大的鼓励，奴隶多子多孙的现象得到了描述。诺厄·戴维斯在其《有色人诺厄·戴维斯 54 岁时自我撰写的生活叙事》中，他认识了一位卡特·L.斯蒂芬森先生的侍女，经双方主人同意后二人最终结婚，并生育了九个子女，"七个生于奴隶制，两个生于妻子自由之后"。[4] 在《被绑架者的赎回》的叙事中，彼得·斯蒂尔（1799—?）的母亲悉尼共生育了 18 个子女，除被拐走的两位外，8 个子女存活下来。[5] 而在《曾在奴隶制、现在是自由人的约翰·昆西·亚当斯的叙事》当中，亚当斯的母亲 17 岁、父亲 18 岁时结婚，他们身体健康，生育了多达 25 个孩子，其中 15 个男孩、10 个女孩。当中还有四对双胞胎，其中包括亚当斯在内。[6]

---

① Federal Writers' Project: *Born in Slavery: Slave Narratives from the Federal Writers' Project, 1936–1938*, Kentucky *Narratives*, Volume VII, p, 72.

② Paul D. Escott, *Slavery Remembered: A Record of Twentieth-Century Slavery Narratives*, p.45.

③ Federal Writers' Project, *Born in Slavery: Slave Narratives from the Federal Writers' Project, 1936–1938, Arkansas Narratives*, Volume II, Part 3, p.218.

④ Noah Davis, A *Narrative of the Life of Rev. Noah Davis, A Colored Man. Written By Himself, at the Age of Fifty-Four.* Baltimore: Published by John F. Weishampel, Jr., No.484 West Baltimore St., 1859, p.27.

⑤ Mrs. Kate E. R. Pickard, *The Kidnapped and the Ransomed. Being the Personal Recollections of Peter Still and His Wife "Vina"*, *after Forty Years of Slavery.*Syracuse, p.259.

⑥ John Quincy Adams, *Narrative of the Life of John Quincy Adams, When in Slavery, and Now as a Freeman*, Harrisburg, PA: Sieg, Printer and Stationer, 1872, p.5.

仪式化的奴隶身体叙事

奴隶不仅仅要将自己的身体资源供主人任意压榨，而且须在黑白交往中表现出对白人的尊敬和驯服，在言辞和身体上体现出应有的礼仪，即福柯所说的要"表现出某些仪式"，这对服侍白人的仆人而言尤为如此。"白人的世界"与"黑人的世界"在很多情况下无疑有着明确的、外在的分界符号。

黑人孩子生下来就作为白人儿女的财产，并听命于他们的小主人。曾经在肯塔基有过奴隶经历的乔治·华盛顿·巴克尔现在有个医生的职业，回忆起当年住在一座破烂的小木屋里，窗户就是圆木之间的缝隙，树皮充当遮挡雨雪的百叶窗。根据采访人的转述，在肯塔基，"另外一个流行的传统是，奴隶的孩子应当交给主人年轻的儿女，在儿童期就要成为他们的特别的财产。根据这个传统，还是孩子的乔治·华盛顿·巴克尔成为'幼主'迪基·巴克尔的奴隶。尽管这两个孩子年龄差不多，但这个混血小男孩要听命于小主人的意志。事实上，奴隶儿童要照顾白人男孩穿衣，给他刷靴子，收拾玩具，在充当奴隶的同时当好他的玩伴。"①

1856年出生的北卡罗来纳前奴隶贝蒂礼貌地接待联邦作者项目的采访者，她打招呼说："是的，女士，是的，先生，进来吧"；一边随手拖来火堆旁边一把椅子。根据她的回忆，主人虽然对他们很好，但十分严厉，主仆序列仍是不可逾越的："我很幸运。当我出生的时候，埃拉小姐是个小姑娘，而她对我有所有权。我们一块玩耍，一块长大。我伺候着她，大多数时间睡在她房间的地板上。"②

现年78岁，密西西比出生的前奴隶内利·邓恩对采访者伯尼斯·鲍

---

① Federal Writers' Project, *Born in Slavery: Slave Narratives from the Federal Writers' Project, 1936–1938, Indiana Narratives,* Volume V, Washington, 1941, p.28.

② Federal Writers' Project, *Born in Slavery: Slave Narratives from the Federal Writers' Project, 1936–1938, North Carolina Narratives,* Volume XI, Part 1, p.168.

登夫人谈到在白人面前卑躬屈膝的母亲:"妈妈在他的控制之下。他每天带我们到白人的房子里去见贝基小姐。当老主人见到我们,他会说:'你们有什么话说?'我会说:'一、二、三。'然后我们要到老女主人那里致敬,并且说:'早安,贝基小姐;早安,阿尔伯特老爷;早安,沃德利(Wardly)老爷。'他们都是小不点儿,但我们必须称呼他们老爷。"[1]

主人所要得到的不仅仅是形式上的礼仪,与此密切关联的是行动上的实质性驯服。道格拉斯曾提到一个叫作里格比·霍普金斯的奴隶主,尽管他是教会的牧师,但这不妨碍他对奴隶恣意地行使专断性的权力;霍普金斯"治理的一个特征是在奴隶应该受到鞭打之前就予以施行。他这样做是引起恐惧,并将恐惧嵌入那些逃脱者之中。他的计划是因最小的冒犯而施加鞭打,从而杜绝更大的。霍普金斯先生总能找到鞭打一个黑人的借口。对奴隶制生活不习惯的人看到一个奴隶主如此轻易地找到鞭打奴隶的机会,可能会感到震惊。一瞥、一个单词、一个动作都是奴隶随时挨鞭子的原因。一个奴隶看起来不高兴?据说有魔鬼在他里面,那就必须用鞭子将其赶出来。对主人说话高声大嗓?那他是兴奋过度,那就必须将纽扣孔调低一个。他碰见白人时忘了摘下帽子?那是他缺乏尊敬,并应该为此挨鞭子。挨训的时候他甚至胆敢为他的行为辩护?那么他就有罪于厚颜无耻,这是奴隶能够犯的大过之一。他胆敢建议一种不同于主人所说的工作方式?那真是放肆,不知道自己是谁了;一顿鞭子对他来说是最低程度的。他犁地时弄坏了犁具,或锄地时弄坏了锄具?这是漫不经心,对此一个奴隶必须受到鞭打。"[2]

事实上,奴隶制下的鞭刑常用于敦促奴隶为主人更加卖命方面,但如果不能领会主人的意思,也往往招来一顿暴揍。在《为奴十二年》中,所罗门叙述了租地农场主彼得·坦纳如何以《圣经》来训诫自己的奴隶:"和

---

[1] Federal Writers' Project, *Born in Slavery: Slave Narratives from the Federal Writers' Project, 1936–1938, Arkansas Narratives*, Volume II, Part 2, p.223.

[2] Frederick Douglass, *Narrative of the Life of Frederick Douglass: An American Slave, Written by himself*, pp.78–79.

威廉·福特一样，他的内兄坦纳先生也有在安息日为奴隶们读《圣经》的习惯，不过两人的风格却截然不同。坦纳在解释和评论《新约》方面颇有心得。我到他的种植园后的第一个星期天，他把奴隶们叫到一起，开始读《路加福音》的第十二章。读到第四十七节时，他意味深长地看了我一眼，念道：'仆人懂得主人的意思，'然后顿了顿，更加明显地盯着我，慢吞吞地继续念道，'却不准备，又不顺从他的意思行事，那仆人必多受责打。''听到了吗?'坦纳加重语气说，'必多受责打。'"他一字一字地重复道，然后摘掉眼镜，准备发表一番评论。"作为奴隶，如果不懂得主人的意思，又不顺从主人的意思行事，那这个奴隶就'必多受责打'，明白吗？这里的'多'是非常多的意思，四十、一百，甚至一白五十鞭子。这才叫'多受责打'！"随后，坦纳又就这一主题讲了很长一段时间，定要给他的黑奴们以振聋发聩的启迪。[1]

即使在主人惩罚自己的妻子时，一旁的丈夫甚至不能有任何不满的表示。南卡罗来纳一位72岁的前奴隶在1937年接受采访时说："是的，夫人，那些日子里他们会鞭打有色人。是的，夫人，监工干这个活，因为我听他们给我讲过。说是他们把妻子打得鲜血淋漓，但丈夫从来不敢吭一声。听说鞭打得如此厉害，以至于不得不用油脂涂抹。如果有色人不满足白人老乡，他们会鞭打他们。"[2] 奥斯汀·斯图尔德在其《22年的奴隶、40年的自由人岁月》中这样说："看到他疼爱的却是悲惨的妻子不仅仅暴露于一个兽欲的专制者的粗鲁的凝视之中，还要不可避免地看到沉重的牛皮鞭落到她的抽搐的皮肉上，上铐的手臂在难以言表的折磨中挣扎，奴隶丈夫必须不吱一声地屈从，而对她哀怨的求救声充耳不闻。在对他有着主宰权的人形怪物面前，心脏的狂跳必须得到压制，正义的愤慨不能发出声音。"[3]

---

[1]　［美］所罗门·诺瑟普:《为奴十二年》，第82页。

[2]　Federal Writers' Project, *Born in Slavery: Slave Narratives from the Federal Writers' Project, 1936–1938, South Carolina Narratives*, Volume XIV, Part 1, p.344.

[3]　Austin Steward, *Twenty–Two Years A Slave, and Forty Years a Freeman; Embracing a Correspondence of Several Years, while President of Wilberforce Colony, London, Canada West*, Rochester, N. Y.: Published by William Alling, Exchange Street, 1857，pp.17–18.

　　这里所谈的礼仪还有一种明显的人前、人后之别。一个被费斯克大学所采访的前奴隶谈到冷酷的女主人突然瘫痪后，自己是如何对待她的。这个女奴得到命令，要求给病人扇扇子、赶跑苍蝇，在有人在场的时候她很听话，但当仅有两人在场的时候，这个女奴就用扇子甩打女主人的脸，"我对这个妇女很刻薄，她待我太差劲了。"任何人都不知道曾发生过这样的事情，而女主人不久死掉了，"所有的奴隶都进屋来呼天抢地，用手抹眼，只是尽可能地哭嚎。出屋不久，他们就说，'老天诅咒这个婊子养的，她到地狱去了。'"① 正如历史学家布拉欣格姆所观察到的那样，在为主人劳动的时候，黑人表现得驯服和忠诚；而只有在白人缺席的黑人社区，才显示出自己"真正的个性"。② 保罗·埃斯科特也认为，被迫形成的主仆亲密关系并不一定导致黑人能够原谅他们的主人，"相反，不满、痛苦、冰冷的愤怒运行于种植园生活的表面之下"。③ 在《我的奴役与自由》当中，道格拉斯甚至认为这种表面的温情关系加剧了奴隶更大的渴求，而最大的是主人所永远不能满足的对自我的掌控："使得一个奴隶成为一个奴隶，并保持其为一个奴隶，有必要诉诸这些残酷手段。我的经历总是证明你们可能称为令人惊讶的命题，即你对一个奴隶越好，你越是摧毁了他作为一个奴隶的价值，并增强了他逃脱奴隶主掌控的概率；当你将他保持在一个奴隶状态时，你越是善待他，你越是将他整得越悲惨。"④

　　在《非洲黑人国王赞巴自我撰写的生活和冒险叙事》中，南卡罗来纳奴隶赞巴提到，白人至上的社会礼仪延伸到主人直接掌控的领域之外："在街上黑人必须给白人让路，即使后者属于最低级或低劣的阶级。有一个老白人，脾气很差，走很多路，他遇到任何不幸的、没有很快让路的黑人，他都特别沉浸于对其进行斥责之中。"这个老头经常拿着一根棍子，

① Paul D. Escott, *Slavery Remembered: A Record of Twentieth-Century Slavery Narratives*, p.29.
② John W. Blassingame, *The Slave Community: Plantation Life in the Antebellum South*, Oxford: Oxford University Press, 1979, pp.190, 312.
③ Paul D. Escott, *Slavery Remembered: A Record of Twentieth-Century Slavery Narratives*, p.28.
④ Frederick Douglass, *My Bondage and My Freedom*, New York: Miller, Orton & Mulligan, 1855, p.411.

看到黑人没有从甬道上立即躲开，就毫不犹豫地敲打他们的脑袋，无论是男是女。有个快乐的、身体强健的黑人木匠，几乎每天都要碰见这个老白人，不止一次遭遇到了后者的袭击。但在一天早上，天上下过一场大雨之后，路上出现了一个水坑，黑人木匠发现四周没有白人，只有大量的黑人，"于是木匠迎上他的老朋友，走下了甬道，然后悄悄地转了个身，一把抓起这个老人的脖子和脚跟，将他提了起来，就像对待一个婴儿那样，有意地把他抱到那个水洼的最深之处，轻轻地将他的后背放在水洼里面，然后是他的脚后跟。或许出于恐惧或策略，或许对所做的已有了太过分的感觉，这个暴君——水洼中这个令人畏惧的白人老头——在此后的步行中变得更加小心和平和了。"①

出于人性的多样性，有时候礼仪的边界是模糊的，对主人的尊敬表达在不少时候是出于真心的。父母在查珀尔希尔为主人服务的匡戈·佩瑟利亚（Quango Hennadonah Perceriah）说，自己幼时得到了主人的良好对待，"他们给我们很多特权，就像一个幸福的大家庭，有很多吃的、穿的，睡的地方很好，不用担心任何事情。""奴隶的房屋建在主人的房子后面不远，都在同一个地块。黑人和白人的儿童在一块玩耍，奴隶儿童与白人儿童得到的待遇没有太大的区别。我有他们给我的宗教书籍。除此之外他们教导我，训练我学习那个时代的礼仪，而且要对自己的上级有礼貌和尊敬，直到成为习惯为止，对我来说礼貌态度完全出于自然。"② 在一些情况下，这种对主人的尊敬也跟奴隶自身教养的提高有关。在《非洲黑人国王赞巴自我撰写的生活和冒险叙事》中，赞巴谈到了查尔斯顿市受到良好待遇的奴隶之间所具有的得体礼仪："对我来说令人满意的是，当他们偶然在街上碰面的时候，我的同乡彼此和蔼和有礼。作为父母、兄妹、先生和女

---

① Zamba, *The Life and Adventures of Zamba, an African Negro King; and His Experience of Slavery in South Carolina. Written by himself. Corrected and Arranged by Peter Neilson*, pp.238–239.

② Federal Writers' Project, *Born in Slavery: Slave Narratives from the Federal Writers' Project, 1936–1938, North Carolina Narratives*, Volume XI, Part 1, p.34.

士，他们会无一例外地以绝妙的鞠躬、屈膝礼和握手打招呼，反过来得到显得极为满足的、类似的回礼；他们以洪亮的声调表现出来，无惧于他们的长辈。"① 黑人把自己学习到的礼貌应用于白人，也在情理之中；"黑人的世界"在面对强势的"白人的世界"时，也是可能存在某种共享的交往空间的。

在劳顿中安置身体

从呱呱坠地时起，奴隶的身体即处于主人权力的阴影之下。但这不意味着他们的身体没有得到任何关照，或是没有一点私密的空间，特别是在与主人的利益没有直接冲突的情况下。

在奴隶制下，奴隶身体的诞生是个非历史性的事件。或许是出于模糊奴隶的年龄以卖个好价钱的考虑，或许对奴隶漠不关心，主人不会有意记录奴隶的年龄，而大多数奴隶对自己的生日只是了解个大概情况。布鲁斯这样说："那些熟悉奴隶制时代南方习俗的人很容易理解，为什么如此之少的前奴隶能告诉他们的正确生日，因为没受过教育，他们不会记录自身，而他们的主人对此没有特别的兴趣，没感受到这些记录的任何必要性。所以奴隶的父母为了估摸孩子的出生，一般都是与一些重要的事件相联系，如'星星陨落的那一年'、某些显要人物去世、主人孩子结婚或某些显著的历史事件。"② 然而道格拉斯则归结为，主人出于自身利益考虑有意为之："我对自己的年龄没有确切的了解，从没有见过任何可靠的有关记录。显而易见，大多数奴隶对他们自己的年龄一无所知，与马匹对自己的了解并无二致，据我所知，让奴隶这样懵懂无知，这是大多数主人的

---

① Zamba, *The Life and Adventures of Zamba, an African Negro King; and His Experience of Slavery in South Carolina. Written by himself. Corrected and Arranged by Peter Neilson*, p.xi.

② Henry Clay Bruce, *The New Man: Twenty-Nine Years a Slave, Twenty-Nine Years a Free Man*. York, Pa.: P. Anstadt & Sons, 1895, p.11.

意图。我不记得曾经遇到过能说出他的生日的奴隶……即使是在孩童时期，对自己的信息缺乏也是我快快不快的一个原因。白人孩子都能说出他们的年龄。我不明白为什么自己被剥夺了同样的恩惠。我不被允许询问我的主人有关的问题。他认为一个奴隶这样询问是不合适和无礼的，也是具有不安分精神的证据。"①

在哺乳期，奴隶制下的母子或母女之间的亲情关系就可能受到很大程度的扭曲。根据道格拉斯的描述，马里兰有这样一个习俗，就是孩子在很小的时候就要与母亲分离，往往是在 12 个月之前，母亲就要被租到一个很远的农场上，而婴儿被置于一个老妇的照顾之下。道格拉斯说："在我还是个婴儿的时候，我母亲和我就分开了……为什么要这样分开，我不知道，直到它阻碍了孩子对母亲的依恋，钝化和摧毁了母亲对孩子的自然情感为止。"道格拉斯十分遗憾地感叹说："一生当中我只看见我的母亲不过四五次，就知道那么多；每次都待的时间很短，并且是在夜里。"②

即使是与婴儿没有分离，哺乳的母亲也要以工作为主，当中只有有限的时间照顾孩子，其后果甚至比老人照顾更糟糕。南卡罗来纳 87 岁的前奴隶赫克托·戈德博尔德在 1937 年告诉来访者："我要做的另一件事是，带着婴儿每四个小时穿过沼泽，让我的妈妈来这里给那个孩子哺乳。"③在《美国奴隶亨利·比布的生活和冒险叙事》中，肯塔基逃奴亨利·比布这样说："一般来说，棉花种植园主从不会给予一个奴隶母亲空闲，让她在大白天回到房子或棚屋里给她的孩子哺乳；于是她们不得不背着他们到棉花地，将他们绑在树荫之下或地里高大的草丛下面，这样在中午的时候她们就可接近他们，那时候她们可以停工一个半钟头。这就是为什么在这

---

① Frederick Douglass, *Narrative of the Life of Frederick Douglass: An American Slave, Written by Himself*, p.1.

② Frederick Douglass, *Narrative of the Life of Frederick Douglass: An American Slave, Written by himself*, p.2.

③ Federal Writers' Project, *Born in Slavery: Slave Narratives from the Federal Writers' Project, 1936–1938, South Carolina Narratives*, Volume XIV, Part 2, p.145.

些棉花种植园上养育那么少的奴隶孩童，因为母亲没时间照料他们，而由于缺乏母亲照料，经常发现他们死在田间和棚屋里。但我本人没亲眼见过这种例子，只是从我的奴隶兄弟姐妹们那里听说过，其中一些发生在执事的这个种植园。"①

在《被绑架者的赎回》中，彼得讲到他所在的种植园上有一个幼儿就因此出了事故。在那里，当母亲外出工作时，因无人照顾，往往把孩子锁在屋里，周围留下一些面包；对于还不能吃面包的幼儿，一些母亲在碎布上抹上一些糊糊，绑在幼儿的手指上。天热的话，母亲会开着门，幼儿可能爬出来，在滚热的地上睡着觉；天冷的话也有危险，一个叫安的母亲就因此失去了她的一个孩子："当时是冬天，出于季节的必要措施，这个母亲生了一些火，让她半裸的孩子们舒服些；然后锁上门，离开他们，让他们自行娱乐。当她回来的时候，她的孩子已经躺在地上没了气。他爬得离火太近了，或许掉进了炭火中。"② 随后该种植园采取亡羊补牢措施，要求母亲上工时将婴儿放在厨师那儿，让其帮着照看。

然而这并非意味着种植园主对奴隶的健康没有任何关心，包括奴隶孩童在内。作为种植园整体利益的代言人，1840 年《南部种植者月刊》公布的种植园规矩指南当中，要求生病的奴隶必须得到照顾，监工不得听任奴隶挨雨淋。③ 按照阿拉巴马前奴隶多克·威尔伯恩大叔的说法，那个时候奴隶是很值钱的财产，每个健康的成年黑人的市场价格在 1000 美元到 1500 美元之间，瞎猜奴隶主不会适当地看护他们的投资是不合理的，任何能影响其奴隶健康、效率或价值的情况都会予以精心的处理。④

---

① Henry Bibb, *Narrative of the Life and Adventures of Henry Bibb, An American Slave, Written by himself*, Published by the Author;5 Spruce Street, New York, 1849, p.116.

② Mrs. Kate E. R. Pickard, *The Kidnapped and the Ransomed. Being the Personal Recollections of Peter Still and His Wife "Vina," after Forty Years of Slavery*, p.165.

③ Federal Writers' Project, *Born in Slavery: Slave Narratives from the Federal Writers' Project, 1936–1938, Georgia Narratives*, Volume IV, Part 4, p.332.

④ Federal Writers' Project, *Born in Slavery: Slave Narratives from the Federal Writers' Project, 1936–1938, Arkansas Narratives*, Volume II, Part 7, p.143.

在一些种植园，对奴隶从孩童开始就给予良好的习惯培养和例行的健康检查。北卡罗来纳前奴隶玛丽·安德森说："这个种植园上有 162 个奴隶，每到周日早晨，所有的奴隶儿童都要洗澡和穿好衣服，他们的头发要梳理好，然后带到主人那里吃早餐。规矩是每周日早晨所有的有色儿童在大房子里吃饭，让男女主人看着他们吃，

大种植园上的婴幼所（出处：奥姆斯特德《沿海蓄奴州纪行》，1856）

这样他们就知道是否有的病了，是否需要找医生……拒绝吃饭的或病快快的不得不再次回到大房子里吃他们的饭和药，直到变好为止。"① 佐治亚前奴隶阿德琳·威利斯提到，对于黑人小孩，种植园有一套自己的治疗办法："春天的时候有一种铁砧灰，可在铁匠铺的铁砧附近收集起来，与糖浆混合，在'白人老乡的院子里'召集小黑孩以后，给每人每天早晨满满一茶匙左右。有时不用这种混合物，他们得到一剂大蒜和威士忌——都是为了使他们健健康康的。"② 85 岁的佐治亚莫利·米切尔给出了另一个例子。当莫利大约 13 岁的时候，有一次她病了，主人一家将她带到洗澡房里面，里面有"很多热水"。他们将她放进热水桶里，然后抱出来，用毛毯和床单包裹后，再放到冷水里。他们让她在那里治了四五天，直到不再

① Federal Writers' Project, *Born in Slavery: Slave Narratives from the Federal Writers' Project, 1936–1938, North Carolina Narratives*, Volume XI, Part 1, p.21.
② Federal Writers' Project, *Born in Slavery: Slave Narratives from the Federal Writers' Project, 1936–1938, Georgia Narratives*, Volume IV, Part 4, p.164.

发烧为止。①

　　成人生病的时候，种植园主一般也会找人给他们看病，特别是在重病的情况下。在佐治亚斯波尔丁（Spaulding）县的一家种植园上，前奴隶安妮·普赖斯夫人回忆说，主人雇用了一个医生给黑人看病，但没人得过大病；小病都是给点蓖麻油，或是施用黑人自制的草药。② 佐治亚前奴隶阿德琳·威利斯说："他们得到补养药和其他东西以保持健康，所以他们中间很少有人生病。不是从药铺买的药物，而是自制的老方剂。例如，一开始流鼻涕，他们就被招来，得到一杯松木浓茶，那是用滚水泼在劈好的燃火柴上制成的。"之所以用松木，阿德琳解释说，"那是因为松木里面有松节油。"③ 在鲍尔所在的一处南卡罗来纳种植园，甚至有专门的、得到精心照料的所谓"医院"："当我们当中任何人病得不能下地时，他们就被移到大房子的所谓'病房'。病房是一座建筑物二层的一间大型的通风的单元，位于花园里。"④

　　由于搞不清是否是奴隶在装病，一些种植园出现了对小病漠不关心的情况。鲍尔认为这种不注意田间劳工的疾病预防、而在发展成大病后才予以重视的做法，即使从经济上来讲也是相当不明智的："在南卡罗来纳，所谓的疟疾很少被当作疾病，而一个奴隶被认为没有更危险的症状，他绝不会从田间劳力当中撤出来。我看到许多困窘的人被迫拾棉花，因疟疾打摆子如此厉害，以至于难以抓住棉铃中的棉花。对此主人是犯了大错。很多健康的奴隶因这种病而损失了，由此引发水肿，有时还有肺痨，而这本可以从一开始就遏制疟疾而得到预

① Federal Writers' Project, *Born in Slavery: Slave Narratives from the Federal Writers' Project, 1936–1938, Georgia Narratives*, Volume IV, Part 3, p.133.

② Federal Writers' Project, *Born in Slavery: Slave Narratives from the Federal Writers' Project, 1936–1938, Georgia Narratives*, Volume IV, Part 3, p.181.

③ Federal Writers' Project, *Born in Slavery: Slave Narratives from the Federal Writers' Project, 1936–1938, Georgia Narratives*, Volume IV, Part 4, p.164.

④ Charles Ball, *Slavery in the United States: A Narrative of the Life and Adventures of Charles Ball, a Black Man,* New York: Published by John S. Taylor, Brick Church Chapel, 1837, p.207.

防的。"① 然而这并非通
例，另外一些主人则不管
疾病是否严重，一律予以
治疗。格兰姆斯在主人面
前装病的时候得到了这种
待遇："第二天上午我假装
病了。他问我怎么了，先
生？我告诉他说一侧疼痛。
他于是告诉 A 小姐，为他
称　磅盐。她照办了。然
后他带着一杯盐到找这

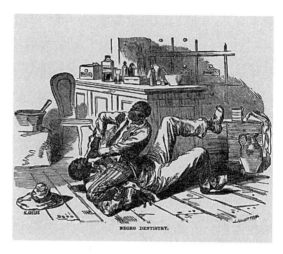

治牙病的奴隶（出处：《我的南方家乡》，1880）

里，问，你看到了吗？上帝见证，你将吃掉每一粒。他然后混合了一小
剂，并交给我，我接下。然后他派人找医生，后者为我把脉，并说覆上
一片水疱膏就好了。"② 得克萨斯前女奴卢·特纳也说："我在大房子里
熬夜，女主人在安排她的住处时也安排我的住处。上帝祝福她的心肠，
她对我很好。我现在知道我对她无礼，但她没在意……有时我装病，但
老女主人是个好医生，她给我脚上抹油，它是如此难闻，以致我不再假
装了。"③

　　为了减少工作的劳累，奴隶往往在整个工作过程中哼着歌谣。居住
在俄亥俄的前奴隶汉纳·戴维森（Hannah Davidson）说，上工之前他
们一般会唱两首宗教歌曲，其中一首如下："我希望变成一个天使，与
众天使站在一起，有王冠戴在前额，手中拿着竖琴。在救世主面前，如
此荣耀如此闪亮，我将奏出最甜美的音乐，并且对他日夜赞美。"他接

①　Charles Ball, *Slavery in the United States: A Narrative of the Life and Adventures of Charles Ball, a Black Man*, p.207.

②　William Grimes, *Life of William Grimes, the Runaway Slave. Written by himself*. New York, 1825, p.26.

③　Federal Writers' Project, *Born in Slavery: Slave Narratives from the Federal Writers' Project, 1936–1938, Texas Narratives*, Volume XVI, Part 4, Washington, 1941, p.118.

着说，"一旦我们唱完这些歌曲，我们不得不开始准备工作了。"① 工作开始以后也会唱歌。一位南卡罗来纳前奴隶卡罗琳·法罗说："我们剥玉米和摘棉花。黑佬会这样唱：'约伯，约伯，地里有个垄；约伯，约伯，地里有个垄'。有时在月明之夜我们要拉东西，结束后我们有顿大餐可吃。"② 佐治亚前奴隶本尼·迪拉德在接受采访时这样说："剥玉米的老时光是个重大的日子，因为我们收获了那么多的玉米，得花好几天的工夫才能剥完。我们得选择两个头儿。他们选择各边，然后站到最大的玉米堆上面，让奴隶一直快速地唱歌，以使他们的更多地出活，干得最快的那伙有奖金。我不记得这些剥玉米老歌的歌词。一般开始是这样唱：'让玉米壳飞起来，让玉米壳飞起来，因为我们要回家了'，而另一边一般也会呼喊：'让玉米壳飞起来，让玉米壳飞起来，因为我们要回家了'。他们反复不断地唱这些台词。到了夜里，主人会燃起很大的篝火、布置火炬，让他们看得见活儿，每次他经过的时候，玉米壳就会飞得更远一些。当所有的玉米被剥完，要进行一次大餐，那里有摔跤比赛、跳舞以及各种嬉戏。"③ 另一位南卡罗来纳前奴隶格斯·费斯特（Gus Feaster）说："我们的劳动号子是，'约翰·亨利是个男人；他总是劳动在这个镇'。他们还在唱这首歌。奴隶制时代，他们在地里像猫头鹰一样嚎叫。"④

奴隶们在工作结束后或节日期间也会唱歌、跳舞，放松自己。一个家住俄亥俄的前奴隶梅利莎夫人说，她在种植园上的日子很快活，在那里他们在工作完毕后跳舞、唱南方的歌曲，比如"她从我这里飞走了"

---

① Federal Writers' Project, *Federal Writers' Project: Slave Narrative Project, Ohio Narratives*, Vol.12, Washington, 1941, p.30.

② Federal Writers' Project, *Born in Slavery: Slave Narratives from the Federal Writers' Project, 1936–1938, South Carolina Narratives*, Volume XIV, Part 2, p.40.

③ Federal Writers' Project, *Born in Slavery: Slave Narratives from the Federal Writers' Project, 1936–1938, Georgia Narratives*, Volume IV, Part 1, pp.293–294.

④ Federal Writers' Project, *Born in Slavery: Slave Narratives from the Federal Writers' Project, 1936–1938, South Carolina Narratives*, Volume XIV, Part 2, p.52.

以及其他歌曲。① 另一位俄亥俄居民苏珊·布莱德森(Susan Bledson) 说:
"主人詹金斯对我们奴隶都很好,傍晚工作完毕,我们有着快乐的时光。
我们在小木屋前排成小组,随着班卓琴唱歌、跳舞,直到监工过来敦促
我们上床。不,我不记得这些歌都是些什么,没什么特别的,我想,只
是一些我们自己编的东西,我们会反复地唱上一两句。"② 76 岁的佐治亚
前奴隶埃德·麦克里则谈到了拾棉花时的娱乐:"拾棉花是个大日子。他
们在月光下摘棉花,然后享受一次牛肉、羊肉和猪肉烧烤大餐,喝下去
上好的威士忌。宴会结束后一些黑人弹奏小提琴和班卓琴给其他跳舞的
人,一直到这一天耗尽。"③ 德克萨斯前奴隶克里斯·富兰克林对奴隶的
唱歌和跳舞描述很细致:"白人老乡允许他们随着小提琴、班卓琴或风琴
嬉戏。他们在草地上跳舞,四、五十个黑佬以及 19 岁的大女孩们像大鹅
一样光着脚出来。这是当时的习俗,因为他们都有鞋子。有时他们称之
为捷格舞。筹办者招呼,'都要准备好。'然后是吆喝者,'保持安静',
其后他开始唱,'摇动你的搭档',他们都照做。接着他说,'为首的人脑
袋向右偏',他们都照办。或者他说,'都要漫步',他们就转圈行进。有
一种他们称为'笼中鸟'。三个人围着当中的女孩,并在她周围跳舞,然
后她出来,她的搭档进入中心,他们这样跳上一会。"④ 他们跳舞时肢体
活动令人眼花缭乱,其舞蹈是如此独特,以至于常常引起白人的惊叹:
"舞者往往将身体弯曲成 45 度,并且如此弯曲、行进,伴随着他们的脚
步,每一两秒出现一次迅速的拉扯或蹦跳动作,为此我除了用敏捷的蛙
跳相比之外没法形容……歌曲只是无意义的句子重复……从他们的祖先

①　Federal Writers' Project, *Federal Writers' Project: Slave Narrative Project, Ohio Narratives,*
　　Vol.12, p.6.

②　Federal Writers' Project, *Federal Writers' Project: Slave Narrative Project, Ohio Narratives,*
　　Vol.12, p.7.

③　Federal Writers' Project, *Born in Slavery: Slave Narratives from the Federal Writers' Project,*
　　1936–1938, Georgia Narratives, Volume IV, Part 3, p.63.

④　Federal Writers' Project, *Born in Slavery: Slave Narratives from the Federal Writers' Project,*
　　1936–1938, Texas Narratives, Volume XVI, Part 2, p.58.

那里一代一代传下来的。"①

"我们时而有一些嬉戏活动，大多在周六晚上。有些人会弹奏小提琴，我们都跟着音乐跳舞，"亚拉巴马前奴隶伊莱扎·怀特说。在他的叙事中，亨利·比布也谈到了周末期间奴隶的嬉闹："那一天，那些不相信宗教的人常成群结队去赌博、打架、醉酒，不遵守安息日。这常常得到奴隶主的鼓励。当他们想举行这类活动时，他们就到奴隶中间，给他们威士忌酒，看他们跳舞、'拍特竹帛'（pat juber）、唱歌和班卓琴表演。他们让他们摔跤、打架、蹦跳、赛跑、像绵羊一样抵头。刺激的由头如下：威士忌酬劳，在他们身上押注，在奴隶脑袋上放置碎片、激发另一个用手拨弄下来；如果拨弄下来，这就是个侮辱，打架就开始了。打架开始前，双方选择他们的支持者给他们加油；划上一个圈让打架者进去，当他们打架时任何人也不许进去，除了支持者和白人绅士以外。他们并不被允许决斗，也不能使用任何武器。打击包括踢打、拳击、用脑袋顶撞；他们扭对方的耳朵，像绵羊一样抵头。如果他们有可能对另一方造成重伤，主人将用他们的拐杖紧敲他们，使其停止。打完后，他们又成了朋友，握手，共饮一杯酒，到此为止。"②

身体的清洁是奴隶的健康问题的一个重要侧面，而这一般都是由他们自己来决定是否定时清理。由于工作繁重，条件有限，奴隶往往不注意自己的卫生。1854年出生于阿拉巴马的亨利·贝克在1938年接受托马斯·坎贝尔采访时说："那时候的'黑佬'身上确实难闻。"③ 然而还是有一些主人关注到身体清洁问题。1846年出生的佐治亚前奴隶里亚斯·博迪（Rias Body）在1936年接受采访时这样说："每周六都是洗刷的日子。无论白人还是黑人，都要在周六洗刷衣服和床上的亚麻制品。'黑佬'无论喜欢还

---

① Paul D. Escott, *Slavery Remembered: A Record of Twentieth-Century Slavery Narratives*, p.102.

② Henry Bibb, *Narrative of the Life and Adventures of Henry Bibb, An American Slave，Written by himself*, p.23.

③ John W. Blassingame, ed., *Slave Testimony: Two Centuries of Letters, Interviews, and Autobiographies,* p.669.

是不喜欢，都必须在每个周六晚上'搓洗'自己。常用的洗衣和厕所用肥皂都是自家制的碱液产品。有些是软固体的，有些是水状的液体。后者储存在罐子和坛子里。二者都能吸灰，或者能褪去兽皮。简单来说，当施用到破布和水时，一些事情就要发生了。"①

清洁身体或洗衣服用的肥皂有制作办法。南卡罗来纳一位姓氏为莱尔斯的前奴隶描述了制作过程："我很快就学会了怎么使用储料器。那是将大量的木灰和山核桃木灰放进一个湿润的包里，然后悬挂起来，这样碱液就滴进到一个要制作肥皂的盒子里。当月上梢头的时候，油脂从骨头上煮下来，放进碱液里；然后这就成了肥皂。这都是在新月的时候制作，只能用黄樟木条搅拌。肥皂制作者要用它一直搅拌。当一个真正的储料器制作好了以后，它是一种 V 形，下面有槽用于滴液。这就是在那个艰苦时代人们所使用的所有肥皂。当你洗澡的时候，它可能太强烈了，以至于皮肤会掉下来。硬肥皂用于洗澡，软肥皂用于洗衣。另一种我们使用碱液的情况是给玉米去壳，将谷物放进碱液里然后进行清理。当它变白时，我们称之为碎玉米。"② 在没有肥皂的情况下，奴隶也会想些其他办法。查尔斯·鲍尔回忆道，自己在被卖往南方时发现了黏土的妙用之处："由于我们没有得到肥皂，我们不得不使用精细、油滑的黏土，与漂洗工所用的泥土相似，不过是黄色的，是在房子附近小块湿地的边缘上找到的。这是我头一次听说黏土能用于洗衣服；但从此之后在南方当奴隶时，我经常利用这种资源。我们弄湿衣服，然后在所有衣服地方擦上黏土，在温水里用手揉搓，无论是羊毛、棉或麻料的，最后都完全干净了。"③

在劳动或业余活动期间，奴隶当然也可以谈谈恋爱，尽管受到很大的限制，特别是二人不在同一个种植园的情况下。佐治亚前奴隶皮尔斯·科

---

① Federal Writers' Project, *Born in Slavery: Slave Narratives from the Federal Writers' Project, 1936–1938, Georgia Narratives*, Volume IV, Part 1, p.87.

② Federal Writers' Project, *Born in Slavery: Slave Narratives from the Federal Writers' Project, 1936–1938, South Carolina Narratives*, Volume XIV, Part 3, p.136.

③ Charles Ball, *Slavery in the United States: A Narrative of the Life and Adventures of Charles Ball, a Black Man*, p.97.

迪说，求爱结束，"在得到女孩的同意之后，有必要寻求主人的允许，无论她是否住在同一个还是临近的种植园。在后一种情况下，婚礼是由她的主人来主持的。牧师在大多情况下是没有的——从新娘的主人那里得到证明就可以了。婚礼几乎总是在下午晚些时候进行。新娘的婚服是用种植园出产的布匹、根据她个人的尺寸制作而成的。婚礼参加者寥寥。仪式结束之后，宾客随着小提琴和班卓琴跳舞，直到深夜。"① 从奴役中获得自由的索杰娜·楚思评论道，奴隶并不能自由安排自己的身体，随意与邻近种植园上的奴隶谈婚论嫁。年轻时她曾结识了附近农场上一个叫作罗伯特的奴隶，但由于二人养育的孩子按照法律要归属楚思的主人杜蒙，罗伯特的主人卡特林认为这不合算，所以禁止他私会伊莎贝拉，并要求在他自己的农场上找一个配偶。罗伯特很不情愿，仍然偷偷地与伊莎贝拉约会，但卡特林用棍子将其打得鲜血淋漓，罗伯特从此之后一蹶不振。楚思不得不听从杜蒙的安排，在大约 18 岁时嫁给了主人家里一个曾经有过两次婚史的大龄奴隶托马斯，二人断断续续地生了五个孩子。②

等上了年纪，奴隶也要干些力所能及的活计，比如照顾孩子、纺织。塞缪尔·S.泰勒说："我们有一个老妇人，是一个叫作夏洛特的大婶；她并不是我的大婶，我们只是这样叫她。人手上工的时候，她常常照顾孩子。如果她喜欢你，那么她会对你的孩子好。如果不喜欢，她就很差劲地对待他们。她的名字是夏洛特·马利。她年纪太大了，干不动地里的活计；她不得不照顾婴儿。如果她不喜欢这些人，她会整天丢下这些婴儿用过的湿乎乎和脏兮兮的卫生巾。"③ 佛罗里达前奴隶邓肯说："袜子是在寒冷或阴雨的天气里由妇女编织的。纺织是由那些年龄大到不能在田间干活的、特

---

① Federal Writers' Project, *Born in Slavery: Slave Narratives from the Federal Writers' Project, 1936–1938, Georgia Narratives,* Volume IV, Part 1, p.197.

② Frances W. Titus, ed., *Narrative of Sojourner Truth; A Bondswomen of Olden Time, with a History of her Labors and Correspondence Drawn from her "Book of life"*, p.36.

③ Federal Writers' Project, *Born in Slavery: Slave Narratives from the Federal Writers' Project, 1936–1938, Arkansas Narratives,* Volume II, Part 4, p.18.

定的女奴来做的。"① 因感到年老的奴隶是个累赘，一些种植园主甚至会将其放逐到林地，给他们留点口粮田，让其自生自灭。道格拉斯愤怒地提到，他的外祖母忠心耿耿地为主人一家服务了一辈子，但晚年陷入了凄凉的情景之中，她"现在年届高龄，活过了我的老主人和他所有的孩子，目睹了他们的开始和结束，而她目前的主人发现她没什么用了，其身躯已被老年的疼痛所折磨，完全无助于控制其一度灵活的四肢，他们就将她带到林子里，给她建了一个小屋，装上了一个泥糊的小烟囱，然后就放任她在完全孤独的状态中养活自己了；这事实上将她置于死地！"②

当奴隶辛劳一生之后，死时也是与白人分开埋葬。80多岁的路易斯安那前奴隶苏珊·史密斯抽着烟说："查理老爷住在有着白色圆柱的大砖房子里，每个经过的人都知道那地方。他们在院子的角落里有很大的坟墓，在那里埋葬他们所有的人，但有色人都埋在棚户区的后面。"③ 根据奥姆斯特德在南卡罗来纳查尔斯顿的观察，黑人的墓区位于镇子当中的一块空地，墓碑仅仅是几块木桩和一块大理石片，"参加葬礼的大多是妇女，他们都跟随在一辆载着尸体的灵车后面，排着队步行到坟墓。活动简单而合宜，模仿长老会的形式，由一个穿戴整齐和仪态庄严的黑人老者主持。妇女一般身着白色，戴着由黑色的细棉布头巾所遮盖的无边帽。没有任何情绪或激动表现出来。在一大堆人散开之前，坟墓四周围满了黑人。除了我之外，只有一个白人在场，大概是个警察。"④

南卡罗来纳前奴隶伊曼纽尔·埃尔莫尔讲述了一个在铸造场被滚轴砸死的奴隶亚历克斯·格莱特利的葬礼，后者常教孩子游泳、钓鱼和狩猎技

① Federal Writers' Project, *Born in Slavery: Slave Narratives from the Federal Writers' Project, 1936–1938, Florida Narratives*, Volume III, p.137.

② Frederick Douglass, *Narrative of the Life of Frederick Douglass: An American Slave, Written by himself*, p.48.

③ Federal Writers' Project, *Born in Slavery: Slave Narratives from the Federal Writers' Project, 1936–1938, Texas Narratives*, Volume XVI, Part 4, p.44.

④ Frederick Law Olmsted, *A Journey in the Seaboard Slave States; With Remarks on Their Economy*, London: Sampson Low, Son, & Co., 1856, p.405.

巧，在社区中享有很高的威信，"他的死是这个社区最糟糕的一件事情"，
而铸造场的人给他造了一口棺材。葬礼那天，"包括白人和黑人在内，几
百人参加了亚历克斯的葬礼，前来观看那个狭长的棺材以及为此挖好的坟
墓。在前往坟墓的路上，黑人唱着歌，因为亚历克斯是个好人。他们扛着
他来到位于福特路的切罗基墓地，在那里安葬了他。我父亲帮忙建造了
那个棺材，并帮着搬他到了墓地。"① 南卡罗来纳前奴隶格斯·费斯特说：
"我们往往坐着主人的马车参加葬礼。葬礼一开始，牧师就吟唱安葬曲。
行程中所有的人都开始跟着这个调子，那时骡子慢慢地拉着车，每个人都
唱着这个调子。当一曲完了，另一曲开始，持续到我们到达墓地为止。在
那里牧师祈祷，唱更多的歌曲。在那些日子里，无论对白人还是黑人老
乡来说，葬礼都很缓慢。"② 93 岁的南卡罗来纳前奴隶阿黛尔·弗罗斯特
说："葬礼在夜里举行，当我们准备去墓地的时候，每个人都会点燃一个
火把，而每个人都会唱着歌。这是我们经常唱的歌：抬着这个尸体，直到
那块墓地，墓地你认识我吗？放下这个尸体。"③ 然而也有前奴隶说，他
们不允许在墓地唱歌："奴隶的葬礼十分简单，他们不能将尸体运到教堂。
他们只是将其带到墓地埋葬。他们甚至不允许在墓地唱一首歌。"④

小　结

在南方种植园这样一个权力体系相当封闭的体系中，种植园主俨然就

---

① Federal Writers' Project, *Born in Slavery: Slave Narratives from the Federal Writers' Project,
1936–1938, South Carolina Narratives,* Volume XIV, Part 2, p.8.

② Federal Writers' Project, *Born in Slavery: Slave Narratives from the Federal Writers' Project,
1936–1938, South Carolina Narratives*, Volume XIV, Part 2, p.51.

③ Federal Writers' Project, *Born in Slavery: Slave Narratives from the Federal Writers' Project,
1936–1938, South Carolina Narratives*, Volume XIV, Part 2, p.89.

④ Federal Writers' Project, *Born in Slavery: Slave Narratives from the Federal Writers' Project,
1936–1938, Oklahoma Narratives*, Volume XIII, Washington, 1941, p.113.

是一个小型的国王，人性的弱点使得他及其代理人可以滥施他们的权威；从生到死，奴隶的身体都被置于这样在一个主宰者意志之下，处于诡谲多变的环境当中，充当着骡马一样的劳动力角色。但即使是牲口，主人也会给予其某种保持体力、健康和自身价值的生存空间，而奴隶本身就是昂贵的财产，明智的种植园主并不会放纵自己或监工任性而为。不过由于奴隶本身是人，"黑人的世界"与"白人的世界"因而产生更多的交叉，乃至演绎某些爱恨情仇的故事，从而给"共享的世界"打上一种复杂的人性烙印。

第十五章
美国奴隶的自由叙事

奴隶制是战前南部政治、经济和文化建构的核心。由于美国的种植园主大都与奴隶住在一起，特别是随着代际的交替，主仆之间的互动更加紧密。种植园主越来越关心"他们的人"的福祉，但与此同时他们强化了对奴隶的控制，确保其忠诚和对主人的依赖，并宣扬主仆之间利益一体化的意识形态，即家长主义，试图以此来跨越"白人的世界"与"黑人的世界"之间的隔阂。科尔钦指出："奴隶主的家长主义涉及的不是一种良好的、无痛的或仁慈的奴隶制，而是一种主人对其奴隶生活感到个人兴趣的奴隶制。"① 然而对奴隶来说，他们是否完全内化了主人所倡导的价值观，成为一种驯化的存在，这是大有疑问的。在这方面，奴隶本身的感受和描述是具有相当重要的参考价值的。

奴隶的分类

历史学家斯坦利·埃尔金斯在他的作品中描述的是一个极端性的"白人的世界"和一个镜像与此完全反转的"黑人的世界"。他从纳粹集中营的类比出发，强调奴隶在心理上的脆弱性："为了精神上的安全，个体因

---

① Peter Kolchin, *American Slavery, 1619–1877*, New York: the Penguin Group, 1993, p.111.

而不得不在某种程度上将他的主人想象成'好主人'，即使在根本讲不通的情况下"；① 埃尔金斯进一步描绘出他所认为的南方种植园的典型奴隶形象，即驯服但不负责任、忠诚但懒散、谦恭但惯于欺骗的"傻宝"。② 不过，埃尔金斯的描绘虽然突出了奴隶制下黑白分化的基本层面，但排除了黑白世界共享的空间，在事实面前被证明还是存在漏洞的。

另一位历史学家约翰·布拉欣格姆则认为除此之外还有"纳特"和"杰克"两种性格类型，其中前者是好斗的、反叛的奴隶，而后者是时而抑郁寡欢和不愿合作、时而恭顺的机会主义者，考虑到了人性的多元性，从而更加接近事实。③ 在 1895 年出版的《新人：29 年的奴隶、29 年的自由人》中，因逃亡北方而获得自由的亨利·克莱·布鲁斯对奴隶进行了四种区分即懒人、好人、不屈服的人以及难以控制的人，如后两种属于一类的话也是三种，相当接近布拉欣格姆所给出的三种分类："存在不同类型的奴隶：懒惰的家伙，除非被迫和受到监督，不愿意从事任何工作；好人，耐心地服从于一切事情，相信上帝会拯救他的灵魂。然后是那些不会屈服于任何惩罚的人，在数量优势压倒之前将一直抗争，在大多情况下会受到严重的鞭打；然后他会跑到树林或沼泽，很难被抓捕到，一般用一把斧头、作物刀具或某些危险的武器武装自己，因为那个时代火器是得不到的。然后是难以控制的奴隶，出于几种原因任何主人都特别不想要这种奴隶：首先，他不会屈服于任何肉体的惩罚；第二，很难决定到底谁是主人谁是奴隶；第三，他高兴的话才工作；第四，任何人不愿买他，即使是奴隶贩子亦然，因为没有他的同意，是占有不了他的，自然他得不到这一点。他只能被整死，而为了征服他，将他活活杀死是要花费很多钱的。主人往往纠集一帮朋友，包围这种家伙，给予严厉的惩

---

① Stanley M. Elkins, *Slavery: A Problem in American Institutional and Intellectual Life*, Chicago : The University of Chicago Press, 1959, pp.128–129.

② Stanley M. Elkins, *Slavery: A Problem in American Institutional and Intellectual Life*, p.82.

③ John W. Blassingame, *The Slave Community: Plantation Life in the Antebellum South*, Oxford: Oxford University Press, 1979, p.224.

罚，而在其他情况下这个奴隶会以斧头或其他危险的东西武装自己，并发出威胁，如靠近他就会去死。出于他的价码原因，他们负担不起枪杀他的代价，自然他们会离开他。这类奴隶一般勤奋，但是十分鲁莽。这类有成千上万之多，在服务于主人的情况下过活，不受打扰地做工，因为主人理解这个奴隶。"①

在《美国奴隶制：查尔斯·鲍尔的生活和冒险叙事》中，查尔斯·鲍尔提出了非洲土著与美国土生奴隶之间的区别，认为前者具有不同于后者的自暴自弃倾向："在一个近300人的社区里，由于严酷的、不妥协的法律管束着我们的行动，并不期望普遍的满意状态占上风，或是犯罪是不可想象的，甚至有时是付诸实施的。愚昧的人不是根据他们的真正价值，而是出于自己的欲望和冲动，盘算着超出实际的幸运事情。他们对自己被禁止接触甚至接近的目标漠不关心，只是激动于缺乏思考的、放肆的冲动之中。奴隶从小就被灌输，自然法决定了他的处境是不可更改的，命运是固定的，只是幻想着那种他所知道的、他的主人所禁止、所掌控的幸福。人们沉没在文明的等级中越低，他们陷入他们动物般冲动中的程度越激烈。土生的非洲人性情记恨人、不宽恕，很容易被激怒，诡计多端。他们往往对主人的精美屋舍和高级家具感到无关痛痒，没觉得那种精细繁复以及女主人的精致举止有什么美感。他们对施加于己的奴役愤愤不平，仅仅要求对他们的压迫施以极为残酷的报复；但他们在这个国家羁旅期间只是渴望生计的手段和暂时的满足。"②

鲍尔进一步暗示，掳来的非洲土著奴隶所具有的独特宗教信仰，是这种不负责任行为的根源："基于他们的宗教，他们普遍相信，死后他们会回到自己的家乡，在快乐之地与其先前的同伴和朋友重新联结，在那里食

---

① Henry Clay Bruce, *The New Man: Twenty-Nine Years a Slave, Twenty-Nine Years a Free Man.* York, Pa.: P. Anstadt & Sons, 1895, p.36.

② Charles Ball, *Slavery in the United States: A Narrative of the Life and Adventures of Charles Ball, a Black Man,* New York: Published by John S. Taylor, Brick Church Chapel, 1837, pp.218–219.

物充沛，美女如云，都是些来自祖国的可爱女儿们。"① 在其叙事的另一处地方，鲍尔提到了一个他曾寄宿的棉花种植园家庭里懒惰的、耽于安逸生活的丈夫，其行为似乎佐证了他的上述观点。在这个种植园家庭里，妻子琳达已被生活的重担所压垮，每天咳嗽不止，看来余日不多，而鲍尔尽可能地为她捕获一些浣熊和负鼠补贴家用，但琳达的丈夫仍安于现状："作为一个从非洲内陆来的土著，她的丈夫说他在自己的国家是个教士，从没有被教过做任何活计，而是被公众的捐献所供养；现在他尽可能维持着同样的、就像在家乡一样的懒散做派。在监工驱使下他被迫跟着其他人手在田间工作，但一旦回到他的小屋，他就取来他的座位，拒绝给他做事的妻子提供任何协助。为了维持这个家，她不得不做琐碎的事情，还要拔草，耕作家庭小块地或菜园。丈夫是个抑郁寡欢、闷闷不乐的人，并说，他以前在他的家乡有十个妻子，且都必须给他干活、伺候着他；他认为在这里糟透了，只有一个妻子干各种活。这个男人相当易怒，由于鸡毛蒜皮之事，经常责打和虐待他的妻子，而监工也拒绝保护她，理由是他从不干涉黑人的家庭生活。"②

在提到美国土生奴隶时，鲍尔则换成了另一种不同的笔调。他认为，由于环境的阻碍，美国土生奴隶不像非洲土著那样耽于来世的幻想："美国黑人的情况不同，他们对非洲及其宗教、习俗一无所知，只是从白人和基督徒的观点和接触中借来了当前和未来幸福的观念。他或许对奴隶制和过度的劳动并不像刚果的土著那样不耐烦；但他的脑袋专注于其他的追求，他的不满来自其他图谋本身，而不是搅动那些输运来的黑人脑瓜的东西。他的心不渴望大洋波浪以外的天堂；对于尼日尔或冈比亚河畔的黑美人臂腕和不朽园林中的喜悦，他的梦与此无关；对于思考着躯体枯萎来临之时，所有人得到不变正义的犒赏，生活在永恒的喜悦之中，除了优越

---

① Charles Ball, *Slavery in the United States: A Narrative of the Life and Adventures of Charles Ball, a Black Man*, p.219.

② Charles Ball, *Slavery in the United States: A Narrative of the Life and Adventures of Charles Ball, a Black Man*, pp.263–264.

的美德和高尚的仁慈以外没有其他任何区别，他也不会经常以此慰藉自己。"① 土生奴隶所憧憬的，无非是一种可以在现世把握的东西："这个国家的土生奴隶像其他人一样在这个世界受着罪，极易倾向于以一个未来状态来安慰自己，那时候生活中所承受的罪恶不仅被废除，而且所有的伤害都以适当的回报在受害者身上得到了补偿，而且他们知道邪恶将得到惩罚，正义得到伸张，他们在自己的享受和快乐这点上难以停下来，只是相信那些在这里曾经折磨他们的人，将确定无疑地在此后的未来遭受折磨。这些奴隶的粗糙和世俗的脑袋，难以达到白人牧师所教导的高尚原则；在其中他们受到鼓励，来展望一个所有肤色和条件差别全部得到废除、在同一个天堂他们与男女主人甚至监工一起坐下来的日子。"②

非洲土著经历了从自由到奴役的悲惨变故，加上他们从小受到熏陶的宗教信仰与白人不同，无疑加剧了他们的挫折感，这或许是很多人不满于现状、自暴自弃的重要原因。文化的差异无疑是黑白世界产生分化的促进性因素；相比之下，社会地位的跌落并不能压垮所有的人，也不是他们融入白人社会的必然障碍。在《非洲黑人国王赞巴自我撰写的生活和冒险叙事》中，非洲土著赞巴以自己的事例说明了从奴隶制深渊中奋起的可能性，也可以重建与主人之间的关系，他自己在最后也加入了循道宗教堂，融入了当地社会。与此同时，美国土生奴隶本身也感到了与白人之间的巨大鸿沟，他们在吸收白人文化的同时，也进行了某种保留或扬弃，并以一个"在前的将要在后，在后的将要在前"信念来告慰自己，这就在容许黑白之间"共享的世界"存在的同时，也对其范围予以了限制："土生奴隶的思想不可能与白人一起生活于一个完美平等、无限喜爱的状态相协调。如果他的敌人得不到报复，天堂就不是天堂。我从经历中知道，这些是他们宗教信条的根本法则；因为我从奴隶自己的宗教聚会中获知的。一个令人

---

① Charles Ball, *Slavery in the United States: A Narrative of the Life and Adventures of Charles Ball, a Black Man*, pp.219–220.

② Charles Ball, *Slavery in the United States: A Narrative of the Life and Adventures of Charles Ball, a Black Man*, p.220.

喜爱的善良男主人或女主人或许有时被允许进入天堂，但这只是一些奴隶调解后所施加的恩惠，而不是对于白人的严格正义，后者决不会与那些从这个世界的苦难深渊中所提升出来的人相平等。要在白人和黑人的状况中发生一次革命，这种思想是后者宗教的墙角石。"①

我们首先来看看心怀不满的奴隶。潜在不满的例子可从赞巴对查尔斯顿的文盲奴隶的描述看得出来："自从我居住于这个城市以来，至少这个城市的一半在 24 钟头内被完全摧毁；我在相当程度上意识到这些火灾的大多数都来源于奴隶制的盛行。复仇是能够影响到人类精神的最强烈情感之一；特别是那些从没有受到过教育的人的头脑，他们每日都臣服于堕落、侮辱和专制之中。很多贫穷潦倒的查尔斯顿黑人，因为纵火而受难于绞刑架；在很多情况下这些可怜的家伙在临死之时供认，他们在放火时没有特定的对象，而只是想引起骚动，在一些情况下只是由于一些琐事而对主人施加报复……在整个冬天，我几乎每晚都听到火警声，有时一晚有四、五次，并且总是或多或少地造成损失。读者们想一想，这是一个多么令人悲伤的局面，不仅这个城市的消防人员和消防车必须每夜都投入活动，而且装有弹药的大炮及其配套的炮兵不得不一再地布置在街角，对于社区的按照法律和习俗受到如此残酷压迫、不能给予任何信心和信任的这部分人，随时喷射死亡和毁灭。"②

如果说赞巴强调了无知奴隶的心理躁动的话，道格拉斯则强调了有思想的奴隶的不满。在主人将他出租给加德纳先生、在他手下做船板填缝学徒时，道格拉斯感受到了一个工资领取者的价值和快乐。他这样说："在加德纳先生雇佣我时，我总是处于一种如此激动的漩涡中，以至于除了我的生活以外，我几乎不想别的东西。根据我在奴隶制中的经验，我观察

---

① Charles Ball, *Slavery in the United States: A Narrative of the Life and Adventures of Charles Ball, a Black Man*, p.221.

② Zamba, *The Life and Adventures of Zamba, an African Negro King; and His Experience of Slavery in South Carolina. Written by himself. Corrected and Arranged by Peter Neilson*. London: Smith, Elder and Co., 1847, p.202.

到，每当我的情况得到改善，这不是增加了我的满足感，而是增加了我对自由的渴望，并使我思考获得自由的方案。我发现，要想制造出一个满足的奴隶，有必要制造出一个没有思想的。有必要遮蔽他的道德和心智的洞察力，并且尽可能地掐灭理性力量。他必须不能检测出奴隶制下的任何非一致性；他必须被塑造得感受到奴隶制的正确性；而且只有停止成为一个人的时候，他才能达到这种状态。"[1]

我们再了解一下懒散的奴隶。由于劳动的成果不为自己所支配，奴隶中间的懒散行为也是普遍存在的。1777 年，一位在詹姆斯顿的旅行者埃比尼泽·哈泽德观察到，"住宿在泰勒酒店，那里的人说话很有礼貌，但白人太傲慢了，不屑给旅行者做任何事情，而黑人是如此懒惰，动作缓慢，与其让他们做事，还不如不让他们去做更少麻烦。"[2] 一个密西西比前奴隶范妮·霍奇斯说："当他们不愿意好好工作时，奴隶就要挨鞭子。有时他们懒惰。"[3] 马里兰一个前奴隶丹尼斯·西姆斯这样讲述了奴隶的想法："我们都想跑到加拿大或华盛顿，但是害怕巡逻队员。一般来说，大多数奴隶都很

敢于直面反抗的奴隶（出处：《22 年的奴隶、40 年的自由人岁月》，1857）

---

① Frederick Douglass, *Narrative of the Life of Frederick Douglass: An American Slave, Written by himself*, Boston, 1845, p.99.

② Mechal Sobel, *The World They Made Together: Black and White Values in Eighteenth-Century Virginia*, Princeton: Princeton University Press, 1987, p.31.

③ Federal Writers' Project, *Born in Slavery: Slave Narratives from the Federal Writers' Project, 1936–1938, Mississippi Narratives*, Volume IX, Washington, 1941, p.69.

懒。"① 因此奴隶制下的一个亘古不变的主题就是在劳动效率方面的控制反控制的斗争。主人一般对这种懒散现象是绝不容忍的，正如 93 岁的俄克拉荷马前奴隶麦卡莱斯特所说，主人"让他们吃得很好，照顾不差，生病或感觉不好的时候从不让他们工作。有两件事主人绝不能忍耐，那就是奴隶无礼和懒散。"② 德克萨斯一个 91 岁的前奴隶伊莱·科尔斯曼（Eli Colsman）说："我们的种植园有大约 100 英亩的土地，天亮前就要开始工作，直到还能看见东西，喂完牲口后，大约 9 点钟上床睡觉。如果奴隶不听话或懒散，主人就要鞭打他。他打得一个奴隶是如此重，以至于那个奴隶说要杀掉他。于是主人将一个锁链拴到他的腿上，这样他刚好能走路，并且不得不在这种状态下干活。"③ 为了全面控制奴隶的行为，拥有 147 个奴隶的南卡罗来纳种植园主詹姆斯·哈蒙德试图推行他对奴隶的"绝对控制计划"，以解决奴隶的拖拉问题和独立倾向。除了将定额制改为团队劳动以外，他还将 11 岁以下的少年置于一个护士的照顾之下，并亲自给奴隶的婴儿命名，禁止跨种植园婚姻，但结果并没有从根本上改变黑人的行为。④ 在一些情况下，对懒惰行为的惩罚引发了严重的后果。87 岁俄克拉荷马前奴隶刘易斯·邦纳（Lewis Bonner）说："我们这个地方有四、五百个奴隶。奴隶制时代的一天早晨，我父亲杀死了 18 个白人，然后逃跑了。他们说他懒惰，并且鞭打了他，他就尽其可能杀死了所有的人，就是其中的 18 个。他待了三年没有被发现。在那地方时他只是建了房子。"⑤

　　我们接着看一下"忠诚的奴隶"；这类奴隶更容易理解"共享的世界"

① Federal Writers' Project, *Born in Slavery: Slave Narratives from the Federal Writers' Project, 1936–1938, Georgia Narratives*, Volume IV, Part 1, Washington, 1941, p.62.

② Federal Writers' Project, *Born in Slavery: Slave Narratives from the Federal Writers' Project, 1936–1938, Oklahoma Narratives*, Volume XIII, Washington, 1941, p.50.

③ Federal Writers' Project, *Born in Slavery: Slave Narratives from the Federal Writers' Project, 1936–1938, Texas Narratives*, Volume XVI, Part 4, Washington, 1941, p.237.

④ Peter Kolchin, *American Slavery, 1619–1877*, p.120.

⑤ Federal Writers' Project, *Born in Slavery: Slave Narratives from the Federal Writers' Project, 1936–1938, Oklahoma Narratives*, Volume XIII, p.17.

的价值，尽管他们也知道其局限性。一个俄克拉荷马前奴隶马蒂·哈特曼强调主人虽然有脾气，但善待自己的奴隶，主仆之间因而有着良好的关系："我的主人也很好。在周三和周四晚上，他让所有的奴隶到他的大房子里，他给他们读《圣经》，他还祈祷。他是个医生，脾气不好，要求精确。他不允许奴隶声称自己忘了去做……奴隶很少受惩罚，所以从不担心受到惩罚。他们就像真爱奴隶那样对待他们。"[1] 反过来，奴隶对善待他们的主人也报以忠诚。93岁的俄克拉荷马前奴隶卡齐姆·洛夫（Kiziam Love）说："弗兰克·科尔伯特是个纯正的乔克托印第安人，他是我的主人。他拥有我母亲，但我不太记得我父亲。他在我很小的时候死了。我的女主人名叫朱莉·科尔伯特。她和主人弗兰克是能见到的最好的老乡。所有的黑佬都热爱弗兰克主人，知道他要我们做什么，他们也都尽力做好。"[2] 印第安纳州前奴隶威廉·奎因说："老主人斯通对我们有色人老乡来说是个好人，我们都爱他。他不是那种总是鞭打他的奴隶的卑鄙的魔鬼。他有一个有色人监工，有一天这个监工逃跑了，藏了两天，因为他鞭打老主人斯通的一个奴隶，他听说主人发疯了，因为不喜欢这个。"[3] 阿肯色州前奴隶米蒂·弗里曼（Mittie Freeman）说，主人威廉斯"确实是个好人。他不像有些人那样让他的奴隶过度劳动……我们的好主人在自由来临之前死掉了。他将他的奴隶遗赠给他的孩子……我跟了他的女儿艾玛小姐。上帝慈悲，我是多么希望在我死前见她一面啊。"[4]

也有一些出于个人自律的原因而忠诚于主人的。作为哈里雅特·比彻·斯托夫人的畅销小说《汤姆叔叔的小屋》中汤姆叔叔的原型，土生奴

---

[1] Federal Writers' Project, *Born in Slavery: Slave Narratives from the Federal Writers' Project, 1936–1938, Oklahoma Narratives,* Volume XIII, p.129.

[2] Federal Writers' Project, *Born in Slavery: Slave Narratives from the Federal Writers' Project, 1936–1938, Oklahoma Narratives,* Volume XIII, p.192.

[3] Federal Writers' Project, *Born in Slavery: Slave Narratives from the Federal Writers' Project, 1936–1938, Indiana Narratives,* Volume V, Washington, 1941, p.156.

[4] Federal Writers' Project, *Born in Slavery: Slave Narratives from the Federal Writers' Project, 1936–1938, Arkansas Narratives,* Volume II, Part 2, Washington, 1941, pp.346–347.

隶约西亚·亨森忠心耿耿地跟随自己的主人，长期鞍前马后为其效劳，包括在南方蓄奴社区中的赌博打斗中，为主人出生入死："很多次在他不能在马鞍上坐稳的时候，我将他扶上马，黑夜里我走在他的旁边，在泥泞中从酒馆回到他的房子。当然，极为激烈的争吵和打架是这些聚会的常事，而每当他们变得特别危险的时候，玻璃杯乱扔，匕首拔出来，手枪开火，奴隶的职责是冲进去，每个人从打斗中拽出他的主人，带他回家。"① 亨森一度带着一批奴隶借道自由州，但当时他断然拒绝了自由的诱惑，按照主人的命令全部迁移到肯塔基这个边疆州。谈到在赎身一事上对他屡次蒙骗的前主人艾萨克·赖利时，他说："很多年来我是他的杂役，用各种方式为他的各种目的——无论是好是坏——提供补给。我没有理由高看他的道德性格，但就他把我所置于的岗位上而言，忠于他是我的职责；在上帝和人面前，我可以大胆地宣称，我就是这样一个人。对于他在我孩童和年轻时对我无缘无故的殴打和伤害，我原谅了他，对于他现在展现给我的恩惠以及我通过艰苦不懈的努力所得到的品格和声誉，我感到很自豪。"②

　　然而即使是忠诚的奴隶，也是有自己的底线的。在经历赎身一事上的挫折之后，在前往南方的船上，亨森洞悉了对方欲将其在新奥尔良卖掉的动机。亨森心潮起伏，感叹自己对艾萨克和他的兄弟阿莫斯的长期效忠，竟换来这种结局："我服务所得到这种结果，这种对我的要求完全不予关心的证据，以及这种要随时牺牲掉我的极端自私，使得我的血脉贲张，并将我从一个活泼的（我可以说是一个好脾气的）家伙变成了一个野蛮的、郁闷的、危险的奴隶。我根本不想变成一个待宰的羔羊，但我感到自身每天变得越来越残忍；当我们接近邪恶欲遂之地，我变得更加焦虑，愤怒几乎不可控制。"③ 亨森在情急之下，动了要杀掉阿莫斯的

---

① Josiah Henson, *The life of Josiah Henson, Formerly a Slave, Now an Inhabitant of Canada, as Narrated by Himself*, Boston: Arthur D. Phelps, 1849，p.14.

② Josiah Henson, *The life of Josiah Henson, Formerly a Slave, Now an Inhabitant of Canada, as Narrated by Himself*, p.19.

③ Josiah Henson, *The life of Josiah Henson, Formerly a Slave, Now an Inhabitant of Canada, as Narrated by Himself*, pp.40–41.

儿子以及四位同行者的恶念，企图拿走他们的钱财，然后逃亡北方；但最后"真理突然进入了我，这是一个犯罪"，亨森说，"这些都发生在一瞬间，我几乎认为，我明显在耳边听到了私语，我甚至转过脑袋去听。"① 在这时，一个忠诚的奴隶已经脱胎换骨成为一个机会主义者，为其日后的逃跑奠定了坚实的心理基础。

最后我们观察一下奴隶制下的机会主义者。他们利用各种机会争取对自身有利的有限独立性，在一些情况下不惜以身体的蛮力争取个人的有利地位。我们已经在《逃奴威廉·W.布朗自我撰写的叙事》中对布朗不惜欺骗同侪、让别人代为受过的事实有所了解，因为"我已经很早就决定，我不会将自己交给任何人，无论是白人还是黑人"。② 在《逃奴威廉·格兰姆斯的生活自传》中，格兰姆斯陈述他使用自残或绝食等手段逼着主人出售自己，以便换到一个更好的主人，而在跟随科洛克（Col-lock）期间，还跟工头进行了一次打斗，并争取到了与后者之间的一种不战不和的地位，从而有效地调整了"白人的世界"给"黑人的世界"造成的内部失衡："到了割燕麦的季节，我被派去收割。割了一下午，两个胳膊下都起了大泡，感觉不舒服，也不能割了。我回到睡觉的地方，这地方离萨凡纳两到三英里，位于工头一家睡觉的大房子里面。在那里我躺下休息。大约半个钟头后，那个老黑人工头来了，问我为什么不割燕麦了。我说胳膊下面有个大泡，干不动了。他誓言我必须干，出去拿棍子，以强迫我去干活。我听到他回来，当破门而进的时候，我跟他来了个弗吉尼亚架势（一般有挖、咬和撞的动作），慌乱中我头顶着他，直到他几乎不能站立或挪动。然后我迫使他将棍子交给我，然后拿在手中，前后推搡。而他一旦从我的挫压当中缓过劲来，就大声召唤其他奴隶前来帮忙。很快有大约 20 人聚集，他命令他们抓住我，期望能奏效。只有

---

① Josiah Henson, *The life of Josiah Henson, Formerly a Slave, Now an Inhabitant of Canada, as Narrated by Himself*, pp.42–43.

② William Wells Brown, *Narrative of William W. Brown, A Fugitive Slave. Written by himself.* Boston: Published at the Anti-Slavery Office, No.25 Cornhill, 1847, p.95.

一个他最信任的强壮奴隶，上来询问是咋回事，为什么这样对待工头。我说我是怎么对待他的，他回答你是怎么对待的。然后我抓住他的肩膀，对他说，我展示给你看。于是我用了同样的严厉方式。其他奴隶看到我对待这个强壮的奴隶如此之狠，就害怕接触我。"[1] 此外，格兰姆斯还讲述了自己是如何在奴隶制的狭窄空间下，想办法种稻子和赚钱以改善自己的生活的："我必须提及，在这个种植园工作时，夏天过后我开始为自己种些稻子，大概有 20 杆长的面积。因为是头一次种植，这给我带来了很大的麻烦。我所知的就是在这里或那里见到的黑人自己种植的小块地，我得使用同样的方法；也就是在工头看不见的时候，趁机溜走干上一会儿。到了收割的时候，我收获它并带到镇上，在那里我卖掉它，每一百斤 1.25 美元，总计 5 到 6 美元。"[2]

在《新人：29 年的奴隶、29 年的自由人》中，亨利·克莱·布鲁斯所讲到的一个主仆决斗的故事，产生了与格兰姆斯的斗智斗勇的故事相类似的戏剧性效果。居住在密苏里州布伦兹维克的一个农场主和他的奴隶阿姆斯特德行事都很鲁莽。有一次因发生口角，二人厮打起来，于是这个农场主停下来说："好吧，先生，如果这是你的游戏，我是你的人，现在我告诉你，如果你击败我，我将接受我的一份，这就算完了，但如果我击败了你，那么你就要站着挨 20 下鞭子。"然后二人在一块开阔地上开始了决斗，拳打脚踢持续了一个半钟头，中间有几次短暂间隙，留下的痕迹占据了大约 1/4 英亩的范围。他们都头破血流、一身泥土，最后阿姆斯特德持不住劲了，大喝一声："够了！"于是二人停了下来，到附近小溪里洗刷自己。协议据说还是执行了，但这个农场主只是在阿姆斯特德的背上轻轻地打了六下鞭子，二人从此相安无事。[3] 这样，力量的平衡使得主仆得以默

---

[1]　William Grimes, *Life of William Grimes, the Runaway Slave. Written by himself*. New York, 1825, p.37.

[2]　William Grimes, *Life of William Grimes, the Runaway Slave. Written by himself*, p.38.

[3]　Henry Clay Bruce, *The New Man: Twenty-Nine Years a Slave, Twenty-Nine Years a Free Man*, pp.37–38.

契地生活于一个他们共同创造的、微观的"共享的世界"。

　　无论奴隶属于哪种类型，没有人不喜欢自由的好处。正如奴隶自传所表明的，有一部分奴隶是通过与主人达成协议、自赎其身的途径完成的。成功的例子有奥拉达·艾奎亚诺、文彻·史密斯、理查德·艾伦、诺厄·戴维斯、彼得·斯蒂尔等人。在联邦作者项目的奴隶调查中，也有一些通过自身努力获得自由的例子。如南卡罗来纳罗伯茨维尔的威廉·谢尔曼，说他父亲就是与主人讨价还价而获得自身自由的；他是个很受欢迎的工匠，通过给一些富裕的种植园主打工、然后在付给主人 1800 美元后获得自由。① 但如亨森、艾奎亚诺等人一样，自赎其身被骗的情况也很多；在《被绑架者的赎回》中，一个叫作斯宾塞的奴隶就被假称将为他提供帮助的租主多次欺骗，其中最重要的一次是他所投注成功的三万美元彩票被公然地剥夺。② 也有一些是主人主动释放的，如路易莎·皮凯特，或是由义人或家人代为购买，如索杰娜·楚思。不过以 1800 年为转折点，南方对主人释奴行为进行了更加严厉的立法约束，尤其是远南部，尽管对奴隶的自赎行为没有特别的法律限制。北卡罗来纳州出生、85 岁的拉金·佩恩（Larkin Payne）说她印第安人出身的祖母买下了作为黑奴的祖父："我奶奶买下了我爷爷"，③ 而另一个同样是印第安人出身的丈夫则竭力购买深受奴役之苦的妻子的自由，这是阿肯色前奴隶马林迪·马克斯韦尔（Malindy Maxwell）所告诉的故事："我母亲是一个罗克摩尔人，她的丈夫是一个切罗基印第安人。我很清楚地记得他们。他是个自由人，打定主意要买下她的自由。"④ 即使是通过自身的潜逃而获得脆弱性自由的弗里

① Federal Writers' Project, *Born in Slavery: Slave Narratives from the Federal Writers' Project, 1936–1938, Florida Narratives*, Volume III, Washington, 1941, p.286.

② Mrs. Kate E. R. Pickard, *The Kidnapped and the Ransomed. Being the Personal Recollections of Peter Still and His Wife "Vina", after Forty Years of Slavery.* Syracuse, New York: William T. Hamilton, 1856, pp.46–48.

③ Federal Writers' Project, *Born in Slavery: Slave Narratives from the Federal Writers' Project, 1936–1938, Arkansas Narratives,* Volume II, Part 5, Washington, 1941, p.306.

④ Federal Writers' Project, *Born in Slavery: Slave Narratives from the Federal Writers' Project, 1936–1938, Arkansas Narratives,* Volume II, Part 5, p.62.

德里克·道格拉斯，也因为同情者代为支付赎金而在废奴阵营中引起了一场不小的风波。①

"偷走自己"

逃跑行为是奴隶追求自身自由的最明显体现，这种自我解放行为所涉及的奴隶一般多属于布鲁斯所说的第二、三种类型，而逃跑的原因则是多种多样，如受到惩罚或害怕受到惩罚、害怕自己被出售、希望与亲人离得更近一些，当然也包括获得人身的自由本身。谈到黑人的这种自由愿望，鲍尔正确地指出，它植根于人性的普遍性："就他们的个人的权利而言，不同种族的人的感情之间没有任何区别。若被剥夺这种无价的福祉，黑人会像白人一样渴望拥有和享受自由"；② 成功逃到北方的比布则以白人世界冠冕堂皇的准则即《独立宣言》的口吻强调黑人的自由权："每个人都有争取工资的权利；拥有自己妻子和孩子的权利、自由和追求幸福的权利，以及根据自己的良心崇拜上帝的权利。"③ 在各种动机的驱使下，大量奴隶踏上了逃亡之旅。据美国历史学家埃里克·方纳估计，在 1830 年到 1860 年之间，每年大约有 1000 到 5000 名奴隶逃脱。④

奴隶的逃跑分成两类，一部分是在种植园附近的树林、沼泽等隐蔽处短暂藏匿，或不经允许私自探望配偶和亲友、进城、约会、参加舞会或礼拜、钓鱼等，这种寻求短暂独立状态的行为往往被称为"潜伏"（lying

---

① Marion Wilson Starling, *The Save Narrative: Its Place in American History,* Washington, D.C.: Howard University Press, 1981, pp.42–46.

② Charles Ball, *Slavery in the United States: A Narrative of the Life and Adventures of Charles Ball, a Black Man*, p.379.

③ Henry Bibb, *Narrative of the Life and Adventures of Henry Bibb, An American Slave*，*Written by himself*, Published by the Author;5 Spruce Street, New York, 1849, p.17.

④ ［美］埃里克·方纳：《自由之路："地下铁路"秘史》，焦姣译，中国政法大学出版社 2017 年版，第 4 页。

out），或是被称为"旷工"，在很多情况下跟奴隶的懒散行为有密切的关系。在南卡罗来纳的查尔斯顿地区，曾有十来个潜匿的奴隶组成团伙，在种植园之间到处游动，保持着几个营地，并与城镇中的奴隶保持联系；而在佐治亚的萨凡纳，有几百个奴隶走门串户，在不经主人允许的情况下出卖自己的劳动，只有在发工资的时候才偶尔见一见主人。① 德克萨斯一个前奴隶说："我只记得一个奴隶跑了。他是如此没有价值，以至于他想回来就回来。他不会受到惩罚，因为他不是出于卑鄙，而是出于懒惰。"② 佐治亚前奴隶詹姆斯·博尔顿说："奴隶隔三岔五地逃进林子里，凿个洞穴，并住在里面。他们有时因为虐待而逃走，但大多数情况下是因为不想干活，希望懒散一阵子。主人让我们放开狗追逐他们，让他们回来。他们有黑色和褐色的称作'黑佬猎者'的狗，专门用来追踪黑佬。"③ 约翰·霍普·富兰克林认为："旷工（absenteeism）是如此普遍，以至于大多数的主人都是以轻微的惩罚予以处置，甚至对此完全地忽略。"④

这种"潜伏"行为并非真正的逃跑，在一些情况下属于讨价还价行为。北卡罗来纳前奴隶乔治亚娜·福斯特说："奴隶制时期他们在两个种植园上都有监工，但有些黑佬会在他们鞭打他们之前逃跑。弗雷德逃跑是因为防止被卖掉。他又回来了，告诉他主人说，会做他想要的事情。他的主人告诉他去工作，他就待在那里直到自由。"⑤ 但对种植园社区来说，

---

① John Hope Franklin, and Loren Schweninger, "The Quest for Freedom: Runaway Slaves and the Plantation South", in Gabor Boritt and Scott Hancock, eds., *Slavery, Resistance, Freedom*, New York: Oxford University Press, 2007, p.26.

② Federal Writers' Project, *Born in Slavery: Slave Narratives from the Federal Writers' Project, 1936–1938, Texas Narratives*, Volume XVI, Part 4, p.220.

③ Federal Writers' Project, *Born in Slavery: Slave Narratives from the Federal Writers' Project, 1936–1938, Georgia Narratives*, Volume IV, Part 1, p.96.

④ John Hope Franklin, and Loren Schweninger, "The Quest for Freedom: Runaway Slaves and the Plantation South", in Gabor Boritt and Scott Hancock, eds., *Slavery, Resistance, Freedom*, p.23.

⑤ Federal Writers' Project, *Born in Slavery: Slave Narratives from the Federal Writers' Project, 1936–1938*, North Carolina *Narratives*, Volume XI, Washington, 1941, p.317.

"潜伏"无论如何仍是一个挥之不去的隐患。马里兰前奴隶理查德·马克斯（Richard Macks）提供的例子充分说明了逃奴对社区所构成的危险，尤其是对目击者而言："有次一个打猎的有色人看到了一个逃跑的奴隶，夜里他正坐在一根木头上吃东西。他身边有一把玉米刀。当他的主人试图用鞭子抽他时，他用刀子报复，将那人的胸部劈开了，他因此死亡。那个奴隶逃走了，从来没逮住。"① 即使对于黑人，逃奴也是个不确定的存在。当亨利·布鲁斯看到一个逃奴时，当即遭受了对方发出的生命威胁。②

　　另一类就是逃到自由地区。在殖民地时代向西班牙控制的佛罗里达、西部地区的印第安人逃亡就已经存在。③ 在第二次美英期间，马里兰就发生了大规模的奴隶逃亡，并被前奴隶鲍尔记录下来。④ 内战前，南方奴隶尤其是边界州的奴隶向北部州和加拿大的潜逃成为这类长距离逃亡的主要内容。事实上，经典奴隶叙事当中的许多案例大都是逃亡北方的，如道格拉斯通过伪造身份证和扮成海员、威廉和埃伦·克拉夫特夫妇化装成主仆身份、亨利·博克斯·布朗藏在箱子里的逃亡北方的故事，都是著名的例子。这类逃跑的动机明显是希望得到人身的自由。在联邦作者项目的访谈中，北卡罗来纳的前奴隶道森·斯特里特说明了自己逃跑到北方的原因："卢克先生对他的有色人给予最好的关怀，而哈金斯小姐像个母亲一样对待我的母亲。不是家里出了事情我才逃跑的。我听说那么多人谈到自由，我想我要试一下，我认为我不得不从家里跑出来以得到它。"⑤

---

① Federal Writers' Project, *Born in Slavery: Slave Narratives from the Federal Writers' Project, 1936–1938, Maryland Narratives*, Volume VIII, Washington, 1941, p.55.

② Henry Clay Bruce, *The New Man: Twenty-Nine Years a Slave, Twenty-Nine Years a Free Man*, pp.33–34.

③ Peter H. Wood, *Black Majority: Negroes in Colonial South Carolina from 1670 through the Stono Rebellion*, New York: W.W. Norton & Company, 1974, pp.259–263.

④ Charles Ball, *Slavery in the United States: A Narrative of the Life and Adventures of Charles Ball, a Black Man*, pp.469–472.

⑤ Federal Writers' Project, *Born in Slavery: Slave Narratives from the Federal Writers' Project, 1936–1938*, North Carolina *Narratives*, Volume XI, Part 1, p.450.

马里兰前奴隶汤姆·兰德尔谈到了一个成功加入联邦军队的老乔的逃跑故事:"当我八、九岁的时候,老乔跑了,人人都说加入联邦军队了。乔·尼克赶着两匹马,拴到一个带篷子的马车上,到了埃利科特市。马被发现了,但尼克不见了。为了追回尼克,罗杰斯悬赏 100 美元。这个悬赏将一批拥有训练有素的、嗜血猎狗的人吸引到了埃利科特市。"①

在逃跑过程中,奴隶有可能借助黑人社区的帮助,如"小道消息"(grape-vine news)的传播,但奴隶行为的各种光谱变化,表明"黑人的世界"也是斑驳芜杂,奴隶社区内部并非是可以完全信赖的安全堡垒。在《逃奴威廉·W.布朗自我撰写的叙事》中,布朗说:"奴隶制使得它的受害者变得撒谎和卑鄙";②"奴隶在成长过程中将白人视作他和他的种族的敌人;在奴隶制中 21 年的经历已经告诉我,即使在有色人中间也有叛徒。"③ 在《逃奴威廉·格兰姆斯的生活自传》中,格兰姆斯就因老乔治向主人告发出逃计划而被施以"骑乘"方式的鞭打。④ 也有不少奴隶对逃跑无动于衷的。87 岁的俄克拉荷马前奴隶麦卡利斯特说,主人"从不鞭打他们,除非他们懒惰、无礼或逃跑。有时他的奴隶会逃走,但总是回来。我们不会跟地下铁路活动者打交道,因为我们热爱我们的家乡。"⑤

在奴隶逃往北方的例子中,很多情况下都是个人单独逃跑或与家人一块逃跑的,并做到尽可能的隐秘,采取必要的预防措施。为防止追踪,南卡罗来纳前奴隶佩奇·哈里斯说:"据说奴隶逃跑时会到坟地去,

---

① Federal Writers' Project, *Born in Slavery: Slave Narratives from the Federal Writers' Project, 1936–1938, Maryland Narratives*, Volume VIII, pp.58–59.

② William Wells Brown, *Narrative of William W. Brown, A Fugitive Slave. Written by himself*. Boston: Published at the Anti-Slavery Office, No.25 Cornhill, 1847, p.57.

③ William Wells Brown, *Narrative of William W. Brown, A Fugitive Slave. Written by himself*, pp.95–96.

④ William Grimes, *Life of William Grimes, the Runaway Slave. Written by Himself*, p.11.

⑤ Federal Writers' Project, *Born in Slavery: Slave Narratives from the Federal Writers' Project, 1936–1938, Oklahoma Narratives*, Volume XIII, p.94.

他或她如果从一个刚刚埋葬的坟墓上取下尘土，然后洒在他们的后面，狗就不能追到逃窜的奴隶，然后就是号叫着并回到家里。"① 而北卡罗来纳的前奴隶范妮·卡纳迪（Fanny Cannady）说："伯勒斯（Burrus）

受到追捕的逃奴（出处：《美国奴隶亨利·比布的生活和冒险叙事》，1849）

恨他的主人，说是像蛇一样，然后一天晚上他就跑了。妈妈说他逃跑时不想杀死老主人。当老主人发现他不在了，就找了一帮黑佬出去找他。一整天内他们踏遍树林，当夜晚来临时他们点着松木继续寻找，但他们发现不了伯勒斯。第二天老主人到县监狱里找到嗜血猎狗，带回来一大批，它们戴着皮带乱嚎，但他放开后，它们也没有发现伯勒斯，因为他在他的脚上抹上了鼻烟和猪油，这样狗就闻不到踪迹了。"② 在逃跑策划和实施过程中，"地下铁路"组织也有可能进行一定的帮助，但是在南方行动的风险很大，如地下铁路运动的"售票员"塞思·康克林前往小镇南弗洛伦斯设法救出彼得·斯蒂尔的妻子和儿子时被捕，最终罹难；罗珀在他的叙事中也提到，一个帮助奴隶逃跑的贵格派教徒最后被处死。③

---

① Federal Writers' Project, *Born in Slavery: Slave Narratives from the Federal Writers' Project, 1936–1938, Maryland Narratives*, Volume VIII, p.24.

② Federal Writers' Project, *Born in Slavery: Slave Narratives from the Federal Writers' Project, 1936–1938*, North Carolina *Narratives*, Volume XI, Part 1, p.163.

③ Moses Roper, *Narrative of the Adventures and Escape of Moses Roper, from American Slavery. With an Appendix, Containing a List of Places Visited by the Author in Great Britain and Ireland and the British Isles, and Other Matter*, Berwick-upon-Tweed, England: Published for the Author, and Printed at the Warder Office, 1840, p.22.

自由的感觉

历尽风险最终逃亡成功的奴隶，其最初的感觉无疑是极为兴奋的。在坐船逃往辛辛那提的过程中，比布面临着随时被抓的风险。他这样形容自己混迹于白人转乘船只时的忐忑不安："看到我暴露于被赶到南方汽船上的危险，我的心颤抖起来；于是我在万能者面前跪下，祈求他的帮助和保护，而他的慷慨赠予超出了我的期望。"① 当他成功脱离直接的危险后，比布随后又得到了地下铁路的支持，于是又把目标锁定到加拿大："怀着对上苍眷顾的信任，我以极大的勇气行走；在夜里受到不变的北极星的指引，并被一种我正在从一个奴役和压迫的土地上逃走，要告别手铐、鞭打和锁链的崇高思想所激励。"② 在述及自己追寻自由的艰辛旅程，威廉·W.布朗大发感慨："与被抓到、然后再次被带到奴隶制中相比，死亡的想法并没有吓住我。除了享受自由的前景以外，任何事情都不能诱使我从事这种冒险。在身后我撇下的是鞭子和锁链，在身前则是自由的甜蜜痛苦。"③ 刘易斯·克拉克谈到了他不甘于奴隶制下的生活，并将自己对自由的寻求上升到了"不自由、毋宁死"的境界："周一的一个明亮的清早，我把脸热切地投向了俄亥俄河，打定主意要么看到和踏过它的北岸，要么死在这个尝试过程中。我对自己说，自由或死亡，二者必居其一"；④ 最终他成功地做到了这一点，"当我到达自由的岸边时，我的感情难以描述。我颤抖于五味杂陈之中，可以感到我的头发在脑袋上竖起来了。我位于所

① Henry Bibb, *The Life and Adventures of Henry Bibb, An American Slave*, with a New Introduction by Charles J. Heglar, Madison: The University of Wisconsin Press, 2001, p.48.

② Henry Bibb, *The Life and Adventures of Henry Bibb, An American Slave*, with a New Introduction by Charles J. Heglar, p.51.

③ William Wells Brown, *Narrative of William W. Brown, A Fugitive Slave. Written by himself*, pp.99–100.

④ Lewis Clarke, *Narrative of the Sufferings of Lewis Clarke, during a Captivity of more than Twenty-Five Years, among the Algerians of Kentucky, one of the so called Christian States of North America, Dictated by himself*, Boston:David H. Ela, printer, 1845, p.34.

谓的自由土地，人们当中没有任何奴隶。我看到白人男性在工作，没有任何聪明的奴隶匍匐于鞭子之下。所有事情都很新鲜和美妙。"① 与克拉克结伴前行的奴隶赛勒斯也十分激动。他们在渡过俄亥俄河后，经历了似乎是瞬间获得自由的那一刻。在克拉克敦促稍作休息的赛勒斯前行时，他这样说："我必须在这个自由的木头上再坐一会儿"。②

然而现实的北方也并非伊甸园。在找到北方的庇护所以后，最终安居于加拿大的逃奴斯图尔德对在自由劳工社会落脚的前奴隶提出了忠告；他所提出的问题也同样适用于不久将被解放的自由民："看看四周，我的朋友：你能触手可及的是怎样的、合理的快乐？你的家在世界上最高贵的一个国家里，而在这里你真正的幸福所需要的东西都可以是你的。你的勤奋可以购买它，它的公正的法律能保护你的财产。但找的朋友，你在什么程度上拥有这些祝福？我们不能遮盖真理。你将其归诸非洲的劫难，现在你们集会庆祝它的部分废止。奴隶制是你们的诅咒，但它将成为你们的喜悦。就像上帝在埃及的人民一样，你们受尽苦难；但也像他们一样，你们已经得到救赎。你们从此之后就像山风一样自由。在这个庆祝的日子里，我们为什么将目光投向奴隶制的起源？为什么我们不通过反思一下对你们热情的、毫无戒心的同胞所长期实施的欺骗、强迫性的诈骗和背叛，来糅一糅你们的脑袋呢？在福音之光照耀、自夸拥有公民和宗教自由的土地上，对于沉浸在喜悦和欢欣之中的我们，为什么不记住还有成千上万的同胞挣扎于奴隶制锁链重压下的鞭打和呻吟声中呢？"③

对于留在南方种植园的奴隶来说，当北军占领南方、自由突然降临时，许多奴隶并不相信天下竟然有这样的好事。佐治亚前奴隶特尔费尔

---

① Lewis Clarke, *Narrative of the Sufferings of Lewis Clarke, during a Captivity of more than Twenty-Five Years*, p.35.

② Lewis Clarke, *Narrative of the Sufferings of Lewis Clarke, during a Captivity of more than Twenty-Five Years*, p.54.

③ Austin Steward, *Twenty-Two Years A Slave, and Forty Years a Freeman; Embracing a Correspondence of Several Years, while President of Wilberforce Colony, London, Canada West*, Rochester, N. Y.: Published by William Alling, Exchange Street, 1857, pp.156–157.

（Telfair）说："当扬基佬离开后，她就敲钟，他们就知道可以从隐蔽处出来了。当他们第一次听说奴隶自由了，他们都不相信，所以都只是与'白人老乡'待在一起。"① 然而很多人还是很兴奋的。密苏里一个前奴隶佩斯特·科恩（Pester Corn）说："当我获得自由时，我感到进入了一个新世界。老主人的女儿告诉我，我跟其他人一样自由了。战时那个房子周围很危险。于是老女主人关闭了老地方，我们男孩子被送到我们的母亲那里去了"；他还说："在自由后白人不希望我们自我行事。有色人很高兴能指望自己，有了更好的机会。有色人的处境变得更好了，因为他们已经是个人物。"② 不过，除了自由的宣示和维持秩序以外，联邦军队并没有对这些前奴隶做更多的事情。83 岁的前奴隶亨利·普里斯泰尔（Henry Pristell）说："我认为亚伯拉罕·林肯没做对事情，因为他把所有的奴隶扔到这个世界上，却没有提供任何门路来过活。"③ 85 岁的前奴隶赫斯特·亨特则抱怨说："噢，我的上帝，当他们来这里时，那些扬基佬没带来任何事情，除麻烦以外，孩子。"④

在这种情况下，很多人的第一选择是流浪一阵子。伊丽莎白谈到了自由民对自由的误解："一些自由民夸大了自由的含义。对他们来说这是个美丽的幻觉，一片阳光灿烂、安息和荣耀的允诺之地。他们蜂拥到华盛顿，而由于过度的希望没有实现，很自然很多人痛苦地感到自己的失望。有色人喜欢扎堆结伙，当你摧毁了这些，你就摧毁了他们一半的幸福。他们建造一个家，与一个变动的、漫游的生活相比，他们是如此喜爱它，以至于尽管很寒酸，但仍很享受。被解放的奴隶来到北方，脱离了旧有的社

---

① Federal Writers' Project, *Born in Slavery: Slave Narratives from the Federal Writers' Project, 1936–1938, Georgia Narratives*, Volume IV, Part 4, p.26.

② Federal Writers' Project, *Born in Slavery: Slave Narratives from the Federal Writers' Project, 1936–1938, Missouri Narratives*, Volume X, Washington, 1941, pp.89, 94.

③ Federal Writers' Project, *Born in Slavery: Slave Narratives from the Federal Writers' Project, 1936–1938, South Carolina Narratives*, Volume XIV, Part 3, Washington, 1941, p.279.

④ Federal Writers' Project, *Born in Slavery: Slave Narratives from the Federal Writers' Project, 1936–1938, South Carolina Narratives*, Volume XIV, Part 2, p.335.

会关系，但对过去的热爱是如此之强，以至于他们不能发现突然降临的新生活中的美丽。成千上万的人失望，拥挤在帐篷里，像孩子似的焦虑和怀念'老时光'。"① 亚拉巴马一前奴隶鲁弗斯·德特（Rufus Dirt）说："战争最后结束了，我自由了，我的家庭去了密西西比的维克斯堡，在那里我们一会儿干这，一会儿干那……我到我想去的地方，但从不迷路，但还是不能给别人说出我来自那里。我甚至不知道现在我们说话时我们所站立的地方。老板，我懒于工作，但不能说我在乞讨。我以前干了很多活，直到在矿井里弄残了这只胳膊以及眼睛变得如此差劲之前。"②

但也有一些奴隶看不惯这些懒散行为。阿肯色的前奴隶伯尼斯·鲍登回应说："当我听说一些黑人老乡说他们希望奴隶制的老时光回来时，我就知道他们很懒。他们不希望有任何的责任。"③ 而南卡罗来纳前奴隶詹姆斯·约翰逊则批评自己的种族："黑人天然的懒惰，你懂的。理由是他说的跟他做的模式一样，就是他嫌麻烦，不愿意按照应当的那样发音。当他说'那个'的时候省略一个字母，说'这个'的时候又省略一个，其他单词几乎都一样。省略那么多后就不同了；他只是太粗心了。懒于关心这个东西。一个黑佬想要能看见的东西，不想要他看不见的东西；那它就待在自己的地方了。很抱歉我对自己的种族这么说，但这是事实。"④ 78岁的俄克拉荷马居民马蒂·厄德曼（Mattie Eardman）甚至因此怀念奴隶制："奴隶制现在已经结束了，由于我们的一些懒惰老乡，有时我希望它继续存在，这样他们就不会或不能在周围游手好闲，给我们种族丢人现眼。每天在街上游荡，从一处房子到另一处房子跑来跑去，过着一种腐化的生

① Elizabeth Keckley, *Behind the Scenes, or, Thirty Years a Slave and Four Years in the White House*, New York:G. W. Carleton & Co., Publishers, 1868, pp.139–140.

② Federal Writers' Project, *Born in Slavery: Slave Narratives from the Federal Writers' Project, 1936–1938, Alabama Narratives*, Volume I, Washington, 1941, p.118.

③ Federal Writers' Project, *Born in Slavery: Slave Narratives from the Federal Writers' Project, 1936–1938, Arkansas Narratives*, Volume II, Part 6, p.36.

④ Federal Writers' Project, *Born in Slavery: Slave Narratives from the Federal Writers' Project, 1936–1938, South Carolina Narratives*, Vol.14, Part 3, p.43.

活，压低了我们的种族，好像我们当中没有一个好人。"①

对自由民来说，他们另一件喜欢做的事情是更改自己的名字，以切割过去，宣示一个全新的自我。布克·华盛顿指出了这种趋向："在自由来临后，我们这个地方的人都同意两点，我发现在整个南部都基本属实：他们都必须更改自己的名字；他们都必须离开老种植园至少几天或几周，以便使自己真正感到他们自由了。有色人中存在某种情绪，那就是沿用前主人的姓氏是很不合适的。这是自由的首批标志之一。当他们是奴隶时，一个有色人只是简单地叫作'约翰'或'苏珊'。很少有姓名兼有的情况。如果'约翰'或'苏珊'属于一个叫'哈彻'的人，他有时会被称作'约翰·哈彻'或'哈彻的约翰'。但存在着情绪，那就是'约翰·哈彻'或'哈彻的约翰'对指称一个自由人来说是不合适的称呼；于是在很多情况下，'约翰·哈彻'换成了'约翰·S.林肯'或'约翰·S.谢尔曼'，大写字母 S 不代表任何名字，它只是有色人骄傲地宣称的'称号'而已。"②

与自由相关的另一件事涉及自由民与前主人之间身体语言的调整。早在林肯当选之际，主仆之间的行为就发生了微妙的改变。罗伯特·默里回忆说，主人"对待我们就像一家人，所以我们对白人老乡也给予尊敬，并努力工作。"然而在林肯当选后就变得不一样了，主人告诉他们，"不要再去大房子那里了，孩子们。"默里的母亲告诉他说："我知道麻烦是什么。他们认为我们想获得自由。"③ 密苏里 89 岁的前奴隶福迪·霍尔赛尔（Phody Holsell）说："当我们听说自由时，我和另外一个小老妇人呼喊起来。我们掰下来一些玉米并扔在地里。老女主人就在栅栏那里，但不敢对我们动手。自由后有一次女主人打我，我抓住她的腿，想折断她的脖子。

① Federal Writers' Project, *Born in Slavery: Slave Narratives from the Federal Writers' Project, 1936–1938, Oklahoma Narratives,* Volume XIII, p.130.
② Booker T. Washington, *Up From Slavery: An Autobiography,* Garden City, New York: Doubleday & Company, Inc., pp.23–24.
③ Leon F. Litwack, *Been in the Storm So Lang: The Aftermath of Slavery*, New York: Vintage Books, 1979, p.3.

出于过去待我的方式，那天她想给我道歉，但我没有允许。"① 与主人见面时，北卡罗来纳州罗利的一个前奴隶罗伯特·格伦没有像以往那样，将手搭在额头予以致意；他回忆了自己是如何第一次拒绝前主人的命令的，并解释说："通过将它抓在自己手中，不再觉得自己有责任询问我的主人是否离开了这里，我在一定程度上取得了我的自由。"② 因为还不能完全自立，在这个过程中也可能发生不愉快的情况，如密苏里前奴隶安妮·乌尔里克·埃文斯说："当自由时我问老主人，请让我跟着他们吧，我现在没有地方去。他只是抬头说，安，你能待在这里，如果你愿意，但我只能给你提供食物和遮蔽你的衣物，没有一分钱的现金，任何黑佬也不会从我这里得到。于是我昂首说，'为什么，老板，他们说自由后我们会有所改变'，然后他就用各种能想到的粗话诅咒我，像撵狗一样把我赶跑了。我不知道怎么办，无处可去，于是我漫游到了一个附近的种植园。"③ 在公共场所，白人也发现黑人不像过去那样谦恭了。1865 年 6 月，查尔斯顿的白人居民亨利·拉夫纳尔抱怨说："事情远远超出了我们的想象——黑人把白人挤下人行道——黑人妇女穿着极为夸张的样式，全都戴着面纱，打着遮阳伞，对此她们有着特别的喜爱。"④

另一项当务之急是前奴隶对土地的渴求。亨利·布鲁斯说："历史并没有记载处于奴隶制如此之长时间的四百万人民在什么地方，他们失去了自我支持的所有知识，不会将收入花费得更有利，没有要购买生活必需品和留下来下一天之需的经济头脑。这就是战争结束时有色人的情况。他们被赋予了自由，但没有一个美元，没有土地，甚至不知道下一

---

① Federal Writers' Project, *Born in Slavery: Slave Narratives from the Federal Writers' Project, 1936–1938, Missouri Narratives*, Volume X, p.192.

② C.Vann Woodward, "History from Slave Source", in Charles T. Davis, eds., *The Slave Narrative*, Oxford: Oxford University Press, 2007, p.55.

③ Federal Writers' Project, *Born in Slavery: Slave Narratives from the Federal Writers' Project, 1936–1938, Missouri Narratives*, Volume X, p.115.

④ Ethan J. Kytle, and Blain Roberts, *Denmark Vesey's Garden: Slavery and Memory in the Cradle of the Confederacy,* New York:The New Press, 2018, p.56.

顿饭在哪里……这些奴隶从有力气开始，就被训练于从事艰苦的体力劳动，直到生命的结束，没有得到任何关于经济方式的教育或教导……对于我来说，在为他们放开自由的时候，这样一个从被压迫人民的劳动那里得到了如此之多财富的基督教国家至少应该给予他们一个小饭碗。正义似乎要求给予每人一年的支持、40英亩地和一头骡子。"① 与此呼应，布克·华盛顿也感叹，从奴隶到自由的过渡时期联邦政府出现了缺位："在整个重建时期，我们的南部人民向联邦政府寻求一切事情，就像一个孩子离不开娘一样。这不太自然。中央政府给了他们自由，而整个国家被黑人劳动滋养了超过两个世纪。在年轻的时候这样，长大后也是一样，我一直都有种感觉，那就是在我们的自由之初，中央政府没有在州政府应做的之外，向我们的人民提供普遍的教育，没有为公民责任提供更好的准备，这是一个残忍的错误。"②

由于土地梦的幻灭，奴隶不得不留在前主人那里，或到别的地方寻求租种的机会。在新的形势之下，一种作物方面的分成制逐渐形成了。一位南卡罗来纳前奴隶说："奴隶都没有一个菜园，但战后我们与斯卡利（Scurry）主人待在一起。当自由来到后，我们在院子里集合，他前来见我们，告诉我们自由了，想到哪里就到哪里，但是如果想跟着他，他将支付工资。我们都留下来跟着他。他分给我们一英亩地块，种我们想种的任何东西。在奴隶制下他拥有白人监工，但从未鞭打过我们，因为主人不允许。"③ 奴隶解放后，老主人给那些愿意留下来的前奴隶划拨地块，并分享一半的收获。88岁的俄克拉荷马前奴隶图尔萨（Tulsa）回忆道："谁都不知道怎么办，于是我们都留了下来，他就分了地，指给我们哪一块是我们要种的地，恶魔就像以前那样开始了，种下庄稼并收回来，但他们从此

---

① Henry Clay Bruce, *The New Man: Twenty-Nine Years a Slave, Twenty-Nine Years a Free Man*, pp.116–117.

② Booker T. Washington, *Up From Slavery: An Autobiography*, p.83.

③ Federal Writers' Project, *Born in Slavery: Slave Narratives from the Federal Writers' Project, 1936–1938, South Carolina Narratives*, Volume XIV, Part 4, p.89.

不再吹号了。一些黑佬懒惰，不早早到地里上工，他们就让它从他们那里拿走了，但他们又反复恳求，把它返回来，那年剩余的时间就干得好了。"① 没有与主人达成协定的自由民，只得到处打工，接受动荡不定的市场经济的考验。密苏里前奴隶玛丽·迪万说："在宣布自由后的两年时间内，我从一个农场到另一个农场工作，我们被允将得到报酬，但我们从没有得到过，只是能在老奴隶的小屋里睡觉和吃到能保证我们干活的充足食物而已。"② 另一个密苏里前奴隶戴夫·哈珀说："我是以 715 美元被卖掉的。自由来临时，我说，'给我 715 美元我就回来'。哈珀上校只是给我 25 美分的饭钱。自由后，我在麦收季节一天挣 75 美分。"③

小　结

自由的来临，意味着"白人的世界"和"黑人的世界"都要基于新的现实法则调整自身，并重新勾画二者的关系。由于联邦宪法第十三、第十四和第十五条修正案的相继通过，黑白之间"共享的世界"似乎有了更多的法理性基础，但"扬基佬"的涉入增加了复杂的因素，而黑白双方心理和行为方式的调整也并不是那么容易实现的。在经历内战风暴后的美国南方上空，虽然出现了一些明亮的阳光，但仍有乌云在周边的天际上下翻滚。

① Federal Writers' Project, *Born in Slavery: Slave Narratives from the Federal Writers' Project, 1936–1938, Oklahoma Narratives*, Volume XIII, p.283.

② Federal Writers' Project, *Born in Slavery: Slave Narratives from the Federal Writers' Project, 1936–1938, Missouri Narratives*, Volume X, p.104.

③ Federal Writers' Project, *Born in Slavery: Slave Narratives from the Federal Writers' Project, 1936–1938, Missouri Narratives*, Volume X, p.165.

结 束 语

在 2016 年出版的《在荒野里看见耶稣：美国黑奴宗教叙事》以及相关文章中，笔者曾提出黑白文化混合性问题，而这在宗教领域表现尤其突出，特别是在第二代和第三代本地出生的黑人掌握了英语、并逐渐接受白人的基督教文化熏陶之后。在某种程度上，笔者在该书中呼应了米彻尔·索贝尔所提出的从殖民地晚期以来弗吉尼亚黑人与白人之间在文化上发生的"半英式半非洲价值观融合"的问题。[①] 就本书的旨趣而言，笔者将这种混合性的价值观作为黑白之间"共享的世界"能够确立的一个基础，因为只有在相互理解对方的意图并确知自身的反应也能得到类似的文化解释的情况下，某种共享的世界才能得以确立。以奴隶叙事所涉及的赎买自身自由的情况为例，尤卡扫·格劳尼扫、文彻·史密斯、理查德·艾伦等人对清教的皈依和工作伦理观无疑在满足其自由心愿方面构成了一个积极的因素。弗里德里克·道格拉斯、威廉·韦尔斯·布朗和威廉·格兰姆斯等人则诉诸《独立宣言》所使用的主流语言，以便为北方的废奴主义事业加薪点火，从而在更高的原则上构建一个黑白"共享的世界"。即使在南方重建之后的种族关系黑暗时期，尽管宗教热情有所减退，布克·华盛顿深知黑人踏实努力、"就地汲水"的目标取向在赢取白人支持方面具有潜

[①] Mechel Sobel, *The World They Made Together: Black and White Values in Eighteenth-Century Virginia*, Princeton, N.J.: Princeton University Press, 1987, p.233.

在的价值。

由于或多或少涉及双方的默契，奴隶制下黑白"共享的世界"还存在一种人性的基础。尽管南方法律对奴隶主的权力施加了一定的限制，尤其是在剥夺奴隶的生命权利方面，但法律与现实脱节，在执行层面还是有很多障碍的，以至于弗里德里克·道格拉斯说："我在提到这点时是深思熟虑的，也就是在马里兰州的塔尔伯特县杀死一个奴隶或任何一个有色人不被法庭或社区当作犯罪。"① 对奴隶的命运而言，在很多情况下掌握惩罚大权的奴隶主及其代理人的情绪和自制力是十分重要的。在文明发展的进程中，正如斯蒂芬·平克所认为的那样，人类本性中所存在的五种暴力倾向即"心魔"与四位"善良天使"互争高低，构成了最重大之事："神经解剖表明，对人类而言，愤怒、恐惧和欲求的原始冲动与受大脑约束的审慎、道德和自制力相抗衡——尽管这一切都在力图驯化野性，但人们还是不能肯定谁会占上风。"② 在战前的美国南方，既有摩西·罗珀所描述的残酷无道的种植园主古奇，也有道格拉斯所说的"最好的主人"威廉·弗里兰，甚至还有冒着声誉受损风险、私自藏匿雅各布斯的一位匿名女种植园主。正是种植园主及其代理人所表现出的人性多样性，才使得"白人的世界"呈现出不同的光谱，而有所节制和妥协才能够为黑白之间"共享的世界"留下某种空间。

然而对黑白之间"共享的世界"的产生而言，主仆之间共同利益的存在才是最重要的。对于南方的经济机器而言，作为劳动工具的奴隶自身的生存基础——食物、健康、衣物和遮蔽所是不可或缺的，尽管因不同的种植园和不同的主人而优劣有别，其实最低饮食保障是更根本的基础，所以福格尔和恩格尔斯关于一般而言工作强度很大的奴隶比自由人的饮食能量更高的结论也就毫不奇怪了，他们甚至还认为，"对其奴隶健康的充足性

---

① Frederick Douglass, *My Bondage and My Freedom*, New York: Miller, Orton & Mulligan, 1855, p.124.

② ［美］斯蒂芬·平克:《人性中的善良天使:暴力为什么会减少》，安雯译，中信出版社2015年版，第581页。

维持是大多数种植园主的一个中心目标"。① 由于奴隶的福祉还关系到社区的安全，南方法律越来越多地通过成文法而非习惯法的形式对奴隶做出了某种安抚和保障，而 19 世纪的法官们也不再像殖民地时期那样强调主人对奴隶的财产权："一个人不能随心所欲地处置他自己的财产，这看起来很难，但私有权必须让步于公共福祉。"②

还有一个不容忽视的侧面是，黑白之间"共享的世界"的存在基于奴隶身体方面的某种联结。在奴隶制下，驯顺的奴隶身体成为种植园主权力秘而不宣的目标，并进而被编织进一种社会化的、垂直性的"权力力学"（福柯用语）体系之内。奴隶制既是一种基于奴隶身体控制的经济体制，也是一种基于奴隶身体控制的社会政治体制。然而对男女奴隶而言，这种驯服的意味还有所不同；对于南方男权社会而言，男性奴隶的主要价值在于其作为劳动力所带来的益处，而女奴除此之外还有作为性资源或生育机器的潜能，这就造成了以摩西·罗珀、伊丽莎白·凯克利分别为代表的男女混血儿的不同遭遇。由于血缘上的联系，在"白人的世界"与"黑人的世界"之间的模糊地带上，双方增加了达成妥协的可能性，这对女奴而言尤为如此。不过，基于各种原因而生成的"共享的世界"虽然对奴隶的生存具有一定的积极意义，但对他们而言，绝非一种理想的状态；摆脱奴役的锁链之后的自由状态，才是充满希望的新生活的开始。对奴隶叙事的研究有助于我们了解他们局促性的生存状态及其调适过程。

---

① Robert William Fogel & Stanley L. Engerman, *Time on the Cross: The Economics of American Negro History*, New York: Little, Brown and Company, 1974, p.117.

② Thomas D. Morris, *Southern Slavery and the Law:1619-1860*, Chapel Hill: The University of North Carolina Press, 1996, p.402.

参考文献

1 英文原始文献

1. Allen, Richard, *The Life, Experience, and Gospel Labours of the Rt. Rev. Richard Allen,* Philadelphia: Martin & Boden, Printers, 1833.

2. Allen, William Francis, Ware, Charles Richard, & Garrison, Lucy McKim, eds., *Slave Songs of the United States,* Bedford: Applewood Books, 1867.

3. Andrews, William L., ed., *Classic African American Women's Narratives,* Oxford: Oxford University Press, 2003.

4. Andrews, William L., ed., *From Fugitive to Free Man: The Autobiography of William Wells Brown,* New York: Penguin Books USA Inc., 1993.

5. Andrews, William L., ed., *Sisters of the Spirit: Three Black Women's Autobiographies of the Nineteenth Century,* Bloomington: Indiana University Press, 1986.

6. Andrews, William L., *Slave Narratives after Slavery*, Oxford: Oxford University Press, 2011.

7. Arthur(1747–1768), *The Life, and Dying Speech of Arthur, a Negro Man,* Boston: Printed and Sold in Milk-Street, 1768.

8. Ball, Charles, *Fifty Years in Chains; or the Life of an American Slave,* Indianapolis, Indiana:H. Dayton, Publisher, 1859.

9. Ball, Charles, *Slavery in the United States: A Narrative of the Life and Adventures of Charles Ball, a Black Man,* New York: Published by John S. Taylor,

Brick Church Chapel, 1837.

10.Bayley, Solomon, *A Narrative of Some Remarkable Incidents in the Life of Solomon Bayley, Formerly a Slave in the State of Delaware, North America*, Second Edition.London:Harvey and Darton, Gracechurch Street;W. Baynes & Son, Paternoster Row; And P. Youngman, Witham And Maldon, 1825.

11.Bibb, Henry, *Narrative of the Life and Adventures of Henry Bibb*, New York, 1849.

12.Bibb, Henry, *The Life and Adventures of Henry Bibb, An American Slave, with a New Introduction by Charles J. Heglar*, Madison: The University of Wisconsin Press, 2001.

13.Blassingame, John W., ed., *The Frederick Douglass Papers, Series One, Vol.1& Vol.3,* New Haven: Yale University Press, 1979&1985.

14.Blassingame, John W., ed., *Slave Testimony: Two Centuries of Letters, Interviews, and Autobiographies,* Baton rouge: Louisiana State University Press, 1997.

15.Bosman, William, *A New and Accurate Description of the Coast of Guinea, Divided into the Gold, the Slave,* and the Ivory Coasts, London: J. Kapton, 1705.

16.Botkin, B. A., ed., *Lay MY Burden Down: A Folk History of Slavery*, Chicago: The University of Chicago Press, 1945.

17.Bradford, Sarah H., *Harriet: The Moses of Her People*, Geo. R. Lockwood & Son, 1886.

18.Bradford, Sarah H., *Scenes in the Life of Harriet Tubman*, Auburn: W. J. Moses, 1869.

19.Brotz, Howard, ed., *African-American Social and Political Thought, 1850-1920,* New Brunswick: Transactions Publishers, 1991.

20.Brown, Henry Box, *Narrative of Henry Box Brown, Who Escaped from Slavery Enclosed in a Box 3 Feet Long and 2 Wide,* Boston: Published by Brown & Stearns, 1849.

21.Brown, William Wells, *From Fugitive Slave to Free Man: The Autobiographies of William Wells Brown, Edited and with an Introduction by William L. Andrews,* New York: the Penguin Group, 1993.

22.Brown, William Wells, *My Southern Home: The South and Its People,* Boston: A.G. Brown & Co., 1880.

23. Brown, William Wells, *Narrative of William W. Brown, A Fugitive Slave, Witten by Himself*, Boston: The Anti-Slavery Office, 1847.

24. Bruce, Henry Clay, *The New Man: Twenty-Nine Years a Slave, Twenty-Nine Years a Free Man*. York, Pa.: P. Anstadt & Sons, 1895.

25. Burwell, Letitia M., *A Girl's Life in Virginia before the War*, New York: Frederick A. Stokes Company, 1895.

26. Chambers, William , *American Slavery and Colour*, London: Paternoster Row, 1857.

27. Catterall, Tunnicliff, *Judicial Cases Concerning American Slavery and the Negro*, 4 Volumes, Washington, 1926

28. Clarke, Lewis, *Narrative of the Sufferings of Lewis Clarke, during a Captivity of more than Twenty-Five Years, among the Algerians of Kentucky, one of the so called Christian States of North America, Dictated by himself*, Boston:David H. Ela, printer, 1845.

29. Clarke, Lewis and Clarke, Milton, *Narrative of the Sufferings of Lewis Clarke and Milton Clarke,* Boston: Published by Bela Marsh, 1846.

30. Cooper, Thomas*, Narrative of the Life of Thomas Cooper,* New York:Published by Isaac T. Hopper, No. 386, Pearl-street, 1832.

31. Craft, William, *Running a Thousand Miles for Freedom; or, the Escape of William and Ellen Craft from Slavery,* London:William Tweedie, 337, Strand, 1860.

32. Davis, John, *Travels of Four Years and a Half: In the United States of America; During 1798, 1799, 1800, 1801, and 1802,* Carlisle Massachusetts: Applewood Books, 2007.

33. Davis, Noah, A *Narrative of the Life of Rev. Noah Davis, A Colored Man. Written By Himself, at the Age of Fifty-Four*.Baltimore: Published by John F. Weishampel, Jr., No. 484 West Baltimore St., 1859.

34. Delaney, Lucy Ann Berry, *From the Darkness Cometh the Light; or , Struggle for Freedom,* St. Louis: Mo. Publishing House of J. T. Smith, 1891.

35. Douglass, Frederick, *My Bondage and My Freedom*, New York: Miller, Orton & Mulligan, 1855.

36. Douglass, Frederick, *Narrative of the Life of Frederick Douglass: An American Slave, Written by Himself*, Boston, 1845.

37.Douglass, Frederick, *Life and Times of Frederick Douglass, Written by Himself*, Boston, 1892.

38.Drew, Benjamin, *The Refugee: or the Narratives of Fugitive Slaves in Canada*, Boston: John P. Jewett and Company, 1856.

39.Eakin, Sue ed., *The Autobiography of Solmon Northup : Twelve Years a Slave*, Eakin Films & Publishing, ebook, 2013.

40.Equino, Olaudah, *The Interesting Narrative of the Life of Olaudah Equiano, or Gustavus Vassa, the African, Written by Himself*, Vol.I & Vol.II, London: Printed for and sold by the Author, No.10, Union-Street, Middlesex Hospital, 1789.

41.Escott, Paul D., *Slavery Remembered: A Record of Twentieth-Century Slave Narratives*, Chapel Hill: The University of North Carolina Press, 1979.

42.Falconbridge, Anna Maria, & Fyfe, Christopher, *Narrative of Two Voyages to the River Sierra Leone During the Years 1791–1792–1793*, Liverpool: Liverpool University Press, 2000.

43.Federal Writers' Project, *Born in Slavery: Slave Narratives from the Federal Writers' Project, 1936–1938*, Washington, 1941.

44.Federal Writers' Project, *Slave Narratives: A Folk History of Slavery in the United States From Interviews with Former Slaves*, 17 Volumes, Washington, D.C.: Library of Congress, 1941. https://www.loc.gov/collections/.

45.Foner, Philip Sheldon, ed., *Frederick Douglass on Slavery and the Civil War: Selections from His Writings*, Mineola: Dover Publications, Inc., 2003.

46.Foner, Philip Sheldon, ed., *Frederick Douglass: Selected Speeches and Writings*, Chicago: Chicago Review Press, 2000.

47.Fredrickson, George M., ed., *William Lloyd Garrison*, Englewood Cliffs, N.J.: Prentice-Hall, Inc., 1968.

48.Garrison, William Lloyd, *A House Dividing Against Itself, 1836–1840*, Cambridge, MA: Harvard University Press, 1971.

49. Gates, Jr., Henry Louis, *The Classic Slave Narratives*, London: Penguin Group, 2001.

50.Georgia Writer's Project, *Drums and Shadows: Survival Studies among the Georgia Coastal Negros*, University of Georgia Press, 1986.

51.Gilbert, Oliver, ed., *Narrative of Sojourner Truth, A Northern Slave,*

Emancipated from Bodily Servitude by the State of New York in 1828, Boston: J.B. Yerrington and Son, 1850.

52.Godwin, Morgan, *The Negro's and Indians Advocate, Suing for Their Admission into the Church,* Whitefish: Kessinger Publishing, 2003.

53.Green, J. D., *Narrative of the Life of J. D. Green, a Runaway Slave,* Huddersfield,［Eng.］: Printed by Henry Fielding, Pack Horse Yard, 1864.

54.Grimes, William, *Life of William Grimes, the Runaway Slave. Written by Himself.* New York, 1825.

55.Gronniosaw, Ukawsaw, *A Narrative of the Most remarkable Particulars in the Life of James Albert Ukawsaw Gronniosaw, an African Prince, As related by himself,* Chapel Hill: University of North Carolina, 2001.

56.Hammon, Jupiter, *An Address to the Negroes in the States of New York,* New York: Carroll & Patterson, 1787.

57.Hammon, Briton, *A Narrative of the Uncommon Sufferings, and Surprizing Deliverance of Briton Hammon,* Boston: Printed and Sold by Green & Russell, in Queen-Street, 1760.

58.Henson, Josiah, *The life of Josiah Henson, Formerly a Slave, Now an Inhabitant of Canada, as Narrated by Himself,* Boston: Arthur D. Phelps, 1849.

59.Henson, Josiah, *Truth Stranger than Fiction: Father Henson's Story of His Own Life,* Boston: John P. Jewett and Company, 1858.

60.Higginson, Thomas Wentworth, *Army Life in a Black Regiment,* New York: W. W. Norton & Company, 1984.

61.Hodges, Graham, ed., *Black Itinerants of the Gospel: The Narratives of John Jea and George White,* Madison: Madison House, 1993.

62.Houchins, Sue E., ed., *Spiritual Narratives,* New York & Oxford: Oxford University Press, 1988.

63.House of Commons, *The Debate on a Motion by William Wilberforce for the Abolition of the Slave,* London: W. Woodfall, 1792.

64.Hughes, Louis, *Thirty Years a Slave: From Bondage to Freedom,* Milwaukee: South Side Printing Company, 1897.

65.Jacobs, Harriet, *Incidents in the Life of a Slave Girl. Witten by Herself.* New York: New American Library, 2000.

66. James, Thomas, *Wonderful Eventful life of Rev. Thomas James, By himself*, Rochester: Post-Express Printing Company, Mill Street, 1887.

67. Johnstone, Abraham, *The Address of Abraham Johnstone, a Black Man, Who Was Hanged at Woodbury, in the County of Glocester, and State of New Jersey, on Saturday the 8th Day of July Last*, Philadelphia:Printed for the Purchasers, 1797.

68. Keckley, Elizabeth, *Behind the Scenes, or, Thirty Years a Slave and Four Years in the White House*, New York:G. W. Carleton & Co., Publishers, 1868.

69. Mattison, Hiram, *Louisa Piquet, the Octoroon: or Inside Views of Southern Domestic Life*, New York: The Author, 1861.

70. Merrill, Walter M., ed., *The Letters of William Lloyd Garrison: I Will Be Heard!1822–1835*, Harvard University Press, 1971.

71. Mills, Kincaid, *Coming Through, Voices of a South Carolina Gullah Community*, Columbia, 2008.

72. Nelson, Emmanuel Sampath, *African American Autobiographers: A Sourcebook*, Westport, Connecticut: Greenwood Publishing Group, 2002.

73. Northup, Solomon, *Twelve Years a Slave*, Auburn: Derby and Miller, 1853.

74. Odell, Margaretta Matida, ed., *Memoir and Poems of Phillis Wheatley, a Native Africa and a Slave*, Lyceum Depository, 3 Cornhill : Geo. W. Light, 1834.

75. Olmsted, Frederick Law, *A Journey to the Seaboard States in the Years 1853–54, with Remarks on their Economy*, New York: Mason Brothers, 1861.

76. Perdue Jr., Charles, etc., eds., *Weevils in the field: Interviews with Virginia Ex-slaves*, University of Virginia Press, 1972.

77. Pickard, Mrs. Kate E. R., *The Kidnapped and the Ransomed. Being the Personal Recollections of Peter Still and His Wife "Vina" after Forty Years of Slavery*. Syracuse, New York:William T. Hamilton, 1856.

78. Rawick, George, ed., *The American Slave, A Composite Autobiography*, Westport, 1972–1979.

79. Reade, W. Winwood, *Savage Africa: The Narrative of A Tour*, New York: Harper & Brothers, 1864.

80. Roper, Moses, *Narrative of the Adventures and Escape of Moses Roper, from American Slavery*, Berwick-upon-Tweed, England: Published for the Author, and Printed at the Warder Office, 1840.

81. Savannah Unit of Georgia Writers' Project, *Drums and Shadows: Survival Studies among the Georgia Coastal Negroes,* Athens: The University of Georgia Press, 1940.

82. Sernett, Milton C., *African American Religious History: A Documentary Witness*, Durham, NC.: Duke University Press, 1999.

83. Settle, Ophelia, *Unwritten History of Slavery: Autobiographical Account of Negro Ex-Slaves*, Social Science Institute, Nashville, Tennessee: Fisk University, 1945.

84. Smith, Venture, *A Narrative of the Life and Adventures of Venture, a Native of Africa, but Resident Above Sixty Years in the United States of America.* New London: Printed in, 1798.

85. Steward, Austin, *Twenty-Two Years A Slave, and Forty Years a Freeman: Embracing a Correspondence of Several Years, while President of Wilberforce Colony, London, Canada West,* Rochester, N. Y.: Published by William Alling, Exchange Street, 1857.

86. Taylor, Yuval, *I Was Born a Slave: An Anthology of Classic Slave Narrative, Volume One 1770–1849 & Volume Two 1849–1866,* Chicago: Lawrence Hill Books, 1999.

87. Titus, Frances W., ed., *Narrative of Sojourner Truth; A Bondswomen of Olden Time, with a History of her Labors and Correspondence Drawn from her "Book of life"*, Boston: Published for the Author, 1875.

88. Trent, Hank, *Narrative of James Williams, an American Slave: Annotated Edition,* Baton Rouge: Louisiana State University Press, 2013.

89. Washington, Booker T., *Up From Slavery:An Autobiography,* Garden City, New York: Doubleday & Company, Inc., 1900.

90. Wheatly, Phillis, *Memoir and Poems of Phillis Wheatley, a Native African and a Slave,* BostonGeo. W. Light, 1834.

91. White, George, *A Brief Account of the Life, Experience, Travels, and Gospel Labours of George White, an African; Written by himself, and Revised by a Friend*, New York:Printedby John C. Totten, 1810.

92. Williams, James, *Life and Adventures of James Williams, a Fugitive Slave,* San Francisco: Women's Union Print, 424 Montgomery Street, 1873.

93. State of Virginia Conservation Commission, *The Negro in Virginia: Compiled*

by Workers of the Writers Program of the Work Projects Administration in the State of Virginia, New York: Hastings House, 1940.

94. Turner, Nat, *The Confessions of Nat Turner, the Leader of the Late Insurrection in Southampton, Va.*, Baltimore:Published by Thomas R. Gray, 1831.

95. Voorhis, Robert, *Life and Adventures of Robert, the Hermit of Massachusetts, Who has Lived 14 Years in a Cave, Secluded from Human Society,* Providence:Printed for H. Trumbull, 1829.

96. Yetman, Norman R., ed., *Voice from Slavery,* New York: Holt, Rinehart and Winston, 1970.

97. Zamba, *The Life and Adventures of Zamba, an African Negro King; and His Experience of Slavery in South Carolina. Written by himself. Corrected and Arranged by Peter Neilson.* London: Smith, Elder and Co., 1847.

2. 英文专著

1. Allen, Gloria Seaman, *Threads of Bondage: Chesapeake Slave Women and Plantation Cloth Production*, Dissertation of George Washington University, 2000.

2. Anderson, Jeffery E., *Conjuring in African American Society*, Baton Rouge: Louisiana State University Press, 2005.

3. Andrews, William, *To Tell a Free Story: The First Century of Afro-American Autobiography*, University of Illinois Press, 1986.

4. Aptheker, Herbert, *American Negro Revolts,* New York: International Publishers, 1969.

5. Baumgarten, Linda, *What Clothes Reveal: The Language of Clothing in Colonial and Federal America,* Williamsburg: Colonial Williamsburg Foundation in association with Yale University Press, 2002.

6. Bernhard, Virginia, *A Tale of Two Colonies: What Really Happened in Virginia and Bermuda?* Columbia, Missouri: University of Missouri Press, 2011.

7. Berlin, Ira, *Many Thousands Gone: The First Two Centuries of Slavery in North America,* Cambridge: Harvard UP, 1998.

8. Bisson, Terry, *Nat Turner: Slave Revolt Leader*, Philadelphia: Chelsea House

Publishers, 2005.

9. Bland Jr., Sterling Lecater, *Speaking for Themselves: The Antebellum Slave Narrative and Its Traditions*, A dissertation of New York University for Ph.D., UMI Company, 1996.

10. Blassingame, John W., *The Slave Community: Plantation Life in the Antebellum South,* Oxford: Oxford University Press, 1979.

11. Blight, David W., *Fredrick Douglass's Civil War: Keeping Faith in Jubilee*, Baton Rouge: Louisiana State University Press, 1989.

12. Bloch, Ruth H., *Visionary Republic: Millennial Themes in American Thought, 1756–1800,* Cambridge: Cambridge University Press, 1985.

13. Boritt, Gabor and Hancock, Scott, eds., *Slavery, Resistance, Freedom*, New York: Oxford University Press, 2007.

14. Carey, Anthony Gene & Historic Chattahoochee Commission, *Sold Down the River: Slavery in the Lower Chattahoochee Valley of Alabama and Georgia*, Tuscaloosa, AL: University of Alabama Press, 2011.

15. Carretta, Vincent, *Equiano, the African: Biography of a Self-Made Man*, Athens: University of Georgia Press, 2005.

16. Chireau, Yvonne P., *Black Magic: Religion and the African American Conjuring Tradition*, Berkeley: University of California Press, 2003.

17. Clinton, Catherine, *Harriet Tubman: The Road To Freedom*, New York: Little, Brown and Company, 2004.

18. Comaroff, Jean, *Body of Power, Spirit of Resistance: The Culture and History of a South African People*, Chicago: The University of Chicago Press, 1985.

19. Cooper, Jean L., *Index to Records of Ante-Bellum Southern Plantations*, Jefferson, North Carolina: McFarland & Company, Inc., 2009.

20. Cornelius, Janet Duitsman, *Slave Missions and the Black Church in the Antebellum South*, Columbia: University of South Carolina Press, 1998.

21. Costanzo, Angelo, *Surprizing Narrative: Olaudah Equiano and the Beginnings of Black Autobiography,* Westport, Conn.: Greenwood Press, 1987.

22. Covey, Herbert C., and Eisnach, Dwight, *What the Slaves Ate: Recollections of African American Foods and Foodways from the Slave Narratives,* Santa Barbara, California: Greenwood Press, 2009.

23. Creel, Margaret W., *"A Peculiar People": Slave Religion and Community-Culture among the Gullahs*, New York: New York University Press, 1988.

24. Curtin, Philip D., *The Atlantic Slave Trade: A Gensus*, Madson: The University of Wisconsin Press, 1969.

25. Daly, John Patrick, *When Slavery Was Called Freedom: Evangelicalism, Proslavery, and the Causes of the Civil War,* Lexington: The University Press of Kentucky, 2002.

26. Davis, Charles T. and Gates, Henry Louis Jr. eds., *The Slaves Narrative,* Oxford: Oxford University Press, 1985.

27. Davis, Donald E., *Southern United States: An Environmental History*, Santa Barbara, CA: ABC-CLIO, 2006.

28. Davis, Reginald F., *Frederick Douglass: A Precursor of Liberation Theology"*, Macon:Mercer University Press, 2005.

29. Davis, Ronald L. F., *Black Experience in Natchez:1720–1880,* Natchez, Mississippi: National Historical Park, 1993.

30. Deyle, Steven, *Carry Me Back: The Domestic Slave Trade in American Life,* New York: Oxford University Press, 2005.

31. Donahue, Alice Davis, *Eighteenth Century Chesapeake Clothing: A Costume Plan for the National Colonial Farm*, Ann Arbor: ProQuest LLC, 2008.

32. Drewry, William Sidney, *Slave Insurrections in Virginia 1830–1865*, Washongton: The Neale Company, 1900.

33. Drewry, William Sidney, *The Southampton Insurrection,* Washington: The Neale Company, 1900.

34. Dunaway, Wilma A., *The African-American Family in Slavery and Emancipation*, Cambridge: Cambridge University Press, 2003.

35. Dusinberre, William, *Them Dark Days: Slavery in the American Rice Swamps*, New York: Oxford University Press, 1996.

36. Egerton, Douglass R., *Death or Liberty: African Americans and Revolutionary America,* New York: Oxford University Press, 2009.

37. Elkins, Stanley M., *Slavery: A Problem in American Institutional and Intellectual Life,* Chicago: The University of Chicago Press, 1959.

38. Eyerman, Ron, *Cultural Trauma: Slavery and the Formation of African*

American Identity, Cambridge; Cambridge University Press, 2003.

39. Filler, Louis, *The Crusade against Slavery, 1830–1860,* New Brunswick: Transaction Publishers, 2011.

40. Finkelman, Paul, *The Culture and Community of Slavery*, New York :Garland Publishing, In., 1989.

41. Fiske, David, Brown, Clifford Jr., & Seligman, Rachel, *Solomon Northup: The Complete Story of the Author of Twelve Years a Slave,* Santa Barbara: Praeger, 2013.

42. Fitch, Suzanne P.& Mandziuk, Roseann M., *Sojourner Truth as Orator: Wit, Story, and Song*, Portsmouth: Greenwood Publishing Group, 1997.

43. Fish, Audrey, ed., *The Cambridge Company to the African American Slave Narrative,* Cambridge: Cambridge University Press, 2007.

44. Fisher, Miles Mark, *Negro Slave Songs in United States*, Cornell University Press, 1953.

45. Fogel, Robert William & Engerman, Stanley L., *Time on the Cross: The Economics of American Negro History*, New York: Little, Brown and Company, 1974.

46. Foster, Frances, *Witnessing Slavery: The Development of Ante-bellum Slave Narratives*, Madison: The University of Wisconsin Press, 1994.

47. Fox-Genovese, Elizabeth & Genovese, Eugene, *Slavery in White and Black: Class and Race in the Southern Slaveholders' New World Order,* Cambridge: Cambridge University Press, 2008.

48. Fradin, Judith & Fradin, Dennis, *Stolen into Slavery: The True Story of Solomon Northup, Free Black Man*, National Geographic Society, 2012.

49. Franklin, John Hope, & Schweninger, Loren, *Ruanway Slaves: Rebels on the Plantation,* New York: Oxford University Press, 1999.

50. Frey, Sylvia R. and Wood, Betty, *Come Shouting to Zion: African American Protestantism in the American South and British Caribbean to 1830*, Chapel Hill: The University of North Carolina Press, 1998.

51. Gates, Henry Louis, & Jarrett, Gene Andrew, *The New Negro: Readings on Race, Representation, and African American Culture, 1892–1938*, Princeton: Princeton University Press, 2007.

52. Eugene D. Genovese, *Roll, Jordan, Roll, The World The Slaves Made,* New

York: Vintage Books, 1976.

53. Goodell, William, *The American Slave Code: In Theory and Practice*, New York: American and Foreign Anti-Slavery Society, 1853.

54. Gould, Philip, *Barbaric Traffic:Commerce and Antislavery in the Eighteenth-Century Atlantic World,* Cambridge, Mass.: Harvard University Press, 2003.

55. Greenberg, Kenneth S., *Honor & Slavery*, Princeton: Princeton University Press, 1996.

56. Greenberg, Kenneth, ed., *Nat Turner: A Slave Rebellion in History and Memory,* New York: Oxford University Press, 2004.

57. Grey, Thomas R., *The Confession of Nat Turner, the Leader of the Late Insurrection in Southampton, VA.*, Richimon: Published by Thomas Grey, 1832.

58. Griswold, Wendy, *American Guides: The Federal Writers' Project and the Casting of American Culture*, Chicago: University of Chicago Press, 2016.

59. Gutman, Herbert, *The Black Family in Slavery and Freedom, 1750–1925,* New York: Pantheon Books, 1976.

60. Heglar, Charles J., *Rethinking the Slave Narrative: Slave Marriage and the Narrative of Henry Bibb and William and Ellen Craft*, Greenwood Publishing Group, 2001.

61. Herskovits, Melville J., *The Myth of the Negro Past*, Boston: Beacon Press, 1990.

62. Hiltzik, Michael, *New Deal : A Modern History*, New York: Simon and Schuster, 2011.

63. Hirsch, Jerrold, *Portrait of America: A Cultural History of the Federal Writers' Project,* Chapel Hill: The University of North Carolina Press, 2003.

64. Hodges, Graham Russell, *Root & Branch: African Americans in New York & East Jersey, 1613–1863*, Chapel Hill: The University of North Carolina Press, 1999.

65. Hopkins, Dwight, *Cut Loose Your Stammering Tongue: Black Theology in the Slave Narrative*, Louisville, 2003.

66. Horton, James Oliver & Horton, Lois E., *Slavery and the Making of America*, New York: Oxford University Press, 2005.

67. Huggins, Nathan Irvin, *Black Odyssey: The African-American Ordeal in Slavery*, New York: Vintage Books, 1990.

68. Humez, Jean McMahon, *Harriet Tubman: The Life and the Life Stories,* Madison: The University of Wisconsin Press, 2003.

69. Jenkins, William Sumner, *Pro-Slavery Thought in the Old South, Gloucester,* Mass.: Peter Smith, 1960.

70. Johnson, Walter, *Soul by Soul: Life inside the Antebellum Slave Market,* Cambridge, Massachusetts: Harvard University Press, 1999.

71. Johnson, Walter & Davis, David Brion, T*he Chattel Principle: Internal Slave Trades in the Americas,* New Haven: Yale University, 2004.

72. Joyner, Charles, *Down by the Riverside: A South Carolina Slave Community,* University of Illinois Press, 1984.

73. Kaye, Anthony E., *Joning Places: Slave Neighborhoods in the Old South,* Chapel Hill: The University of North Carolina Press, 2007

74. King-Dorset, Rodreguez, *Black Dance in London, 1730–1850: Innovation, Tradition and Resistance*, Jefferson, NC: McFarland, 2008.

75. Kleijwegt, Marc, ed., *The Faces of Freedom: The Manumission and Emancipation of Slaves in Old and New World Slavery,* Boston: Brill, 2006.

76. Kolchin, Peter, *American Slavery, 1619–1877*, New York: the Penguin Group, 1993.

77. Kulikoff, Allan, *Tobacco Slaves: The Development of Southern Cultures in the Chesapeake, 1680–1800*, Chapel Hill: University of North Carolina Press, 1986.

78. Lampe, Gregory P., *Frederick Douglass: Freedom's Voice, 1818–1845,* East Lansing: Michigan State University Press, 1998.

79. Larson, Kate Clifford, *Bound for the Promised Land: Harriet Tubman, Portrait of an American Hero*, New York: Ballantine Books, 2004.

80. Levine, Lawrence W., *Black Culture and Black Consciousness: Afro-American Folk Thought from Slavery to Freedom,* Oxford: Oxford University Press, 2007.

81. Lincoln, Charles Eric & Mamiya, Lawrence H., *The Black Church in the African-American Experience* , Durham, NC: Duke University Press, 1990.

82. Litwack, Leon F., *Been in the Storm So Lang: The Aftermath of Slavery*, New York: Vintage Books, 1979.

83. Litwack, Leon F., *North of Slavery:The Negro in the Free States, 1790–1860,* Chicago: The University of Chicago Press, 1961.

84. Mabee, Carleton & Mabee Newhouse, Susan, *Sojourner Truth: Slave, Prophet, Legend,* New York: New York University Press, 1993.

85. Martin, Waldo E., *The Mind of Fredrick Douglass*, Chapel Hill : The University of North Carolina Press, 1984.

86. Mason, Matthew, *Slavery and Politics in the Early America Politics,* Chapel Hill: The University of North Carolina Press, 2006.

87. Mays, Benjamin E., *The Negro's God as Reflected in His Literature,* Westport: Greenwood Press, 1969.

88. Mays, Dorothy A., *Women in Early America: Struggle, Survival, and Freedom in a New World,* CA: ABC-CLIO, 2004.

89. McFeely, William S., *Frederick Douglass,* New York: W. W. Norton & Co., 1991.

90. McKee, James B., *Sociology and the Race Problem: The Falur of a Perspective,* Urbana: University of Illinois Press, 1993.

91. McKivigan, John R. & Snay, Mitchell, *Religion and the Antebellum Debate over Slavery,* Athens: University of Georgia Press, 1998.

92. Meaders, Daniel, *Advertisements for Runaway Slaves in Virginia, 1801–1820,* Routledge, 1997.

93. Miller, Randall M. & Smith, John David, *Dictionary of Afro-American Slavery,* Westport, CT: Greenwood Publishing Group, 1997.

94. Morgan, Kenneth, *Slavery in America: A Reader and Guide*, Athens: University of Georgia Press, 2005.

95. Morgan, Philip D., *Slave Counterpoint: Black Culture in the Eighteenth-Century Chesapeake and Lowcountry*, Chapel Hill: The University of North Carolina Press, 1998.

96. Morris, Thomas D., *Southern Slavery and the Law 1619–1860*, Chapel Hill: The University of North Carolina Press, 1996.

97. Morton, Patricia, *Discovering the Women in Slavery: Emancipating Perspective on the American Past,* Athens, GA: University of Georgia Press, 1996.

98. Murphy, Larry G., *Sojourner Truth: A Biography*, Santa Barbara, California, Greenwood LLC, 2011.

99. Newman, Richard S., *The Transformation of American Abolitionism: Fighting*

Slavery in the Early Republic, Chapel Hill: The University of North Carolina Press, 2002.

100. Newton, John, *Thoughts Upon the African Slave Trade,* London: J. Buckland, 1788.

101. Nicholes, Charles H., *Many Thousands Gone: The Ex-Slaves' Account of Their Bondage and Freedom*, Bloomington: Indiana University Press, 1963.

102. Nolen, Claude H., *African American Southerners in Slavery, Civil War, and Reconstruction*, Jefferson, NC: McFarland, 2001.

103. Norrell, Robert J., *Up from History: The Life of Booker T. Washington,* Cambridge, Massachusetts: The Belknap of Harvard University Press, 2009.

104. Oates, Stephen B., *The Fires of Jubilee: Nat Turner's Fierce Rebellion,* Harper Collins e-books, 2007.

105. Opdycke, Sandra, *The WPA: Creating Jobs and Hope in the Great Depression*, Abingdon, England: Rutledge, 2016.

106. Opoku, Kofi Asare, *West African Traditional Religion*, Rawalpindi, Pakistan: FEP International Private Limited, 1978.

107. Owens, Leslie Howard, *This Species of Property*, New York: Oxford University Press, 1976.

108. Osofsky, Gilbert, ed., *Puttin' On Ole Massa: Slave Narratives of Henry Bibb, William Wells Brown and Solomon Northru*, New York: Harper and Rowe, 1969.

109. Packer, J. I., *Evangelism and the Sovereignty of God*, Escondido, Downer Grove: InterVarsity Press, 2008.

110. Painter, Nell Irvin, *Sojourner Truth: A Life, a Symbol,* New York: W. W. Norton & company, 1996.

111. Pargas, Damian Alan, *The Quarters and the Fields: Slave Families in the Non-Cotton South*, Gainesville: University Press of Florida, 2010.

112. Parish, Peter J., *Slavery: History and Historians*, New York: Westview Press, 1989.

113. Parramore, Thomas C., *Rethinking the Slave Narrative: Slave Marriage and the Narratives of Henry Bibb and William and Ellen Craft*, 2001.

114. Penkower, Mont Noam, *The Federal Writers' Project: A Study in Government Patronage of the Arts,* Urbana: University of Illinois Press, 1977.

115.Porcher, Francis Peyre, *Resources of the Southern Fields and Forests, Medical, Economical, and Agricultural. Being also a Medical Botany of the Confederate States; with Practical Information on the Useful Properties of the Trees, Plants, and Shrubs*, Charleston: Steam-Power Press of Evans & Cogswell, 1863.

116.Ricoeur, Paul, *Hermeneutics and the Human Sciences: Essays on Language, Action and Interpretation*, New York: Cambridge University Press, 1981.

117.Phillips, Ulrich B., *American Negro Slavery, A Survey of the Supply, Employment, and Control of Negro Labor as Determined by the Plantation Regime*, Baton Rouge: Louisiana State University Press, 1918.

118.Phillips. Ulrich B., *Life and Labor in the Old South*, Boston: Little, Brown, 1929.

119.Pierce, Yolanda, *Hell without Fires: Slavery, Christianity, and the Antebellum Spiritual Narrative*, Gainesville: University Press of Florida, 2005.

120.Pinn, Anthony B., ed., *By These Hands: A Documentary History of African American Humanism*, New York: New York University Press, 2001.

121.Preston, Dickson, *Young Frederick Douglass: The Maryland Years*, Baltimore: Johns Hopkins University Press, 1980.

122.Puckett, Newbell Niles, *Folk Beliefs of Southern Negro*, New York: Negro Universities Press, 1975.

123.Quarles, Benjamin, *Frederick Douglass*, Washington D.C.: Associated Publisher, 1948.

124.Raboteau, Albert J., *Slave Religion: The "Invisible Institution" in the Antebellum South*, Oxford: Oxford University Press, 1978.

125.Rice, C. Duncan, *The Rise and Fall of Black Slavery*, New York: Harper & Row, 1975.

126.Rice, Kym S., & Katz-Hyman, Martha B., eds., *World of a Slave: Encyclopedia of the Material Life of Slaves in the United States*, CA: ABC-CLIO, 2010.

127.Robertson, William, *The History of America*, London: Mayhew, Isaac, and Co., 1834.

128.Rönnbäck, Klas, *Labour and Living Standards in Pre-Colonial West Africa: The Case of the Gold Coast*, Routledge, 2015.

129.Rosenbaum, Art, *Shout Because You're free: The African American Ring*

Shout Tradition in Coastal Georgia, Athens: The University of Georgia Press, 1998.

130. Scarborough, William Kauffman, *The Overseer: Plantation Management in the Old South,* Athens: The University of Georgia Press, 1984.

131. Schlotterbeck, John, *Daily Life in the Colonial South*, Santa Barbara, CA: ABC-CLIO, 2013.

132. Schwart, Philip J., *Slave Laws in Virginia*, Athens: The University of Georgia Press, 1996.

133. Schwartz, Marie Jenkins, *Born in Bondage: Growing Up Enslaved in the Antebellum South*, Cambridge: Harvard University Press, 2000.

134. Sernett, Milton C., *Harriet Tubman: Myth, Memory, and History, Durham*, NC: Duke University Press, 2007.

135. Siebert, Wilbur H., *Underground Railroad from Slavery to Freedom*, New York: Russell & Russell, 1967.

136. Simon, F. Kevin, *The WPA Guide to Kentucky*, Lexington: Lexington: University Press of Kentucky, 2015.

137. Smallwood, Stephanie E., *Saltwater Slavery: A Middle Passage from Africa to America Diaspora*, Cambridge, MA: Harvard University Press, 2009.

138. Smith, Mark Michael, *Listening to Nineteenth-century America,* Chapel Hill: University of North Carolina Press, 2001.

139. Sobel, Mechal, *The World They Made Together: Black and White Values in Eighteenth-Century Virginia*, Princeton, N.J.: Princeton University Press, 1987.

140. Stake, Barbara M., etc.eds., *African American Dress and Adornment: A Cultural Perspectives*, Kendall Hunt Publishing Co., 1990.

141. Stampp, Kenneth M., *The Peculiar Institution: Slavery in the Ante-Bellum South*, New York: Vintage Books, 1956.

142. Starling, Marion Wilson, *The Save Narrative: Its Place in American History*, Washington, D.C.: Howard University Press, 1981.

143. Strong, Douglas M., *Perfection Politics: Abolitionism and the Religious Tensions of American Democracy,* New York: Syracuse University Press, 1999.

144. Svalesen, Leif, *The Slave Ship Freedenberg,* Bloomington: Indiana University Press, 2000.

145. Taylor, David A., *Soul of a People: The WPA Writers' Project Uncovers*

Depression America, Hoboken, 2009.

146. Thornton, John, *Africa and Africans in the Making of the Atlantic World, 1400–1800,* Cambridge: Cambridge University Press, 1998.

147. Thorpe, Earl E., *The Mind of the Negro: An Intellectual History of Afro-Americans*, Baton Rouge: Ortlieb Press, 1970.

148. Tise, Larry E., *Proslavery: A History of the Defense of Slavery in America, 1701–1840,* Athens: University of Georgia Press, 2004.

149. Vieira, Waldo, *Projectiology: A Panorama of Experiences of the Consciousness outside the Human Body,* Brazil: Foz do Iguaçu, 2005.

150. Walvin, James, *An African's Life: The Life and Times of Olaudah Equiano, 1745–1797,* New York: Wellington House, 1998.

151. Ward, Colleen A., *Altered States of Consciousness and Mental Health: A Cross-Cultural Perspective*, Newbury Park: Sage Publications, 1989.

152. Williamson, Scott, *The Narrative Life: The Moral and Religious Thought of Frederick Douglass* , Macon, GA: Mercer University Press, 2002.

153. Wesley, John, *The Works of John Wesley, Vol.1-14,* Albany: Ages Software, 1997.

154. Wilson, G. R., "The Religion of the American Negro Slave: His Attitude towards Life and Death", in *The Journal of Negro History,* Vol.8, 1923.

155. Windley, Lathan A., *Runaway Slave Advertisements: A Documentary History from the 1730s to 1790*, Greenwood, 1983.

156. Wood, Peter H., *Black Majority: Negro in Colonial South Carolina from 1670 through the Stono Rebellion*, New York: W. W. Norton & Company, 1974.

157. Rable, George C., *God's Almost Chosen Peoples: A Religious History of the American Civil War,* Chapel Hill: The University of North Carolina Press, 2010.

158. Russell, Sharman A., *Fredrick Douglass: Abolitionist Editor*, Philadelphia: Chelsea House, 2005.

159. Sidbury, James, *Becoming African in America: Race and Nation in the Early Black Atlantic,* Oxford: Oxford University Press, 2007.

160. Smallwood, Stephanie E., *Saltwater Slavery, A Middle Passage from Africa to American Diaspora*, Cambridge, Mass.:Harvard University Press, 2007.

161. Sobel, Mechal, *Trabelin On: the Slave Journey to an Afro Baptist Faith,*

Princeton, Nj: Princeton University Press, 1979.

162. Stepto, Robert B., *From Behind the Veil: A Study of Afro-American Narrative, Champaign*, Illinois: University of Illinois Press, 1991.

163. Styron, William, *The Confession of Nat Turner*, New York: LLC, 2000.

164. Thomas, Hugh, *The Slave Trade: The Story of the Atlantic Slave Trade:1440–1870*, New York: Simon and Schuster, 2013.

165. Tise, Larry E., *Proslavery: A History of the Defense of Slavery in America, 1701–1840*, Athens: University of Georgia Press, 2004.

166. Trost, Theodore Louis, *The African Diaspora and the Studies of Religion*, New York: Palgrave, 2007.

167. Tyson, Lois, *Critical Theory Today: A User-Friendly Guide*, New York: Taylor & Francis Group, 2006.

168. Wares, Lydia Jean, *Dress of African American Woman in Slavery and Freedom:1500 to 1935*, Dissertation of Purdue University, 1981.

169. Volo, Dorothy Denneen & Volo, James M., *Daily Life in Civil War America*, CA: ABC-CLIO, 2009.

3. 中文版专著

1. 杨生茂:《探径集》，中华书局 2002 年版。

2. 张友伦:《孔见集》，中华书局 2003 年版。

3. 李剑鸣:《学术的重和轻》，商务印书馆 2017 年版。

4. 中国人民解放军 52977 部队理论组、南开大学美国史教研室及 72 届部分工农兵学员:《美国黑人解放运动简史》，人民出版社 1977 年版。

5. 王希:《原则与妥协》，北京大学出版社 2014 年版。

6. 吴金平:《自由之路:道格拉斯与美国黑人解放道路》，中国社会科学出版社 2000 年版。

7. 高春常:《在荒野里看见耶稣:美国黑奴宗教叙事》，科学出版社 2016 年版。

8. 陈志杰:《顺应与抗争:奴隶制下的美国黑人文化》，中国社会科学出版社 2010 年版。

9. 王金虎:《南部奴隶主与美国内战》,人民出版社 2006 年版。

10. 罗虹:《从边缘走向中心:非洲裔美国黑人文化》,中国社会科学出版社 2013 年版。

11. 王恩铭:《美国黑人领袖及其政治思想研究》,上海外语教育出版社 2006 年版。

12. 申丹、王丽亚:《西方叙事学:经典与后经典》,北京大学出版社 2010 年版。

13. [法]菲利普·奥德莱尔、弗朗索瓦兹·韦热斯:《从奴隶到公民》,陈伟丰译,译林出版社 2006 年版。

14. [英]巴兹尔·戴维逊:《黑母亲:买卖奴隶的年代》,何瑞丰译,三联书店 1965 年版。

15. [美]威·艾·伯·杜波伊斯:《黑人的灵魂》,维群译,人民文学出版社 1959 年版。

16. [美]托马斯·索威尔:《美国种族简史》,沈宗美译,中信出版社 2016 年版。

17. [美]所罗门·诺瑟普:《为奴十二年》,吴超译,文心出版社 2013 年版。

18. [特立尼达-多巴哥]艾里克·威廉斯:《资本主义与奴隶制》,北京师范大学出版社 1982 年版。

19. [美]埃里克·方纳:《烈火中的考验:亚伯拉罕·林肯与美国奴隶制》,于留振译,商务印书馆 2017 年版。

20. [美]埃里克·方纳:《自由之路:"地下铁路"秘史》,焦姣译,中国政法大学出版社 2017 年版。

21. [美]约翰·史托弗:《弗里德里克·道格拉斯与亚伯拉罕·林肯平传》,杨昊成译,东方出版社 2011 年版。

22. [美]威廉·威斯特曼:《古希腊罗马奴隶制》,邢颖译,大象出版社 2011 年版。

23. [法]邦雅曼·贡斯当:《古代人的自由与现代人的自由》,阎克文、刘满贵译,冯克利校,上海人民出版社 2005 年版。

24. [以色列]西蒙·巴埃弗拉特:《圣经的叙事艺术》,李峰译,华东师范大学出版社 2007 年版。

25. [法]罗贝尔·福西耶:《这些中世纪的人:中世纪的日常生活》,周嫄译，上海社会科学院出版社 2011 年版。

26. [美] 理查德·桑内特:《肉体与石头:西方文明中的身体与城市》,黄熠文译,上海世纪出版集团 2011 年版。

27. [英] 奥兰多·费吉斯:《耳语者:斯大林时代苏联的私人生活》,毛俊杰译,广西师范大学出版社 2014 年版。

28. [法] 保罗·利科:《诠释学与人文科学:语言、行为、解释文集》,孔明安等译,中国人民大学出版社 2012 年版。

29. [法] 米歇尔·福柯:《规训与惩罚》,刘北成、杨远婴译,三联书店 2012 年版。

30. [意] 吉奥乔·阿甘本:《神圣人:至高权力与赤裸生命》,吴冠军译,中央编译出版社 2016 年版。

31. [美] 朱迪斯·巴特勒:《权力的精神生活:服从的理论》,张生译,江苏人民出版社 2009 年版。

32. [美] 斯蒂芬·平克:《人性中的善良天使:暴力为什么会减少》,安雯译,中信出版社 2015 年版。

33. [英] 约翰·罗布、奥利弗·哈里斯主编:《历史上的身体:从旧石器时代到未来的欧洲》,吴莉苇译,上海人民出版社 2016 年版。

责任编辑：柴晨清

图书在版编目（CIP）数据

美国奴隶叙事研究 / 高春常 著 . — 北京：人民出版社，2019.11
ISBN 978 - 7 - 01 - 021495 - 5

I. ①美…　II. ①高…　III. ①美国黑人－叙事文学－文学研究　IV. ① I712.06

中国版本图书馆 CIP 数据核字（2019）第 250991 号

美国奴隶叙事研究
MEIGUO NULI XUSHI YANJIU

高春常　著

人民出版社 出版发行
（100706　北京市东城区隆福寺街 99 号）

环球东方（北京）印务有限公司印刷　新华书店经销

2019 年 11 月第 1 版　2019 年 11 月北京第 1 次印刷
开本：710 毫米 ×1000 毫米 1/16　印张：28.75
字数：398 千字

ISBN 978 - 7 - 01 - 021495 - 5　定价：89.00 元

邮购地址 100706　北京市东城区隆福寺街 99 号
人民东方图书销售中心　电话（010）65250042　65289539